Mansfield Park

João Pessoa, PB
2020

JANE AUSTEN

Mansfield Park

Tradução de LAURA ALVES *e* AURÉLIO REBELLO

Prefácio de RAQUEL SALLABERRY BRIÃO

EDITORA
NOVA
FRONTEIRA

Editora Nova Fronteira Participações S.A.
Rua Candelária, 60 – 7º andar – Centro – 20091-020
Rio de Janeiro – RJ – Brasil
Tel.: (21) 3882-8200 – Fax: (21) 3882-8212/8313

Imagem da guarda: http://ywft.us/2d6659091

CIP-Brasil. Catalogação na fonte
Sindicato Nacional dos Editores de Livros, RJ

A95m

Austen, Jane, 1775-1817
Mansfield Park / Jane Austen; tradução Laura Alves , Aurélio Rebello. - 1. ed. Rio de Janeiro: Nova Fronteira, 2019.
(Grandes obras de Jane Austen 2)

Tradução de: Mansfield Park

ISBN 978.85.209.4228-4

1. Romance inglês. I. Alves, Laura. II. Rebello, Aurélio. III. Título. IV. Série.

18-49811 CDD: 823
CDU:82-31(410)

Printed in India

O ANTAGONISTA MAIS ENCANTADOR DE JANE AUSTEN

Quando voltou para o condado onde nasceu, Hampshire, após a morte de seu pai, o reverendo George Austen, Jane Austen não tinha nenhum livro publicado. *A Abadia de Northanger*, na época intitulado *Susan*, fora vendido em 1803 para um editor que não o publicou e só devolveu o manuscrito dez anos depois, mediante retorno do pagamento de 10 libras. *A Abadia de Northanger* foi publicado somente depois da morte da autora, em 1818, junto com *Persuasão*.

Jane, sua irmã Cassandra e a mãe mudaram-se, em 1809, para um chalé da propriedade de Chawton pertencente a seu irmão, Edward Austen Knight. Edward fora adotado por um casal de amigos da família Austen, Thomas e Catherine Knight, que tornaram o menino seu herdeiro legal.

A partir desse ano Jane Austen passou a revisar seus originais de *Razão e sentimento* e *Orgulho e preconceito*, ambos publicados, respectivamente em 1811 e 1813. Ao mesmo tempo começou a escrever *Mansfield Park*, que, segundo anotações de Cassandra, teve início em fevereiro de 1811 e terminou em junho de 1813. No mês seguinte Jane Austen escreveu para o irmão Francis: "Eu tenho algo pronto – e espero que, com o crédito de *O&P*, venda bem, embora não seja tão divertido."[1]

Jane Austen vendeu *Mansfield Park* para o editor Thomas Egerton. A publicação foi anunciada pela primeira vez em 9 de maio de 1814 no jornal *The Star*. Esgotada a primeira edição em seis meses, foi publicada uma segunda em 1816, mas com novo editor, John Murray, que também editou *Emma*.

[1] Carta para o irmão Francis Austen em 6 de julho de 1813.

Sabendo que seu novo romance não seria "tão divertido" quanto *Orgulho e preconceito*, Jane Austen anotou opiniões de leitores sobre *Mansfield Park*. A lista de opiniões, um dos poucos manuscritos que restaram da autora, hoje faz parte do acervo da British Library.

As opiniões atuais sobre *Mansfield Park* não diferem muito das colhidas por Austen na época do lançamento do livro. Em sua maioria, os parentes e conhecidos gostaram, mas quase sempre com a ressalva de ter apreciado mais *Orgulho e preconceito*.

Além da predileção por *Orgulho e preconceito*, a mãe de Jane achou Fanny "insípida", mas gostou da sra. Norris. A srta. Sharpe, amiga pessoal de Austen, achou a história excelente, mas como Jane implorou para que fosse totalmente sincera, confessou que gostara mais de *Orgulho e preconceito*. A família Kintbury,[2] além de gostar muito de *Mansfield*, o considerou superior aos dois livros já publicados, e lady Robert Kerr[3] elogiou e completou dizendo que "foi admirado por todos em Edimburgo, *os inteligentes*".

O autor Kazuo Ishiguro[4] admira a autora e sua obra, mas tem ressalvas:

> Este livro, embora muito cativante e envolvente, parece-me não ser da mesma ordem que *Emma* e *Persuasão*. É um livro mais cru em sua perspectiva moral e, na verdade, tem algo extremamente desinteressante e sem compaixão. [...]

A escritora Paula Byrne[5] adorava as irmãs Brontë e detestava Jane Austen, até que um dia,

> Na escola noturna, descobri *Mansfield Park*, a história de uma garota que nasceu numa casa pequena, numa comunidade urbana; não era a Austen que eu esperava. Apaixonei-me. E isso mudou minha vida.

---

2 Família Fowle, de Kintbury, pais de Tom Fowle, falecido noivo de Cassandra Austen.

3 Mary Gilbert, casada com Lord Robert Kerr, amigos de Henry Austen, irmão de Jane.

4 Kazuo Ishiguro, autor de *Vestígios do dia*. Notes on Some Great Writers. Disponível em: http://sites.utexas.edu/ransomcentermagazine/2015/08/24/kazuo-ishiguros-notes-on-some-great-writers/.

5 Paula Byrne, autora da biografia *The Real Jane Austen: a Life in Small Things*. 26.07.2014. Disponível em: https://www.telegraph.co.uk/culture/books/10987048/Mansfield-Park-shows-the-dark-side-of-Jane-Austen.html.

Não é difícil gostar da menina de 10 anos que, por falta de condições financeiras dos pais, é enviada para morar em Mansfield Park, com seus tios mais abastados e com costumes mais rígidos do que estava acostumada em casa. Num ambiente de indiferença e mesmo de preconceito contra a menina sem cultura, somente o primo mais novo, Edmund Betram, destinado a ser clérigo, era bondoso e a consolava quando estava triste, ajudando-a nos estudos e na orientação moral.

Com 18 anos, Fanny não se tornou amargurada ou insubordinada, como era de se supor, principalmente com as maldades e manipulações da tia mais velha, a sra. Norris. Fanny não odiava ninguém; era sensível, tímida e prestativa com todos.

Quando os jovens irmãos londrinos Mary e Henry Crawford chegaram para uma temporada na casa do pároco local, tornaram-se assíduos visitantes de Mansfield e encantaram os jovens da casa, exceto Fanny. As irmãs Maria e Julia Bertram logo se enamoraram de Henry, e Edmund ficou atraído pela inteligência e vivacidade de Mary.

Os divertimentos no campo eram escassos. Quando Tom, o filho mais velho do casal Bertram, trouxe consigo o amigo John Yates, grande admirador de teatro, surgiu a ideia da representação de uma peça em Mansfield.

Desde o início, Fanny e Edmund não concordaram com aquilo. Não que os Bertram não gostassem de teatro, pois já haviam encenado Shakespeare várias vezes em casa. Mas na família estava o motivo para julgar inapropriada essa apresentação em Mansfield: forasteiros atuando com irmãs solteiras, com a agravante da ausência de sir Thomas, o chefe da casa. A peça escolhida, *Lovers' Wows*,[6] com diálogos bem ousados para época, incluía muitos abraços entre mãe e filho, representados por Maria Bertram – que estava noiva do sr. Rushworth – e Henry Crawford, com quem ela estava flertando. Para não acrescentar mais convidados ao

[6] *Lovers' Vows* (Promessas de amantes), de Elizabeth Inchbald, 1798. A peça conta a vida de Aghata, moça pobre, seduzida e abandonada pelo barão Wildenhaim, e seu filho Frederick. O barão casou-se com outra moça e tiveram uma filha, Amélia, cortejada pelo dissoluto conde Cassel, mas que ama Anhalt, um clérigo pobre. Quando Frederick soube do seu verdadeiro pai preferiu mendigar a pedir ajuda. Um dia, pedindo esmola a um nobre, que o insulta, o rapaz o ameaça com uma pistola. Levado preso para o castelo, descobre que é do barão, seu pai. Tudo esclarecido, Aghata casa-se com o barão que está viúvo, e Amélia, com seu amado Anhalt.

grupo, Edmund acabou cedendo em participar e ficou com o papel de Anhalt, e Mary Crawford, de Amélia. Com a chegada inesperada de sir Thomas, a peça foi cancelada. Maria casou-se como o sr. Rushworth e levou sua irmã Júlia como companhia para sua lua de mel em Brighton.

Depois desse episódio, a casa voltou à paz habitual. Os Crawford se voltam para Fanny como companhia para Mary e numa tentativa de conquista por parte de Henry, que explica para a irmã que seu plano é fazer Fanny se apaixonar por ele. A irmã não o impede, mas avisa: "não se aprofunde muito, pois ela é a criatura mais doce do mundo, e muito sentimental", e ele garante,

> Não, eu não farei mal algum àquela preciosa alma! Só quero que ela me veja com bondade, me dê sorrisos e enrubesça, guarde uma cadeira para mim ao seu lado, onde quer que estejamos, mostre-se muito animada quando eu me sentar ao seu lado para conversar; que pense como eu, se interesse pelos meus bens e pelos meus prazeres, tente me manter por mais tempo em Mansfield e, quando eu for embora, sinta que nunca mais voltará a ser feliz. Só quero isso.

Daí em diante Henry Crawford é o mais encantador dos personagens sedutores. Suas atenções para com todos da família são impecáveis. Suas opiniões sobre um bom sermão e a beleza da liturgia da igreja anglicana também cativam Edmund, que nessa ocasião percebe – o que lhe agrada – o interesse do sr. Crawford pela prima. Até mesmo Fanny admira sua leitura de Shakespeare, que lhe causa "extremo prazer", e, para completar a boa sorte do galanteador, ele pode ajudar William Price, o amado irmão de Fanny, com sua carreira na Marinha.

E nós, leitores, também vamos nos deixando levar por sua inteligência e charme. Se não fosse sabermos seu propósito inicial, lamentaríamos o destino do antagonista mais inteligente e encantador da autora. Austen impingiu um castigo exemplar, que você vai conhecer nas páginas a seguir.

Raquel Sallaberry Brião

CAPÍTULO 1

Há cerca de trinta anos, a srta. Maria Ward, de Huntingdon, que possuía apenas sete mil libras, teve a sorte de conquistar o sir Thomas Bertram, de Mansfield Park, no condado de Northampton. Este fato a elevou, daí em diante, à condição de esposa de um baronete, com todas as vantagens e consequências de uma bela casa e uma renda considerável. Em Huntingdon, todos se admiraram com a grandeza do casamento, e o próprio tio da noiva, que era advogado, reconheceu que faltavam pelo menos três mil libras para ela poder igualar suas condições ao noivo. Maria tinha duas irmãs que se beneficiariam com tal ascensão social, e muitos conhecidos, que as consideravam — a srta. Ward e a srta. Frances — tão belas quanto Maria, não hesitaram em prever que as duas fariam casamentos igualmente vantajosos. Porém, na verdade, não existem no mundo tantos homens ricos quanto belas mulheres para merecê-los. A srta. Ward, depois de alguns anos, viu-se obrigada a se unir ao reverendo Norris, amigo do cunhado, praticamente desprovido de fortuna pessoal, e a srta. Frances fez pior. Afinal, o casamento da srta. Ward não foi de todo ruim, uma vez que sir Thomas de bom grado ofereceu ao amigo um benefício eclesiástico em Mansfield. O casal Norris começou a feliz vida conjugal com pouco menos de mil libras anuais. Mas, na opinião geral, a srta. Frances, para desgosto da família, acabou se casando com um tenente dos Fuzileiros Navais, sem educação, fortuna ou relações sociais. Não poderia ter feito escolha mais desastrosa. Por princípio e por orgulho, sir Thomas Bertram tinha interesse em agir corretamente, para que todos os parentes tivessem uma situação respeitável, e gostaria de ajudar a cunhada, mas a profissão do concunhado não contribuía — e antes que sir Thomas tivesse tempo para arquitetar um meio de auxiliar o casal Price, houve um rompimento total entre as irmãs. É quase sempre esse o resultado natural da conduta das partes diante de casamentos muito imprudentes. Para se poupar de reprimendas inúteis, a sra. Price nunca escreveu para a família sobre o assunto até estar realmente casada. Lady Bertram, mulher de temperamento muito tranquilo, dócil e indolente, teria se contentado em desistir da irmã e não pensar mais nisso, mas a sra. Norris, bem mais ativa, não se contentou enquanto não escreveu para a irmã uma carta longa e raivosa, enfatizando-lhe a insensatez da conduta e ameaçando-a com as piores consequências possíveis. A sra. Price, por sua vez, ficou ofendida e indignada e mandou uma resposta ácida abrangendo as duas irmãs e contendo reflexões desrespeitosas ao orgulho de sir Thomas. Como a sra. Norris não conseguiu guardar segredo, as irmãs acabaram rompendo relações por um período considerável.

As três famílias viviam muito distantes e frequentavam círculos bastante diferentes, e isso praticamente os impediu de terem notícias uns dos outros nos 11 anos seguintes. Pelo menos para sir Thomas, era espantoso que a sra. Norris pudesse lhes contar de vez em quando, com voz furiosa, que Fanny tivera outro filho. No entanto, depois de mais de uma década, a sra. Price não conseguiu mais manter o orgulho e o ressentimento, nem perder um vínculo que talvez pudesse lhe prover algum auxílio. Uma família grande, que ainda estava aumentando, um marido incapacitado para o serviço ativo mas não para amizades e boa bebida, uma renda muito pequena para suprir as necessidades, tudo isso fez com que ela desejasse reconquistar os parentes que sacrificara de maneira tão displicente. Então escreveu para lady Bertram uma carta em tom arrependido e desanimado, contando dos numerosos filhos e da carência total da irmã, declarando que daria tudo por uma reconciliação. A sra. Price se preparava para o nono parto. E, depois de lamentar as circunstâncias e lhes implorar a bondade de serem padrinhos da criança que nasceria, não conseguiu esconder o quanto eles seriam importantes na manutenção das outras oito. A mais velha era um menino de dez anos, bom menino, muito vivo, que ansiava em conhecer o mundo, mas o que a sra. Norris poderia fazer? Haveria alguma chance de ele vir a ser útil para sir Thomas em uma das propriedades nas Índias Ocidentais? Ele aceitaria qualquer função. O que sir Thomas achava de Woolwich? Como um menino poderia ser mandado para o Oriente?

A carta não foi improdutiva. Restabeleceu a paz e a generosidade. Sir Thomas enviou conselhos e manifestações de amizade. Lady Bertram remeteu dinheiro e um enxoval para o bebê, e a sra. Norris redigiu as cartas.

Foram esses os efeitos imediatos, e num período de 12 meses a sra. Price obteve vantagens mais importantes. A sra. Norris contava aos demais que pensava o tempo todo na pobre irmã e sua família. Dizia que, apesar de tudo o que faziam por Frances, ela ainda gostaria de fazer algo mais. Afinal, admitiu que desejava ver a pobre sra. Price liberada dos encargos e das despesas de um dos seus tão numerosos filhos.

— E se nos encarregássemos de manter a filha mais velha, que acabara de completar nove anos, idade que requer mais atenção do que a pobre mãe poderia lhe dar? O transtorno e a despesa não seriam nada, comparados com a benevolência da atitude.

Lady Bertram concordou imediatamente.

— Acho que não podemos fazer melhor: vamos mandar buscar a menina.

Sir Thomas não conseguiu dar um consentimento tão instantâneo e incondicional. Debateu e hesitou. Era um encargo sério — uma menina já crescida precisava ser mantida adequadamente, ou tirá-la da própria família seria crueldade em vez de bondade. Pensava nos seus quatro filhos, sendo dois rapazes, pensava em primos namorando etc. Mas, quando começou a expor as suas objeções, a sra. Norris o interrompeu com uma resposta a todas, explícitas ou não:

— Meu caro sir Thomas, eu o compreendo perfeitamente e faço justiça à generosidade e à delicadeza das suas ponderações, que de fato fazem parte da sua conduta geral. Concordo quanto à conveniência de fazermos o possível para prover o sustento de uma criança alheia, que de certa forma caiu em nossas mãos. Garanto que eu seria a última pessoa no mundo a negar a minha modesta contribuição nesse caso. Como não tenho filhos, para quem eu daria a minha pequena ajuda, a não ser para os filhos das minhas irmãs? Tenho certeza de que o sr.

Norris é muito justo, mas sou mulher de poucas palavras e promessas. Uma bagatela não deve nos impedir de praticar uma boa ação. Dê educação para a menina e a introduza adequadamente no mundo, e aposto dez contra um que ela terá meios de vencer sem maiores despesas para quem quer que seja. Uma sobrinha nossa, sir Thomas, ou, pelo menos, uma sobrinha *sua*, crescendo nessas redondezas, não deixaria de ter muitas vantagens. Eu não diria que ela se tornará tão bela quanto as primas. Ouso dizer que não. Porém, seria introduzida na sociedade dessa região em circunstâncias tão favoráveis que com toda a probabilidade conseguiria uma situação confortável. Está pensando nos seus filhos rapazes, mas não sabe que, de tudo o que acontece nesse mundo, *isto* é o menos provável de acontecer se forem criados, como serão, como irmãos e irmãs? Moralmente é impossível. Não conheço caso algum assim. De fato, é o único meio eficaz de se evitar um vínculo. Suponhamos que ela se torne uma menina bonita e que Tom ou Edmund a vejam pela primeira vez daqui a sete anos, ouso dizer que aí haveria problema. A simples ideia do sofrimento da prima ter vivido longe de nós, na pobreza e na negligência, bastaria para que um dos meninos, amáveis e de bom temperamento, se apaixonasse. Mas se crescerem juntos a partir de agora, mesmo que ela tenha a beleza de um anjo, nunca será para eles mais do que uma irmã.

— Há uma grande verdade nas suas palavras — replicou sir Thomas — e longe de mim lançar qualquer obstáculo fantasioso contra um plano que satisfaria a todos. Só pretendi observar que devemos ter o cuidado de não ser levianos e ver se de fato seremos úteis à sra. Price, e honrosos com nossa palavra. Precisamos garantir à menina, ou nos comprometer a lhe garantir de agora em diante, em qualquer circunstância, as condições de dama da sociedade, caso não surja uma chance como a que a senhora tanto espera.

— Eu o compreendo! — exclamou a sra. Norris. — O senhor é a personificação da generosidade e da ponderação, e tenho certeza de que nunca discordaremos nesse ponto. Como bem sabe, estou disposta a fazer tudo o que estiver ao meu alcance pelo bem daqueles a quem amo. E, apesar de jamais sentir por essa menininha a centésima parte da consideração que tenho pelos seus queridos filhos, nem considerá-la de modo algum como se fosse minha filha, eu me odiaria se tivesse a coragem de abandoná-la. Não é filha de uma das minhas irmãs? Será que eu suportaria vê-la passando necessidade tendo um pedaço de pão para lhe oferecer? Meu caro sir Thomas, apesar de todos os meus defeitos, tenho um coração sensível, e, embora seja pobre, preferiria negar a mim mesma o essencial da subsistência a fazer algo mesquinho. Portanto, se o senhor não se opuser, amanhã mesmo escreverei para a minha pobre irmã e lhe farei a proposta. Assim que tudo estiver resolvido, eu me incumbirei de trazer a criança para Mansfield. Não precisa se preocupar. Nunca levo em conta os meus problemas. Mandarei Nanny a Londres com esse objetivo. Ela ficará hospedada na casa de um primo, fabricante de selas, para onde a criança deverá ser levada. Eles não terão dificuldade em mandá-la de carruagem, de Portsmouth até Londres, aos cuidados de alguém de confiança que esteja indo para lá. Acredito que há sempre uma ou outra respeitável esposa de comerciante fazendo tal percurso.

A única objeção de sir Thomas foi quanto ao encontro na casa do primo de Nanny, logo substituído por uma solução mais respeitável, embora menos econômica. Assim, tudo foi dado como resolvido e os prazeres de um esquema tão benevolente passaram a ser desfrutados. Por justiça, a divisão das sensações gratificantes não deveria ser igual, pois sir Thomas estava decidido a ser o real e efetivo protetor da criança escolhida, enquanto a sra. Norris não tinha a menor intenção de comprometer um centavo na manutenção da sobrinha. Quando se tratava de se movimentar, falar e maquinar para conseguir o que queria, ela era profundamente benevolente e ninguém a superava sempre que o assunto era ditar generosidade aos outros. Porém, o seu amor pelo dinheiro era igual ao seu amor por ditar ordens, e ela era exímia tanto em poupar o seu dinheiro quanto em gastar o dos outros. Como o casamento a brindou com uma renda menor do que aquela com que sonhara, desde o início constatou a necessidade de uma economia muito estrita — e aquilo que começou como questão de prudência logo se transformou em questão de escolha, como um objeto de indispensável solicitude. Se houvesse uma família a sustentar, a sra. Norris jamais teria poupado dinheiro. Porém, não havendo encargo algum desse gênero, nada impediria a sua frugalidade nem diminuiria a sua satisfação de fazer um acréscimo anual a uma renda que não chegava a ser totalmente gasta. Dominada por essa ideia, à qual se contrapunha a ausência de afeto real pela irmã, ela não poderia desejar mais do que o crédito de planejar e organizar uma caridade tão dispendiosa. Mas talvez se conhecesse muito pouco, a ponto de voltar para a residência paroquial depois daquela conversa, na feliz convicção de ser a irmã e a tia mais generosa do mundo.

Quando o assunto voltou à baila, os pontos de vista da sra. Norris foram explicados com mais clareza, e em resposta a uma pergunta calma de lady Bertram — "Minha irmã, onde a criança vai ficar quando chegar? Na sua casa ou aqui?" —, sir Thomas ouviu, com certa surpresa, que a sra. Norris estava impossibilitada de participar dos cuidados para com a sobrinha. Ele julgara que a menina seria um acréscimo bem-vindo à residência paroquial, uma companhia desejável para uma tia sem filhos, mas constatou que estava enganado. A sra. Norris lamentava dizer que a permanência da menina em sua casa, pelo menos naquele momento, estava fora de questão. O lastimável estado de saúde do pobre sr. Norris tornava aquilo impossível: para ele seria mais fácil voar do que aturar o barulho de uma criança. Se de fato ele algum dia conseguisse se recuperar dos males da gota, a situação seria diferente. Então, ela teria o prazer de assumir a sua vez e nem pensaria em incômodos. Mas, por enquanto, o pobre sr. Norris consumia todos os minutos do seu tempo, e ela tinha certeza de que a simples menção a algo semelhante o perturbaria.

— Então é melhor ela vir para cá — constatou lady Bertram com a maior serenidade.

Depois de uma curta pausa, sir Thomas acrescentou, solene:

— Sim, que esta casa seja o seu lar. Nós nos esforçaremos para cumprir o nosso dever para com a menina, que pelo menos terá a vantagem de contar com companheiras da sua idade e com uma preceptora permanente.

— É verdade — disse a sra. Norris. — Essas duas ponderações são muito importantes. E para a srta. Lee dará no mesmo ensinar três meninas em vez de duas, não fará a menor diferença. Eu gostaria de ser mais útil, mas, creiam, farei tudo o que estiver ao meu alcance. Não sou dessas pessoas que fogem dos próprios problemas... e Nanny vai buscá-la, embora isso me acarrete o incômodo da ausência da minha principal conselheira durante três dias. Minha irmã, suponho que você instalará a menina no pequeno sótão branco perto dos antigos quartos das crianças. Será o melhor lugar para ela, bem perto da srta. Lee, não longe das meninas e ao lado das empregadas, que poderão ajudá-la a se vestir e a cuidar de suas roupas, pois acho que você não consideraria razoável que Ellis cuide dela como das outras. Na verdade, não vejo outro lugar onde ela possa ficar.

Lady Bertram não discordou.

— Espero que ela tenha boa índole — continuou a sra. Norris — e saiba reconhecer a boa e rara sorte de contar com as amizades como esta.

— Se ela revelar má índole — disse sir Thomas —, não deveremos conservá-la na nossa família, pelo bem dos nossos filhos. Porém, não há motivo algum para esperarmos um mal tão grave assim. É provável que ela tenha muitos aspectos a serem alterados. Devemos estar prontos para enfrentar muita ignorância, algumas opiniões mesquinhas, modos muito vulgares e inconvenientes, mas nenhum desses erros é incurável. Também confio que não sejam tão perigosos para os demais. Se as minhas filhas fossem *mais novas* do que ela, eu diria que essa companhia seria um assunto muito sério, mas, como não são, espero que não haja nada a temer em relação a elas, e espero que a menina tire proveito do convívio.

— Concordo plenamente — falou a sra. Norris. — Eu disse o mesmo ao meu marido essa manhã. O simples fato de estar em companhia das primas já será muito educativo. Se a srta. Lee não lhe ensinar coisa alguma, ela aprenderá com as primas a ser boa e inteligente.

— Espero que ela não provoque o meu pobre pug — comentou lady Bertram. — Acabei de mandar Julia deixá-lo em paz.

— Teremos algumas dificuldades no nosso caminho, sra. Norris — observou sir Thomas —, quanto à distinção apropriada a ser feita entre as meninas, à medida que crescerem: como preservar na mente das minhas filhas a consciência do que são, sem fazê-las pensar que a prima é inferior? E, sem desanimar a menina, como lembrá-la de que não é uma srta. Bertram? Eu gostaria que fossem boas amigas e não autorizaria em hipótese alguma que as minhas filhas demonstrassem qualquer grau de arrogância em relação à prima. Porém, mesmo assim, elas não podem ser iguais. A linhagem, a fortuna, os direitos e as expectativas serão sempre diferentes. Trata-se de uma questão muito delicada, e a senhora deve nos ajudar a escolher a exata linha de conduta.

A sra. Norris se declarou sempre às ordens do cunhado. Embora concordasse com ele quanto à delicadeza do assunto, pediu para que esperassem, que acabariam administrando tudo com facilidade.

Constata-se que a sra. Norris não escreveu para a irmã em vão. A sra. Price pareceu muito surpresa com o fato da escolha ter recaído em uma menina quando tinha tantos meninos, mas aceitou o oferecimento com total gratidão, assegurando aos parentes que a filha era uma menina bem-humorada, de bom temperamento, e garantindo que nunca teriam motivo algum para mandá-la embora. Acrescentou que ela era um tanto frágil e franzina, mas esperava com otimistmo que sua saúde melhorasse com a mudança de ares. Pobre mulher! Provavelmente pensava que a mudança de ares beneficiaria seus filhos!

CAPÍTULO 2

A menina realizou a sua longa viagem em segurança e em Northampton foi recebida pela sra. Norris, que se regozijava pelo crédito de ser a primeira a lhe dar as boas-vindas e pela importância de conduzi-la e recomendá-la à bondade dos demais parentes.

Fanny Price tinha apenas dez anos e, embora não dispusesse de atributos cativantes na sua primeira aparição, pelo menos não desagradou. Pequena para a idade, a pele sem brilho, desprovida de qualquer beleza que impressionasse, era extremamente tímida, esquiva, e evitava ser notada. No entanto, apesar do ar desajeitado, o seu aspecto não era vulgar. A voz era doce e, quando falava, a fisionomia tornava-se bonita. Sir Thomas e lady Bertram a acolheram com muita gentileza e, percebendo o quanto ela carecia de encorajamento, sir Thomas tentou ser muito conciliador, lutando contra a própria postura, grave e desfavorável. Lady Bertram, sem se dar a metade desse trabalho e falando uma palavra enquanto ele falava dez, com a simples ajuda de um sorriso simpático revelou de imediato uma personalidade menos intimidadora do que a do marido.

Os jovens estavam todos em casa e durante as apresentações cada qual desempenhou o seu papel com muito bom humor e desembaraço. Pelo menos os rapazes, que aos 17 e 16 anos eram altos para a idade e aos olhos da pequena prima tinham toda a imponência de homens adultos. As duas meninas se mostraram um tanto atrapalhadas, por serem mais novas e temerem ao pai, que na ocasião se dirigiu a elas com particular precipitação. Mas ambas estavam muito habituadas a companhias e elogios, de modo que não tinham qualquer timidez, e foram ficando cada vez mais confiantes diante do acanhamento da prima, passando a lhe examinar o rosto e a indumentária com tranquila indiferença.

A família era notavelmente distinta, os rapazes de muito boa aparência, as filhas belas, todos crescidos e avançados para a idade. Apresentavam um contraste impressionante em educação e trato social em relação à prima — ninguém diria que as meninas tinham idades tão próximas. Na verdade, a diferença entre a caçula e Fanny era de apenas dois anos. Julia Bertram tinha somente 12, e Maria, um ano a mais. Enquanto isso, a pequena visitante se sentia infeliz. Com medo de todos, envergonhada, saudosa da casa que deixara, não sabia como se portar e mal conseguia falar em tom audível e sem chorar. A sra. Norris lhe lembrara durante todo o percurso desde Northampton da maravilhosa sorte que tivera e do extraordinário grau de gratidão e bom comportamento que deveria demonstrar. Portanto, a sua consciência da própria infelicidade aumentava perante a ideia de ser ingrata se não se mostrasse feliz. O cansaço de uma viagem tão longa rapidamente se tornou um terrível incômodo. Nada conseguia confortá-la: em vão as bem-intencionadas condescendências de sir Thomas; os oficiosos prognósticos da sra. Norris de que ela seria uma boa menina; em vão o sorriso de lady Bertram fazendo-a se sentar no sofá ao seu lado junto com o pug; e igualmente vã a visão de uma torta de groselha, da qual Fanny mal conseguiu engolir dois pedaços antes de irromper em lágrimas. Como o sono parecia ser o seu amigo mais ansiado, levaram-na para terminar a tristeza na cama.

— O início não foi nada promissor — comentou a sra. Norris quando Fanny saiu da sala. — Depois de tudo o que lhe recomendei durante a viagem, pensei que ela fosse se comportar melhor. Eu lhe disse que dependeria muito dela se acostumar desde o início. Espero que não haja um pouco de rebeldia... a sua pobre mãe era assim, mas devemos fazer concessões para com essa criança... e não sei se depõe contra ela o fato de se sentir triste por deixar a casa em que vivia, afinal, apesar de todos os defeitos, era a sua casa... E ela ainda não avalia o quanto mudou para melhor, mas para tudo é preciso moderação.

No entanto, levaria muito mais tempo do que a sra. Norris se dispunha a esperar para que Fanny se adaptasse à novidade representada por Mansfield Park e ao afastamento de todas as pessoas com quem estava habituada a conviver. A sua sensibilidade muito aguçada era mal compreendida e não merecia atenção. Ninguém queria ser indelicado, mas também não se dispunham a sair de suas zonas de conforto para consolá-la.

O feriado concedido no dia seguinte às srtas. Bertram, com o propósito de lhes permitir tempo livre para se familiarizarem com a prima e entretê-la, aproximou-as muito pouco. Não conseguiram deixar de menosprezá-la ao constatarem que tinha apenas duas faixas de cintura e nunca estudara francês. E, quando perceberam que ela não se impressionara com o dueto que tiveram a boa vontade de apresentar, limitaram-se a presenteá-la com alguns dos seus brinquedos menos valorizados e a deixá-la sozinha enquanto se dedicavam à sua diversão favorita dos feriados naquele momento: fazer flores artificiais ou picar papel dourado.

Longe ou perto das primas, na sala de aula, na sala de estar ou na alameda de arbustos, Fanny se sentia desamparada, sempre temendo tudo e todos. Sentia-se desanimada pelo silêncio de lady Bertram, assustada pelos olhares sérios de sir Thomas e muito abatida pelas admoestações da sra. Norris. As primas mais velhas a mortificavam fazendo observações sobre o seu tamanho e a desconcertavam lhe enfatizando a timidez. A srta. Lee se admirava da sua ignorância e as empregadas zombavam das suas roupas. Quando a essas tristezas se agregava a lembrança de irmãos e irmãs entre os quais sempre fora importante como companheira de brincar, como instrutora e até enfermeira, um sério desânimo sufocava seu pequeno coração.

Fanny se admirava com a imponência da casa, sem que isso a consolasse. Os aposentos eram grandes demais para se movimentar com facilidade — temia estragar qualquer coisa em que tocasse e andava pé ante pé, sempre com medo disto ou daquilo. Muitas vezes, ela ia para o quarto chorar — a menina de quem se falava na sala de visitas quando dali saía à noite, mostrando-se tão sensível à sua sorte, terminava as tristezas do dia chorando até dormir. Assim se passou uma semana. As suas atitudes tranquilas não deixavam suspeitas desse sofrimento, até que certa manhã o primo Edmund, o mais jovem dos rapazes, encontrou-a chorando, sentada na escada do sótão.

— Minha querida prima — disse ele, com toda a cortesia da sua excelente natureza —, o que está acontecendo?

Edmund se sentou ao seu lado. Com grande dificuldade, tentou vencer a vergonha que ela sentia por ter sido surpreendida naquela situação e convencê-la a falar francamente. Estaria doente? Alguém se zangara com ela? Discutira com Maria ou Julia? Estaria atrapalhada com alguma coisa das aulas, algo que ele pudesse explicar? Em resumo, será que ela queria algo que ele pudesse proporcionar ou fazer? Por um bom tempo conseguiu apenas que ela dissesse "não... não, mesmo... não, muito obrigada...", mas continuou insistindo e assim que se referiu à antiga casa da prima o choro se intensificou e Edmund entendeu de onde vinha a tristeza. Procurou consolá-la.

— Você está triste por ter se separado da sua mãe, minha querida Fanny — disse ele —, o que demonstra que é uma menina muito boa. Mas lembre-se de que está entre parentes e amigos, que todos a amam e querem fazê-la feliz. Vamos caminhar pelo parque e você me contará tudo sobre seus irmãos e suas irmãs.

Insistiu no assunto e ficou sabendo que eles eram queridos, como em geral acontece, e que um deles era o preferido: William, de quem ela falava mais e queria muito ver. William, o primogênito, um ano mais velho do que ela, seu amigo e companheiro constante, que a defendia perante a mãe (de quem era o queridinho) em todas as dificuldades. William não queria que ela partisse e lhe dissera que sentiria muito a sua falta.

— Mas garanto que William vai lhe escrever.

Sim, ele prometera, mas pediu que *ela* escrevesse primeiro.

— E quando você fará isso?

Ela baixou a cabeça e respondeu, hesitante:

— Não sei, não tenho papel.

— Se o problema é esse, eu lhe fornecerei papel e todo o material necessário, e você poderá escrever a sua carta quando quiser. Ficaria feliz se escrevesse para William?

— Sim, muito!

— Então, vamos fazer isso agora mesmo. Venha comigo até a sala do café da manhã, onde encontraremos tudo necessário e verificaremos se a sala está livre só para nós.

— Mas, primo, a carta chegará ao serviço postal?

— Deixe que eu providencio isso. Ela irá junto com as outras cartas e, como é o seu tio que vai franquear, William não terá despesa alguma.

— O meu tio?! — repetiu Fanny, com um olhar asustado.

— Sim, quando terminar a carta eu a levarei ao meu pai para franquear o porte.

Fanny achou a ideia ousada, porém não fez mais qualquer objeção. Os dois seguiram até a sala do café da manhã, onde Edmund lhe preparou o papel, traçando as linhas com a mesma boa vondade que o irmão de Fanny teria tido, e provavelmente com maior habilidade. Continuou por perto enquanto ela escrevia, ajudando-a com o canivete ou com a ortografia, à medida que ela precisava; e, além dessas atenções, que Fanny muito apreciou, ele demonstrou uma gentileza para com William que a agradou mais ainda. Escreveu de próprio punho palavras afetuosas para o primo William e antes de lacrar colocou uma moeda de meio guinéu. Na ocasião, os sentimentos de Fanny eram tantos que ela se viu incapaz de expressar, mas com o semblante e algumas palavras tímidas conseguiu demonstrar toda a gratidão e o prazer que sentia, e o primo começou a considerá-la uma pessoa interessante. Passou a conversar mais com ela e se convenceu de que era dotada de um coração afetuoso e um forte desejo de agir corretamente. Percebeu também que ela merecia maiores atenções pela delicadeza da sua situação e pela sua grande timidez. Conscientemente ele nunca a magoara, mas agora sentia que ela precisava de uma gentileza mais efetiva e, assim, em primeiro lugar esforçou-se para diminuir seus temores para com todos eles e lhe deu muitos conselhos quanto à maneira de brincar com Maria e Julia, e ser o mais alegre possível.

A partir daquele dia, Fanny ficou mais à vontade. Compreendeu que contava com um amigo, e a bondade do primo Edmund a animou em relação aos demais. Aquele lugar se tornou menos estranho e as pessoas, menos assustadoras. E, se não conseguia deixar de temer algumas, pelo menos aprendeu a lidar com as peculiaridades de cada uma e se ajustar. As atitudes rudes e desajeitadas que de início causavam transtornos desagradáveis à tranquilidade geral e à sua própria foram desaparecendo — ela não receava mais se aproximar do tio e a voz da tia Norris não a sobressaltava tanto. Para as primas, às vezes ela era uma companhia aceitável. Apesar de não servir como parceira constante por ser inferior em idade e força, as brincadeiras e os projetos às vezes requeriam uma terceira pessoa, principalmente se tivesse temperamento prestativo e condescendente; e, quando a tia perguntava pelos defeitos da prima, ou quando Edmund insistia para que fossem bondosas com ela, as duas respondiam que Fanny tinha boa índole.

Edmund era sempre bondoso. O pior que ela precisava suportar por parte de Tom era o tipo de divertimento que um rapaz de 17 anos sempre acha razoável fazer com uma criança de dez. Ele começava a entrar na vida social, cheio de entusiasmo e com todas as regalias liberais de filho primogênito que se considera nascido exclusivamente para gastar e se divertir. A bondade que manifestava para com a prima era compatível com os direitos e a situação de que desfrutava: dava-lhe presentes muito bonitos e caçoava dela.

À medida que a aparência e o ânimo de Fanny melhoravam, sir Thomas e a sra. Norris iam ficando mais satisfeitos com o seu plano benevolente e logo concluíram que, embora sem ser inteligente, ela estava se revelando uma pessoa tratável, que lhes daria poucos problemas. Essa opinião mesquinha sobre as capacidades da menina não se limitava a eles. Fanny sabia ler, trabalhar e escrever, mas nada aprendera além disso. Como descobriram que ela ignorava muitas coisas com as quais estavam familiarizadas desde muito tempo, as primas a consideravam burra e nas primeiras duas ou três semanas traziam constantes relatos para a sala de visitas.

— Querida mamãe, imagine que a minha prima não consegue montar o mapa da Europa, nem dizer os principais rios da Rússia. Ela nunca ouviu falar da Ásia Menor e não sabe a diferença entre aquarela e creiom. Que estranho! Onde já se viu tamanha ignorância?

— Minha querida — ponderou a tia —, isso é muito ruim, mas não devem esperar que todo mundo aprenda depressa e tão bem quanto vocês!

— Mas, tia, ela é muito ignorante! Veja, ontem à noite nós lhe perguntamos como iria até a Irlanda e ela respondeu que atravessaria para a Ilha de Wight! Só pensa na Ilha de Wight, chamando-a de "a ilha", como se não existissem outras no mundo! Tenho certeza de que eu me envergonharia se não soubesse tudo isso antes da idade dela. Não consigo me lembrar do tempo em que eu ignorava boa parte do que ela ainda não tem a menor noção. Minha tia, há muito tempo aprendemos a repetir a ordem cronológica dos reis da Inglaterra, com as datas das suas ascensões e os principais eventos de cada reinado!

— Sim — acrescentou a outra menina —, e dos imperadores romanos, desde Severo. Além de muita mitologia pagã, todos os metais, semimetais, planetas e filósofos importantes!

— Tudo isso é verdade, minhas queridas, mas vocês foram abençoadas com memórias maravilhosas, e talvez a sua pobre prima não. Há uma grande diferença entre as memórias e em tudo o mais, e vocês devem ser condescendentes com ela e lamentar suas deficiências. E lembrem-se: se vocês são tão adiantadas e inteligentes, devem ser sempre modestas, pois, apesar de já saberem tanto, ainda têm muito a aprender.

— Sim, eu sei, até fazer 17 anos. Mas deixe eu lhe contar outra coisa estranha e estúpida sobre Fanny: imagine, ela diz que não quer aprender música nem desenho.

— Minha querida, de fato isso é muita ignorância e demonstra grande falta de inteligência e estímulo. Mas, afinal, talvez seja melhor assim, pois, como sabem, graças a mim, o seu papai e a sua mamãe tiveram a bondade de trazê-la para educá-la junto com vocês. Ela não precisa ser tão bem-dotada quanto vocês. Pelo contrário, é bom que haja uma diferença.

Eram esses os conselhos com que a sra. Norris tentava formar o caráter das sobrinhas, e não é de admirar que, com todos os talentos promissores e com todas as informações precoces, faltassem às duas os dons menos comuns do autoconhecimento, da generosidade e da humildade. Eram admiravelmente formadas em tudo, menos na índole. Sir Thomas não sabia o que estava faltando porque, apesar de ser um pai verdadeiramente atencioso, não demonstrava afeto explícito, e os seus modos reservados reprimiam toda a espontaneidade das filhas na sua presença.

Lady Bertram não dava a menor atenção à educação das meninas, pois não tinha tempo para tais cuidados. Passava os dias sentada no sofá, lindamente vestida, fazendo demorados trabalhos de agulha, de pouca utilidade e nenhuma beleza, pensando mais no cachorro do que nas filhas, com as quais era muito indulgente desde que não lhe trouxessem problemas. Nas coisas importantes, ela era guiada por sir Thomas, e nas questões menores, pela irmã. Ainda que tivesse mais tempo livre para cuidar das meninas, considerava isso desnecessário, pois estas estavam aos cuidados de uma preceptora e de professores adequados, e nada mais poderiam querer. Quanto ao fato de Fanny ter dificuldade de aprender, "lamentava admitir, mas algumas pessoas eram burras e Fanny deveria se esforçar mais". Não sabia o que mais poderia ser feito e, embora a sobrinha fosse tão tola, ela se via na obrigação de acrescentar que não via mal algum na pobrezinha, considerando-a "muito disponível e rápida para levar recados e buscar tudo" o que ela lhe pedisse.

Com todos os seus defeitos de ignorância e timidez, Fanny se apegou a Mansfield Park, para onde aprendeu a transferir boa parte da sua ligação com o antigo lar, e cresceu ali entre os primos, não de todo infeliz. Não havia má índole em Maria nem em Julia. E, embora Fanny às vezes se mortificasse pelo tratamento recebido, menosprezava tanto os próprios direitos que nem se magoava.

Desde a época em que a sobrinha entrou para a família, lady Bertram, em consequência de uma saúde delicada e grande dose de indolência, desistiu da casa em Londres, que ocupavam a cada primavera, e permaneceu o tempo todo no campo, deixando que sir Thomas cumprisse os seus deveres junto ao Parlamento, independentemente do maior ou menor conforto que a ausência da esposa pudesse causar. Portanto, no campo, as srtas. Bertram continuavam a exercitar as memórias e a praticar duetos, transformando-se em jovens altas e elegantes. O pai via, satisfeito, as filhas adquirirem o aspecto físico, as maneiras e as aptidões que ele ansiava. O primogênito era descuidado e extravagante, e já lhe causara muita inquietação, mas os outros filhos só lhe prometiam coisas boas. Achava que as filhas, enquanto solteiras, dariam ao sobrenome da família uma nova graça e confiava que, quando se casassem, estenderiam essa graça a alianças respeitáveis. O caráter, o extraordinário bom senso e a retidão intelectual de Edmund ofereciam as mais belas perspectivas de que ele seria um homem útil, honrado e feliz consigo mesmo e com todos. Pretendia se tornar clérigo.

Além dos cuidados e da complacência que os filhos sugeriam, sir Thomas não se esquecia de fazer o possível pela prole da sra. Price: dava uma ajuda generosa na educação e na emancipação dos meninos, à medida que atingiam idade suficiente para determinada ocupação. E Fanny, embora quase totalmente isolada, ficava satisfeita em saber de todas essas bondades que contribuíam para melhorar a situação e a vida dos seus. Uma vez, e uma única vez no decurso de muitos anos, ela teve a felicidade de estar com William. Não tinha notícia dos demais: ninguém imaginava que ela fosse revê-los, mesmo que para uma visita, e parecia que ninguém a queria no antigo lar. Mas, logo depois da partida de Fanny, William decidira ser marinheiro e fora convidado a passar uma semana com a irmã em Northamptonshire antes de partir para o mar. Pode-se imaginar o caloroso afeto do reencontro, o enorme prazer de estarem juntos, as horas de felizes risadas e os momentos de conversas sérias, assim como as declarações otimistas do rapaz até o momento da partida e a infelicidade da menina quando ele se foi. Felizmente, a visita aconteceu nos feriados natalinos, quando ela pôde buscar conforto junto ao primo Edmund, que lhe contou as coisas encantadoras que William faria dali em diante em consequência da profissão — e aos poucos ela admitiu que a separação poderia ter algum benefício. A amizade de Edmund jamais a abandonou: ele trocou Eaton por Oxford sem que isso causasse mudança alguma nas suas atitudes bondosas, e só proporcionou oportunidades mais frequentes de demonstrá-las. Sem exibir que fazia mais do que os outros, sem temer fazer demais, Edmund era sempre fiel aos interesses de Fanny, atento aos seus sentimentos, tentando fazer com que as suas boas qualidades fossem percebidas e vencer a timidez que as impedia de serem mais aparentes, dando-lhe conselhos, consolo e incentivo.

Reprimida por todos os demais, como de fato era, o apoio único de Edmund não poderia lhe propiciar grande progresso. Porém, por outro lado, as atenções dele eram da maior importância para ajudá-la a aprimorar e ampliar os prazeres intelectuais. Ele sabia que a prima era inteligente, que tinha perceção rápida e bom senso, que apreciava a leitura, fatores que direcionados adequadamente resultariam em uma educação propriamente dita. A srta. Lee lhe ensinava francês e tomava a lição diária de história, mas ele lhe recomendava os livros que encantavam suas horas de lazer, encorajava-lhe o gosto e corrigia-lhe as avaliações. Edmund tornava a leitura útil conversando com ela a respeito e enfatizando os atrativos dos livros com elogios criteriosos. Em retribuição, ela o amava mais do que a qualquer outra pessoa no mundo, exceto William: o seu coração estava dividido entre os dois.

CAPÍTULO 3

O primeiro acontecimento importante na família foi o falecimento do sr. Norris, quando Fanny ia completar 15 anos, fato que necessariamente introduziu alterações e novidades. Ao deixar a residência paroquial, a sra. Norris se mudou primeiro para Mansfield Park e depois para uma pequena casa de sir Thomas no vilarejo. Consolava-se pela perda do marido considerando que poderia viver muito bem sem ele, e que a diminuição da renda lhe imporia a necessidade evidente de ter mais rigor na economia.

Daí em diante, Edmund passaria a receber o benefício eclesiástico que, caso o tio tivesse morrido alguns anos antes, teria sido devidamente entregue a algum amigo até que ele alcançasse a idade suficiente para ser ordenado. Mas as extravagâncias de Tom foram tão grandes que foi preciso alterar a indicação do novo presbítero, e o irmão mais novo acabou ajudando a pagar os prazeres do mais velho. Havia trabalho garantido para Edmund e, embora tal circunstância aliviasse um pouco a consciência de sir Thomas, ele se sentia injusto e com todo o empenho tentou incutir no primogênito o mesmo sentimento, na esperança de produzir mais efeito do que tudo o que até então fora capaz de dizer ou fazer.

— Fico envergonhado por você, Tom — disse sir Thomas com voz solene. — Fico envergonhado pela atitude que sou forçado a adotar, e confio poder lamentar os seus sentimentos fraternos nessa ocasião. Você vem roubando Edmund há dez, vinte, trinta anos, ou talvez a vida toda, em mais de metade da renda que deveria ser dele. Daqui em diante dependerá de mim ou de você, pelo menos assim espero, conseguir um cargo melhor para ele, mas não esqueça que benefício algum ultrapassaria as reivindicações naturais que ele nos faria e que, de fato, nada equivaleria à vantagem inconstestável à qual ele agora é obrigado a renunciar devido à urgência das dívidas que você contraiu.

Tom ouviu o pai com um misto de vergonha e tristeza, mas, escapando o mais depressa possível, logo refletiu com alegre egoísmo que, em primeiro lugar, as suas dívidas não chegavam à metade das de alguns dos seus amigos; em segundo, que o pai estava transformando aquilo em uma tempestade; e, em terceiro, que o futuro beneficiado, fosse lá quem fosse, tinha a grande probabilidade de morrer bem cedo.

Com a morte do sr. Norris, a nomeação recaiu por direito sobre um certo dr. Grant, que consequentemente passou a residir em Mansfield. Ao se revelar um homem saudável de 45 anos, pareceu frustrar os cálculos de Tom Bertram.

— Que nada, ele é um sujeito apoplético, de pescoço curto, grande apreciador das coisas boas, de modo que não demorará a explodir.

A esposa do dr. Grant era 15 anos mais nova do que ele e não tinham filhos. Eles ingressaram nas vizinhanças com a usual e justificada fama de pessoas muito respeitáveis e agradáveis.

Chegou o momento em que sir Thomas esperava que a cunhada reivindicasse a sua cota na tutela da sobrinha. A mudança na situação da sra. Norris e o fato de Fanny não ser mais uma criança pareciam eliminar qualquer objeção anterior a morarem juntas, e até mesmo conferir a isso uma incontestável justificativa. Como as circunstâncias tornaram a vida de sir Thomas menos promissora devido às perdas recentes nas suas propriedades nas Índias Ocidentais, agravadas pelas extravagâncias do primogênito, ele bem que gostaria de se liberar das despesas com o sustento e o futuro da sobrinha. Convicto de que agia corretamente, mencionou para a esposa tal probabilidade. Na primeira vez em que lady Bertram se lembrou do assunto na presença de Fanny, observou com calma:

— Então, Fanny, você vai nos deixar e morar com a minha irmã. Que acha disso?

Fanny ficou surpresa demais e conseguiu apenas repetir as palavras da tia:

— Vou deixar vocês?

— Sim, minha querida, por que a surpresa? Você está conosco há cinco anos e a minha irmã sempre pretendeu levá-la quando o sr. Norris falecesse. Mas deverá vir alinhavar os meus bordados, como sempre.

Para Fanny, a notícia foi tão desagradável quanto inesperada. Jamais recebera qualquer carinho da tia Norris, por quem não conseguia se afeiçoar.

— Ficarei muito triste em ir embora — disse com a voz trêmula.

— Sim, estou certa de que ficará; *isso* é bastante natural. Imagino que você, como qualquer outra criatura desse mundo, tenha se aborrecido muito pouco desde que veio para cá.

— Espero não estar sendo ingrata, tia — respondeu Fanny com modéstia.

— Não, minha querida, acho que não. Sempre a considerei uma menina muito boa.

— E nunca mais morarei aqui?

— Nunca, minha querida, mas pode ter certeza de que terá um lar confortável. E, para você, fará bem pouca diferença estar numa casa ou na outra.

Fanny saiu da sala com o coração triste. Não achava que a diferença fosse tão pequena, nem conseguia imaginar que morar com a tia parecesse algo satisfatório. Tão logo encontrou Edmund, contou-lhe a sua aflição.

— Primo — disse —, vai acontecer comigo algo que não me agrada... E, embora você costume me persuadir a aceitar coisas que me desgostam à primeira vista, dessa vez não conseguirá. Vou morar com a tia Norris.

— É mesmo?!

— Sim, a tia Bertram acabou de me contar. Já está tudo resolvido. Vou deixar Mansfield Park para morar em White House, assim que a tia Norris for para lá.

— Bem, Fanny, se o plano não fosse desagradável para você, eu diria que é excelente.

— Ah, primo!

— Essa ideia tem tudo para dar certo. A tia Norris está agindo com sensatez, querendo ficar com você. Está escolhendo uma amiga e companheira exatamente onde deveria escolher, e me alegro em ver que o amor dela pelo dinheiro não está interferindo. Você será para ela o que deve ser. Espero que isso não a aflija demais, Fanny.

— Mas aflige! Não consigo gostar da ideia. Amo essa casa e tudo o que há aqui. Lá não vou gostar de coisa alguma. Você sabe como eu fico pouco à vontade perto dela.

— Não posso comentar a maneira com que ela a tratava quando criança. Mas era igual conosco, ou quase. Ela nunca soube ser agradável com crianças. Mas agora você está em idade de ser melhor tratada. Acho que ela já está se portando melhor e, quando for a sua única companhia, você será importante para ela.

— Jamais serei importante para alguém.

— O que a impede?

— Tudo. A minha situação, as minhas tolices e a minha falta de jeito.

— Quanto às tolices e à falta de jeito, minha cara Fanny, acredite, você jamais as teve, exceto quando usa as palavras de modo tão impróprio. Não há motivo nesse mundo para você não ser importante para quem a conhece. Você tem bom senso e um temperamento doce, e com certeza tem um coração agradecido, que nunca recebe carinho sem querer retribuir. Não conheço melhores qualificações para uma amiga e companheira.

— É muita gentileza sua — disse Fanny, enrubescendo com tantos elogios. — Não sei como lhe agradecer por tudo de bom que você pensa de mim. Se eu tiver que ir embora, primo, me lembrarei da sua bondade até o último instante da minha vida.

— Ora, Fanny, espero ser lembrado num lugar tão distante quanto White House. Você fala como se fosse se afastar duzentas milhas, em vez de só atravessar o parque. Mas continuará a nos pertencer, como quase sempre. As duas famílias se encontrarão todos os dias do ano. A única diferença será que, morando com a tia, você terá o destaque que merece. Aqui há muitas pessoas atrás das quais você pode se esconder; mas com ela você será forçada a se manifestar.

— Ah, eu não diria isso.

— Pois digo, e com prazer. Agora a sra. Norris é muito mais adequada para se encarregar de você do que a minha mãe. Por temperamento, ela faz muito por quem se interessa, e a forçará a fazer jus às suas capacidades inatas.

Fanny suspirou.

— Não consigo ver as coisas assim. Mas devo acreditar que você tem mais razão do que eu, e lhe agradeço muito por tentar me fazer aceitar o inevitável. Se eu pudesse imaginar que a minha tia de fato se importa comigo, ficaria encantada de me sentir importante para alguém. Aqui, eu sei, não tenho valor para ninguém, mas mesmo assim amo esse lugar.

— Do lugar você não vai sair, Fanny, só dessa casa. Como sempre, terá total liberdade no parque e nos jardins. E o seu coraçãozinho não precisa se assustar com essa mudança apenas nominal. Você fará os mesmos passeios, escolherá os livros que quiser na mesma biblioteca, verá as mesmas pessoas, e terá o mesmo cavalo para montar.

— É verdade, o velho e querido pônei cinza! Ah, primo, como eu me lembro do medo que eu tinha de cavalgar, do terror que sentia só de ouvir falarem que aquilo me faria bem para a saúde... Eu tremia vendo o meu tio sorrir quando alguém falava de cavalos, e penso no trabalho que você teve para me livrar dos meus temores e me convencer de que depois de algum tempo eu gostaria de montar. Você estava certo, e espero que as suas boas profecias se realizem como sempre.

— Estou convencido de que morar com a tia Norris fará bem para a sua mente, assim como cavalgar fez bem para a sua saúde, e também contribuirá para a sua total felicidade.

Assim terminou a conversa que, por mais que tenha prestado um bom serviço a Fanny, poderia ter sido dispensada, pois a sra. Norris não tinha a menor intenção de levá-la. Naquelas circunstâncias isso nunca lhe ocorrera, exceto como algo a ser cuidadosamente evitado. Para impedir que a hipótese fosse cogitada, ela escolheu a menor casa que pudesse ser considerada distinta dentre as propriedades da paróquia de Mansfield. White House tinha apenas as dimensões suficientes para acomodá-la e aos seus criados, além de um quarto extra para receber amigos, exigência particular da nova moradora. Na residência paroquial, os quartos vagos nunca foram requisitados, mas agora ela insistia na absoluta necessidade de um quarto extra para amigos. Contudo, nem todas as suas precauções puderam poupá-la de que alguém imaginasse algo melhor da sua parte; ou talvez a exigência de um quarto livre tenha levado sir Thomas a supor que se destinasse a Fanny.

Sem querer, lady Bertram confirmou a suposição ao dizer para a sra. Norris, despreocupadamente:

— Minha irmã, acho que não precisaremos mais manter a srta. Lee quando Fanny for morar com você.

A sra. Norris levou um grande susto.

— Morar comigo, querida lady Bertram? O que está dizendo?

— Ela não vai morar com você? Pensei que tivesse acertado isso com sir Thomas.

— Eu?! Nunca! Jamais falei uma sílaba a esse respeito com sir Thomas, nem ele comigo. Fanny morar comigo?! A última coisa em que eu pensaria nesse mundo, ou que alguém que nos conhecesse desejaria para nós. O que eu poderia fazer com Fanny, meu Deus?! Eu, uma pobre viúva, desamparada e solitária, sem condições de fazer coisa alguma, com o ânimo destruído! O que eu poderia fazer com uma menina dessa idade? Uma menina de 15 anos! Justo a idade que acima de qualquer outra carece da maior atenção e põe em teste até os ânimos mais dispostos! Com certeza, sir Thomas não esperaria a sério uma coisa destas! Ele é muito meu amigo. Certamente ninguém que me queira bem proporia algo semelhante. Como foi que ele falou com você sobre isso?

— Na verdade, nem sei. Pensei que ele achasse melhor.

— Mas o que ele disse? Não diria que *desejava* que eu levasse Fanny. Tenho certeza de que de coração ele não desejaria isso.

— Não, ele só disse que julgava muito provável, e concordei. Ambos pensamos que seria um conforto para você. Mas, se não quer, não se fala mais nisso. Aqui ela não é um estorvo.

— Querida irmã, se levar em conta o meu estado de infelicidade, como pode pensar que Fanny seria um conforto para mim? Aqui estou eu, uma pobre viúva, desolada, privada do melhor dos maridos, com a saúde perdida de tanto cuidar e tratar dele, com o ânimo cada vez pior, com toda a paz destruída, mal tendo o suficiente para me sustentar na posição de dama distinta e me permitir viver de modo a não denegrir a memória do querido falecido! Que possível conforto eu teria se assumisse o tremendo encargo de ficar com Fanny? Ainda que fosse para o meu bem, eu não cometeria tamanha injustiça com a pobre menina! Ela está em boas mãos e se sairá bem. Preciso enfrentar as minhas tristezas e dificuldades como puder.

— Então, não se incomoda de viver sozinha?

— Não reclamo, lady Bertram. Sei que não posso viver como antes, mas devo reduzir os gastos no que puder e aprender a administrar melhor. Tenho sido uma dona de casa bastante liberal, mas não terei vergonha de ser mais econômica. A minha situação está tão alterada quanto os meus rendimentos. Não se pode esperar de mim muitas coisas que competiam ao pobre sr. Norris como titular da paróquia. Ninguém avalia o quanto se gastava na nossa cozinha com visitantes eventuais. Em White House, as coisas precisarão ser melhor supervisionadas. Devo viver com os meus recursos, ou ficarei na miséria; e sei que ficaria muito satisfeita se pudesse fazer ainda mais e poupar um pouco no fim do ano.

— Ouso dizer que conseguirá, como sempre, não é?

— Lady Bertram, o meu objetivo é ser útil aos que vêm depois de mim. É pelo bem dos seus filhos que eu gostaria de ser mais rica. Não tenho ninguém mais com quem me importar, mas ficaria muito feliz se pudesse deixar para eles uma ninharia que lhes fosse útil.

— Você é muito boa, mas não se preocupe com eles. Com certeza, estarão bem amparados. Sir Thomas cuidará disso.

— Claro, mas, como sabe, os recursos de sir Thomas ficarão bastante comprometidos se a propriedade de Antigua render tão pouco.

— Ah, isso logo se resolverá! Sei que sir Thomas está escrevendo a respeito.

— Bem, lady Bertram — disse a sra. Norris, levantando-se para sair —, devo dizer que o meu único desejo é ser útil para a sua família; e assim, se sir Thomas algum dia voltar a falar em Fanny morando comigo, poderá dizer que a minha saúde e o meu ânimo colocam essa hipótese fora de questão; além disso, eu não teria uma cama para abrigá-la, pois preciso manter um quarto vago para amigos.

Dessa conversa, lady Bertram repetiu para o marido o suficiente para convencê-lo de que se equivocara muito com as intenções da cunhada.

Daquele momento em diante, ela se viu a salvo das expectativas de sir Thomas, que não fez mais qualquer alusão ao assunto. No entanto, ele não deixou de se admirar com o fato de a sra. Norris se recusar a fazer algo por uma sobrinha que ela mesma tanto ansiara em adotar. Mas, como a cunhada teve o cuidado de fazer com que ele e lady Bertram compreendessem que tudo o que ela possuía seria destinado aos Bertram, ele logo considerou esse gesto como uma honraria ao mesmo tempo lisonjeira e vantajosa, que o ajudaria a prover melhor o sustento de Fanny.

Fanny logo soube que os seus temores tinham sido desnecessários; e a sua espontânea e natural felicidade com tal descoberta propiciou certo consolo para Edmund, que se desapontara ao julgar que a mudança seria essencialmente proveitosa para a prima. A sra. Norris tomou posse de White House, os Grant se instalaram na residência paroquial e, ao final desses eventos, por um certo tempo tudo em Mansfield continuou como de costume.

Dispostos a serem simpáticos e sociáveis, os Grant causaram grande satisfação entre a maioria dos novos conhecidos. Mas tinham seus defeitos, que a sra. Norris não tardaria a descobrir. O dr. Grant gostava muito de comer e fazia questão de um bom jantar todos os dias; e a sra. Grant, em vez de se esforçar para gratificá-lo gastando pouco, pagava à cozinheira salários tão altos quanto os de Mansfield Park e raramente era vista nas dependências de serviço. A sra. Norris não conseguia se referir com calma sobre esses absurdos, nem sobre a quantidade de manteiga e ovos consumida regularmente na casa. Ninguém prezava mais a abundância e a hospitalidade do que ela; ninguém odiava mais a mesquinharia; acreditava que nunca faltara qualquer conforto na casa paroquial, que na sua época jamais tivera má reputação, porém, não conseguia entender aquele comportamento. Uma senhora distinta, em uma paróquia rural, estava deslocada. Achava que a sua despensa deveria ter sido boa o suficiente para a sra. Grant. Por mais que perguntasse a todos, não conseguiu descobrir se a sra. Grant algum dia teria possuído mais de cinco mil libras.

Lady Bertram ouvia essa espécie de sermão sem muito interesse. Não entendia de erros de economia, mas considerava uma ofensa à beleza a situação da sra. Grant que, sem ser bonita, se estabelecera tão bem na vida; e, embora menos prolixa, manifestava surpresa com esse aspecto, quase com a mesma frequência com que a sra. Norris discutia o outro.

A discussão desses assuntos mal completara um ano quando ocorreu outro evento cuja importância para a família acabou reivindicando espaço no pensamento e na conversa das damas. Sir Thomas achou conveniente viajar até Antigua para organizar melhor os negócios e levou consigo o filho mais velho, na esperança de afastá-lo das más companhias. Eles deixaram a Inglaterra com a perspectiva de se ausentar por quase um ano.

A necessidade dessa medida, sob o aspecto pecuniário, e a esperança de que a viagem fosse útil para o filho, permitiram que sir Thomas aceitasse com menor esforço abandonar o restante da família e deixar as filhas sob a direção de outras pessoas, numa época tão interessante de suas vidas. Não conseguia ver em lady Bertram a capacidade de substituí-lo, ou melhor, de desempenhar o papel que ela própria deveria exercer. No entanto, graças à atenção vigilante da sra. Norris e ao bom senso de Edmund, partiu confiante, sem temer pela conduta das filhas.

Lady Bertram detestou a viagem, mas não se deixou alarmar nem manifestou preocupação com a segurança e o conforto do marido, pois era dessas pessoas que só dão valor para os perigos, as dificuldades e as fadigas que as atinjam diretamente.

Na ocasião, as srtas. Bertram foram dignas de pena, não por terem ficado tristes, mas pela inexistência desse sentimento. Para elas, o pai não era objeto de amor — ele jamais demonstrara apreço pelos prazeres das filhas, que infelizmente consideraram a sua ausência muito bem-vinda. Sentiram-se libertas de qualquer controle e, sem visar uma satisfação que sir Thomas provavelmente proibiria, julgaram-se livres para fazer o que quisessem e desfrutar de todas as indulgências que estivessem ao seu alcance. O alívio de Fanny e a consciência desse sentimento foram quase iguais aos das primas, mas a sua natureza mais terna a fazia supor que tais sensações eram ingratas — e ela se afligiu por não conseguir se afligir. Logo sir Thomas, que fizera tanto por ela e seus irmãos, partia para talvez nunca retornar! Era uma insensibilidade vergonhosa vê-lo partir sem derramar uma lágrima! Além disso, na manhã anterior, ele lhe dissera que esperava que ela pudesse rever William no próximo inverno e a encarregara de escrever para convidá-lo a vir a Mansfield assim que soubesse que a esquadra à qual pertencia estaria na Inglaterra. "Tão generoso e gentil!" E, se enquanto pronunciava aquelas palavras, ele ao menos tivesse sorrido e a chamado de "minha querida Fanny", ela teria esquecido as carrancas e a frieza anteriores. Mas ele concluiu o discurso de um modo que a deixou extremamente mortificada:

— Se William vier mesmo a Mansfield, espero que consiga convencê-lo de que não gastou sem proveito os muitos anos transcorridos desde que veio para cá. Embora eu receie que em certos aspectos ele achará a irmã de 16 anos muito parecida com a de dez.

Depois da partida do tio, Fanny chorou amargamente pensando nesse comentário; e as primas, ao vê-la com os olhos vermelhos, a rotularam de hipócrita.

CAPÍTULO 4

Tom Bertram passava tão pouco tempo em casa que na prática a sua ausência nem chegou a ser sentida, e lady Bertram logo se surpreendeu ao constatar que mesmo sem o marido tudo ia muito bem, e que Edmund era capaz de substituir o pai à mesa com o trinchante, conversar com o administrador, escrever para o advogado, lidar com os empregados e ao mesmo tempo poupá-la de qualquer fadiga ou esforço em particular, exceto o de endereçar as próprias cartas.

A família recebeu as primeiras notícias de que os viajantes chegaram a salvo em Antigua após uma viagem tranquila. Porém, antes disso, a sra. Norris manifestara temores terríveis, que tentava incutir em Edmund sempre que o encontrava sozinho, e como se quisesse ser sempre a primeira pessoa a saber de qualquer catástrofe fatal, já se preparara para comunicá-la a todos. Quando sir Thomas garantiu que ambos estavam vivos e bem, ela se viu forçada a deixar de lado temporariamente a agitação e o afetuoso discurso preparatório.

O inverno veio e se foi sem que isso fosse necessário, pois continuaram a chegar boas notícias, e a sra. Norris — promovendo diversões para as sobrinhas, cuidando dos seus trajes, exibindo-lhes os dons e procurando futuros maridos para elas — teve tantos afazeres além de todas as suas preocupações domésticas, as da irmã para interferir e os desperdícios da sra. Grant para inspecionar, que lhe restaram poucas ocasiões para se ocupar com temores pelos ausentes.

Agora, as srtas. Bertram estavam estabelecidas entre as beldades da vizinhança. Elas granjeavam a simpatia e a admiração geral porque, além da beleza e das brilhantes aptidões, possuíam modos naturais e afáveis, cuidadosamente moldados nos padrões da cortesia e da civilidade. A vaidade de ambas era tão tranquila que elas pareciam não perceber nem demonstrar qualquer ar de superioridade. Assim, os elogios captados por esse comportamento, confirmados e estimulados pela tia, serviam para fortalecê-las na crença de que não tinham defeitos.

Lady Bertram não aparecia em público com as filhas. Era indolente demais até para desfrutar do regozijo materno de assistir ao sucesso e a alegria das filhas, se isso lhe custasse qualquer transtorno pessoal. Ela passou esse encargo para a irmã, que não desejava coisa melhor do que esse ilustre posto de representante, e apreciou muito os meios que lhe permitiam frequentar a sociedade sem precisar alugar cavalos.

Fanny não participava das festividades da temporada, mas gostava de ser reconhecida como companhia útil para a tia, quando o resto da família se ausentava. E como a srta. Lee deixara Mansfield, ela se tornara essencial para lady Bertram nas noites de bailes ou recepções. Conversava com a tia, escutava-a, lia para ela; e a tranquilidade dessas noites, a segurança perfeita desses *tête-à-tête* isentos de qualquer sinal de indelicadeza, era indescritivelmente bem-vinda para alguém que raras vezes desfrutara de uma pausa em seus sobressaltos e constrangimentos. Adorava ouvir os relatos sobre os divertimentos dos primos, em especial sobre os bailes, e saber com quem Edmund dançara, mas se sentia muito inferior para imaginar que algum dia pudesse ser admitida nessas festas, e assim ouvia tudo sem se ver como participante. De modo geral, aquele inverno lhe pareceu confortável porque, embora não tivesse trazido William à Inglaterra, valeu-lhe a permanente esperança da chegada do irmão.

A primavera seguinte a privou do seu valoroso amigo, o velho pônei cinzento; e por algum tempo correu o risco de ter sua saúde e afeições prejudicadas, pois, apesar de todos reconhecerem a importância da equitação para a sua saúde, ninguém providenciou para que voltasse a cavalgar "porque", como as tias observaram, "ela poderia montar um dos cavalos das primas, sempre que elas não quisessem usá-los". Mas, como as srtas. Bertram queriam os cavalos toda vez que o tempo estivesse bom, e como nem pensavam em fazer cortesia às custas de um prazer real, é claro que esse momento nunca chegou para Fanny. As duas faziam suas alegres cavalgadas nas belas manhãs de abril e maio, enquanto Fanny ficava sentada em casa o dia inteiro com uma das tias ou, instigada pela outra, caminhava além das próprias forças. Como lady Bertram considerava o exercício físico desagradável, achava-o desnecessário para todos. A sra. Norris, que caminhava o dia inteiro, pensava que todos deveriam imitá-la. Edmund esteve ausente nesse período, caso contrário, o mal teria sido remediado antes. Quando ele regressou e constatou a situação de Fanny, percebendo os efeitos nocivos da falta da equitação, decidiu que algo deveria ser feito e declarou de modo peremptório que Fanny precisava ter um cavalo, opondo-se assim à passividade da mãe e à economia da tia, que faziam o assunto parecer sem importância. A sra. Norris não conseguiu deixar de pensar que algum dos bons e velhos animais pertencentes a Mansfield Park serviria muito bem, ou que o administrador poderia emprestar um, ou, ainda, que talvez o dr. Grant pudesse ceder de vez em quando o pônei que usava para o serviço postal. Ela julgava desnecessário, e até mesmo impróprio, Fanny ter um cavalo, a exemplo das primas. Tinha certeza de que sir Thomas jamais pretenderia isso, precisava dizer que lhe parecia injustificável tal aquisição na ausência de dele, agravando as grandes despesas com o estábulo, numa ocasião em que boa parte da renda estava abalada. Edmund se limitou a insistir que Fanny precisava ter um cavalo. A sra. Norris não via a questão sob a mesma ótica, mas lady Bertram sim, pois concordou inteiramente com o filho quanto à necessidade daquela providência, declarando que sir Thomas também estaria de acordo. Pedia apenas ao filho que não se apressasse e aguardasse a volta do pai, que então resolveria tudo. Ele regressaria em setembro, haveria algum prejuízo em se esperar até lá?

Apesar de Edmund estar muito mais descontente com a tia do que com a mãe pela evidente demonstração de desapreço pela sobrinha, viu-se forçado a prestar mais atenção ao que a sra. Norris dizia e, afinal, arquitetou um método que evitaria o risco de o pai pensar que ele se excedera, mas que ao mesmo tempo daria a Fanny condições imediatas para um exercício que ele considerava indispensável. Era dono de três cavalos, mas nenhum servia para levar uma dama. Dois eram caçadores e o terceiro, um útil cavalo estradeiro — ele resolveu trocar este último por um que a prima pudesse montar. Sabia onde encontrar um animal adequado e tão logo tomou a decisão, concretizou o negócio. A nova égua se revelou um tesouro — com pouquíssimas dificuldades, tornou-se exatamente talhada para o propósito, e assim Fanny passou a ter a posse quase completa do animal. Até então ela jamais imaginara algo que lhe servisse tão bem quanto o velho pônei cinza, mas o encantamento com o presente de Edmund ultrapassou de longe todos os seus prazeres anteriores — e, além disso, esse prazer derivava de uma bondade cuja extensão ela não encontrava palavras para expressar. Via no primo um exemplo de tudo o que havia de bom e generoso, dotado de valores que ninguém apreciava melhor do que ela, digno de uma gratidão que nenhum afeto seria forte o bastante para demonstrar. Os seus sentimentos em relação a ele eram um misto de respeito, gratidão, confiança e ternura.

Como o cavalo continuava sendo propriedade de Edmund de fato e de direito, a sra. Norris tolerou que Fanny o utilizasse e, se algum dia, lady Bertram tornou a pensar na própria objeção, aos seus olhos Edmund seria desculpado por não esperar a volta de sir Thomas em setembro, pois quando setembro chegou ele ainda estava no exterior, sem a menor perspectiva de concluir os negócios. De repente, haviam surgido circunstâncias desfavoráveis, no momento em que ele começava a dirigir todos os seus pensamentos para a Inglaterra, e, ante a grave incerteza que envolvia tudo, decidiu mandar o filho de volta e esperar sozinho pelos arranjos finais. Tom chegou a salvo, trazendo um excelente relato sobre a saúde do pai, embora sem muita valia para as preocupações da sra. Norris. Ela achava que o fato de sir Thomas ter mandado o filho retornar seria um cuidado paterno, influenciado por alguma premonição de que algo de mal lhe aconteceria, e ela não conseguia deixar de ter pressentimentos trágicos; quando chegaram as longas noites de outono, viu-se tão terrivelmente assombrada por tais ideias, na triste solidão do seu chalé, que se sentiu obrigada a se refugiar diariamente na sala de jantar de Mansfield Park. No entanto, a retomada dos compromissos de inverno não deixou de produzir efeitos e, no decorrer desses eventos, a mente da sra. Norris ficou tão agradavelmente ocupada em supervisionar o sucesso da sobrinha mais velha que os seus nervos acabaram se acalmando. "Se o pobre sir Thomas estiver fadado a nunca mais voltar, seria um grande consolo ver a querida Maria bem casada", pensava ela com frequência, sempre que estavam na companhia de homens ricos e, em particular, quando foram apresentadas a um jovem que acabara de herdar uma das maiores e mais belas propriedades da região.

Desde o primeiro instante, o sr. Rushworth se entusiasmou com a beleza da srta. Bertram e, como se estivesse disposto a se casar, logo se imaginou apaixonado. Era um jovem pesado e sem qualquer brilho. Porém, nada havendo de desagradável na sua figura nem nas suas atitudes, a jovem ficou muito satisfeita em conquistá-lo. Aos 21 anos, Maria Bertram começava a ver no matrimônio um dever — e, como um casamento com o sr. Rushworth lhe permitiria desfrutar de uma renda maior do que a do pai e lhe asseguraria a casa na cidade, concluiu que o que era um objetivo primordial no momento era, pela mesma regra de obrigações morais, um evidente dever: casar-se com o sr. Rushworth, se pudesse. A sra. Norris foi muito zelosa em promover a aproximação, tornando-a desejável para ambos os envolvidos através de sugestões e manobras; e, entre outras providências, tratou de se tornar íntima da mãe do rapaz, que morava com ele no momento, e obrigou lady Bertram a percorrer dez milhas de uma estrada ruim para fazer uma visita matinal. A sra. Norris não demorou muito a ter um bom entendimento com a sra. Rushworth, que admitiu desejar muito ver o filho casado e declarou que, de todas as jovens que conhecera até então, a srta. Bertram, dotada de admiráveis qualidades e talentos, parecia a mais adequada para fazê-lo feliz. A sra. Norris aceitou o cumprimento e elogiou o belo discernimento de caráter da outra, que conseguia distinguir tão bem os méritos. De fato, Maria representava o orgulho e o encanto da família, perfeita e impecável como um anjo; e, é claro, tão cercada de admiradores que teria dificuldades em escolher, mas no que a sra. Norris pudesse ajudar a decidir, mesmo com um conhecimento tão breve, o sr. Rushworth parecia o rapaz certo para merecê-la e conquistá-la.

Depois de dançarem juntos um razoável número de bailes, os jovens confirmaram essas opiniões e o noivado foi celebrado, com a devida referência à ausência de sir Thomas, para grande satisfação das respectivas famílias e dos curiosos da vizinhança, que havia muitas semanas vinham percebendo a conveniência do sr. Rushworth se casar com a srta. Bertram.

O consentimento de sir Thomas levou alguns meses para ser recebido, mas, nesse ínterim, como ninguém duvidava que ele teria o mais cordial prazer na união, o relacionamento entre as duas famílias prosseguiu sem restrições e não houve outra tentativa de segredo além do fato de a sra. Norris falar do assunto por toda parte como algo que não deveria ser comentado no momento.

Edmund foi o único da família a encontrar uma falha nessa negociação: nenhuma insistência da tia conseguiu induzi-lo a ver no sr. Rushworth um companheiro desejável para a irmã. Ele admitia que esta seria a melhor juíza da própria felicidade, mas lhe desagradava pensar que o centro dessa alegria fosse uma grande renda, nem podia evitar de pensar, na presença do sr. Rushworth: "Se esse sujeito não tivesse uma renda anual de doze mil, seria um perfeito idiota."

No entanto, sir Thomas ficou muito feliz com a perspectiva de uma aliança de vantagens inquestionáveis, da qual só ouvira referências boas e agradáveis. Era uma união perfeita (no mesmo condado e nos mesmos interesses) e se apressou em manifestar a mais calorosa aprovação. Apenas condicionou que o casamento não ocorresse antes do seu regresso, pelo qual esperava muito ansioso. Escreveu em abril, declarando fortes esperanças de resolver tudo de modo satisfatório e deixar Antigua antes do fim do verão.

Era essa a situação em julho; e Fanny acabara de completar 18 anos quando a sociedade do vilarejo recebeu um acréscimo: o sr. Crawford e a srta. Crawford, meio-irmãos da sra. Grant, filhos de um segundo casamento de sua mãe. Eram jovens e ricos. O rapaz tinha uma grande propriedade em Norfolk e a moça, vinte mil libras. Quando crianças, a sra. Grant sempre gostara muito de ambos, mas pouco depois do seu casamento ocorreu a morte da mãe que tinham em comum e os dois Crawford ficaram aos cuidados de um tio por parte de pai, que a sra. Grant não conhecia. Por isso, raramente os vira desde aquela época. Na casa do tio paterno, eles encontraram um lar acolhedor. O almirante e a sra. Crawford, embora divergissem em quase tudo, tinham igual afeição pelas duas crianças ou, pelo menos, só discordavam quanto à escolha da favorita, pela qual manifestavam preferência. O almirante era encantado pelo menino, e a sra. Crawford adorava a menina. A morte da sra. Crawford acabou obrigando a sua *protegée* a encontrar um novo lar, depois de alguns meses de provação na casa do tio. O almirante Crawford era um homem de conduta duvidosa e em vez de conservar a sobrinha preferiu abrigar a amante sob o próprio teto — e assim a sra. Grant se viu na obrigação de acatar a proposta da meia-irmã, de vir morar em sua casa, medida bem-vinda por um lado e oportuna por outro, porque a sra. Grant estavam carente de novidades, depois de ter esgotado todos os recursos usuais das senhoras sem filhos residentes no campo: preencher a sala de estar com mobiliário fino e escolhido e fazer uma bela coleção de plantas e aves domésticas. Portanto, viu com extremo agrado a chegada da meia-irmã que sempre amara e que agora esperava manter consigo enquanto fosse solteira — a sua principal ansiedade consistia em temer que Mansfield não satisfizesse os hábitos de uma jovem acostumada a viver em Londres.

A srta. Crawford não se sentia de todo livre de apreensões semelhantes, embora suas dúvidas girassem em torno do estilo de vida e da posição social da meia-irmã. Ela só se aventurou a morar com os Grant depois de tentar em vão persuadir o irmão a ambos se instalarem na casa de campo dele. Infelizmente, Henry Crawford rejeitava a ideia de morar no campo, reduzindo sua vida social, e não concordou com a irmã em assunto de tamanha importância. Mas a acompanhou com a maior gentileza até Northamptonshire e prometeu buscá-la dentro de meia hora, se ela avisasse que detestara o lugar.

O encontro foi muito satisfatório para ambas as partes. A srta. Crawford encontrou uma irmã sem preciosismos nem rudezas, um cunhado com ares de cavalheiro, uma casa confortável e bem mobiliada; e a sra. Grant reconheceu naqueles que pretendia amar mais do que nunca um rapaz e uma jovem de excelente aparência. Mary Crawford era extremamente bonita. Henry, embora sem tantos dotes de beleza, tinha um belo porte. Ambos eram animados e agradáveis e a sra. Grant os acolheu de imediato. Encantou-se com os dois, mas a sua predileção especial recaiu em Mary; e, sem jamais ter podido se vangloriar da própria beleza, desfrutou do profundo prazer de se orgulhar dos encantos da meia-irmã. Não esperou a chegada de Mary para ir logo tratando de lhe providenciar um par e se fixou em Tom Bertram — uma jovem possuidora de vinte mil libras, com a elegância e os talentos que a sra. Grant antevia, não seria inferior para o primogênito de um baronete, e, por ser uma pessoa calorosa e pouco reservada, menos de três horas depois da chegada de Mary foi logo lhe contando o que planejara.

A srta. Crawford ficou satisfeita em conhecer uma família dessa importância tão perto dos seus parentes e apreciou as iniciativas e a escolha da sra. Grant. O matrimônio estava entre os seus objetivos, desde que se casasse bem, e sabia que não poderia fazer qualquer objeção à pessoa ou à posição social do sr. Bertram, que vira em Londres. Assim, embora tratasse o assunto como brincadeira, não deixava de pensar nele a sério. O esquema foi logo repetido para Henry.

— E agora — acrescentou a sra. Grant —, já imaginei algo para completar o plano. Eu adoraria ver vocês dois instalados aqui por perto, de modo que você, Henry, deverá se casar com a caçula dos Bertram, menina linda, doce, divertida e bem-educada, que o fará muito feliz.

Henry agradeceu, inclinando a cabeça.

— Minha querida irmã — disse Mary —, se conseguir persuadi-lo a algo assim, eu ficaria encantada de me ver aliada a alguém tão inteligente, e só lamento que você não tenha meia dúzia de filhas para encaminhar. Para fazer Henry se casar seria preciso arranjar o endereço de alguma francesa. Porque tudo o que as habilidades inglesas conseguem fazer já foi tentado. Tenho três amigas que caíram de amores por ele, uma depois da outra, e ninguém imagina os esforços que elas fizeram, e as mães, mulheres muito inteligentes, além da minha querida tia e eu, para tentar chamá-lo à razão, bajulá-lo e convencê-lo a se casar. Ele é o namorado mais difícil que se possa imaginar. Se essas suas srtas. Bertram não gostam de ter os corações despedaçados, diga-lhes que evitem Henry.

— Meu caro irmão, não quero acreditar nisso!

— Não, tenho certeza de que você é muito bondosa. Com certeza mais amável do que Mary. Releve as dúvidas da juventude e da inexperiência. Por temperamento, sou cauteloso e não pretendo arriscar a minha felicidade de modo precipitado. Ninguém valoriza o matrimônio mais do que eu. Considero a esposa uma bênção, plenamente justificada nos versos do poeta: "*Derradeira* e melhor dádiva dos céus."

—Veja, sra. Grant, como ele enfatiza a palavra "derradeira", e olhe como está rindo. Garanto-lhe que ele é detestável. As lições do almirante o estragaram.

— Eu não dou muita importância — disse a sra. Grant — ao que os jovens dizem a respeito do casamento. Se manifestam relutância, apenas concluo que ainda não encontraram a pessoa certa.

O dr. Grant riu e se congratulou com a srta. Crawford por não se mostrar pessoalmente relutante ao casamento.

— Ah, sim! E não me envergonho disso. Gostaria de ver todo mundo casado, desde que de modo conveniente. Não gosto de ver as pessoas desperdiçando a vida, mas todos deveriam se casar assim que conseguissem fazer isso de modo vantajoso.

CAPÍTULO 5

Os jovens simpatizaram uns com os outros desde o primeiro momento. Havia muitos atrativos de uma parte e de outra, e o conhecimento logo prometeu a intimidade permitida pelas boas maneiras. A beleza da srta. Crawford não a prejudicou junto às jovens Bertram. Eram bonitas demais para desgostar de uma mulher igualmente bela e ficaram tão encantadas quanto os irmãos pelos vivos olhos escuros, a pele morena clara e a beleza geral de Mary. Se fosse alta, bem-feita de corpo e loura, poderia representar mais do que um desafio, mas, sendo como era, não havia comparação. Mary era bonita e doce, ao passo que as duas Bertram eram as jovens mais belas da região.

O irmão não era bonito. Ao contrário, quando as srtas. Bertram o viram pela primeira vez acharam-no feio, soturno e sem graça, mas ainda assim era um cavalheiro de trato agradável. O segundo encontro mostrou que o sr. Crawford não era tão feio; de fato não era bonito, mas tinha um belo porte, bons dentes, e era tão bem-feito de corpo que a pessoa logo se esquecia da feiura. Depois do terceiro encontro, depois de jantarem com ele na residência paroquial, ninguém mais o considerava assim. Henry era, sem dúvida, o jovem mais agradável que as irmãs haviam conhecido até então. Estavam igualmente encantadas com ele. O noivado de Maria Bertram fez com que ele, por equidade, passasse a ser propriedade de Julia, condição da qual esta tinha plena consciência; e, antes que ele completasse uma semana em Mansfield, ela já estava pronta para se apaixonar.

A percepção de Maria sobre o assunto era mais confusa e indistinta. Ela não queria ver nem entender. "Não havia problema no fato de ela apreciar um homem agradável... todos conheciam a sua condição de noiva... o sr. Crawford que cuidasse de si mesmo." O sr. Crawford não pretendia correr perigo algum! As jovens Bertram mereciam elogios e estavam preparadas para recebê-los — o único objetivo de Henry era fazê-las gostarem dele. Não queria que morressem de amor, mas com um bom senso e uma prudência que deveriam tê-lo obrigado a julgar e sentir melhor, o sr. Crawford se permitiu ampliar o foco sobre tais pontos.

— Gostei muito das srtas. Bertram, minha irmã — disse ele ao voltar depois de conduzi-las à carruagem, ao fim do tal jantar. — São jovens muito elegantes e agradáveis.

— São, de fato, e fico encantada de ouvi-lo dizer isso. Mas gostou mais de Julia, não foi?

— Sim, gostei mais de Julia.

— É verdade? Pois na opinião geral a srta. Bertram é considerada a mais bonita.

— Imagino que sim. Ela leva vantagem em todos os aspectos e prefiro a sua fisionomia. Porém, gostei mais de Julia. A srta. Bertram, com certeza, é a mais bonita e a achei a mais agradável, porém sempre gostarei mais de Julia porque você ordenou.

— Não vou discutir isso com você, Henry, mas sei que, afinal, você gostará mais dela.

— Eu não lhe disse que gostei dela desde o início?

— E, além do mais, a srta. Bertram está comprometida. Lembre-se disso, meu querido irmão. A escolha dela já está feita.

— Sim, e por isso gosto ainda mais dela. Uma mulher comprometida é sempre mais agradável do que uma descomprometida. Está satisfeita consigo mesma. Suas preocupações terminaram, e ela percebe que pode exercer todo o seu poder de sedução sem levantar qualquer suspeita. Tudo está a salvo com uma dama comprometida, não pode haver mal algum.

— E, por falar nisso, o sr. Rushworth é um jovem excelente e um grande partido para ela.

— Mas a srta. Bertram não lhe dá a mínima importância. Essa é a sua opinião sobre a sua amiga íntima. Eu não concordo. Tenho certeza de que a srta. Bertram está muito apegada ao sr. Rushworth. Vi isso nos olhos dela quando ele foi mencionado. Tenho uma excelente opinião sobre a srta. Bertram para supor que ela daria a mão sem dar o coração.

— Como vamos controlá-lo, Mary?

— Creio que devemos deixá-lo fazer o que quiser. Falar não adianta. No final, ele será ludibriado.

— Mas não quero que ele seja ludibriado, não quero que seja enganado. Quero que tudo seja justo e honesto.

— Ah, minha cara! Deixemos que ele tenha a sua chance de ser ludibriado. Dará no mesmo. Mais cedo ou mais tarde todo mundo é ludibriado.

— No casamento nem sempre, querida Mary!

— No casamento em especial! Com o devido respeito aos casados, minha querida sra. Grant, não existe um em cem, de ambos os sexos, que não tenha sido ludibriado no casamento. Veja, por toda parte tenho certeza de que é assim, e sinto que *deve* ser assim, quando avalio que de todas as transações é nessa que as pessoas mais esperam das outras, e são menos honestas.

— Ah! Em Hill Street você teve uma péssima escola para o casamento!

— Certamente a minha pobre tia teve poucos motivos para gostar do casamento. No entanto, a partir das minhas observações, trata-se de um negócio cheio de manobras. Sei de muitas pessoas que se casaram com total expectativa e confiança de alguma vantagem em particular na união, ou uma realização, ou boas qualidades pessoais, e se viram enganadas e obrigadas a aturar o oposto. Isso não é ser ludibriado?

— Minha querida menina, em tudo deve haver um pouco de imaginação. Desculpe, mas não posso crer no que está dizendo. Você só vê metade da situação. Vê o mal, mas não vê o lado consolador. Sempre haverá pequenos atritos e decepções por toda parte, e todos nós vivemos esperando demais. Porém, se um esquema de felicidade falha, a natureza humana busca outro. Se o primeiro cálculo estiver errado, faremos um segundo melhor, acharemos conforto em algum lugar, e os observadores mal-intencionados, querida Mary, os que fazem tempestade em copo d'água, são mais ludibriados e enganados do que as partes envolvidas.

— Muito bem, minha irmã! Admiro o seu *esprit de corps*! Quando eu for casada, vou querer ser firme como você, e espero que as minhas amigas também sejam. Isso me poupará de muitos ataques cardíacos!

— Você é tão malvada quanto o seu irmão, Mary. Mas vou curar vocês dois. Mansfield vai curar ambos sem que sejam ludibriados. Fiquem conosco que vamos curá-los.

Embora não quisessem ser curados, os dois Crawford queriam muito ficar. Mary estava satisfeita em ter a residência paroquial como seu novo lar, e Henry também pretendia prolongar a sua permanência. Ao chegar ali, ele planejara uma estada de poucos dias, mas Mansfield acenara com um futuro promissor, e nada o requisitava em outro lugar. A sra. Grant estava encantada em hospedá-los e o dr. Grant manifestava igual satisfação. Uma jovem tagarela e bonita como a srta. Crawford era sempre uma excelente companhia para um homem indolente e caseiro, e um hóspede como o sr. Crawford representava uma desculpa para tomar vinho clarete todos os dias.

A admiração das jovens Bertram pelo sr. Crawford foi mais arrebatadora do que tudo o que os hábitos da srta. Crawford lhe permitiam sentir. Mas ela reconhecia que os irmãos Bertram eram muito bem-educados e que até em Londres era difícil encontrar dois cavalheiros desse nível — e que os modos deles, em particular os do mais velho, eram muito bons. *Ele* estivera muitas vezes em Londres e era mais ativo e galante do que Edmund, devendo, portanto, ser preferido; e, sem dúvida, o fato de ser o primogênito representava outro forte atrativo. Mary teve um pressentimento precoce de que preferiria o mais velho. Sabia que o caminho seria esse.

Na verdade, Tom Bertram deveria ter sido um jovem considerado agradável em todos os aspectos. Era o tipo de rapaz que todos apreciavam, a sua simpatia era do gênero que todos costumam julgar mais agradável do que certos dotes de nível superior, porque ele era desembaraçado, bem-humorado, tinha um vasto conhecimento e muito a dizer. A futura posse de Mansfield Park e um baronato só se somavam a todas essas qualidades. A srta. Crawford logo percebeu que ele e a sua situação bem que lhe serviriam. Olhou em volta com a devida atenção e constatou que quase tudo o favorecia: um parque, um parque de verdade, uma área de cinco milhas, uma casa espaçosa e de construção moderna, tão bem situada e decorada a ponto de merecer figurar em qualquer coleção de gravuras de propriedades de cavalheiros do reino, precisando apenas de novos móveis; irmãs agradáveis, mãe tranquila, e ele próprio um homem agradável, com a vantagem de não poder se dedicar muito à jogatina no presente momento, devido a uma promessa ao pai de se comportar dali em diante como um futuro sir Thomas. Bem que serviria. Ela concluiu que deveria aceitá-lo e começou a se interessar um pouco mais pelo cavalo que ele levaria para as corridas de B...

Essas corridas o afastariam de Mansfield logo depois de se conhecerem; e como parecia que a família esperava que ele se ausentasse por muitas semanas, levando em conta as suas habituais saídas, no início a paixão dele se submeteria a uma prova. Ele insistira muito para Mary ir às corridas, e com o maior entusiasmo foram preparados esquemas para um grande excursão em grupo, mas o assunto se limitou às conversas.

Enquanto isso, o que Fanny estaria fazendo e imaginando? E qual seria a *sua* opinião sobre os recém-chegados? Poucas jovens de 18 anos seriam menos requisitadas do que Fanny a manifestar a sua opinião. Na calma, sem ser muito notada, ela prestou a sua homenagem de admiração à beleza da srta. Crawford. Mas, como continuava a achar o sr. Crawford muito sem graça, apesar das duas primas insistirem no contrário, ela nunca mencionava o nome dele. O comentário que chamou atenção de Fanny foi o seguinte:

— Agora começo a entender vocês todos, menos a srta. Price — disse a srta. Crawford enquanto caminhava com os irmãos Bertram. — Eu gostaria de saber se ela já foi apresentada à sociedade ou não. Fico intrigada. Ela jantou na residência paroquial com todos vocês. Portanto, julguei que ela já *estivesse* na sociedade; e no entanto ela fala tão pouco que mal posso supor que esteja mesmo.

Edmund, o principal alvo da pergunta, retrucou:

— Creio que entendi o que a senhorita quis dizer, mas não vou me incumbir da resposta. A minha prima já está crescida. Tem idade e discernimento de mulher adulta, mas essa questão de estar fora ou não da sociedade ultrapassa a minha compreensão.

— E, no entanto, em geral, não há nada mais fácil de se verificar. A distinção é muito ampla. As maneiras e as aparências, falando de modo geral, são diferentes. Até agora eu achava impossível alguém não saber se uma jovem entrou para a sociedade ou não. Uma jovem que ainda não entrou tem sempre o mesmo tipo de roupa: por exemplo, uma boina apertada; mostra-se muito acanhada e nunca pronuncia uma palavra. Pode sorrir, mas é assim, eu lhe garanto; e exceto às vezes, quando essa condição é levada um pouco longe demais, é tudo muito adequado. As meninas devem ser calmas e modestas. O problema é que a mudança de comportamento, quando são apresentadas à sociedade, costuma ser repentina demais. Às vezes, em muito pouco tempo elas passam da reserva para o extremo oposto: o atrevimento. Essa é a parte equivocada do sistema atual. Ninguém gosta de ver uma jovem de 18 ou 19 anos tão disposta a tudo... e talvez um ano antes nem soubesse falar. Sr. Bertram, ouso lhe dizer que já se defrontou com tais mudanças.

— Acredito que sim, mas não me parece muito justo. Percebo até onde a senhorita pretende chegar. Está gracejando comigo e com a srta. Anderson.

— Não, claro que não. Quem é srta. Anderson? Não sei a quem se refere, nem do que se trata. Estou totalmente no escuro. Mas gracejarei com muito prazer se me contar.

— Ah! A senhorita é muito hábil, mas não conseguirá me vencer por muito tempo. Talvez estivesse pensando na srta. Anderson quando descreveu a jovem que mudou de comportamento tão depressa. Pintou a cena com demasiada precisão para ser um erro. Foi exatamente assim. Os Anderson de Baker Street. Falávamos deles outro dia. Edmund, você já me ouviu mencionar Charles Anderson. As circunstâncias foram precisamente como esta dama as descreveu. Quando Anderson me apresentou à família, há dois anos, a irmã dele ainda não fora introduzida à sociedade, e não consegui fazê-la conversar comigo. Certa manhã, fiquei sentado na sala durante uma hora esperando por Anderson, somente com ela e uma ou duas meninas pequenas, talvez a governanta estivesse doente ou tivesse fugido, a mãe entrava e saía a todo instante com cartas de negócios. Eu mal obtive uma palavra ou um olhar da jovem... nada parecido com uma resposta civilizada... ela cerrou os lábios e me virou as costas com ar de desdém! Só tornei a vê-la um ano depois. Ela fora introduzida na sociedade. Encontrei-a na casa da sra. Holford e não a reconheci. Ela veio ao meu encontro, disse que me conhecia, me encarou até me desconcertar. Falou e riu tanto que eu não sabia para onde olhar. Naquele momento, senti que eu devia estar sendo ridicularizado pela sala inteira. E a srta. Crawford ouviu esta história, é claro.

— História muito interessante e, ouso dizer, mais verdadeira do que a srta. Anderson admite. É um erro muito comum. De fato, até agora as mães ainda não aprenderam a maneira correta de administrar as filhas. Não sei onde está o erro. Não pretendo corrigir quem quer que seja, mas vejo que as pessoas estão erradas.

— As pessoas que estão mostrando ao mundo como deveriam ser as maneiras femininas — disse o sr. Bertram, galante — estão fazendo um grande esforço para corrigi-las.

— O erro é bastante claro — disse Edmund, menos cortês. — Essas jovens são mal-educadas. Recebem noções erradas desde o começo. Agem sempre motivadas pela vaidade, e no seu comportamento não há modéstia mais verdadeira antes de aparecerem em público do que depois.

— Não sei — retrucou a srta. Crawford, hesitante. — Sim, não posso concordar com o senhor nesse aspecto. Certamente é a parte mais delicada do assunto. É muito pior ver jovens que ainda não estão na sociedade adotando os mesmos ares e as mesmas liberdades como se já estivessem, e isso eu já vi. É a pior coisa do mundo... muito repugnante!

— Sim, de fato, isso é muito inconveniente — disse o sr. Bertram. — Ficamos desorientados, sem saber o que fazer. A boina apertada e o ar recatado que a senhorita descreve tão bem, e com tamanha precisão, mostram o que é esperado. Mas, no ano passado, por falta desses sinais, eu me meti numa confusão terrível. Em setembro fui passar uma semana em Ramsgate com um amigo, pouco depois do meu regresso das Índias Ocidentais. O meu amigo Sneyd, você já me ouviu falar dele, Edmund, seu pai, sua mãe e suas irmãs estavam lá, todos desconhecidos para mim. Quando chegamos a Albion Place, eles tinham saído de casa. Fomos procurá-los e os encontramos no píer, a sra. Sneyd, as duas filhas e outros conhecidos deles. Fiz a minha reverência formal e, como a sra. Sneyd estava cercada de homens, me aproximei de uma das filhas e andei ao lado dela durante todo o caminho até a casa, tentando ser o mais agradável possível. A jovem se mostrou completamente à vontade e disposta a falar e ouvir. Eu não suspeitei que pudesse estar fazendo algo errado. As irmãs eram muito parecidas: ambas bem-vestidas, com véus e sombrinhas, como as outras jovens. Porém, mais tarde descobri que dera toda a minha atenção para a mais jovem, que ainda *não entrara* na sociedade, e assim ofendera excessivamente a mais velha. A srta. Augusta só deveria ter sido notada seis meses depois, e creio que a srta. Sneyd jamais me perdoou.

— Ah, de fato, foi muito ruim. Pobre srta. Sneyd! Embora eu não tenha irmã mais nova, lamento por ela. Ser negligenciada na hora errada deve ser bastante vexatório, mas a culpa foi toda da mãe! A srta. Augusta deveria estar com a sua preceptora. Nunca dá certo fazer as coisas pela metade. Mas quero saber mais sobre a srta. Price. Ela vai a bailes? Janta fora em outros lugares, além da casa da minha irmã?

— Não — respondeu Edmund —, acho que ela nunca foi a um baile. A minha mãe é muito caseira e só frequenta os jantares da sra. Grant, e Fanny fica em casa com ela.

— Ah, então está esclarecido. A srta. Price ainda não foi apresentada à sociedade.

CAPÍTULO 6

O sr. Bertram viajou... e a srta. Crawford se preparou para enfrentar uma grande lacuna no convívio e sentir a sua falta nas reuniões agora quase diárias entre as famílias. Nas refeições do grupo em Mansfield Park, logo depois da partida dele, ela retomou o lugar que lhe escolheram perto da extremidade inferior da mesa, esperando sentir a mais melancólica diferença na mudança de poder. Estava certa de que o ambiente ficaria muito insípido. Comparado ao irmão, Edmund nada tinha a dizer. A sopa seria servida em volta da mesa de um modo sem graça, o vinho bebido sem sorrisos nem gracejos, e a carne de caça trinchada sem qualquer referência divertida sobre as ancas do animal ou sobre "o meu amigo fulano". Mary deveria tentar se divertir com o que se passava na outra extremidade da mesa, observando o sr. Rushworth, que agora reaparecia em Mansfield pela primeira vez depois da chegada dos Crawford. Ele estivera visitando um amigo no condado vizinho e, como esse amigo acabara de contratar um profissional para aprimorar as terras, o sr. Rushworth voltara com a cabeça ocupada com esse assunto, ansioso por melhorar igualmente as suas. Embora o assunto não fosse muito pertinente, ele não conseguia falar de outra coisa. O tema, abordado antes na sala de estar, foi retomado na sala de jantar. O objetivo principal e evidente era atrair a atenção e a opinião da srta. Bertram que, em vez de se mostrar solícita em obsequiá-lo, exibia um comportamento de consciente superioridade. Mas a referência a Sotherton Court e as ideias vinculadas ao local lhe provocaram um sentimento de complacência que a impediu de ser muito indelicada.

— Eu queria que a senhorita visse Compton! — disse ele. — É sensacional! Em toda a minha vida, nunca vi um lugar tão transformado! Eu disse a Smith que não reconhecia o lugar. Agora, quando se chega lá, o panorama é um dos mais belos da região: vê-se a casa da maneira mais surpreendente possível! Garanto que ontem, quando voltei, Sotherton me pareceu uma prisão, uma prisão antiga e bastante soturna.

— Ah, que vergonha! — exclamou a sra. Norris. — Uma prisão mesmo? Sotherton Court é o lugar antigo mais majestoso do mundo!

— Mas precisa de melhorias, senhora. Em toda a minha vida, nunca vi um lugar tão carente de melhorias. Está tão abandonado que não sei o que se pode fazer.

— Não é de admirar que o sr. Rushworth pense assim no momento — disse a sra. Grant para a sra. Norris, com um sorriso. — Mas, acredite, Sotherton terá todas as melhorias quando ele tiver desejo no coração.

— Eu preciso tentar fazer algo por lá — disse o sr. Rushworth —, mas não sei o quê. Espero poder contar com um bom amigo para me ajudar.

— Imagino que para isso o seu melhor amigo deve ser o sr. Repton — disse a srta. Bertram, calmamente.

— É o que eu estava pensando. Como ele trabalhou tão bem para Smith, acho melhor contratá-lo de uma vez. Cobra cinco guinéus por dia.

— Bem, e ainda que fossem dez — retrucou a sra. Norris —, tenho certeza de que o senhor não precisa se preocupar. A despesa não pode ser um empecilho. Se eu fosse o senhor, não pensaria na despesa. Faria tudo no melhor estilo, e o mais bonito possível. Um lugar como Sotherton Court merece tudo o que o bom gosto e o dinheiro podem fazer. Lá o senhor terá espaço para trabalhar e as terras o recompensarão muito bem. Quanto a mim, se eu tivesse a quinquagésima parte da área de Sotherton, estaria sempre plantando e melhorando, pois gosto muito disso. Seria ridículo da minha parte tentar algo naquele meio acre onde estou agora. Seria burlesco. Mas se eu tivesse mais espaço, teria imenso prazer em melhorar e plantar. Fizemos muito pela residência paroquial, a tornamos um lugar bastante diferente do que era quando chegamos. Vocês, jovens, talvez não lembrem, mas se o querido sir Thomas estivesse aqui, ele poderia lhes contar as melhorias que fizemos. E muito mais teria sido feito, não fosse o estado de saúde do pobre sr. Norris. Pobre homem! Quase não conseguia sair de casa para apreciar qualquer coisa. E isso me desanimava de tomar várias providências que sir Thomas e eu combinávamos. Se não fosse isso, teríamos levado adiante o muro do jardim e cercado com plantas o pátio da igreja, justamente como o dr. Grant fez. Nós estávamos sempre fazendo algo. Na primavera, doze meses antes da morte do sr. Norris, plantamos o damasqueiro junto ao muro do estábulo, esse que agora cresceu e se tornou uma árvore nobre e atingiu tal perfeição, senhor — dirigindo-se então ao dr. Grant.

— Sem dúvida, a árvore se desenvolve bem, senhora — replicou o dr. Grant. — O solo é bom e nunca passo por ela sem lamentar que os frutos não mereçam o esforço de serem colhidos.

— Senhor, essa árvore é da espécie Moor Park! Foi comprada como Moor Park, e nos custou... quero dizer, foi um presente de sir Thomas, mas vi a fatura e sei que custou sete xelins e foi cobrada como uma Moor Park.

— Pois foram enganados — retrucou o dr. Grant. — Essas batatas aqui têm tanto sabor quanto os damascos Moor Park daquela árvore. Na melhor das hipóteses, são frutas insípidas. Um bom damasco é comestível, o que não acontece com os do meu jardim.

— Na verdade, senhora — interrompeu a sra. Grant, fingindo sussurrar pela mesa para a sra. Norris —, o dr. Grant praticamente ignora o sabor natural dos nossos damascos. É raro ele saborear um, porque é uma fruta muito valiosa. Com uma pequena ajuda, e a nossa é especialmente generosa, a minha cozinheira dá um jeito de colher todos para fazer tortas e compotas fora da estação.

A sra. Norris, que começara a enrubescer, se acalmou e, por um momento, outros assuntos substituíram os melhoramentos em Sotherton. O dr. Grant e a sra. Norris não eram bons amigos — haviam travado conhecimento em meio a estragos, e tinham hábitos extremamente díspares.

Depois de uma pequena interrupção, o sr. Rushworth retomou a palavra:

— A propriedade de Smith é admirada em toda a região e não valia nada antes que Repton assumisse o trabalho. Acho que vou contratá-lo.

— Sr. Rushworth — disse lady Bertram —, se eu fosse o senhor faria um caminho de arbustos muito bonito. As pessoas gostam de passear num caminho de arbustos quando o tempo está bom.

O sr. Rushworth se apressou em garantir a lady Bertram que concordava e tentou produzir algo elogioso, mas se atrapalhou entre se submeter ao gosto dela e a circunstância de sempre ter tido a mesma intenção, além dos objetivos de demonstrar atenção ao conforto das damas em geral e de insinuar que havia uma única que ele ansiava em agradar. E Edmund se sentiu feliz em encerrar o discurso propondo um brinde. Porém, o sr. Rushworth, embora nem sempre fosse muito conversador, ainda tinha mais a dizer sobre o assunto que lhe dominava o coração.

— No total, as terras de Smith não têm mais do que cem acres, o que é bem pouco, e por isso surpreende ainda mais que o local tenha sido tão melhorado. Ora, em Southerton temos uns bons setecentos acres, sem computar os prados alagados. Portanto, creio que se tanta coisa pôde ser feita em Compton, não precisamos nos afligir. Duas ou três belas e velhas árvores que cresciam perto demais da casa foram cortadas, o que ampliou muito a perspectiva, fazendo-me pensar que Repton, ou alguém como ele, com certeza faria uma alameda em Southerton: a alameda iria desde a frente oeste até o topo da colina — falava dirigindo-se particularmente à srta. Bertram.

Porém, a srta. Bertram julgou muito apropriado retrucar:

— A alameda! Ah, não me lembro dela. Na verdade, conheço muito pouco de Southerton.

Fanny, sentada do outro lado de Edmund, exatamente em frente à srta. Crawford, ouvira tudo com atenção, olhou para o primo e disse em voz baixa:

— Derrubar uma alameda! Que pena! Isso não lhe faz pensar em Cowper? "Oh, alamedas caídas, mais uma vez lamento o vosso destino imerecido!"

Edmund sorriu e respondeu:

— Temo que essa alameda não tenha muita chance, Fanny.

— Eu gostaria de conhecer Southerton antes da derrubada, ver o lugar como é agora em seu antigo estado, mas acho que não vou poder.

— Você já esteve lá? Não, não pode ter estado. Infelizmente fica longe demais para uma cavalgada. Eu gostaria que pudéssemos concretizar isso.

— Ah, não faz mal. Quando eu for lá você me contará o que foi alterado.

— Imagino — disse a srta. Crawford — que Southerton seja um lugar antigo, um lugar de alguma imponência. Tem algum estilo particular de construção?

Edmund tomou a palavra:

— A casa foi construída no período elisabetano. É uma grande construção, de tijolos, simétrica, pesada, mas de aparência respeitável e com excelentes aposentos. Está mal localizada, num dos lugares mais baixos do parque. Nesse aspecto, as melhorias não ajudarão muito. Mas os bosques são bonitos e há um riacho muito aproveitável, ouso dizer. Acho que o sr. Rushworth tem total razão em querer lhe dar uma nova roupagem, e não duvido de que tudo será realizado da melhor maneira.

A srta. Crawford ouviu submissa e disse para si mesma: "Ele é um homem bem nascido e faz o melhor que pode."

— Não quero influenciar o sr. Rushworth — continuou Edmund —, mas, se eu tivesse um lugar para modernizar, não o entregaria nas mãos de um profissional. Preferiria obter um grau inferior de beleza, mas fazer minhas escolhas, adquiridas progressivamente. Acharia melhor persistir nos meus equívocos do que nos dele.

— O senhor saberia o que fazer, naturalmente, mas isso não me serviria. Não tenho olho nem talento para esses assuntos, a não ser quando me deparo com eles. Se eu tivesse uma casa de campo só para mim, teria a maior gratidão por qualquer sr. Repton que cuidasse de tudo e me propiciasse o máximo de beleza possível com o meu dinheiro; e eu só iria vê-la quando estivesse concluída.

— Eu ficaria encantada de acompanhar o progresso de tudo — disse Fanny.

— É, mas você foi criada para isso. Essas coisas não fizeram parte da minha educação. E a única dose que recebi, não ministrada pelo primeiro favorito do mundo, me fez considerar as melhorias em andamento como o maior dos transtornos. Há três anos o almirante, o meu honorável tio, comprou um chalé em Twickenham para todos nós passarmos os verões. A minha tia e eu fomos para lá quase em êxtase, mas, apesar de extremamente bonito, logo constatamos a necessidade de melhoramentos e durante três meses ficamos mergulhados em sujeira e confusão, sem um caminho de cascalho para pisar ou um banco que prestasse. No campo, eu gostaria de ter tudo o mais completo possível, caminhos de arbustos, jardins floridos e inúmeros bancos rústicos, mas tudo deveria ser feito sem me preocupar. Henry é diferente. Ele adora estar sempre em atividade.

Edmund lamentou ouvir a srta. Crawford, que ele estava muito disposto a admirar, falar tão livremente sobre o tio. Aquilo não combinava com o seu senso de decoro, e assim ele preferiu se calar. Mas novos sorrisos e a jovialidade da dama o induziram a se manifestar.

— Sr. Bertram — disse ela —, afinal tive notícias da minha harpa. Garantiram-me que está a salvo em Northampton. Está lá provavelmente há dez dias, apesar de termos recebido várias afirmativas solenes dizendo o contrário.

Edmund expressou prazer e surpresa.

A srta. Crawford prosseguiu:

— A verdade é que as nossas investigações foram diretas demais. Mandamos um criado, fomos pessoalmente, mas a setenta milhas de Londres isso não dá certo. Hoje de manhã tivemos notícias concretas. Ela foi vista por um agricultor, que contou ao moleiro, este contou ao açougueiro, e o genro do açougueiro deixou um aviso no estabelecimento.

— Fico muito satisfeito que a senhorita tenha tido notícias, independentemente dos meios, e espero que não haja novos atrasos.

— Eu vou recebê-la amanhã. Mas como o senhor acha que será transportada? Não por uma carroça ou uma carreta. Isso não! No vilarejo não se conseguiria alugar algo do gênero. Eu deveria ter pedido carregadores e uma padiola.

— Ouso dizer que a senhorita teria dificuldade para alugar um cavalo e uma carroça, justo agora, durante uma colheita de feno muita tardia.

— Fiquei atônita ao constatar a confusão que fizeram em torno disso! Parecia impossível alguém querer um cavalo e uma carroça no campo! Então, eu disse à minha criada que arranjasse um o quanto antes e, como não consigo olhar pela janela do meu quarto de vestir sem enxergar um pedaço de campo, nem caminhar em meio aos arbustos sem passar por outro, achei que bastaria pedir para conseguir, e sofri mais ainda por não poder estender essa vantagem para todos. Calcule a minha surpresa quando descobri que eu pedira a coisa mais irracional e mais impossível do mundo, que ofendera todos os agricultores, todos os trabalhadores e todo o feno da paróquia! Quanto ao meirinho do dr. Grant, teria sido melhor eu me manter longe do caminho dele, e o meu cunhado, em geral muito bondoso, me olhou feio quando descobriu o que eu andara fazendo.

— Não se poderia esperar que a senhorita tivesse pensado no assunto antes, mas, quando pensar nisso de fato, verá a importância de se obter pasto. Em qualquer época, não é tão fácil alugar uma carroça, como a senhorita supõe. Os nossos agricultores não têm o hábito de abrir mão delas e nem cogitariam dispensar um cavalo durante a colheita.

— Com o tempo aprenderei os hábitos daqui, mas, usando a máxima londrina de que tudo se consegue com dinheiro, a princípio fiquei um pouco constrangida com a forte independência de costumes da região. No entanto, a minha harpa será trazida amanhã. Henry, com o seu bom gênio, se ofereceu para buscá-la na sua caleche. Ela não terá um transporte digno?

Edmund disse que a harpa era o seu instrumento favorito e que esperava ter o prazer de ouvi-la em breve. Fanny nunca escutara uma harpa e ansiava por essa chance.

— Ficarei imensamente feliz de tocar para ambos — respondeu a srta. Crawford. — Pelo menos, enquanto desejarem ouvir... provavelmente por muito tempo, pois eu mesma amo música, e quando o gosto natural é igual ao da intérprete, esta sempre fará o melhor, pois ficará gratificada de várias maneiras. Agora, sr. Bertram, se escrever para o seu irmão, eu lhe peço, diga-lhe que a minha harpa chegou. Ele me ouviu tantas vezes me lamentar sobre isso! E também pode dizer, por favor, que prepararei as minhas árias mais plangentes para quando ele regressar, em solidariedade aos seus sentimentos, porque sei que o cavalo dele vai perder.

— Se eu escrever, direi tudo o que a senhorita quiser, mas no momento não vejo a oportunidade.

— Não, ouso dizer que nem que ele se ausentasse por doze meses o senhor escreveria para ele, nem ele para o senhor, se isso pudesse ser evitado. Nunca haveria ocasião. Irmãos são criaturas estranhas! Não escrevem um para o outro, a não ser quando há uma necessidade urgente e quando são obrigados a pegar a pena para dizer que determinado cavalo está doente, ou que um parente morreu, e isso é feito com o mínimo de palavras possível. Os homens têm um estilo único, que conheço perfeitamente. Henry, que em outros aspectos é exatamente como um irmão deve ser, que me ama, me consulta, me faz confidências, conversa comigo por mais de uma hora, nunca me enviou uma carta com mais de uma página e escreve apenas: "Querida Mary, acabo de chegar. Bath parece estar lotada, e tudo o mais como de costume. Carinhosamente, Henry." Este é o verdadeiro estilo masculino, ou seja, uma perfeita carta de irmão.

— Quando estão distantes da família inteira, eles conseguem escrever cartas longas — retrucou Fanny, enrubescendo ao pensar em William.

— A srta. Price tem um irmão em alto mar — explicou Edmund — cuja excelência como correspondente a faz pensar que a senhorita está sendo demasiado rigorosa conosco.

— Em alto mar? A serviço do rei, é claro?

Fanny preferiria que Edmund contasse a história, mas o silêncio do primo a obrigou a relatar a situação de William. A sua voz se animou ao se referir à profissão do irmão e aos portos estrangeiros que ele conhecera, mas não conseguiu mencionar o número de anos de ausência de William sem lágrimas nos olhos. A srta. Crawford, polidamente, desejou que ele fosse promovido em breve.

— A senhorita sabe alguma coisa sobre o capitão do meu primo? — indagou Edmund. — Capitão Marshall. Imagino que a senhorita tenha muitos conhecidos na Marinha, não é?

— Entre os almirantes, sim, muitos, mas... das patentes inferiores conhecemos poucos — disse ela, com ar de superioridade. — Os capitães talvez sejam homens muito bons, mas não pertencem ao nosso meio. Posso contar sobre vários almirantes: sobre eles, suas bandeiras, gradação dos soldos, querelas, ciúmes. Mas em geral garanto que são todos menosprezados e bastante maltratados. Na verdade, a minha permanência na casa do meu tio me fez conviver com um círculo de almirantes. De *Traseiros e Vícios*[1] já vi o suficiente. Mas suplico que ninguém imagine que eu esteja fazendo trocadilhos...

Edmund ficou novamente sério e se limitou a retrucar:

— É uma profissão nobre.

— Sim, a profissão é suficientemente boa em duas circunstâncias: se fizer fortuna e se houver critério para gastá-la. Mas, em resumo, não é a minha profissão favorita. Para mim, nunca agradou.

Edmund tornou a falar sobre a harpa e se mostrou mais uma vez muito feliz com a perspectiva de ouvi-la tocar.

Enquanto isso, os outros ainda discutiam o assunto dos melhoramentos dos terrenos, e a sra. Grant não conseguiu deixar de se dirigir ao irmão, embora isso desviasse as atenções dele para com a srta. Julia Bertram.

— Meu caro Henry, você nada tem a dizer? Você fez muitos melhoramentos e, pelo que ouvi contar, Everingham pode competir com qualquer outro lugar da Inglaterra. Tenho certeza de que as belezas naturais são imensas. Na minha opinião, Everingham costumava ser um lugar perfeito, o mais lindo terreno em declive, a melhor madeira! Eu daria tudo para rever!

— Para mim nada poderia ser tão gratificante quanto a sua opinião. — Foi a resposta dele. — Mas receio que se decepcione: não o encontraria igual ao que imagina. A área é minúscula e a insignificância a surpreenderia. Quanto às melhorias, havia muito pouco a fazer... pouco mesmo. Eu gostaria de ter me ocupado por mais tempo.

— O senhor aprecia esse tipo de coisa? — indagou Julia.

— Demais. Mas o que dizer das vantagens naturais do terreno, que mostravam, até mesmo para um olhar muito jovem, o pouco que se poderia fazer, e que resoluções eu tomaria, se atingi a maioridade três meses antes de Everingham ficar como é agora? O meu plano foi imaginado em Westminster, talvez um pouco alterado em Cambridge, e executado apenas aos 21. Sinto-me tentado a invejar o sr. Rushworth, por ter tamanha felicidade ainda diante de si. Eu fui um devorador da minha felicidade.

[1] *Rears and Vices.* Trocadilho com os postos de Almirante-traseiro e Vice-Almirante. (N. dos T.)

— Quem enxerga depressa resolve e age depressa — disse Julia. — Nunca lhe faltará ocupação. Em vez de invejar o sr. Rushworth, devia ajudá-lo com a sua opinião.

A sra. Grant, ouvindo a última parte do discurso, reforçou-a calorosamente, persuadida de que não haveria julgamento melhor do que o do irmão. E, como a srta. Bertram aceitava a ideia e dava total apoio, declarando que na sua opinião seria melhor consultar amigos e conselheiros desinteressados em vez de entregar a tarefa a um profissional, o sr. Rushworth prontamente requisitou o auxílio do sr. Crawford; e o sr. Crawford, depois de depreciar de forma devida as próprias habilidades, declarou-se à disposição do sr. Rushworth no que pudesse ser útil. Este, então, começou a propor ao sr. Crawford que lhe desse a honra de ir até Sotherton, onde se hospedaria. Nesse momento, a sra. Norris, como se lesse nas mentes das sobrinhas a desaprovação ao plano que afastaria o sr. Crawford, propôs uma alternativa:

— Não há dúvida quanto à boa vontade do sr. Crawford, mas por que não vamos em maior número? Por que não organizamos um pequeno grupo? Muitos aqui se interessariam pelas suas melhorias, meu caro sr. Rushworth, e gostariam de ouvir a opinião do sr. Crawford no próprio local. Talvez fosse útil o senhor ouvir as outras opiniões. Da minha parte, há muito tempo espero rever a sua boa mãe, mas, como não disponho de cavalos, tenho sido negligente. Agora eu poderia ir e conversar algumas horas com a sra. Rushworth, enquanto os outros caminhavam e acertavam as coisas, e depois poderíamos todos voltar para um jantar tardio aqui, ou jantar em Sotherton, se fosse agradável para a sua mãe, e depois, à noite, fazer um aprazível retorno ao luar. Ouso dizer que o sr. Crawford levaria as minhas duas sobrinhas e eu na sua caleche. Edmund poderia ir a cavalo. Fanny ficará em casa com você, minha irmã.

Lady Bertram não objetou e todos os participantes do passeio trataram de manifestar pronta concordância, exceto Edmund, que ouviu tudo sem dizer palavra.

CAPÍTULO 7

— E então, Fanny, o que acha da srta. Crawford agora? — indagou Edmund no dia seguinte, depois de refletir sobre o assunto durante algum tempo. — Gostou dela ontem?

— Muito, muito mesmo. Gosto de ouvi-la falar. Ela me diverte. É tão bonita que sinto um grande prazer em admirá-la.

— É a fisionomia que é tão atraente. Feições maravilhosamente expressivas! Mas, Fanny, nada na conversa a surpreendeu, como se não fosse muito correto?

— Ah, sim! Ela não deveria ter se referido ao tio daquela maneira. Fiquei muito espantada. Um tio com quem ela morou por tantos anos e que, independentemente dos seus erros, aprecia muito o irmão dela, tratando-o quase como filho, dizem eles. Não consigo acreditar!

— Imaginei que você ficaria chocada. Foi muito errado, deplorável.

— E acho que foi muita ingratidão.

— Ingratidão é uma palavra forte. Não sei se o tio pode reivindicar gratidão. A esposa dele, certamente, e o que equivoca a srta. Crawford nesse aspecto é o seu ardente respeito pela memória da tia. A sua visão foi prejudicada pelas circunstâncias. Com sentimentos tão calorosos e um espírito tão vivaz, ela deve ter muita dificuldade em fazer justiça ao afeto pela sra. Crawford sem lançar uma sombra sobre o almirante. Não pretendo saber a quem se deve censurar pelas desavenças do casal, embora a atual conduta do almirante nos leve a tomar partido da esposa. É natural e louvável que a srta. Crawford queira absolver a tia. Eu não censuro as suas opiniões, mas por certo é impróprio torná-las públicas.

Fanny pensou um pouco e depois indagou:

— Você não acha que essa impropriedade reflete a sra. Crawford, uma vez que a sobrinha foi criada por ela? A tia talvez não lhe tenha dado noções corretas do que era devido ao almirante.

— A sua observação é justa. Sim, devemos supor que a sobrinha repete os erros da tia, e isso nos predispõe a perceber o ambiente prejudicial onde ela viveu. Mas acho que o seu lar atual lhe fará bem. As maneiras da sra. Grant são como devem ser. Ela fala do irmão com muito carinho.

— Sim, exceto quando reclama que ele lhe escreve cartas demasiado curtas. Ela quase me fez rir, mas não posso elogiar o amor ou o bom gênio de um irmão que não se dá ao trabalho de escrever algo digno de ser lido pelas irmãs quando estão separados. Tenho certeza de que William nunca teria feito isso comigo em circunstância alguma. E com que direito ela poderia supor que você não escreveria cartas longas se estivesse ausente?

— Com o direito de uma inteligência vivaz, Fanny, que aproveita tudo o que possa contribuir para a sua diversão ou a dos outros; perfeitamente admissível quando isento de mau humor ou rudeza; e não há sombra desses aspectos na fisionomia ou nos modos da srta. Crawford: nada de cáustico, espalhafatoso ou grosseiro. Ela tem uma feminilidade perfeita, exceto nos casos que acabamos de comentar. Nisso ela não pode ser justificada. Fico feliz por você ter percebido tudo como eu.

Depois de formar as opiniões e conquistar o afeto de Fanny, Edmund teve uma boa oportunidade de constatar que a prima pensava como ele, mas naquela época e sobre aquele assunto eles corriam o risco de divergir, pois a admiração dele pela srta. Crawford talvez o levasse por um caminho que Fanny não poderia seguir. Os atrativos da srta. Crawford não diminuíam. A harpa chegou e lhe intensificou ainda mais a beleza, a espirituosidade e o bom humor, pois ela tocava com a maior boa vontade, com uma expressão e um gosto peculiarmente apropriados, e ao final de cada ária fazia comentários inteligentes. Edmund ia todos os dias à residência paroquial, para ser brindado com o seu instrumento favorito: cada manhã garantia o convite para a seguinte, pois a dama gostava de ter sempre um ouvinte, e assim tudo transcorria de modo satisfatório.

Uma jovem bonita e animada, com uma harpa igualmente elegante, e ambas perto de uma janela aberta até o chão, dando para um pequeno gramado cercado por arbustos com a rica folhagem do verão, tudo isso bastaria para cativar o coração de qualquer homem. A estação, o cenário, o clima, tudo era favorável à ternura e aos sentimentos. A sra. Grant e o seu bastidor de bordar também eram úteis. Tudo estava em harmonia — e, como todas as coisas contribuem para um propósito quando o amor se instala, tudo valia a pena admirar, até a bandeja de sanduíches prestigiada pelo dr. Grant. No entanto, sem estudar a fundo a situação nem saber o que fazia, ao final de uma semana desse relacionamento Edmund começou a ficar um tanto apaixonado — e, para crédito da dama, se deve acrescentar que ele, sem ser um homem mundano ou um primogênito, sem conhecer as artes da lisonja e os encantos das conversas fúteis, começou a agradá-la. Ela percebeu isso, embora não tivesse previsto nem conseguisse entender, pois, segundo as regras usuais, ele não era agradável: não falava bobagens; não fazia elogios; tinha opiniões inflexíveis; e as suas atenções eram tranquilas e simples. Talvez houvesse um charme na sinceridade, na firmeza e na integridade dele que a srta. Crawford pudesse sentir, embora não se dispusesse a admitir. Entretanto, ela não pensava muito sobre isso: no momento ele a agradava. Ela gostava de tê-lo por perto, e bastava.

Fanny não se admirava que Edmund fosse à residência paroquial todas as manhãs — ela bem que gostaria de ir para ouvir harpa, se pudesse fazê-lo sem ser convidada nem notada —, nem se admirava, quando o passeio vespertino acabava e as duas famílias se separavam, que Edmund achasse correto deixar em casa a sra. Grant e a irmã, enquanto o sr. Crawford se dedicava às damas de Mansfield Park. Mas a troca lhe parecia ruim, e se Edmund não estivesse presente para misturar o vinho com água para ela, então preferiria não beber. Sentia-se um pouco surpresa por ele passar tantas horas com a srta. Crawford e não mais enxergar os defeitos que observara antes, dos quais ela sempre se lembrava a partir de algo da mesma natureza, quando estava na companhia da srta. Crawford, mas era assim. Edmund se mostrava muito satisfeito em conversar com ela sobre a srta. Crawford e parecia considerar suficiente que o almirante tivesse sido poupado. Fanny tinha escrúpulos de mencionar para ele as próprias observações, receando parecer implicante. O primeiro sofrimento verdadeiro que a srta. Crawford lhe causou foi consequência da vontade de aprender a cavalgar que a primeira demonstrou logo depois de se instalar em Mansfield, a partir do exemplo das jovens damas de Mansfield Park. Quando a familiaridade entre Edmund e a srta. Crawford aumentou, ele lhe encorajou esse desejo e lhe ofereceu a sua égua mansa para ela fazer as primeiras tentativas, considerando que esse animal seria mais adequado para uma iniciante do que qualquer outra montaria. Contudo, ao fazer esse oferecimento, Edmund não achou que causaria qualquer dor ou mágoa em Fanny, que não perderia um dia de exercício. A égua só deveria ser levada para a residência paroquial meia hora antes do início da cavalgada; e Fanny, quando isso foi proposto pela primeira vez, longe de se sentir menosprezada, ficou muito grata por ele estar lhe pedindo licença para tanto.

A srta. Crawford fez o seu primeiro ensaio com êxito e sem causar qualquer inconveniente para Fanny. Edmund, que levara a égua à residência paroquial e presidira tudo, retornou a tempo, antes que Fanny e o velho cocheiro que sempre a acompanhava quando ela cavalgava sem as primas estivessem prontos para partir. A tentativa do segundo dia não foi tão inocente. O prazer da srta. Crawford em cavalgar foi tanto que ela não queria parar. Ativa e destemida, apesar da pequena estatura, a sua compleição forte parecia talhá-la para ser uma perfeita amazona; e é provável que o puro e genuíno prazer do exercício tenha sido ampliado pela presença e pelas instruções de Edmund, e mais ainda pela convicção de suplantar as outras damas com um progresso precoce, de modo que ela não desejasse encerrar a cavalgada. Fanny estava pronta e à espera, e a sra. Norris começou a repreendê-la por não ter saído; e nada de cavalo nem de Edmund. Para evitar a tia e sair à procura dele, Fanny se afastou.

Embora distantes cerca de meia milha, as casas não eram visíveis uma da outra; mas, tendo caminhado 45 metros a partir da entrada principal, Fanny podia olhar para o parque e obter um panorama da residência paroquial e de todos os seus domínios, elevando-se suavemente além da estrada do vilarejo. No prado do dr. Grant, viu o grupo: Edmund e a srta. Crawford cavalgando lado a lado. Os Grant e o sr. Crawford com dois ou três cavalariços, de pé, observando. Pareceu-lhe um grupo feliz, todos interessados em algo decididamente alegre, pois o som das risadas chegava até ela. Era um som que não a deixava alegre. Ela sentiu uma pontada de angústia, temendo ser esquecida por Edmund. Não conseguia desviar os olhos do prado, nem deixar de observar tudo o que se passava. A princípio, a srta. Crawford e o seu companheiro fizeram um circuito do campo, que não era pequeno, em ritmo de passo; depois, aparentemente por sugestão dela, passaram para um meio galope. E para a natureza tímida de Fanny, era surpreendente ver como a srta. Crawford montava bem. Depois de alguns minutos, pararam, Edmund perto dela, falando-lhe e evidentemente ensinando-lhe o manejo da rédea, segurando-lhe a mão. Fanny viu isso, ou a imaginação forneceu o que o olhar não conseguia alcançar. Não deveria se admirar. Não seria mais do que natural Edmund se mostrar útil e comprovar a sua boa índole a todos? Ela não conseguia deixar de imaginar que o sr. Crawford poderia ter poupado esse trabalho a Edmund — seria particularmente adequado e justo o irmão tomar essa iniciativa, mas o sr. Crawford, com toda a sua propalada boa índole, com toda a sua perícia em conduzir carruagens, provavelmente ignorava o assunto e não tinha a mesma bondade de Edmund. Fanny começou a achar que o duplo serviço seria penoso para a égua, e se ela fora esquecida, a pobre égua deveria ser lembrada.

Os sentimentos de Fanny em relação a ambos logo se tranquilizaram um pouco, ao ver que o grupo se dispersava pelo prado e que a srta. Crawford, ainda a cavalo porém acompanhada por Edmund a pé, atravessou um portão da alameda e se dirigiu ao parque, encaminhando-se para onde ela estava. Então, começou a ter medo de parecer rude e impaciente, e dirigiu-se ao encontro deles, ansiosa para evitar tal suspeita.

— Minha querida srta. Price! — disse a srta. Crawford assim que chegou a uma distância audível. — Vim lhe apresentar as minhas desculpas por fazê-la esperar. Nada me justifica... eu sabia que já era muito tarde, e que eu estava me comportando mal. Portanto, peço-lhe encarecidamente que me perdoe! O egoísmo deve ser sempre perdoado pois, como sabe, não há esperança de cura.

A resposta de Fanny foi polida e aumentou em Edmund a convicção de que ela não estava com pressa.

— Há tempo mais do que suficiente para a minha prima cavalgar o dobro do que costuma — disse ele —, e a senhorita contribuiu para o seu bem-estar, impedindo-a de sair meia hora antes. Estão surgindo nuvens e ela não sofrerá com o calor, o que aconteceria se tivesse saído antes. Espero que a senhorita não tenha se cansado com tanto exercício. Eu gostaria que poupá-la da caminhada de volta.

— Ah, garanto que nada me cansa, exceto descer desse cavalo — comentou ela, desmontando com a ajuda de Edmund. — Sou muito forte. Nada me cansa, exceto fazer o que eu não gosto. Srta. Price, cedo-lhe a vez com enorme má vontade, mas desejo-lhe sinceramente uma cavalgada agradável, e que eu só ouça elogios a este querido, encantador e belo animal.

O velho cocheiro, que ficara esperando no próprio cavalo, se juntou a eles. Fanny montou e os dois partiram para outro lado do parque. Os seus sentimentos de desconforto não diminuíram quando viu, virando-se para trás, que os outros caminhavam juntos colina abaixo, rumo ao vilarejo. E o seu acompanhante também não ajudou muito, com os comentários sobre a grande habilidade da srta. Crawford como amazona, a quem observara com um interesse quase equivalente ao de Fanny.

— É um prazer ver uma dama com tamanha disposição para cavalgar! — comentou ele. — Jamais vi alguém montar melhor. Ela não parecia ter qualquer medo. Muito diferente da senhorita quando começou, vai fazer seis anos na próxima Páscoa. Benza-a Deus! Como tremeu quando sir Thomas a fez montar pela primeira vez!

A srta. Crawford também foi festejada na sala de visitas. O seu mérito em ser dotada pela natureza com força e coragem foi apreciado pelas srtas. Bertram. O seu prazer em cavalgar era semelhante ao delas, a sua excelência precoce, semelhante à delas, e elas tiveram grande prazer em elogiá-la.

— Eu tinha certeza de que ela montaria bem — disse Julia —, pois leva jeito para isso. A sua figura é tão elegante quanto a do irmão.

Maria acrescentou:

— Sim, e a disposição é idêntica, e ela tem a mesma energia de caráter. Só posso pensar que um bom domínio da equitação tem muito a ver com a mente.

À noite, quando se despediram, Edmund perguntou a Fanny se ela pretendia montar no dia seguinte.

— Não, não sei... não se você quiser a égua... — Foi a resposta.

— Não a quero para mim — disse ele —, mas sempre que você pretender permanecer em casa, acho que a srta. Crawford ficaria contente em dispor da dela por mais tempo... por uma manhã inteira, em suma. Ela tem um grande desejo de ir até Mansfield Common. A sra. Grant tem lhe falado das belas paisagens e não duvido que esteja capacitada para tanto. Mas qualquer manhã servirá. A srta. Crawford ficaria triste se interferisse nas suas cavalgadas. Seria muito ruim se ela fizesse isso. Ela cavalga por prazer; você, por motivos de saúde.

— Não vou cavalgar amanhã, com certeza — disse Fanny. — Ultimamente tenho saído demais e prefiro ficar em casa. Você sabe que agora eu me sinto suficientemente forte para caminhar muito bem.

Edmund pareceu satisfeito, o que deveria ser um alívio para Fanny, e a cavalgada até Mansfield Common aconteceu na manhã seguinte. O passeio incluiu todos os jovens, menos ela. E todos se divertiram na ocasião, e se divertiram novamente nas conversas noturnas. Um esquema bem-sucedido desse tipo em geral leva a outro — e depois de terem ido a Mansfield Common, todos se dispuseram a ir a outro lugar no dia seguinte. Havia muitas outras paisagens a serem descortinadas e, apesar do calor, havia veredas sombreadas por onde quisessem ir. Uma excursão de jovens sempre dispõe de veredas sombreadas. Quatro belas manhãs sucessivas transcorreram assim, em mostrar a região aos Crawford e em fazer as honras dos locais mais belos. Era tudo alegria e bom humor, o próprio inconveniente do calor era discutido com prazer... até o quarto dia, quando a felicidade de uma pessoa do grupo ficou extremamente enevoada. Essa pessoa foi a srta. Bertram. Edmund e Julia foram convidados para jantar na residência paroquial, e ela foi excluída. O plano e a realização couberam à sra. Grant, com muito bom humor, valendo-se do sr. Rushworth que naquela noite, até certo ponto, era esperado em Mansfield Park; mas aquilo foi sentido como ofensa muito grave, e as boas maneiras da srta. Bertram foram severamente exigidas para encobrir o aborrecimento e a raiva até chegar em casa. Como o sr. Rushworth não apareceu, a ofensa aumentou, e ela não teve sequer o consolo de demonstrar o seu poder sobre ele. Conseguiu apenas demonstrar o mau humor para a mãe, a tia e a prima, e projetar uma tristeza tão grande quanto possível sobre o jantar e a sobremesa.

Entre dez e onze horas, Edmund e Julia entraram na sala de visitas, refrescados com o ar da noite, entusiasmados e alegres, justo o inverso do ambiente que encontraram nas três damas sentadas ali. Maria mal ergueu os olhos do livro; lady Bertram estava meio adormecida; e até a sra. Norris, constrangida com o mau humor da sobrinha, fez duas ou três perguntas sobre o jantar, não respondidas de imediato, e pareceu decidida a não falar mais. Por alguns minutos, o irmão e a irmã se mostraram tão ávidos em elogiar a noite e fazer observações sobre as estrelas que nem prestaram atenção aos demais. Porém, quando a primeira pausa surgiu, Edmund olhou em volta e indagou:

— Mas onde está Fanny? Já foi dormir?

— Não, não sei — respondeu a sra. Norris. — Ela estava aqui há pouco.

A voz suave que veio da outra extremidade da sala muito comprida lhes revelou que Fanny estava no sofá. A sra. Norris começou a repreendê-la:

— Fanny, é uma brincadeira muito tola ficar jogada a noite inteira num sofá. Por que você não vem para cá, senta-se aqui e se ocupa, como *nós* estamos fazendo? Se você não tem um trabalho, posso lhe arranjar algum do cesto dos pobres. Há todos os panos comprados na semana passada e que ainda ninguém pegou. Tenho certeza de que quase quebrei as costas de tanto talhar roupa. Você deveria aprender a pensar nos outros. E, preste atenção, é uma brincadeira de mau gosto uma jovem estar sempre arriada num sofá.

Antes de ouvir metade desse discurso, Fanny voltou para o seu lugar à mesa e retomou o trabalho; e Julia, que estava com extremo bom humor devido às diversões do dia, fez justiça a Fanny, comentando:

— Devo lhe dizer, senhora, que Fanny fica tão pouco tempo no sofá quanto qualquer outra pessoa desta casa.

— Fanny — disse Edmund, olhando-a atentamente —, tenho certeza de que você está com dor de cabeça.

Ela não negou, mas disse que a dor não era muito forte.

— Não consigo acreditar em você — replicou ele. — Conheço muito bem a sua fisionomia. Há quanto tempo está sentindo isso?

— Desde pouco antes do jantar. Mas não é nada, é só o calor.

— Você saiu com esse calor?

— Se saiu?! Claro que sim! — disse a sra. Norris. — Você preferia que ela ficasse em casa num dia tão bonito como este? Não saímos *todos*? Hoje até a sua mãe saiu, durante pouco mais de uma hora.

— É verdade, Edmund — acrescentou lady Bertram, que despertara com a forte reprimenda da sra. Norris a Fanny. — Saí por mais de uma hora. Fiquei três quartos de hora no jardim das flores, enquanto Fanny cortava as rosas. Garanto que foi muito agradável, embora muito quente. O caramanchão estava bem sombreado, mas afirmo que tive medo da volta para casa.

— Fanny esteve cortando rosas, foi isso?

— Sim, e receio que tenham sido as últimas deste ano. Pobrezinha! Ela se queixou do calor, mas as rosas estavam tão desabrochadas que não se podia esperar.

— Com certeza, não se podia evitar — apoiou a sra. Norris, suavizando a voz. — Mas me pergunto se a dor de cabeça dela foi apanhada lá, minha irmã. Não há nada tão propício a provocar dor de cabeça do que alguém ficar de pé e se curvar sob um sol quente, mas ouso dizer que amanhã tudo estará bem. Quem sabe você lhe empresta o seu vinagre aromático? Sempre me esqueço de encher o meu frasco.

— Ela já fez isso, desde que voltou da sua casa pela segunda vez — disse lady Bertram.

— O quê?! — exclamou Edmund. — Fanny caminhou e cortou as rosas, passeou pelo parque quente até a sua casa, e fez isso duas vezes, senhora? Não admira que ela esteja com dor de cabeça.

A sra. Norris conversava com Julia e não ouviu.

— Temi que fosse demais para ela — ponderou lady Bertram. — Mas quando as rosas foram colhidas, a sua tia quis ficar com elas e então, sabe, precisavam ser levadas para lá.

— Mas havia rosas suficientes para obrigar Fanny a ir duas vezes?

— Não, mas elas deveriam ser colocadas no quarto vago, para secar; e infelizmente Fanny se esqueceu de trancar a porta desse quarto e trazer a chave, e assim foi obrigada a voltar.

Edmund se levantou e caminhou pela sala, dizendo:

— E ninguém poderia ter feito essa tarefa, a não ser Fanny? Dou-lhe a minha palavra, senhora, tudo isso foi muito mal conduzido.

— Tenho certeza de que não sei como poderia ter sido feito melhor — retrucou a sra. Norris, incapaz de continuar surda. — A menos que eu mesma tivesse ido, mas não posso estar em dois lugares ao mesmo tempo. E justo naquele momento eu estava conversando com o sr. Green sobre a leiteira da sua mãe, a pedido dela, e prometera a John Groom escrever para a sra. Jefferies a respeito do filho dele, e o coitado estava à minha espera havia meia hora. Portanto, ninguém pode me acusar, com justiça, de me poupar em ocasião alguma, mas não posso fazer tudo ao mesmo tempo. E quanto ao fato de Fanny ter ido à minha casa para mim, distante pouco mais de um quarto de milha, não considero pouco razoável pedir isso. Costumo fazer esse percurso até três vezes por dia, cedo ou tarde, com tempo bom ou ruim, sem reclamar.

— Eu gostaria que Fanny tivesse a metade da sua força, senhora.

— Se Fanny fizesse os exercícios com mais regularidade, não se abateria com tão pouco. Há muito tempo ela não tem cavalgado e estou persuadida de que quando ela não cavalga deveria caminhar. E se ela tivesse cavalgado antes, eu não teria lhe pedido. Mas achei que seria bom para ela, depois de se debruçar sobre as rosas. Nada é mais refrescante do que uma caminhada após um cansaço desses e, apesar do sol forte, não estava muito quente. Cá para nós, Edmund — e moveu a cabeça em direção a lady Bertram, num gesto significativo —, a causa desse mal foi o corte das rosas e a perambulação pelo jardim das flores.

— Receio que tenha sido isso, de fato — disse lady Bertram, mais cândida, depois de ouvir a irmã. — Receio muito que ela tenha adquirido a dor de cabeça lá, pois o calor estava de matar. Foi o máximo que eu pude suportar. Ficar sentada chamando o Pug, tentando afastá-lo dos canteiros de flores, foi demais para mim.

Edmund não disse mais nada para nenhuma das duas, mas se dirigiu tranquilamente para outra mesa, sobre a qual ainda estava uma bandeja da ceia, e trouxe um cálice de vinho madeira para Fanny, obrigando-a a tomar a maior parte. Ela gostaria de poder recusar, porém as lágrimas provocadas por uma série de emoções tornavam mais fácil engolir do que falar.

Irritado com a mãe e com a tia, Edmund se sentia mais zangado ainda consigo mesmo. Ter se esquecido de Fanny era pior do que qualquer coisa que as duas tivessem feito. Nada daquilo teria acontecido se ela tivesse sido considerada adequadamente, mas fora negligenciada durante quatro dias, sem qualquer opção de companhia ou exercício e sem qualquer desculpa para evitar os excessos exigidos pelas tias. Envergonhava-se de pensar que durante quatro dias seguidos ela não tivera chance de cavalgar e decidiu seriamente que aquilo não tornaria a acontecer, ainda que contrariasse um prazer da srta. Crawford.

Fanny foi para a cama com o coração tão pesado quanto na primeira noite em que chegara a Mansfield Park. O estado de espírito provavelmente contribuíra para a sua indisposição. Sentia-se negligenciada e lutava contra o descontentamento e a inveja havia alguns dias. Quando se reclinou no sofá esperando não ser vista, o sofrimento era muito mais forte do que a dor de cabeça — e a repentina mudança que a bondade de Edmund ocasionara fez com que ela mal conseguisse se manter de pé.

CAPÍTULO 8

Logo na manhã seguinte, as cavalgadas de Fanny recomeçaram; e como o tempo estava agradável e fresco, menos quente do que nos dias anteriores, Edmund acreditou que os danos causados à saúde e à alegria da prima seriam recompensados em breve. Enquanto isso, o sr. Rushworth chegou acompanhado da mãe em uma visita de cortesia, e, para exibi-la, com o propósito de acelerar a execução do plano da ida a Sotherton iniciado 15 dias antes, que ficara em suspenso porque ela estivera ausente. A sra. Norris e as sobrinhas ficaram muito satisfeitas com a retomada do plano e foi escolhido e acertado um novo dia bem próximo, desde que o sr. Crawford não tivesse compromisso — as jovens não se esqueceram desse detalhe e, embora a sra. Norris desejasse responder de bom grado que o rapaz estaria livre, não quiseram autorizar tal liberdade nem correr o risco; e afinal, por insinuação da srta. Bertram, o sr. Rushworth descobriu que a atitude mais apropriada seria caminhar até a residência paroquial, visitar o sr. Crawford e indagar se a quarta-feira lhe conviria ou não.

Antes que ele retornasse, a sra. Grant e a srta. Crawford entraram. Elas não o encontraram porque haviam saído algum tempo antes e tomado um caminho diferente. Contudo, esperava-se que ele encontraria o sr. Crawford em casa. É claro que o plano da ida a Sotherton foi mencionado. Era praticamente impossível discutir outro assunto, pois a sra. Norris estava muito entusiasmada e a sra. Rushworth, mulher bem-intencionada, polida, falante e pomposa, que só se importava com o que conviesse para si mesma e para o filho, ainda não desistira de pressionar lady Bertram a participar da excursão. Esta declinava constantemente, mas as suas recusas plácidas mantiveram na sra. Rushworth a impressão de que ela desejava ir, até que as palavras da sra. Norris, muito mais numerosas e em tom mais alto, a convenceram da verdade.

— O cansaço seria demasiado para a minha irmã. Demasiado, eu lhe garanto, minha cara sra. Rushworth. Dez milhas para ir e dez milhas para voltar, não é mesmo? A senhora deve desculpar a minha irmã e aceitar as nossas duas queridas jovens e eu sem ela. Sotherton é o único lugar que lhe daria prazer de ir tão longe, mas não pode ir, de fato. Ela ficará em companhia de Fanny Price, portanto, tudo dará certo. Quanto a Edmund, que não está aqui para decidir, eu responderei por ele, que ficará muito feliz de se juntar ao grupo. Ele pode ir a cavalo.

A sra. Rushworth, vendo-se forçada a se render à ausência de lady Bertram, apenas lamentou o fato, declarando que "a perda de sua companhia seria um grande revés", e ela ficaria extremamente feliz de também contar com a jovem srta. Price, "que ainda não estivera em Sotherton, e era uma pena que não pudesse conhecer o local".

— A senhora é muito bondosa, a perfeita bondade, minha cara senhora — exclamou a sra. Norris. — Mas, quanto a Fanny, ela terá muitas oportunidades de visitar Sotherton. Ela tem muito tempo pela frente, e a sua ida agora está fora de questão. Lady Bertram não poderia dispensá-la.

— É, não posso ficar sem Fanny.

A sra. Rushworth, convicta de que todos queriam visitar Sotherton, estendeu o convite à srta. Crawford; e a sra. Grant, que não se dera ao trabalho de visitar a sra. Rushworth quando veio morar na vizinhança, declinou com educação do convite e ficou feliz em garantir um prazer para a irmã; e Mary, devidamente pressionada e persuadida, não demorou a aceitar a sua parcela de cortesia. O sr. Rushworth voltou da residência paroquial com êxito; e Edmund apareceu justo a tempo de saber o que ficara estabelecido para quarta-feira, acompanhar a sra. Rushworth até a carruagem e percorrer metade do parque com as duas outras damas.

Ao retornar à sala do café da manhã, ele encontrou a sra. Norris tentando decidir se a presença da srta. Crawford no grupo seria desejável ou não, ou se sem ela a caleche do irmão já estaria lotada. As jovens Bertram riram da ideia e lhe asseguraram que a caleche acomodaria muito bem quatro pessoas, além da boleia, onde alguém poderia se sentar com ele.

— Mas por que será preciso usar a carruagem de Crawford, ou exclusivamente a dele? — indagou Edmund. — Por que não usar o coche da minha mãe? Outro dia, quando o plano foi mencionado pela primeira vez, não entendi por que uma visita da família não poderia ser feita na carruagem da família.

— O quê?! — exclamou Julia. — Irmos três pessoas encaixotadas numa diligência, com este tempo, quando poderemos ir bem acomodadas numa caleche? Não, meu caro Edmund, isso não daria certo.

— Além do mais — disse Maria —, sei que o sr. Crawford faz questão de nos levar. Depois de tudo o que foi dito antes, ele reivindicaria isso como uma promessa.

— E, meu querido Edmund — acrescentou a sra. Norris —, usar *duas* carruagens quando *uma* é suficiente seria um transtorno desnecessário... e, cá entre nós, o cocheiro não gosta muito das estradas entre Mansfield Park e Sotherton. Ele sempre reclama que as veredas estreitas arranham a carruagem, e você sabe que ninguém gostaria que o querido sir Thomas, quando voltar, encontrasse o verniz todo arranhado.

— Essa não seria uma boa razão para se usar a do sr. Crawford — disse Maria. — Mas a verdade é que Wilcox é um velho ignorante que não sabe conduzir. Eu me responsabilizo por isso: não enfrentaremos inconveniente algum nas estradas estreitas na próxima quarta-feira.

— Suponho que não haja problema, nem seja desagradável — disse Edmund — viajar na boleia da caleche.

— Desagradável?! — perguntou Maria. — Meu Deus, qualquer pessoa acharia o melhor lugar! É incomparável para se admirar a paisagem do campo. É provável que a srta. Crawford prefira ir na boleia.

— Então, não pode haver qualquer objeção à ida de Fanny com vocês. Sem dúvida, há espaço para ela.

— Fanny?! — repetiu a sra. Norris. — Meu caro Edmund, não há possibilidade de ela ir conosco! Ficará em casa com a tia. Já avisei a sra. Rushworth. Fanny não é esperada.

— Imagino que a senhora não tenha motivo algum — respondeu Edmund, dirigindo-se à mãe — para desejar que Fanny não participe da excursão, exceto no que se refere à senhora e ao seu próprio conforto. Se pudesse ficar sem ela, por certo não gostaria de retê-la aqui em casa, não é?

— Com certeza não, mas não posso ficar sem ela.

— Pode, sim, se eu ficar em casa lhe fazendo companhia, como pretendo.

Essas palavras provocaram um protesto geral.

— Sim — continuou Edmund —, não preciso ir e pretendo ficar em casa. Fanny deseja muito conhecer Sotherton. Quer muito isso. Não costuma ter muitos prazeres desse gênero, e tenho certeza de que a senhora ficaria contente em lhe proporcionar tal prazer.

— Ah, sim, muito contente, se a sua tia não se opuser.

A sra. Norris se apressou em apresentar a única objeção que lhe restava: o fato de terem garantido peremptoriamente à sra. Rushworth que Fanny não iria, e como consequência, a sua presença, na opinião da sra. Norris, seria muito estranha, uma dificuldade quase insuperável. Seria uma presença muito estranha! Uma demonstração de descortesia, beirando o desrespeito pela sra. Rushworth, modelo de dama bem-educada e atenciosa, e portanto ela não achava apropriada tal indelicadeza. A sra. Norris não tinha afeto por Fanny, muito menos vontade de lhe propiciar prazer em momento algum; mas a sua oposição a Edmund derivava mais da parcialidade pelo seu próprio plano, porque o plano era seu, do que outra coisa. Achava que tinha organizado tudo muito bem e que qualquer alteração seria para pior. Portanto, quando Edmund lhe respondeu (quando ela terminou de falar e se dispôs a ouvi-lo) que ela não precisaria se aborrecer em relação à sra. Rushworth porque, enquanto caminhavam até a carruagem, ele aproveitara a oportunidade para mencionar a srta. Price como alguém que provavelmente se juntaria ao grupo e recebera no mesmo ato um convite, a sra. Norris, muito contrariada para se submeter de boa vontade, limitou-se a dizer:

— Pois bem, seja como você decidiu. Faça à sua maneira, tenho certeza de que não me importarei.

— Parece muito estranho — comentou Maria — você ficar em casa em vez de Fanny.

— Tenho certeza de que ela ficará muito agradecida a você — acrescentou Julia, apressando-se em sair da sala enquanto falava, consciente de que ela própria deveria se oferecer para ficar em casa.

— Fanny sentirá a gratidão que a oportunidade requer. — Foi a resposta de Edmund, e o assunto morreu.

Na verdade, a gratidão de Fanny ao saber do plano foi muito maior do que o prazer. Reconheceu que Edmund era bondoso e sensível para com todos, sobretudo porque nem suspeitava do afeto profundo que ela lhe devotava. Porém, sofreu ao constatar que ele renunciava a uma diversão para ela se divertir, até porque a ausência dele anularia a própria satisfação em conhecer Sotherton.

O encontro seguinte das duas famílias de Mansfield produziu outra alteração no plano, admitida com aprovação geral. A sra. Grant se ofereceu para passar o dia com lady Bertram em lugar de Edmund e o dr. Grant se juntaria a elas para o jantar. Lady Bertram ficou muito satisfeita com a solução e as jovens voltaram a se alegrar. Até Edmund agradeceu muito o arranjo que lhe restabeleceria a participação no grupo — e a sra. Norris considerou o plano excelente, pois o tivera na ponta da língua, prestes a propor, quando a sra. Grant lhes comunicou sua visita.

A quarta-feira amanheceu bonita e, logo após o café da manhã, a caleche chegou. O sr. Crawford conduziu as irmãs e, como todos estavam prontos, nada restava a fazer exceto a sra. Grant descer e os outros ocuparem os seus assentos. O posto de honra, o mais invejado de todos os lugares, estava desocupado. A quem caberia? Enquanto as jovens Bertram meditavam sobre quem o ocuparia, cada qual fingindo cedê-lo à outra, a questão foi resolvida pela sra. Grant, que disse enquanto descia da carruagem:

— Como são cinco, é melhor alguém se sentar ao lado de Henry; e como ultimamente você tem dito que quer aprender a conduzir, Julia, acho que será uma boa oportunidade para ter uma aula.

Felicidade para Julia! Infelicidade para Maria! A primeira se instalou imediatamente na boleia da caleche e a outra, tristonha e mortificada, sentou-se na cabine. A carruagem partiu em meio aos bons augúrios das duas damas que ficaram e aos latidos de Pug no colo da dona.

A estrada passava por uma região aprazível e Fanny, cujas cavalgadas nunca tinham ido tão longe, logo se deu conta de estar além de tudo o que conhecia e ficou muito feliz em observar o que era novo e admirar o que era bonito. Ela não foi convidada muitas vezes a participar da conversa geral, nem o desejava. Por hábito, os seus melhores companheiros eram os próprios pensamentos e, ao observar a paisagem, a direção das estradas, a diferença dos solos, o estado das colheitas, os chalés, o gado e as crianças, encontrou um entretenimento que só poderia ter sido aumentado se ela pudesse compartilhar tais sensações com Edmund. Esse era o único ponto de semelhança entre ela e a dama sentada ao seu lado: a srta. Crawford e Fanny eram totalmente diferentes, exceto na admiração por Edmund. A primeira não tinha nada da delicadeza de Fanny no gosto, na mente ou nos sentimentos; via a natureza, a natureza inanimada, sem observar muito. A sua única atenção era voltada para homens e mulheres, e concentrava os seus talentos em tudo que fosse leve e espirituoso. Contudo, quando ambas olhavam para trás em busca de Edmund depois de percorrerem algum trecho de estrada, ou quando ele se aproximava delas quando a caleche subia alguma colina, elas diziam em uníssono "aqui está ele", o que ocorreu mais de uma vez.

Nas primeiras sete milhas, a srta. Bertram se sentiu muito desconfortável: a sua visão esbarrava sempre no sr. Crawford e em Julia, sentados lado a lado, conversando alegremente. Ver apenas o perfil expressivo do cavalheiro sorrindo para Julia e ouvir a risada da irmã eram uma perpétua fonte de irritação, algo que só o próprio senso de decoro conseguia atenuar. Quando Julia olhava para trás exibia um semblante de encantamento e sempre que falava com as outras pessoas se mostrava animada, dizendo que "o panorama do campo era encantador", que ela desejava "que todos pudessem ver" etc. Mas só sugeriu trocar de lugar com a srta. Crawford, enquanto atingiam o topo de uma longa colina, limitando-se a dizer que "daqui se tem um belo panorama do campo. Eu gostaria que a senhorita estivesse no meu lugar, mas ouso dizer que não vai querer, portanto, não vou insistir muito". E a srta. Crawford mal conseguiu responder antes que a caleche tornasse a se movimentar em boa velocidade.

Ao chegarem aos territórios controlados por Sotherton, a situação favoreceu a srta. Bertram que, por assim dizer, passou a deter as rédeas. Os seus sentimentos se dividiam entre Rushworth e Crawford, e na vizinhança de Sotherton os primeiros predominavam. A imponência do sr. Rushworth lhe pertencia. Ela não conseguiu dizer à srta. Crawford sem júbilo no coração que "aqueles bosques pertenciam a Sotherton"; nem conseguiu observar descuidadamente que "acreditava que tudo aquilo pertencia às terras do sr. Rushworth, em ambos os lados da estrada" — e esse prazer aumentava à medida que se aproximavam da mansão principal, residência senhorial da família, inclusive com todos os direitos de antigos tribunais.

— Agora não teremos mais uma estrada difícil, srta. Crawford. As nossas dificuldades acabaram. O resto do caminho é como deveria ser. O sr. Rushworth cuidou de tudo desde que assumiu a propriedade. Aqui começa o vilarejo. Aqueles chalés estão mesmo péssimos. O pináculo da igreja é considerado extremamente bonito. Fico feliz que a igreja não se situe tão perto da casa grande, como ocorre com frequência em lugares antigos. Os sinos devem perturbar terrivelmente. Há uma residência paroquial, uma casa de aparência bem cuidada, e acredito que o presbítero e a esposa sejam pessoas muito decentes. Aqueles asilos para pobres foram construídos por alguém da família. À direita fica a casa do administrador, um homem muito respeitável. Agora estamos nos aproximando dos portões principais, mas ainda temos quase uma milha de parque. A senhorita verá que este trecho não é feio. Há boas madeiras, mas a localização da casa é horrível. Desceremos a colina por meia milha, e é uma pena, pois o lugar não teria aparência tão ruim se o acesso fosse melhor.

A srta. Crawford se apressou a elogiar. Adivinhou bastante bem os sentimentos da srta. Bertram e tomou como ponto de honra lhe incentivar o deleite ao máximo. A sra. Norris era toda encantamento e volubilidade, e até Fanny teve algo a dizer em admiração, sendo ouvida com complacência. O seu olhar captava tudo o que estava ao seu alcance e, depois de se esforçar para obter uma visão da casa, observou que era o tipo de construção para a qual ela não conseguia "deixar de olhar com respeito" e acrescentou:

— E onde está a avenida? Percebo que a fachada frontal da casa é voltada para o leste, portanto a avenida deve estar na parte traseira. O sr. Rushworth mencionou o lado oeste.

— Sim, é exatamente atrás da casa. Começa a pouca distância e sobe por meia milha até a extremidade das terras. Você pode ver uma parte dela por aqui... parte das árvores mais distantes. É tudo carvalho.

Agora a srta. Bertram podia acrescentar informações precisas daquilo que ignorava sempre que o sr. Rushworth pedisse a sua opinião. E, quando atingiram os amplos degraus de pedra da entrada principal, ela se mostrava feliz e alvoroçada, o tanto quanto a vaidade e o orgulho conseguem propiciar.

CAPÍTULO 9

O sr. Rushworth estava à porta para receber a sua bela dama e o grupo todo foi saudado com a devida atenção. Na sala de estar houve igual cordialidade da parte da mãe dele, e a srta. Bertram teve toda a distinção que poderia desejar. Concluídos os cumprimentos da chegada, primeiro era preciso comer e, abertas as portas, todos passaram por uma ou duas salas intermediárias até chegarem à sala de jantar, onde foi servido uma refeição farta e elegante. Conversaram e comeram muito, e tudo correu bem. Passaram então a tratar do objetivo específico daquele dia. Como o sr. Crawford gostaria fazer um levantamento das terras, e de que modo? O sr. Rushworth mencionou o seu coche. O sr. Crawford sugeriu que seria melhor uma carruagem que transportasse mais de duas pessoas. "Talvez seja ruim nos privarmos da vantagem de outros olhares e opiniões, além da perda do presente prazer."

A sra. Rushworth propôs que levassem também a caleche, mas essa alternativa foi mal recebida: as jovens não sorriram nem falaram. A proposta seguinte da dona da casa, de mostrar a residência para aqueles que ainda não haviam estado lá, foi melhor aceita, pois a srta. Bertram adorou a ideia de poder exibir o tamanho da casa, e todos ficaram contentes por terem algo para fazer.

Com a concordância de todos, levantaram-se e, sob a orientação da sra. Rushworth, foram conduzidos através de uma série de salões suntuosos e ricamente mobiliados ao gosto de cinquenta anos antes, com pisos brilhantes de puro mogno, ricos adamascados, mármores dourados e entalhes, tudo bonito a seu modo. Havia abundância de quadros, poucos bons, a maioria retratos da família, que só tinham valor para a sra. Rushworth, que se esforçara bastante para aprender tudo o que a governanta conseguiu lhe ensinar e se sentia quase igualmente qualificada para mostrar a casa. Na ocasião ela se dirigia em especial à srta. Crawford e a Fanny, embora não houvesse grau de comparação entre a atenção que as duas prestavam, pois a srta. Crawford, que conhecera dezenas de casas luxuosas sem se importar com nenhuma, apenas por educação fingia escutar, enquanto Fanny, para quem tudo era quase tão interessante quanto novo, acompanhava com verdadeira avidez o que a sra. Rushworth relatava sobre o passado da família, ascensão e grandeza, visitas régias, esforços leais, encantada em relacionar todas as coisas aos fatos históricos que conhecia, ou em aquecer a imaginação com cenas do passado.

A localização da casa excluía a possibilidade de uma bela vista em qualquer aposento, e enquanto Fanny e alguns outros acompanhavam a sra. Rushworth, Henry Crawford olhava sério e sacudia a cabeça diante das janelas. Todos os aposentos da fachada oeste davam para um gramado de onde partia a alameda, bem adiante das altas palissadas e dos portões de ferro.

Depois de visitarem muitos outros aposentos que pareciam destinados apenas a contribuir para a cobrança do imposto e aumentar o número de empregados, a sra. Rushworth disse:

— Agora vamos até a capela, na qual deveríamos entrar pela parte superior e olhar para baixo. Mas, como estamos entre amigos, eu os levarei por este caminho, me desculpem.

Entraram. A imaginação de Fanny a preparara para algo mais imponente do que um mero espaço amplo e oblongo, próprio para fins de devoção, sem nada mais marcante ou solene do que uma profusão de mogno e almofadas de veludo carmim aparecendo sobre o parapeito da galeria da família.

— Estou decepcionada, primo — murmurou ela para Edmund. — Não é a minha ideia de capela. Aqui nada é horrível, melancólico, grandioso. Não há naves, nem arcos, nem inscrições, nem estandartes. Nenhum estandarte, primo, para ser "soprado pelo vento noturno do céu". Nenhum sinal de que um "monarca escocês repouse sob este chão".

— Você se esquece, Fanny, de que esta construção é mais recente, e com um propósito limitado, em comparação com as velhas capelas dos castelos e mosteiros. Foi construída apenas para uso privado da família. Suponho que eles tenham sido sepultados na igreja paroquial. *Lá* você pode procurar por estandartes e conquistas.

— Tolice minha não pensar nisso antes, mas mesmo assim estou desapontada.

A sra. Rushworth começou a sua descrição:

— Como estão vendo, esta capela foi montada no reinado de James II. Pelo que eu soube, antes desse período os bancos eram apenas de lambri, e há alguma razão para se acreditar que os revestimentos e as almofadas do púlpito e dos assentos da família fossem apenas de um tecido púrpura, mas não se tem muita certeza. É uma bonita capela e era usada constantemente, pela manhã e à noite. Muitos se lembram das orações lidas pelo capelão da casa, mas o falecido sr. Rushworth acabou com isso.

— Cada geração faz as suas melhorias — comentou a srta. Crawford para Edmund, com um sorriso.

A sra. Rushworth fora repetir a lição para o sr. Crawford, deixando Edmund, Fanny e a srta. Crawford à parte.

— É uma pena — comentou Fanny — que esse costume tenha sido suspenso. Era uma parte valiosa dos tempos antigos. Uma capela e um capelão são muito característicos de uma casa importante e combinam com as ideias que temos dessas casas! É muito bom uma família inteira se reunir regularmente com o propósito de rezar!

— Muito bom, mesmo — falou a srta. Crawford, rindo. — Deve fazer muito bem para os chefes da família obrigar todos os pobres empregados e lacaios a deixarem os seus serviços e lazeres para virem aqui rezar duas vezes por dia, enquanto eles próprios ficam inventando desculpas para não comparecer.

— Dificilmente Fanny teria *essa* ideia sobre uma família reunida — disse Edmund. — Se o dono e a dona da casa não comparecem, o costume deve ser mais danoso do que benéfico.

— Em todo caso, é mais prudente deixar cada qual à vontade sobre esses assuntos. Todo mundo gosta de agir ao seu modo, de escolher o momento e a maneira de se dedicar à devoção. A obrigação de comparecer, a formalidade, a repressão, o tempo de duração, tudo isso é pavoroso e ninguém aprecia. Além disso, se as boas pessoas que costumavam se ajoelhar e bocejar nesta galeria previssem que chegaria um tempo em que homens e mulheres poderiam ficar uns dez minutos a mais na cama se acordassem com dor de cabeça, sem perigo de serem repreendidos por terem faltado à capela, teriam dado pulos de alegria e inveja. Alguém consegue imaginar com que má vontade as antigas beldades da casa dos Rushworth se dirigiram tantas vezes a esta capela? As jovens senhoras, empertigadas em aparente piedade mas com a cabeça cheia de algo muito diferente... especialmente se não valesse a pena olhar o pobre capelão... e naquele tempo, imagino, os presbíteros eram muito inferiores aos de hoje.

Por alguns instantes ela não recebeu resposta alguma. Fanny enrubesceu e olhou para Edmund, mas se sentiu zangada demais para falar. Ele precisou se recuperar um pouco antes de poder dizer:

— A sua vivacidade a impede de ser séria até em assuntos sérios. A senhorita nos brindou com uma narrativa divertida, e a natureza humana não poderá negar. Às vezes, todos nós devemos sentir a dificuldade de fixar os nossos pensamentos como gostaríamos, mas se a senhorita supõe que isso seja frequente, quero dizer, uma fraqueza transformada em hábito por negligência, o que se poderia esperar das devoções *particulares* dessas pessoas? A senhorita acha que as mentes sofridas, que se entregam a divagações em uma capela, ficariam mais controladas dentro de um armário?

— Sim, muito provavelmente. Pelo menos teriam duas chances a seu favor: menos coisas para lhes distrair a atenção e não seriam tentadas por tanto tempo.

— Creio que a mente que não luta contra si mesma em *uma* circunstância encontrará objetos para se distrair em *outra*; e a influência do lugar e do exemplo costuma despertar melhores sentimentos do que os iniciais. Contudo, admito que a longa duração do serviço religioso às vezes pode ser um esforço demasiado para a mente. Seria desejável que não fosse assim, mas ainda não estou longe de Oxford há tempo suficiente para esquecer o que representam as orações na capela.

Enquanto isso, o restante do grupo se espalhara pela capela e Julia chamou a atenção do sr. Crawford para a irmã, ao dizer:

— Veja o sr. Rushworth e Maria parados lado a lado, exatamente como se a cerimônia fosse começar. Eles não dão essa perfeita impressão?

O sr. Crawford sorriu em concordância, avançou em direção a Maria e disse em um tom de voz que apenas ela poderia ouvir:

— Não gosto de ver a srta. Bertram tão perto do altar.

Sobressaltada, Maria instintivamente se adiantou um passo ou dois, mas se recuperou logo em seguida, deu um sorriso afetado e lhe perguntou em tom não muito mais alto:

— O senhor levaria essa noiva ao altar?

— Receio que eu faria isso muito sem jeito. — Foi a resposta dele, com um olhar significativo.

Nesse momento, Julia se aproximou e prosseguiu com a brincadeira:

— Garanto, é realmente uma pena isso não acontecer agora mesmo; se pelo menos tivéssemos uma permissão adequada, pois estamos todos aqui, nada no mundo poderia ser melhor arranjado e agradável.

Julia falou e riu sem muita cautela, chamando a atenção do sr. Rushworth e da mãe dele, o que expôs a irmã aos galanteios sussurrados pelo enamorado enquanto a sra. Rushworth comentava com sorrisos e a dignidade adequados que ficaria extremamente feliz quando o evento pudesse ocorrer.

— Ah, se ao menos Edmund já estivesse ordenado! — exclamou Julia e correu para onde o irmão estava com a srta. Crawford e Fanny. — Meu querido Edmund, se ao menos você já estivesse ordenado, poderia realizar a cerimônia agora mesmo. Que pena ainda não estar! O sr. Rushworth e Maria já estão prontos!

Quando Julia falou, o semblante da srta. Crawford teria divertido um observador desinteressado. Parecia quase horrorizada com a novidade que lhe apresentavam. Fanny teve pena. "Ela vai se arrepender do que disse há pouco", passou-lhe pela mente.

— Ordenado?! — exclamou a srta. Crawford. — O quê?! O senhor vai ser clérigo?

— Sim, receberei as ordens logo após o regresso do meu pai, provavelmente no Natal.

A srta. Crawford, recobrando o ânimo e recuperando a cor, limitou-se a retrucar:

— Se eu soubesse disso antes, teria falado do clero com mais respeito. — E mudou de assunto.

A capela foi logo devolvida ao silêncio e à quietude que reinavam ali, com poucas interrupções. A srta. Bertram, descontente com a irmã, tomou a dianteira do grupo, e todos pareciam sentir que ficaram ali tempo suficiente.

A parte inferior da casa já fora exibida e a sra. Rushworth, incansável na sua tarefa, teria prosseguido rumo à escadaria principal e os levado para conhecer todos os aposentos superiores se o filho não sugerisse não haver tempo para tanto.

— Porque... — disse ele com o tipo de dúvida que um raciocínio mais objetivo nem sempre consegue evitar — se demorarmos *demais* percorrendo a casa não teremos tempo para o que precisamos fazer do lado de fora. Já passa das duas horas, e jantar será às cinco.

A sra. Rushworth se rendeu, e todos voltaram a discutir com muita agitação com quem e como iriam visitar os terrenos. A sra. Norris ia determinando a melhor ocupação dos veículos e dos cavalos quando os jovens, como que movidos por um único impulso e pelo desejo de ar e liberdade, saíram por um porta tentadoramente aberta para um lance de degraus que conduzia ao gramado, aos arbustos e à toda doçura de um belo jardim.

— Talvez possamos descer por aqui — sugeriu a sra. Rushworth, polidamente acatando a decisão dos jovens. — Aqui temos a maioria das nossas plantas e ali os exóticos faisões.

— Vejamos... — disse o sr. Crawford olhando em volta. — Se pudermos encontrar algo com que nos ocupar, antes de seguirmos adiante. Vejo grandes promessas! Sr. Rushworth, devemos convocar um conselho neste gramado?

— James — disse a sra. Rushworth para o filho —, creio que as florestas serão uma novidade para todo o grupo. As jovens Bertram nunca viram uma.

Ninguém objetou, mas por algum tempo ninguém se dispôs a se deslocar para qualquer lugar ou qualquer distância. Todos foram atraídos primeiro pelas plantas e depois pelos faisões, e todos se dispersaram numa alegre independência. O sr. Crawford foi o primeiro a avançar para examinar as possibilidades daquele lado da casa. O gramado, delimitado por todos os lados por um muro alto, continha, além da primeira área plantada, um campo para jogos de bola e mais adiante um longo terraço ladeado por palissadas de ferro, por cima das quais se obtinha uma bela paisagem dos topos das árvores das florestas vizinhas. Era um bom lugar para o sr. Crawford iniciar as suas críticas. Ele foi logo seguido pela srta. Bertram e pelo sr. Rushworth. Pouco depois, quando os outros começaram a se dividir em grupos, os três foram encontrados no terraço entretidos em uma animada conversa por Edmund, srta. Crawford e Fanny, que acharam natural se reunir e que, depois de uma pequena participação nos lamentos e nas dificuldades, os deixaram e seguiram caminhando. As três restantes, a sra. Rushworth, a sra. Norris e Julia, ainda estavam bem atrás. Julia, que não tinha mais a atenção dos demais, foi forçada a ficar ao lado da sra. Rushworth e refrear seus passos impacientes para acompanhar o ritmo lento da senhora. Já a tia ficara para trás trocando mexericos com a governanta, que saíra para alimentar os faisões. A pobre Julia, a única de um grupo de nove insatisfeita com a própria sorte, agora estava em completa penitência, tão diferente da Julia que viera sentada na boleia da caleche, como se pode imaginar. A cortesia que lhe ensinaram a praticar como dever a impossibilitava de escapar, mas ela se sentia muito infeliz devido à falta de mais autocontrole, de justa consideração pelos outros, do conhecimento do próprio coração, do princípio do que é correto, que não fizeram parte essencial da sua educação.

— O calor aqui está insuportável! — reclamou a srta. Crawford depois de terem dado uma volta no terraço e atravessavam pela segunda vez porta central que dava para a floresta. — Será que algum de nós se opõe a irmos para um lugar mais confortável? Ali há um bosque pequeno e bonito. Se pudéssemos entrar lá! Que felicidade se a porta não estivesse trancada! Mas é claro que está, pois nessas grandes propriedades os jardineiros são as únicas pessoas que podem circular por onde quiserem.

Mas a porta não estava trancada e todos concordaram em seguir por ali com alegria, deixando para trás o esplendoroso brilho do dia. Um considerável lance de degraus os levou a uma área plantada de cerca de dois acres que, apesar de composta principalmente de lariços, loureiros e faias cortadas, e disposta com bastante regularidade, era escura, sombria, cheia de beleza natural, em comparação com o gramado para jogos e o terraço. Todos sentiram o ar fresco do lugar e durante certo tempo se limitaram a caminhar e admirar. Afinal, depois de uma pequena pausa, a srta. Crawford falou:

— Então, o senhor vai ser clérigo, sr. Bertram! Para mim foi uma grande surpresa!

— Por que isso a surpreenderia? Deve imaginar que eu pretenda exercer uma profissão, e deve ter percebido que não sou advogado, nem soldado, nem marinheiro.

— Sem dúvida. Mas, em resumo, isso não me ocorrera. O senhor sabe, em geral, há sempre um tio ou um avô para deixar a fortuna para o segundo filho.

— Uma prática muito louvável — disse Edmund —, mas não tanto universal. Sou uma dessas exceções e, assim sendo, preciso fazer algo por mim mesmo.

— Mas por que deseja ser clérigo? Pensei que fosse o destino do caçula, quando houvesse muitos para escolher antes dele.

— Então, a senhorita acha que a igreja nunca seria uma escolha?

— *Nunca* é uma palavra forte. Mas no *nunca* da conversação, que significa *não muitas vezes*, penso que sim. Pois o que há para se fazer na igreja? Os homens adoram se distinguir, e em qualquer outro campo a distinção pode ser conquistada, mas não na igreja. Um clérigo não é nada.

— O *nada* da conversa tem as suas gradações tanto quanto o *nunca*, espero eu. Um clérigo não pode ocupar posição elevada na sociedade ou na moda. Não deve liderar as multidões, nem dar o tom em matéria de roupas. Mas não posso classificar como *nada* um cargo responsável por tudo o que há de primordial importância para a humanidade, considerados os aspectos individuais e coletivos, temporais e eternos, alguém que detém a guarda da religião e da moral, e consequentemente dos costumes resultantes da sua influência. Ninguém aqui poderá classificar de *nada* o ofício religioso. Se o homem que detém essa função é *nada*, é porque negligencia o dever, menospreza-lhe a justa importância e desce do seu posto para parecer o que não deveria.

— O senhor atribui ao clérigo uma importância maior do que se costuma ouvir, ou do que posso compreender. Não se vê muito dessa influência e importância na sociedade, e como se pode adquirir algo tão raramente visto? Como podem apenas dois sermões por semana, ainda supondo que valham a pena ouvir, supondo que o pregador tenha a sensibilidade de preferir os de Blair aos próprios, fazer tudo o que o senhor diz e governar a conduta e os modos de uma grande congregação durante o resto da semana? Raramente se vê um clérigo fora do púlpito.

— A senhorita está falando de Londres. Eu me refiro à nação como um todo.

— A metrópole, imagino, é uma boa amostra do resto.

— Não, eu gostaria que não fosse, principalmente na proporção da virtude e do vício em todo o reino. Não se deve buscar nas grandes cidades a nossa melhor moral. Não é lá que as pessoas respeitáveis de qualquer denominação podem melhor exercer o bem; e certamente não é lá que a influência do clero pode ser melhor sentida. Um bom pregador é seguido e admirado, mas não é apenas no belo sermão que o bom clérigo será útil à sua paróquia e à sua vizinhança, desde que a paróquia e a vizinhança sejam de tamanho compatível para lhe conhecer o caráter pessoal e lhe observar a conduta geral, o que em Londres é raro. Lá os clérigos se perdem nas multidões de paroquianos. A maioria os conhece apenas como pregadores. E, quanto à influência que exercem sobre os costumes públicos, a srta. Crawford não me entenda mal nem suponha que eu pretenda intitulá-los de árbitros da boa educação, reguladores do refinamento e da cortesia, mestres de cerimônias da vida. Os costumes a que me refiro deveriam antes ser denominados de conduta, ou, melhor, o resultado de bons princípios. Em suma, o efeito das doutrinas que os clérigos têm o dever de ensinar e recomendar, e acredito que será constatado em toda parte que o clero sendo ou não o que deveria ser, o mesmo se dará como a nação inteira.

— Isso mesmo! — exclamou Fanny candidamente.

— Pronto! — disse a srta. Crawford. — O senhor já convenceu a srta. Price.

— Eu também gostaria de convencer a srta. Crawford.

— Acho que jamais conseguirá — retrucou ela, com um sorriso malicioso. — Estou tão surpresa agora como fiquei antes, quando soube que o senhor pretendia se ordenar. De fato, o senhor é talhado para algo melhor. Vamos, mude de ideia. Nunca é tarde demais. Ingresse na carreira jurídica.

— Ingressar na carreira jurídica?! Com a mesma facilidade com que fui aconselhado a ingressar nesta floresta...

— Agora o senhor vai dizer que das duas florestas a pior é a lei, mas eu o estou prevenindo. Lembre-se: eu o preveni.

— A senhorita não precisa se apressar, se o objetivo é apenas impedir que eu diga um *bon mot*, porque a minha natureza não é nada espirituosa. Sou muito prosaico, de palavras simples, e sou capaz de gaguejar por meia hora sem acertar o que dizer.

Sucedeu-se um silêncio geral. Os três ficaram pensativos. Fanny fez a primeira interrupção ao comentar:

— Gostaria de saber por que não me cansei com a simples caminhada por este bosque agradável, mas, assim que chegarmos a um banco, se não for desagradável para os dois, eu ficaria contente em me sentar um pouquinho.

— Minha cara Fanny — disse Edmund imediatamente, oferecendo-lhe o braço —, como fui insensato! Espero que não esteja muito cansada. Talvez — voltando-se para a srta. Crawford — a minha outra companheira possa me dar a honra de aceitar o meu outro braço.

— Muito obrigada, mas não estou nem um pouco cansada.

No entanto, tomou-lhe o braço enquanto falava, e o prazer que Edmund sentiu com essa atitude que os unia pela primeira vez o fez se esquecer um pouco de Fanny.

— A senhorita mal se apoia em mim — constatou ele. — Não me permite ser útil. Que diferença entre o peso do braço de uma mulher e o de um homem! Em Oxford eu estava acostumado a ter um homem se apoiando em mim por toda a extensão de uma rua, e em comparação a eles a senhorita é leve como uma mosca!

— Eu realmente não estou cansada, o que quase me admira porque já devemos ter caminhado pelo menos uma milha nesse bosque. O senhor não concorda?

— Nem meia milha. — Foi a resposta resoluta, pois ele ainda não estava tão apaixonado a ponto de medir a distância ou avaliar o tempo com a falta de rigor das mulheres.

— Ah, o senhor não considera o quanto serpenteamos. Fizemos um percurso sinuoso e o bosque propriamente dito talvez tenha meia milha em linha reta, porque ainda não vimos a extremidade dele desde que saímos da primeira alameda grande.

— Mas, se a senhorita lembra, antes de deixarmos a primeira alameda grande vimos diretamente o fim do bosque. Contemplamos do alto o panorama inteiro, vimos os portões de ferro que o fechavam e, portanto, não poderíamos estar a mais de um estádio de distância.

— Ah, não sei nada dos seus estádios, mas tenho certeza de que o bosque é bastante longo e que ficamos serpenteando de um lado para outro desde que entramos nele. Assim, afirmo que caminhamos uma milha, e falo isso sem exagerar.

— Faz exatamente um quarto de hora que estamos aqui — retrucou Edmund, consultando o relógio. — A senhorita acha que estamos caminhando à velocidade de quatro milhas por hora?

— Ah, não me ataque com o seu relógio! Um relógio está sempre muito acelerado ou muito lento. Não posso ser governada por um relógio.

Alguns passos adiante, eles chegaram ao fim do caminho ao qual se referiam e por trás deles havia um banco de tamanho confortável, bem sombreado e abrigado, proporcionando um panorama do parque acima do valado. Os três se sentaram.

— Receio que você esteja muito cansada, Fanny — disse Edmund, observando-a. — Por que não falou antes? Será um péssimo dia se você ficar totalmente esgotada. A minha prima se cansa com todo tipo de exercício, exceto cavalgar, srta. Crawford.

— Então, foi abominável da sua parte me deixar utilizar o cavalo dela, como fiz na semana passada inteira! Eu me envergonho do senhor e de mim, mas isso não se repetirá.

— A sua atenção e consideração me deixam mais ciente da minha própria negligência. O bem-estar de Fanny parece mais a salvo nas suas mãos do que nas minhas.

— Mas o fato de ela estar cansada agora não me surpreende, pois nos deveres de uma pessoa nada é tão fatigante quanto o que estivemos fazendo esta manhã: visitar uma casa grande, perambular de um aposento para outro, forçar o olhar e a atenção, ouvir coisas que não se compreende, admirar o que não interessa, tudo é o maior aborrecimento do mundo, e a srta. Price achou isso, embora sem saber.

— Logo estarei descansada — disse Fanny. — Sentar-se à sombra em um belo dia e apreciar a vegetação é o mais perfeito revigoramento.

Depois de ficar sentada por um instante, a srta. Crawford tornou a se levantar e disse:

— Preciso me mexer, pois descansar me fatiga. Olhei pelo valado até ficar exausta. Preciso ir e contemplar a mesma vista através daquele portão de ferro, porque ainda não consegui ver muito bem.

Edmund também abandonou o banco.

— Agora, srta. Crawford, se olhar o caminho daqui, se convencerá de que ele não pode ter mais de meia milha, ou meia meia milha.

— É uma distância imensa! — disse ela. — Vejo isso num relance.

Ele ainda argumentou, mas em vão. Ela não calculava, não comparava. Apenas sorria e teimava. O maior grau de consistência racional não conseguiria ser mais envolvente, e eles conversavam com satisfação mútua. Afinal, concordaram em caminhar um pouco mais para tentar verificar as dimensões do bosque. Iriam até uma extremidade, em linha reta do local onde estavam (pois havia um caminho reto e verde ao longo do valado, pelo lado do bosque) e talvez tomassem outra direção se achassem que isso os ajudaria, e voltariam em poucos minutos. Fanny se declarou repousada e ia se movimentar também, mas foi impedida. Edmund insistiu com tamanha firmeza para que permanecesse onde estava que ela não conseguiu resistir e ficou no banco pensando com prazer nos cuidados que o primo lhe dispensava, apenas lamentando muito não ser mais forte. Observou-os até desaparecerem numa curva do caminho e escutou até não ouvir mais o som das suas vozes.

CAPÍTULO 10

Passaram-se 15, vinte minutos, e Fanny continuava pensando em Edmund, na srta. Crawford e em si mesma, sem ser interrompida. Começou a ficar surpresa por ter sido deixada ali durante tanto tempo e apurou a escuta, ansiosa por ouvir novamente os passos ou as vozes dos dois. Escutou com atenção e afinal ouviu vozes e passos se aproximando. Porém, mal se convencera de que não eram as pessoas que queria ver quando a srta. Bertram, o sr. Rushworth e o sr. Crawford, seguindo o mesmo caminho que ela percorrera antes, apareceram à sua frente.

"A srta. Price totalmente só!" e "Minha querida Fanny, o que aconteceu?" foram as primeiras saudações. Fanny lhes contou o que se passara.

— Pobre Fanny! — exclamou a prima. — Como eles se comportaram mal com você! Seria melhor você ter ficado conosco!

Em seguida, sentou-se entre os dois cavalheiros e retomou a conversa que os ocupava antes, uma animada discussão sobre os possíveis melhoramentos. Nada fora resolvido, mas Henry Crawford estava cheio de ideias e projetos e, de modo geral, tudo o que ele propunha era imediatamente aprovado, primeiro por ela e depois pelo sr. Rushworth, cuja principal tarefa parecia ser a de ouvir os outros e raras vezes arriscar uma ideia original, além de manifestar o desejo de que os outros vissem a propriedade do seu amigo Smith.

Passados alguns minutos assim, a srta. Bertram viu o portão de ferro e expressou o desejo de atravessá-lo para ir até o parque, para que as opiniões e os planos que vinham discutindo ficassem mais compreensíveis. Na opinião de Henry Crawford, era exatamente o que os outros dois poderiam desejar, a melhor coisa, o único procedimento vantajoso, e vislumbrou logo uma elevação, a menos de meia milha dali, de onde teriam a exata perspectiva da casa. Portanto, deveriam ir até lá e atravessar o portão, mas este estava trancado. O sr. Rushworth se lamentou por não ter trazido a chave. Ele quase se decidira a trazê-la, e prometeu nunca mais sair sem ela, mas esses lamentos não resolviam o problema. Não podiam atravessar o portão e, como a vontade da srta. Bertram não diminuía, o sr. Rushworth acabou declarando cabalmente que iria buscar a chave. E pôs-se a caminho.

Quando ele se afastou, o sr. Crawford disse:

— Sem dúvida, é o melhor que podemos fazer agora, já estando tão longe da casa.

— É, não há outra coisa a fazer. Mas agora, sinceramente, de modo geral o senhor não acha este lugar pior do que esperava?

— Não, não, muito pelo contrário. Achei-o melhor, mais imponente, mais completo no seu estilo, embora esse estilo talvez não seja o mais bonito. — E acrescentou em voz mais baixa: — Para lhe falar a verdade, acho que não voltarei a ver Sotherton com tanto prazer quanto agora. Outro verão dificilmente vai melhorar este lugar para mim.

Depois de um momento de constrangimento, a dama replicou:

— O senhor é por demais mundano e vê tudo com olhos mundanos. Se outras pessoas imaginarem que Sotherton melhorou, não duvido que o senhor concordará.

— Receio não ser tão mundano como me conviria em certas circunstâncias. Os meus sentimentos não são assim tão evanescentes, nem a minha memória do passado nesses domínios que todos atribuem aos homens mundanos.

Seguiu-se um breve silêncio. A srta. Bertram recomeçou a falar:

— Parece que o senhor apreciou o passeio para cá esta manhã. Fiquei contente em vê-lo tão entretido. O senhor e Julia riram o percurso inteiro.

— Rimos? Sim, acredito que sim, mas não tenho a menor lembrança do motivo. Ah, creio que eu estava contando para ela algumas histórias ridículas de um velho cavalariço irlandês da casa do meu tio. A sua irmã adora rir.

— O senhor a considera mais irreverente do que eu?

— Ela se diverte com mais facilidade — respondeu ele, sorrindo — e, consequentemente, é claro, é melhor companhia. Eu não teria esperança de entreter a senhorita com anedotas irlandesas durante uma viagem de dez milhas.

— Naturalmente, creio que eu seja tão animada quanto Julia, mas agora tenho mais em que pensar.

— Sem dúvida, tem, e há situações em que uma vivacidade demasiada denotaria insensibilidade. No entanto, as suas perspectivas são suficientemente favoráveis para justificar uma falta de vivacidade. A senhorita tem diante de si um cenário muito sorridente.

— O senhor quer dizer de forma literal ou figurativa? Literal, concluo. Sem dúvida, o sol brilha e o parque parece muito inspirador, mas infelizmente aquele portão de ferro e aquele valado me provocam uma sensação de reclusão e dificuldade. "Não consigo sair", como disse o estorninho.

À medida que falava com uma fisionomia expressiva, encaminhou-se até o portão e o sr. Crawford a seguiu.

— O sr. Rushworth está demorando tanto com essa chave!

— E por nada neste mundo a senhorita sairia sem a chave, nem sem a autoridade e a proteção do sr. Rushworth. Creio que não acharia difícil contornar o limite do portão aqui, com o meu auxílio... Acho que isso poderia ser feito se a senhorita realmente quisesse ir adiante e se se permitisse pensar que não é proibido.

— Proibido?! Bobagem! É claro que posso ir assim, e vou. O senhor sabe que o sr. Rushworth logo estará aqui e nós não estaremos fora do alcance da vista dele.

— E, se nós estivermos, a srta. Price fará a gentileza de dizer que ele nos encontrará perto daquela elevação, no bosque de carvalhos que há ali.

Fanny, achando tudo aquilo muito errado, não conseguiu deixar de fazer um esforço para impedir.

— Vai se machucar, srta. Bertram! Com certeza, vai se machucar naqueles espigões, vai rasgar o vestido, se arriscará a escorregar no valado. É melhor não ir!

Enquanto assim falava, a prima chegava a salvo do outro lado e, sorrindo com todo o bom-humor do sucesso, disse:

— Muito obrigada, querida Fanny, mas eu e o meu vestido estamos sãos e salvos, portanto até logo!

Fanny voltou à sua solidão, sem mais sentimentos agradáveis, pois lamentara quase tudo o que vira e ouvira, atônita com a srta. Bertram e zangada com o sr. Crawford. Os dois logo desapareceram do seu campo visual, depois de terem tomado um caminho tortuoso e, na sua opinião, muito pouco razoável para chegar à elevação, e por mais alguns minutos ela permaneceu sem ver nem ouvir sinal de qualquer um dos seus companheiros. Aquele pequeno bosque parecia todo seu. Quase chegou a pensar que Edmund e a srta. Crawford tivessem ido embora, mas Edmund jamais a esqueceria.

De novo, foi arrancada dos devaneios desagradáveis pelo súbito ruído de passos de alguém que descia pelo caminho principal em ritmo acelerado. Esperava ver o sr. Rushworth, mas quem apareceu foi Julia, afogueada, arfante e com um ar de desapontamento, gritando ao vê-la:

— Ei! Onde estão os outros? Pensei que Maria e o sr. Crawford estivessem com você!

Fanny explicou.

— Palavra de honra que isso é alguma brincadeira! Não consigo vê-los em parte alguma! — E olhava ansiosa em direção ao parque. — Mas não devem estar muito longe, e acho que posso imitar Maria, mesmo sem ajuda.

— Mas, Julia, o sr. Rushworth vai chegar daqui a pouco com a chave. Espere por ele!

— Eu, não! Na verdade, por esta manhã já estou farta de família. Imagine que só agora consegui fugir da horrível mãe dele. Foi uma penitência que eu tive de suportar, enquanto você estava sentada aqui, bem tranquila e feliz! Daria no mesmo se você tivesse ficado no meu lugar, mas você sempre dá um jeito de se livrar dessas encrencas.

Reflexão muito injusta, mas Fanny relevou e deixou passar porque viu que Julia estava irritada e sabia que o seu temperamento era impetuoso; porém percebeu que isso não duraria muito e, portanto, sem tomar conhecimento, perguntou-lhe se ela não vira o sr. Rushworth.

— Sim, sim, nós o vimos. Ele passou correndo como se fosse questão de vida e morte, e se limitou a parar um instante para nos contar a sua missão e dizer onde todos estavam.

— É uma pena ele ter tanto trabalho para nada.

— *Isso* é problema da srta. Maria. Não sou obrigada a me punir pelos pecados *dela*. Não pude evitar a mãe dele, enquanto a minha cansativa tia saltitava de um lado para outro com a governanta. Mas do filho *posso* fugir.

E imediatamente escalou a cerca e se afastou, sem ouvir a última pergunta de Fanny, se teria visto a srta. Crawford e Edmund. O tipo de temor que agora dominava Fanny, de ver o sr. Rushworth, a impediu de pensar tanto na ausência prolongada dos dois, como poderia ter feito. Achava que ele fora muito desrespeitado e se sentia infeliz por ter de comunicar o que se passara. O sr. Rushworth se aproximou dela cinco minutos depois da saída de Julia. E, embora ela enfeitasse bastante a história, ele ficou mortificado e desgostoso em alto grau. A princípio não fez comentários — apenas o seu olhar manifestava surpresa e irritação —, e se encaminhou para o portão, onde ficou parado, parecendo não saber o que fazer.

— Eles me pediram para ficar aqui... a minha prima Maria me encarregou de lhe dizer que o senhor os encontraria naquela elevação, ou lá por perto.

— Eu creio que não deva ir adiante — disse ele, taciturno. — Não vejo sinal deles. Quando eu chegar lá, talvez já tenham ido para outro lugar. E já caminhei muito.

Sentou-se ao lado de Fanny, com uma fisionomia bastante lúgubre.

— Sinto muito — disse ela. — É uma pena! — Desejava ser capaz de dizer algo mais adequado à situação.

Depois de um intervalo de silêncio, ele comentou:

— Acho que eles poderiam ter esperado por mim.

— A srta. Bertram pensou que o senhor a seguiria.

— Eu não precisaria segui-la se ela tivesse me esperado.

Não se podia negar isso, e Fanny se calou. Depois de outra pausa, ele prosseguiu:

— Diga-me, srta. Price, a senhorita é tão grande admiradora desse sr. Crawford, como algumas pessoas? Da minha parte, não vejo nada nele.

— Eu não o acho bonito, de maneira alguma.

— Bonito?! Ninguém chamaria aquele baixinho de bonito. Ele nem chega a 1,75m. E não me admiraria que não tenha mais de 1,70m. Eu diria que ele é feio. Na minha opinião, esses dois Crawford não acrescentam nada. Estávamos muito bem sem eles.

Fanny suspirou de leve, sem saber como contradizê-lo.

— Se eu tivesse alegado dificuldade para buscar a chave, poderia haver alguma desculpa, mas fui no exato momento em que ela disse que a queria.

— Tenho certeza de que a sua atitude foi extremamente louvável, e me atrevo a dizer que o senhor andou o mais depressa possível, porque a distância é grande daqui deste ponto até a casa, o interior da casa. Além do mais, quando as pessoas estão esperando, são más julgadoras do tempo, e cada meio minuto lhes parece cinco.

Ele se levantou e foi novamente até o portão, lamentando "não ter a chave naquela ocasião". Fanny julgou perceber, na permanência dele ali, um indício de que começava a ceder, o que a encorajou a fazer uma nova tentativa.

— É uma pena que o senhor não vá se reunir a eles. Esperavam ter uma perspectiva melhor da casa, lá daquela parte do parque. Devem estar pensando nos possíveis melhoramentos e, como sabe, nada disso pode ser decidido sem a sua opinião.

Ela foi melhor sucedida mandando-o embora do que o retendo ali. O sr. Rushworth se convenceu.

— Bem, se a senhorita acha melhor eu ir, seria tolice trazer a chave para nada.

E, atravessando o portão, caminhou sem mais cerimônia.

Então, os pensamentos de Fanny se transferiram para os dois que a haviam deixado por tanto tempo e, bastante impaciente, decidiu procurá-los. Seguiu-lhes os passos ao longo do caminho de baixo e acabara de fazer uma curva para entrar em outro quando a voz e o riso da srta. Crawford mais uma vez chegaram aos seus ouvidos. O som se aproximou e mais algumas curvas os colocaram diante dela. Acabavam de voltar para a floresta, vindo do parque, e iam em direção a um portão lateral destrancado que os tentara pouco depois de a terem abandonado.

Tinham cruzado aquele trecho do parque até chegaram exatamente à alameda que Fanny desejara alcançar a manhã inteira, e ficaram sentados sob uma árvore. Foi essa a história que os dois contaram. Era evidente que tinham passado o tempo de um modo agradável e que não faziam ideia da duração da sua ausência. O melhor consolo de Fanny foi Edmund lhe assegurar que sentira a sua falta e que teria voltado se ela já não estivesse cansada, mas não bastou para livrá-la da dor por ter sido abandonada durante uma hora inteira, quando ele falara apenas de alguns minutos, nem para banir a curiosidade que ela sentia em saber o que eles teriam conversado todo aquele tempo; e o resultado de tudo isso foi o desapontamento e a tristeza que a atingiram quando todos concordaram em voltar para casa.

Ao chegarem ao topo dos degraus do terraço, a sra. Rushworth e a sra. Norris apareceram, prontas para irem à floresta, uma hora e meia depois de terem saído de casa. A sra. Norris estivera muito ocupada para conseguir andar mais depressa. Por mais que alguns incidentes tivessem atrapalhado os prazeres das sobrinhas, ela passara uma manhã de completa diversão; a governanta, depois de muito explicar sobre os faisões, a levara até a leiteria, lhe contara tudo sobre as vacas e lhe dera a receita de um famoso queijo cremoso; e depois da partida de Julia as duas senhoras haviam encontrado o jardineiro, com quem a sra. Norris travara um conhecimento muito satisfatório conversando sobre a doença do neto dele, e o convencera de que se tratava de febre intermitente e lhe prometera um remédio mágico. Ele, em troca, lhe mostrara os melhores viveiros de plantas e até mesmo a presenteara com um espécime muito curioso de urze.

Depois desse reencontro, todos voltaram juntos para casa, para passarem o tempo como pudessem, espalhados pelos sofás, tagarelando, lendo revistas, até o retorno dos outros e a hora do jantar. Demorou muito para as srtas. Bertram e os dois cavalheiros entrarem, e o passeio deles não parecia ter sido muito agradável, ou que não produzira algo útil em relação aos objetivos do dia. Segundo o relato dos quatro, tinham andado à procura uns dos outros e, quando afinal se reuniram, como Fanny observou, já era tarde demais para restabelecer a harmonia bem como para decidirem qualquer alteração. Assim que olhou para

Julia e para o sr. Rushworth, Fanny percebeu que o seu coração não era o único insatisfeito do grupo — todos aparentavam tristeza. O sr. Crawford e a srta. Bertram pareciam muito mais alegres, e Fanny achou que durante o jantar ele se empenhava muito para anular qualquer pequeno ressentimento da parte dos outros dois e restaurar o bom humor geral.

O jantar foi logo seguido de chá e café, pois as dez milhas de volta para casa não admitiam desperdício de tempo. Desde o momento em que se sentaram à mesa houve uma breve sucessão de animada tagarelice, até a carruagem chegar à porta e a sra. Norris, depois de perambular irrequieta por toda parte, ganhar ovos de faisão e um queijo cremoso presenteados pela governanta, e dirigir uma abundância de discursos de cortesia para a sra. Rushworth, aprontou-se para comandar o retorno. Nesse momento, o sr. Crawford aproximou-se de Julia e disse:

— Espero não perder a minha companheira, a menos que ela tenha medo do ar da noite em um assento tão exposto.

A solicitação não fora prevista, mas foi aceita de muito bom grado, e assim o dia de Julia provavelmente terminaria tão bem quanto começara. A srta. Bertram pensara em algo diferente e ficou um pouco desapontada. Porém, a sua convicção de ser a preferida a confortou, permitindo-lhe receber devidamente as atenciosas despedidas do sr. Rushworth. Ele, por certo, ficou mais satisfeito em dar a mão para ela entrar na caleche do que ajudá-la a subir para a boleia, e a sua complacência pareceu confirmada com o arranjo.

— Bem, Fanny, garanto que foi um belo dia para você — comentou a sra. Norris enquanto a caleche avançava pelo parque. — Só prazeres do início ao fim! Tenho certeza de que deve agradecer muito à sua tia Bertram e a mim, que demos um jeito para você vir. Que ótimo dia de diversões você teve!

Maria estava descontente o bastante para dizer de imediato:

— Acho que a senhora se deu muito bem. O seu colo parece estar cheio de coisas boas, e entre nós duas há um cesto com alguma coisa que vem batendo no meu cotovelo sem piedade.

— Minha querida, é só uma bonita e pequena urze que aquele velho e bom jardineiro me fez trazer, mas se está lhe incomodando vou colocá-la diretamente no meu colo. Fanny, carregue este pacote aqui para mim. Tome muito cuidado, não deixe cair, é um queijo cremoso igual àquele excelente que comemos no jantar. Nada agradaria mais a boa e velha sra. Whitaker do que eu trazer um dos queijos. Recusei o mais que pude, até as lágrimas quase lhe caírem dos olhos, e vi que era do tipo que a minha irmã adoraria. Aquela sra. Whitaker é um tesouro! Ficou muito chocada quando eu lhe perguntei se lá eles permitiam vinho na segunda mesa e ela despediu duas empregadas por usarem vestidos brancos. Tome cuidado com o queijo, Fanny. Agora eu posso carregar muito bem o outro embrulho e o cesto.

— O que mais a senhora andou filando? — perguntou Maria, até certo ponto satisfeita com tantos elogios a Sotherton.

— Filando, minha querida?! Nada mais do que quatro daqueles belos ovos de faisão que a sra. Whitaker praticamente me forçou a trazer. Ela não suportaria uma recusa! Quando soube que eu vivia quase sozinha, disse que eu me divertiria se tivesse algumas dessas criaturas vivas, e com toda razão. Vou mandar a leiteira colocá-los debaixo da primeira galinha que chocar e, se eles vingarem, vou levá-los para a minha casa e pedir emprestado um galinheiro. Cuidar deles nas minhas horas solitárias será um grande prazer para mim. E, se eu tiver sorte, a sua mãe ganhará alguns.

A noite estava bela, calma e suave, e a viagem tão agradável quanto a serenidade da natureza, mas, quando a sra. Norris parou de falar, o silêncio se abateu sobre os ocupantes da cabine. Em geral, os ânimos estavam exaustos, e o foco das meditações de todos talvez fosse decidir se o dia propiciara mais prazer do que dor.

CAPÍTULO 11

O dia em Sotherton, com todas as suas imperfeições, proporcionou às jovens Bertram sentimentos muito mais agradáveis do que as cartas de Antigua, que chegaram pouco depois a Mansfield Park. Elas achavam muito mais agradável pensar em Henry Crawford do que no pai — e pensar no pai de volta à Inglaterra, como as cartas as obrigavam a deduzir, era um exercício muito indesejável.

Novembro foi a data final fixada para o regresso de sir Thomas. Ele escreveu isso com a decisão apoiada na experiência e na ansiedade. Os negócios estavam quase concluídos, o que justificava a proposta de embarcar no paquete de setembro — portanto, ele ansiava rever a amada família no início de novembro.

Maria merecia lamentar mais do que Julia, pois para ela o pai traria um marido, e o retorno do amigo que mais zelava pela sua felicidade a uniria ao enamorado, em quem ela decidira depositar a sua felicidade. Era uma perspectiva sombria, e só lhe restava lançar uma névoa sobre tudo aquilo e esperá-la se dissipar para conseguir ver algo mais. Seria difícil o retorno se dar no início de novembro, pois em geral havia atrasos, uma travessia ruim ou algo semelhante — esse *algo* favorável que propicia conforto a todos os que fecham os olhos enquanto olham ou bloqueiam o entendimento enquanto raciocinam. Provavelmente seria em meados de novembro — e ainda faltavam três meses. Três meses abrangiam treze semanas. Muita coisa poderia acontecer nesse período.

Sir Thomas ficaria profundamente mortificado se suspeitasse a metade do que as filhas sentiam em relação ao seu regresso, e dificilmente se consolaria se soubesse do interesse que esse regresso excitava no íntimo de outra jovem dama. No final da tarde, quando se encaminhava com o irmão para Mansfield Park, a srta. Crawford soube da boa nova e, embora aparentando não ter nada com o assunto além da polidez e manifestando os seus sentimentos em uma tranquila congratulação, ouviu a notícia com atenção mas não se satisfez totalmente. A sra. Norris deu detalhes das cartas e o assunto morreu, mas, depois do chá, enquanto a srta. Crawford estava diante de uma janela aberta com Edmund e Fanny apreciando o crepúsculo, enquanto as jovens Bertram, o sr. Rushworth e Henry Crawford se ocupavam com os candelabros do pianoforte, de súbito ela retomou o assunto, virando-se para o grupo e dizendo:

— Como o sr. Rushworth parece feliz! Já está pensando em novembro!

Edmund também olhou para o sr. Rushworth, mas não teve o que acrescentar.

— O retorno do seu pai será um acontecimento muito interessante!

— Será, sim, depois de tamanha ausência. Uma ausência não apenas longa, mas que incluiu muitos perigos.

— Será o prenúncio de outros eventos interessantes: o casamento da sua irmã e a sua ordenação.

— Sim.

— Não se ofenda — comentou ela, rindo —, mas isso me faz lembrar daqueles velhos heróis pagãos que, depois de realizarem grandes explorações em terras estrangeiras, ofereciam sacrifícios aos deuses quando retornavam a salvo.

— Nesse caso não há sacrifício algum — retrucou Edmund, com um sorriso contido, e olhando novamente para o pianoforte. — Isso compete apenas a ela.

— Ah, é claro, eu sei, só estava brincando! Ela não fez mais do que qualquer jovem faria e não duvido de que será extremamente feliz. É claro que o meu outro sacrifício o senhor não compreende.

— Garanto-lhe que a minha ordenação é tão voluntária quanto o casamento de Maria.

— Felizmente a sua vocação e a conveniência do seu pai combinam muito bem! Sei que existe um ótimo benefício eclesiástico à sua espera aqui nas vizinhanças.

— E a senhorita supôs que isso me influenciou!

— Mas tenho certeza de que não o influenciou! — exclamou Fanny.

— Obrigado pelas palavras bondosas, Fanny, são mais do que eu mesmo diria. Ao contrário, é provável que o fato de saber que eu teria essas condições tenha me influenciado. E também não acho errado. Não havia qualquer aversão natural a superar e não vejo motivo de um homem se tornar um clérigo pior por saber que terá uma subsistência desde o início da vida. Eu estava em boas mãos. Espero não ter me influenciado de modo equivocado, e tenho certeza de que o meu pai teria sido consciencioso demais para permitir isso. Não tenho dúvida de que fui influenciado, mas sem culpa.

— É o mesmo tipo de coisa — disse Fanny, depois de uma breve pausa — quando o filho de um almirante entra na Marinha ou o filho de um general entra para o Exército, e ninguém vê nada de errado nisso. Ninguém se espanta que eles prefiram carreiras nas quais os amigos possam ajudá-los, e ninguém suspeita que eles sejam menos sinceros do que aparentam.

— Não, minha cara srta. Price, e por boas razões. A profissão, seja na Marinha ou no Exército, tem justificativa própria, tem tudo a favor: heroísmo, perigo, alvoroço, elegância. Soldados e marinheiros são sempre aceitos na sociedade. Ninguém pode se admirar que homens sejam soldados e marinheiros.

— Mas os motivos que levam um homem a se ordenar tendo a certeza de um cargo podem ser razoavelmente suspeitos, não acha? — perguntou Edmund. — Para ser justificado aos seus olhos, ele deve fazer a escolha sem saber que contará com qualquer benefício.

— O quê?! Se ordenar sem um rendimento? Não, isso é loucura! Loucura absoluta!

— Posso lhe perguntar como os cargos da igreja seriam preenchidos se os homens não se ordenassem, com ou sem rendimento? Provavelmente a senhorita não saberia o que dizer. Mas, com base no seu argumento, rogo-lhe o benefício da tolerância para com o clérigo. Como este não pode ser influenciado pelos sentimentos que a senhorita classifica em tão alto grau como tentação e recompensa para o soldado e para o marinheiro na escolha da profissão, como tem contra si o heroísmo, o barulho e a elegância, a sua escolha deveria ser menos suspeita de insinceridade ou de falta de boas intenções.

— Ah, sem dúvida, o clérigo é muito sincero em preferir uma renda garantida ao transtorno de se esforçar para obtê-la, e tem as melhores intenções de não fazer nada pelo resto da vida exceto comer, beber e engordar. Na verdade, sr. Bertram, isso é indolência, indolência e amor pela boa vida. O que transforma homens em clérigos é uma falta total de ambição louvável, de gosto por boas companhias ou de inclinação para se dar ao trabalho de ser agradável. Um clérigo nada tem a fazer além de ser desleixado e egoísta: ler o jornal, observar o tempo e brigar com a esposa. O pároco auxiliar faz todo o trabalho e ele ocupa a vida apenas comendo.

— Sem dúvida, existem clérigos assim, mas acho que não são tão comuns a ponto de justificar tal estimativa do seu caráter geral. Desconfio que nessa censura abrangente, e devo dizer banal, a senhorita não está julgando por si mesma, mas sim a partir de pessoas preconceituosas, cujas opiniões se acostumou a ouvir. É impossível que a própria observação tenha lhe dado tanto conhecimento sobre o clero. Pessoalmente, a senhorita conheceu pouquíssimos homens de um grupo que agora condena de modo tão conclusivo. Está falando sobre o que ouviu à mesa na casa do seu tio.

— Falo do que me parece ser a opinião geral. E, se existe uma opinião geral, costuma ser correta. Embora eu tenha acompanhado pouco a vida doméstica dos clérigos, ela já foi vista por muitos para que reste qualquer deficiência de informação.

— Quando um conjunto de homens educados, de qualquer denominação, é condenado indiscriminadamente, deve haver deficiência de informação, ou — Edmund sorria — de algo mais. O seu tio e os seus companheiros almirantes talvez conhecessem poucos clérigos além dos capelães que, bons ou ruins, eles sempre queriam manter a distância.

— Pobre William, ele foi tratado com grande bondade pelo capelão do *Antwerp*! — Foi o terno comentário de Fanny, mais adequado aos próprios sentimentos do que à conversa.

— Estou tão pouco acostumada a concordar com as opiniões do meu tio — disse a srta. Crawford — que mal consigo supor... e como o senhor me pressiona tanto... devo observar que não sou inteiramente desprovida dos meios de perceber o que são os clérigos, estando no momento hospedada na casa do meu próprio irmão, o dr. Grant. E, embora o dr. Grant seja muito gentil e obsequioso comigo, embora seja um cavalheiro e, ouso dizer, um homem estudioso e inteligente que prega bons sermões e é muito respeitado, *eu* o vejo também como indolente, um *bon vivant* egoísta, que quer que o seu paladar seja consultado em tudo; que não mexe uma palha para ajudar qualquer pessoa; e que, além do mais, se a cozinheira comete um erro, fica de mau humor com a sua excelente esposa. Para dizer a verdade, Henry e eu fomos praticamente expulsos ainda há pouco em função de um aborrecimento com uma receita de ganso que ele não suportou. A minha pobre irmã foi forçada a ficar e aguentar tudo.

— Não me admiro da sua desaprovação, dou-lhe a minha palavra. É um grande defeito de temperamento, piorado por um hábito errôneo de autoindulgência; e ver a sua irmã sofrendo assim deve ser extremamente doloroso para sentimentos como os seus. Fanny, isso depõe contra nós. Não podemos tentar defender o dr. Grant.

— Não — retrucou Fanny —, mas também não devemos culpar a profissão dele, pois o dr. Grant revelaria um temperamento não muito bom em qualquer profissão que escolhesse. E, como na Marinha ou no Exército, ele teria muito mais pessoas sob o seu comando, acho que causaria a infelicidade de mais gente como marinheiro ou soldado do que como clérigo. Além disso, não posso deixar de supor que, por mais que quiséssemos que o dr. Grant fosse diferente, ele correria o risco de se tornar pior em uma profissão mais ativa e mais mundana, com menos tempo e menos obrigações... Uma em que poderia escapar do conhecimento de si mesmo, pelo menos da *frequência* desse conhecimento do qual ele não pode escapar agora. Um homem... um homem sensato como o dr. Grant não pode ter o hábito de ensinar os outros a cumprirem os seus deveres todas as semanas, não pode ir à igreja duas vezes todo domingo e pregar bons sermões, como faz tão bem, sem se beneficiar. Isso deve fazê-lo pensar, e não duvido que tente se controlar com mais frequência do que faria se não fosse clérigo.

— Não podemos provar o contrário, com certeza, mas lhe desejo um destino melhor, srta. Price, do que o de ser esposa de um homem cuja amabilidade dependa dos próprios sermões, pois, embora ele consiga pregar com bom humor todos os domingos, será muito ruim aturá-lo brigando por receitas de gansos, de segunda de manhã até sábado à noite — retrucou a srta. Crawford.

— Penso que o homem que conseguir brigar com Fanny com frequência — disse Edmund, afetuoso — deve estar muito além do alcance de qualquer sermão.

Fanny se virou um pouco mais em direção à janela, e a srta. Crawford só teve tempo de dizer de maneira bastante agradável:

— Imagino que a srta. Price esteja mais acostumada a merecer elogios do que a ouvi-los.

Insistentemente convidada pelas srtas. Bertram a participar de um trio vocal, a srta. Crawford partiu para perto do instrumento, deixando Edmund contemplar o seu afastamento com êxtase de admiração por todas as suas muitas virtudes, desde a gentileza até o caminhar leve e gracioso.

— Isso que é bom humor, tenho certeza — disse ele logo em seguida. — E um temperamento que jamais causará dor! Como caminha bem! E com que presteza atende aos pedidos, juntando-se às outras pessoas no momento em que é solicitada! Que pena... — acrescentou, depois de um instante de reflexão — que tenha estado em tais mãos!

Fanny concordou e teve o prazer de vê-lo continuar ao seu lado à janela, à espera do início do trio vocal e de perceber que os olhos dele, exatamente como os seus, se voltavam para o cenário exterior onde a solenidade, a calma e a beleza apareciam no brilho de uma noite sem nuvens e no contraste da profunda sombra dos bosques. Fanny manifestou os seus sentimentos:

— Isto é que é harmonia! Isto é que é sossego! Isto é capaz de suplantar toda pintura, toda música e tudo o que a poesia apenas tenta descrever. Tranquiliza todas as preocupações e eleva o coração até o arrebatamento! E quando eu observo uma noite assim, sinto como se não houvesse maldade nem tristeza no mundo. E haveria menos, com certeza, se as pessoas prestassem mais atenção ao caráter sublime da natureza e se deixassem transportar na contemplação desse cenário.

— Gosto de ouvir o seu entusiasmo, Fanny. A noite está agradável, e até certo ponto deve-se lamentar as pessoas que não foram ensinadas a sentir como você, que não aprenderam pelo menos a apreciar a natureza desde cedo na vida. Elas perdem muito.

— *Você* me ensinou a pensar e a sentir tudo isso, primo.

— E tive uma discípula muito capaz. Olhe ali Arcturus, parecendo muito brilhante!

— Sim, e a Ursa! Eu gostaria muito de ver Cassiopeia!

— Para isso precisamos ir até o gramado, lá fora. Você teria medo?

— Nem um pouco! Faz muito tempo que não saímos para observar as estrelas!

— É verdade, não sei como isso aconteceu.

O trio começou a cantar.

— Vamos ficar até elas terminarem, Fanny — disse ele, dando as costas para a janela.

E, à medida que a música avançava, Fanny foi ficando triste ao vê-lo avançar também, movendo-se pouco a pouco até o instrumento. Quando o canto cessou, ele estava bem perto das cantoras e era um dos mais insistentes em pedir bis.

Fanny suspirou sozinha na janela até ser repreendida pela sra. Norris, que a mandava sair dali dizendo que correria o risco de apanhar um resfriado.

CAPÍTULO 12

Sir Thomas retornaria em novembro e o filho mais velho tinha deveres que o chamaram para casa mais cedo. A aproximação de setembro trouxe notícias do sr. Bertram, primeiro numa carta ao guarda-caça e depois numa carta para Edmund; e lá pelo final de agosto ele retornou, novamente alegre, agradável e galante conforme a ocasião requeresse ou quando a srta. Crawford lhe pedia para falar de corridas, de Weymouth, de festas e amigos, temas que ela ouviria com algum interesse seis semanas antes e que, de modo geral, a convenceram totalmente, com base na comparação efetiva, de que preferia o irmão mais novo.

A situação era muito incômoda e a entristecia profundamente, mas era a verdade — e como não tinha a menor intenção de se casar com o mais velho, não queria nem mesmo atraí-lo além do que exigia a consciência da própria beleza. A demorada ausência de Tom, que só visava o prazer e a satisfação das próprias vontades, deixava perfeitamente claro que ele não se importava com ela, e a indiferença dele era quase equivalente à dela, de modo que, embora ele estivesse prestes a se tornar proprietário de Mansfield Park e o completo sir Thomas como em breve seria, ela não acreditava que pudesse aceitá-lo.

A estação e os deveres que trouxeram o sr. Bertram de volta a Mansfield levaram o sr. Crawford para Norfolk. Everingham exigia a sua presença no início de setembro. Ele partiu por uma quinzena — uma quinzena muito enfadonha para as srtas. Bertram, que as deixou em guarda e fez Julia admitir o ciúme da irmã, a necessidade absoluta de desconfiar das atenções dele e de desejar que não retornasse; uma quinzena de bastante lazer entre caçadas e cochilos, que teria convencido o cavalheiro a ficar longe por mais tempo se tivesse o hábito de examinar as próprias motivações e de pensar para onde tenderia a indulgência com a sua indolente vaidade. Porém, irrefletido e egoísta devido à riqueza e ao mau exemplo, ele só enxergava o momento presente. As irmãs Bertram, belas, inteligentes e encorajadoras, eram uma diversão para a sua mente enfastiada e, não encontrando em Norfolk algo equivalente aos prazeres sociais de Mansfield, de bom grado retornou no período previsto e foi recebido com igual bom grado pelas pessoas que mais tarde menosprezaria.

Para Maria, a ausência do sr. Crawford foi mais dolorosa, porque apenas o sr. Rushworth lhe dava atenção. Ela se via condenada a ouvi-lo repetir os detalhes do seu dia esportivo, bom ou ruim, gabar-se dos seus cães, reclamar da inveja dos vizinhos, duvidar das qualificações destes, queixar-se dos ladrões, assuntos que só atraem os sentimentos femininos se houver algum talento de um lado ou algum afeto de outro; e Julia, sem compromisso nem ocupação, julgava-se no direito de sentir mais a falta dele do que a irmã. Cada qual se acreditava a favorita — Julia poderia ser justificada em pensar assim pelas indiretas da sra. Grant, que acreditava no que desejava; e Maria, pelas indiretas do próprio sr. Crawford. Tudo voltou a ser como antes da ausência dele: o seu comportamento animado e agradável não perdia terreno com nenhuma das duas e só não se mostrava mais consistente, firme, solícito e caloroso para evitar a observação geral.

Fanny era a única do grupo que não tinha coisa alguma para não gostar, mas, desde aquele dia em Sotherton, ela nunca conseguia ver o sr. Crawford com uma das irmãs sem prestar atenção e raramente sem espanto ou censura. Se a confiança em seu próprio julgamento fosse equivalente ao exercício deste em todos os outros aspectos, se tivesse certeza de que enxergava com clareza e julgava com imparcialidade, provavelmente teria feito importantes comunicações para o seu confidente usual. Contudo, limitou-se a fazer uma insinuação, e a insinuação se perdeu.

— Fico bastante surpresa — disse ela — que o sr. Crawford tenha voltado tão depressa, depois de ter permanecido aqui por tanto tempo, sete semanas inteiras. Eu tinha entendido que ele apreciava muito as mudanças e os deslocamentos de um lado para outro, e pensei que algo ocorreria quando ele partisse, algo que o levaria a outro lugar. Ele está acostumado a locais muito mais alegres do que Mansfield.

— Isso depõe a favor dele. — Foi o comentário de Edmund. — E ouso dizer que dá prazer à irmã. Ela não gosta dos hábitos instáveis do irmão.

— Como ele é apreciado pelas minhas primas!

— Sim, as atitudes dele agradam muito às mulheres. Creio que a sra. Grant suspeita de que ele tenha uma preferência por Julia. Nunca vi o menor sinal disso, mas gostaria que fosse assim. Ele não tem qualquer defeito que uma afeição séria não possa corrigir.

— Se a srta. Bertram não estivesse noiva — comentou Fanny, cautelosa —, às vezes eu quase chegaria a pensar que ele a admira mais do que a Julia.

— Isso talvez favoreça mais a ideia de que ele prefere Julia, mais do que você poderia imaginar, Fanny. Acredito que com frequência, antes de se decidir, um homem escolhe a irmã ou a amiga íntima da mulher em quem está pensando, mais do que a própria mulher. Crawford é muito sensato para ficar aqui, se achasse que corre perigo em relação a Maria. E eu não tenho o menor receio por ela, depois daquela prova que ela deu de que os seus sentimentos não são fortes.

Fanny supôs que se enganara e decidiu pensar diferente no futuro, mas nem sempre sabia o que pensar, apesar de toda a sua submissão a Edmund e de toda a ajuda dos pensamentos e indícios coincidentes que ocasionalmente notara em alguns dos outros, parecendo indicar que Julia era a escolhida do sr. Crawford. Certa noite, ficou sabendo das esperanças da tia Norris sobre o assunto, bem como dos sentimentos desta e dos da sra. Rushworth, um pouco semelhantes, e não deixou de se admirar com o que ouvia, pois, enquanto os outros jovens dançavam, ela permaneceu sentada perto da lareira, obrigada a ouvir a conversa das duas senhoras, ansiando pelo retorno do primo mais velho, de quem dependiam todas as suas esperanças de conseguir um par. Era o primeiro baile de Fanny, embora sem os preparativos e esplendores do primeiro baile de muitas jovens, improvisado em uma tarde a partir da recente aquisição de um criado que tocava violino, e ante a possibilidade de se formar cinco casais com a ajuda da sra. Grant e do novo amigo íntimo do sr. Bertram, que acabara de chegar para uma visita. No entanto, a alegria de Fanny durara quatro danças, e agora ela sofria por estar perdendo quase um quarto de hora. Enquanto esperava, ansiosa, olhando ora para os dançarinos, ora para a porta, foi forçada a ouvir o diálogo das duas damas.

— Acho, senhora — disse a sra. Norris com os olhos diretamente voltados para o sr. Rushworth e Maria, que dançavam pela segunda vez —, que agora tornaremos a ver rostos felizes.

— Sim, senhora, de fato — replicou a outra, com um sorriso pomposo e afetado —, agora constataremos alguma satisfação. E acho que foi uma pena eles terem sido obrigados a se separar. Jovens na situação deles devem ser desculpados por não se sujeitarem às formalidades usuais. Não sei por que o meu filho ainda não fez a proposta.

— Ouso dizer que ele a fez, senhora. O sr. Rushworth nunca é negligente. Mas a querida Maria tem tamanho senso de decoro, tanta delicadeza, que raramente encontramos nos dias de hoje, sra. Rushworth, esse desejo de evitar familiaridade! Querida senhora, veja o rosto dela, como está diferente do que foi nas duas últimas danças!

A srta. Bertram, de fato, parecia feliz, seus olhos brilhavam de prazer e ela falava com grande animação, pois Julia e o seu par, o sr. Crawford, estavam perto, todos formando um grupo. Fanny não conseguia se lembrar da aparência da prima, pois ela própria estivera dançando com Edmund e não pensara em Maria.

A sra. Norris continuou:

— É muito agradável, senhora, ver jovens tão felizes, tão adequados, tão entrosados! Não posso deixar de pensar no encantamento de sir Thomas. E o que a senhora acha da possibilidade de outro casamento? O sr. Rushworth deu um bom exemplo, e essas coisas são muito contagiantes.

A sra. Rushworth, que só enxergava o filho, sentiu-se totalmente perdida.

— Aquele casal ali, senhora, não vê os sintomas?

— Ah, claro, a srta. Julia e o sr. Crawford! Sim, de fato, um par muito bonito. Qual é a renda dele?

— Quatro mil por ano.

— Muito bem. Quem não tem muito deve se satisfazer com o que tem. Quatro mil por ano é uma boa situação, e ele parece um jovem bem gentil e decidido, então, espero que a srta. Julia seja muito feliz.

— Ainda não está acertado, senhora. É apenas uma conversa entre amigas. Mas tenho poucas dúvidas de que acontecerá. As atenções dele estão crescendo bastante nesse particular.

Fanny não conseguia mais prestar atenção. As suas atenções e conjeturas foram suspensas temporariamente, pois o sr. Bertram retornava à sala, e, embora sentindo que seria uma grande honra ser convidada por ele, pensou que o convite deveria acontecer. O sr. Bertram veio em direção ao pequeno círculo das damas, mas, em vez de convidá-la para dançar, puxou uma cadeira para perto dela e apresentou-lhe um relatório sobre o estado atual de um cavalo doente e sobre a opinião do cavalariço de quem acabara de se despedir. Fanny constatou que não iria dançar e, na modéstia da sua natureza, imediatamente sentiu que fora irracional em ter esperanças. Quando ele acabou de lhe falar sobre o cavalo, pegou um jornal da mesa, olhou-o de relance e falou, lânguido:

— Se quiser dançar, Fanny, irei com você.

Com civilidade mais do que equivalente, a proposta foi recusada: ela não queria dançar.

— Fico feliz — disse ele em tom muito mais jovial, jogando o jornal novamente —, porque estou extenuado. Gostaria de entender como essa gente aguenta tanto tempo. Devem estar todos apaixonados, para se divertir com essa tolice... e imagino que estejam. Se olhar para eles verá que estão todos apaixonados, exceto Yates e a sra. Grant e, cá entre nós, essa pobre mulher deve querer muito um namorado, tanto quanto qualquer outro! A vida dela deve ser extremamente insípida com o doutor.

Enquanto falava, fez uma expressão maliciosa em direção à cadeira do dr. Grant, que, por estar quase encostado em Tom, o obrigou a mudar de expressão e de assunto, de modo que Fanny, apesar de tudo, não conseguiu evitar de rir.

— Um negócio estranho na América, dr. Grant, qual é a sua opinião? Eu sempre o procuro para saber o que devo pensar sobre assuntos públicos.

— Meu querido Tom — começou a tia logo depois —, como você não está dançando, ouso dizer que não se recusará a vir jogar conosco, não é?

Então, ela se levantou e se aproximou de Tom para reforçar a proposta, acrescentando num sussurro:

— Queremos compor uma mesa com a sra. Rushworth, sabe? A sua mãe está ansiosa por isso, mas não pode perder tempo participando por causa do penteado. Ora, você, eu e o dr. Grant seremos suficientes, apesar de nós jogarmos apenas meias coroas, sabe que pode apostar meio guinéu com ele.

— Eu ficaria muito contente — retrucou Tom em voz alta, levantando-se, animado —, teria o maior prazer, mas estou indo dançar. Venha, Fanny! — Tomou-lhe a mão e acrescentou: — Vamos logo, Fanny, não podemos perder tempo se não a música termina!

Fanny se deixou conduzir de muito bom grado, embora não conseguisse se sentir muito grata ao primo nem distinguir, como ele certamente fez, entre o egoísmo de outra pessoa e o dele mesmo.

— Palavra de honra que foi um pedido bem despretencioso! — falou ele, indignado, enquanto se afastavam. — Querer me prender a uma mesa de jogo pelas próximas duas horas, com ela e o dr. Grant, que estão sempre brigando, e aquela velha maçante que sabe tanto de uíste quanto de álgebra! Eu gostaria que a minha boa tia fosse um pouco menos intrometida! E também me convocar assim, sem cerimônia, diante de todos, sem me deixar qualquer possibilidade de recusa! Isso é o que eu mais detesto e me deixa furioso acima de qualquer outra coisa. Fazer parecer que estou sendo convidado, que tenho uma opção, e ao mesmo tempo ser abordado de tal modo que me sinto forçado a fazer algo, seja lá o que for! Se por sorte eu não estivesse ao seu lado, não teria conseguido fugir. Isso é péssimo! Mas, quando a minha tia põe uma ideia na cabeça, nada consegue detê-la.

CAPÍTULO 13

O novo amigo, o Honorável John Yates, não tinha muito a recomendá-lo além das modas elegantes e caras e o fato de ser o filho caçula de um lorde de razoável independência. É provável que sir Thomas não consideraria desejável a sua presença em Mansfield. O conhecimento entre o sr. Bertram e ele começara em Weymouth, onde passaram dez dias com as mesmas companhias, e a amizade, se é que se pode chamar assim, fora provada e aperfeiçoada com o convite para que o sr. Yates incluísse Mansfield no seu caminho sempre que possível e com a sua promessa de que apareceria. De fato, apareceu antes do esperado, em consequência da súbita dissolução de um grande grupo que se reunira para se divertir em casa de outro amigo, para onde o sr. Yates fora ao deixar Weymouth. Ele veio nas asas da decepção e com a cabeça cheia de vontade de atuar, pois fora a uma reunião de teatro e a peça na qual ele desempenhara um papel seria apresentada dois dias depois, quando a morte repentina de um dos parentes mais próximos da família destruiu o esquema e dispersou os artistas. Esteve tão perto da felicidade, tão perto da fama, tão perto do longo texto em louvor das representações teatrais privadas de Ecclesford, residência do mui honorável lorde Ravenshaw da Cornualha, que teria imortalizado o grupo todo por pelo menos um ano! Estar tão perto e perder tudo foi uma injustiça duramente sentida, e o sr. Yates não falava em outra coisa: Ecclesford e o teatro, os preparativos e o figurino, os ensaios e as piadas, eram o seu assunto constante, e o seu único alívio era se gabar do passado.

Felizmente para ele, o amor pelo teatro é tão generalizado, e a vontade de atuar é tão forte entre os jovens, que o sr. Yates teria dificuldade em cansar os seus interessados ouvintes. Do primeiro elenco ao epílogo, tudo era fascinante e poucos não desejariam participar ou hesitariam em tentar as suas habilidades. A peça seria *Promessas de amantes*, e o sr. Yates representaria o Conde Cassel.

— Um papel insignificante — confessou ele — e não de todo do meu agrado. Com certeza eu não o aceitaria de novo, mas estava decidido a não criar dificuldades. Lorde Ravenshaw e o duque tinham se apropriado dos dois únicos personagens que valiam a pena antes da minha chegada a Ecclesford, e, embora lorde Ravenshaw tenha me oferecido o seu papel, era impossível aceitar, é claro. Lamentei que tenha se equivocado tanto em relação às suas capacidades, porque ele ficaria melhor representando o barão! Um sujeito baixinho, de voz fraca, que sempre fica rouco depois dos primeiros dez minutos. Isso teria prejudicado bastante a peça, mas me decidira a não criar dificuldades. Sir Henry achava que o duque ficaria melhor no papel de Frederick, mas isso porque sir Henry queria esse personagem, que com certeza estaria em melhores mãos. Fiquei surpreso de ver sir Henry tão confuso. Felizmente, a força da peça não dependia dele. A nossa Agatha era inimitável e várias pessoas consideraram muito bom o desempenho do duque. De modo geral, a peça teria sido um sucesso maravilhoso.

"Palavra de honra, foi uma situação difícil!" e "Acho que o senhor merece a nossa solidariedade!" foram as bondosas reações dos ouvintes.

— Não vale a pena reclamar, mas, com certeza, aquela pobre velha viúva não poderia ter morrido em hora pior. É impossível deixar de pensar que a notícia poderia ter sido ocultada por três dias, como queríamos. Três dias apenas. E como se tratasse apenas de uma avó, e tudo tendo acontecido a 200 milhas de distância, acho que não haveria grande dano, e eu soube que isso foi sugerido. Mas lorde Ravenshaw, que suponho ser um dos homens mais corretos da Inglaterra, nem quis ouvir falar nisso.

— Uma peça curta em vez de uma comédia — disse o sr. Bertram. — *Promessas de amantes* acabou e lorde e lady Ravenshaw partiram para representar *Minha avó* sozinhos. Bem, a herança da viúva talvez o conforte, e quem sabe, entre amigos, ele começava a temer pela sua credibilidade e pelos seus pulmões no papel do barão, e não lamentou se retirar. Para fazermos uma reparação a você, Yates, acho que poderíamos criar um pequeno teatro em Mansfield e lhe pedir para ser o nosso diretor.

Apesar de ter sido uma ideia momentânea, não terminou naquele instante, pois a vontade de atuar fora despertada, mais fortemente naquele que agora era o chefe da casa e que, dispondo de tanto tempo livre para transformar qualquer novidade em diversão, com iguais doses de talento, animação e gosto cômico, era exatamente talhado para novidade de atuar. A ideia retornou mais e mais vezes.

— Ah, vamos tentar algo como o teatro e o cenário de Ecclesford — ecoaram as duas irmãs.

E Henry Crawford, sempre tumultuado em busca de gratificações pessoais, viu naquilo tudo um prazer novo e animou-se com a proposta.

— Acredito, de fato — disse ele —, que neste momento eu seria louco o bastante para assumir qualquer personagem escrito até hoje, desde Shylock ou Ricardo III até o herói cantor de uma farsa, de casaco escarlate e chapéu de bicos. Sinto que eu poderia encarnar tudo ou nada, como se pudesse falar em linguagens bombásticas e provocar tempestades, ou suspirar e dar cambalhotas em qualquer tragédia ou comédia em língua inglesa. Façamos alguma coisa, que seja apenas metade de uma peça, um ato, uma cena. O que nos impede? Não esses semblantes, tenho certeza. — E olhou para as srtas. Bertram. — E, quanto ao teatro, o que significa um teatro? Estaremos apenas nos divertindo. E qualquer aposento desta casa servirá.

— Precisamos de uma cortina — observou Tom Bertram. — Algunss metros de baeta verde para a cortina talvez baste.

— Ah, basta mesmo — confirmou o sr. Yates —, com apenas uma ou duas bandas laterais, portas, três ou quatro cenas eliminadas, num plano assim basta isso. Para simples diversão entre nós, nada mais seria necessário.

— Creio que deveríamos nos contentar com menos — disse Maria. — Não haveria tempo, e podem surgir outras dificuldades. É melhor adotarmos o ponto de vista do sr. Crawford e concentrar o nosso objetivo na performance, e não no teatro. Muitas partes das nossas melhores peças independem do cenário.

— Não — falou Edmund, alarmado com o que ouvira —, nada de fazer pela metade. Se formos atuar, deveremos fazê-lo em um teatro equipado com plateia, camarotes e galeria, e encenar uma peça inteira, do começo ao fim; ainda que seja uma peça alemã, não importa qual, uma peça curta de encerramento, divertida e movimentada e, entre os atos, um número de dança, um instrumento de sopro e uma canção. Se não superarmos Ecclesford, não faremos coisa alguma.

— Ora, Edmund, não seja desagradável — disse Julia —, ninguém gosta mais de uma peça do que você, e ninguém foi tão longe para assistir a uma.

— Tem razão, mas fui ver uma atuação de verdade, uma boa e ensaiada atuação de verdade. No entanto, não me deslocaria desta sala para a próxima para assistir aos rudes esforços de pessoas inexperientes no ramo, um conjunto de cavalheiros e damas com todas as desvantagens da educação e do decoro a superar.

Porém, depois de uma pequena pausa, o assunto continuou sendo discutido com ânimo inabalável, e a preferência de cada um aumentava com a discussão e com o conhecimento da preferência dos demais. Embora nada tenha sido resolvido, pois Tom Bertram preferia uma comédia e suas irmãs e Henry Crawford, uma tragédia, e como nada no mundo fosse mais fácil do que encontrar uma peça do agrado geral, a decisão de encenar uma coisa ou outra parecia tão firme que Edmund começou a se sentir bastante desconfortável. Ele estava determinado a evitar aquilo, se possível, embora a mãe, que também ouvira a conversa que se passara à mesa, não manifestasse a menor desaprovação.

A mesma noite lhe proporcionou uma oportunidade de testar o seu poder. Maria, Julia, Henry Crawford e o sr. Yates estavam no salão de bilhar. Tom os deixou e se dirigiu à sala de visitas, onde estavam Edmund, pensativo junto à lareira, lady Bertram a pequena distância no sofá, tendo ao lado Fanny, arrematando o trabalho.

Tom foi entrando e dizendo:

— Acho que uma mesa de bilhar horrível e imprestável como a nossa deve ser descartada da face da terra. Não a suporto mais, e acho que nunca mais ela me tentará, mas acabei de constatar algo de bom. Aquele espaço é perfeito para um teatro, ideal em formato e tamanho. E as portas do fundo comunicando-se entre si, o que pode ser feito em cinco minutos movendo a estante de livros do gabinete do nosso pai, é precisamente o que poderíamos desejar, se tivéssemos parado para pensar. E o gabinete dará um excelente camarim. E, a propósito, é contíguo ao salão de bilhar.

— Você não pode estar falando sério quando diz que pretende atuar, Tom! — argumentou Edmund, em voz baixa, quando o irmão se aproximou da lareira.

— Não estou falando sério? Nunca falei tão sério, garanto. Por que está surpreso?

— Penso que seria muito errado. De modo geral, as representações teatrais privadas são passíveis de algumas objeções, mas, nas nossas circunstâncias, considero que qualquer tentativa do gênero seria muito insensata, mais do que insensata, aliás. Demonstraria grande desconsideração por nosso pai, que está ausente e corre constante perigo, e creio que seria imprudente em relação a Maria, cuja situação é muito delicada, considerando-se tudo, extremamente delicada.

— Você leva as coisas muito a sério, como se fôssemos atuar três vezes por semana até o retorno de nosso pai e convidar a vizinhança inteira! Mas não será uma encenação desse tipo! Só queremos nos divertir um pouco, só para variar o ambiente e exercitar as nossas capacidades em algo novo. Não queremos plateia nem publicidade. Creio que merece confiança a nossa capacidade de escolher uma peça perfeitamente irrepreensível, e não consigo ver maior prejuízo ou perigo para qualquer um de nós em conversarmos na elegante linguagem criada por algum autor respeitável do que em tagarelarmos com nossas próprias palavras. Não tenho medos nem escrúpulos. E quanto à ausência do nosso pai, longe de constituir uma objeção, me parece antes um bom motivo, pois a expectativa do seu retorno deve ser um período de muita ansiedade para mamãe. Se pudermos diverti-la e animá-la nas próximas semanas, acho que teremos empregado o nosso tempo de maneira muito satisfatória e creio que nosso pai também pensará assim. É um período de grande ansiedade para ela.

Quando Tom terminou de falar, ambos olharam para a mãe. Lady Bertram, afundada de novo em um canto do sofá, a própria imagem de saúde, riqueza, conforto e tranquilidade, acabara de mergulhar em um suave cochilo, enquanto Fanny se encarregava de contornar as pequenas dificuldades do trabalho manual da tia.

Edmund sorriu e balançou a cabeça.

— Por Júpiter, isso não vai dar certo! — gritou Tom, jogando-se em uma cadeira e dando uma sonora gargalhada. — Com certeza, minha querida mãe, a sua ansiedade... eu não tive sorte nesse particular.

— O que aconteceu? — perguntou lady Bertram, no tom pesado de quem não acordou direito. — Eu não estava dormindo.

— Ah, meu Deus, não, senhora, ninguém duvida disso! Bem, Edmund — retomou ele o assunto, a postura e a voz de antes, assim que lady Bertram voltou a cochilar —, mas nisto eu insisto: não estaremos fazendo mal algum.

— Não posso concordar com você e estou convencido de que nosso pai desaprovaria.

— E eu estou convencido do contrário. Ninguém mais do que o nosso pai incentiva e promove o exercício dos talentos entre os jovens, e acho que ele sempre teve muito bom gosto em tudo o que se refere a atuar, discursar, recitar. Tenho certeza de que incentivou isso em nós quando éramos crianças. Quantas vezes choramos pelo cadáver de Júlio César, recitamos "Ser ou não ser" nesta mesma sala, para ele se divertir? Além de *My name was Norval* todas as noites da minha vida nas festas de Natal.

— Era muito diferente. Você deve perceber a diferença por si mesmo. Papai queria que nós, enquanto alunos, falássemos bem, porém jamais desejaria que suas filhas crescidas participassem de peças teatrais. Ele tem um rigoroso senso de decoro.

— Sei disso — afirmou Tom, descontente. — Conheço papai tão bem quanto você e cuidarei para que nenhuma atitude das filhas dele o desgoste. Trate dos seus interesses, Edmund, e eu cuidarei do resto da família.

— Se você está decidido a atuar — retrucou o perseverante Edmund —, espero que seja comedido e discreto. Ainda acho que não se deveria tentar criar um teatro... seria tomar liberdades injustificáveis com a casa de nosso pai em sua ausência.

— Responderei por qualquer coisa dessa natureza — falou Tom com voz decidida. — A casa não será prejudicada. Tenho tanto interesse em cuidar dela quanto você. E quanto às alterações que sugeri ainda agora, como deslocar uma estante ou destrancar uma porta, ou até mesmo interromper os jogos no salão de bilhar por uma semana, você também pode supor que ele se oporia a permanecermos mais tempo nesta sala do que na sala do café da manhã do que fazíamos antes da sua partida, ou movermos o pianoforte das minhas irmãs de um lado para outro no salão. Disparate absoluto!

— A inovação, se não for um erro enquanto inovação, será um erro enquanto despesa.

— É, a despesa com tal empreendimento seria fabulosa! Talvez custasse umas boas vinte libras! Sem dúvida, precisamos ter algo parecido com um teatro, porém isso será feito no mais simples dos planos: uma cortina verde, um pequeno trabalho de carpintaria e só. Como o trabalho de carpintaria seria todo executado pelo próprio Christopher Jackson, seria um completo absurdo falar em despesa. E, desde que Jackson seja empregado, ficaria tudo certo com sir Thomas. Não imagine que só você seja capaz de enxergar e julgar nessa casa. Não participe do teatro, se não gosta, mas não tente governar os outros.

— Quanto à hipótese da minha atuação, protesto veementemente — disse Edmund.

Ao ouvir isso, Tom se retirou da sala, restando a Edmund se sentar, atiçar o fogo e meditar, contrariado.

Fanny, que ouvira tudo, solidária com todos os sentimentos de Edmund, aventurou-se a dizer, ansiando proporcionar-lhe algum consolo:

— Talvez não achem uma peça que lhes convenha. O gosto do seu irmão parece muito diferente do das suas irmãs.

— Não tenho esperança, Fanny. Se persistirem no esquema, encontrarão algo. Falarei com as minhas irmãs e tentarei dissuadi-las, e é tudo o que posso fazer.

— Acho que a tia Norris ficaria do seu lado.

— Ouso dizer que ficaria, mas ela não tem qualquer influência sobre Tom ou sobre as minhas irmãs quanto ao assunto. Se eu não conseguir convencê-las, deixarei as coisas seguirem o seu curso sem tentar através da nossa tia. Discussões de família são o pior dos males, e seria melhor fazer qualquer coisa do que todos levarmos puxões de orelha.

As irmãs, com quem ele teve a oportunidade de conversar na manhã seguinte, ficaram quase tão impacientes com o conselho dele, quase tão insubmissas à representação dele e quase tão favoráveis à causa do prazer quanto Tom. A mãe não fazia objeção ao plano, e elas não tinham medo algum da desaprovação do pai. Não haveria mal algum fazer algo já realizado por muitas famílias respeitáveis e por muitas mulheres da mais alta linhagem. Só um escrúpulo exagerado veria algo censurável em um plano como aquele, que abrangia apenas irmãos, irmãs e amigos íntimos, e do qual ninguém jamais teria conhecimento dos próprios. Julia parecia de fato querer admitir que a situação de Maria talvez exigisse cautela particular e certa delicadeza, mas isso não poderia se estender a si própria, que estava descompromissada. Maria considerava o noivado como algo que apenas a elevava a um nível acima das restrições e lhe propiciava menos ocasiões do que Julia para consultar pai ou mãe. Edmund tinha poucas esperanças, mas ainda insistia no assunto quando Henry Crawford entrou na sala, tendo acabado de chegar da residência paroquial, dizendo:

— Não faltarão ajudantes no nosso teatro, srta. Bertram. Não faltarão subalternos. A minha irmã lhe manda lembranças e espera ser admitida na companhia. Ela ficará feliz em assumir o papel de alguma velha duenha ou de uma humilde confidente que as senhoritas talvez não queiram fazer.

Maria lançou um rápido olhar para Edmund, querendo perguntar: "E agora, o que você vai dizer? Será que estamos equivocadas, se Mary Crawford sente o mesmo?" E Edmund, calado, foi obrigado a reconhecer que o encantamento da atuação bem poderia fascinar a mente do gênio e, com a engenhosidade do amor, se deter mais no propósito amável e obsequioso da mensagem do que em qualquer outra coisa.

O esquema avançou. A oposição era inútil e, quanto à sra. Norris, Edmund errara ao supor que ela o apoiaria. Todas as dificuldades que ela criou, o sobrinho e a sobrinha mais velhos, dotados de maior poder, foram derrubadas inteiramente em cinco minutos de argumentação. E, como o arranjo todo acarretaria bem poucas despesas para qualquer um e nenhuma para ela, e como previu todos os confortos da pressa, do alvoroço e da importância e anteviu a vantagem imediata de se imaginar obrigada a deixar a casa onde já vivera um mês às próprias custas e fixar residência na deles, a serviço dos quais gastaria todas as suas horas, ficou extremamente encantada com o projeto.

CAPÍTULO 14

Fanny parecia estar mais perto de ter razão do que Edmund supusera. A tarefa de encontrar uma peça que se adequasse a todos se revelou um sério problema. O carpinteiro recebera as ordens, tirara as medidas, sugerira e removera pelo menos duas sequências de obstáculos e, tendo provado que seria preciso ampliar o plano e as despesas, já começara a trabalhar enquanto a peça ainda estava sendo procurada. Outros preparativos também estavam em andamento. Um enorme rolo de baeta verde chegara de Northampton, fora cortado pela sra. Norris (que graças ao bom manejo do tecido poupara três quartos de jarda) e agora era transformado em cortina pelas empregadas — e ainda faltava a peça. Depois de dois ou três dias passados assim, Edmund quase começou a ter esperanças de que ela jamais seria encontrada.

De fato, havia tantas coisas a providenciar, tantas pessoas para agradar, tantos personagens importantes exigidos e, sobretudo, tamanha necessidade de que a peça fosse ao mesmo tempo tragédia e comédia, que parecia haver pouquíssima chance de chegarem a uma decisão, como acontece com tudo em que a juventude e o zelo se empenham.

Em defesa da tragédia estavam as jovens Bertram, Henry Crawford e o sr. Yates; a comédia era defendida por Tom Bertram, não totalmente sozinho porque era evidente que os desejos de Mary Crawford, embora educadamente contidos, tendiam na mesma direção. Porém, a determinação e o poder de Tom pareciam demonstrar que os aliados eram desnecessários e, independentemente dessa grande e irreconciliável diferença, todos queriam uma peça que no conjunto tivesse poucos personagens, mas fossem todos de destaque, sendo três mulheres em papéis principais. Todas as melhores peças foram examinadas em vão. *Hamlet*, *Macbeth*, *Otelo*, *Douglas* ou *O jogador*, nenhuma apresentava qualquer coisa que satisfizesse até mesmo os favoráveis à tragédia. *Os rivais*, *A escola do escândalo*, *A roda da fortuna*, *Herdeiro legítimo* e outras obras foram sucessivamente rejeitadas com objeções ainda mais calorosas. Toda peça proposta causava dificuldades para alguém e de um lado ou de outro ouvia-se uma contínua reclamação: "Ah, não, *isso* não serve! É melhor descartarmos essas tragédias bombásticas! Personagens demais! Nenhum papel feminino tolerável! Qualquer coisa menos isso, meu caro Tom! Seria impossível dar conta! Não se pode esperar que alguém interprete esse papel! É só bufonaria do começo ao fim! Talvez *esta* sirva, mas para os papéis menores. Se eu tiver que dar a minha opinião, sempre achei essa peça a mais insípida da língua inglesa. Não quero fazer objeções, ficarei feliz se puder ser útil, mas acho que não poderíamos fazer escolha pior."

Fanny observava e ouvia tudo sem deixar de se divertir vendo o egoísmo mais ou menos disfarçado que parecia governar a todos e se perguntando como terminaria tudo aquilo. Para gratificação pessoal, ela gostaria que algo fosse encenado, pois jamais vira sequer metade de uma peça, porém todas as circunstâncias de maior peso eram contrárias.

— Isso nunca vai dar certo — concluiu Tom Bertram afinal. — Estamos perdendo tempo da maneira mais abominável. Precisamos nos decidir, seja lá o que for, mas algo tem que ser escolhido. Não precisamos ser muito exigentes. O excesso de personagens não deve nos atemorizar. Devemos duplicar papéis. Devemos fazer algumas concessões. Se um papel é insignificante, maior será o nosso crédito em fazê-lo render. A partir desse momento, não criarei dificuldades. Assumirei o papel que me atribuírem, desde que seja cômico. Se for cômico, não exigirei qualquer outra condição.

Pela quinta vez, ele propôs *Herdeiro legítimo*, hesitando apenas se preferia interpretar lorde Duberley ou dr. Pangloss, e com muita firmeza mas sem muito sucesso tentou persuadir os outros de que havia alguns belos papéis trágicos nas demais *dramatis personae*.

A pausa que se seguiu a esse esforço infrutífero foi encerrada pelo mesmo orador que, pegando um volume de peças que estava em cima da mesa, folheou-o e exclamou de repente:

— *Promessas de amantes*! Por que *Promessas de amantes* não faria para nós o mesmo que fez para os Ravenshaw? Como não se pensou nisso antes? Me parece a obra perfeita! O que acham? Temos aqui dois papéis trágicos para Yates e Crawford e as rimas do mordomo para mim, se ninguém mais quiser. É um papel insignificante, mas o tipo de coisa que não me desagradaria e, como já disse, estou determinado a aceitar qualquer papel e me esforçar ao máximo. E os outros personagens podem ser preenchidos por qualquer pessoa. São apenas o conde Cassel e Anhalt.

De modo geral, a sugestão foi bem-acolhida. Estavam todos ficando desgastados com a indecisão, e logo responderam que a ideia era a melhor proposta já oferecida e que atenderia a todos. O sr. Yates foi quem mais apreciou — em Ecclesford, ele estivera suspirando e sonhando em interpretar o barão, invejara cada discurso inflamado de lorde Ravenshaw e fora forçado a repetir tudo no seu quarto. O atormentado barão Wildenheim era o auge da sua ambição teatral e, com a vantagem de já saber de cor metade das cenas, se oferecia para o papel com a maior animação. No entanto, por justiça, deve-se acrescentar que ele não se apropriou de imediato do personagem porque, lembrando-se de que havia excelente potencial dramático em Frederick, manifestou igual desejo de interpretá-lo. Henry Crawford se declarou disposto a aceitar um dos dois. Qualquer papel que o sr. Yates não escolhesse o satisfaria. Então, seguiu-se uma breve pausa para cumprimentos. A srta. Bertram, muito interessada no papel de Agatha, decidiu assumi-lo e observou para o sr. Yates que nesse ponto a altura e o porte deveriam ser considerados, e como ele era o mais alto, parecia peculiarmente talhado para encarnar o barão. Todos reconheceram que ela estava certa e, uma vez definidos os dois papéis, ela garantia o Frederick apropriado. Três dos personagens já estavam escolhidos, sem falar no sr. Rushworth, por quem Maria sempre respondia dizendo que ele aceitaria qualquer coisa, quando Julia, pretendendo encarnar Agatha, começou a manifestar escrúpulos em nome da srta. Crawford:

— Não estamos nos comportando bem com os ausentes — disse ela. — Não há papéis femininos suficientes. Amelia e Agatha podem servir para Maria e para mim, mas não existe papel algum para a sua irmã, sr. Crawford.

Ele desejaria que aquilo nem sequer fosse cogitado, pois sabia que a irmã não tinha vontade de atuar a não ser na medida em que pudesse ser útil, e no presente caso ela não se permitiria ser considerada assim. Mas Tom Bertram se opôs imediatamente, afirmando que sob todos os aspectos o papel de Amelia seria propriedade da srta. Crawford, se o aceitasse.

— O papel lhe cai com muita naturalidade — disse ele —, assim como Agatha se adapta a uma ou outra das minhas irmãs. Não haverá sacrifício da parte delas, pois é extremamente cômico.

Seguiu-se um breve silêncio. As duas irmãs pareceram aflitas, pois cada qual se sentia mais talhada para o papel de Agatha e esperava que os outros reconhecessem. Henry Crawford, que nesse meio-tempo folheava as páginas do primeiro ato com aparente descuido, logo resolveu o assunto:

— Devo rogar à srta. Julia Bertram — disse ele — que não assuma o papel de Agatha, ou arruinará toda a minha solenidade. A senhorita não deve, não deve de modo algum... —Virou-se para Julia. — Eu não aguentaria ver o seu semblante fingindo infortúnio e palidez. Fatalmente eu me lembraria das muitas risadas que demos juntos, e Frederick e o seu alforje seriam obrigados a sair em disparada.

Isso foi dito de um modo gentil e cortês, mas as boas maneiras se perderam no que se refere aos sentimentos de Julia. Num olhar de relance para Maria, ela percebeu que a proposta era ofensiva. Era um esquema... um arranjo. Ela estava sendo desprezada e Maria, preferida. O sorriso de triunfo que Maria tentava disfarçar demonstrava que ela entendera tudo muito bem e, antes que Julia pudesse se controlar e falar, o irmão também contribuiu para o seu infortúnio, dizendo:

— Ah, sim, Maria deve ser Agatha. Maria será a melhor Agatha. Embora Julia diga que prefere a tragédia, eu não lhe confiaria um papel desses. Ela nada tem de trágico. Não tem a aparência adequada. Seus traços não são trágicos. Ela caminha depressa demais, fala depressa demais e não conseguiria manter a compostura. Seria melhor se interpretasse a velha camponesa, esposa do aldeão. De fato, Julia, é verdade, a esposa do aldeão é um papel muito interessante, eu lhe garanto. A velha senhora compensa a benevolência extravagante do marido com uma bela dose de bom humor. Você será a esposa do aldeão.

— A esposa do aldeão?! — exclamou o sr. Yates — Do que está falando? O papel mais trivial, mais ridículo, mais insignificante! Um mero lugar-comum, sem uma fala tolerável na peça inteira! A sua irmã fazer isso?! Essa proposta é um insulto! Em Ecclesford esse papel seria da governanta. Todos concordamos que não poderia ser oferecido a ninguém mais. Um pouco mais de justiça, senhor diretor, por favor! Não merece o cargo de diretor quem não consegue apreciar um pouco melhor os talentos da companhia.

— Quanto a isso, meu bom amigo, enquanto eu e a minha companhia não tivermos de fato atuado, só se pode fazer suposições. Mas não tenho a menor intenção de depreciar Julia. Não podemos ter duas Agathas e precisamos de uma esposa do aldeão. E tenho certeza de que dei a ela um exemplo de moderação, contentando-me com o velho mordomo. Se o papel é insignificante, ela terá maior crédito se o fizer render; se rejeita tão desesperadamente qualquer coisa humorística, ela que assuma as falas do aldeão, em vez das falas da esposa dele, invertendo assim os papéis na peça inteira. Tenho certeza de que *ele* é solene e patético o bastante. Não faria diferença na peça. E, quanto ao próprio aldeão, quando ele assumisse as falas da esposa, *eu* o interpretaria de bom grado.

— Com toda a sua parcialidade em relação à esposa do aldeão — disse Henry Crawford —, será impossível fazermos com que esse papel sirva para a sua irmã, e não devemos permitir que a boa índole dessa jovem sofra tal imposição. Não devemos permitir que ela o aceite. Não devemos deixá-la à mercê da sua própria complacência. Os seus talentos serão essenciais em Amelia. É um personagem mais difícil de ser bem interpretado, mais até do que o de Agatha. Considero Amelia o papel mais difícil de toda a peça. Requer muito vigor e beleza para transmitir alegria e simplicidade sem extravagância. Já vi boas atrizes se saírem mal nesse papel. Na verdade, a simplicidade está além do alcance de quase todas as atrizes profissionais. Exige uma delicadeza de sentimentos que elas não possuem. Exige uma verdadeira dama, uma Julia Bertram. Vai aceitá-lo, espero, não vai?

E lançou para Julia um olhar de apelo ansioso que a acalmou um pouco. Porém, enquanto ela hesitava em dar a resposta, o seu irmão tornou a intervir em favor da srta. Crawford.

— Não, não, Julia não deve ser Amelia. Não é de modo algum papel para ela. Não vai gostar e não vai fazê-lo bem. É alta e robusta demais. Amelia deve ser pequena, leve, jeito de menina, saltitante. É perfeito para a srta. Crawford, e apenas para a srta. Crawford, que é talhada para o papel. Estou persuadido de que o fará admiravelmente.

Sem dar atenção a isso, Henry Crawford continuou suplicando:

— A senhorita precisa nos fazer esse favor, precisa mesmo! Depois de estudar o personagem, tenho certeza de que perceberá que lhe serve. Talvez a sua preferência seja pela tragédia, mas certamente parece que a comédia a prefere. A senhorita vai me visitar na prisão com um cesto de mantimentos, ou recusaria me visitar na prisão? Acho que já a estou vendo entrar com o cesto.

A influência da voz dele foi sentida. Julia vacilou, mas será que ele apenas tentava consolá-la e pacificá-la, fazendo-a superar a afronta anterior? Ela desconfiava dele. A desconsideração fora muito evidente. Talvez ele só estivesse fazendo um jogo traiçoeiro. Olhou desconfiada para a irmã. O semblante de Maria denunciaria, se estivesse aborrecida e alarmada, mas ela transparecia serenidade e satisfação, e Julia bem sabia que nesse terreno Maria só poderia ficar feliz às suas custas. Indignada e impaciente, respondeu com voz trêmula:

— O senhor não parece ter medo de perder a compostura quando eu entrar com o cesto de mantimentos... embora devêssemos supor isso. Mas apenas como Agatha eu seria tão irresistível!

E calou-se. Henry Crawford ficou meio sem graça, como se não soubesse o que dizer. Tom Bertram recomeçou:

— A srta. Crawford deve ser Amelia. Será uma excelente Amelia.

— Não tema que eu queira a personagem! — Julia apressou-se em exclamar, furiosa. — Se eu não fizer Agatha, não farei papel algum. Quanto a Amelia, de todos os papéis do mundo, é o mais repulsivo para mim. Eu detesto essa personagem. Uma jovem odiosa, baixinha, atrevida, afetada e despudorada. Sempre protestei contra a comédia, e esta é uma das piores.

E assim dizendo saiu apressada da sala, constrangendo mais de uma pessoa, embora sem despertar compaixão nas demais exceto em Fanny, que ouvira calada o tempo todo e não conseguia pensar nas crises de ciúme da prima sem se sentir muito penalizada.

Depois da saída de Julia seguiu-se um breve silêncio, mas Tom logo retornou às atividades relativas a *Promessas de amantes* e folheava o texto ansiosamente com a ajuda do sr. Yates para verificar os cenários necessários, enquanto Maria e Henry Crawford conversavam em voz baixa. Sem dúvida, a declaração que ela começou a fazer estava recebendo todos os elogios: "Tenho certeza de que eu desistiria do papel em favor de Julia com muito prazer, mas quanto a interpretá-lo mal, estou persuadida de que ela o faria pior."

Algum tempo depois, a dispersão do grupo se completou com a saída de Tom Bertram e do sr. Yates, que foram conversar na outra extremidade da sala que começavam a chamar de "teatro", e da srta. Bertram, que decidiu ir até a residência paroquial para oferecer o papel de Amelia à srta. Crawford. Fanny ficou sozinha.

O primeiro uso que ela fez da solidão foi pegar o volume que ficara em cima da mesa e começar a se inteirar da peça da qual tanto ouvira falar. A sua curiosidade fora despertada, e ela percorreu as páginas com uma avidez apenas interrompida por intervalos de espanto pela escolha de tal obra, por ter sido proposta e aceita em um teatro privado. Agatha e Amelia lhe pareceram, sob diferentes aspectos, totalmente impróprias para uma encenação doméstica: a situação de uma e o linguajar da outra não as indicavam para serem interpretadas por qualquer mulher de recato. Fanny mal conseguia supor que as primas estivessem conscientes da complicação em que estavam se envolvendo e desejou que despertassem o mais depressa possível em decorrência das censuras que Edmund fatalmente faria.

CAPÍTULO 15

A srta. Crawford aceitou de pronto o papel e logo depois que a srta. Bertram voltou da residência paroquial chegou o sr. Rushworth — e consequentemente outro personagem foi definido. Ofereceram-lhe o conde Cassel e Anhalt, e a princípio ele não soube qual escolher e quis que a srta. Bertram o orientasse. Quando o fizeram entender a diferença de estilos entre os personagens e qual era qual, e quando ele se lembrou de que certa vez vira a peça em Londres e considerara Anhalt um sujeito muito estúpido, logo se decidiu pelo conde. A srta. Bertram aprovou a decisão, pois quanto menos ele precisasse aprender, melhor. E, embora ela não compartilhasse do desejo dele de que o conde e Agatha contracenassem, nem tivesse paciência para esperar enquanto ele virava lentamente as páginas na esperança de descobrir a tal cena, ela teve a bondade de rever o papel dele e encurtar todas as falas que admitissem redução, além de ressaltar que o personagem precisaria aparecer muito bem-vestido. Então, ela própria escolheu as cores. O sr. Rushworth gostou bastante desse requinte, embora fingisse desprezá-lo. Estava tão interessado na própria aparência que não pensou na dos demais, não tirou qualquer conclusão, nem sentiu qualquer desprazer, o que Maria de certo modo previa.

Tudo isso foi resolvido antes que Edmund, ausente a manhã inteira, se inteirasse do assunto. Mas, quando ele entrou na sala de visitas, antes do jantar, encontrou Tom, Maria e o Sr. Yates empenhados em ruidosa discussão. O sr. Rushworth deu um passo à frente com grande entusiasmo para lhe comunicar a agradável notícia.

— Já temos uma peça! — exclamou ele. — Vai se chamar *Promessas de amantes*. Eu serei o conde Cassel, aparecerei primeiro com uma roupa azul, com um manto de cetim rosa, e depois terei outro traje vistoso, como se fosse uma roupa de caça. Não sei se vou gostar.

Fanny acompanhou Edmund com o olhar e sentiu o coração bater à medida que ouvia aquele discurso. Pelo semblante do primo, captou-lhe as sensações.

— *Promessas de amantes*?! — Foi a resposta dele ao sr. Rushworth, em tom de grande espanto. Virou-se para o irmão e para as irmãs, esperando se tratar de um mal-entendido.

— Sim! — exclamou o sr. Yates. — Depois de tantos debates e dificuldades, concluímos que nada nos serviria tão bem, nada seria tão perfeito quanto *Promessas de amantes*. É espantoso não termos pensado nisso antes! A minha estupidez foi abominável, pois aqui nós temos todas as vantagens equivalentes às que vi em Ecclesford. E é muito útil ter um modelo! Já definimos quase todos os papéis.

— Mas o que fazer com as mulheres? — indagou Edmund num tom sério e olhando para Maria.

Ela enrubesceu sem querer e depois respondeu:

— Eu farei o papel que caberia a lady Ravenshaw e — continuou, com um olhar mais ousado — a srta. Crawford será Amelia.

— Nunca pensei que fosse tão fácil encenar esse tipo de peça entre nós — retrucou Edmund parecendo muito irritado e se encaminhando para se sentar junto à lareira, ao lado da mãe, da tia e de Fanny.

O sr. Rushworth seguiu-o dizendo:

— Eu apareço três vezes e tenho 42 falas! É um bocado, não é? Mas não gosto muito da ideia de parecer tão refinado. Receio não me reconhecer em um traje azul com um manto de cetim cor-de-rosa.

Edmund não conseguiu dar uma resposta. Poucos minutos depois, o sr. Bertram foi chamado para fora da sala a fim de esclarecer dúvidas do carpinteiro, sendo acompanhado pelo sr. Yates e logo em seguida pelo sr. Rushworth. Quase imediatamente Edmund aproveitou a oportunidade para dizer:

— Na presença do sr. Yates não posso falar o que sinto em relação a essa peça sem pensar nos amigos dele de Ecclesford. Mas agora, minha querida Maria, devo dizer a você que a julgo extremamente imprópria para uma encenação privada, e espero que você desista. Depois de ler cuidadosamente até o fim, só me resta supor que desistirá. Basta ler o primeiro ato em voz alta para a sua mãe ou para a sua tia, e veja se consegue aprová-lo. Estou convencido de que não precisará se submeter ao julgamento de papai.

— Temos pontos de vista muito diferentes — alegou Maria. — Estou familiarizada com a peça, eu lhe garanto. Com bem poucas omissões e mudanças, que naturalmente serão feitas, nada vejo a objetar. E, das jovens damas que você conhece, eu não sou a única a achar a peça bastante adequada para uma encenação privada.

— Lamento muito — disse Edmund —, mas nesse assunto é você quem deve liderar. Deve dar o exemplo. Se outros se enganaram, cabe-lhe corrigi-los e lhes mostrar o que é a verdadeira delicadeza. Em todos os aspectos do decoro, a sua conduta deve ser lei para o resto do grupo.

Essa imagem da importância de Maria surtiu algum efeito porque ninguém gostava mais de liderar do que ela, que respondeu com bom humor:

— Eu lhe agradeço muito, Edmund. Estou segura de que você tem a melhor das intenções, mas ainda acho que enxerga tudo com muito rigor. E eu, na verdade, não posso me indispor com os outros num assunto dessa natureza. Acho que isso seria muito indecoroso.

— Você imagina que essa ideia me passaria pela cabeça? Não, deixe a sua conduta ser o único motivo de briga. Diga que ao examinar o papel percebeu que ele não lhe servia, diga que concluiu que ele exigiria mais empenho e confiança do que você supunha possuir. Diga isso com firmeza, e será o bastante. Quem for capaz de discernir, entenderá os seus motivos. A peça será abandonada e a sua delicadeza, homenageada como deve.

— Não interprete nada impróprio, minha querida — disse lady Bertram. — Sir Thomas não gostaria. Fanny, toque a campainha, preciso jantar. Com certeza a esta hora Julia já está vestida.

— Estou convencido — falou Edmund dirigindo-se à mãe e impedindo que Fanny a atendesse — de que sir Thomas não gostaria.

— E então, minha querida, está ouvindo o que Edmund diz?

— Se eu abrisse mão do papel — respondeu Maria com renovado ardor —, com certeza Julia o assumiria.

— O quê?! — exclamou Edmund. — Mesmo se ela soubesse das suas razões?!

— Ah, ela poderia pensar que a diferença entre nós... a diferença entre as nossas situações... que ela não precisaria ser tão escrupulosa quanto eu poderia julgar necessário. Tenho certeza de que ela argumentaria assim. Não, não, me desculpem, não posso retirar o meu consentimento. Está tudo resolvido, e todos ficariam desapontados. Tom ficaria muito zangado. E, se todos formos tão exigentes assim, jamais encenaremos coisa alguma.

— É exatamente o que eu ia dizer — disse a sra. Norris. — Se todas as peças forem recusadas, vocês não encenarão coisa alguma, os preparativos seriam dinheiro jogado fora, e tenho certeza de que isso seria um descrédito para todos nós. Não conheço a peça, mas, como diz Maria, se há algo um pouco mais picante, e isso acontece na maioria das vezes, pode ser facilmente retirado. Não devemos ser cautelosos em excesso, Edmund. Como o sr. Rushworth também vai atuar, não pode haver mal algum. Eu só gostaria que Tom já soubesse o que queria quando os carpinteiros começaram, porque eles já perderam meio dia de serviço com as portas laterais. No entanto, a cortina ficará bem-feita. As criadas trabalham muito bem, e creio que poderemos devolver um bom número de argolas. Não é preciso colocá-las tão próximas. Espero *ser* útil em evitar desperdício e aproveitar o máximo de tudo. Deveria haver sempre uma cabeça firme para supervisionar tantos jovens. Eu me esqueci de contar a Tom algo que me aconteceu hoje mesmo. Eu estava examinando o galinheiro e acabava de sair quando vejo Dick Jackson se encaminhando para a entrada dos criados com dois pedaços de tábua de pinho na mão, que levava para o pai, pode ter certeza. Por acaso, a mãe o mandara levar um recado ao pai e este lhe pedira para levar dois pedaços de tábua, pois não sabia o que fazer sem eles. Entendi o que tudo aquilo queria dizer porque a campainha do jantar dos criados tocou naquele instante nos nossos ouvidos e, como odeio gente abusada... eu sempre disse que os Jackson são muito abusados, o tipo de gente que se aproveita de tudo o que pode... Eu disse logo ao menino, um meninão de dez anos, muito desajeitado, que deveria se envergonhar de si: "*Eu* mesma levarei as tábuas para o seu pai, Dick, e você trate de voltar para casa o mais depressa possível." O menino pareceu muito sem graça e se afastou sem dizer nada, pois acredito que falei com muita rispidez. Ouso dizer que o curei da mania de vir pilhar por aqui, pelo menos durante algum tempo. Odeio essa ganância... principalmente por tudo o que o pai de vocês faz pela família, empregando aquele homem o ano inteiro!

Ninguém se deu ao trabalho de responder. Os outros logo retornaram e Edmund constatou que a sua única satisfação era ter se esforçado para colocá-los no bom caminho.

O clima do jantar foi pesado. A sra. Norris repetiu o relato do seu triunfo sobre Dick Jackson, mas a peça e os preparativos não foram muito discutidos porque a desaprovação de Edmund fora sentida até mesmo pelo irmão, embora se recusasse a reconhecer. Maria, aguardando o apoio animado de Henry Crawford, achou melhor evitar o assunto. O sr. Yates, tentando agradar Julia, percebeu que a tristeza da jovem seria menos impenetrável em qualquer assunto, exceto quando ele lhe lamentou a saída da companhia; e o sr. Rushworth, preocupado apenas com o próprio papel e o próprio figurino, esgotou tudo o que podia ser dito sobre tais tópicos.

Mas as preocupações com o teatro ficaram suspensas apenas por uma ou duas horas. Ainda havia muito a definir, e os ânimos da noite receberam novo alento quando Tom, Maria e o sr. Yates tornaram a se reunir na sala de visitas, sentaram-se em comitê numa mesa à parte, com o texto da peça aberto, e iam se aprofundando no assunto quando ocorreu uma bem-vinda interrupção com a chegada do sr. e da srta. Crawford. Eles, ignorando a hora tardia, a escuridão e a lama, não puderam deixar de vir, sendo recebidos com a maior alegria.

Depois das primeiras saudações, ouviu-se "Como andam as coisas?", "O que decidiram?" e "Ah, não podemos fazer nada sem vocês!". Henry Crawford foi logo se sentando à mesa com os outros três, enquanto a irmã se aproximou de lady Bertram e a cumprimentou, amável e gentil:

— Sem dúvida, devo parabenizá-la pela escolha da peça, pois, apesar de ter suportado tudo com paciência exemplar, tenho certeza de que a senhora não aguentava mais o nosso barulho e as nossas dificuldades. Os atores talvez estejam contentes, mas os espectadores devem se sentir infinitamente mais gratos com a decisão. E eu parabenizo de verdade a senhora, a sra. Norris e todos os demais que enfrentam o mesmo transtorno.

Entre o temor e a malícia, olhou por cima de Fanny em direção a Edmund e recebeu um agradecimento cortês de lady Bertram, mas Edmund permaneceu calado, sem desmentir a sua condição de mero espectador. Depois de continuar conversando por alguns minutos com os que estavam em volta da lareira, a srta. Crawford voltou para o grupo em torno da mesa e, de pé ao lado deles, pareceu interessada nas providências até que, como se atingida por uma lembrança repentina, exclamou:

— Meus bons amigos, estão todos trabalhando serenamente nesses chalés e nessas tabernas, por dentro e por fora, mas, por favor, enquanto isso me digam qual será o meu destino. Quem será Anhalt? Para qual cavalheiro terei o prazer de dar o meu amor?

Por um instante ninguém falou e, depois, falaram ao mesmo tempo, para contar a mesma verdade melancólica de que até aquele momento não tinham conseguido Anhalt algum. "O sr. Rushworth seria o conde Cassel, mas até então ninguém assumira o papel de Anhalt."

— Eu tive a chance de escolher um desses papéis — disse o sr. Rushworth. — Mas achei que gostaria mais do conde, embora não aprecie o figurino que terei de exibir.

— O senhor escolheu muito sabiamente, tenho certeza — retrucou a srta. Crawford, com brilho no olhar. — Anhalt é um papel muito pesado.

— O *conde* tem 42 falas! — insistiu o sr. Rushworth. — Não é brincadeira!

— Não me surpreendo — comentou a srta. Crawford depois de uma breve pausa — com a falta de um Anhalt. Amelia não merece melhor sorte. Uma jovem dama tão ousada talvez amedronte muito os homens.

— Eu ficaria muito feliz em fazer o papel, se fosse possível — avisou Tom —, mas infelizmente o mordomo e Anhalt contracenam. No entanto, não desistirei. Verei o que pode ser feito... reexaminarei tudo.

— O seu irmão deveria fazer o papel, não acha? — indagou o sr. Yates em voz baixa.

— Eu não lhe pedirei — respondeu Tom, frio e determinado.

A srta. Crawford mudou de assunto e logo se reuniu ao grupo junto à lareira.

— Eles não me querem lá — disse, sentando-se. — Eu apenas os confundo e os obrigo a pronunciarem discursos corteses. Sr. Edmund Bertram, como não vai atuar, poderá ser um conselheiro desinteressado e, portanto, recorro ao *senhor*. Como conseguiremos um Anhalt? É viável alguém fazer papel duplo? Qual é o seu conselho?

— O meu conselho — respondeu Edmund, calmamente — é mudarem de peça.

— Eu não faria qualquer objeção a isso — retrucou ela —, porque embora eu não desgoste do papel de Amelia em particular, se bem desempenhado, ou seja, se tudo correr bem, eu lamentaria ser um estorvo, mas como eles naquela mesa não querem ouvir conselhos — e olhou em volta —, certamente não será seguido.

Edmund nada acrescentou.

— Se algum papel pudesse tentá-lo a atuar, suponho que seria o de Anhalt — observou a dama com astúcia, depois de breve pausa. — Pois, como sabe, ele é clérigo.

— Essa circunstância não me tentaria de modo algum — retrucou ele — porque eu lamentaria ridicularizar o personagem com uma atuação ruim. Deve ser muito difícil evitar que Anhalt pareça um orador formal e solene, e o homem que escolhe essa profissão talvez seja um dos últimos a querer representá-la no palco.

A srta. Crawford se calou, ressentida e mortificada, e moveu consideravelmente a cadeira para perto da mesa de chá, passando a dedicar total atenção à sra. Norris, que ocupava a cabeceira.

— Fanny — chamou Tom Bertram da outra mesa, onde a conferência prosseguia numa conversa incessante —, queremos os seus serviços.

Fanny se levantou de um salto, esperando alguma tarefa, pois o hábito de utilizá-la daquele jeito ainda não fora superado, apesar de todos os esforços de Edmund.

— Ah, não queremos que saia do seu lugar. Não queremos os seus serviços agora. Só queremos você na nossa peça. Será a esposa do aldeão.

— Eu?! — exclamou Fanny, voltando a se sentar e parecendo extremamente assustada. — Ah, não, você deve me desculpar! Eu não poderia interpretar papel algum, nem que você me desse o mundo. Não, não posso representar mesmo!

— Mas precisa, pois não podemos dispensá-la. Não há necessidade de se assustar, é um papel insignificante, insignificante mesmo, não passa de meia dúzia de falas no total, e pouco importará se ninguém ouvir uma palavra do que você disser. Portanto, seja tímida o quanto quiser, nós precisamos apenas da sua presença.

— Se a senhorita tem medo de meia dúzia de falas — comentou o sr. Rushworth —, o que faria com um papel como o meu? Tenho 42 para decorar!

— Não é que eu tenha medo — disse Fanny, chocada ao verificar que naquele momento era a única pessoa que falava na sala e se sentindo o foco de quase todos os olhares —, mas não consigo atuar.

— Consegue, sim, e pode atuar o suficiente para *nós*. Aprenda o seu papel e nós lhe ensinaremos todo o resto. Você só tem duas cenas e, como serei o aldeão, vou ajudá-la e lhe mostrarei onde ficar. Você se sairá muito bem, eu me responsabilizo.

— Não, sr. Bertram, por favor, me desculpe. Nem imagina, mas para mim seria absolutamente impossível. Se eu assumisse o papel, só iria decepcioná-lo.

— Tolice! Tolice! Não se faça de tão envergonhada. Você se sairá muito bem. Nós lhe faremos todas as concessões. Não esperamos perfeição. Você só precisará de um vestido marrom, um avental branco e uma touca. Vamos lhe fazer umas rugas e uns pés-de-galinha no canto dos olhos, e assim você será uma velhinha muito convincente.

— Não, me desculpe, realmente, me desculpe! — exclamou Fanny ficando cada vez mais vermelha com a excessiva agitação e olhando angustiada para Edmund, que a observava com ar bondoso, mas, não querendo exasperar o irmão com interferências, limitou-se a dar um sorriso de incentivo.

A súplica de Fanny não teve efeito sobre Tom, que apenas repetiu o que dissera antes — e não só Tom, pois agora o pedido era apoiado por Maria, pelo sr. Crawford e pelo sr. Yates com uma insistência que só diferia da de Tom por ser mais gentil e cerimoniosa. Fanny se sentiu esmagada e, antes que pudesse respirar, a sra. Norris completou o ataque, dirigindo-lhe um sussurro ao mesmo tempo raivoso e audível:

— Que trabalheira você está dando! Estou envergonhada de você, Fanny! Criar tanta dificuldade para fazer um favor para os seus primos, por uma bobagem dessas! Logo eles, que são tão gentis com você! Peço que aceite logo o papel de boa vontade e não se fala mais nisso.

— Não a pressione, senhora — pediu Edmund. — Não é justo pressioná-la assim. Não está vendo que ela não gosta de atuar? Deixe-a resolver por si, como todos os demais. Deve-se confiar no julgamento dela, com certeza. Não a pressione mais.

— Não vou pressioná-la — retrucou bruscamente a sra. Norris —, mas acho que ela será uma menina teimosa e ingrata se não fizer o que a tia e os primos desejam. Realmente é muita ingratidão, considerando quem e o que ela é!

Edmund, zangado demais, não conseguiu falar, mas a srta. Crawford olhou com espanto para a sra. Norris e depois para Fanny, cujas lágrimas começavam a cair, e disse imediatamente com veemência:

— Não estou gostando deste lugar... *Aqui* está muito quente para mim. — E moveu a cadeira para o lado oposto da mesa, chegando perto de Fanny, dirigindo-lhe um sussurro bondoso enquanto se instalava: — Não se importe, minha querida srta. Price, esta é a noite do mau humor. Todos estão mal-humorados e importunos, mas não nos importemos com eles.

E, com atenção redobrada, continuou a falar com Fanny esforçando-se para animá-la, embora também estivesse desanimada. Com um olhar para o irmão, impediu que o grupo do teatro fizesse qualquer outro pedido, e os bons sentimentos que quase a dominavam naquele momento restauraram rapidamente o pequeno prejuízo que sofrera no conceito de Edmund.

Fanny não gostava da srta. Crawford, mas ficou muito grata pelo seu gesto de bondade. Quando a srta. Crawford reparou no trabalho manual que ela executava, disse que gostaria de ter igual habilidade e pediu o modelo. Acrescentou que supunha que Fanny estivesse se preparando para ser apresentada à sociedade, o que por certo aconteceria quando a prima se casasse. Prosseguiu perguntando se Fanny tivera notícias recentes do irmão que servia na Marinha e afirmou que tinha muita curiosidade de conhecê-lo, que o imaginava um belo rapaz, e a aconselhou a mandar desenhar um retrato dele antes da sua volta ao mar. Fanny não conseguiu deixar de admitir que os elogios eram muito agradáveis e assim ouviu e respondeu com mais animação do que pretendia.

As discussões sobre a peça continuavam e a atenção da srta. Crawford só se desviou de Fanny quando Tom Bertram lhe disse com infinita tristeza que achava absolutamente impossível assumir o papel de Anhalt junto com o do mordomo. Fizera todos os esforços para viabilizar isso, porém não haveria condições e ele precisava desistir do papel.

— Mas não haverá a menor dificuldade em preenchê-lo — acrescentou ele. — Basta darmos uma palavra. Podemos escolher com rigor. Agora mesmo eu poderia citar pelo menos seis rapazes, em um raio de seis milhas à nossa volta, que estão loucos para serem admitidos na nossa companhia, e há um ou dois que não nos prejudicariam: eu não teria medo de confiar nos Oliver ou em Charles Maddox. Tom Oliver é um sujeito muito inteligente e Charles Maddox é um cavalheiro distinto como tantos que se vê por aí. Portanto, amanhã de manhã cedo pegarei o meu cavalo, irei até Stoke e acertarei com um deles.

Enquanto ele falava, Maria olhou de relance, apreensiva, para Edmund, na expectativa de que ele se opusesse à ampliação do plano, tão contrário às decisões iniciais do grupo, mas Edmund continuou calado. Depois de refletir por um instante, a srta. Crawford afirmou calmamente:

— No que me diz respeito, não farei objeção a qualquer coisa que considerem conveniente. Será que já vi algum desses cavalheiros? Ah, sim, outro dia o sr. Charles Maddox jantou na casa da minha irmã, não foi, Henry? Um jovem de aparência tranquila, eu lembro. Tratem de lhe fazer essa consulta, por favor, pois será menos desagradável para mim do que contracenar com um perfeito estranho.

Charles Maddox seria o escolhido. Tom repetiu a resolução de procurá-lo de manhã cedo e, embora Julia, que mal abrira a boca antes, observasse em tom sarcástico, olhando primeiro para Maria e depois para Edmund, que "as representações teatrais em Mansfield animariam demais toda a vizinhança", Edmund manteve a calma e só demonstrou os seus sentimentos através de uma seriedade intencional.

— Não estou muito otimista em relação à nossa peça — disse a srta. Crawford para Fanny em voz baixa e depois de uma breve meditação. — Posso dizer ao sr. Maddox que encurtarei algumas das falas dele e várias minhas antes de ensaiarmos juntos. Será muito desagradável, e nada do que eu esperava.

CAPÍTULO 16

A srta. Crawford não foi capaz de convencer Fanny a esquecer o que se passara. Terminada a noite, ela foi dormir ainda abalada com o que acontecera, os nervos agitados pelo choque do ataque do primo Tom, tão público e tão insistente, e com os ânimos abatidos devido às reflexões e censuras maldosas da tia. Ser exposta daquela maneira, saber que aquilo era apenas o prelúdio de algo infinitamente pior, ser comunicada de que deveria fazer o impossível para atuar na peça e depois se ver acusada de teimosia e ingratidão, além de ouvir insinuações sobre a sua situação de dependência, tudo fora muito angustiante na ocasião, de modo que, quando ficou sozinha, a lembrança se tornou muito mais forte, especialmente com o temor adicional daquilo que a manhã seguinte poderia produzir no prosseguimento do assunto. A srta. Crawford a protegera apenas durante algum tempo. E se ela fosse novamente pressionada pelos outros, com toda a autoridade que Tom e Maria eram capazes de exercer, e se talvez Edmund não estivesse presente, o que ela faria? Adormeceu antes de conseguir responder e quando acordou na manhã seguinte a dúvida persistia. O pequeno sótão branco que continuara sendo o seu quarto de dormir desde a sua chegada mostrou-se incapaz de sugerir qualquer resposta, de modo que, assim que se vestiu, ela recorreu a outro aposento, mais espaçoso e mais adequado para caminhar e refletir, do qual havia algum tempo era praticamente a dona. Essa sala de aula foi assim chamada até que as jovens Bertram não mais o permitiram, e ficou desabitada por um longo período. Ali vivera a srta. Lee e ali elas leram, escreveram, conversaram e riram até três anos antes, quando esta partiu. Desde então, o aposento perdera a utilidade e por algum tempo ficou praticamente deserto, exceto pela presença de Fanny que ia lá visitar as suas plantas ou pegar algum livro que ficava satisfeita de guardar devido à deficiência de espaço e acomodação no seu pequeno quarto acima. Mas, aos poucos, quando começou a valorizar o conforto que o aposento propiciava, acrescentou-o aos seus domínios e passava boa parte do tempo ali. Sem impedimentos, foi se instalando de maneira natural e inocente, e agora todos admitiam que lhe pertencia. A sala leste, como era chamada desde que Maria Bertram completara 16 anos, agora era considerada de Fanny, quase tanto quanto o sótão branco. A exiguidade deste último tornava razoável a utilização do outro aposento, de modo que as srtas. Bertram, com toda a superioridade dos seus quartos, que com todo o seu senso de superioridade podiam exigir, aprovaram inteiramente. A sra. Norris, tendo estipulado que ali a lareira nunca fosse acesa, tolerou com resignação que Fanny usasse aquele espaço que ninguém mais queria, embora os termos com que às vezes falava dessa indulgência insinuassem que aquele compartimento era o melhor da casa.

O aspecto era tão favorável que mesmo sem lareira era habitável em quase todas as manhãs desde o início da primavera até o final do outono, sobretudo para mentes receptivas como a de Fanny. Enquanto houvesse uma réstia de sol, ela sonhava de tal forma que nem a chegada do inverno a expulsava dali. O conforto daquele cômodo nas suas horas de lazer era extremo. Ela podia ir para lá sempre que acontecia no andar inferior algo desagradável. Lá encontraria consolo imediato em alguma atividade ou em alguns pensamentos que lhe ocorressem. As plantas e os livros que colecionava desde a primeira hora em que possuíra um xelim, a escrivaninha, os inventivos trabalhos de caridade, tudo estava ali, ao seu alcance. Se estivesse indisposta para trabalhar, se quisesse apenas meditar, raramente conseguiria ver um objeto naquele aposento que não lhe suscitasse alguma lembrança interessante. Ali tudo era amigável ou conduzia-lhe os pensamentos para algum amigo — embora ela tivesse sofrido às vezes, embora muitas vezes os seus motivos tivessem sido mal-entendidos, os seus sentimentos desconsiderados e a sua compreensão subestimada, embora conhecesse as dores da tirania, do ridículo e do abandono, quase todas as recordações de cada um desses sentimentos continham algo de consolador: ou a sua tia Bertram lhe dera atenção, ou a srta. Lee a encorajara ou, o mais frequente e apreciado, Edmund. Ele sempre fora o seu campeão, seu amigo, sempre a defendera, sempre explicara o que ela queria dizer, sempre lhe dissera para não chorar ou lhe dera alguma prova de afeto que transformara as suas lágrimas em prazer. Naquele instante, tudo aquilo se misturava, de tal modo harmonizado pela distância que todas as aflições anteriores tinham certo encanto. Ela se afeiçoara muito ao aposento e jamais trocaria o mobiliário pelo mais bonito que houvesse na casa, ainda que o original fosse modesto e estivesse bem danificado pelas crianças — os ornamentos mais requintados se limitavam a um escabelo desbotado, trabalho de Julia, muito malfeito para ser colocado na sala de visitas; três transparências confeccionadas no auge da moda das transparências para os três painéis inferiores de uma das janelas, reproduzindo a imponente abadia de Tintern entre uma caverna italiana e um lago ao luar em Cumberland; por cima da lareira, uma coleção de perfis da família que não mereciam estar em outro lugar; e ao lado, preso na parede, um pequeno esboço de um navio que William enviara do Mediterrâneo quatro anos antes, tendo na margem inferior a inscrição *H.M.S. Antwerp* em letras do tamanho do mastro principal.

Fanny se dirigiu para aquele ninho de conforto para ver se exercia alguma influência sobre o seu espírito agitado e inseguro, para ver se diante do perfil de Edmund conseguiria captar algum conselho dele, ou se arejando os gerânios poderia inalar alguma brisa de força mental. Porém, precisava vencer mais do que o medo da própria perseverança. Começara a se sentir indecisa quanto ao que deveria fazer. Enquanto dava voltas no aposento, as suas dúvidas aumentavam. Teria direito de recusar aquilo que lhe pediam com tanto ardor, e que era tão fortemente desejado? Algo que poderia ser tão essencial para um projeto no qual se empenhavam alguns daqueles a quem ela devia a maior complacência? Não seria má índole, egoísmo ou medo de se expor? E a opinião de Edmund, a convicção dele de que sir Thomas desaprovaria tudo, seria suficiente para justificar uma negativa tão determinada, apesar de todo o resto? A ideia de atuar era tão terrível que ela estava suspeitando da verdade e da pureza dos próprios escrúpulos. Enquanto olhava em volta, os apelos dos primos para que concordasse foram reforçados pela visão dos numerosos presentes que recebera deles. A mesa entre as janelas estava coberta de caixas de trabalho e caixas de costura que lhe tinham sido dadas em diferentes momentos, principalmente por Tom, e começou a ficar confusa quanto ao montante da dívida produzida por todas aquelas bondosas lembranças. Uma batida na porta a despertou enquanto tentava encontrar o caminho do dever e o seu gentil "Entre!" foi respondido pelo surgimento da pessoa para quem ela costumava expor todas as suas dúvidas. Os seus olhos brilharam quando viu Edmund.

— Posso falar com você por alguns minutos, Fanny? — indagou ele.

— Claro, com certeza.

— Quero lhe fazer uma consulta. Quero a sua opinião.

— A minha opinião?! — exclamou, trêmula, altamente gratificada com o cumprimento.

— Sim, o seu conselho e a sua opinião. Não sei o que fazer. Essa ideia de teatro está cada vez pior. Na prática, escolheram a pior peça possível. Para completar, vão pedir a ajuda de um rapaz que mal conhecemos. É o fim de toda a privacidade e de toda a conveniência de que se falou no início. Nada sei contra Charles Maddox, mas a excessiva intimidade que talvez decorra da sua admissão entre nós dessa maneira é altamente censurável, mais do que intimidade, familiaridade. Não tenho a menor paciência com esse assunto. Parece-me um mal de tamanha magnitude que, se possível, deve ser evitado. Você tem o mesmo ponto de vista?

— Mas o que se pode fazer? O seu irmão está tão determinado!

— Há algo que pode ser feito, Fanny. Eu assumir o papel de Anhalt. Tenho certeza de que só isso acalmará Tom.

Fanny não conseguiu comentar.

— Não é o que eu gostaria — continuou ele. — Nenhum homem gosta de ser forçado a aparentar tamanha leviandade. Depois de todos saberem que me opus a esse esquema desde o início, é um absurdo eu aderir a ele agora, enquanto estão extrapolando o primeiro projeto em todos os aspectos... Mas não consigo pensar em outra alternativa. Você consegue, Fanny?

— Não — disse ela lentamente. — Assim de imediato não, mas...

— Mas o quê? Percebo que você não está concordando comigo. Reflita um pouco mais. Talvez não esteja tão consciente quanto eu do mal que pode surgir, da situação desagradável que deve decorrer se recebermos um jovem dessa maneira, participando da nossa vida doméstica, autorizado a vir aqui a qualquer hora, colocado de repente numa situação que acabaria com qualquer reserva. Pense apenas na licenciosidade que os ensaios tenderiam a criar. Tudo isso é muito ruim! Coloque-se no lugar da srta. Crawford, Fanny. Avalie o que seria interpretar Amelia com um estranho. Ela tem o direito de não querer. Ontem à noite, ouvi o suficiente do que ela lhe disse para compreender que ela não desejava atuar com um estranho. Considerando que ela se se comprometeu com o papel com diferentes expectativas, talvez sem avaliar o bastante o assunto para saber o que poderia acontecer, seria pouco generoso e decididamente errado expô-la a isso. Os sentimentos dela devem ser respeitados. Isso não a incomoda também, Fanny? Você parece hesitante.

— Sinto muito pela srta. Crawford, mas sinto mais ainda em vê-lo forçado a fazer algo que antes desaprovava, e todos sabem que você declarou que seria desagradável para o meu tio. Será um enorme triunfo para os outros!

— Eles não terão muitos motivos de triunfo quando virem como interpreto mal. No entanto, preciso me conformar com o fato de que haverá algum triunfo, com certeza. Mas, se eu puder restringir a publicidade do evento, limitar a exposição, concentrar aqui o nosso desatino, já me sentirei recompensado. Na situação em que estou, não tenho influência, não posso fazer coisa alguma. Eu os ofendi e eles não me escutarão, mas, quando eu lhes restaurar o bom humor com essa concessão, tenho esperança de persuadi-los a confinar a representação a um círculo menor do que eles pretendem. Já será um ganho considerável. O meu objetivo é limitar a plateia à sra. Rushworth e ao casal Grant. Não acha que esse ganho vale a pena?

— Sim, será uma grande vitória.

— Mas ainda não tive a sua aprovação. Você me apontaria algum outro meio que me desse a chance de obter igual benefício?

— Não, não consigo ter outra ideia.

— Então, me dê a sua aprovação, Fanny. Não me sinto confortável sem ela.

— Ah, meu primo!

— Se você ficar contra mim, devo desconfiar de mim mesmo. Mas é absolutamente impossível deixar Tom seguir esse caminho, cavalgando pela vizinhança à procura de alguém que possa ser persuadido a atuar, não importa quem, basta ter a aparência de um cavalheiro. Achei que você tivesse compreendido melhor os sentimentos da srta. Crawford.

— Sem dúvida, ela ficará muito contente. Sentirá um grande alívio — disse Fanny tentando ser bastante calorosa.

— Ela jamais se mostrou tão amável como no comportamento com você ontem à noite. Com isso, ela mereceu muitos créditos na minha boa vontade.

— Ela foi muito amável, de fato, e fico feliz por tê-la salvo de...

Fanny não conseguiu concluir a generosa manifestação de simpatia. A consciência interrompeu-a, mas Edmund se deu por satisfeito.

— Amanhã imediatamente após o café irei até lá — disse ele —, onde com certeza causarei alegria. E agora, querida Fanny, não vou mais interrompê-la. Você quer continuar lendo. Mas eu não ficaria à vontade enquanto não falasse com você e chegasse a uma decisão. Dormindo ou acordado, a minha cabeça estava tomada por esse assunto. É algo ruim, mas tenho certeza de que evitarei um mal maior. Se Tom estiver acordado, vou procurá-lo logo e resolver o assunto. Quando nos encontrarmos no café da manhã, todos estaremos de muito bom humor na perspectiva unânime de juntos fazermos papéis de bobos. Enquanto isso, suponho que você fará uma viagem à China. Como vai o lorde Macartney? — Abriu um volume que estava em cima da mesa e depois pegou outros. — E aqui temos os *Contos* de Crabbe e *O ocioso*, a postos para diverti-la se você se cansar do seu grande livro. Admiro imensamente este seu pequeno espaço. Assim que eu sair, você esvaziará a cabeça de toda essa bobagem de encenação teatral, e se sentará confortavelmente à sua mesa. Mas não vá se resfriar aqui neste frio.

Edmund saiu, mas para Fanny não houve leitura, nem China, nem serenidade. Ele lhe trouxera a notícia mais extraordinária, mais inconcebível, mais indesejável do mundo. Ela não conseguia pensar em outra coisa. Ele atuando! Depois de todas as objeções que fizera, aliás justas e públicas! Ela sabia que ele sentia tudo o que ela o ouvira dizer e demonstrar! Seria possível? Edmund tão incoerente?! Ele não estaria se enganando? Não estaria errado? Infelizmente, tudo aquilo era arte da srta. Crawford! Fanny percebeu essa influência em todas as falas do primo e ficou muito infeliz. As dúvidas e as incertezas em relação à própria conduta, que antes tanto a entristeceram, e que tinham adormecido completamente enquanto ela o escutava, se revelavam um problema menor. Uma ansiedade mais profunda os engolira. As coisas seguiriam o seu curso, e ela nem queria saber como terminariam. Os primos poderiam atacá-la, mas dificilmente a atingiriam. Ela estava além do alcance deles — e se por fim fosse obrigada a ceder, pouco importava, pois sua infelicidade era total.

CAPÍTULO 17

De fato, foi um dia de triunfo para Tom e Maria. Aquela vitória sobre a prudência de Edmund ultrapassara as expectativas de ambos e fora muito agradável. Nada mais perturbaria o tão acalentado projeto e eles privadamente se congratularam pela fraqueza do ciúme à qual atribuíram a mudança, alegres e gratificados em todos os aspectos. Edmund ainda podia parecer sério ao dizer que não gostava do plano em geral e que desaprovava a peça em particular, mas a opinião deles vencera. Edmund atuaria e fora levado a isso exclusivamente por força de tendências egoístas. Ele descera da elevação moral que mantivera antes e os dois se sentiam muito melhores e mais felizes com isso.

No entanto, na ocasião, os dois se comportaram muito bem com ele e não se mostraram exultantes a não ser por um pequeno sorriso no canto da boca. Pareciam pensar que seria uma excelente escapatória para se livrarem da intrusão de Charles Maddox, como se tivessem sido forçados a admitir este último a contragosto. "Ter alguém do próprio círculo familiar" era tudo o que eles desejavam. "Um estranho destruiria o conforto de todos" e, quando Edmund, prosseguindo nessa linha, sugeriu a limitação da plateia, naquele momento de complacência eles estavam dispostos a prometer qualquer coisa. Tudo era bom humor e incentivo. A sra. Norris se ofereceu para criar o traje do sobrinho. O sr. Yates assegurou a Edmund que a última cena de Anhalt com o barão admitia uma grande dose de ação e ênfase, e o sr. Rushworth comprometeu-se a contar-lhe as falas.

— Talvez — disse Tom —, agora Fanny se disponha a nos ajudar. Você bem que podia convencê-la.

— Não, ela está bastante decidida, não vai atuar.

— Ah, então muito bem.

Foi só o que se ouviu, mas Fanny tornou a se sentir em perigo e a sua indiferença ao perigo começou logo a falhar.

Na residência paroquial, não houve menos sorrisos do que em Mansfield com tal mudança de Edmund. A srta. Crawford se mostrou encantada e aderiu ao plano com instantânea e renovada alegria, o que só poderia produzir nele um único efeito. "Ele estava totalmente certo em respeitar tais sentimentos e ficara contente com a decisão." E a manhã se passou em doces satisfações, ainda que não totalmente justas. Uma vantagem resultou para Fanny: ante um pedido insistente da srta. Crawford, a sra. Grant, com o seu habitual bom humor, aceitou assumir o papel antes destinado a Fanny. E isso foi tudo o que ocorreu para alegrá-la durante o dia, mas, até mesmo isso, transmitido por Edmund, trouxe consigo uma pontada de dor, pois ela deveria agradecer à srta. Crawford, cujas bondosas atitudes deveriam lhe despertar gratidão, e cujo mérito em manifestá-las fora comentado por ele com um brilho de admiração no olhar. Fanny estava a salvo, mas a paz e a segurança não se conectavam. A sua mente nunca estivera tão longe da paz. Ela não conseguia admitir que fizera algo errado, mas sentia-se intranquila em todos os aspectos. O seu coração e o seu julgamento eram igualmente contrários à decisão de Edmund, e ela era incapaz de concordar com a insegurança dele, cuja felicidade a deixou mais desventurada, tomada de ciúme e agitação. A srta. Crawford se aproximou aparentando uma alegria que lhe pareceu um insulto, com expressões amigáveis às quais ela mal conseguia responder com calma. Todos à sua volta se mostravam alegres, ocupados, felizes e importantes. Cada qual com os seus interesses, o seu papel, o seu figurino, a sua cena favorita, amigos e parceiros, todos procurando se ocupar em consultas e comparações ou se divertindo com as alegres fantasias daí resultantes. Ela era a única a se sentir triste e insignificante. Não participava de coisa alguma. Tanto poderia sair como ficar, poderia permanecer no meio do barulho ou se retirar para a solidão da sala leste sem ser vista nem notada. Chegou a pensar que qualquer coisa seria preferível. A sra. Grant era importante — a sua boa índole merecia menção honrosa. Todos consideravam o seu gosto e o seu tempo, e a sua presença era desejada, procurada, ouvida e elogiada. Fanny, a princípio, receou invejá-la por ter aceito o personagem. Mas a reflexão produziu melhores sentimentos e lhe mostrou que a sra. Grant merecia um respeito que jamais poderia lhe pertencer, e mesmo que tivesse recebido um respeito ainda maior, jamais se sentiria à vontade para aderir a um projeto que, só de pensar no tio, devia condenar totalmente.

Fanny logo percebeu que o seu coração não era o único entristecido no grupo: Julia também sofria, embora não fosse tão inocente.

Henry Crawford brincara com os seus sentimentos, mas ela permitira isso durante muito tempo e até procurara as atenções dele, com um ciúme tão razoável em relação à irmã quanto deveria ter sido a cura de ambas. Naquele momento, forçada a se convencer de que ele preferia Maria, submeteu-se a isso sem se preocupar com a situação da irmã nem se esforçar para obter uma tranquilidade racional. Ora sentava-se num silêncio sombrio, imersa numa seriedade que nada poderia subjugar, nenhuma curiosidade poderia tocar e nenhuma brincadeira conseguiria divertir. Ora se permitia receber as atenções do sr. Yates, falando apenas com ele numa alegria forçada, ridicularizando a atuação dos demais.

Por um ou dois dias, Henry Crawford se esforçara para dissipar a afronta com o costumeiro ataque de galanteios e elogios, mas depois de algumas repulsas não se importou muito em perseverar. Bastante ocupado com o papel para perder tempo com algo mais do que um flerte, tornou-se indiferente à desavença, ou antes considerou-a um golpe de sorte porque encerrava discretamente aquilo que poderia aumentar as expectativas da sra. Grant e de outras pessoas. Ela não gostou de ver Julia excluída da peça, abandonada e menosprezada, mas, como o problema não envolvia a sua felicidade, uma vez que Henry deveria ser o melhor juiz da própria, e como ele lhe assegurara com um sorriso persuasivo que nem ele nem Julia haviam pensado seriamente um no outro, só lhe restou renovar a advertência inicial quanto à irmã mais velha, e pedir que ele não arriscasse a tranquilidade com excesso de admiração. Depois, a sra. Grant ficou feliz em assumir a sua participação em tudo que trouxesse alegria aos jovens em geral, fazendo isso mais para promover o prazer dos dois que lhe eram tão caros.

— Eu me admiro que Julia não esteja apaixonada por Henry — observou para Mary.

— Ouso dizer que está — replicou ela, com frieza. — Creio que as duas irmãs estejam.

— Ambas?! Não! Não pode ser! Nem insinue isto para ele! Pense no sr. Rushworth!

— É melhor a senhora dizer à srta. Bertram para pensar no sr. Rushworth. Talvez faça algum bem para ela. Muitas vezes penso no patrimônio e na independência do sr. Rushworth, e gostaria que estivessem em outras mãos, mas nunca penso nele. Um homem de tamanhas posses poderia representar o condado, poderia escapar de uma profissão e representar o condado.

— Ouso dizer que em breve estará no Parlamento. Quando sir Thomas chegar, acredito que ele concorrerá a um burgo, mas até agora ninguém o colocou no caminho certo.

— Sir Thomas conseguirá feitos magníficos quando voltar — disse Mary após uma pausa. — Lembra-se do discurso dedicado ao tabaco, de Hawkins Browne, imitando Pope? "Abençoada folha cujas exalações aromáticas dispensam, para templários, modéstia; para clérigos, bom senso!" Vou fazer uma paródia: abençoado cavalheiro cuja aparência ditatorial dispensa, para filhos, opulência; para Rushworth, bom senso! Não lhe soa bem a calhar, sra. Grant? Tudo parece depender do retorno de sir Thomas.

— Quando você o vir na família, verá que a importância dele é muito justa e razoável, eu lhe garanto. Não creio que estivéssemos tão bem sem ele. Possui modos muito dignos e refinados, adequados ao chefe da casa e mantém todos em seus lugares. Lady Bertram parece mais uma nulidade agora do que quando ele está presente, e ninguém mais consegue colocar limites na sra. Norris. Mas, Mary, não fantasie que Maria Bertram se importe com Henry. Tenho certeza de que Julia não se importa. Ou teria flertado com o sr. Yates, como fez ontem à noite. Embora ele e Maria sejam bons amigos, acho que ela gosta muito de Sotherton para ser inconstante.

— Eu não apostaria tanto nas chances do sr. Rushworth, se Henry se apresentasse antes da assinatura dos documentos.

— Se você tem essa suspeita, algo precisa ser feito, e assim que a peça terminar conversaremos com ele a sério e o faremos se decidir. Se ele não quiser nada, nós o mandaremos embora, ainda que por algum tempo ele seja Henry.

Porém, Julia efetivamente sofria, embora a sra. Grant não tenha percebido, e também escapasse à observação de muitos da família. Ela amara, ainda amava, e sentia todo o sofrimento que o seu temperamento ardoroso e altivo poderia suportar com a decepção de uma esperança acalentada, apesar de irracional, com uma forte sensação de crueldade. O seu coração estava triste e irritado, e ela só conseguia se consolar mostrando-se irritada. A irmã, com quem costumava se dar bem, se tornara sua maior inimiga. Estavam distantes uma da outra, e Julia não deixava de ter esperanças de um término constrangedor para as atenções que ainda aconteciam ali, de alguma punição para Maria pela conduta vergonhosa consigo mesma e com o sr. Rushworth. Sem qualquer defeito importante de temperamento, ou diferença de opinião que as impedisse de serem muito boas amigas enquanto os seus interesses eram os mesmos, as irmãs, diante de um desafio desses, não tinham afeto nem princípios suficientes que as tornassem misericordiosas ou justas, que lhes dessem honra ou compaixão. Maria sentiu o próprio triunfo e perseguiu o seu objetivo sem pensar em Julia. Julia não conseguia ver Maria sendo distinguida por Henry Crawford sem confiar que daí resultaria uma crise de ciúmes e finalmente um transtorno público.

Fanny via tudo isso e sentia muita pena de Julia, mas entre elas não existia companheirismo. Julia se manteve reservada e Fanny não tomou liberdades. Eram duas sofredoras solitárias, ligadas apenas pela consciência de Fanny.

A desatenção dos dois irmãos e da tia para com a inquietação de Julia e a cegueira deles quanto à sua verdadeira causa devem ser imputadas à ocupação das suas mentes. Estavam preocupados. Tom estava absorvido pelos problemas do seu teatro e só via o que se relacionasse diretamente a ele. Edmund, entre o seu papel teatral e o seu papel real, entre as reivindicações da srta. Crawford e a própria conduta, entre o amor e a coerência, também nada percebeu. A sra. Norris estava ocupada demais em planejar e dirigir os pequenos assuntos gerais do grupo, superintendendo os diversos figurinos com oportuna economia que ninguém lhe agradecia, poupando meia coroa aqui, meia coroa ali com prazerosa integridade, tendo a satisfação de observar o comportamento e zelar pela felicidade das filhas do ausente sir Thomas.

CAPÍTULO 18

Agora tudo seguia um curso regular: teatro, atores, atrizes e figurinos, tudo avançava. Porém, apesar de não surgirem outros grandes empecilhos, antes de terem transcorrido muitos dias, Fanny descobriu que para o grupo nem tudo era diversão ininterrupta e que ela não testemunharia a continuidade daquele deleite unânime que a princípio tanto a magoara. Todos começaram a ter aborrecimentos. Edmund teve vários. Contra a opinião dele, chegara da cidade um pintor de cenários, cujo trabalho aumentava muito as despesas e, o pior, a repercussão dos procedimentos. Tom, em vez de se deixar guiar quanto à privacidade da encenação, convidava todas as famílias que cruzassem o seu caminho. O próprio Tom começou a se afligir com o lento progresso do pintor de cenários e a sentir a angústia da espera. Já aprendera o seu papel, ou melhor, todos os seus papéis porque assumira as falas menores que pudessem ser ditas pelo mordomo, e começou a ficar impaciente para atuar. Portanto, cada dia desperdiçado assim aumentava a sua sensação da insignificância de todos os seus papéis reunidos, tornando-se cada vez mais propenso a lamentar a escolha daquela peça.

Fanny, sempre uma ouvinte muito cortês e frequentemente a única disponível, aguentava as queixas e as angústias da maioria. Ficou sabendo que todos achavam o sr. Yates um péssimo ator; que este estava desapontado com Henry; que Tom falava tão depressa que seria ininteligível; que as risadas da sra. Grant estragavam tudo; que Edmund estava atrasado com o seu papel e que era um sacrifício contracenar com o sr. Rushworth, incapaz de dizer as suas falas sem o auxílio de um ponto. Também ficou sabendo que o pobre sr. Rushworth raramente arranjava alguém com quem ensaiar. As queixas dele chegaram até ela como as de todos os outros e ela logo percebeu que a prima Maria o evitava, que repetia inúmeras vezes, sem necessidade, o ensaio da sua primeira cena com o sr. Crawford, de modo que Fanny passou a temer outras queixas por parte do noivo. Assim, longe de ver todos satisfeitos e se divertindo, ela constatou que queriam algo que não tinham, ocasionando o descontentamento dos demais. Cada qual achava que o seu papel era longo ou curto demais; ninguém fazia o que devia; ninguém lembrava por qual lado devia entrar em cena; ninguém, além do reclamante, obedecia as instruções.

Fanny acreditava que extrairia da peça uma diversão inocente, tanto quanto os outros. Henry Crawford atuava bem e, para ela, era um prazer entrar às escondidas no teatro e assistir ao ensaio do primeiro ato, apesar dos sentimentos que algumas falas de Maria despertavam. Ela também achava que Maria atuava bem... bem demais. Depois de um ou dois ensaios, Fanny passou a ser a única espectadora, ora servindo de ponto, ora de observadora, e em geral muito útil. Até onde conseguia julgar, o sr. Crawford era, sem dúvida, o melhor ator de todos: tinha mais confiança do que Edmund, mais discernimento do que Tom, mais talento e bom gosto do que o sr. Yates. Embora não gostasse dele como homem, devia admitir que ele era o melhor ator e, nesse aspecto, poucos discordavam dela. De fato, o sr. Yates reclamava da mansidão e da insipidez do seu papel, e afinal chegou o dia em que o sr. Rushworth olhou para ela, sombrio, e disse:

— A senhorita vê algo de tão bom? Juro que não consigo admirar esse sujeito... E, cá entre nós, na minha opinião é muito ridículo ver esse homem baixinho, miúdo, de aparência medíocre, ser considerado bom ator.

A partir desse momento, houve um retorno do antigo ciúme do sr. Rushworth em relação a Maria, que pouco se esforçou em eliminá-lo devido às suas crescentes esperanças em relação a Crawford. E as chances do sr. Rushworth conseguir decorar as suas 42 falas diminuíram ainda mais. Ninguém, exceto a mãe dele, tinha a menor expectativa de que ele pudesse fazer algo de tolerável com elas. De fato, ela lamentava que o papel não fosse mais importante e desistiu de vir a Mansfield até que os ensaios avançassem o suficiente para abranger todas as cenas do filho, mas os outros aspiravam apenas que ele se lembrasse da deixa, da primeira linha da sua fala, e que fosse capaz de acompanhar o ponto durante toda a peça. Fanny, penalizada e bondosa, fez um grande esforço para lhe ensinar a decorar, dando-lhe todas as ajudas e instruções que estivessem ao seu alcance, tentando criar para ele uma memória artificial, decorando cada palavra do papel, mas não teve êxito.

Na verdade, ela se sentia desconfortável, ansiosa e apreensiva, mas como tudo aquilo reivindicando o seu tempo e a sua atenção, ela estava tão longe de se considerar desnecessária e inútil para todos quanto de não ter uma companhia no desassossego, que ninguém lhe demandasse o lazer ou a compaixão. A tristeza dos seus primeiros prognósticos se mostrou infundada. Ela era ocasionalmente útil para todos e talvez estivesse em paz tanto quanto qualquer um deles.

Além disso, havia grande quantidade de costura a fazer, na qual a sua ajuda era desejada, e a sra. Norris a considerava tão livre quanto os demais. Isso ficou evidente pela maneira com que afirmou:

— Venha cá, Fanny, você está vivendo bons momentos. Mas não deve ficar sempre andando de um aposento para outro, aparecendo quando quer. Preciso de você aqui. Eu mesma tenho me escravizado a ponto de quase não conseguir ficar de pé para produzir o manto do sr. Rushworth sem encomendar mais cetim. Você precisa me ajudar nos arremates. São só três costuras que você pode fazer num instante. Para mim seria excelente se eu tivesse apenas a parte executiva para fazer. Você é a melhor escolha, posso lhe garantir, mas, se ninguém produzir tanto quanto você, não avançaremos tão depressa.

Fanny começou a trabalhar calmamente, sem esboçar qualquer defesa, mas a bondosa tia Bertram observou em seu nome:

— Ninguém pode se admirar, minha irmã, que Fanny esteja encantada. Como você sabe, para ela tudo é novidade. Você e eu gostávamos muito de teatro, e eu ainda gosto. Assim que tiver tempo, também pretendo assistir aos ensaios. Fanny, qual é o tema da peça? Você ainda não me contou.

— Ah, minha irmã, eu lhe peço para não perguntar isso agora, pois Fanny não é dessas pessoas que conseguem conversar e trabalhar ao mesmo tempo. O título é *Promessas de amantes*.

— Creio — disse Fanny para a tia Bertram — que três atos serão ensaiados amanhã à noite, o que lhe dará a oportunidade de ver todos os atores de uma só vez.

— É melhor esperar a cortina ser pendurada — interpôs a sra. Norris. — A cortina estará pendurada dentro de um ou dois dias... Não faz muito sentido uma peça sem cortina... E, salvo engano meu, você vai achar muito bonitos os festões com que foi bordada.

Lady Bertram pareceu resignada a esperar. Fanny não compartilhava da serenidade da tia. Pensava bastante no dia seguinte, pois, se os três atos fossem ensaiados, Edmund e a srta. Crawford estariam atuando juntos pela primeira vez. O terceiro ato mostraria uma cena entre eles que a interessava, e ela ansiava e temia ver como eles a interpretariam. A cena inteira girava em torno do amor: o cavalheiro descreveria um casamento de amor e a dama faria uma breve declaração de amor.

Fanny lera e relera a cena inúmeras vezes, com muitas emoções mescladas de dor e expectativa, e ansiava vê-los encenar como se fosse um acontecimento de grande interesse. Ela não acreditava que os dois já tivessem ensaiado, ainda que em particular.

O amanhã chegou, o plano para a noite prosseguiu e a agitada preocupação de Fanny não diminuiu. Ela trabalhou diligentemente sob a direção da tia, mas a diligência e o silêncio escondiam a sua mente alheia e ansiosa. Por volta do meio-dia, ela fugiu com o trabalho para a sala leste, para não se preocupar com outros assuntos e, como julgasse desnecessário o ensaio do primeiro ato, proposto por Henry Crawford, desejava de imediato ter um tempo para si e também evitar a visão do sr. Rushworth. Ao passar pelo salão, vislumbrou as duas damas que chegavam da residência paroquial, mas isso não alterou a sua vontade de se retirar, e ela trabalhou e meditou na sala leste sem ser perturbada durante um quarto de hora, quando uma leve batida na porta foi seguida pela entrada da srta. Crawford.

— Estou certa? Sim, esta é a sala leste! Minha querida srta. Price, peço desculpas, mas vim até aqui com o propósito de solicitar a sua ajuda.

Fanny, bastante surpresa, esforçou-se com toda a amabilidade para se mostrar dona do aposento e olhou preocupada para as grades brilhantes da lareira vazia.

— Obrigada, estou aquecida, muito aquecida. Permita-me ficar aqui um pouco e tenha a bondade de ouvir o meu terceiro ato. Eu trouxe o meu livro e, se a senhorita pudesse ensaiar comigo, eu ficaria extremamente agradecida! Vim aqui hoje pretendendo ensaiar com Edmund só nós dois, antes do ensaio desta noite, mas ele não está. E, se estivesse, eu acho que não conseguiria ir até o fim antes de treinar um pouco, pois há uma ou duas falas... A senhorita vai me fazer esse favor, não vai?

Fanny concordou com muita polidez, embora sem firmeza na voz.

— Por acaso, a senhorita já leu o meu papel? — continuou a srta. Crawford abrindo o livro. — Aqui está. A princípio, não dei muita importância mas, palavra de honra... veja esta fala, e esta... Como poderei encará-lo e dizer tais coisas? A senhorita conseguiria? Mas, afinal, ele é seu primo, o que faz toda a diferença. A senhorita deve ensaiar comigo, para que eu possa imaginar que é ele e ir me acostumando aos poucos. Às vezes a senhorita se parece com ele.

— Pareço? Farei o melhor possível, com a maior presteza, mas preciso ler o papel dele, porque praticamente não conheço.

— Não conhece? Naturalmente a senhorita precisa ter o livro. Agora, para ensaiar, precisamos de duas cadeiras disponíveis para a senhorita colocar na frente do palco. Ali há umas carteiras escolares muito boas, não feitas para teatro, ouso dizer, mais adequadas para meninas se sentarem e baterem os pés enquanto aprendem a lição. O que a preceptora e o seu tio diriam se as vissem sendo usadas para essa finalidade? Será que sir Thomas, nos vendo agora, ficaria feliz por estarmos ensaiando pela casa inteira? Yates está aos berros na sala de jantar. Eu o ouvi enquanto subia a escada, e o teatro, naturalmente, está ocupado por dois infatigáveis ensaiadores: Agatha e Frederick. Se eles não forem perfeitos, *ficarei* surpresa. A propósito, há cinco minutos fui espiá-los e por acaso ensaiavam uma cena em que tentam não se abraçar, e o sr. Rushworth estava comigo. Achei que ele começou a parecer um tanto esquisito, de modo que disfarcei o melhor que pude e sussurrei para ele: "Teremos uma excelente Agatha. Há algo muito maternal nas suas atitudes, totalmente maternal na voz e na fisionomia." Não me saí bem? Ele se animou prontamente. Agora, vamos ao meu solilóquio.

A srta. Crawford começou e Fanny aderiu, com toda a modéstia que a ideia de representar Edmund inspirava tão fortemente. Mas, com aparência e voz tão femininas, não fazia boa figura como homem. No entanto, com esse Anhalt a srta. Crawford teve coragem suficiente e elas haviam chegado à metade da cena quando uma batida na porta provocou uma pausa e a entrada de Edmund no momento seguinte interrompeu tudo.

Aquele encontro inesperado provocou surpresa, consciência e prazer em todos três. E, como Edmund viera com o mesmo objetivo que trouxera a srta. Crawford, a consciência e o prazer provavelmente foram mais do que momentâneos em todos eles. Edmund também trouxera o livro e estava procurando Fanny para lhe pedir que ela ensaiasse com ele e o ajudasse a se preparar para o ensaio da noite, sem saber que a srta. Crawford estava na casa. A alegria e a animação foram grandes por terem se aproximado assim, comparando os planos e sendo solidários nos elogios aos bons ofícios de Fanny.

Fanny não conseguia se igualar a eles no ardor. O seu ânimo desmoronou sob o brilho dos dois e ela se sentiu transformada em quase nada perante ambos para obter qualquer consolo por ter sido procurada por eles. Agora, precisavam ensaiar juntos. Edmund propôs, insistiu e implorou até que a dama, a princípio relutante, não conseguiu recusar mais. Fanny só era necessária como ponto e espectadora. Na verdade, fora investida da função de juíza e crítica e desejava sinceramente exercê-la e apontar-lhes os erros, mas todos os seus sentimentos interiores recuaram e ela não conseguiu, não quis, nem ousou tentar. Se tivesse sido qualificada para criticar, a consciência a impediria de arriscar uma desaprovação. Julgava o conjunto muito ruim para ter honestidade ou segurança nos detalhes. Bastava-lhe servir de ponto, e às vezes isso era mais do que bastante, pois ela nem sempre conseguia prestar atenção ao livro. Ao observá-los, esquecia-se de si mesma e, agitada pela crescente animação dos modos de Edmund, certa vez fechou a página e se afastou exatamente quando ele precisava de ajuda. Isso foi atribuído a um cansaço muito razoável, e eles lhe agradeceram e lamentaram. Porém, ela merecia mais lamentos do que esperava e que eles jamais suporiam. Afinal, a cena terminou e Fanny se forçou a acrescentar elogios aos cumprimentos que um fazia ao outro. Depois, novamente sozinha, foi capaz de relembrar tudo, sentindo-se tentada a acreditar que a performance deles, de fato, teria muita naturalidade e sentimento, a ponto de lhes garantir o crédito de fazerem uma exibição sofrida para ela. No entanto, qualquer que fosse o efeito, naquele mesmo dia ela precisaria enfrentar outro impacto igual.

Ficou acertado que o primeiro ensaio regular dos três primeiros atos aconteceria naquela noite. A sra. Grant e os Crawford se comprometeram em voltar para esse objetivo tão logo pudessem após o jantar. Todos os envolvidos aguardavam ansiosos. Na ocasião parecia haver uma difusão geral de alegria: Tom se regozijava com aquele avanço rumo ao final; e Edmund estava animado com o ensaio da manhã e os pequenos aborrecimentos pareciam ter sido suavizados. Todos pareciam alertas e impacientes. As damas se movimentaram cedo e os cavalheiros logo as seguiram. À exceção de lady Bertram, da sra. Norris e de Julia, todos chegaram ao teatro com uma hora de antecedência e, depois de iluminarem o recinto até onde as condições inacabadas permitiam, esperavam apenas a chegada da sra. Grant e dos Crawford para começar.

Não esperaram muito pelos Crawford, mas nem sinal da sra. Grant. Ela não poderia vir. O dr. Grant não dispensara a esposa, manifestando uma indisposição que segundo a sua bela cunhada não merecia crédito.

— O dr. Grant está doente — disse a srta. Crawford com uma solenidade irônica. — Ele vem passando mal porque não provou nenhum pedaço de faisão hoje. Imaginou que estivesse duro, afastou o prato, e desde então vem sofrendo.

Desapontamento geral! De fato, a ausência da sra. Grant era lamentável. Os seus modos agradáveis e a sua alegre cordialidade a tornavam valiosa para o grupo, mas agora ela era absolutamente necessária. Eles não poderiam atuar, não poderiam ensaiar com satisfação sem a sua presença. A satisfação da noite fora destruída. O que fazer? Tom, no papel do aldeão, ficou desesperado. Depois de uma pausa de perplexidade, alguns olhares começaram a se voltar para Fanny e uma ou duas vozes disseram: "Se a srta. Price tivesse a bondade de ler o papel..." Ela foi imediatamente cercada por súplicas, todos pedindo, e até Edmund disse:

— Leia, Fanny, se não for muito desagradável para você.

Mas Fanny ainda tentou recusar. Não suportaria tal ideia. Por que a srta. Crawford não assumia isso? Por que ela própria, em vez de ir ao ensaio, não se recolhera ao seu quarto, onde com certeza estaria a salvo? Sabia de antemão que esse ensaio a deixaria irritada e triste. Sabia disso e, portanto, deveria ter se mantido longe. Fora devidamente punida.

— A senhorita só precisa ler o papel — disse Henry, renovando a súplica.

— E eu acredito que ela sabe todas as palavras — acrescentou Maria —, porque outro dia conseguiu corrigir a sra. Grant em vinte ocasiões. Fanny, tenho certeza de que você conhece o papel.

Fanny não poderia alegar que não o conhecia. Como todos insistiam, como Edmund repetia o seu desejo com uma expressão que insinuava a sua afetuosa dependência da boa índole da prima, ela viu-se forçada a ceder. Faria o melhor possível. Todos ficaram satisfeitos e a abandonaram aos tremores de um coração palpitante, enquanto os demais se preparavam para começar.

E de fato começaram. Excessivamente engajados no próprio barulho para se surpreenderem com um barulho incomum em outra parte da casa, davam sequência ao ensaio quando a porta da sala foi escancarada e Julia apareceu com uma expressão de pânico exclamando:

— Papai voltou! Está entrando nesse momento!

CAPÍTULO 19

Como descrever a consternação do grupo? Para a maioria foi um momento de horror absoluto. Sir Thomas em casa! Todos sentiram a mesma e instantânea convicção. Ninguém acalentou a esperança de se tratar de um engano. A atitude de Julia era prova evidente do fato indiscutível e, após os sobressaltos e as exclamações iniciais, durante meio minuto não se ouviu uma só palavra. Todos se entreolhavam com a fisionomia alterada, experimentando um golpe indesejável, inoportuno, pavoroso! O sr. Yates talvez considerasse apenas uma incômoda interrupção das atividades daquela noite, e o sr. Rushworth julgaria uma bênção, mas todos os outros corações esmoreciam sob certo grau de autocondenação ou de alarme indefinido, se perguntando: "O que será de nós? O que faremos agora?" Foi uma pausa terrível — e terríveis para todos os ouvidos foram os sons que corroboravam o abrir de portas e a aproximação de passos.

Julia foi a primeira a recuperar os movimentos e a fala. O ciúme e a amargura estavam suspensos, seu egoísmo, perdido em prol da causa comum, mas, no momento em que ela chegou, Frederick ouvia com olhar de devoção a narrativa de Agatha, pressionando-lhe a mão sobre o seu coração. Assim que Julia viu isso e constatou que, apesar do choque da novidade, ele continuava na mesma posição, segurando a mão da sua irmã, o seu coração ferido novamente se encheu de mágoa e, mostrando-se tão rubra agora quanto parecera lívida antes, deu as costas e saiu da sala dizendo:

— Eu não preciso ter medo de aparecer diante dele.

A sua saída despertou os demais e simultaneamente os dois irmãos deram um passo à frente, percebendo a necessidade de tomar uma iniciativa. Trocaram poucas palavras, o suficiente. A situação não admitia qualquer divergência. Eles deveriam ir imediatamente até a sala de visitas. Maria os acompanhou com igual intenção e se revelou a mais valente dos três, pois a mesma circunstância que levara Julia a sair dali serviu-lhe de doce estímulo. O fato de Henry Crawford ter retido a sua mão naquele momento, um momento de peculiar importância, valeu séculos de dúvida e ansiedade. Ela saudou aquele gesto como prova da mais séria intenção e se julgou apta a enfrentar o pai. Os três saíram sem dar a menor atenção ao sr. Rushworth que, decididamente inoportuno, repetia "Eu devo ir também? Não seria melhor eu ir também? Não seria certo eu ir também?", mas ainda nem haviam cruzado a porta quando Henry Crawford decidiu responder àquele inquérito ansioso, encorajando-o por todos os meios a ir imediatamente cumprimentar sir Thomas, divertindo-se em apressá-lo a seguir os outros.

Fanny ficou apenas na companhia dos Crawford e do sr. Yates. Como fora praticamente negligenciada pelos primos, e como se julgava humilde demais para reivindicar o afeto de sir Thomas ou pretender se classificar entre os filhos dele, ficou feliz em ser deixada para trás e ganhar um breve espaço de tempo para respirar. A sua agitação e o seu alarme excediam tudo o que os demais enfrentavam em decorrência de uma disposição que nem mesmo a inocência conseguiria livrar do sofrimento. Estava quase desmaiando. Todo o seu antigo e habitual medo do tio retornava, e com esse medo a compaixão pelo tio e por quase todo o grupo que se apresentaria perante ele e, mais ainda, com uma solicitude indescritível em relação a Edmund. Sentou-se excessivamente trêmula para enfrentar todos esses pavorosos pensamentos, enquanto os outros três, liberados de qualquer restrição, expressavam aborrecimento lamentando aquela chegada inesperada e prematura como sendo um evento muito incômodo, desejando de forma impiedosa que o pobre sir Thomas tivesse demorado duas vezes mais na viagem ou ainda estivesse em Antigua.

Os Crawford eram mais calorosos do que o sr. Yates em relação ao assunto porque compreendiam melhor a família e julgavam com mais clareza o prejuízo que deveria resultar. Para eles, a ruína da peça era certa. Sentiam inevitavelmente próxima a destruição total do esquema, ao passo que o sr. Yates considerava que a interrupção seria apenas temporária, um desastre para aquela noite, e chegou a sugerir a possibilidade de retomarem o ensaio após o chá, quando cessasse o burburinho da chegada de sir Thomas e ele já se sentisse à vontade para se divertir. Os Crawford riram da ideia e, tendo logo concordado quanto à conveniência de voltarem para casa discretamente, deixando a família a sós, propuseram que o sr. Yates os acompanhasse e passasse a noite na residência paroquial. Porém, o sr. Yates, que jamais convivera com pessoas que valorizassem tanto os direitos parentais ou a privacidade familiar, não conseguiu perceber a necessidade de tal atitude, e agradeceu-lhes dizendo que "preferia permanecer onde estava para cumprimentar elegantemente o velho cavalheiro, uma vez que ele chegara; e além disso, não seria justo com os outros se todos fossem embora".

Resolvida a questão, Fanny começava a se recompor e a sentir que uma demora muito prolongada poderia parecer desrespeitosa, quando foi encarregada de apresentar as desculpas dos irmãos Crawford e os viu se preparando para sair, enquanto ela também deixava o aposento para cumprir o temível dever de se apresentar ao tio.

Logo em seguida, viu-se diante da porta da sala de visitas e, depois de parar por um momento buscando algo que ela sabia que não viria, buscando uma coragem que jamais obtivera do lado de fora de uma porta, virou a maçaneta, desesperada, e as luzes da sala de visitas e toda a família reunida surgiram à sua frente. Ao entrar, ouviu o seu nome. Naquele momento, sir Thomas olhava em volta perguntando "Onde está Fanny? Por que não estou vendo a minha pequena Fanny?" e, ao percebê-la, aproximou-se com uma bondade que a surpreendeu e comoveu, chamando-a de "querida Fanny", beijando-a afetuosamente e observando com visível prazer o quanto ela crescera! Fanny não sabia o que sentir nem para onde olhar. Estava muito aflita. O tio jamais fora tão bondoso com ela. As atitudes dele pareciam mudadas. Falava depressa com a agitação da alegria e toda a sua temível solenidade parecia perdida na ternura. Ele a conduziu para mais perto da luz e olhou-a de novo, perguntou sobre sua saúde e depois, corrigindo-se, observou que não precisava perguntar porque a aparência era prova suficiente. Um leve rubor se sucedeu à prévia palidez no rosto de Fanny, e ele verificou que era justificada a sua crença de que ela melhorara na saúde e na beleza. A seguir, indagou-lhe sobre a família e em especial sobre William. E foi tamanha a bondade que ela se reprovou por amá-lo tão pouco e por ter considerado a sua volta um infortúnio. Depois, quando teve coragem de erguer os olhos, achou o tio mais magro, a pele queimada pelo sol, exaurido e gasto pela fadiga provocada por um clima quente. A ternura aumentou e ela se entristeceu sabendo que ele nem suspeitava dos desgostos que provavelmente recairiam sobre ele.

Sir Thomas era, de fato, a vida do grupo, e por sua sugestão todos se reuniram em torno da lareira. Ele tinha todo o direito de ser o orador — e o prazer das suas sensações por estar novamente em casa, no seio da família depois de tamanha separação, tornara-o comunicativo e falante em um grau muito incomum. Prontificou-se a dar todas as informações a respeito da viagem e a responder a todas as perguntas dos dois filhos, quase antes de serem formuladas. Recentemente, os negócios em Antigua haviam prosperado com rapidez, e ele viera direto de Liverpool aproveitando a oportunidade de viajar num navio particular, em vez de esperar pelo paquete. Todos os pequenos detalhes dos seus procedimentos e eventos, suas chegadas e partidas, foram explicados de imediato enquanto ele, sentado ao lado de lady Bertram, olhava com sincera satisfação para os rostos à sua volta, interrompendo-se mais de uma vez, no entanto, para enfatizar a sua sorte de encontrá-los em casa ao chegar inesperadamente como fizera. Todos reunidos como ele desejaria, mas não ousara imaginar. O sr. Rushworth não foi esquecido: já fora contemplado com uma recepção muito amigável e um caloroso aperto de mãos e, com visível atenção, ele fora incluído nos objetos mais intimamente ligados a Mansfield. Nada havia de desagradável na aparência do sr. Rushworth e sir Thomas já começava a gostar dele.

Nenhum integrante do círculo o escutava com o mais puro e inquebrantável deleite do que a esposa, de fato extremamente feliz em revê-lo. Os seus sentimentos, entusiasmados pela súbita chegada, deixaram-na mais agitada do que estivera nos últimos vinte anos. Ficara quase animada por alguns minutos e continuava assim, a ponto de abandonar o trabalho, afastar o cachorro para o lado e dar ao marido toda a atenção e o espaço restante do sofá. Não temia que alguém lhe anuviasse o prazer, passara o seu tempo de maneira irrepreensível durante a ausência dele: tecera muitos tapetes, confeccionara muitas jardas de franjas e poderia responder com total desembaraço por todos os jovens e por si mesma no tocante à boa conduta e às atividades úteis. Era-lhe tão agradável revê-lo, ouvi-lo falar, divertir-se a escutá-lo e aprender com as narrativas dele, que começou a perceber que ele lhe fizera uma falta terrível, e que teria sido impossível suportar uma ausência mais prolongada.

A felicidade da sra. Norris estava longe de se comparar à da irmã. Não que ela se incomodasse com os vários temores da desaprovação de sir Thomas quando este constatasse o atual estado da casa, pois o julgamento dela estava tão cego que, exceto pela instintiva precaução de esconder o manto de cetim rosa do sr. Rushworth no momento em que o cunhado entrou, dificilmente se poderia dizer que ela demonstrasse qualquer sinal de alarme. Porém, o que a aborrecia era a maneira do retorno dele, que a impedira de participar. Em vez de ter mandado chamá-la para fora da sala para vê-lo em primeiro lugar e depois espalhar a feliz notícia pela casa afora, sir Thomas, talvez com razoável precaução com os nervos da esposa e dos filhos, confiou apenas no mordomo e o seguiu quase instantaneamente até a sala de visitas. A sra. Norris se sentiu espoliada de uma função que sempre aguardara, caso a notícia a ser divulgada fosse a chegada ou a morte do cunhado. Naquele momento, tentava se mostrar alvoroçada sem que houvesse motivo para alvoroço, esforçando-se para ser importante quando nada era desejado além de tranquilidade e silêncio. Se sir Thomas tivesse aceito comer, ela poderia ter se dirigido à governanta com ordens difíceis e insultado os lacaios exigindo-lhes rapidez, mas ele, resoluto, recusou o jantar: não comeria coisa alguma até a hora do chá, preferia esperar o chá. Mesmo assim, de vez em quando a sra. Norris insistia em algo diferente e, no momento mais interessante da viagem dele para a Inglaterra, quando o alarme de um navio-pirata francês estava no máximo, ela interrompeu a narrativa propondo uma sopa.

— Com certeza, meu caro sir Thomas, uma tigela de sopa lhe cairia melhor do que o chá. Por favor, aceite uma tigela de sopa.

Sir Thomas não se deixou provocar e respondeu:

— Sempre a mesma ansiedade em prol do conforto de todos, minha cara sra. Norris! Mas prefiro apenas o chá.

— Bem, então, lady Bertram, suponho que terá de pedir logo o chá, terá de apressar Baddeley, esta noite ele parece lento.

Dito isso, sir Thomas prosseguiu com a narrativa.

Finalmente houve uma pausa. Os primeiros relatos se esgotaram e lhe pareceu suficiente olhar à volta, com alegria, ora para um, ora para outro integrante do seu amado círculo, mas a pausa não foi longa. Com o ânimo exaltado, lady Bertram começou a falar muito e qual não foi a surpresa dos filhos ao ouvi-la dizer:

— Como imagina que os jovens vêm se divertindo ultimamente, sir Thomas? Eles andam atuando. Estamos todos vibrando com essa atuação.

— É mesmo? E o que vocês estão atuando?

— Ah, eles vão lhe contar tudo!

— Esse tudo será contado em breve — Tom se apressou a dizer, afetando despreocupação —, mas não vale a pena aborrecer papai com isso. Amanhã o senhor tomará conhecimento de tudo, meu pai. Com a intenção de fazermos alguma coisa e distrair a minha mãe, nessa última semana estivemos tentando montar umas cenas, só de brincadeira. Desde o início de outubro não para de chover, e ficamos praticamente confinados em casa todos juntos. Desde o dia 3 eu mal consegui pegar em uma arma. Durante três dias tivemos um esporte tolerável, mas depois desistimos de tentar. No primeiro dia, fui até Mansfield Wood e Edmund seguiu pelo matagal além de Easton e trouxemos para casa seis pares de caça, e cada um de nós poderia ter matado seis vezes mais, porém respeitamos os seus faisões, eu lhe garanto, como o senhor poderia desejar. Tenho certeza de que não encontrará as reservas dos seus bosques menos abundantes. Em toda a minha vida, nunca vi Mansfield Wood tão cheio de faisões como este ano. Assim que possível, espero que vá até lá e dedique um dia a esse esporte.

Momentaneamente o perigo passou e o mal-estar de Fanny diminuiu, mas logo depois que o chá foi trazido a agitação geral retornou, pois sir Thomas se levantou dizendo que não conseguiria permanecer mais em casa sem dar uma olhada no seu aposento preferido. E saiu antes que algo fosse dito para prepará-lo para a mudança que encontraria lá; e uma pausa de alarme se seguiu ao seu desaparecimento. Edmund foi o primeiro a falar:

— É preciso fazer algo.

— É hora de pensarmos nas nossas visitas — disse Maria, ainda sentindo a mão de Henry Crawford pressionando-lhe o coração, e pouco se importando com o resto. — Onde você deixou a srta. Crawford, Fanny?

Fanny comunicou a partida dos Crawford, transmitindo o recado.

— Então, o pobre Yates está completamente só! — exclamou Tom. — Vou buscá-lo. Ele não será um mau auxílio quando tudo vier à tona.

Encaminhou-se para o teatro, onde chegou justo a tempo de testemunhar o primeiro encontro entre o pai e o amigo. Sir Thomas ficara muito surpreso ao ver ali velas acesas, ao olhar em volta e constatar outros sinais de ocupação recente e um ar de confusão geral na mobília. A remoção da estante de livros que ficava perto da porta da sala de bilhar o alarmou, mas ele mal tivera tempo para ficar surpreso com isso quando surgiram sons vindos da sala de bilhar que o alarmaram ainda mais. Ali alguém falava em tom muito elevado, uma voz desconhecida para ele — e *mais* do que falava, quase gritava. Dirigiu-se até a porta, antevendo o momento de uma comunicação imediata e, ao abri-la, deparou-se no palco de um teatro, diante de um jovem que esbravejava em linguagem bombástica prestes a derrubá-lo para trás. No mesmo instante em que Yates percebeu sir Thomas e desempenhou o melhor sobressalto que não chegara a exibir durante os ensaios, Tom entrou pela outra extremidade. Tom jamais tivera tamanha dificuldade em se manter sério. A postura solene e espantada do pai naquela sua estreia em um palco e a gradual metamorfose do apaixonado barão Wildenhaim no bem-educado e afável sr. Yates fazendo a sua reverência e pedindo desculpas a sir Thomas Bertram, a cena toda foi uma tamanha exibição, um tamanho exemplo de verdadeira atuação que Tom não gostaria de ter perdido de modo algum. Seria a última cena, com toda a probabilidade, naquele palco, mas ele teve certeza de que não poderia ter sido melhor. A casa seria encerrada com o maior sucesso.

Entretanto, aquela imagem de alegria não seria tolerada por muito tempo. Ele precisava avançar, fazer as apresentações e, apesar dos estranhamentos, fez o possível. Sir Thomas recebeu o sr. Yates com toda a aparente cordialidade própria do seu caráter, mas na verdade estava longe de se alegrar com a necessidade de conhecê-lo, assim como da maneira como se iniciara. Ele conhecia o suficiente as ligações e a família do sr. Yates para considerar extremamente indesejável aquela apresentação como "amigo íntimo", outro dos inúmeros amigos íntimos do seu filho. Precisou apelar para toda a felicidade de estar de volta ao lar e toda a indulgência possível para se poupar da raiva de se ver assim desnorteado na própria casa, participando de uma exibição ridícula em meio a uma bobagem teatral e sendo forçado, num momento tão desfavorável, a admitir o cumprimento de um jovem que com certeza desaprovaria e que no decorrer dos cinco primeiros minutos, demonstrando tranquila indiferença e volubilidade, pareceu o mais à vontade dos dois.

Tom captou os pensamentos do pai e, desejando ardentemente que ele estivesse disposto a lhes dar pelo menos uma aprovação parcial, começou a ver com mais clareza do que nunca que talvez houvesse alguma base para ofensa, que talvez houvesse alguma razão para os olhares que o pai lançava para o teto e para o estuque da sala. Quando ele perguntou, calmo e sereno, sobre o destino da mesa de bilhar, mostrava apenas uma curiosidade bastante admissível. Transcorreram alguns minutos de sensações desagradáveis para ambas as partes quando sir Thomas, até então controlado, pronunciou algumas palavras de tranquila aprovação em resposta ao ansioso apelo do sr. Yates quanto à felicidade do arranjo, e os três voltaram juntos para a sala de visitas, onde ninguém deixou de perceber a seriedade crescente do dono da casa.

— Estou vindo do teatro que vocês armaram — comentou ele, sereno, enquanto se sentava — e me vi ali numa situação inesperada. O fato de ser contíguo ao meu gabinete me tomou de surpresa em todos os aspectos, pois eu não suspeitava que essa encenação de vocês assumira um caráter tão sério. No entanto, o trabalho me pareceu esmerado, como pude avaliar à luz das velas, e faz jus ao meu amigo Christopher Jackson.

Depois mudou de assunto, tomou o café em paz e tratou de questões domésticas em tom mais calmo, mas o sr. Yates, sem discernimento para entender o que sir Thomas queria dizer, desprovido de modéstia, delicadeza e discreção que o fizessem deixá-lo liderar a conversa, interagindo com os outros sem a mínima autocensura, insistia no tema do teatro, atormentando-o com perguntas e respostas relativas ao assunto e obrigando-o a ouvir toda a história da sua decepção em Ecclesford. Sir Thomas ouviu com total educação, mas constatou o suficiente para ofender as suas ideias de decoro e para confirmar a sua má opinião sobre o raciocínio habitual do sr. Yates, desde o começo até o fim da história. Quando o relato terminou, não demonstrou qualquer sinal de simpatia além de uma reverência formal.

— Na verdade, foi essa a origem da nossa atuação — observou Tom depois de pensar por um instante. — O meu amigo Yates trouxe de Ecclesford essa infecção que se espalhou como essas coisas sempre se espalham, meu pai. Mais depressa ainda porque o senhor muitas vezes nos encorajou a esse tipo de atividade. Foi como pisar de novo em terreno conhecido.

Assim que possível, o sr. Yates retomou o assunto do amigo e continuou relatando para sir Thomas tudo o que haviam feito e estavam fazendo. Contou-lhe do aumento gradual das expectativas, da feliz solução das primeiras dificuldades e do atual estado das coisas. Relatou tudo com um interesse tão cego que praticamente não viu os sinais de desconforto de muitos dos seus amigos ali sentados — as mudanças de fisionomia, as inquietações, os pigarros de mal-estar — nem a expressão no rosto da pessoa em quem os seus olhos se fixavam, o cenho franzido de sir Thomas olhando sério para as filhas e para Edmund, concentrando-se particularmente neste último e transmitindo toda a reprovação e toda a censura que sentia no coração.

Igualmente intensa foi a sensação de Fanny, que arrastara a sua cadeira para trás do canto que a tia ocupava no sofá e, ao abrigo das atenções, via tudo o que se passava diante dos seus olhos. Jamais esperara testemunhar aquele olhar de reprovação de sir Thomas para Edmund e sentir que essa censura até certo ponto merecida era mais um agravante. Aquele olhar parecia dizer: "Edmund, eu dependia do seu bom senso e o que você fez?" No íntimo, ela concordava com o tio, mas o seu coração tinha vontade de pronunciar: "Ah, não olhe assim para ele! Olhe para todos os outros, mas não para ele!"

O sr. Yates continuava:

— A bem da verdade, sir Thomas, estávamos no meio de um ensaio quando o senhor chegou. Iríamos passar os três primeiros atos e de modo geral não sem algum sucesso. Agora a nossa companhia se dispersou, os Crawford foram para casa, e hoje nada mais pode ser feito. Mas, se o senhor nos der a honra da sua presença amanhã à noite, não terei medo do resultado. Rogamos a sua indulgência pois, compreenda, somos atores novatos. Rogamos a sua indulgência.

— A minha indulgência será dada, senhor — retrucou sir Thomas, cerimonioso —, mas sem qualquer outro ensaio. — E com um sorriso condescendente, acrescentou: — Voltei para casa para ser feliz e indulgente. — Depois, dirigindo-se a todos e a ninguém, disse tranquilamente: — O sr. e a srta. Crawford foram mencionados nas últimas cartas que recebi de Mansfield. Gostaram de conhecê-los?

Tom foi o único a ter uma resposta pronta, mas, sem interesse particular por nenhum dos dois, isento de ciúme no amor ou na atuação, falou elegantemente sobre ambos:

— O sr. Crawford se revelou um cavalheiro muito agradável. E a irmã, uma jovem doce, bonita, elegante e vivaz.

O sr. Rushworth não conseguiu mais manter o silêncio:

— Pensando bem, eu não diria que ele seja um cavalheiro; mas o senhor deve esclarecer que ele não chega a ter 1,70m de altura, caso contrário o seu pai esperará ver um homem de boa estatura.

Sir Thomas não entendeu bem e olhou para o interlocutor com certa surpresa.

— Se devo dizer o que penso — continuou o sr. Rushworth —, na minha opinião é muito desagradável estar sempre ensaiando. É como exagerar uma coisa boa. Já não aprecio tanto atuar como de início. Acho que empregaríamos melhor o tempo se ficássemos sentados confortavelmente aqui entre nós, sem fazer nada.

Sir Thomas olhou de novo e retrucou com um sorriso de aprovação.

— Fico feliz em constatar que os nossos sentimentos com relação a esse assunto são praticamente iguais. Isso me proporciona uma sincera satisfação. É perfeitamente natural que eu deva ser cauteloso e sagaz para perceber muitos escrúpulos que os meus filhos não percebem. E é igualmente natural que a minha valorização da tranquilidade doméstica, de um lar que exclua prazeres ruidosos, seja maior do que a deles. Mas, na sua idade, pensar assim é uma circunstância muito favorável para o senhor e para todas as pessoas do seu convívio. Tenho consciência da importância de contar com um aliado de tamanho peso.

Sir Thomas pretendeu dar ao discurso do sr. Rushworth melhores palavras do que este conseguira. Estava ciente de que não deveria esperar que o sr. Rushworth fosse um gênio, mas, em se tratando de um jovem ajuizado, respeitado, com melhores noções do que a sua elocução transmitia, sir Thomas procurou valorizá-lo bastante. Muitos dos presentes não puderam evitar de sorrir. O sr. Rushworth mal sabia o que fazer com tamanho elogio. Porém, demonstrando e sentindo extrema satisfação com a boa opinião de sir Thomas, praticamente sem dizer palavra, esforçou-se ao máximo para preservar um pouco mais aquela boa opinião.

CAPÍTULO 20

Na manhã seguinte, a primeira providência de Edmund foi encontrar o pai a sós para lhe fazer um relatório razoável sobre todo o esquema de atuação, defendendo a sua participação o melhor possível, naquele momento mais tranquilo em que julgava que os seus sentimentos mereciam, e reconhecendo com perfeita perspicácia que a sua concessão resultara em um benefício parcial, a ponto de fazer com que o seu julgamento fosse muito duvidoso. Estava ansioso e ao mesmo tempo tentava não falar mal dos outros; mas havia apenas uma pessoa entre eles cuja conduta podia mencionar sem necessidade de defesa ou paliativo.

— Todos nós fomos mais ou menos culpados — disse —, todos nós, exceto Fanny. Ela foi a única a julgar corretamente o tempo todo, a única a demonstrar coerência. Os sentimentos *dela* foram radicalmente contra, do início ao fim. Ela nunca deixou de pensar no que nós devemos ao senhor. Fanny corresponde a todas as suas expectativas.

Sir Thomas constatou toda a impropriedade daquele plano, entre aquele grupo, naquela ocasião de um modo tão intenso como o filho imaginara; lamentou tanto que foi praticamente incapaz de emitir muitas palavras; e, após trocar um aperto de mãos com Edmund, tratou de eliminar a impressão desagradável e de esquecer o mais depressa possível o quanto ele próprio fora esquecido, depois que a casa foi limpa de todos os objetos que reforçavam aquela lembrança e devidamente restaurada. Não fez qualquer censura aos outros filhos; preferia acreditar que percebessem o próprio erro e não quisessem correr o risco de uma investigação. Bastaria encerrar imediatamente tudo aquilo e eliminar todos os preparativos.

No entanto, havia uma pessoa na casa que ele não poderia permitir saber dos seus sentimentos exclusivamente através da sua conduta. Não podia deixar de insinuar à sra. Norris que esperara que ela tivesse interposto os seus conselhos para impedir algo que com certeza ela julgaria impróprio. Os jovens tinham sido muito imprudentes ao elaborar aquele plano; deveriam ter sido capazes de decidir melhor. Mas eram jovens e, à exceção de Edmund, tinham caráter instável; portanto, com maior surpresa ele constatou que ela aquiescera com aquelas medidas equivocadas da parte deles, concordara com os seus divertimentos perigosos, quando tais medidas e diversões foram sugeridas. A sra. Norris ficou um tanto confusa e praticamente mais silenciosa do que fora em toda a vida; tinha vergonha de confessar que jamais vira qualquer impropriedade naquilo que era tão flagrante para sir Thomas, e não admitiria que a sua influência seria insuficiente, que ela teria falado em vão. O seu único recurso era fugir do assunto o mais depressa possível e conduzir as ideias de sir Thomas para um canal mais feliz. Ela poderia insinuar muitas coisas em seu próprio louvor como, por exemplo, a atenção *geral* pelo interesse e pelo conforto da família, muitos esforços e sacrifícios para cuidar de tudo, na forma de caminhadas apressadas e repentinos afastamentos de junto da lareira, das muitas e excelentes sugestões de economia e acerca de quem não era digno de confiança, detalhando tudo para lady Bertram e Edmund, o que resultara em considerável poupança e detectara mais de um empregado imprestável. Mas a sua força principal residia em Sotherton. A sua maior ajuda e a sua maior glória era ter estabelecido um vínculo com os Rushworth. *Nesse ponto* ela era imbatível. Assumiu todo o crédito de ter transformado a admiração do sr. Rushworth por Maria em algo mais efetivo.

— Se eu não tivesse tomado a iniciativa — disse ela — e insistido em ser apresentada à mãe dele, e convencido a minha irmã a fazermos a primeira visita, tenho certeza, tanto quanto sei que estou sentada aqui, de que dali nada teria surgido, porque o sr. Rushworth é o tipo de jovem amável e modesto que precisa de muito encorajamento, e havia muitas jovens dispostas a conquistá-lo, se nós tivéssemos nos descuidado. Mas eu fiz de tudo. Tratei de mover céus e terras para persuadir a minha irmã, e afinal consegui. O senhor conhece a distância até Sotherton; estávamos em pleno inverno, as estradas quase intransitáveis, mas eu consegui persuadi-la.

— Eu sei como é grande, e grande com toda justiça, é a sua influência sobre lady Bertram e seus filhos, e fico mais preocupado em ver que essa influência não tenha sido...

— Meu caro sir Thomas, se o senhor visse o estado das estradas *naquele* dia! Pensei que não conseguiríamos vencê-las, apesar de estarmos com os quatro cavalos; coitado do velho cocheiro que nos conduziu, sempre dedicado e gentil, embora o reumatismo, que eu venho tratando desde as festas de São Miguel, quase o incapacitasse de sentar na boleia. Acabei de curá-lo, mas durante o inverno inteiro ele esteve muito mal, e naquele dia eu não pude evitar de ir até o quarto dele antes de partirmos para aconselhá-lo a não se aventurar. Ele estava colocando a peruca e eu disse: "Cocheiro, é melhor o senhor não ir. Lady Bertram e eu estaremos bem a salvo; o senhor sabe que Stephen tem muita firmeza e Charles já montou tantas vezes os cavalos mais velozes que eu tenho certeza de que não há o que temer". Mas logo percebi que de nada adiantaria; ele decidira ir e, como eu odeio incomodar e me intrometer, não disse mais nada; mas a cada solavanco o meu coração quase se partia por ele, e quando chegamos aos trechos acidentados de Stoke, onde havia geada e neve sobre os leitos de pedra, foi pior do que tudo o que possa imaginar. Fiquei muito agoniada por ele, e também pelos pobres cavalos! Vê-los extenuados pelo esforço! O senhor sabe que sempre gostei de cavalos. E quando chegamos ao sopé de Sandcroft Hill, sabe o que eu fiz? O senhor vai rir de mim: desci e fui caminhando. Isso mesmo. Talvez eu não os tenha aliviado tanto, mas já foi algo, e eu não conseguia suportar ficar sentada confortavelmente e ser arrastada ladeira acima às custas dos nobres animais. Peguei um resfriado terrível, mas não me importei com *isso*. O meu objetivo foi alcançado na visita.

— Espero que pensemos sempre que esse conhecimento valha todo o esforço despendido para estabelecê-lo. Nada me impressionou muito nas atitudes do sr. Rushworth, mas ontem à noite fiquei feliz com o que me pareceu ser a opinião dele sobre *aquele* assunto: a sua decidida preferência por uma reunião familiar em vez do barulho e da confusão do teatro. Ele parecia se sentir exatamente como seria de desejar.

— Sim, é verdade, e quanto mais o conhecer, mais vai gostar. Não é uma personalidade brilhante, mas tem mil qualidades! E está tão disposto a seguir o seu exemplo que todos ficam rindo de mim por conta disso, pois consideram isso como um feito meu. Outro dia a sra. Grant me disse: "Dou-lhe a minha palavra, sra. Norris, se o sr. Rushworth fosse seu filho não demonstraria tanto respeito por sir Thomas."

Sir Thomas desistiu da questão, frustrado pelas evasivas e desarmado pela bajulação da cunhada; e foi obrigado a se contentar com a convicção de que, onde estivesse em jogo o prazer daqueles que ela amava, sua bondade às vezes superava o bom senso.

A manhã de sir Thomas foi movimentada. Conversas variadas ocuparam uma pequena parte. Ele precisou tomar conhecimento das preocupações habituais da vida em Mansfield, falar com o administrador e com o bailio, examinar, conferir, e nos intervalos das tarefas ir até os estábulos, os jardins e as plantações mais próximas; porém, ativo e metódico, não apenas fez tudo isso, mas também retomou a sua posição de chefe da casa na hora do jantar, mandou o carpinteiro desmontar o que recentemente fora erguido na sala de bilhar e dispensou o pintor de cenários a tempo de justificar uma agradável certeza de que a esta altura o homem já estaria tão longe quanto Northampton. O pintor de cenários partiu depois de estragar o piso de um aposento, arruinar todas as esponjas do cocheiro e deixar ociosos e insatisfeitos cinco dos criados subalternos; e sir Thomas tinha esperança de que bastariam mais um ou dois dias para varrer todo e qualquer vestígio do que acontecera, inclusive destruindo e queimando todos os exemplares não encadernados de *Promessas de amantes* existentes na casa.

Agora o sr. Yates começava a compreender as intenções de sir Thomas, apesar de estar longe de compreender a origem delas. Ele e Tom saíram levando as suas armas e estiveram fora durante boa parte da manhã, e Tom aproveitara a oportunidade para explicar ao amigo, com as devidas desculpas, as peculiaridades do pai e o que se deveria esperar. O sr. Yates percebeu tudo de forma tão perspicaz quanto se poderia supor. Era uma imensa má sorte ser desapontado pela segunda vez da mesma maneira; e a sua indignação foi tamanha que, não fosse a delicadeza para com o amigo e com a irmã mais nova deste, ele acreditava que atacaria o baronete mostrando-lhe o absurdo das suas atitudes e o persuadiria a ser um pouco mais racional. O sr. Yates acreditou firmemente nisso enquanto esteve em Mansfield Wood e no caminho de volta para a casa; no entanto, quando se sentaram em volta da mesa, algo em sir Thomas fez com que ele achasse mais prudente deixá-lo seguir o seu próprio caminho e reconhecer o disparate sem qualquer oposição. Ele já conhecera muitos pais desagradáveis, e muitas vezes ficara chocado com os inconvenientes que causavam, mas nunca, em toda a sua vida, vira um membro daquela classe que fosse tão incompreensivelmente moralista e abominavelmente tirano como sir Thomas. Ele só era suportável em respeito aos filhos, e deveria ser grato à sua bela filha Julia pelo fato de o sr. Yates pretender ficar ainda mais alguns dias sob o seu teto.

A noite se passou com aparente suavidade, embora quase todas as mentes estivessem tumultuadas; e a música que sir Thomas pediu para as filhas tocarem ajudou a esconder a falta de verdadeira harmonia. Maria estava muito agitada. Julgava extremamente importante que Crawford não perdesse tempo em se declarar e se preocupava pensando que transcorrera mais um dia sem avanços nesse ponto. Esperara vê-lo a manhã inteira, a tarde inteira, e continuava esperando. O sr. Rushworth partira cedo para Sotherton, levando a grande novidade; e Maria esperava ansiosa por um *éclaircissement* imediato que o poupasse do esforço de voltar a Mansfield. Mas eles não tinham visto ninguém da residência paroquial, nem tinham recebido notícias além de um bilhete amigável de congratulações e perguntas da sra. Grant para lady Bertram. Era o primeiro dia, em muitas e muitas semanas, em que as famílias tinham estado completamente separadas. Desde o início de agosto, jamais se passaram 24 horas sequer sem que eles se reunissem de alguma maneira. Foi um dia triste e tenso; e o dia seguinte trouxe também tristeza, embora de um tipo diferente. Poucos momentos de diversão intensa foram seguidos por horas de sofrimento agudo. Henry Crawford estava novamente na casa: chegou com o dr. Grant, que estava ansioso para cumprimentar sir Thomas, e bem cedo os dois foram conduzidos à sala do café da manhã, onde já se encontrava a maior parte da família. Sir Thomas logo apareceu, e Maria viu com prazer e agitação o homem que amava ser apresentado ao seu pai. As suas sensações eram indefiníveis e assim continuaram durante alguns minutos, quando ouviu Henry Crawford, sentado entre ela e Tom, perguntar a este último em voz baixa se havia algum plano para retomar a peça depois daquela feliz interrupção (e lançou um olhar cortês para sir Thomas), pois nesse caso ele faria questão de retornar a Mansfield a qualquer hora que o grupo desejasse. Ele partiria de imediato para encontrar o tio em Bath; mas se houvesse alguma perspectiva de retomarem *Promessas de amantes*, ele manteria o compromisso, interromperia qualquer outra solicitação e inclusive já estabelecera com o tio a condição absoluta de regressar caso necessário. A peça não seria perdida pela *sua* ausência. E declarou:

— Seja de Bath, Norfolk, Londres, York, ou de onde quer que eu esteja, de qualquer parte da Inglaterra, virei dentro de uma hora.

Foi exatamente nesse momento que Tom precisou falar, e não a irmã. Conseguiu dizer imediatamente, e com total fluência:

— Sinto muito que você esteja indo embora; mas quanto à nossa peça, *isso* terminou, está definitivamente encerrado. — E olhou significativamente para o pai. — O pintor foi mandado embora ontem e amanhã restará muito pouco do teatro. Desde o início eu sabia como *tudo* ia acontecer. É cedo para ir a Bath. Você não encontrará ninguém por lá.

— É nesta época que o meu tio costuma ir.

— Quando pensa em partir?

— Talvez hoje eu chegue até Bambury.

— De quem são os estábulos que costuma usar em Bath?

Enquanto discutiam este assunto, Maria, orgulhosa e resoluta, preparava-se para enfrentar a sua parte com razoável calma.

O sr. Crawford logo se voltou para ela repetindo boa parte do que dissera, apenas com um ar mais doce e expressões de lamento mais fortes. Mas para que serviam as expressões ou o ar? Ele estava partindo e, se a ida não era voluntária, a intenção de se afastar era; pois, à exceção do que ele poderia dever ao tio, os seus compromissos eram todos de iniciativa própria. Ele podia falar em necessidade, mas ela conhecia a sua independência. A mão com que ele tanto pressionara a dela contra o seu próprio coração! Agora a mão e o coração estavam ambos imóveis e passivos! A coragem de Maria a amparava, mas a agonia da sua mente era severa. Ela não precisou mais ouvir as palavras que as ações dele contradiziam, nem sepultar o tumulto dos seus sentimentos sob as restrições sociais, pois as cortesias usuais logo desviaram as atenções dele e essa visita de adeus, como àquela altura ficou abertamente reconhecida, foi muito curta. Ele partiu; tocara-lhe a mão pela última vez, fizera uma reverência de despedida, e ela deveria recorrer imediatamente a tudo o que a solidão poderia fazer por ela. Henry Crawford partira, partira da casa, e em duas horas partiria da paróquia; e assim encerrou todas as esperanças que a sua vaidade egoísta despertara em Maria e em Julia Bertram.

Julia se alegrou com a partida dele, cuja presença começava a odiar; e, uma vez que Maria não o conquistou, ela agora dispunha de frieza suficiente para dispensar qualquer outra vingança. Não queria que além da deserção houvesse exposição. Com a partida de Henry Crawford, conseguiu até mesmo sentir pena da irmã.

Com um espírito mais puro, Fanny se regozijou com a notícia que ouviu no jantar, considerando-a uma bênção. Todos os outros lamentavam o ocorrido e homenageavam os méritos de Henry Crawford com a devida gradação de sentimentos, desde a sinceridade muito parcial de Edmund até o desinteresse total de lady Bertram, que se limitou a comentários banais. A sra. Norris começou a olhar em volta, surpresa de que a paixão dele por Julia tivesse fracassado; e chegou a recear ter sido negligente no encaminhamento do assunto; mas, com tantos para cuidar, como poderia, mesmo com toda a *sua* atividade, acompanhar os seus próprios desejos?

Um ou dois dias depois, o sr. Yates também partiu. Sir Thomas tinha especial interesse *nessa* partida; querendo ficar a sós com a família, a presença de um estranho superior ao sr. Yates já seria motivo de aborrecimento; mas a presença daquele sujeito frívolo e abusado, indolente e dispendioso era incômoda em todos os aspectos. Por si só ele já era cansativo, mas como amigo de Tom e admirador de Julia tornava-se ofensivo. Sir Thomas demonstrara total indiferença em relação à partida ou permanência do sr. Crawford, porém, foi com genuína satisfação que acompanhou o sr. Yates até a porta do vestíbulo, apresentando-lhe os seus votos de uma viagem agradável. O sr. Yates ficara para presenciar a destruição de todos os preparativos teatrais em Mansfield, a remoção de tudo o que se referisse à peça; e quando partiu o caráter geral da casa estava restaurado; ao vê-lo longe dali, sir Thomas esperou ter se livrado do pior objeto relacionado ao esquema, o último que inevitavelmente o lembrava de que tudo aquilo existira.

A sra. Norris tratou de remover da vista de sir Thomas um artigo que poderia aborrecê-lo: a cortina que supervisionara com tanto talento e com tanto êxito; levou-a para o seu chalé, onde por acaso ela necessitava particularmente de baeta verde.

CAPÍTULO 21

O retorno de sir Thomas alterou sensivelmente os hábitos da família, independentemente de *Promessas de amantes*. Chefiado por ele, Mansfield se transformara. Alguns membros haviam sido afastados do convívio, os ânimos de muitos outros se entristeceram, e tudo era monotonia e tédio em comparação ao passado; uma reunião de família sombria, que raramente se alegrava. Havia pouco relacionamento com a residência paroquial. Sir Thomas, avesso a intimidades em geral, mostrava particular relutância, na ocasião, para qualquer compromisso nas proximidades. Os Rushworth foram o único acréscimo ao seu círculo doméstico que ele conseguia aceitar.

Edmund não se admirou que esses fossem os sentimentos do pai e só lamentou a exclusão dos Grant.

— Mas eles —comentou com Fanny — têm direito. Parecem pertencer à nossa família, ser parte de nós mesmos. Eu gostaria que o meu pai fosse mais sensível à grande atenção que dedicaram à minha mãe e às minhas irmãs enquanto ele esteve ausente. Receio que eles possam se sentir negligenciados. Na verdade, o meu pai mal os conhece. Ainda não fazia um ano da chegada deles quando o meu pai deixou a Inglaterra. Se ele os conhecesse melhor, valorizaria a companhia deles como ela merece pois, de fato, eles são exatamente o tipo de pessoas que ele apreciaria. Às vezes nos falta um pouco de animação; as minhas irmãs parecem tristonhas, e com certeza Tom não está à vontade. O dr. e a sra. Grant nos animariam e fariam as nossas noites transcorrerem mais divertidas, até mesmo para o meu pai.

—Você acha? — indagou Fanny. — Na minha opinião, o meu tio não gostaria de *nenhum* acréscimo. Acho que ele valoriza essa tranquilidade a que você se refere, e tudo o que ele quer é o sossego do seu círculo familiar. E não me parece que estejamos mais sérios do que antes, ou seja, antes da partida do meu tio para o exterior. Até onde consigo me lembrar, tem sido sempre a mesma coisa. Nunca houve muitas risadas na presença dele; ou, se há qualquer diferença, creio que, a princípio, não é mais do que essa ausência tenderia a produzir. Deve haver uma espécie de timidez. Mas não me lembro de noites anteriores mais alegres, exceto quando o meu tio estava em Londres. Suponho que os jovens não se sentem à vontade quando aqueles a quem devem respeito estão em casa.

— Acredito que você tenha razão, Fanny — respondeu Edmund depois de refletir um pouco. — Acho que as nossas noites voltaram ao que eram antes, não assumiram um novo caráter. A novidade era serem animadas. No entanto, como é forte a impressão que algumas poucas semanas proporcionam! Tenho a impressão de jamais termos vivido assim antes.

— Suponho que eu seja mais séria do que as outras pessoas — disse Fanny. — As noites não me parecem longas. Adoro ouvir o meu tio falar sobre as Índias Ocidentais. Poderia ouvi-lo por mais de uma hora. Esses relatos *me* entretêm mais do que muitas outras coisas, mas ouso dizer que sou diferente das outras pessoas.

— Por que você ousaria dizer *isso*? — disse ele sorrindo. — Quer que lhe digam que você só é diferente das outras pessoas por ser mais ajuizada e mais discreta? Mas quando foi que você ou qualquer outra pessoa recebeu um elogio meu, Fanny? Se quiser ser elogiada, vá procurar o meu pai. Ficará contente. Pergunte ao seu tio o que ele pensa e ouvirá elogios suficientes, embora se refiram principalmente à sua aparência; mas aceite e confie que com o tempo ele também verá igual beleza de espírito.

Essa linguagem era tão nova para Fanny que a embaraçou bastante.

— O seu tio a considera muito bonita, querida Fanny, e esse é o resumo do assunto. Qualquer um, exceto eu, pensaria diferente, e qualquer uma, exceto você, se ressentiria por não ter sido considerada muito bonita antes; mas a verdade é que até agora o seu tio nunca a admirou, e agora admira. A sua aparência melhorou tanto! E você ficou muito mais graciosa! E o seu semblante... não, Fanny, não vire o rosto... ele é apenas seu tio. Se você não consegue suportar a admiração do seu tio, o que lhe acontecerá? Você precisa realmente começar a se acostumar com a ideia de que merece ser admirada. Precisa fazer um esforço para não se importar por ter se transformado numa bela mulher.

— Ah, não fale assim, não fale assim — exclamou Fanny, aflita por outros sentimentos que Edmund não conhecia; mas, vendo-a aflita, ele encerrou o assunto e acrescentou com mais seriedade:

— O seu tio está disposto a ficar contente com você em todos os aspectos; e eu só desejo que você converse mais com ele. Nas nossas reuniões noturnas você é uma das pessoas mais caladas.

— Mas eu converso com ele mais do que antes, tenho certeza. Ontem à noite você não me ouviu perguntar a ele sobre o comércio de escravos?

— Ouvi, e esperava que a pergunta fosse seguida por outras. O seu tio teria gostado de receber mais perguntas.

— E eu gostaria de ter feito... mas houve um silêncio mortal! E não gostei de ver os meus primos permanecerem sentados sem dizer uma palavra, ou aparentemente desinteressados pelo assunto. Achei que poderia parecer que eu queria me exibir às custas deles, mostrando uma curiosidade e um prazer nas informações que ele gostaria de perceber nas filhas.

— A srta. Crawford estava totalmente certa no que disse outro dia a seu respeito: que você parecia quase tão temerosa de ser notada ou elogiada quanto outras mulheres têm de serem negligenciadas. Conversávamos sobre você na residência paroquial e essas foram as palavras dela. Ela tem um grande discernimento. Não conheço ninguém capaz de distinguir tão bem um caráter. Para uma mulher tão jovem isso é notável! Ela certamente compreende *você* melhor do que boa parte das pessoas que a conhecem há muito tempo; e quanto a outras pessoas, eu consigo perceber, a partir de indícios ocasionais, de expressões descuidadas e momentâneas, que ela conseguiria definir *muitas* com idêntica precisão, se a delicadeza não proibisse. Eu gostaria de saber o que ela pensa sobre o meu pai! Ela deve admirá-lo como homem de boa aparência, de maneiras cavalheirescas, dignas e consistentes; mas talvez, por tê-lo visto tão raramente, pode ser que a reserva dele lhe pareça um tanto repulsiva. Se eles se vissem mais vezes, tenho certeza de que gostariam um do outro. Ele apreciaria a vivacidade dela, e ela tem talento suficiente para valorizar as qualidades dele. Eu gostaria que se encontrassem com mais frequência! Espero que ela não julgue haver qualquer antipatia da parte do meu pai.

— Ela deve se sentir bastante segura da opinião de todos vocês — disse Fanny com um meio suspiro — para ter qualquer apreensão desse gênero. E é muito natural que a princípio sir Thomas queira ficar exclusivamente com a família, ela não pode reclamar. Depois de algum tempo, ouso dizer que tornaremos a nos encontrar, levando em conta apenas a diferença da época do ano.

— Este é o primeiro outubro que ela passa no campo desde a infância. Eu não chamaria Tunbridge ou Cheltenham de campo; e novembro é um mês ainda mais sombrio, e pelo que percebo, a sra. Grant está ansiosa que a irmã não considere Mansfield um lugar entediante com a chegada do inverno.

Fanny poderia ter dito muito mais, porém achou mais seguro se calar e deixar intactos todos os recursos da srta. Crawford — qualidades, bom humor, importância, amigos —, para não correr o risco de traí-la com qualquer observação aparentemente deselegante. A boa opinião de que ela desfrutava junto à srta. Crawford merecia pelo menos gratidão e indulgência, e assim ela mudou de assunto.

— Acho que amanhã o meu tio vai jantar em Sotherton e você e o sr. Bertram também. Em casa seremos um pequeno grupo. Espero que o meu tio continue gostando do sr. Rushworth.

— Impossível, Fanny. Ele vai gostar menos depois da visita de amanhã, pois ficaremos cinco horas em companhia de Rushworth. Teria medo da estupidez do dia, se não houvesse algo ainda pior por acontecer... a impressão que ele vai deixar em sir Thomas. O meu pai não poderá se enganar por muito mais tempo. Lamento por todos. E faria qualquer coisa para que Rushworth e Maria nunca tivessem se conhecido.

Naquele trimestre, de fato, a decepção pairava sobre sir Thomas. Nem toda a sua boa vontade em relação ao sr. Rushworth, nem toda a deferência do sr. Rushworth para com ele poderiam impedir que ele logo discernisse parte da verdade: que o sr. Rushworth era um jovem inferior, tão ignorante nos negócios quanto nos livros, com opiniões em geral vacilantes e aparentemente sem consciência das próprias limitações.

Sir Thomas esperara um genro muito diferente; e, começando a se inquietar por Maria, procurou entender os sentimentos *dela*. Bastou-lhe observar um pouco para perceber que a indiferença mútua seria a situação mais favorável possível. O comportamento de Maria em relação ao sr. Rushworth era negligente e frio. Ela não podia gostar dele, e não gostava. Sir Thomas resolveu ter uma conversa séria com ela. Por mais vantajosa que fosse a aliança, por mais duradouro e público que fosse o noivado, a felicidade de Maria não deveria ser sacrificada. Talvez ela tivesse aceitado o sr. Rushworth depois de uma convivência muito breve e, ao conhecê-lo melhor, estivesse se arrependendo.

Solene e bondoso, sir Thomas dirigiu-se a Maria; contou-lhe os seus medos, perguntou-lhe pelos seus desejos, pediu-lhe que fosse franca e sincera, e garantiu-lhe que todos os inconvenientes deveriam ser enfrentados e o vínculo inteiramente cortado, se ela se sentisse infeliz com aquela perspectiva. Ele agiria por ela e a libertaria. Maria viveu um momento de conflito enquanto ouvia o pai, mas apenas por um momento: quando ele acabou de falar, ela foi capaz de dar a resposta imediata e decidida, sem qualquer agitação aparente. Agradeceu-lhe a grande atenção, a bondade paternal, mas disse que ele estava bastante equivocado ao supor que ela tivesse o mínimo desejo de romper o noivado ou que fosse sensível a mudar de opinião ou plano depois de tê-los formado. Tinha a mais elevada estima pelo caráter e pelo temperamento do sr. Rushworth, e não duvidava de que seria feliz com ele.

Sir Thomas ficou satisfeito; e, talvez contente demais por estar satisfeito, não insistiu no assunto até o ponto em que o seu julgamento teria imposto a outros. Era uma aliança que ele não dispensaria sem lamentar; e assim raciocinou que o sr. Rushworth era jovem o suficiente para melhorar; com certeza o sr. Rushworth melhoraria na boa sociedade; e se agora Maria falava com tanta segurança da sua felicidade junto a ele, falando com firmeza e sem preconceito, sem a cegueira do amor, devia merecer crédito. Os sentimentos dela provavelmente não eram muito intensos; ele jamais supusera que o fossem; mas isso não diminuiria o conforto da filha; e, se ela conseguisse abrir mão de ver no marido brilhante caráter de liderança, certamente tudo o mais a favoreceria. Uma mulher jovem e prestativa, quando não se casava por amor, em geral ficava mais ligada à própria família; e a proximidade entre Sotherton e Mansfield naturalmente representava uma grande tentação, e com grande probabilidade seria uma contínua fonte de divertimentos agradáveis e inocentes. Assim raciocinava sir Thomas, feliz por se livrar dos incômodos embaraços de uma ruptura, do espanto, dos comentários, da censura que acompanhariam o fato, feliz por assegurar um casamento que lhe traria considerável acréscimo de respeitabilidade e influência, e mais feliz ainda por acreditar que a atitude da filha era extremamente favorável a esse propósito.

A conversa se encerrou de modo igualmente satisfatório para Maria e para o pai. No seu estado de espírito atual, ela se alegrou por ter assegurado o próprio destino em definitivo ao confirmar o vínculo com Sotherton e por tirar de Crawford o triunfo de governar suas ações e destruir suas perspectivas; e retirou-se orgulhosa, decidida apenas a se comportar com mais cautela junto ao sr. Rushworth no futuro, para evitar que o pai suspeitasse dela novamente.

Se sir Thomas tivesse questionado a filha nos três ou quatro primeiros dias depois de Henry Crawford ter deixado Mansfield, antes que os sentimentos dela estivessem minimamente tranquilos, antes que ela tivesse desistido de qualquer esperança em relação a ele, ou decidido suportar o rival dele, a resposta poderia ter sido diferente; mas, depois de mais três ou quatro dias, quando não houve retorno, nem carta, nem mensagem, nenhum sintoma de um coração amolecido, nenhuma esperança de que a separação fosse vantajosa, a mente de Maria tornou-se suficientemente fria para buscar todo o conforto que o orgulho e a vingança pessoal propiciariam.

Henry Crawford destruíra-lhe a felicidade, mas ele não deveria saber que fizera isso; ele não lhe destruiria a credibilidade, a aparência e a prosperidade. Ele não poderia pensar nela como alguém que suspirava por *ele* naquele retiro em Mansfield, rejeitando Sotherton e Londres, independência e esplendor, tudo por causa *dele*. A independência era mais necessária do que nunca; a sua falta em Mansfield era mais sensivelmente percebida. Maria sentia-se cada vez menos capaz de suportar as restrições impostas pelo pai. A liberdade que a ausência dele propiciara agora se tornava absolutamente necessária. Para compensar o espírito magoado, ela precisava fugir do pai e de Mansfield assim que possível e encontrar consolo na fortuna, na importância social e no burburinho mundano. A sua mente estava bastante determinada, e não mudaria.

Para essas emoções, a espera — até mesmo a espera causada pelos muitos preparativos — teria sido um mal, e o sr. Rushworth dificilmente estaria mais impaciente pelo casamento do que Maria. Ela concluíra todos os importantes preparativos mentais e estava pronta para o matrimônio devido a um ódio pela casa, pelas restrições e pela tranquilidade; pela infelicidade de uma decepção amorosa e pelo desprezo ao homem com quem iria se casar. O resto podia esperar. Os preparativos de novas carruagens e de novo mobiliário poderiam esperar por Londres e pela primavera, quando o seu próprio gosto poderia se impor.

Com todos os aspectos principais resolvidos, logo se constatou que poucas semanas seriam suficientes para os arranjos que precedem um casamento.

A sra. Rushworth estava praticamente pronta para se retirar e abrir caminho para a afortunada jovem que o seu querido filho escolhera; e bem no início de novembro ela transferiu-se para Bath com a empregada, o lacaio e o coche, como seria de se esperar das boas maneiras de uma viúva abastada, onde contaria as maravilhas de Sotherton nas festas noturnas, aproveitando-as talvez em animadas mesas de jogo, como sempre fizera; e assim fez, menos de meio mês depois da cerimônia que deu a Sotherton uma nova titular.

O casamento foi bastante adequado. A noiva surgiu vestida de forma elegante, as duas damas de honra devidamente mais discretas, o pai a conduziu, a mãe segurou alguns sais nas mãos receando ficar demasiado agitada, a tia tentou chorar, e o ofício religioso foi lido pelo dr. Grant com grande imponência. Não houve objeções quando o assunto foi discutido na vizinhança, exceto que a carruagem que conduziu a noiva, o noivo e Julia da porta da igreja até Sotherton era a mesma que o sr. Rushworth vinha usando havia doze meses. Em todos os demais aspectos a etiqueta do dia resistiria à mais estrita avaliação.

Feito isso, os noivos partiram. Sir Thomas sentia-se como um pai ansioso deve se sentir e de fato experimentou boa parte da agitação que a esposa temera sentir e da qual felizmente escapara. A sra. Norris, muito feliz em ajudar nas tarefas daquele dia, passando-o em Mansfield Park para animar a irmã e brindar à saúde do novo casal Rushworth com um copo ou dois a mais, era só alegria e prazer; porque ela promovera o casamento, fizera tudo; e, vendo-a orgulhosa e triunfante, ninguém jamais diria que ela tivesse ouvido falar de infelicidade conjugal em toda a sua vida, nem percebido minimamente o estado de espírito da sobrinha que vira crescer.

O plano do jovem casal era seguir para Brighton depois de alguns dias e ali alugar uma casa por algumas semanas. Qualquer lugar público era novidade para Maria, e Brighton é quase tão alegre no inverno quanto no verão. Quando acabasse a novidade dos divertimentos, seria a hora de ver os horizontes mais amplos de Londres.

Julia os acompanharia a Brighton. Cessada a rivalidade entre as irmãs, elas aos poucos recuperavam grande parte da boa convivência e eram amigas o suficiente, pelo menos para ficarem muito felizes por estarem juntas nessa ocasião. Alguma outra companhia além do sr. Rushworth foi a primeira exigência da recém-casada; e Julia estava tão ávida por novidades e divertimentos quanto Maria, embora não tivesse se esforçado tanto para obtê-los e pudesse suportar melhor uma posição secundária.

Essa partida provocou outra mudança substancial em Mansfield: um vácuo que exigiria certo tempo para ser preenchido. O círculo familiar ficara muito diminuído e, embora ultimamente as srtas. Bertram acrescentassem muito pouco à alegria da família, não poderiam ser esquecidas. Até a mãe sentia falta delas, e mais ainda a prima compassiva, que vagueava pela casa pensando nas duas e experimentando um afetuoso pesar que elas nunca fizeram muito por merecer.

CAPÍTULO 22

Com a partida das primas, a importância de Fanny cresceu. Por ter se tornado a única jovem na sala de visitas, a única ocupante daquela interessante divisão da família onde até então ocupara um humilde terceiro lugar, era impossível não passar a ser mais notada, mais considerada e mais solicitada do que antes; e "Onde está Fanny?" tornou-se uma pergunta comum, mesmo que ninguém precisasse da sua ajuda.

O seu valor aumentou não apenas em casa, mas também na residência paroquial. Ali, onde ela entrara apenas duas vezes por ano desde o falecimento do sr. Norris, Fanny passou a ser uma hóspede convidada e bem-vinda e, num dia melancólico e escuro de novembro, tornou-se uma visita agradável para Mary Crawford. As visitas, que começaram por acaso, continuaram a pedido. A sra. Grant, verdadeiramente ansiosa para proporcionar qualquer novidade à irmã, por equívoco se convenceu de que fazia uma grande bondade para Fanny ao insistir em visitas frequentes que lhe dariam as mais importantes oportunidades de aprimoramento.

Fanny, tendo sido enviada ao vilarejo pela sua tia Norris com alguma tarefa, foi surpreendida por uma chuva pesada perto da residência paroquial e, ao ser avistada de uma janela tentando se abrigar sob os galhos e as últimas folhas de um carvalho nas imediações, foi forçada a entrar, não sem demonstrar modesta relutância. Ela resistira ao convite de um polido criado; mas quando o próprio dr. Grant saiu com um guarda-chuva, só lhe restou ficar muito envergonhada e entrar na casa o mais depressa possível; e, para a pobre srta. Crawford, que estava justamente contemplando a chuva sinistra, muito desanimada, suspirando por ver arruinados todos os seus planos de exercícios para aquela manhã, e todas as chance de ver uma única criatura além deles mesmos nas 24 horas seguintes, foi delicioso ouvir o som de um pequeno alvoroço na porta principal e ver a srta. Price no vestíbulo, pingando devido à chuva. Considerou-o um evento valioso para um dia de chuva no campo. Sentiu-se logo viva novamente e foi uma das pessoas mais ativas em se mostrar útil a Fanny, detectando que ela estava mais molhada do que a princípio reconhecera e fornecendo-lhe roupas secas; e Fanny, depois de se ver forçada a aceitar todas aquelas atenções, de ser auxiliada e servida por patroas e empregadas, também precisou, após retornar ao andar de baixo, esperar durante uma hora na sala de visitas enquanto a chuva continuava; e assim a bênção de ter algo novo para ver e pensar foi estendida à srta. Crawford e deve tê-la animado até a hora de se vestir e jantar.

As duas irmãs foram tão bondosas e agradáveis com Fanny que ela poderia ter apreciado a visita, se não receasse estar incomodando e se tivesse previsto que o tempo certamente melhoraria ao fim de uma hora, poupando-a da vergonha de ver a carruagem e os cavalos do dr. Grant preparados para levá-la em casa, o que agora a ameaçava. Ela não precisava sofrer temendo que a sua ausência com aquele mau tempo pudesse causar algum alarme em casa; pois, como apenas as duas tias sabiam da sua saída, ela estava perfeitamente ciente de que ninguém sentiria a sua falta e que tia Bertram acharia indubitável que, durante a chuva, ela permanecesse em algum chalé determinado pela tia Norris.

O tempo começou a melhorar quando Fanny, ao ver uma harpa na sala, fez algumas perguntas que levaram à constatação de que ela queria muito ouvir o instrumento e também à confissão quase inacreditável de que jamais ouvira harpa desde que chegara a Mansfield. Para ela aquela circunstância parecia muito simples e natural. Estivera muito poucas vezes na residência paroquial desde a chegada do instrumento, nem haveria razão para ter ido; porém, a srta. Crawford, recordando um desejo anteriormente manifestado, receou ter sido negligente; e com presteza e bom humor perguntou imediatamente: "Quer que eu toque agora?" e "O que gostaria de ouvir?".

Tocou com graciosidade, feliz por ter uma nova ouvinte que parecia tão agradecida e maravilhada com a execução, e que demonstrava não lhe faltar bom gosto. Tocou até que Fanny, vendo pela janela que decididamente o tempo se firmara, declarou que precisava ir embora.

— Espere mais um quarto de hora — disse a srta. Crawford — para vermos como o tempo ficará. Não saia correndo na primeira estiagem. As nuvens parecem ameaçadoras.

— Mas elas já passaram — disse Fanny. — Eu venho observando. Esse mau tempo vem todo do sul.

— Sul ou norte, eu sei reconhecer uma nuvem negra; e a senhorita não deve sair com esse tempo tão ameaçador. Além disso, quero tocar mais uma peça, uma peça muito bonita, a favorita do seu primo Edmund. Precisa ficar para ouvir a favorita do seu primo.

Fanny viu-se obrigada a atender; e embora não precisasse daquela frase para pensar em Edmund, essa referência despertou-lhe particularmente esse pensamento, e ela o imaginou sentado naquela sala inúmeras vezes, talvez no exato lugar onde ela estava agora, ouvindo sempre com prazer a sua ária favorita sendo executada, na opinião de Fanny, com refinada elegância e expressividade; e, apesar de satisfeita com a música e contente por gostar do que ele gostava, ao chegar a essa conclusão ficou mais impaciente do que nunca para ir embora; e ante essa evidência, as duas irmãs convidaram-na muito amavelmente para voltar, pediram para incluí-las nas suas caminhadas sempre que possível e viesse ouvir harpa quando quisesse, se em casa ninguém objetasse.

Foi essa a origem da espécie de intimidade que ocorreu entre Fanny e a srta. Crawford, nos primeiros 15 dias depois da partida das srtas. Bertram, uma intimidade que resultou principalmente do desejo de novidade por parte da srta. Crawford, algo pouco real para os sentimentos de Fanny. Esta ia visitar a nova amiga a cada dois ou três dias; parecia um tipo de fascínio, ela não conseguia ficar tranquila sem ir, no entanto, ia sem gostar da srta. Crawford, tendo opiniões muito diferentes, e sem ver a menor obrigação em ser procurada agora, quando não havia ninguém mais disponível; e as conversas não lhe proporcionavam prazer algum além de divertimentos ocasionais, e *isso* muitas vezes às custas do seu próprio julgamento, quando as brincadeiras envolviam gracejos sobre pessoas ou assuntos que ela gostaria que fossem respeitados. Apesar de tudo ela ia, e as duas faziam frequentes caminhadas por entre os arbustos da sra. Grant, uma vez que o clima se mostrava excepcionalmente ameno para aquela época do ano; e às vezes até se aventuravam a sentar em um dos bancos, agora relativamente desprotegidos, permanecendo ali até que, enquanto Fanny manifestava todo o seu encantamento pelas doçuras de um outono tão prolongado, uma súbita rajada de vento frio derramava sobre as suas cabeças as últimas folhas amarelas, forçando-as a se levantar e procurar calor e abrigo.

— Que lindo! Que lindo! — exclamou Fanny certo dia, olhando em volta, quando ainda estavam sentadas. — Sempre que eu caminho entre estes arbustos me impressiono ao ver como crescem e ficam bonitos! Há três anos isto aqui não passava de uma simples e tosca cerca viva ao longo da parte mais alta do campo, e nunca se imaginou que pudesse ser transformada em alguma coisa; agora se converteu em uma alameda, e seria difícil dizer se é mais valiosa por ser útil ou por servir de ornamento; talvez daqui a uns três anos já tenhamos esquecido, ou quase esquecido, o que era antes. Que maravilha! Como é maravilhoso observar a ação do tempo e as mudanças da mente humana!

E acompanhando esta última linha de pensamento, acrescentou:

— Se alguma faculdade da nossa natureza pode ser chamada de *mais* maravilhosa do que as outras, eu diria que é a memória. Parece haver algo de mais inexplicável e incompreensível nos poderes, nas falhas e nas desigualdades da memória do que em qualquer outra das nossas percepções. Às vezes a memória é capaz de reter tanta coisa, de ser tão útil e obediente, e em outras vezes é tão confusa e fraca, e em outras, ainda, tão tirânica e fora do nosso controle! Com certeza somos um milagre sob todos os aspectos, mas parece peculiarmente difícil entender a nossa capacidade de lembrar e esquecer.

A srta. Crawford, insensível e desatenta, nada teve a dizer, e ao perceber isso Fanny redirecionou os pensamentos para um assunto que talvez interessasse.

— Pode parecer impertinente da *minha* parte fazer elogios, mas devo admirar o bom gosto que a sra. Grant tem demonstrado em tudo isto. Há tamanha simplicidade no projeto da alameda... nada de exageros!

— É verdade — comentou a srta. Crawford, com displicência. — E é perfeitamente adequado para um lugar destes. *Aqui* não se deve pensar em extensão; cá entre nós, até eu vir para Mansfield nunca pensei que um pároco de interior pudesse aspirar a ter uma alameda de arbustos ou a qualquer coisa do gênero.

— Fico tão contente de ver a vegetação vicejando! — replicou Fanny. — O jardineiro do meu tio sempre diz que o solo daqui é melhor do que o da casa dele e parece que sim, se levarmos em conta o crescimento dos loureiros e da vegetação em geral. A vegetação! Como é bonita, como é bem-vinda, como é maravilhosa! Quando se pensa nisso, vê-se como é surpreendente a variedade da natureza! Em algumas regiões sabemos que há uma variedade de árvores que trocam as suas folhas, mas isso não torna menos espantoso que o mesmo solo e o mesmo sol consigam nutrir plantas diferenciando-as na primeira regra e na lei da sua existência. A senhorita vai pensar que estou fantasiando, mas quando me vejo ao ar livre, principalmente quando me sento ao ar livre, tenho tendência a entrar nesse tipo de devaneio. Não se pode fixar os olhos na mais comum produção da natureza sem achar estímulo para uma divagação fantasiosa.

— Para dizer a verdade — comentou a srta. Crawford —, eu me sinto como aquele famoso doge na corte de Luís XIV; e devo declarar que não vejo maravilha alguma nesta alameda de arbustos além da minha presença. Se há um ano alguém me dissesse que este seria o meu lar, que eu passaria meses e meses aqui como tem ocorrido, eu certamente não acreditaria! Já estou aqui há quase cinco meses e aliás foram os cinco meses mais tranquilos da minha vida...

— Tranquilos *demais* na sua opinião, creio eu.

— *Teoricamente* eu deveria ter pensado assim, mas (e seus olhos brilharam enquanto falava) afinal de contas nunca passei um verão tão feliz. Mas depois (com um ar mais pensativo e um tom de voz mais baixo) não há como dizer aonde isso pode levar.

O coração de Fanny acelerou e ela se sentiu incapaz de imaginar ou pedir mais alguma coisa. No entanto, a srta. Crawford, com renovada animação, logo prosseguiu:

— Tenho consciência de estar melhor reconciliada com uma residência campestre do que jamais esperara. Chego mesmo a supor que seria agradável, muito agradável, passar *metade* do ano no campo, em certas circunstâncias. Uma casa elegante, de bom tamanho, no seio das ligações familiares; contínuos compromissos entre os parentes comandando a melhor sociedade das vizinhanças; talvez vista como a líder, mais ainda do que as pessoas que possuem maiores fortunas, e deixando de lado as alegres diversões para nada menos do que um *tête-à-tête* com a pessoa considerada a mais agradável do mundo. Não há nada de apavorante neste quadro, não é, srta. Price? Com um lar *desses*, ninguém precisa invejar a nova sra. Rushworth.

— Invejar a sra. Rushworth?! — foi tudo o que Fanny conseguiu dizer.

— Ora essa, seria muito deselegante da nossa parte fazer críticas à sra. Rushworth, pois imagino que graças a ela haveremos de ter muitas horas alegres, brilhantes e felizes. Imagino que no próximo ano todos nós iremos muitas vezes a Sotherton. É notório que o casamento da srta. Bertram foi uma bênção, pois o maior prazer da esposa do sr. Rushworth deverá ser o de encher a casa e dar os melhores bailes da região.

Fanny manteve o silêncio e a srta. Crawford ficou pensativa até que, de repente, olhou para cima e, depois de alguns minutos, exclamou:

— Ah, lá está ele!

Mas não era o sr. Rushworth, e sim Edmund, que surgiu vindo naquela direção junto com a sra. Grant.

— A minha irmã e o sr. Bertram. Fico tão feliz que o seu primo mais velho tenha partido e que ele *seja* novamente o sr. Bertram! Há algo no som de sr. *Edmund* Bertram tão formal, tão patético, tão próprio de irmão caçula, que eu detesto!

— Como temos opiniões diferentes! — exclamou Fanny. — Para mim, o som de *sr.* Bertram é tão frio e sem significado, tão desprovido de calor ou personalidade! Só representa um cavalheiro, nada mais. Porém no nome Edmund há nobreza. É um nome heroico e famoso de reis, príncipes e cavaleiros; e parece emanar o espírito da bravura e de afetos calorosos.

— Vou admitir que o nome é bom em si mesmo, e que os sons de *lord* Edmund ou *sir* Edmund são deliciosos; mas afogue esses sons na frieza e na anulação de um "senhor", e o sr. Edmund não passará de um sr. John ou sr. Thomas. Bem, e se agora nós fôssemos ao encontro deles e frustrássemos o sermão deles, antes que comecem a nos repreender por estarmos sentadas aqui ao ar livre nesta época do ano?

Edmund encontrou-as com particular prazer. Era a primeira vez que as via juntas desde o começo daquele relacionamento mais estreito do qual ouvira falar com grande satisfação. Uma amizade entre as duas que lhe eram tão caras era exatamente o que ele poderia ter desejado; e, de acordo com o entendimento do amado, deve-se dizer que ele não considerava em hipótese alguma Fanny como a única ou, até mesmo, a maior beneficiária daquela amizade.

— Bem — disse a srta. Crawford —, não vão nos repreender pela nossa imprudência? O que acham que estivemos fazendo sentadas aqui a não ser esperar que falassem de nós e rogassem e suplicassem para não repetirmos isso?

— Talvez eu tivesse repreendido — disse Edmund — se uma das duas tivesse ficado sentada sozinha; mas, como as duas erraram juntas, posso relevar.

— Elas não podem ter estado aqui por muito tempo — disse a sra. Grant — porque quando fui buscar o meu xale eu as vi pela janela da escada, e estavam caminhando.

— E, de fato — acrescentou Edmund —, o dia está tão ameno que não se pode considerar imprudência terem permanecido alguns minutos ao ar livre. Não devemos avaliar o nosso clima pelo calendário. Às vezes podemos tomar maiores liberdades em novembro do que em maio.

— Palavra de honra — exclamou a srta. Crawford —, as duas estão entre as amigas mais decepcionantes e cruéis que já conheci! Ninguém consegue lhes causar um único momento de preocupação. Não avaliam o quanto temos sofrido, nem os calafrios que sentimos! Mas há muito tempo eu penso que sr. Bertram é uma das piores pessoas para se convencer quando se trata de censurar uma mulher por alguma pequena manobra contra o senso comum. Desde o início eu tive muito poucas esperanças em relação a *ele*; mas a senhora, sra. Grant, minha irmã, minha própria irmã, achei que eu tivesse o direito de alarmá-la um pouco.

— Não se gabe, minha querida Mary. Você não tem a menor chance de me comover. Eu tenho as minhas inquietações, mas são totalmente diferentes; e, se eu pudesse ter mudado o clima, vocês enfrentariam um bom e forte vento leste soprando sobre vocês o tempo todo, pois aqui estão algumas das minhas plantas que Robert *deixaria* do lado de fora já que as noites estão tão amenas, e sei o fim disso tudo: poderia haver uma mudança repentina de clima, uma forte geada caindo de repente e nos tomando todos de surpresa, ao menos Robert, e eu perderia todas; e o pior, a cozinheira acaba de me dizer que o peru, que eu particularmente preferia que só fosse preparado no domingo, porque sei o quanto o dr. Grant o apreciaria no domingo depois das fadigas do dia, não vai poder passar de amanhã. Esses pequenos aborrecimentos me fazem pensar que o clima é imprevisível e opressivo.

— Doçuras de uma dona de casa num vilarejo no campo! — disse a srta. Crawford, sarcástica. — Recomende-me aos fornecedores de plantas e aves.

— Minha querida criança, recomende o dr. Grant para o cargo de deão de Westminster ou St. Paul, e assim eu ficaria tão feliz quanto você com os seus fornecedores de plantas e aves, mas aqui em Mansfield não temos essas pessoas. O que quer que eu faça?

— Ah, não pode fazer mais do que já faz: ser incomodada muitas vezes e nunca perder a calma.

— Obrigada, mas ninguém escapa desses pequenos incômodos, Mary, onde quer que se viva; quando você estiver morando na cidade e eu for visitá-la, ouso dizer que apesar dos seus fornecedores de plantas e aves você terá problemas, talvez causados exatamente por eles. A indisponibilidade, os atrasos, os preços exorbitantes e as fraudes lhe causarão lamentos mais amargos.

— Pretendo ser rica o suficiente para não precisar lamentar nem sentir algo do gênero. Uma grande renda é a melhor receita de felicidade de que já ouvi falar. Certamente pode garantir a murta e o peru.

— A senhorita pretende ser muito rica? — indagou Edmund com um olhar que para Fanny tinha um significado muito sério.

— Com certeza. O senhor não? Todos nós não pretendemos?

— Não posso pretender ser algo que esteja totalmente além do meu controle. A srta. Crawford pode escolher o seu grau de riqueza. Precisa apenas fixar a quantidade de milhares anuais, e sem dúvida eles virão. As minhas intenções se resumem apenas a não ser pobre.

— Com moderação e economia, e reduzindo as suas necessidades à sua renda, etc., eu o compreendo bem; e é um plano muito adequado para alguém da sua idade, com recursos tão limitados e familiares indiferentes. O que o *senhor* pode querer além de uma vida decente? O senhor não dispõe de muito tempo e os seus parentes não têm condição de fazer algo em seu benefício, nem para mortificá-lo pelo contraste da riqueza e da importância que eles ostentam. Não hesite em ser honesto e pobre, mas eu não o invejarei; nem chego a crer que o respeitarei. Respeito muito mais aqueles que são honestos e ricos.

— O seu grau de respeito pela honestidade, rica ou pobre, é precisamente algo que não me preocupa. Não pretendo ser pobre. A pobreza é exatamente o que eu decidi combater. A honestidade, num estágio intermediário, num estágio médio das circunstâncias mundanas, é tudo o que eu temo que a senhorita encare com menosprezo.

— Mas eu menosprezo, se é algo que poderia ser mais elevado. Devo menosprezar qualquer coisa que se contente com a obscuridade quando poderia ser elevado à distinção.

— Mas como poderá se elevar? Como a minha honestidade pode pelo menos se elevar a qualquer distinção?

A pergunta não era muito fácil de ser respondida e provocou um "ah!" de certa duração, que partiu da bela jovem, antes que ela conseguisse acrescentar:

— O senhor deveria estar no Parlamento ou ter ido para o Exército há dez anos.

— Agora *isso* não tem mais sentido; e quanto à minha ida para o Parlamento, acredito que deva esperar até haver uma assembleia especial para a representação de filhos caçulas com poucos recursos para viver. Não, srta. Crawford — acrescentou ele num tom mais sério —, *existem* distinções que eu me sentiria infeliz se me considerasse sem qualquer chance, absolutamente sem chance ou possibilidade de obter, mas são de um caráter diferente.

Fanny observou com muita tristeza uma expressão de entendimento enquanto Edmund falava e o que parecia ser entendimento na maneira da srta. Crawford enquanto dava uma resposta risonha; e se viu praticamente incapaz de prestar a devida atenção à sra. Grant, ao lado de quem agora caminhava acompanhando os outros; ela quase resolvera voltar imediatamente para casa e apenas esperava ter coragem para anunciar isso, quando o som do grande relógio de Mansfield Park bateu três horas e ela percebeu que ficara ausente por muito mais tempo do que de costume, e transformou numa resolução muito rápida a pergunta interior se deveria ou não sair naquele instante. Com indubitável decisão, começou a se despedir; e Edmund começou na mesma hora a lembrar que a mãe perguntara por ela, e que ele viera até a residência paroquial com o propósito de levá-la de volta.

A pressa de Fanny aumentou e, sem a menor esperança de que Edmund a acompanhasse, teria saído sozinha às pressas; mas o ritmo dos passos foi acelerado e todos a acompanharam pela casa, através da qual era necessário passar. O dr. Grant estava no vestíbulo e, quando pararam para falar com ele, Fanny percebeu pelas atitudes de Edmund que ele *pretendia* acompanhá-la e também estava se despedindo. Ela só podia se sentir agradecida. No momento de partirem, Edmund foi convidado pelo dr. Grant a comer um carneiro com ele no dia seguinte; e Fanny mal tivera tempo para uma sensação desagradável na ocasião, quando a sra. Grant, de repente, virou-se para ela e pediu-lhe que também desse o prazer da sua companhia. Era uma atenção tão nova, um acontecimento tão novo na vida de Fanny, que ela ficou surpresa e atrapalhada; enquanto gaguejava um solene agradecimento dizendo que "não sabia se poderia vir", olhava para Edmund pedindo-lhe a opinião e a ajuda. Mas Edmund, encantado por oferecerem tal felicidade a Fanny, e garantindo com meio olhar e meia frase que ela não teria qualquer objeção a não ser por parte da tia, não poderia imaginar que a sua mãe criasse qualquer dificuldade para liberá-la, e portanto disse abertamente que o convite deveria ser aceito; assim, nem mesmo com o encorajamento de Edmund, Fanny se aventurou a aceitar aquele voo de independência tão audacioso, e logo ficou decidido que se não houvesse nada em contrário, a sra. Grant poderia esperar por ela.

— E todos sabem qual será o jantar — disse a sra. Grant, sorrindo —; o peru, e eu lhes garanto que é muito bom; porque, meu querido (e virou-se para o marido), a cozinheira insiste em preparar o peru para amanhã.

— Muito bem, muito bem! — exclamou o dr. Grant. — Tanto melhor! Fico feliz em saber que teremos algo tão bom nesta casa. Mas a srta. Price e sr. Edmund Bertram, ouso dizer, arriscariam a sorte de qualquer forma. Nenhum de nós quer saber do cardápio. Tudo o que temos em vista é um encontro entre amigos, e não um jantar requintado. Um peru, ou um ganso, ou uma perna de carneiro, tanto faz o que a senhora e a sua cozinheira escolherem para nos oferecer.

Os dois primos caminharam para casa juntos e o silêncio da caminhada só foi quebrado pela discussão daquele compromisso, ao qual Edmund se referiu com calorosa satisfação considerando-o particularmente desejável para Fanny, uma intimidade que ele via se firmar com muito prazer. Terminado esse assunto, ficou pensativo e não se dispôs a continuar conversando.

CAPÍTULO 23

— E por que a sra. Grant convidaria Fanny? — indagou lady Bertram. — Como ela pensou em convidar Fanny? Você sabe que ela nunca janta lá, assim sem mais nem menos. Eu não posso dispensá-la, e tenho certeza de que ela não quer ir. Fanny, você não quer ir, quer?

— Perguntando assim desse jeito — disse Edmund, impedindo a resposta da prima —, Fanny vai lhe responder que não; mas eu tenho certeza, minha querida mãe, que ela gostaria, e eu não vejo motivo algum para ela não ir.

— Eu não consigo imaginar por que a sra. Grant pensou em convidá-la. Ela nunca fez isso antes. De vez em quando costumava convidar as suas irmãs, porém jamais convidou Fanny.

— Se a senhora não puder ficar sem a minha presença... — disse Fanny num tom submisso.

— Mas a minha mãe terá a companhia do meu pai a noite inteira.

— Com certeza, terei.

— Então que tal ouvir a opinião do meu pai, senhora?

— Bem pensado. Farei isso, Edmund. Assim que sir Thomas chegar, perguntarei a ele se eu posso ficar sem Fanny.

— Então, senhora, por favor faça isso; mas eu me referi à opinião do meu pai quanto à *conveniência* de o convite ser aceito ou não; e creio que ele considerará correto da parte da sra. Grant, assim como da parte de Fanny; e por se tratar de um *primeiro* convite, deve ser aceito.

— Não sei. Nós perguntaremos a ele. Mas em todo caso ele ficará muito surpreso com o convite da sra. Grant para Fanny.

Nada mais havia a ser dito sobre o assunto até que sir Thomas estivesse presente; mas, como envolvesse diretamente o conforto de lady Bertram na noite seguinte, a ideia predominava tanto na sua mente que meia hora depois, ao vê-lo passar pela sala, vindo das plantações para o seu quarto de vestir, ela o chamou de volta quando ele ia fechando a porta:

— Sir Thomas, espere um momento. Eu tenho algo para lhe dizer.

O seu tom langoroso e calmo, pois jamais se deu ao trabalho de elevar a voz, era sempre ouvido e atendido; e sir Thomas voltou. Ela recomeçou a história e Fanny tratou de sair da sala, pois se ver como objeto de discussão com o tio era mais do que os seus nervos conseguiam suportar. Estava ansiosa, sabia disso, mais ansiosa talvez do que deveria estar. Afinal, que diferença faria o fato de ir ou ficar? Mas se o tio ficasse durante algum tempo refletindo e decidindo, olhando muito sério e se direcionasse para ela esse olhar sério, e se afinal a decisão fosse contrária, talvez ela não se sentisse capaz de se mostrar devidamente submissa e indiferente. Enquanto isso, a conversa prosseguia. Lady Bertram iniciou dizendo:

— Tenho algo para lhe contar que irá surpreendê-lo. A sra. Grant convidou Fanny para jantar.

— Pois bem... — disse sir Thomas como se esperasse algo mais para arrematar a surpresa.

— Edmund quer que ela vá. Mas como posso dispensá-la?

— Ela voltará tarde — disse sir Thomas, consultando o relógio. — Mas qual é a sua dificuldade?

Edmund viu-se obrigado a falar para preencher as lacunas da história da mãe. Contou tudo, e ela só precisou acrescentar:

— É tão estranho! A sra. Grant não costumava convidá-la.

— Mas não é muito natural — observou Edmund — que a sra. Grant queira atrair uma visitante agradável para a irmã?

— Nada mais natural — disse sir Thomas depois de refletir um pouco. — Ainda que não houvesse uma irmã, na minha opinião nada seria mais natural. A gentileza da sra. Grant para com a srta. Price, sobrinha de lady Bertram, dispensaria qualquer explicação. A minha única surpresa é que esse convite seja feito pela *primeira* vez. Fanny agiu perfeitamente bem ao dar apenas uma resposta condicional. Parece muito sensata. Mas como eu deduzo que ela queira ir, pois todos os jovens gostam de se reunir, não vejo razão para lhe ser negada a permissão.

— Mas eu posso ficar sem ela, sir Thomas?

— Acho que pode, sim.

— Ela sempre prepara o chá quando a minha irmã não está aqui, não é mesmo?

— Talvez a sua irmã possa ser persuadida a passar o dia conosco, e eu certamente estarei em casa.

— Então muito bem, Edmund. Fanny pode ir.

Logo a boa-nova chegou a Fanny. A caminho do seu quarto, Edmund bateu na porta dos aposentos da prima.

— Bem, Fanny, foi tudo resolvido a contento, e sem a menor hesitação por parte do seu tio. Ele manifestou uma única opinião. Você deve ir.

— Muito obrigada. Fico *tão* contente! — foi a resposta instintiva de Fanny; mas, quando ele se afastou, ela fechou a porta e não conseguiu deixar de pensar "E por que eu deveria estar contente? Será que lá não verei ou ouvirei algo que me fará sofrer?"

Entretanto, apesar dessa convicção, ela estava contente. Um compromisso simples assim pareceria indiferente aos olhos de outras pessoas, mas se revestia de novidade e importância para Fanny que quase nunca jantara fora, à exceção daquele dia em Sotherton; e, embora o local distasse apenas meia milha e os anfitriões fossem apenas três pessoas, ainda assim significava jantar fora, e todos os pequenos preparativos eram motivo de alegria. Não contou com a simpatia nem com a ajuda de quem deveria ter compreendido os seus sentimentos e lhe orientado o gosto. Lady Bertram nunca pensou em ser útil a ninguém, e a sra. Norris, quando chegou na manhã seguinte bem cedo atendendo a um chamado e um convite de sir Thomas, estava de muito mau humor e parecia que o seu único intento era diminuir ao máximo o prazer da sobrinha, no presente e no futuro.

— Palavra de honra, Fanny, você tem muita sorte para receber tamanha atenção e tamanha indulgência! Precisa ser muito grata à sra. Grant por se lembrar de você e à sua tia por permitir que você vá, e precisa ver em tudo isso algo de extraordinário; porque eu espero que você saiba que não há motivo real para você participar de um grupo desses, nem mesmo para jantar fora, e não pense que se repetirá. Também não imagine que o convite pretenda ser um elogio particular a *você*; o elogio é destinado ao seu tio, à sua tia e a mim. Ao lhe prestar um pouco de atenção, a sra. Grant acredita estar fazendo uma cortesia devida a *nós*, caso contrário isso nunca passaria pela cabeça dela. E você pode ter certeza de que se a sua prima Julia estivesse aqui, você não teria sido convidada.

A sra. Norris acabara de desfazer engenhosamente toda a gentileza da sra. Grant para com Fanny, que, sentindo-se impelida a falar, disse apenas que era muito grata à tia Bertram por liberá-la e que se esforçaria para adiantar o trabalho noturno da tia para impedir que esta sentisse a sua ausência.

— Ah, depende, a sua tia pode passar muito bem sem você, caso contrário você não teria permissão para ir. *Eu* estarei aqui, portanto você pode ficar tranquila quanto à sua tia. Espero que você tenha um dia muito *agradável* e o considere extremamente *prazeroso*. Mas devo observar que de todos os números possíveis o cinco é o mais inconveniente para se acomodar à mesa; e não deixa de me surpreender que uma dama tão *elegante* como a sra. Grant não consiga fazer um arranjo melhor! Ainda mais com aquela mesa enorme e larga que preenche pavorosamente a sala! Teria sido muito melhor se o doutor tivesse se contentado em ficar com a minha mesa de jantar quando eu saí de lá, como qualquer pessoa de bom senso faria, em vez de instalar aquela absurda mesa nova, muito mais larga, literalmente mais larga do que a mesa de jantar daqui! Ele seria muito mais respeitado! Porque as pessoas nunca são respeitadas quando ultrapassam os limites do seu meio. Lembre-se disso, Fanny. Cinco, apenas cinco em volta daquela mesa! No entanto, ouso dizer que vocês terão comida suficiente para dez!

A sra. Norris recuperou o fôlego e prosseguiu:

— O absurdo e a tolice das pessoas que saem da sua posição social e tentam parecer superiores me faz pensar que é correto eu *lhe* dar uma sugestão, Fanny, agora que você estará na companhia de outras pessoas sem um de nós; eu lhe suplico e imploro que não se exiba, conversando e dando opinião como se fosse uma das suas primas, como se fosse a querida sra. Rushworth ou Julia. *Isso* não dará certo, acredite. Lembre-se, onde quer que esteja, você deve ser a mais inferior e a última; e embora a srta. Crawford, de certa maneira, esteja em casa na residência paroquial, você não deve tentar assumir o lugar dela. E quanto à sua volta para casa, no fim da noite, fique enquanto Edmund decidir. Deixe-o resolver *isso*.

— Sim, senhora, eu jamais pensaria em algo diferente.

— E se chover, o que eu considero extremamente provável porque nunca vi um céu mais ameaçador de noite chuvosa em toda a minha vida, arranje-se da melhor maneira possível e não espere que a carruagem seja enviada para ir buscá-la. Eu certamente não irei para casa esta noite, portanto a carruagem não sairá por minha causa; portanto, prepare-se para o que pode acontecer e leve todo o necessário.

A sobrinha julgou o conselho da tia perfeitamente razoável. Tanto quanto a sra. Norris, Fanny avaliava o seu direito ao conforto em grau muito inferior; e logo depois, quando sir Thomas surgiu à porta e perguntou "Fanny, a que horas você gostaria que a carruagem viesse?", ela ficou tão atônita que não conseguiu responder.

— Meu caro sir Thomas! — exclamou a sra. Norris, vermelha de raiva. — Fanny pode ir andando!

— Andando?! — repetiu sir Thomas num tom de dignidade incontestável e entrando na sala. — A minha sobrinha ir andando para um compromisso de jantar a esta época do ano?! Às 16h20 estaria conveniente para você?

— Sim, senhor — foi a humilde resposta de Fanny, sentindo-se quase uma criminosa em relação à sra. Norris.

E como não suportasse permanecer na presença da tia depois do que poderia ser julgado um triunfo, acompanhou o tio e saiu da sala, não sem antes ouvir estas palavras pronunciadas com furiosa agitação:

— Totalmente desnecessário! Bondade excessiva! Mas Edmund vai, é verdade, então é por conta de Edmund. Notei que ele estava rouco na quinta-feira à noite.

Mas Fanny não se deixou impressionar. Percebeu que a carruagem era para ela, exclusivamente para ela; e a consideração do tio, logo depois das reprimendas da tia, custou-lhe lágrimas de gratidão quando se viu a sós.

O cocheiro chegou no minuto previsto; logo depois o cavalheiro apareceu e como a escrupulosa dama, com medo se atrasar, já estava sentada na sala de visitas, sir Thomas viu-os partir na hora exata exigida pelos seus hábitos de perfeita pontualidade.

— Agora eu quero olhar para você, Fanny — disse Edmund com um sorriso gentil de irmão carinhoso —, e lhe dizer o que acho; até onde esta luz me permite julgar, você parece muito bonita. O que está vestindo?

— É o vestido novo que o meu tio teve a bondade de me dar por ocasião do casamento da minha prima. Espero que não seja sofisticado demais; mas achei que deveria usá-lo assim que pudesse, pois talvez eu não tenha outra oportunidade durante o inverno. Espero que você não o considere sofisticado demais.

— Uma mulher toda de branco nunca estará sofisticada demais. Não, não vejo sofisticação em você; nada que não seja perfeitamente adequado. O seu vestido parece muito bonito. Gosto destes pontos brilhantes. A srta. Crawford não tem um vestido parecido?

Ao se aproximarem da residência paroquial, passaram pelo estábulo e pela cocheira.

— Olhe só! — exclamou Edmund. — Teremos companhia, lá está uma carruagem! Quem eles terão convidado além de nós? — e baixou o vidro lateral para verificar. — É o Crawford! Garanto que é a caleche do Crawford! Lá estão os dois empregados dele guardando-a de novo no velho abrigo. É claro que ele está aqui. É uma grande surpresa, Fanny, e eu ficarei muito contente em vê-lo.

Fanny não teve ocasião nem tempo para expressar os diferentes sentimentos que experimentou; mas a ideia de ter mais alguém a observá-la aumentou muito o tremor com que executou a terrível cerimônia de entrar na sala de visitas.

De fato, o sr. Crawford estava na sala de visitas; chegara a tempo suficiente para se preparar para o jantar; e os sorrisos e olhares de satisfação dos outros três que o rodeavam demonstravam que era muito bem-vinda a sua repentina resolução de vir visitá-los alguns dias depois de deixar Bath. Houve um encontro muito cordial entre ele e Edmund; e, à exceção de Fanny, o prazer era generalizado; e até mesmo para *ela* talvez houvesse alguma vantagem na presença dele, uma vez que qualquer acréscimo ao grupo favoreceria a sua predileção por permanecer calada e despercebida. Logo notou a situação porque, embora devesse se submeter, com justiça, apesar da opinião da tia Norris, a ser a principal dama do grupo e a todas as pequenas distinções daí decorrentes, constatou, quando estavam à mesa, uma conversa fluente e feliz da qual não foi solicitada a participar. O irmão e a irmã tinham muito a falar a respeito de Bath, os dois cavalheiros tinham muito a falar a respeito de caça, o sr. Crawford e o dr. Grant conversaram muito a respeito de política, o sr. Crawford e a sra. Grant falaram sobre tudo e sobre todos, deixando Fanny na auspiciosa situação de precisar apenas ouvir em silêncio e passar horas muito agradáveis. Ela não poderia felicitar o cavalheiro recém-chegado, no entanto, com qualquer expressão de interesse, na intenção de que sua permanência em Mansfield fosse estendida. Ele desejava mandar buscar de Norfolk seus cavalos de caça, conforme sugeriu o dr. Grant, aconselhou Edmund e tão calorosamente incitaram as irmãs, mas ele parecia querer ser apoiado na decisão até mesmo por Fanny, e sua opinião foi solicitada quanto à continuidade do clima permanecer agradável, ao que ela respondeu tão brevemente e com tanta indiferença quanto a civilidade permitia. Ela não queria que ele demorasse muito ali e preferia que ele não lhe dirigisse a palavra.

Ao ver o sr. Crawford, Fanny logo se lembrou das duas primas ausentes, de Maria em especial; mas nenhuma lembrança embaraçosa parecia afetar o espírito *dele*. Estava ali de novo, no mesmo lugar onde tudo acontecera antes, aparentemente desejoso de permanecer e ser feliz sem as srtas. Bertram, como se jamais tivesse conhecido Mansfield em outra situação. Fanny ouviu-o se referir às duas de um modo muito superficial até estarem novamente reunidos na sala de visitas, quando Edmund e o dr. Grant, estando afastados e absorvidos tratando de negócios e a sra. Grant ocupada com a mesa de chá, o sr. Crawford começou a falar sobre as duas mais particularmente, dirigindo-se à irmã. Com um sorriso significativo que fez com que Fanny quase o odiasse, ele disse:

— Então, eu soube que Rushworth e a bela noiva estão em Brighton! Felizardo!

— Sim, eles estão lá há uns 15 dias, não é, srta. Price? E Julia está com eles.

— E suponho que o sr. Yates não esteja muito longe.

— O sr. Yates? Não temos tido notícias do sr. Yates. Não creio que ele apareça muito nas cartas para Mansfield Park, não acha, srta. Price? Creio que a minha amiga Julia tenha assuntos melhores para entreter o pai do que falar sobre o sr. Yates.

— Pobre Rushworth e as suas 42 falas! — continuou Crawford. — Ninguém poderá esquecê-las! Coitado! Parece que o estou vendo, numa labuta desesperada. Bem, estarei muito enganado se a sua adorável Maria vai querer algum dia que ele recite para ela as 42 falas — e acrescentou com seriedade momentânea: — Ela é boa demais para ele, boa demais.

E depois, mudando novamente de tom para um gentil galanteio, dirigiu-se a Fanny:

— A senhorita foi a melhor amiga do sr. Rushworth. A sua bondade e a sua paciência jamais poderão ser esquecidas, a sua paciência incansável tentando ajudá-lo a aprender o papel, tentando lhe dar um cérebro que a natureza negou, inventando para ele um intelecto a partir do excesso que a senhorita possui. Talvez *ele* não tenha senso suficiente para avaliar a sua bondade, mas me aventuro a dizer que a senhorita mereceu elogios do grupo inteiro.

Fanny enrubesceu e não disse uma palavra.

— Parece um sonho, um sonho agradável! — ele interrompeu o silêncio, depois de pensar por alguns minutos. — Sempre me lembrarei das nossas encenações teatrais com imenso prazer. Havia tanto interesse, tanto entusiasmo, uma animação tão generalizada! Todos sentiram. Estávamos todos vivos. Em todas as horas do dia havia empenho, esperança, disposição e alvoroço. Às vezes pequenas objeções, às vezes pequenas dúvidas, pequenas ansiedades para superar. Nunca fui tão feliz.

Silenciosa e indignada, Fanny repetiu para si mesma: "Nunca foi tão feliz! Nunca foi tão feliz quanto quando fez algo injustificável, como deve saber! Nunca foi tão feliz quanto quando se comportou de modo tão desonroso e insensível! Ah, que mente corrompida!"

— Nós não tivemos sorte, srta. Price — continuou ele em tom mais baixo, para evitar a possibilidade de ser ouvido por Edmund, e sem conhecer bem os sentimentos dela —, certamente tivemos muito pouca sorte. Outra semana, só mais uma semana nos teria sido suficiente. Acho que se tivéssemos podido controlar os eventos... se Mansfield Park tivesse podido dominar os ventos por uma ou duas semanas por volta do equinócio, tudo teria sido diferente. Não que fôssemos arriscar a segurança dele com algum tremendo temporal, mas bastaria um vento contrário constante, ou uma calmaria. Acho, srta. Price, que naquela ocasião nós deveríamos ter sido favorecidos com uma semana de calmaria no Atlântico.

Ele parecia determinado a receber uma resposta; e Fanny, desviando o rosto, disse com um tom mais firme do que de costume:

— Da *minha* parte, senhor, eu não teria atrasado a volta dele um único dia. O meu tio reprovou tudo tão completamente quando chegou que, na minha opinião, tudo já fora longe demais.

Nunca na vida ela falara tanto com ele, e nunca se dirigira a qualquer pessoa com tanta raiva; quando terminou, tremeu e corou ante a própria audácia. Ele ficou surpreso, mas depois de avaliá-la em silêncio por alguns momentos, retrucou em tom mais grave e mais calmo, como se fosse o sincero resultado de uma convicção:

— Acredito que a senhorita tenha razão. Foi mais prazeroso do que prudente. Estávamos ficando agitados demais.

E depois, mudando de assunto, tentou engajá-la em outro, mas as respostas foram tão tímidas e relutantes que ele não conseguiu avançar.

Então a srta. Crawford, que estivera olhando repetidamente para o dr. Grant e para Edmund, observou:

— Aqueles cavalheiros devem ter algum assunto muito interessante para discutir.

— O mais interessante do mundo — retrucou o seu irmão —: como fazer dinheiro; como transformar uma boa renda em outra melhor. O dr. Grant está dando instruções ao Bertram a respeito do benefício eclesiástico a que ele terá direito muito em breve. Descobri que ele será ordenado daqui a poucas semanas. Eles estavam conversando sobre isso na sala de jantar. Fico feliz em saber que Bertram se dará tão bem. Terá uma renda bastante boa para esbanjar, e conseguida sem grande dificuldade. Entendi que ele não terá ao seu dispor menos de setecentas libras anuais. Setecentas libras anuais é bastante bom para um irmão mais novo; e naturalmente, como ele ainda morará em casa, poderá gastar tudo com os seus *menus plaisirs*; suponho que um sermão no Natal e outro na Páscoa serão a soma total do sacrifício.

A irmã tentou minimizar a importância dos próprios sentimentos, dizendo:

— Nada me diverte mais do que a facilidade com que as pessoas se referem à abundância das que possuem muito menos do que elas próprias. Você ficaria estupefato, Henry, se os seus *menus plaisirs* fossem limitados a setecentas libras anuais.

— Talvez ficasse, mas *tudo* isso, como você sabe, é inteiramente relativo. O direito da primogenitura e os costumes devem resolver a situação. Bertram certamente tem boa situação para um caçula, até mesmo de uma família de baronetes. Quando chegar aos 24 ou 25 anos, terá setecentas libras anuais sem esforço algum.

A srta. Crawford *poderia* ter dito que aquilo exigiria algum trabalho e sofrimento, nada leves, na sua opinião; mas se conteve e deixou passar; logo depois, quando os dois cavalheiros se juntaram a eles, tentou parecer calma e despreocupada.

— Bertram — disse Henry Crawford —, farei questão de vir a Mansfield para ouvi-lo pregar o seu primeiro sermão. Virei com o propósito de encorajar um iniciante. Quando será? Srta. Price, não vai se juntar a mim para encorajar o seu primo? Não vai se comprometer a assistir a tudo com os olhos fixos nele o tempo todo, como eu farei, para não perder palavra alguma? Ou apenas anotar alguma frase extremamente bonita? Iremos munidos de papel e lápis. Quando será? Sabe que precisa pregar em Mansfield para que sir Thomas e lady Bertram possam ouvi-lo, não é?

— Enquanto eu puder, Crawford, vou manter distância de você — disse Edmund —, porque provavelmente você vai me desconcertar e eu ficarei muito mais triste de vê-lo tentar isso do que se fosse qualquer outro.

"Será que ele não sente isso?", pensou Fanny. "Não, não é capaz de sentir qualquer coisa como deveria."

Então, com o grupo todo reunido e os oradores atraindo uns aos outros, Fanny continuou tranquila; e depois do chá, quando se juntaram em torno de uma mesa para jogar uíste, formada realmente para divertir o dr. Grant por iniciativa da sua gentil esposa, embora não se devesse pensar assim, a srta. Crawford pegou a harpa e Fanny nada teve mais a fazer além de ouvir; e a sua tranquilidade continuou sem ser perturbada o resto da noite, exceto quando o sr. Crawford de vez em quando lhe dirigia alguma pergunta ou observação que ela não podia deixar de responder. A srta. Crawford se aborrecera demais com o ocorrido e não tinha humor para qualquer coisa além da música. Através da música ela se acalmou e divertiu a amiga.

A confirmação de que Edmund seria ordenado muito em breve caiu sobre a srta. Crawford como um golpe que estivera suspenso e que ela ainda julgava incerto e distante, mas que agora foi sentido com ressentimento e mortificação. Estava muito zangada com ele. Pensara que a sua influência fosse maior. *Começara* a pensar nele; percebia que começava a se interessar muito e a ter intenções quase definidas; mas agora retribuiria a frieza dos sentimentos dele. Era claro que ele não tinha intenções sérias, nem um verdadeiro afeto, ao insistir numa situação à qual ela jamais se submeteria, como ele deveria saber. Decidiu que a sua indiferença seria equivalente à dele. Daí em diante admitiria as suas atenções sem outra ideia além de uma diversão imediata. Se *ele* conseguia comandar tão bem os próprios afetos, ela não permitiria que os *dela* a magoassem.

CAPÍTULO 24

Na manhã seguinte, Henry Crawford já decidira passar mais 15 dias em Mansfield; tendo mandado buscar os seus cavalos de caça e escrito algumas linhas de explicação para o Almirante, olhou em volta para a irmã enquanto selava e despachava a carta e vendo que o ambiente estava livre do resto da família, disse com um sorriso:

— Como você acha que eu pretendo me divertir, Mary, nos dias em que não estiver caçando? Já estou velho demais para ir à caça mais de três vezes por semana; mas tenho um plano para os dias intermediários, o que você acha que é?

— Caminhar e cavalgar comigo, com certeza.

— Não exatamente, embora eu fique feliz de fazer as duas coisas, mas *isso* exercitaria apenas o meu corpo, e eu preciso cuidar da mente. Além do mais, *isso* seria só diversão e prazer, sem o esforço do trabalho, e eu não gosto de comer o pão do ócio. Não, o meu plano é fazer Fanny se apaixonar por mim.

— Fanny Price?! Absurdo! Não, não.Você deveria se contentar com as duas primas dela.

— Mas eu não consigo me contentar sem Fanny Price, sem fazer um pequeno buraco no coração de Fanny Price. Parece que você não percebeu direito o quanto ela quer aprender. Ontem à noite, quando conversamos sobre ela, nenhum de vocês pareceu notar que nas últimas seis semanas a aparência dela passou por um aperfeiçoamento maravilhoso.Vocês a veem todos os dias e, portanto, não notam, mas eu garanto que agora ela é uma pessoa muito diferente do que era no outono. À época, era simplesmente uma menina quieta, modesta, comum, mas agora está absolutamente bela. Eu costumava pensar que ela não tinha beleza no porte nem no semblante; mas há uma decidida beleza naquela pele macia, tantas vezes tingida pelo rubor, como aconteceu ontem; e pelo que observei nos seus olhos e na sua boca, não duvido de que possam ser muito expressivos quando ela tiver algo para expressar. Além disso, o seu aspecto, as suas maneiras e o seu *tout ensemble* melhoraram indescritivelmente! De outubro para cá ela deve ter crescido pelo menos uns cinco centímetros.

— Ora, ora! Só porque não havia mulheres altas para serem comparadas com ela, e também porque o vestido era novo e você ainda não a vira tão bem-vestida. Acredite, ela é exatamente o que era em outubro. Na verdade, era a única jovem no grupo para você observar, e você está sempre precisando de alguém. Eu sempre a considerei bonita... nada surpreendente... mas "bonita o suficiente", como se diz; o tipo de beleza que se desenvolve aos poucos. Os olhos deveriam ser mais escuros, mas o sorriso é doce; porém, quanto a esse maravilhoso grau de aperfeiçoamento, tenho certeza de que pode ser totalmente justificado pelo melhor estilo do vestido e porque você não tinha outra pessoa para olhar; assim, se decidir flertar com ela, nunca me convencerá de que é um elogio à sua beleza, ou que você não esteja motivado exclusivamente por ócio e leviandade.

Diante dessa acusação, o irmão apenas sorriu e logo acrescentou:

— Não sei bem como avaliar a srta. Fanny. Não a compreendo. Eu não saberia dizer o que ela pretendia ontem. Como será o seu caráter? Será solene? Esquisita? Pudica? Por que se retraiu e me olhou tão séria? Eu mal consegui fazê-la falar. Em toda a minha vida eu nunca fiquei tanto tempo em companhia de uma jovem tentando diverti-la e sendo tão malsucedido! Jamais conheci uma jovem que me olhasse com tamanha seriedade! Eu preciso levar a melhor. O seu olhar diz "Não vou gostar do senhor, estou decidida a não gostar do senhor", e eu garanto que vai.

— Que tolice! Então é esse o atrativo dela! Então é isso, o fato de não dar importância a você é o que lhe proporciona uma pele macia, faz com que pareça muito mais alta e produza todos esses encantos e graças! Eu desejo firmemente que você não a faça, de fato, infeliz;

talvez um *pouco* de amor possa animá-la e fazê-la se sentir bem, mas não quero que você se aprofunde muito, pois ela é a criatura mais doce do mundo, e muito sentimental.

— Só 15 dias — disse Henry. — E se 15 dias são capazes de matá-la é porque ela deve ter uma constituição tão frágil que nada conseguirá salvar. Não, eu não farei mal algum àquela preciosa alma! Só quero que ela me veja com bondade, me dê sorrisos e enrubesça, guarde uma cadeira para mim ao seu lado, onde quer que estejamos, mostre-se muito animada quando eu me sentar ao seu lado para conversar; que pense como eu, se interesse pelos meus bens e pelos meus prazeres, tente me manter por mais tempo em Mansfield e, quando eu for embora, sinta que nunca mais voltará a ser feliz. Só quero isso.

— A própria moderação! — disse Mary. — Agora eu não posso ter escrúpulos. Bem, você terá oportunidades suficientes para se recomendar porque nós duas costumamos passar muito tempo juntas.

E sem tentar qualquer outra advertência, ela entregou Fanny ao próprio destino, um destino que, se o coração de Fanny não tivesse sido protegido de modo insuspeito pela srta. Crawford, poderia ter sido um pouco mais duro do que ela merecia; porque embora existam, sem dúvida, certas jovens inconquistáveis de 18 anos (ou nunca leríamos a respeito) que não admitem ser persuadidas a amar contra a vontade apesar de tudo o que os talentos, os modos, as atenções e os elogios podem fazer, eu não me disponho a crer que Fanny fosse uma dessas jovens, nem acho que, com um temperamento tão terno e tamanho bom gosto, como de fato possuía, ela conseguiria escapar com coração ileso da corte (embora uma corte de apenas 15 dias) de um homem como Crawford, apesar de existir uma prévia má opinião a respeito dele a ser superada, e também se ela não tivesse comprometido o afeto a alguém mais. Com toda a segurança que o amor por outro homem e a desestima por ele poderiam dar à paz de espírito que ele atacava, as contínuas atenções dele, contínuas mas não invasivas, adaptando-se cada vez mais à bondade e à delicadeza do caráter dela, forçaram-na muito em breve a desgostar dele menos do que antes. Sem esquecer o passado, Fanny considerava Crawford tão nocivo quanto antes; mas reconheceu-lhe as qualidades: era divertido e as suas maneiras eram tão refinadas, tão polidas, de uma polidez tão séria e tão irrepreensível que era impossível não retribuir com gentileza.

Poucos dias foram suficientes para isso se concretizar; e, ao fim desses poucos dias surgiram circunstâncias que favoreceriam os meios de Crawford agradá-la, na medida em que propiciavam a Fanny um grau de felicidade que a predispunha a ser amável com todos. O seu irmão William, o irmão tão querido e há tanto tempo ausente, estava novamente na Inglaterra. Ela recebera uma carta dele, poucas linhas apressadas e felizes, escritas enquanto o navio cruzava o Canal e enviada para Portsmouth no primeiro barco que deixou o *Antwerp* ancorado em Spithead; e, quando Crawford entrou com o jornal na mão, esperando trazer as primeiras notícias, encontrou-a tremendo de alegria com a carta e ouvindo com uma fisionomia radiante e agradecida o bondoso convite cordial que o tio ditava em resposta.

Só na véspera Crawford ficara a par do assunto e soubera que ela tinha esse irmão e que estava naquele navio, mas o interesse daí resultante fora muito forte, e ele decidiu que ao voltar à cidade tentaria obter informações relativas ao período provável em que o *Antwerp* retornaria do Mediterrâneo, etc; e na manhã seguinte bem cedo a boa sorte o acompanhou quando examinou o noticiário naval e viu recompensada a sua engenhosidade para descobrir um método de agradar Fanny, bem como para demonstrar respeitosa atenção ao Almirante que durante muitos anos dirigiu o estimado jornal, portador das mais atualizadas informações navais. No entanto, ele percebeu que chegara tarde demais. Todos os bons sentimentos que ele esperava despertar já haviam sido experimentados. Mas a sua intenção, a sua bondosa intenção foi devida e calorosamente agradecida por Fanny, cujo amor por William a fez ultrapassar a costumeira timidez.

O querido William logo estaria entre eles. Não haveria dúvida de que ele obteria uma licença imediata, pois ainda era aspirante; e como os pais, que moravam no local, já deviam tê-lo visto, e talvez visto diariamente, as suas próximas férias, por justiça, deveriam ser dedicadas à irmã, a sua melhor correspondente ao longo de um período de sete anos, e ao tio que fora o seu maior apoio e o ajudara a progredir; portanto, a resposta à carta de Fanny veio o mais depressa possível, estabelecendo um dia bem próximo para a chegada; e menos de dez dias depois de Fanny ter ficado agitada pelo primeiro convite para jantar fora, viu-se imersa numa agitação de natureza superior, observando o vestíbulo, o corredor, as escadas, em busca do primeiro som da carruagem que lhe traria o irmão.

Felizmente o som chegou enquanto ela esperava; e como não houvesse cerimônia nem temor para atrasar o momento do encontro, ela o recebeu assim que ele entrou na casa, e os primeiros minutos de rara emoção não foram interrompidos nem tiveram testemunhas, a menos que os criados, cuja função principal era abrir as portas, pudessem ser assim chamados. Foi para isso mesmo que sir Thomas e Edmund conspiraram isoladamente e ambos demonstraram, ao aconselhar com toda ênfase a sra. Norris a continuar onde estava, em vez de correr para o vestíbulo tão logo ouvisse os ruídos da chegada.

William e Fanny logo se apresentaram e sir Thomas teve o prazer de receber o seu protegido, sem dúvida muito diferente do rapaz que ele encaminhara sete anos antes, agora um jovem de aparência desembaraçada e agradável, maneiras francas e espontâneas, ao mesmo tempo sensíveis e respeitosas, que o confirmavam como seu amigo.

Fanny demorou muito a se recuperar daquela hora de felicidade agitada, na verdade constituída dos últimos trinta minutos de expectativa e dos primeiros de fruição; passou-se algum tempo antes que se pudesse afirmar que a sua felicidade fosse capaz, de fato, de fazê-la feliz, antes que desaparecesse a decepção que acompanha as alterações na aparência, e que ela conseguisse ver nele o mesmo William de antes, conversar com ele como o seu coração ansiara por tantos anos. Contudo, esse momento chegou aos poucos, tendo ambos demonstrado um afeto igualmente caloroso, o dele muito menos refreado pelo refinamento ou pela insegurança. Fanny era o primeiro objeto do amor de William, porém um amor que ele, dotado de espírito mais forte e temperamento mais ousado, expressava e sentia com igual naturalidade. Na manhã seguinte já estavam caminhando juntos com verdadeiro prazer e todas as manhãs sucessivas renovaram um *tête-à--tête* que sir Thomas observava com complacência, mesmo antes de Edmund comentar.

À exceção dos momentos de especial deleite, despertados nos últimos meses por situações marcantes ou inesperadas da consideração de Edmund por ela, Fanny jamais conhecera tanta felicidade na vida quanto naquela troca incontida, recíproca e destemida com o irmão e amigo que lhe abria o coração e lhe contava todas as suas esperanças, todos os seus medos, planos e projetos há muito desejados, inclusive a justa, valiosa e abençoada promoção; ele foi capaz de lhe dar informações diretas e minuciosas sobre o pai, a mãe, os irmãos e as irmãs, de quem ela muito raramente ouvia falar; William mostrava-se interessado em todos os confortos e pequenas dificuldades da permanência dela em Mansfield; foi capaz de avaliar cada membro da casa, segundo a orientação da irmã, divergindo apenas por ter uma opinião menos escrupulosa e uma rejeição mais clamorosa em relação à tia Norris; ambos (talvez a maior indulgência de todas) poderiam reviver o bem e o mal dos seus primeiros anos e rememorar com extremo carinho todas as antigas lembranças de dor e prazer. Isso representa uma vantagem, um fortalecimento do amor, onde até mesmo o vínculo conjugal é inferior ao fraterno. Filhos da mesma família, com o mesmo sangue, as mesmas primeiras associações e os mesmos hábitos, dispõem de alguns meios de se divertir que nenhum vínculo subsequente pode fornecer; e exceto por uma desavença prolongada e inatural, por um divórcio que nenhuma conexão subsequente justificaria, essas preciosas lembranças dos primeiros relacionamentos sobreviverão por inteiro. Infelizmente, muitas vezes é assim. O amor fraterno, que algumas vezes é quase tudo, em outras é pior do que nada. Mas entre William e Fanny Price havia um sentimento de total plenitude e frescor, preservado incólume de interesses opostos, que nenhum afeto isolado conseguiria esfriar, e que a influência do tempo e da ausência só fizera crescer.

Esse afeto tão cordial fez com que ambos fossem progredindo na opinião de quem tivesse coração para valorizar as coisas boas. Henry Crawford ficou tão impressionado quanto todos os outros. Elogiou a dedicação calorosa e franca do jovem marinheiro, que o levou a dizer, com as mãos estendidas sobre a cabeça de Fanny:

— Sabe, estou começando a gostar dessa moda esquisita, mas quando ouvi falar pela primeira vez que essas coisas estavam acontecendo na

Inglaterra, não consegui acreditar; e quando a sra. Brown e as outras mulheres apareceram assim na residência do comissário em Gibraltar, achei que estivessem loucas; mas Fanny é capaz de me fazer aceitar qualquer coisa.

E, com intensa admiração, viu Fanny, com o rosto radiante, brilho nos olhos, profundo interesse, absorta e atenta ouvindo o irmão descrever perigos iminentes ou cenas terríveis que só um bom período em alto-mar podem propiciar.

Era um quadro que Henry Crawford tinha discernimento suficiente para valorizar. Os atrativos de Fanny aumentaram, ou melhor, duplicaram; porque a sensibilidade que lhe embelezava o rosto e lhe iluminava a fisionomia era um atrativo em si. Ele não duvidava mais da capacidade do coração de Fanny. Ela tinha sentimentos, sentimentos genuínos. Seria uma vitória ser amado por aquela jovem, excitar os primeiros ardores da sua mente imatura e ingênua. Ela o interessava mais do que ele previra. Quinze dias não seriam suficientes. A permanência dele tornou-se indefinida.

William era frequentemente solicitado pelo tio para ser o orador. Os seus relatos divertiam sir Thomas, mas o seu principal objetivo era entender o narrador, conhecer o jovem através das suas histórias; ele ouvia os detalhes claros, simples e espirituosos com grande satisfação, vendo neles uma prova de bons princípios, conhecimento profissional, energia, coragem, alegria, tudo o que poderia merecer ou prometer algo de bom. Apesar de jovem, William já vira muita coisa. Estivera no Mediterrâneo, nas Índias Ocidentais, novamente no Mediterrâneo; desembarcara muitas vezes por deferência do capitão e no curso de sete anos conhecera todos os tipos de perigo que o mar e a guerra juntos podem oferecer. Com tais meios ao seu dispor, William tinha o direito de ser ouvido; e, embora a sra. Norris circulasse pela sala, perturbando todos à procura de indispensáveis linhas de costura ou de um velho botão de camisa, em pleno relato do sobrinho sobre um naufrágio ou um combate, todos os demais permaneciam atentos; nem mesmo lady Bertram conseguia ouvir impassível a descrição daqueles horrores, ou sem erguer os olhos do trabalho algumas vezes para dizer:

— Meu Deus! Que desagradável! Eu me admiro que alguém queira ir para o mar!

Para Henry Crawford, a narrativa proporcionou uma sensação diferente. Ele gostaria de ter tido a oportunidade de ir para o mar, visto, feito e sofrido igualmente. O seu coração se aquecera, a sua fantasia se acendera, e ele sentiu o mais alto respeito por aquele jovem que antes dos vinte anos já passara por tantos sofrimentos físicos e dera tantas provas de coragem. A glória do heroísmo, da utilidade, do empenho, da perseverança, fazia os seus hábitos indulgentes e egoístas parecerem um contraste vergonhoso; e, em vez de ser o que era, ele desejava ter sido um William Price, distinguindo-se e abrindo caminho para a fortuna e a importância através do respeito a si próprio e do feliz entusiasmo, em vez do que era, de fato!

O desejo de Crawford foi muito mais impetuoso do que duradouro. Ele despertou da fantasia do retrospecto e do lamento que ela produziu ao ouvir uma pergunta de Edmund sobre os planos para a caçada no dia seguinte; e descobriu que era tão bom quanto aquilo ser um homem de fortuna, que tinha cavalos e cavalariços às suas ordens. Em certos aspectos era melhor, pois lhe propiciava meios de ser bondoso quando quisesse agradar. Animado, corajoso e curioso em relação a tudo, William manifestou desejo de caçar; e Crawford arranjou-lhe um cavalo sem a menor dificuldade e apenas com alguns escrúpulos para remover de sir Thomas, que sabia melhor do que o sobrinho o valor daquele empréstimo, além de dissipar alguns alarmes em Fanny. Ela temia por William; ele não a convencera, quando declarou que conhecera cavalos em vários países, participara de escaladas difíceis, montara cavalos e mulas selvagens, escapara de terríveis quedas em muitos desfiladeiros, e que sabia manejar muito bem um cavalo bem alimentado numa caçada de raposas inglesas; ela também não conseguiu ficar tranquila em relação ao risco até ele voltar são e salvo, sem acidente ou descrédito, nem sentir qualquer gratidão que o sr. Crawford pretendia produzir ao emprestar o cavalo. Porém, quando se comprovou que o cavalo não causara dano algum a William, ela reconheceu a gentileza e chegou a recompensar o proprietário com um sorriso e ele, no minuto seguinte, ofereceu o animal para ser usado novamente por William; em seguida, com a maior cordialidade e de modo irresistível, colocou o cavalo ao inteiro dispor de William enquanto este permanecesse em Northamptonshire.

CAPÍTULO 25

A essa altura o relacionamento entre as duas famílias fora quase restaurado ao que era no outono, o que era mais do que qualquer componente da velha intimidade imaginaria que voltasse a acontecer. O retorno de Henry Crawford e a chegada de William Price tiveram muito a ver com essa restauração, mas ele também deveu muito à maior tolerância de sir Thomas em relação às tentativas de boa vizinhança provenientes da residência paroquial. Com a mente livre das preocupações anteriores, ele se sentia à vontade para achar que os Grant e seus jovens parentes eram dignos de uma visita; e, embora se sentisse infinitamente superior para planejar ou tramar um casamento muito vantajoso que pudesse existir entre as aparentes possibilidades para certa pessoa muito querida, e julgando que seria uma atitude mesquinha usar de esperteza nesses assuntos, ele não deixou de perceber com altivez e indiferença que o sr. Crawford, de certo modo, distinguia a sua sobrinha, nem talvez se abster (embora inconscientemente) de dar uma anuência mais decidida aos convites com essa intenção.

No entanto, a sua pronta concordância em jantar na residência paroquial, quando o convite geral foi finalmente arriscado depois de muitos debates e muitas dúvidas quanto à conveniência de fazê-lo, porque "sir Thomas parecia tão pouco inclinado e lady Bertram era tão indolente!", derivou apenas da boa educação e da boa vontade, nada tendo a ver com o sr. Crawford, simples membro de um grupo agradável; pois foi no decorrer dessa mesma visita que sir Thomas começou a pensar pela primeira vez que qualquer pessoa habituada a simples observações *teria percebido* que o sr. Crawford era o admirador de Fanny Price.

De um modo geral, a reunião foi considerada aprazível, sendo equilibradamente composta de oradores e ouvintes; e o jantar propriamente dito foi elegante e farto, de acordo com o estilo usual dos Grant, e mais de acordo ainda com os hábitos costumeiros de todos os demais, e despertou emoções em todos menos na sra. Norris, que não conseguiu suportar com a devida paciência a ampla mesa e o número de pratos, e sempre se esforçou para manifestar algum incômodo com a passagem dos criados por trás da sua cadeira, além de expressar a convicção de que, com tantos pratos, era impossível que alguns não esfriassem.

À noite, como a sra. Grant e a sua irmã haviam determinado previamente, constatou-se que depois de formada a mesa de uíste haveria número suficiente para compor uma mesa redonda com outro jogo de cartas sem parcerias e todos aceitaram por não terem escolha, como sempre ocorre em tais ocasiões. Uma partida de especulação foi decidida com a mesma presteza do uíste; e lady Bertram logo se viu na situação crítica de ter de escolher entre os jogos e ser solicitada a tirar uma carta para uíste ou não. Ela hesitou. Felizmente sir Thomas estava disponível.

— O que devo fazer, sir Thomas? Uíste ou especulação? Qual me divertiria mais?

Depois de pensar um momento, sir Thomas recomendou especulação. Ele era um jogador de uíste e talvez achasse que não se divertiria muito tendo-a como parceira.

— Muito bem — disse lady Bertram, satisfeita com a resposta —, então especulação, por favor, sra. Grant. Não sei coisa alguma a respeito, mas Fanny pode me ensinar.

No entanto, a essa altura Fanny protestou ansiosa, alegando ser igualmente ignorante; jamais jogara aquele jogo, nem vira alguém jogá-lo em toda a sua vida. Lady Bertram, então, passou por um novo momento de indecisão; mas, quando todos lhe garantiram que nada era tão fácil, que se tratava do jogo de cartas mais fácil de todos, e como Henry Crawford deu um passo adiante pedindo com firmeza a permissão para sentar entre lady Bertram e a Srta. Price e ensinar o jogo a ambas, tudo se resolveu; e sir Thomas, a sra. Norris, o dr. e a sra. Grant sentaram-se à mesa onde se reuniam os mais intelectualizados e mais importantes, enquanto os outros seis, sob a direção da srta. Crawford, arranjaram-se em torno da outra. Foi um belo arranjo para Henry Crawford, que ficou perto de Fanny e com as mãos bastante ocupadas com as cartas de duas pessoas para manejar, além das suas próprias; pois, embora fosse impossível para Fanny não se sentir senhora das regras do jogo em três minutos, ele ainda precisava inspirar-lhe as jogadas, aguçar-lhe a cobiça e endurecer-lhe o coração o que, especialmente numa competição com William, era um trabalho de certa dificuldade; quanto a lady Bertram, ele precisou se encarregar de toda a sua fama e fortuna a noite inteira; e se fosse suficientemente rápido para impedi-la de olhar as cartas uma vez feitas as apostas, tinha de orientá-la em tudo o que devia fazer com elas até o fim do jogo.

Crawford estava muito entusiasmado, fazendo tudo com uma alegre facilidade, salientando-se em todas as animadas jogadas, nos recursos rápidos e no jovial atrevimento que faziam honra ao jogo; e a mesa redonda, no conjunto, contrastava fortemente com a sisudez, a sobriedade e o silêncio disciplinado da outra.

Por duas vezes sir Thomas perguntou qual seria o motivo da alegria e do sucesso da esposa, mas em vão. Nenhuma pausa era longa o suficiente para o tempo exigido pelas maneiras ponderadas dele; e muito pouco se soube do estado de ânimo de lady Bertram, até que a sra. Grant, ao fim da primeira partida, foi cumprimentá-la.

— Espero que Vossa Senhoria esteja satisfeita com o jogo.

— Ah, sim, claro. De fato, muito divertido. Um jogo muito estranho. Não entendo do que se trata. Nunca devo olhar as minhas cartas; e o sr. Crawford faz todo o resto.

— Bertram — disse Crawford pouco depois, aproveitando um momento em que o ritmo do jogo diminuiu —, eu não lhe contei o que me aconteceu ontem quando cavalgava para casa. — Os dois tinham ido caçar juntos e estavam no meio de uma boa perseguição, a certa distância de Mansfield, quando o cavalo de Henry Crawford pareceu ter perdido uma ferradura; ele fora obrigado a desistir e procurar o caminho de volta da melhor maneira possível. — Eu lhe contei que perdi o caminho depois de passar por aquela velha casa de fazenda com teixos, porque eu jamais me dou ao trabalho de perguntar; mas não lhe contei que, com a minha habitual boa sorte (porque nunca erro sem ganhar com os erros), acabei indo parar exatamente no lugar que eu tinha curiosidade de conhecer; de repente, ao fazer uma curva em um campo íngreme, me deparei no meio de um vilarejo isolado, entre colinas suaves; à minha frente, um riacho para atravessar, à minha direita, numa espécie de outeiro, uma igreja surpreendentemente grande e bonita para o local, e nenhuma casa à vista, nem sombra de alguma casa senhorial, à exceção de uma... presumo que fosse a residência paroquial, a poucos passos da dita igreja do outeiro. Em resumo, eu estava em Thornton Lacey.

— Parece ser isso — disse Edmund. — Mas que caminho você tomou depois de passar pela fazenda de Sewell?

— Eu não respondo a essas perguntas irrelevantes e insidiosas; apesar de que, se eu fosse responder a todas as perguntas que você faz no espaço de uma hora, você nunca conseguiria provar que *não* era Thornton Lacey porque era, com certeza.

— Então você perguntou?

— Não, eu nunca pergunto. Mas eu *disse* para um homem que estava consertando uma cerca que aquele lugar era Thornton Lacey, e ele concordou.

— Você tem boa memória. Eu já tinha esquecido a metade do que lhe contei a respeito daquele lugar.

Thornton Lacey era o nome do benefício eclesiástico que Edmund assumiria em breve, como a srta. Crawford bem sabia; e o interesse dela em negociar o valete de William Price aumentou.

— Bem — continuou Edmund —, e você gostou do que viu?

— Gostei muito, de fato. Você é um sujeito de sorte. Haverá trabalho para cinco verões, pelo menos, antes que o lugar se torne habitável.

— Não, não, não é tão ruim assim. Com certeza o pátio da fazenda precisa ser deslocado, mas é só o que eu pretendo fazer. A casa não é de todo ruim, e, quando o pátio for removido, o acesso ficará bem aceitável.

— O pátio precisa ser totalmente eliminado e o local plantado, de modo a impedir a visão da oficina do ferreiro. A frente da casa precisa ser voltada para o leste, e não para o norte... quero dizer, a entrada e os aposentos principais devem ficar para aquele lado, onde a vista é realmente muito bonita; tenho certeza de que é possível fazer isso. E você deve entrar por onde hoje é o jardim. Nos atuais fundos da casa você deve fazer um novo jardim, o que dará o melhor aspecto deste mundo, em declive para sudeste. O terreno parece feito expressamente para essa finalidade. Cavalguei uns cinquenta metros alameda acima, entre a casa e a igreja, para poder olhar em volta, e vi como tudo vai ficar. Nada mais fácil. O prado adiante do que *será* o jardim, assim como *está* agora, se estendendo desde a alameda onde eu estava rumo ao nordeste, isto é, de frente para a estrada principal que leva ao vilarejo, deve ser todo planejado, naturalmente; os prados são uma beleza, todos salpicados de árvores. Suponho que pertençam ao benefício eclesiástico; caso contrário, você precisa comprá-los. E o riacho... é preciso fazer alguma coisa com o riacho; eu ainda não decidi o quê. Tenho duas ou três ideias.

-- E eu também tenho duas ou três ideias — disse Edmund — e uma delas é que do seu projeto para Thornton Lacey muito pouco será posto em prática. Devo me satisfazer com muito menos enfeites e belezas. Penso que a casa e o entorno devem se tornar confortáveis e assumir o ar de residência senhorial, sem muitas despesas pesadas, e para mim será o suficiente; e espero que seja o suficiente para todos os que me querem bem.

A srta. Crawford, um pouco desconfiada e ressentida com aquele tom de voz, e olhando de soslaio para a fisionomia com que Edmund dizia o que esperava fazer, concluiu apressadamente a negociação com William Price e, adquirindo o valete a uma taxa exorbitante, exclamou:

— Pronto, faço a minha última aposta como mulher de coragem. Nada de prudência e frieza comigo. Não nasci para ficar imóvel e não fazer nada. Se eu perder o jogo, não será por falta de luta.

Ela venceu o jogo, mas não recebeu o montante que apostara. Sucedeu-se outra rodada e Crawford continuou a falar sobre Thornton Lacey:

— O meu plano talvez não seja o melhor possível; não tive muito tempo para concebê-lo, mas você precisa fazer muita coisa. O lugar merece, e você não ficará satisfeito com muito menos do que ele pode render. (Desculpe-me, vossa senhoria não deve olhar as suas cartas. Portanto, deixe-as exatamente à sua frente). O lugar merece, Bertram. Você fala em lhe dar um ar de residência senhorial. *Isso* será conseguido com a remoção do pátio, porque, independentemente do terrível incômodo, jamais vi uma casa desse gênero com tanto ar de casa senhorial, parecendo mais distinta do que uma simples residência paroquial... e ao custo de umas poucas centenas de libras por ano. Não é uma série desordenada de aposentos individuais baixos, com tantos telhados quantas janelas; não é apertada como as vulgares e compactas casas de fazenda; é uma casa de paredes sólidas, ampla, com aparência de mansão, onde se poderia imaginar uma respeitável e antiga família rural tivesse vivido gerações e gerações pelo menos por dois séculos e agora gastasse com ela duas ou três mil libras por ano.

A srta. Crawford ouviu e Edmund concordou.

— Portanto, se você fizer alguma coisa, não deixará de lhe dar um ar de residência senhorial. Mas a casa pode ser muito mais. (Deixe-me ver, Mary; lady Bertram dá um lance de 12 por aquela rainha; não, não, 12 é muito mais do que vale. Lady Bertram *não* oferece 12. Não terá o que acrescentar. Prossigam, prossigam). Com as melhorias que eu sugeri (de fato, eu não lhe peço que adote o meu plano, embora, cá entre nós, eu duvide que alguém proponha outro melhor), você poderá lhe dar um caráter mais distinto. Poderá promovê-la a um lugar destacado. Com melhoramentos criteriosos ela deixará de ser uma mera residência senhorial e passará a ser a casa de um homem instruído, de bom gosto, maneiras modernas e bem relacionado. Tudo isso ficará visível; e aquela casa adquirirá um ar capaz de fazer com que todas as criaturas que viajarem pela estrada reconheçam o seu dono como o grande proprietário de terras da paróquia; especialmente porque não existe outra casa de nobre rural para concorrer nesse aspecto... cá entre nós, circunstância que valoriza incalculavelmente a propriedade no que diz respeito a privilégio e independência. Espero que a *senhorita* concorde comigo — disse suavizando o tom de voz ao se dirigir a Fanny. — Já conheceu o local?

Fanny respondeu com uma rápida negativa e tentou esconder o seu interesse pelo assunto prestando muita atenção ao irmão, que efetuava uma barganha difícil e exigia dela o máximo que podia; mas Crawford prosseguiu:

— Não, não, a senhorita não deve abrir mão da rainha. Comprou-a muito caro e o seu irmão está oferecendo menos da metade do valor.

Não, não, senhor, tire a mão, não toque na carta, a sua irmã não vai abrir mão da rainha. Ela está bastante empenhada. — E, voltando-se novamente para Fanny: — o jogo será seu, certamente será seu.

— E Fanny preferiria que fosse de William — disse Edmund, sorrindo para ela. — Pobre Fanny! Não lhe permitem se enganar como deseja!

— Sr. Bertram — disse a srta. Crawford depois de alguns minutos —, o senhor sabe que Henry é um grande idealizador, e o senhor não poderá realizar qualquer coisa desse gênero em Thornton Lacey sem aceitar a ajuda dele. Pense apenas como ele foi útil em Sotherton! Pense apenas nas coisas grandiosas produzidas ali quando o acompanhamos naquele dia quente de agosto, passeamos pelos campos e vimos a genialidade dele se inflamar. Fomos lá e voltamos para casa novamente, e é impossível descrever o que foi feito ali.

Por um momento, o olhar de Fanny se voltou para Crawford com uma expressão mais do que séria, até mesmo de reprovação; mas, ao captar o olhar dele, ela imediatamente desviou a vista. Ligeiramente constrangido, Crawford sacudiu a cabeça para a irmã e retrucou, rindo:

— Não posso dizer que se fez muito em Sotherton; mas era um dia quente, e nós caminhávamos uns atrás dos outros, desnorteados.

Assim que o burburinho geral o protegeu, ele acrescentou em voz baixa, dirigindo-se exclusivamente para Fanny:

— Eu ficaria triste de ver a minha capacidade de *planejamento* avaliada por aquele dia em Sotherton. Hoje eu vejo as coisas de modo muito diferente. Não me julgue por aquele dia.

A palavra Sotherton atraiu a sra. Norris, que desfrutava de um feliz momento de lazer propiciado pelo sucesso da bela jogada que fizera junto com sir Thomas contra as boas cartas do dr. e da sra. Grant; e ela exclamou com o maior bom humor:

— Sotherton? Sim, aquilo é que é um lugar, de fato, tivemos um dia encantador por lá. William, você está muito sem sorte; mas na sua próxima vinda, espero que os queridos sr. e sra. Rushworth estejam em casa, e tenho certeza de que posso responder por eles que você será amavelmente recebido por ambos. Os seus primos não são do tipo de pessoas que esquecem os parentes e o sr. Rushworth é um homem muito amável. Eles estão em Brighton, sabe, numa das melhores casas de lá, pois a bela fortuna do sr. Rushworth lhes dá esse direito. Não sei exatamente a distância, mas quando você voltar para Portsmouth, se não for muito longe, deve ir até lá para lhes prestar as devidas homenagens; e eu poderia mandar um pequeno pacote por você, que eu quero que seja entregue às suas primas.

— Eu ficaria muito feliz, minha tia, mas Brighton é quase em Beachey Head; e ainda que eu pudesse ir tão longe, não esperaria ser bem-vindo num lugar tão elegante assim, sendo um pobre e simples aspirante como sou.

A sra. Norris começava a assegurar, com avidez, que ele seria acolhido com a maior afabilidade, quando foi interrompida por sir Thomas, que disse com autoridade:

— Eu não o aconselho a ir a Brighton, William, pois acho que em breve você terá oportunidades mais convenientes para encontrá-los, mas as minhas filhas ficariam felizes em ver os primos em qualquer lugar; você verá que o sr. Rushworth está sinceramente disposto a considerar todas as pessoas ligadas à nossa família como se fossem da dele.

— Eu preferia que ele fosse secretário particular do primeiro almirante, mais do que qualquer outra coisa — foi a única resposta de William em voz baixa, sem querer prosseguir, e o assunto morreu.

Até então sir Thomas não vira coisa alguma que lhe chamasse a atenção no comportamento do sr. Crawford; porém, quando a mesa de uíste se desfez, no final da segunda partida, deixando o dr. Grant e a sra. Norris discutindo sobre a última jogada, ele passou a observar a outra mesa. Constatou que a sobrinha era alvo de atenções, ou melhor, de declarações de caráter um tanto enfático.

Henry Crawford inflamava-se apresentando outro projeto para Thornton Lacey e, incapaz de captar a atenção de Edmund, detalhava-o para a bela vizinha de mesa, com um olhar de considerável ardor. O seu plano era alugar a casa no inverno seguinte, para ter um lugar seu nas vizinhanças; e não pretendia apenas usar essa casa na temporada de caça (como estava dizendo a ela), embora *essa* observação tivesse com certeza algum peso, sentindo como ele sentia que, apesar da extrema bondade do dr. Grant, era impossível para ele e os seus cavalos serem acomodados onde estavam agora sem provocar sérios inconvenientes; mas a sua simpatia pela vizinhança não dependia de uma diversão ou de uma estação do ano: do fundo do coração, ele decidira ter ali um lugar para onde pudesse vir a qualquer época, um pequeno pouso às suas ordens onde pudesse passar todos os feriados do ano, onde pudesse continuar, melhorar e *aperfeiçoar* a amizade e a intimidade com a família de Mansfield Park, que a cada dia ele valorizava mais. Sir Thomas ouviu e não se ofendeu. Não havia falta de respeito no discurso do rapaz; e a recepção de Fanny foi tão adequada e modesta, tão calma e desestimuladora, que sir Thomas não teve o que censurar. Ela falou pouco, concordou aqui e ali, e não demonstrou qualquer inclinação, fosse para se apropriar de qualquer parte do elogio, fosse para fortalecer a opinião do jovem em favor de Northamptonshire. Ao constatar quem o observava, Henry Crawford dirigiu-se a sir Thomas sobre o mesmo assunto, em tom mais casual, embora ainda afetuoso:

— Quero ser seu vizinho, sir Thomas, como o senhor talvez tenha me ouvido dizer para a srta. Price. Posso esperar pela sua aquiescência, e por não influenciar o seu filho contra este inquilino?

Sir Thomas inclinou a cabeça numa polida reverência e respondeu:

— É a única maneira pela qual eu *não* poderia desejar que o senhor se estabeleça como vizinho permanente; mas espero e acredito que Edmund queira ocupar a casa de Thornton Lacey. Estou falando demais, Edmund?

Diante desse apelo, Edmund precisou saber o que estava acontecendo, mas, ao compreender a pergunta, não soube responder.

— Certamente, senhor, não tenho outra ideia a não ser residir lá. Mas Crawford, apesar de eu recusá-lo como inquilino, venha me visitar como amigo. Considere a casa como se fosse sua em todos os invernos, e nós acrescentaremos aos estábulos os melhoramentos daquele seu projeto, com todas as melhorias do seu projeto que possam lhe ocorrer nesta primavera.

— Nós seremos os perdedores — continuou sir Thomas. — A saída de Edmund, ainda que a uma distância de apenas oito milhas, significará uma diminuição indesejável no nosso círculo familiar; mas eu ficaria profundamente mortificado se algum dos meus filhos se contentasse em fazer menos. É perfeitamente natural que o senhor não tenha pensado muito no assunto, sr. Crawford. Porém, uma paróquia tem necessidades e reivindicações que só podem ser conhecidas por um pároco residente, e que nenhum procurador é capaz de satisfazer em igual medida. Edmund poderia, como se diz, cumprir o dever em Thornton, ou seja, ler as orações e pregar sem deixar Mansfield Park; ele poderia cavalgar todos os domingos até uma casa nominalmente habitada e celebrar o serviço religioso; poderia ser o pároco de Thornton Lacey a cada sete dias, por três ou quatro horas, se isso o satisfizesse. Mas não o satisfará. Ele sabe que a natureza humana precisa de mais lições do que um sermão semanal pode oferecer, e que, se ele não morar entre os seus paroquianos e não demonstrar, através de uma atenção constante, que é amigo e zela pelo bem-estar de todos, fará muito pouco pelo bem deles e pelo seu próprio.

O sr. Crawford aquiesceu, concordando.

— Repito mais uma vez: — acrescentou sir Thomas — a casa de Thornton Lacey é a única, nas vizinhanças, onde eu *não* ficaria feliz de ter o sr. Crawford como ocupante.

O sr. Crawford fez uma reverência, agradecendo.

— Sem dúvida — disse Edmund —, sir Thomas compreende o dever de um pároco. Devemos esperar que o seu filho possa provar que *ele* também.

Qualquer que fosse o efeito que aquela pequena arenga com sir Thomas pudesse produzir no sr. Crawford, despertou algumas sensações incômodas em duas outras pessoas, duas das ouvintes mais atentas: a srta. Crawford e Fanny. Uma, sem ter entendido antes que Thornton seria tão em breve e tão completamente a casa de Edmund, avaliava com os olhos baixos como seria *não* vê-lo todos os dias; e a outra, despertada das agradáveis fantasias que antes nutrira com a força da descrição do irmão, não conseguiu mais manter a ideia que formara de uma futura Thornton: eliminar a igreja, dar sumiço no pároco, e ver apenas uma residência respeitável, elegante, modernizada e ocasional de um homem rico e independente. Naquele momento, via sir Thomas, com decidida má vontade, como o destruidor de tudo aquilo; sofria com a involuntária clemência que o caráter e as maneiras dele exigiam, e mais ainda por não arriscar uma única tentativa de se consolar ridicularizando a causa que ele defendia.

Durante aquela hora desapareceu tudo o que havia de agradável no jogo especulação. Se era para os sermões prevalecerem, chegara o momento de acabar com as cartas, e ela ficou feliz por julgar necessário encerrar o jogo e renovar os ânimos mudando de lugar e de vizinhos.

A maior parte do grupo agora se reunia irregularmente em volta da lareira, esperando a dispersão final. William e Fanny mantinham-se afastados. Ficaram diante da mesa de jogos agora deserta, conversando muito confortavelmente sem prestar atenção aos demais, até que alguém começou a prestar atenção a eles. A cadeira de Henry Crawford foi a primeira a ser virada na direção dos dois e ele sentou-se em silêncio, observando-os por alguns minutos; nesse interim, era observado por sir Thomas que, de pé, conversava com o dr. Grant.

— Hoje é noite de baile! — disse William. — Se eu estivesse em Portsmouth, talvez estivesse lá.

— Mas você não queria estar em Portsmouth, não é, William?

— Não, Fanny, não, eu terei bastante tempo para Portsmouth e para dançar quando não estiver com você. Não sei se adiantaria eu ir ao baile, pois talvez não consiga um par. As jovens de Portsmouth torcem o nariz para qualquer um que não tenha uma comissão. A pessoa pode não valer de nada se for um aspirante. E, de fato, um aspirante não é nada. Você se lembra das Gregory? Elas cresceram e se transformaram em belas jovens, mas quase não falam *comigo* porque Lucy está sendo cortejada por um tenente.

— Ah, que vergonha, que vergonha! Mas não se importe, William (o rosto de Fanny corou de indignação enquanto ela falava), não vale a pena se importar. Não é com *você*; não é diferente do que os maiores almirantes experimentaram, mais ou menos, nas suas épocas. Você deve pensar nisso, deve tentar se convencer de que é uma das dificuldades que recaem sobre todos os marinheiros, como um mau tempo e a vida difícil, apenas com uma vantagem: isso acaba, e chegará a hora em que você não terá coisa alguma desse gênero para suportar. Quando você for tenente, William, pense apenas que quando você for tenente, nem se importará com essas bobagens.

— Começo a pensar que jamais serei tenente, Fanny. Todos conseguem, menos eu.

— Ah, meu caro William, não fale assim, não fique tão desanimado! O meu tio não fala, mas tenho certeza de que fará tudo o que estiver ao seu alcance para você conseguir. Ele conhece tanto quanto você a importância de tudo isso.

Fanny se interrompeu ao ver que o tio a examinava, estando muito mais perto deles do que ela suspeitara. E ambos acharam necessário mudar de assunto.

— Você gosta de dançar, Fanny?

— Sim, muito... mas me canso depressa.

— Eu gostaria de ir a um baile com você e vê-la dançar. Nunca há bailes em Northampton? Eu gostaria de vê-la dançar e dançaria com você se você *quisesse*, pois aqui ninguém saberia quem eu sou, e eu gostaria de ser seu par mais uma vez. Quando o realejo estava na rua nós costumávamos pular juntos de um lado para outro muitas vezes, não era? Eu sou um dançarino bem satisfatório, do meu jeito, mas ouso dizer que você é melhor. — E virando-se para o tio que estava perto, perguntou: — O senhor não acha que Fanny é uma boa dançarina?

Consternada com aquela pergunta descabida, Fanny não sabia para onde olhar nem como enfrentar a resposta. Alguma censura muito grave ou pelo menos a expressão da mais fria indiferença talvez surgisse e entristecesse o seu irmão, fazendo-a querer se enterrar de vergonha. Mas, ao contrário, a resposta foi:

— Sinto muito dizer que sou incapaz de responder à sua pergunta. Nunca vi Fanny dançar desde que era criança; mas confio que nós concordemos que ela se portará como verdadeira dama quando a virmos dançar, algo que talvez tenhamos a oportunidade de fazer em breve.

— Eu já tive o prazer de ver a sua irmã dançar, sr. Price — disse Henry Crawford, inclinando-se —, e prometo responder a todas as perguntas que fizer sobre o assunto, de modo totalmente satisfatório. Mas creio — vendo Fanny parecer aflita — que devo fazer isso em outra ocasião. Neste grupo há uma pessoa que não gosta que se fale sobre a srta. Price.

Era verdade. Ele já vira Fanny dançar; e também era verdade que ele poderia agora responder que ela deslizara pelo salão com uma elegância tranquila e leve, num ritmo admirável; porém, de fato, nem que a sua própria vida dependesse disso ele conseguiria se lembrar como fora essa dança, e só dava como certo que ela estivera presente, mas não se recordava de mais nada a respeito.

Entretanto, Crawford passou por admirador de Fanny como dançarina; e sir Thomas, sem se mostrar descontente, prolongou a conversa sobre danças em geral e ficou tão engajado em descrever os bailes de Antigua e ouvir o que o sobrinho podia relatar sobre os diferentes modos de dançar que pudera observar, que não ouviu anunciarem a carruagem, só tendo tomado conhecimento disso devido ao alvoroço da sra. Norris.

— Vamos, Fanny, vamos, por onde você anda? Estamos indo. Não vê que a sua tia está indo? Rápido, rápido, não suporto fazer o bom e velho Wilcox esperar. Você deve sempre se lembrar do cocheiro e dos cavalos. Meu caro sir Thomas, nós resolvemos que a carruagem voltará para buscar o senhor, Edmund e William.

Sir Thomas não poderia discordar, pois o arranjo fora dele, previamente comunicado à esposa e à irmã desta; mas parecia que a sra. Norris esquecera *isso* e imaginava ter resolvido tudo sozinha.

A última sensação de Fanny a respeito da visita foi de desapontamento, pois o xale que Edmund estava pegando tranquilamente das mãos do criado para trazer e colocar em volta dos ombros dela foi arrancado pela mão mais rápida do sr. Crawford, e ela foi obrigada a lhe dever mais essa explícita atenção.

CAPÍTULO 26

O desejo de William de ver Fanny dançar causou mais do que uma impressão momentânea no seu tio. A esperança de uma oportunidade, que sir Thomas manifestara, não deveria ser esquecida. Ele continuou firmemente inclinado a gratificar esse sentimento tão simpático, a gratificar qualquer outra pessoa que talvez quisesse ver Fanny dançar, além de dar prazer aos jovens em geral; e, tendo refletido sobre o assunto e decidido a sós, o resultado surgiu no dia seguinte, durante o café da manhã, quando, depois de relembrar e enaltecer as palavras do sobrinho, acrescentou:

— William, eu não gostaria que você deixasse Northamptonshire sem satisfazer esse desejo. Eu teria prazer em vê-los dançar. Você mencionou os bailes em Northampton. Ocasionalmente os seus primos os frequentaram; mas agora não nos servem mais. O cansaço seria excessivo para a sua tia. Creio que não se deve pensar num baile em Northampton. Uma dança aqui em casa seria mais viável; e se...

— Ah, meu caro sir Thomas — interrompeu a sra. Norris —, eu sabia o que ia acontecer. Eu sabia o que o senhor ia dizer. Se a querida Julia estivesse em casa, ou a queridíssima sra. Rushworth em Sotherton, para dar um motivo, uma ocasião, talvez o senhor ficasse tentado a proporcionar aos jovens uma dança em Mansfield. Eu sei que ficaria. Se *elas* estivessem em casa para honrar o baile, haveria um baile no próximo Natal. Agradeça ao seu tio, William, agradeça ao seu tio.

— As minhas filhas — replicou sir Thomas, intervindo muito sério — têm os seus prazeres em Brighton e eu espero que estejam muito felizes; mas o baile que eu pretendo dar em Mansfield será para os primos delas. Se pudéssemos estar todos reunidos, sem dúvida a nossa satisfação seria mais completa, mas a ausência de alguns não pode impedir que os outros se divirtam.

A sra. Norris não teve outra palavra a acrescentar. Ela viu decisão no olhar de sir Thomas e, surpresa e irritada, precisou de alguns minutos de silêncio para se recompor. Um baile naquele momento?! As filhas ausentes e ela não sendo consultada?! Entretanto, logo depois outra ideia a confortaria: *ela* seria a encarregada de tudo. É claro que lady Bertram seria poupada de qualquer opinião e qualquer esforço, e tudo recairia sobre os seus ombros. Ela teria que fazer as honras da noite; e essa ideia rapidamente restaurou boa parte do seu bom humor, e possibilitou-a se reunir aos demais antes que todos manifestassem felicidade e agradecimentos.

Com efeito, Edmund, William e Fanny, cada qual a seu modo, manifestaram gratidão e prazer em função do baile prometido, tanto quanto sir Thomas desejaria. Os sentimentos de Edmund eram dedicados aos outros dois. O pai jamais fizera um favor nem demonstrara uma gentileza que o satisfizesse tanto.

Lady Bertram estava perfeitamente de acordo e contente, e não teve objeções a fazer. Sir Thomas se comprometeu a causar muito pouco transtorno à esposa e ela lhe garantiu "que não estava nem um pouco apreensiva quanto ao transtorno e que, de fato, não conseguia imaginar que haveria algum".

A sra. Norris estava pronta a fazer sugestões quanto aos aposentos que sir Thomas julgaria mais adequados para serem utilizados, mas constatou que estava tudo predeterminado; e, enquanto ela conjecturava para sugerir o dia, verificou que este também já fora decidido. Sir Thomas vinha se divertindo em traçar um esboço bastante completo do evento; assim que ela se dispôs a ouvir em silêncio, conseguiu ler a lista que ele preparara das famílias a serem convidadas de modo a reunir jovens suficientes para formar de 12 a 14 casais, levando em conta que o convite feito em cima da hora poderia provocar certo número de ausências; e também pôde obter detalhes quanto às considerações que o haviam induzido a fixar o dia 22 como a data mais conveniente. William precisaria estar em Portsmouth no dia 24, e portanto, 22 seria o último dia da sua visita; mas, como restavam tão poucos dias, seria imprudente fixar uma data mais próxima. A sra. Norris foi obrigada a se contentar em pensar exatamente igual e em ter estado prestes a propor o dia 22 como sendo de longe o melhor dia para aquele objetivo.

Agora o baile era assunto resolvido, e antes do anoitecer fora proclamado para todos os envolvidos. Os convites foram despachados às pressas e naquela noite muitas jovens foram dormir com a mente cheia de alegres preocupações, a exemplo de Fanny. Para ela, às vezes as preocupações quase ultrapassavam a felicidade; pois, jovem e inexperiente, com poucos meios para escolher e sem confiar no próprio gosto, o "como deveria se vestir" era um ponto que exigia penosa atenção. Na prática, o único ornamento que ela possuía era uma linda cruz de âmbar que William lhe trouxera da Sicília e, para sua maior tristeza, dispunha apenas de um pedaço de fita para pendurá-la; apesar de já tê-la usado assim certa vez, seria correto usá-la naquela ocasião, em meio a todos os ricos ornamentos que ela supunha que todas as outras jovens usariam? Por outro lado, não usar a cruz! William quisera lhe comprar também uma corrente de ouro, porém essa compra estava além dos meios de que ele dispunha, portanto se Fanny não usasse a cruz poderia mortificá-lo. Essas ansiosas considerações bastavam para desanimá-la, mesmo com a perspectiva de um baile promovido principalmente para gratificá-la.

Enquanto isso, os preparativos prosseguiam e lady Bertram continuava sentada no seu sofá, imperturbável. Ela recebeu algumas visitas a mais da governanta, e a sua criada estava atarefada fazendo-lhe um vestido novo; sir Thomas dava as ordens e a sra. Norris corria de um lado para outro; mas nada disso causou qualquer transtorno para lady Bertram, como previra, "na verdade, o evento não lhe causaria transtorno".

Para Edmund aquele momento era de particular preocupação, pois ele estava profundamente ocupado em avaliar dois importantes eventos prestes a acontecer que lhe definiriam o destino: a ordenação e o matrimônio, eventos de caráter tão sério que fariam o baile, que seria logo seguido por um deles, parecer menos importante aos seus olhos do que aos das demais pessoas da casa. No dia 23, ele iria para a casa de um amigo, perto de Peterborough, nas mesmas condições que ele, já que os dois seriam ordenados no decorrer da semana de Natal. Metade do seu destino já estaria decidida, mas a outra metade talvez não fosse alcançada com tanta facilidade. Os seus deveres estariam estabelecidos, mas a esposa que iria compartilhar, animar e recompensar aqueles deveres talvez estivesse ainda inatingível. Ele conhecia bem a própria mente, mas nem sempre tinha a perfeita certeza de conhecer a da srta. Crawford. Havia pontos de franco desacordo; em certos momentos ela não parecia propícia, e, embora ele confiasse totalmente no afeto dela a ponto de estar resolvido (ou quase) a provocar uma decisão num período de tempo muito curto, assim que solucionasse a série de assuntos que tinha pela frente e soubesse o que poderia oferecer a ela, passava por muitos momentos de apreensão, por muitas horas de dúvida quanto ao resultado. Às vezes a sua convicção de que ela se importava com ele era muito forte; ele era capaz de relembrar um longo período de encorajamento, em que ela se mostrara igualmente perfeita em um afeto desinteressado, como em tudo mais. Em outras porém, a dúvida e a angústia se mesclavam às esperanças, e quando ele pensava no reconhecido desinteresse que ela demonstrava pela privacidade e por uma vida retirada, na decidida preferência por uma vida londrina, o que ele poderia esperar a não ser uma firme rejeição? A menos que essa aceitação devesse ser depreciada por exigir sacrifícios de situação e emprego por parte dele, cuja consciência seria obrigada a proibir.

Todo esse questionamento dependia de uma única pergunta: será que ela o amava o suficiente para renunciar ao que considerava pontos essenciais; ela o amava o suficiente para deixarem de ser essenciais? E essa pergunta, que ele repetia muitas vezes para si mesmo, embora fosse respondida mais frequentemente com um "sim", algumas vezes tinha como resposta um "não".

Em breve a srta. Crawford deixaria Mansfield e nessas circunstâncias o "não" e o "sim" recentemente passaram a se alternar. Edmund vira os olhos dela brilharem ao se referir à carta de uma querida amiga que exigia uma longa visita em Londres, e também à bondade de Henry, que se comprometera a permanecer onde estava até janeiro, para poder conduzi-la até lá; Edmund a ouvira falar do prazer daquela viagem com uma animação em que o "não" estava presente em todos os tons. Mas isso ocorrera no primeiro dia em que tudo fora decidido, na primeira hora da explosão de contentamento, quando ela só pensava nos amigos que iria visitar. Desde então, ele a ouvira se expressar de modo diferente, com outros sentimentos, sentimentos mais diversificados. Ele a ouvira dizer à sra. Grant que a deixaria com tristeza; que começara a acreditar que nem os amigos nem os prazeres de que ela desfrutaria compensariam o que estaria deixando para trás; e que, embora achasse que deveria ir e soubesse que iria se divertir quando estivesse longe, já ansiava voltar a Mansfield. Em tudo isso não haveria um "sim"?

Com todos esses assuntos para ponderar, organizar e reorganizar, por iniciativa própria Edmund não poderia pensar sobre a noite tão esperada pelo restante da família com o mesmo grau de interesse. Independentemente do prazer dos dois primos, para ele a noite não valeria mais do que qualquer outra reunião acertada entre as duas famílias. Em todas essas reuniões, ele esperava receber novas confirmações do afeto da srta. Crawford, mas o alvoroço do baile talvez não fosse particularmente favorável para provocar e expressar sentimentos sérios. Apesar de todo o burburinho que o rodeava desde a manhã até a noite na preparação do baile, a única iniciativa em que pôde pensar foi a de convidá-la previamente para as duas primeiras danças, o que significava o máximo de felicidade individual que ele sentia estar ao seu alcance.

O baile foi marcado para quinta-feira; e, na quarta-feira de manhã, Fanny, ainda indecisa quanto ao traje que deveria usar, decidiu buscar o conselho de pessoas mais esclarecidas e recorreu à sra. Grant e à irmã desta, cujo reconhecido bom gosto certamente a ajudaria; como Edmund e William tinham ido até Northampton, e ela tivesse motivos para achar que o sr. Crawford também estava ausente, caminhou até a residência paroquial sem muito receio de desejar uma oportunidade de conversar em particular; a privacidade dessa conversa era muito importante para Fanny, que se sentia bastante envergonhada com essa solicitação.

Ela encontrou a srta. Crawford a poucos metros da residência paroquial, saindo exatamente naquele momento para visitá-la. Como lhe pareceu que a amiga, apesar de insistir em voltar, não desejava perder a caminhada, Fanny logo lhe explicou o que pretendia e observou que se ela fizesse a gentileza de lhe dar uma opinião, poderiam conversar tanto fora quanto dentro de casa. A srta. Crawford mostrou-se gratificada com a consulta e, depois de refletir um pouco, insistiu para que Fanny voltasse com ela de modo muito mais cordial do que antes, e propôs que fossem até o seu quarto, onde poderiam conversar confortavelmente sem perturbar o dr. e a sra. Grant, que estavam na sala de visitas. Era exatamente o plano que convinha a Fanny; e, com muita gratidão da sua parte por aquela atenção pronta e amável, as duas entraram, subiram e logo mergulharam naquele assunto interessante. A srta. Crawford, contente com o pedido, ofereceu a Fanny o melhor julgamento e bom gosto, facilitando tudo com as suas sugestões e tentou tornar tudo agradável através do seu incentivo. Resolvido o vestido e tudo o que o envolvia, a srta. Crawford perguntou:

— O que vai usar como colar? Não vai usar a cruz do seu irmão?

Enquanto falava, desembrulhou um pequeno pacote que Fanny já observara em suas mãos quando as duas se encontraram. Fanny identificou nesse ponto os seus desejos e as suas dúvidas: não sabia como poderia usar a cruz ou como poderia se abster de usá-la. A resposta veio com um pequeno estojo de joias depositado à sua frente, sendo ela solicitada a escolher entre uma variedade de correntes e colares de ouro. O pacote que a srta. Crawford carregava era o próprio objeto da pretendida visita; e, da maneira mais gentil possível, ela insistiu que Fanny escolhesse um para pendurar a cruz e que ficasse com ele, dizendo tudo o que lhe veio à mente para diminuir os escrúpulos que de início fizeram Fanny recuar com uma expressão de horror perante a proposta.

— Veja que coleção eu tenho — disse ela. — Mais da metade eu nunca uso, ou sequer penso em usar. Não estou lhe oferecendo como sendo novos. Só estou lhe oferecendo um velho colar. Perdoe-me a liberdade e me dê esse prazer.

Fanny ainda resistiu, de todo coração. O presente era valioso demais. Mas a srta. Crawford perseverou e argumentou com tanta firmeza e tanta afeição, falando sobre William, a cruz, o baile e de si mesma, que afinal obteve sucesso. Fanny viu-se obrigada a ceder para não ser acusada de orgulho, indiferença ou qualquer outra mesquinharia, e, aceitando com modesta relutância, passou a escolher algum. Olhou, olhou, desejando saber qual seria o menos valioso, e afinal se decidiu, vendo que um dos colares aparecia diante dos seus olhos com mais frequência do que os outros. Era de ouro, finamente trabalhado; e embora Fanny preferisse uma corrente mais longa e mais simples, mais adequada ao objetivo, esperou, ao se fixar naquele, estar escolhendo o que a srta. Crawford menos desejasse conservar. A srta. Crawford sorriu com perfeita aprovação. Apressou-se a completar o presente, colocando o colar em Fanny e fazendo-a ver como lhe caía bem. Fanny não teve uma palavra para negar o argumento da amiga e, exceto pelos escrúpulos remanescentes, ficou extremamente satisfeita com aquela aquisição tão apropriada. Talvez preferisse se sentir devedora de qualquer outra pessoa. Mas esse sentimento era indigno. A srta. Crawford antecipara-lhe os desejos com uma bondade que comprovava uma verdadeira amizade.

— Quando eu usar este colar sempre me lembrarei da senhorita e da sua enorme gentileza — disse Fanny.

— A senhorita deve pensar em outra pessoa também, quando usar este colar — retrucou a srta. Crawford. — Deve pensar em Henry, pois esse colar foi escolhido por ele. Foi ele quem me deu, e com o colar eu lhe transfiro o dever de se lembrar do doador original. É uma recordação da família. A irmã não deve estar nos seus pensamentos sem trazer junto o irmão.

Muito surpresa e confusa, Fanny quis devolver o presente imediatamente. Aceitar algo que fora presenteado por outra pessoa, por um irmão, era impossível! Não podia ser! E com um ímpeto e uma perturbação que pareceram divertir a amiga, recolocou o colar no estojo e mostrou-se decidida a pegar outro ou nenhum. A srta. Crawford pensou que jamais vira uma consciência tão bonita.

— Minha querida criança — disse rindo —, de que tem medo? Acha que Henry reclamará o colar como sendo meu e não imaginará que foi ganho honestamente? Ou está imaginando que ele ficaria lisonjeado demais ao ver ornamentar o seu adorável colo algo que o dinheiro dele comprou há três anos, antes que ele soubesse que existiria esse colo no mundo? Ou quem sabe... (e olhou maliciosamente) a senhorita suspeita que haja uma conspiração entre nós e que eu esteja fazendo isso agora com o conhecimento e o desejo dele?

Fanny corou profundamente e protestou contra aquela ideia.

— Bem, então — replicou a srta. Crawford mais séria, mas ainda incrédula —, para me convencer de que a senhorita não suspeita de um complô e não desconfia de um elogio meu, como nunca antes desconfiou, pegue o colar e não diga mais nada. O fato de ser um presente do meu irmão não deve fazer a menor diferença para a senhorita aceitá-lo, pois garanto que não diminui a minha vontade de lhe entregar... Henry está sempre me dando uma coisa ou outra. Tenho tantos presentes dados por ele que é praticamente impossível para mim valorizá-los e para ele se lembrar da metade. Quanto a este colar, acho que não o usei mais de seis vezes; é muito bonito, mas eu nunca me lembro dele. E embora a senhorita possa escolher qualquer outra joia do estojo, de todo coração, acabou se fixando naquela que, se eu fosse escolher, teria lhe dado e gostaria de ver em sua posse mais do que qualquer outra. Não diga nada contrário, eu lhe peço. Essa ninharia não é digna de tantas palavras.

Fanny não ousou mais fazer qualquer oposição; e com agradecimentos renovados, porém menos felizes, aceitou o colar. Havia, no entanto, uma expressão nos olhos da srta. Crawford com a qual ela não estava satisfeita.

Era-lhe impossível ser insensível às mudanças de atitude do sr. Crawford. Ela percebera isso havia muito tempo. Ele evidentemente tentava agradá-la: era galante, era atencioso, como fora com as suas primas; ela supunha que ele queria enganá-la tirando-lhe a tranquilidade, como fizera com as duas. E se ele não tivesse qualquer envolvimento com o colar? Ela não podia se convencer de que ele não tinha, pois a srta. Crawford, benevolente como irmã, era muito negligente como mulher e como amiga.

Refletindo e duvidando, e sentindo que a posse do objeto que ela tanto desejara não lhe trouxe tanta satisfação, Fanny voltou para casa com outras preocupações, embora não menores do que as que a atormentavam quando percorreu aquele caminho anteriormente.

CAPÍTULO 27

Ao chegar em casa, Fanny subiu as escadas imediatamente para guardar o presente inesperado, aquele colar bastante duvidoso, em alguma de suas caixas favoritas na sala leste, que abrigava todos os seus pequenos tesouros; mas ao abrir a porta qual não foi a sua surpresa ao encontrar lá o primo Edmund escrevendo à mesa! Jamais ocorrera antes aquela visão ao mesmo tempo maravilhosa e bem-vinda.

— Fanny — ele foi logo dizendo, levantando-se, abandonando a pena e indo ao seu encontro com um pequeno embrulho nas mãos —, eu lhe peço desculpas por estar aqui. Vim procurá-la e depois de esperar um pouco na expectativa de vê-la chegar, decidi usar o seu tinteiro para explicar a minha missão. Você encontrará o começo de um bilhete que eu estava lhe escrevendo; mas agora posso falar sobre o assunto, que é simplesmente lhe pedir que aceite esta pequena lembrança, uma corrente para usar com a cruz que William lhe deu. Era para você ter recebido há uma semana, mas houve um atraso porque o meu irmão não foi à cidade por vários dias e, portanto, o presente não chegou quando eu esperava; acabei de recebê-lo em Northampton. Espero que goste da corrente, Fanny. Eu me esforcei para que ela combine com a simplicidade do seu gosto; mas, em todo caso, sei que você será complacente com as minhas intenções e a considerará, como de fato é, um símbolo do amor de um dos seus mais velhos amigos.

E ao dizer isso Edmund ia se retirando antes que Fanny pudesse falar, dominada por milhares de sentimentos de dor e prazer; mas, agitada por um desejo soberano, protestou em voz alta:

— Ah, primo, espere um momento, por favor!

Edmund voltou-se.

— Não posso tentar lhe agradecer — continuou Fanny, muito alterada. — Agradecimentos estão fora de questão. eu sinto muito mais do que talvez consiga expressar. A sua bondade em pensar em mim dessa maneira vai além de qualquer...

— Se é tudo o que você tem a dizer, Fanny... — Edmund sorriu e se afastou novamente.

— Não, não, não é. Eu quero pedir-lhe um conselho.

Quase inconscientemente, ela já desfizera o pacote que ele acabara de deixar nas suas mãos e vendo diante de si, em uma linda embalagem de joalheria, uma corrente de ouro perfeitamente simples e sem enfeites, não conseguiu deixar de exclamar novamente:

— Ah, é muito bonita! É exatamente o que eu queria! É o único ornamento que eu tinha desejo de possuir. Perfeitamente adequada à minha cruz. Elas precisam e devem ser usadas juntas. E ela também chega em um momento propício. Ah, meu primo, você não sabe como é propício!

— Minha cara Fanny, você sente essas coisas com certo exagero. Fico feliz de que goste da corrente, e que ela tenha chegado a tempo para amanhã; mas os seus agradecimentos vão além da ocasião. Acredite, não tenho prazer maior no mundo do que contribuir para a sua alegria. Não, posso afirmar com toda tranquilidade que não tenho um prazer tão completo, tão genuíno e sem qualquer lado negativo.

Com tais expressões de afeto, Fanny poderia ter vivido uma hora sem dizer palavra; mas Edmund, depois de esperar um pouco, obrigou-a a trazer a mente de volta daquele voo celestial, ao dizer:

— Mas qual era o conselho que você queria me pedir?

Era a respeito do colar, que ela estava ansiosa para devolver e esperava obter a aprovação dele para tomar essa providência. Contou-lhe a história da visita recente, e agora os seus arrebatamentos poderiam muito bem acabar, pois Edmund ficou tão admirado com o fato, tão encantado com a atitude da srta. Crawford, tão gratificado pela coincidência de conduta entre eles, que Fanny não teve outra alternativa a não ser admitir a força superior de um prazer sobre a mente de Edmund, embora talvez houvesse um lado negativo. Transcorreu algum tempo até ela conseguir atrair a atenção dele para o seu plano, ou obter uma resposta ao seu pedido de opinião; ele estava num devaneio de agradáveis reflexões, murmurando apenas de vez em quando umas poucas frases de elogio; mas, quando ele de fato despertou de suas divagações e compreendeu tudo, estava completamente decidido a se opor à intenção de Fanny.

— Devolver o colar?! Não, minha cara Fanny, em hipótese alguma. Isso mortificaria severamente a srta. Crawford. Não há sensação mais desagradável do que receber de volta algo presenteado com a esperança razoável de contribuir para a alegria de um amigo. Por que privá-la de um prazer do qual se mostrou tão merecedora?

— Se eu tivesse ganho o presente em primeiro lugar — disse Fanny —, não pensaria em devolver; mas, sendo um presente do irmão dela, não seria justo supor que ela preferisse não se desfazer, ainda que não o quisesse mais?

— Ela não deve considerar que o presente não é querido, ou pelo menos aceitável; e o fato de ter sido originalmente dado pelo irmão não faz a menor diferença porque ela não hesitou em lhe oferecer nem você em aceitá-lo, portanto isso não deve impedir que você o conserve. Sem dúvida, esse colar é mais bonito do que a corrente, e mais adequado para um salão de baile.

— Não, não é mais bonito, decididamente não é mais bonito, e está longe de servir ao que eu pretendo. Sem comparação, a corrente vai combinar melhor com a cruz de William do que o colar.

— Por uma noite, Fanny, por apenas uma noite, se *for* um sacrifício; tenho certeza de que você, por consideração, fará o sacrifício, em vez de entristecer alguém que foi tão zelosa pelo seu conforto. As atenções da srta. Crawford para com você não foram menores do que você merece, e eu sou o último a julgar que pudessem ser, mas essas atenções têm sido invariáveis; e retribuí-las com uma atitude que parecerá ter um *ar* de ingratidão, embora eu saiba que jamais teria esse *significado*, não é da sua natureza. Use o colar como prometeu, amanhã à noite, e deixe a corrente para ocasiões mais simples, pois não foi comprada especificamente para o baile. É este o meu conselho. Eu não gostaria de ver uma sombra de frieza entre as duas, cuja intimidade venho observando com o maior prazer possível, e em cujas personalidades há uma semelhança geral no que diz respeito à verdadeira generosidade e à delicadeza natural, a ponto de fazer com que as leves diferenças, resultantes principalmente de tal situação, não constituam impedimentos razoáveis para uma perfeita amizade. Eu não gostaria de ver surgir a menor sombra de frieza — repetiu Edmund em voz um pouco mais baixa — entre as duas pessoas mais queridas que eu tenho na terra.

Edmund terminou de falar e saiu, e Fanny ficou tentando fazer o possível para se acalmar. Ela era uma das duas pessoas mais queridas por ele, e isso deveria lhe dar forças. Mas a outra: a primeira! Fanny jamais o ouvira falar assim tão abertamente, e apesar de nada ter acrescentado ao que ela já percebera há muito tempo, foi uma punhalada, pois confirmou as convicções e os pontos de vista dele. Estava decidido. Ele se casaria com a srta. Crawford. Foi uma punhalada, apesar da longa expectativa; e ela foi obrigada a repetir várias vezes que era uma das duas pessoas mais queridas por ele, antes que estas palavras lhe causassem qualquer sensação. Como seria diferente e muito mais tolerável se ela conseguisse acreditar que a srta. Crawford o merecia! Mas ele estava enganado! Atribuía-lhe méritos que ela não tinha; as suas falhas continuavam as de sempre, porém ele não as enxergava mais. Fanny só conseguiu subjugar o abalo causado depois de ter derramado muitas lágrimas de decepção. E o abatimento que se seguiu só foi aliviado graças a fervorosas preces pela felicidade dele.

Era intenção de Fanny, assim como ela considerava um dever, tentar superar tudo o que fosse excessivo, tudo o que beirasse o egoísmo na sua afeição por Edmund. Considerar que se tratava de uma perda, uma decepção, seria uma presunção contra a qual lhe faltavam palavras fortes o suficiente para lhe satisfazer a humildade. Seria insano pensar nele como a srta. Crawford teria o direito de pensar. Para ela, em circunstância alguma Edmund poderia ser algo além de um amigo muito querido. Por quê? Por que tal ideia teria lhe ocorrido, mesmo que para ser reprovada e proibida? Essa ideia não deveria sequer ter tocado os limites da sua imaginação. Ela se esforçaria para ser racional e merecer o direito de julgar o caráter da srta. Crawford, e pelo privilégio de se mostrar verdadeiramente útil a ele através de um intelecto sensato e um coração honesto.

Dotada de todo o heroísmo dos bons princípios, Fanny decidiu cumprir o seu dever, mas tendo também muitos dos sentimentos da juventude e da natureza, ninguém poderia estranhar ao vê-la, depois de tomar todas essas boas resoluções de autocontrole, pegar o rascunho do bilhete que Edmund começara a lhe escrever como um tesouro muito além das suas esperanças e ler com a mais terna emoção as palavras: "Minha muito querida Fanny, você deve me fazer o favor de aceitar" e depois guardá-lo junto com a corrente como a parte mais apreciada do presente. Era apenas o princípio de uma carta que ela jamais recebera dele; talvez nunca recebesse outra; era impossível que algum dia recebesse outra tão perfeitamente gratificante na oportunidade e no estilo. Da pena do autor mais eminente jamais saíram duas linhas tão apreciadas, e as pesquisas do biógrafo mais querido nunca foram tão completamente abençoadas. O entusiasmo da mulher apaixonada supera em muito o do biógrafo. Para ela, a caligrafia em si, independentemente do assunto, é uma bênção. Aqueles caracteres, produzidos por qualquer outro ser humano, jamais chegariam aos pés do manuscrito mais comum elaborado por Edmund! Aquele rascunho escrito às pressas não continha um só erro; e havia tamanha felicidade na fluência das quatro primeiras palavras, na disposição de "minha muito querida Fanny", que ela poderia ficar contemplando para sempre.

Controladas as ideias e confortados os sentimentos com essa feliz mistura de razão e fraqueza, Fanny desceu a tempo de retomar as suas tarefas usuais junto à sua tia Bertram e fazer os seus deveres costumeiros sem aparentar qualquer desânimo.

Predestinada à esperança e ao prazer, a quinta-feira chegou trazendo mais bondade para Fanny do que certos dias de rebeldia e descontrole costumam propiciar, pois logo depois do café da manhã, William recebeu um bilhete muito amável, enviado pelo sr. Crawford, declarando que, obrigado a ir a Londres no dia seguinte e a permanecer por lá alguns dias, não poderia deixar de tentar conseguir companhia. Portanto, esperava que, se William decidisse deixar Mansfield meio dia antes do previsto, teria um lugar na carruagem. O sr. Crawford pretendia chegar à cidade a tempo de jantar com o tio, o que em geral ocorria bem tarde, e convidava William a jantar com ele na casa do almirante. William achou a proposta muito atraente e apreciou a ideia de uma viagem mais rápida numa carruagem a quatro cavalos, com aquele amigo bem-humorado e divertido; e comparando isso com a perspectiva de viajar junto com despachos, foi logo dizendo tudo o que a sua imaginação sugeria, declarando que se sentia contente e honrado com o oferecimento Fanny ficou extremamente satisfeita por um motivo diferente, porque o projeto original era que William viajasse na diligência do correio, saindo de Northampton na noite seguinte, o que não lhe permitiria uma hora de descanso antes de pegar o transporte para Portsmouth; e embora a proposta do sr. Crawford a privasse de muitas horas em companhia do irmão, ela ficou feliz demais em ver William ser poupado da fadiga daquela jornada para pensar em qualquer outra coisa. Sir Thomas aprovou a ideia por outro motivo. Talvez fosse útil apresentar o sobrinho ao Almirante Crawford. Ele acreditava que o almirante fosse influente. De um modo geral, o bilhete foi muito auspicioso e animou Fanny durante metade da manhã, proporcionando-lhe o prazer de constatar que o autor iria embora.

Quanto ao baile tão próximo, ela padeceu com tantas agitações e temores que não chegou a desfrutar de metade do prazer quanto à expectativa que deveria ter tido ou que seria de se supor que tivesse, a exemplo de tantas outras jovens que aguardavam o mesmo evento com maior tranquilidade, porém em circunstâncias de menos novidade, menos interesse, menos gratificações peculiares do que as circunstâncias a ela atribuídas. A srta. Price, que metade dos convidados só conhecia de nome, agora faria a sua primeira aparição em sociedade e deveria ser vista como a rainha da noite. Quem poderia estar mais feliz do que a srta. Price? Mas ela não fora educada para a cerimônia da *apresentação*; e, se soubesse sob que ótica esse baile em geral seria avaliado em relação a ela, ele teria diminuído mais ainda o seu prazer e aumentado os temores que já a dominavam de cometer erros e ser examinada. O máximo das suas ambições, parecendo abranger as maiores possibilidades de felicidade, era dançar sem ser muito observada ou sem qualquer cansaço excessivo, ter força e parceiros metade da noite, dançar um pouco com Edmund, não muito com o sr. Crawford, ver William se divertir e ser capaz de se manter distante da tia Norris. Como as suas melhores esperanças eram essas, talvez não prevalecessem sempre; e, no decorrer de uma longa manhã, passada principalmente com as duas tias, ela se sentiu muitas vezes sob a influência de perspectivas bem menos animadoras. William, decidido a aproveitar o último dia se divertindo intensamente, saíra para caçar. Edmund, ela tinha boas razões para supor, estava na residência paroquial. Sendo assim, suportou sozinha as queixas da sra. Norris — que estava aborrecida porque a governanta resolvera planejar a ceia sem consultá-la —, a quem *ela* não podia evitar embora a governanta pudesse, Fanny viu-se exausta a ponto de achar que tudo relacionado ao baile era ruim, e quando foi dispensada, preocupada apenas em se vestir, dirigiu-se languidamente para o seu quarto, sentindo-se tão incapaz de ser feliz como se não tivesse tido permissão para participar da festa.

Ao subir a escada devagar, Fanny pensou na véspera: mais ou menos àquela mesma hora que voltara da residência paroquial e encontrara Edmund na sala leste. "E se hoje eu o encontrasse lá novamente?", disse para si mesma, num doce devaneio.

— Fanny! — disse uma voz bem perto, naquele momento. Ela parou, olhou para cima e viu na extremidade do vestíbulo ao qual acabara de chegar o próprio Edmund, parado no sopé de outra escada. Ele se aproximou e disse:

— Você parece muito cansada e abatida, Fanny. Caminhou demais.

— Não, eu nem saí.

— Então os seus cansaços foram dentro de casa, o que é pior. Seria melhor ter saído.

Fanny, que não gostava de reclamar, achou mais fácil não responder; e embora ele a olhasse com a gentileza usual, supôs que em breve ele deixaria de pensar no seu semblante. Ele não parecia animado; talvez houvesse algo de errado, que não estava diretamente relacionado a ela. Subiram a escada juntos, pois os seus quartos ficavam no mesmo andar.

— Estou vindo da casa do dr. Grant — disse Edmund. — Talvez você adivinhe o que eu fui fazer lá, Fanny.

Ele parecia tão preocupado que Fanny só conseguiu pensar na única missão que a incomodaria demais para comentar.

— Eu queria comprometer a srta. Crawford para as duas primeiras danças — foi a explicação que se seguiu, e que trouxe Fanny de volta à vida, possibilitando-lhe perceber que deveria se manifestar e perguntar pelo resultado.

— Sim — respondeu ele —, ela se comprometeu comigo; mas, com um sorriso que não parecia à vontade, disse que será a última vez que dançará comigo. Espero que ela não esteja falando sério. Acho, espero e tenho certeza de que não está falando sério, mas eu preferia não ter ouvido isso. Ela disse que jamais dançou com um clérigo e que *nunca* dançará. Para o meu próprio bem, eu desejaria que não houvesse baile, quero dizer, não esta semana, não exatamente hoje; amanhã eu irei embora.

Fanny se esforçou para encontrar palavras adequadas e disse:

— Sinto muito que tenha acontecido alguma coisa que o entristecesse. Hoje deveria ser um dia de prazer. O meu tio pretendia isso.

— Ah, sim, sim, será um dia de prazer. Tudo acabará bem. Eu só estou aborrecido momentaneamente. Na verdade, não que eu considere o baile como inoportuno; afinal o que ele representa? Mas, Fanny — ele tomou-lhe a mão, fez com que ela parasse e falou em voz baixa e séria —, você sabe o que tudo isso significa. Você sabe como é e pode me dizer, talvez melhor do que eu possa lhe dizer, como e por que estou aborrecido. Vamos conversar um pouco. Você é uma ouvinte gentil, muito gentil. Fiquei magoado com a atitude dela hoje de manhã e ainda não consegui me recuperar. Sei que ela tenta ser doce e correta como você, mas a influência das antigas companhias a faz parecer... dá um tom equivocado às conversas dela e às opiniões que emite. Ela não *pensa* mal, mas fala assim, fala brincando e, embora eu saiba que é brincadeira, a minha alma sofre.

— O resultado da educação — disse Fanny com delicadeza.

Edmund não conseguiu deixar de concordar.

— Sim, aquele tio e aquela tia! Eles prejudicaram a mais bela das mentes; porque às vezes, Fanny, eu preciso lhe dizer, parece mais do que uma atitude; parece que a própria mente foi maculada.

Fanny imaginou que isso era uma súplica pela sua avaliação e portanto, depois de refletir por um momento, disse:

— Se você me quer apenas como ouvinte, primo, tentarei ser o mais útil possível, mas não sou qualificada para ser conselheira. Não *me* peça conselhos. Não tenho competência.

— Você tem razão, Fanny, em protestar contra esse encargo, mas não precisa ter medo. Eu jamais pediria conselhos sobre esse assunto; é melhor nunca pedi-los sobre esse tipo de assunto. E imagino que muito poucos os peçam, exceto quando querem ser influenciados contra a própria consciência. Eu só quero conversar com você.

— Só mais uma coisa. Desculpe a liberdade, mas tome cuidado *como* você fala comigo. Não me diga agora algo de que mais tarde possa se arrepender. Talvez chegue uma hora...

Ela enrubesceu enquanto falava.

— Minha querida Fanny! — exclamou Edmund, pressionando os lábios sobre a mão dela com ardor quase idêntico ao que seria caso se tratasse da srta. Crawford. — Você tem sempre pensamentos atenciosos! Mas neste caso são desnecessários. Essa hora jamais chegará. Esse momento a que você se refere jamais chegará. Eu começo a pensar que ele é totalmente improvável; as chances diminuem cada vez mais; e ainda que acontecesse, não haverá coisa alguma a ser lembrada por você ou por mim que possamos temer, pois eu jamais me envergonharia dos meus escrúpulos; e se eles forem removidos, o serão graças às mudanças que aperfeiçoarão o caráter dela através da lembrança dos defeitos anteriores. Você é a única pessoa neste mundo para quem eu deveria dizer o que acabei de dizer; mas você sempre soube a minha opinião a respeito dela; você é testemunha, Fanny, de que eu nunca fui cego. Quantas vezes conversamos sobre os pequenos erros dela! Você não precisa temer por mim; eu praticamente desisti de qualquer ideia séria a respeito dela. Mas eu seria mesmo muito cabeça dura se, independentemente do que acontecer, fosse capaz de pensar na sua bondade e na sua compaixão sem a mais sincera gratidão.

Ele dissera o suficiente para abalar a experiência daquela jovem de 18 anos. Dissera o suficiente para propiciar a Fanny alguns dos mais felizes sentimentos que ela experimentara ultimamente, e com maior brilho no olhar ela respondeu:

— Sim, meu primo, estou convencida de que *você* seria incapaz disso, embora talvez outras pessoas sejam. Não tenho medo de ouvir o que você deseja dizer, não se reprima, diga-me tudo o que quiser.

Eles haviam chegado ao segundo andar e o aparecimento de uma criada os impediu de continuar a conversa. Talvez para alívio imediato de Fanny, a conversa tenha se encerrado no melhor momento. Se Edmund pudesse ter falado mais cinco minutos, provavelmente teria negado todos os defeitos da srta. Crawford e o seu próprio desalento. Mas, como aconteceu, eles se separaram com olhares de profunda afeição por parte dele e com sensações muito preciosas por parte dela. Durante horas, Fanny não sentiu nada semelhante. Uma vez esgotada a primeira alegria causada pelo bilhete do sr. Crawford para William, ela ficara num estado totalmente oposto. Não surgira conforto algum ao seu redor, nenhuma esperança no seu íntimo. Agora tudo lhe sorria. Lembrou-se da boa sorte de William, parecendo ter maior valor do que de início. O baile também... ela antevia uma noite de prazer! Agora a animação era real, e ela começou a se vestir com o feliz alvoroço próprio de um baile. Tudo corria bem: ela não desgostou da própria aparência, e, quando foi examinar novamente os dois colares, a sua boa sorte pareceu completa, porque depois de tentar, viu que o colar presenteado pela srta. Crawford não passava em hipótese alguma pelo aro da cruz. Em atenção a Edmund, ela resolvera usá-lo, mas era grande demais para o propósito. Portanto, usaria o presente do primo; com sentimentos prazerosos, uniu a corrente e a cruz — aquelas lembranças dos dois seres que o seu coração mais amava, aqueles símbolos tão queridos, tão feitos um para o outro em tudo o que havia de real e imaginário —, colocou-as em volta do pescoço e viu e sentiu como representavam William e Edmund; e, sem qualquer esforço, decidiu usar também o colar da srta. Crawford. Reconheceu que seria o correto. A srta. Crawford tinha direito; e, quando esse direito não mais invadia nem interferia em direitos mais fortes nem na verdadeira bondade de outrem, Fanny poderia fazer justiça com prazer. O colar de fato caiu-lhe muito bem; e afinal Fanny saiu do quarto confortavelmente satisfeita com a sua aparência e com tudo que a rodeava.

Nessa ocasião a sua tia Bertram lembrou-se da sobrinha com um grau de atenção incomum. Com efeito, ocorreu-lhe espontaneamente que Fanny, ao se preparar para um baile, talvez gostasse de receber uma ajuda melhor do que a da criada do andar superior, e, quando se aprontou, realmente mandou a sua própria criada para ajudar Fanny; é claro que essa ajuda chegou tarde demais para ser útil. A sra. Chapman acabara de chegar ao ático quando a srta. Price saiu do seu quarto completamente pronta e bastaram algumas cortesias; mas Fanny sentiu essa atenção da tia quase tanto quanto lady Bertram ou a sra. Chapman.

CAPÍTULO 28

Quando Fanny desceu, o tio e as duas tias estavam na sala de visitas. O primeiro sempre a considerou uma jovem interessante e ficou feliz ao constatar a elegância geral da sua aparência e a sua fisionomia especialmente atraente. Enquanto ela esteve na sala, ele só se permitiu elogiar a simplicidade e a adequação do vestido, mas depois que ela se retirou ele tornou a mencionar a beleza da sobrinha com elogios muito enfáticos.

— Sim — disse lady Bertram —, a aparência está muito boa. Mandei Chapman ajudá-la.

— Aparência boa? Ah, sim — exclamou a sra. Norris —, ela tem boas razões para ter boa aparência, com todas as vantagens que recebeu de ser educada nesta família com todos os benefícios das maneiras das primas. Pense, meu caro sir Thomas, que extraordinárias vantagens o senhor e eu tivemos meios de lhe oferecer! O próprio vestido que o senhor reconheceu é um generoso presente seu para ela usar no casamento da querida sra. Rushworth. O que teria sido dela se nós não lhe tivéssemos dado a mão?

Sir Thomas não disse mais nada, mas, quando se sentaram à mesa, os olhares dos dois rapazes lhe confirmaram que o assunto poderia ser levemente mencionado de novo com sucesso quando as damas se retirassem. Fanny viu que fora aprovada e a consciência da sua boa aparência fez com que parecesse ainda melhor. Sentia-se feliz por uma série de motivos e logo ficou mais feliz ainda; pois, quando ela acompanhou as tias que saíam da sala, passou por Edmund, que manteve a porta aberta e disse-lhe:

— Você precisa dançar comigo, Fanny. Reserve duas danças para mim, as que escolher, exceto as duas primeiras.

Ela não tinha mais nada a desejar. Em toda a vida jamais experimentara tamanha euforia. Não se surpreendeu mais com a alegria das primas em dias de baile; percebeu todo o encanto e de fato ensaiou passos na sala de visitas enquanto esteve a salvo das observações da tia Norris, inteiramente ocupada em rearrumar a lareira, reclamando do fogo que o mordomo acabara de acender.

Em qualquer outra circunstância a meia hora seguinte teria sido, pelo menos, desanimada, mas a felicidade de Fanny ainda prevaleceu. Bastava pensar na conversa com Edmund para não se importar com a agitação da sra. Norris e os bocejos de lady Bertram.

Os cavalheiros logo se reuniram às damas e logo depois começou a doce expectativa pela chegada das carruagens. Pairava no ar um espírito geral de calma e prazer; todos aguardavam, conversando e rindo, e todos os momentos eram de prazer e esperança. Fanny percebeu que Edmund lutava para se mostrar animado e se deliciou ao constatar o êxito desse esforço.

Quando as carruagens foram ouvidas, quando os convidados começaram realmente a se agrupar, a alegria no coração de Fanny arrefeceu muito. Ao ver tantos estranhos, tornou-se novamente introspectiva; além da gravidade e da formalidade do primeiro grande círculo, que nem os costumes de sir Thomas e de lady Bertram podiam eliminar, Fanny se viu ocasionalmente forçada a suportar algo pior: ser apresentada aqui e ali pelo tio, obrigada a conversar, receber e retribuir gentilezas. Era um dever difícil e sempre que era convocada olhava para William, ansiando estar com o irmão, que caminhava à vontade no fundo da cena.

A entrada dos Grant e dos Crawford foi um momento marcante. As maneiras simples e a familiaridade difusa dos recém-chegados substituíram a rigidez da reunião; formaram-se pequenos grupos e todos ficaram mais à vontade. Fanny percebeu a vantagem de se ver livre das formalidades e a sua felicidade seria maior se conseguisse impedir que o seu olhar vagueasse entre Edmund e Mary Crawford. *Ela* estava um encanto! E como terminaria tudo aquilo? As reflexões de Fanny acabaram quando ela percebeu o sr. Crawford à sua frente, e os seus pensamentos foram canalizados para outra direção quando ele a comprometeu quase instantaneamente para as primeiras danças. Nessa ocasião, a felicidade de Fanny era muito fugaz, sutil e oscilante. Era essencial garantir um parceiro logo no início do baile, prestes a começar; e ela ignorava tanto os próprios direitos a ponto de pensar que, se o sr. Crawford não a convidasse, ela seria a última a ser procurada e teria arranjado um par apenas através de uma série de consultas, sobressaltos e interferências, o que seria terrível. Mas ao mesmo tempo desagradou-a a insistência com que ele a convidou; e ela percebeu que ele olhava para o colar com um sorriso (ela julgou que fosse um sorriso) que a fez corar e se sentir terrivelmente infeliz. E apesar de não ter havido um segundo olhar para perturbá-la, apesar de o objetivo dele parecer apenas se mostrar tranquilo e agradável, ela não conseguiu superar o embaraço, agravado pela ideia de que ele percebera, e não sossegou enquanto ele não se dirigiu a outra pessoa. Então, aos poucos ela voltou a se animar, com a genuína satisfação de ter garantido um par voluntário para o início da dança.

Quando os convidados passaram para o salão do baile, Fanny se viu pela primeira vez perto da srta. Crawford, cujos olhares e sorrisos foram imediata e mais inequivocamente dirigidos para o colar, como fizera o seu irmão, e ia começar a falar sobre o assunto quando Fanny, ansiosa por encerrar a história, se apressou em dar uma explicação sobre o segundo colar — na verdade, a corrente. A srta. Crawford ouviu e esqueceu todos os elogios e insinuações que pretendia dirigir a Fanny; sentiu apenas uma coisa, e, com os olhos brilhando como antes e mostrando que poderiam ser ainda mais brilhantes, exclamou com ansioso prazer:

— Foi ele? Foi Edmund? Isso é próprio dele. Nenhum outro homem pensaria nisso. Eu o admiro além do que consigo expressar.

E olhou em volta, como se esperasse dizer isso a Edmund. Ele não estava por perto, acompanhava algumas damas que saíam da sala; a sra. Grant, aproximando-se das duas, pegou um braço de cada uma e elas seguiram o grupo.

O coração de Fanny desmoronou, mas não havia tempo para pensar muito nem mesmo nos sentimentos da srta. Crawford. Estavam todos no salão de baile, os violinos tocando, e a sua mente tão agitada a impedia de se fixar em qualquer coisa séria. Ela precisava observar a organização geral e ver como tudo era feito.

Minutos depois, sir Thomas aproximou-se e perguntou a ela se tinha um par; e o "sim, senhor, com o sr. Crawford" foi exatamente o que ele pretendia ouvir. O sr. Crawford não estava muito longe. Sir Thomas o trouxe até ela e disse algo que a fez descobrir que *ela* deveria liderar e abrir o baile, ideia que jamais lhe ocorrera antes. Sempre que pensara nos detalhes, Fanny dera como certo que Edmund abriria o baile com a srta. Crawford; e a impressão foi tão forte que, apesar de o *seu tio* dizer o contrário, ela não conseguiu evitar uma exclamação de surpresa, insinuando inaptidão e inclusive pedindo para ser dispensada. Opor a sua opinião à de sir Thomas era prova da extrema gravidade da situação, mas tamanho foi o seu horror com a primeira sugestão que ela encarou o tio e disse que esperava que tudo fosse resolvido de outra maneira. No entanto, esperou em vão; sir Thomas sorriu, procurou encorajá-la e depois olhou-a extremamente sério e decidido "deve ser assim, minha cara", e ela não arriscou outra palavra. No momento seguinte, viu-se conduzida pelo sr. Crawford até o ponto principal do salão, onde os dois ficaram parados aguardando que os demais pares se formassem e viessem ao seu encontro.

Fanny quase não conseguia acreditar. Ocupar o lugar de maior destaque entre tantas jovens elegantes! A distinção era demasiada. Estava sendo tratada como as primas! E os seus pensamentos voaram para as primas ausentes, com um lamento verdadeiro, terno e sincero de que elas não estivessem ali para assumir o próprio lugar no salão e para desfrutar de um prazer que tanto as agradaria. Quantas vezes Fanny as ouvira desejar um baile em casa como a maior de todas as felicidades! E estarem ausentes quando o baile aconteceu, e *ela* ter de abrir o baile, ainda mais com o sr. Crawford! Esperava que as primas não invejassem aquela distinção *agora*, mas quando pensou no passado e se lembrou da situação no outono, do que representavam uns para os outros quando dançaram naquela casa anteriormente, o arranjo atual ultrapassou o seu entendimento.

O baile começou. Para Fanny, foi mais uma honra do que uma felicidade, pelo menos na primeira dança. O seu par estava de excelente humor e tentava lhe transmitir isso, porém ela, demasiado apavorada, só se divertiu quando conseguiu imaginar que não era mais observada. No entanto, jovem, bonita e delicada, os encantos suplantavam a inexperiência, e quase todos os presentes se dispunham a elogiá-la. Atraente, discreta, sobrinha de sir Thomas e, segundo diziam, admirada pelo sr. Crawford. Bastou isso para a aprovação geral. Durante a dança, o próprio sir Thomas observava orgulhoso e com muita complacência os progressos da sobrinha; e, sem atribuir toda aquela beleza pessoal à mudança para Mansfield, como a sra. Norris parecia fazer, ele se alegrou por ter fornecido tudo a Fanny: ela lhe devia a educação e as boas maneiras.

Enquanto sir Thomas observava, a srta. Crawford captou boa parte dos pensamentos dele e, apesar de todos os erros dele em relação a ela, sentiu um desejo premente de se vangloriar diante dele e, aproveitando a oportunidade, aproximou-se para fazer um comentário agradável a respeito de Fanny. O elogio caloroso foi recebido como Mary pretendia. Sir Thomas retribuiu com discrição, polidez e economia de palavras, e mostrou maior benevolência do que a esposa logo depois, quando Mary, percebendo-a num sofá bem próximo, foi cumprimentá-la sobre a aparência da srta. Price antes de começar a dançar.

— Sim, ela, de fato, está com ótima aparência — foi a resposta plácida de lady Bertram. — Chapman ajudou-a a se vestir. Eu mandei Chapman para ajudá-la.

Lady Bertram não deixava de estar realmente satisfeita de ver Fanny ser admirada; porém, o que mais a surpreendia era a sua própria bondade de ter mandado Chapman ajudar a sobrinha, e isso não lhe saía da cabeça.

A srta. Crawford conhecia bem demais a sra. Norris para pensar em *gratificá-la* elogiando Fanny. Quando surgiu uma ocasião, limitou-se a dizer:

— Ah, senhora, o quanto nós queríamos que as queridas sra. Rushworth e Julia estivessem aqui esta noite!

E a sra. Norris retribuiu com sorrisos e palavras corteses quando teve tempo em meio a tantas ocupações que arranjara para si mesma formando mesas de jogo, dando sugestões para sir Thomas e tentando deslocar todas as damas de companhia para uma parte melhor do salão.

A srta. Crawford se enganou muito nas intenções de agradar Fanny. Pretendeu dar ao pequeno coração da jovem um feliz alento e enchê-la de deliciosas sensações de autoestima; e, interpretando mal os rubores de Fanny, ainda julgou estar agindo bem quando se dirigiu a ela depois das duas primeiras danças e disse, com um olhar significativo:

— Talvez a *senhorita* possa me dizer por que o meu irmão irá à cidade amanhã. Ele diz que tem negócios por lá, sem me dizer quais. Pela primeira vez ele me nega a sua confiança! Mas isso acontece com todos. Mais cedo ou mais tarde, todos seremos suplantados. Agora eu preciso apelar para a senhorita, a fim de obter essa informação. Por favor, me diga o que Henry vai fazer?

Fanny manifestou ignorância com tanta firmeza quanto o constrangimento permitiu.

— Bem, então — replicou a srta. Crawford, rindo —, devo supor que seja pelo simples prazer de levar o seu irmão e conversar sobre a senhorita durante o caminho.

Fanny estava confusa, mas a confusão era de descontentamento. A srta. Crawford se perguntava por que ela não sorria e considerou-a ansiosa demais, estranha, ou qualquer outra coisa, menos que fosse insensível ao prazer de receber as atenções de Henry. Naquela noite, Fanny se divertiu muito, mas as atenções de Henry pouco tiveram a ver com isso. Ela preferia que ele *não* tornasse a convidá-la para dançar tão cedo e desejou não ser obrigada a suspeitar que as indagações prévias que ele fizera à sra. Norris sobre a hora da ceia fossem todas relacionadas à intenção de garantir a sua parceria na outra parte da noite. Mas não houve como evitar: ele a fez se sentir o centro de tudo; e, embora ela não pudesse dizer que fosse desagradável ou que houvesse indelicadeza ou ostentação nas atitudes dele, e às vezes, quando falava sobre William, realmente não era desagradável e revelava até mesmo certa ternura que lhe dava mérito. Ainda assim as atenções dele não contribuíam para a satisfação de Fanny. Ela ficava feliz quando olhava para William e via o quanto ele estava se divertindo, a cada cinco minutos em que podiam circular junto e ouvi-lo contar sobre as suas parceiras; ela ficava feliz em saber que era admirada; ficava feliz em ainda ter pela frente duas danças com Edmund, e durante a maior parte da noite a sua mão foi tão ansiosamente solicitada que o seu compromisso indefinido com *ele* continuava sendo uma perspectiva constante. Ficou feliz, inclusive, quando essas danças aconteceram. Não porque ele demonstrasse muita animação nem expressasse a suave galanteria com que a presenteara naquela manhã. A mente de Edmund estava esgotada e a felicidade de Fanny se originava do fato de ser a amiga em quem ele conseguia confiar.

— Estou exausto de civilidade! — disse ele. — Conversei a noite inteira sem parar e sem ter o que dizer. Mas com *você*, Fanny, pode haver paz. Você não faz questão de conversar. Vamos nos permitir o luxo do silêncio.

Fanny quase não conseguiu expressar a sua concordância. Um esgotamento provavelmente resultante, em grande medida, dos mesmos sentimentos que ele reconhecera pela manhã, devia ser especialmente respeitado; eles aproveitaram as duas danças com uma tranquilidade tão sóbria que qualquer espectador se convenceria de que sir Thomas não estivera criando uma esposa para o filho mais novo.

A noite trouxera poucos prazeres para Edmund. A srta. Crawford mostrara-se muito alegre quando dançaram juntos pela primeira vez, mas a alegria dela não pôde lhe fazer bem: em vez de elevar, abateu-lhe o ânimo. Depois, embora ele ainda se sentisse impelido a procurá-la novamente, ela o magoara fortemente pela maneira com que se referiu à profissão à qual ele pertenceria em breve. Eles conversaram, ficaram em silêncio; ele argumentara e ela ridicularizara e, afinal, se separaram mutuamente aborrecidos. Fanny, incapaz de se abster inteiramente de observá-los, vira o suficiente para ficar toleravelmente satisfeita. Era cruel se sentir feliz quando Edmund estava sofrendo. No entanto, alguma felicidade deveria surgir, e por certo surgiria pela sua convicção de que ele de fato sofria.

Quando Fanny e Edmund concluíram as duas danças, ela praticamente não tinha mais vontade nem forças para continuar; e sir Thomas, ao vê-la andar em vez de dançar a sequência mais curta, totalmente sem fôlego e com a mão na cintura, deu-lhe ordens para que se sentasse imediatamente. A partir desse momento, o sr. Crawford também se sentou.

— Pobre Fanny! — exclamou William que viera passar um momento com a irmã e usou o leque da parceira como se fosse uma questão de vida e morte. — Como ela fica extenuada tão depressa! Porque a brincadeira está apenas começando. E espero que prossiga durante as próximas duas horas. Como pode se cansar tão cedo?

— Tão cedo?! Meu caro amigo— disse sir Thomas, consultando o relógio com a necessária discrição —, são três horas, e a sua irmã não está acostumada a essas altas horas.

— Pois bem, Fanny, então não se levante amanhã antes da minha partida. Durma o quanto puder, e não se preocupe comigo.

— Ah, William!

— O quê?! Ela pretendia se levantar antes de você sair?

— Ah, eu pretendia, sim, senhor — exclamou Fanny levantando-se prontamente da cadeira para ficar mais perto do tio —, eu preciso me levantar e tomar o café da manhã junto com William. Vai ser a última vez, sabe, a última manhã.

— É melhor você não fazer isso. Ele precisa tomar o café da manhã e sair por volta das nove e meia. Sr. Crawford, acho que o senhor virá buscá-lo às nove e meia?

Mas Fanny insistiu tanto e com tantas lágrimas nos olhos que sir Thomas não persistiu na negativa e a cena foi encerrada com um "está bem, está bem", que significava permissão.

— Sim, às nove e meia — disse o sr. Crawford para William quando este se afastava —, e eu serei pontual, porque não terei irmã alguma para fazer a gentileza de se levantar por *mim*. — E, baixando o tom de voz, disse para Fanny: — Terei apenas uma casa desolada para fora da qual irei me apressar. Amanhã o seu irmão verá que as minhas ideias de tempo são muito diferentes das dele.

Sir Thomas refletiu um pouco e indagou se o sr. Crawford gostaria de participar logo cedo do café da manhã em sua casa, em vez de comer sozinho; ele próprio estaria presente. E, pela presteza com que o convite foi aceito, convenceu-se de que tinham bom fundamento as suas suspeitas que motivaram em grande parte aquele baile. O sr. Crawford estava apaixonado por Fanny. E sir Thomas anteviu, satisfeito, o que aconteceria. Entretanto, a sobrinha não lhe agradeceu pelo que ele acabara de fazer. Ela esperava ficar a sós com William naquela última manhã. Seria uma alegria indescritível. Mas, apesar dos seus desejos terem sido contrariados, no íntimo ela não se queixava. Ao contrário, estava tão desacostumada a ver o seu prazer consultado, ou a ver qualquer coisa ser realizada da maneira que ela desejaria, que se predispôs a se surpreender e se alegrar ao ver o seu ponto de vista ser atendido, mais do que se queixar da contrariedade que se seguiu.

Pouco depois, sir Thomas interferiu novamente na pretensão de Fanny, aconselhando-a a ir imediatamente para a cama. A palavra por ele usada foi "aconselhar", mas foi um conselho com tão absoluta ênfase, que ela teve apenas se levantou e, recebendo um adeus muito cordial do sr. Crawford, retirou-se em silêncio, parando na porta de entrada como a lady de Branxholm Hall, "por um minuto e nada mais" para ver a cena feliz e lançar um último olhar aos cinco ou seis determinados casais que ainda dançavam, e depois subiu lentamente a escada principal, embalada pela contradança incessante, exaltada por esperanças e medos, sopa e vinho quente, dores nos pés e extenuada, inquieta e agitada, mas sentindo, apesar de tudo, que um baile era, de fato, delicioso.

Ao mandá-la embora, sir Thomas talvez não estivesse pensando exclusivamente na saúde de Fanny. Talvez lhe ocorresse que o sr. Crawford estivera sentado ao lado dela durante muito tempo, ou que ele pretendia recomendá-la como esposa, mostrando ao cavalheiro que ela poderia ser persuadida.

CAPÍTULO 29

O baile terminou, e logo o café da manhã também terminaria; dado o último beijo, William partiu. O sr. Crawford chegara pontualmente como prometera e a refeição transcorreu rápida e agradável.

Depois de acompanhar William até o último momento, Fanny voltou para a sala do café da manhã com muita tristeza no coração, lamentando aquela mudança melancólica; ali, o seu bondoso tio deixou-a chorar em paz, talvez imaginando que as cadeiras vazias dos jovens cavalheiros pudessem reanimar o frágil entusiasmo da sobrinha e que as sobras frias de costeletas de leitão com mostarda que William deixara no prato conseguissem pelo menos dividir os sentimentos de Fanny com as cascas de ovos que restaram no prato do sr. Crawford. O tio julgou que ela chorava *con amore*, quando na verdade era *con amore* fraternal, e não de outra natureza. William partira, e agora ela teve a impressão de ter perdido metade da visita dele com preocupações fúteis e providências egoístas que nada tinham a ver com o irmão.

Fanny estava tão desanimada que não conseguia pensar na sua tia Norris, na solidão da sua casa pequena e triste, sem se censurar por não ter lhe dado a devida atenção quando estiveram juntas pela última vez; e muito menos os seus sentimentos a perdoavam por não ter feito, dito e pensado tudo o que William mereceria naqueles 15 dias.

O dia foi pesado e melancólico. Depois do segundo café da manhã, Edmund se despediu por uma semana e seguiu a cavalo para Peterborough, e assim todos se foram. Nada restou da noite anterior, apenas lembranças que ela não tinha com quem partilhar. Conversou com a sua tia Bertram; precisava falar sobre o baile com alguém, mas a tia vira muito pouco do que se passara, e a sua curiosidade era tão pouca, que a tentativa foi inútil. Lady Bertram não tinha certeza do vestido de ninguém, nem do lugar de ninguém na ceia, exceto os seus próprios. "Ela não conseguia lembrar o que ouvira sobre uma das srtas. Maddox, ou o que lady Prescott notara em Fanny; não sabia bem se o coronel Harrison falara sobre o sr. Crawford ou sobre William quando se referira ao jovem mais elegante do salão; alguém murmurara alguma coisa para ela; e ela se esquecera de perguntar a sir Thomas o que poderia ser." E esses foram os seus discursos mais longos e as suas informações mais claras; o resto foi apenas um lânguido "Sim, sim, muito bem, foi você? Foi ele? Eu não vi *isso*. Não distingo um do outro." Tudo isso era muito ruim. Mas ainda foi muito melhor do que seriam as respostas ásperas da sra. Norris; porém, ela voltara para casa a fim de cuidar de uma criada doente, levando todas as geleias que sobraram; e assim houve paz e bom humor naquele pequeno grupo, embora ninguém tivesse outros motivos para se vangloriar.

A noite se arrastou, pesada como o dia.

— Não sei o que está me acontecendo! — disse lady Bertram quando tiraram o serviço de chá. — Estou meio entorpecida. Deve ser por ter ficado acordada até muito tarde ontem. Fanny, você precisa fazer algo para me manter acordada. Não consigo trabalhar. Pegue as cartas, estou muito entorpecida.

Fanny trouxe as cartas e as duas jogaram até a hora de dormir; sir Thomas estava lendo em silêncio e não se ouviu som algum na sala nas duas horas seguintes além das contagens do jogo.

— E com *isto* temos 31, quatro na mão e oito no descarte. É sua vez de dar as cartas, minha tia; quer que eu dê em seu lugar?

Fanny pensou e repensou na diferença que 24 horas haviam feito naquela sala e em toda aquela parte da casa. Na noite anterior, tudo fora esperança e sorriso, agitação e movimento, barulho e brilho, no salão, fora do salão e em todos os lugares. Agora havia apenas langor e solidão.

Uma boa noite de repouso melhorou os seus ânimos. No dia seguinte, ela conseguiu pensar em William com mais alegria, e como a manhã lhe ofereceu a oportunidade de conversar sobre a noite de quinta-feira com a sra. Grant e com a srta. Crawford num estilo muito alegre, com todos os excessos de imaginação e todas as risadas e brincadeiras tão essenciais à lembrança de um baile terminado, mais tarde ela conseguiu sem muitos esforços trazer a mente de volta para o cotidiano, e com facilidade se conformar com a tranquilidade da semana.

Na verdade, o grupo era o menor que Fanny já vira reunido ali durante um dia inteiro; e *ele* partira, aquele de quem dependiam principalmente o conforto e a alegria de todos os encontros e de todas as refeições da família. No entanto, era preciso aprender a enfrentar a situação. Em breve ele se afastaria para sempre; e ela se sentia grata por poder estar agora na mesma sala com o tio, ouvir-lhe a voz, receber as suas perguntas e até mesmo respondê-las sem as sensações negativas que experimentara antes.

— Sentimos falta dos nossos dois jovens — foi a observação de sir Thomas no primeiro dia e no segundo, quando o círculo familiar muito reduzido se formou após o jantar. E, em consideração aos olhos marejados de Fanny, no primeiro dia nada mais foi dito, além de um brinde à saúde; no segundo dia, porém, a mesma frase levou a algo mais. William recebeu bondosos elogios e votos de que fosse promovido.

— Temos motivos para supor — acrescentou sir Thomas — que de agora em diante ele nos visite com mais frequência. Quanto a Edmund, precisamos aprender a ficar sem ele. Este inverno será o último que ele passará conosco, como passou até agora.

— Sim — disse lady Bertram —, mas eu gostaria que ele não fosse embora. Acho que todos estão indo embora. E eu gostaria que todos ficassem aqui em casa.

Esse desejo se referia principalmente a Julia, que acabara de pedir permissão para ir à cidade com Maria. Como sir Thomas achava bom para as duas filhas que a permissão fosse concedida, lady Bertram, embora sua boa índole não a fizesse impedir o passeio, agora lamentava as mudanças na perspectiva do retorno de Julia que, caso contrário, teria ocorrido naquela ocasião. Sir Thomas, muito mais sensato, tentou fazer a esposa aceitar esse arranjo. Tudo o que um pai zeloso *poderia* sentir foi apresentado a lady Bertram; e tudo o que uma mãe afetuosa *deveria* sentir ao propiciar alegria aos filhos foi atribuído à sua condição de mãe.

Lady Bertram concordou com tudo com um calmo "sim" e ao fim de um quarto de hora de silenciosa meditação, observou espontaneamente:

— Sir Thomas, tenho pensado, fico muito feliz por termos acolhido Fanny, porque agora que todos foram embora sentimos como isso foi bom.

Sir Thomas imediatamente aprimorou o elogio, acrescentando:

— É verdade. Vamos mostrar para Fanny que a consideramos uma boa jovem, elogiando-a na sua presença. Ela agora é uma companhia muito valiosa. Se temos sido bondosos para *ela*, agora ela é muito necessária para *nós*.

— Sim — disse lady Bertram logo em seguida —, e é um conforto pensar que nós sempre *a* teremos.

Sir Thomas fez uma pausa, meio sorrindo, olhou para a sobrinha e disse, sério:

— Espero que ela nunca nos deixe, até ser convidada para algum outro lar que de algum modo lhe prometa uma felicidade maior do que a que ela tem aqui.

— E *isso* não é muito provável, sir Thomas. Quem a convidaria? Maria ficaria contente de vê-la em Sotherton de vez em quando, mas não pensaria em chamá-la para morar lá; tenho certeza de que ela fica muito melhor aqui. Além disso, não posso dispensá-la.

A semana que transcorrera tão calma e pacífica na grande casa de Mansfield teve um caráter muito diferente na residência paroquial. Pelo menos para cada jovem dama de cada família trouxe sentimentos muito diferentes. O que foi tranquilidade e conforto para Fanny foi tédio e aborrecimento para Mary, como resultado das diferenças de disposição e hábito: a primeira tão facilmente satisfeita e a outra desacostumada a enfrentar dificuldades; além do mais, outras coisas poderiam também ser imputadas às diferenças de circunstâncias. Em alguns pontos de interesse elas eram exatamente opostas. Para a mente de Fanny, a ausência de Edmund era, de fato, pela causa e pela consequência, um alívio. Para Mary, bastante dolorosa. Ela sentia a falta da companhia dele todos os dias, quase todas as horas, e essa carência a deixava irritada, principalmente quando pensava no objetivo da viagem. Ele não poderia ter imaginado algo mais provável de melhorar a sua situação do que essa semana de ausência, que ocorria ao mesmo tempo da partida do seu irmão e de William Price, completando o rompimento de um grupo antes tão animado. Mary sentiu isso intensamente. Agora restava aquele trio triste, confinado em casa por uma série de chuvas e nevascas, sem ter o que fazer e sem novas expectativas. Zangada com Edmund como estava porque ele seguira as próprias convicções e por levá-las a cabo desafiando-a (e ela ficara tão zangada, que eles praticamente não se despediram como amigos no baile), ela não conseguia evitar de pensar nele sem parar durante essa ausência, avaliando-lhe o mérito e o afeto, e ansiando pelos encontros quase diários que tinham acontecido ultimamente. A ausência dele era desnecessariamente longa. Ele não deveria ter planejado essa ausência; não deveria ter viajado por uma semana quando ela própria deixaria Mansfield tão em breve. Então começou a se culpar. Desejou não ter falado com tanta veemência na última conversa com ele. Temeu ter usado certas expressões fortes e desrespeitosas ao falar do clero, algo que não deveria ter acontecido. Foi falta de educação, foi errado. Ela desejou de todo coração não ter pronunciado aquelas palavras.

A sua irritação não passou com o término da semana. Tudo estava ruim, mas ficou pior quando chegou nova sexta-feira e Edmund não veio; quando chegou o sábado, e nada de Edmund; e quando, através de um breve contato com a outra família, proporcionado pelo domingo, ela ficou sabendo que ele escrevera para casa avisando que adiaria o retorno porque prometera passar uns dias a mais com o amigo.

Se antes ela sentira impaciência e arrependimento, se ficara triste pelo que dissera e temera o efeito forte demais sobre ele, agora sentia e temia tudo dez vezes mais. Além disso, precisava lutar contra uma sensação desagradável e inteiramente nova: o ciúme. O amigo de Edmund, o sr. Owen, tinha irmãs que ele poderia achar atraentes. Porém, em todo caso, a ausência dele numa ocasião em que, de acordo com todos os planos anteriores, ela se mudaria para Londres, significava algo que a jovem não conseguia suportar. Se Henry tivesse voltado ao fim de três ou quatro dias, como prometera, àquela altura ela já estaria deixando Mansfield. Julgou absolutamente necessário ir até Fanny e tentar descobrir algo mais. Ela não conseguiria mais enfrentar sozinha tamanha desventura. Então rumou para Mansfield Park, apesar das dificuldades da caminhada que até uma semana antes considerara intransponíveis, a fim de ter a chance de ouvir algo mais ou pelo menos ouvir o nome dele.

A primeira meia hora foi perdida porque lady Bertram estava presente e, a menos que ficasse a sós com Fanny, não poderia esperar coisa alguma. Por fim lady Bertram se retirou e quase de imediato a srta. Crawford começou a falar com a voz mais equilibrada possível:

— E o que *a senhorita* acha do seu primo Edmund se ausentar por tanto tempo? Como a única jovem da casa, considero-a a maior sofredora. Deve sentir muita falta dele. Essa permanência maior a surpreende?

— Não sei — disse Fanny, hesitante. — Sim, eu particularmente não esperava isso.

— Talvez ele sempre fique mais tempo do que afirma. Em geral é o que todos os jovens cavalheiros fazem.

— Ele não fez isso na única vez em que foi visitar o sr. Owen antes.

— Ele acha aquela casa mais agradável *agora*. Edmund é muito... ele é um jovem extremamente agradável, e eu não posso deixar de ficar preocupada em não vê-lo antes de ir para Londres, como sem dúvida acontecerá. Estou esperando Henry todos os dias e assim que ele chegar nada me deterá em Mansfield. Confesso que gostaria de tê-lo visto mais uma vez, mas a senhorita lhe dará os meus cumprimentos. Sim, acho que devam ser cumprimentos. No nosso idioma, não se espera que exista algo entre cumprimento e... e amor, algo adequado ao tipo de conhecimento amigável que tivemos, srta. Price? Tantos meses de amizade! Mas neste caso talvez bastem cumprimentos. A carta dele foi longa? Fez muitos relatos do que estava fazendo? Vai ficar lá para os festejos de Natal?

— Eu só ouvi parte da carta. Era dirigida ao meu tio. Mas creio que fosse muito curta; tenho certeza de que tinha apenas umas poucas linhas. Tudo o que ouvi foi que o amigo o pressionou para ficar mais tempo, e ele concordou. Uns *poucos* dias a mais, ou *alguns* dias a mais, não sei bem.

— Ah, se ele escreveu para o pai... eu pensei que ele tivesse escrito para lady Bertram ou para a senhorita. Como escreveu para o pai, não me admira que tenha sido conciso. Quem escreveria tagarelices para sir Thomas? Se ele tivesse escrito para a senhorita, daria mais detalhes, talvez a respeito de bailes e festas. Ele lhe teria feito uma descrição de tudo e todos. Quantas senhoritas Owen existem?

— Três, já adultas.

— Fazem música?

— Eu realmente não sei, nunca ouvi dizer.

— Sabe, esta é a primeira pergunta que todas as mulheres que tocam algum instrumento fazem sobre as outras — disse a srta. Crawford tentando parecer alegre e despreocupada. — Mas é muita tolice fazer perguntas sobre outras jovens... sobre três irmãs quaisquer que acabam de se tornar adultas; pois sabe-se muito bem o que elas são, mesmo sem que alguém tenha dito,: todas muito dotadas e agradáveis, e uma delas muito bonita. Há sempre uma beldade em cada família; é comum. Duas tocam piano e a outra, harpa. Todas cantam ou cantariam se fossem ensinadas, ou cantam melhor justamente por não terem sido ensinadas; ou algo semelhante.

— Não sei coisa alguma sobre as srtas. Owen — disse calmamente Fanny.

— Não sabe e pouco se importa, como se diz. Jamais um tom expressou indiferença de modo tão óbvio. Na verdade, por que alguém se importaria com pessoas que nunca viu? Bem, quando o seu primo voltar, ele encontrará muita calma em Mansfield. Todos os barulhentos terão ido embora, o seu irmão, o meu e eu também. Agora que a hora se aproxima, não gosto da ideia de deixar a sra. Grant. Ela não gosta da ideia da minha partida.

Fanny se sentiu obrigada a falar:

— Sem dúvida a sua falta será sentida por muitos. Muito sentida.

A srta. Crawford olhou para Fanny como se quisesse ouvir e ver algo mais e depois disse, rindo:

— Ah, sim, a falta será sentida, como todos os barulhos incômodos são sentidos quando desaparecem; ou seja, fazem grande diferença. Mas não querendo elogios, não me lisonjeie. Se a *minha* falta for sentida, isso será demonstrado. Posso ser encontrada por quem quiser me ver. Não estarei em nenhum endereço incerto, distante ou inatingível.

Dessa vez Fanny não soube o que dizer, e a srta. Crawford ficou decepcionada, pois esperava ouvir alguma confirmação agradável sobre o seu poder, proveniente de alguém que na sua opinião deveria saber, e assim a sua vivacidade tornou a definhar.

— As srtas. Owen... — disse ela logo depois. — Suponha que uma delas se estabeleça em Thornton Lacey; o que acharia? Tem acontecido coisas mais estranhas. Ouso dizer que elas estão tentando. E com toda razão, pois seria uma situação muito conveniente para elas. Eu não me surpreendo nem as culpo. Todos devem buscar o próprio bem da melhor maneira possível. O filho de sir Thomas é alguém; e agora ele está no mesmo caminho. O pai delas é clérigo, o irmão delas é clérigo, e juntos são todos clérigos. Por direito, ele é propriedade deles, pertence a eles. Não diz nada, Fanny? A srta. Price não diz nada? Agora, honestamente, não pressupõe isso a qualquer outra coisa?

— Não — respondeu Fanny com firmeza —, não pressuponho nada.

— Nada?! — exclamou a srta. Crawford com vigor. — Eu custo a crer. Mas ouso dizer que a senhorita sabe exatamente... eu sempre imagino... talvez não ache provável que ele case algum dia, ou pelo menos não agora.

— Não, eu não acho nada — disse Fanny com suavidade, esperando não errar na convicção nem no reconhecimento do assunto.

A srta. Crawford olhou-a intensamente; e, mais animada com o imediato rubor produzido por aquele olhar, limitou-se a dizer:

— Ele está melhor assim. — E mudou de assunto.

CAPÍTULO 30

A inquietação da srta. Crawford foi bastante aliviada pela conversa com Fanny, e ela caminhou de volta para a residência paroquial com um humor que, se tivesse sido posto à prova, talvez suportasse mais outra semana no mesmo pequeno grupo e no mesmo mau tempo. Como naquela mesma noite o irmão voltou de Londres muito, muito mais alegre do que de costume, ela não teve outra provação para enfrentar. O fato de ele ainda se recusar a lhe contar o que fora fazer nada mais era do que um gracejo; um dia antes isso a teria irritado, mas agora era uma brincadeira agradável e talvez escondesse algo planejado, como uma surpresa agradável para ela. E o dia seguinte *efetivamente* lhe trouxe uma surpresa. Henry dissera que precisava ir saber como estavam os Bertram e que voltaria em dez minutos, mas demorou mais de uma hora. E quando a irmã, que estivera esperando por ele para passearem juntos no jardim, finalmente o encontrou, gritou impaciente:

— Meu caro Henry, onde você esteve esse tempo todo?

Ele se limitou a dizer que estivera visitando lady Bertram e Fanny.

—Visitando por uma hora e meia?! — exclamou Mary.

Mas esse foi apenas o início da surpresa.

— Sim, Mary — disse ele, dando-lhe o braço e caminhando como se estivesse perdido —, não consegui sair antes. Fanny estava tão encantadora! Estou bastante resolvido, Mary. No íntimo já estou inteiramente decidido. Será que isso a deixará chocada? Não, você precisa ficar ciente de que eu estou bastante resolvido a me casar com Fanny Price.

Agora a surpresa era completa, pois, apesar de tudo o que a consciência dele pudesse sugerir, uma suspeita de que ele tivesse tais ideias jamais passara pela imaginação da irmã; e ela demonstrou o espanto com tamanha sinceridade que ele foi obrigado a repetir o que disse, mais enfático e mais solene. A convicção de que ele estava determinado, uma vez admitida, não foi mal recebida. A surpresa chegou a ser prazerosa. Mary estava disposta a se regozijar com uma conexão com a família Bertram e a não se aborrecer com o fato de o irmão casar com alguém de nível inferior.

— Sim, Mary — foi a afirmação conclusiva de Henry —, sinto-me francamente capturado. Você sabe que no início eu só queria me divertir, mas agora acabou. Posso me gabar de ter obtido razoáveis progressos no afeto de Fanny; mas o meu está totalmente resolvido.

— Que moça de sorte! De muita sorte! — exclamou Mary assim que conseguiu falar. — Que casamento para ela! Meu caríssimo Henry, este deve ser o meu *primeiro* sentimento; mas o meu *segundo*, que você terá com igual sinceridade, é que eu aprovo a sua escolha do fundo da alma e prevejo a sua felicidade com todo o ardor da minha vontade e dos meus desejos. Você terá uma esposa de total doçura, gratidão e devoção. Exatamente o que você merece. Que casamento maravilhoso para ela! A sra. Norris fala com frequência da sorte que ela tem; o que ela dirá agora? O prazer de toda a família, de fato! E lá ela tem alguns amigos *verdadeiros*. Como *eles* se regozijarão! Mas me conte tudo! Diga de uma vez. Quando começou a pensar seriamente nela?

Nada seria mais impossível do que responder a essa questão, porém nada poderia ser mais agradável do que tê-la formulado. Ele não saberia dizer "como aquela praga deliciosa o atingira"; e antes de manifestar por mais três vezes o mesmo sentimento com uma pequena variação de palavras, a irmã o interrompeu, ansiosa:

— Ah, meu caro Henry, então foi isso que o levou a Londres! Foi esse o assunto! Você decidiu consultar o almirante antes de se decidir.

Isso, no entanto, ele negou, resoluto. Conhecia o tio bem demais para consultá-lo sobre qualquer esquema matrimonial. O almirante odiava o casamento e o considerava como algo imperdoável para um jovem independente e afortunado.

— Quando conhecer Fanny, ele vai idolatrá-la! — continuou Henry. — Ela é exatamente a mulher capaz de eliminar todos os preconceitos de um homem como o almirante, pois é exatamente a mulher que ele acha que não existe neste mundo. Se ele tivesse delicadeza de linguagem suficiente para expressar as próprias ideias, a descreveria como sendo a própria impossibilidade. Mas até estar tudo absolutamente resolvido, resolvido sem qualquer interferência, ele não saberá nada sobre o assunto. E não, Mary, você está muito enganada. Ainda não descobriu o que eu fui fazer lá.

— Bem, bem, estou satisfeita. Agora sei a quem o assunto deve estar relacionado e não tenho pressa para saber o resto. Fanny Price! Maravilha! Maravilha! Que Mansfield tenha feito tanto... que *você* tenha encontrado o seu destino em Mansfield! Mas você tem toda razão. Não poderia ter feito melhor escolha. Não há jovem melhor no mundo, e você não precisa de fortuna. E quanto às conexões, são mais do que boas. Sem dúvida, os Bertram são das pessoas mais importantes da região. Ela é sobrinha de sir Thomas Bertram; para o mundo, isso bastará. Mas continue, continue, conte mais. Quais são os seus planos? Ela já sabe da própria felicidade?

— Não.

— E o que você está esperando?

— Esperando... esperando... um pouco mais do que uma oportunidade. Mary, ela não é como as primas, mas acho que não vou pedir em vão.

— Ah, claro que não. Mesmo que você fosse menos atraente, ainda assim estaria salvo... supondo que ela ainda não o ame (do que, no entanto, eu tenho poucas dúvidas). A natureza gentil e agradecida de Fanny garantiria a ela de imediato que a sua é igual. Do fundo da minha alma, acho que ela não se casaria com você *sem* amor. Ou seja, se existe uma jovem neste mundo capaz de não ser influenciada pela ambição, suponho que seja ela; mas, se você lhe pedir para amá-lo, ela jamais terá coragem de recusar.

Assim que a ansiedade de Mary se acalmou, Henry teve o prazer de lhe contar tudo o que ela gostaria de ouvir. E a conversa passou a interessar a ambos, embora ele só tivesse para relatar as próprias sensações, e só tivesse para louvar os encantos de Fanny. A beleza do rosto e do porte de Fanny, a graça dos seus modos, a bondade do seu coração, eram temas inesgotáveis. A gentileza, a modéstia e a doçura do seu caráter foram ardorosamente descritas, aquela doçura que é parte essencial do valor da mulher perante o julgamento de um homem. E, apesar de algumas vezes o homem amar quando essa qualidade não existe, ele nunca acreditará que inexista. Henry tinha bons motivos para confiar no temperamento de Fanny e elogiá-lo, porque muitas vezes o vira ser posto à prova. Todos daquela família, à exceção de Edmund, de um modo ou de outro haviam forçado Fanny a exercitar a paciência e a tolerância. Evidentemente os seus afetos eram fortes. Vê-la com o irmão! Existiria prova mais deliciosa de que o calor do seu coração equivalia à sua gentileza? Existiria algo mais encorajador para um homem que pretendia amá-la? Além disso, a inteligência rápida e clara de Fanny estava acima de qualquer suspeita; e os seus modos espelhavam a sua mente modesta e elegante. E isso não era tudo. Henry Crawford também tinha bom senso suficiente para perceber o valor dos bons princípios em uma esposa, embora estivesse muito pouco acostumado a refletir seriamente para identificá-los pelos devidos nomes. No entanto, quando falou sobre a conduta firme e constante de Fanny, sobre a sua elevada noção de honra e observância do decoro, valores que garantiriam a qualquer homem total confiança na fé e na integridade da mulher, Henry se expressava inspirado pela constatação dos bons princípios e da religiosidade de Fanny.

— Eu poderia confiar nela completa e absolutamente — disse ele. — E é *isso* que eu quero.

A irmã, acreditando que a opinião dele sobre Fanny Price não exagerava os méritos da jovem, regozijou-se com tais perspectivas.

— Quanto mais eu penso nisso — exclamou ela —, mais me convenço de que você está agindo bem. E, apesar de eu jamais ter pensado em Fanny Price como a jovem que provavelmente o prenderia, agora estou persuadida de que ela é exatamente a pessoa que o fará feliz. O seu projeto maldoso de lhe perturbar a paz acabou se transformando em uma ideia interessante. Fará bem a ambos.

— Foi uma péssima ideia, péssima ideia da minha parte contra tal criatura! Mas eu ainda não a conhecia; e ela não terá motivos para lamentar a hora em que eu pensei nisso pela primeira vez. Vou fazê-la muito feliz, Mary, mais feliz do que nunca, mais feliz do que viu alguém ser. Eu não a afastarei de Northamptonshire. Vou arrendar Everingham e alugar uma casa nestas redondezas, talvez Stanwix Lodge. Arrendarei Everingham por sete anos. Com certeza conseguirei um excelente inquilino de pronto. Agora mesmo eu poderia citar três pessoas que aceitariam as minhas condições e me agradeceriam.

— Ah! — exclamou Mary — Instalar-se em Northamptonshire! Isto é muito agradável! Então vamos ficar todos juntos.

Depois de ter falado, Mary caiu em si e desejou não ter dito aquilo; mas não houve necessidade de confusão, pois o irmão achava que ela seria apenas a suposta moradora da residência paroquial de Mansfield, e se limitou a convidá-la da maneira mais gentil possível para a sua própria casa e a reivindicar maior direito sobre ela.

— Você deverá passar conosco mais da metade do seu tempo — disse ele. — Não posso admitir que a sra. Grant tenha os mesmos direitos que Fanny e eu, pois nós dois teremos mais direito sobre você. Fanny será verdadeiramente sua irmã!

Mary apenas agradeceu e concordou formalmente, mas agora estava totalmente decidida a não ser hóspede do irmão nem da irmã por muito tempo.

— Você vai dividir o seu ano entre Londres e Northamptonshire?

— Sim.

— Muito bem. E em Londres, naturalmente, na sua casa, não mais na do almirante. Meu querido Henry, você verá a vantagem de se afastar do almirante antes que os seus costumes sejam conspurcados pelo contágio com os dele, antes que contraia qualquer uma das suas opiniões fúteis, ou aprenda a considerar o jantar como a melhor bênção da vida! *Você* não percebe o lucro porque o seu respeito por ele o cegou. Mas na minha opinião casar cedo pode ser a sua salvação. Se eu visse você se igualar ao almirante em palavras e atos, olhares e gestos, ficaria de coração partido.

— Bem, bem, neste assunto as nossas opiniões divergem. O almirante tem lá as suas falhas, mas é um homem muito bom e tem sido mais do que um pai para mim. Poucos pais me deixariam seguir metade do meu próprio rumo. Você não deve criar preconceitos contra ele em Fanny. Preciso fazer com que se gostem mutuamente.

Mary se absteve de dizer o que sentia, que neste mundo não poderia haver duas pessoas mais discordantes em personalidades e modos. O tempo mostraria isso a Henry. Mas ela não conseguiu evitar *este* comentário sobre o almirante:

— Henry, eu tenho Fanny Price em alta conta, e se achasse que a futura sra. Crawford teria metade dos motivos que a minha pobre tia maltratada teve para abominar o próprio nome, eu impediria esse casamento, se pudesse. Mas eu o conheço, meu irmão, e sei que a esposa que você *amar* será a mais feliz das mulheres, e mesmo que você deixe de amá-la, ainda assim ela encontraria em você a liberalidade e a boa educação de um cavalheiro.

Naturalmente, a base da resposta eloquente de Henry foi a impossibilidade de não fazer tudo neste mundo pela felicidade de Fanny Price e a impossibilidade de deixar de amar Fanny Price:

— Se você a visse hoje de manhã, Mary — continuou ele —, atendendo com doçura e paciência inefáveis todas as demandas imbecis da tia, trabalhando com ela e por ela, com a cor do rosto belamente realçada quando se inclinou sobre o trabalho e depois voltou ao seu lugar para concluir um bilhete que aquela imbecil a mandara escrever, e tudo isso com uma gentileza despretensiosa, como se fosse natural ela não ter um momento disponível para si mesma, com o cabelo arrumado como sempre, um pequeno cacho caindo enquanto ela escrevia, e que de vez em quando jogava para trás e, em meio a tudo isso, em alguns intervalos, falando *comigo* ou me escutando, parecendo gostar de me ouvir. Se você a tivesse visto assim, Mary, não teria aventado a mínima hipótese de que o seu poder sobre o meu coração cessasse algum dia.

— Meu querido Henry — exclamou Mary, parando de repente e sorrindo para o irmão —, como estou feliz por vê-lo assim tão apaixonado! Isso me encanta. Mas o que dirão a sra. Rushworth e Julia?

— Não me importo com o que elas digam ou sintam. Agora verão o tipo de mulher que me atrai, que pode atrair um homem de bom senso. Espero que essa descoberta lhes faça algum bem. E agora verão a prima ser tratada como deve, e desejo que no fundo do coração se envergonhem por terem agido com negligência e crueldade abomináveis. Ficarão zangadas.

E depois de um momento de silêncio, acrescentou num tom mais frio:

— A sra. Rushworth ficará muito zangada. Para ela será uma pílula amarga; ou seja, como outras pílulas amargas, terá dois instantes de sabor ruim e depois será engolida e esquecida. Não sou pretensioso a ponto de supor que os sentimentos dela sejam mais duradouros do que os de outras mulheres, embora *eu* fosse o objeto. Sim, Mary, a minha Fanny sentirá uma diferença, de fato. Uma diferença dia a dia, hora a hora no comportamento de todos os que se aproximarem dela; e a concretização da minha felicidade será saber que eu sou o responsável por tudo, que sou a pessoa que lhe propiciará a importância que lhe é devida por justiça. Agora ela é dependente, desamparada, sem amigos, negligenciada e esquecida.

— Não, Henry, não por todos, ela não é esquecida por todos, nem sem amigos. O primo Edmund jamais a esquece.

— Edmund! É verdade, creio que, em geral, ele seja bondoso para ela. E sir Thomas também, a seu modo; mas é o modo de um tio rico, superior, solene e arbitrário. O que sir Thomas e Edmund podem fazer juntos, o que eles *fazem* para lhe proporcionar conforto, honra e dignidade, comparado ao que eu *farei*?

CAPÍTULO 31

Na manhã seguinte, Henry Crawford foi novamente a Mansfield Park, desta vez em uma hora anterior à conveniência das visitas comuns. As duas damas encontravam-se na sala do café da manhã e felizmente para ele lady Bertram se preparava para sair dali quando ele entrou. Ela estava praticamente à porta, e sem querer de modo algum ter feito esse esforço em vão, seguiu em frente, recebeu-o de maneira cortês, com uma frase curta explicando que estava sendo esperada e dizendo para o criado: "Informe a sir Thomas".

Henry, transbordando de felicidade por vê-la sair, fez uma profunda reverência e observou-a se afastar; e, sem perder mais um instante, voltou-se imediatamente para Fanny segurando algumas cartas e disse, parecendo muito animado:

— Devo reconhecer que sou infinitamente grato a qualquer criatura que me proporcione a oportunidade de vê-la a sós: venho desejando isso mais do que a senhorita possa imaginar. Conheço os seus sentimentos como irmã e não suportaria que alguém desta casa compartilhasse com a senhorita a primazia da notícia que trago agora. Ele conseguiu. O seu irmão já é tenente. Tenho a infinita satisfação de cumprimentá-la pela promoção do seu irmão. Aqui estão as cartas que anunciam isso, e que acabam de chegar. Talvez a senhorita queira vê-las.

Fanny não conseguia falar, mas ele não queria que ela falasse. Bastava ver a expressão dos olhos, a mudança de fisionomia, o progresso dos sentimentos, a dúvida, a confusão, a felicidade. Ela pegou as cartas que ele lhe entregou. A primeira, escrita pelo almirante, informava ao sobrinho em poucas palavras que obtivera êxito na tarefa que assumira:

a promoção do jovem Price, e anexava duas outras: uma do Secretário do Almirantado para um amigo a quem o almirante incumbira do assunto e a outra, desse amigo comunicando que Sua Excelência atendera com grande felicidade à recomendação de sir Charles; que sir Charles ficara muito contente com a oportunidade de poder comprovar a sua consideração pelo almirante Crawford, e que a concessão da comissão de William Price como segundo-tenente do *H. M. Sloop Thrush* já estava efetivada, para grande alegria de um amplo círculo de pessoas importantes.

Fanny segurava as cartas com mão trêmula, correndo os olhos de uma para outra, o coração vibrando de emoção, e Crawford continuava ansioso para manifestar o próprio interesse no evento.

— Não falarei da minha própria felicidade — disse ele — por maior que seja, pois eu penso apenas na da senhorita. Comparando com a senhorita, quem tem o direito de ser feliz? Eu quase me censurei por ter sabido previamente de algo que a senhorita deveria saber antes de todo mundo. Mas eu não perdi um instante. Hoje de manhã o correio chegou tarde, mas da minha parte não houve um minuto de atraso. Não tentarei descrever toda a impaciência, a ansiedade e o descontrole da minha espera; fiquei imensamente mortificado, cruelmente desapontado por não ter conseguido resolver tudo enquanto estive em Londres! Esperei por isso todos os dias da permanência lá, porque só um objetivo que me fosse tão caro me deteria metade desse tempo longe de Mansfield. Embora o meu tio tenha se comprometido com os meus desejos com toda a ênfase que eu poderia esperar, e se empenhado imediatamente, houve algumas dificuldades devidas à ausência de um amigo e aos compromissos de outro; e eu finalmente não consegui suportar até o fim. Sabendo que deixava a causa em boas mãos, voltei na segunda-feira confiando que não passariam muitos correios sem que eu recebesse estas cartas. O meu tio, que é o melhor homem do mundo, empenhou-se como eu previa em favor do seu irmão depois de conhecê-lo. Ficou encantado com William. Ontem eu não quis dizer o quanto o almirante se encantou, nem repetir metade dos elogios que fez. Adiei tudo isso até que os seus elogios se revelassem elogios de amigo, como *prova* o dia de hoje. *Agora* posso dizer que ainda que eu não pudesse exigir que William Price despertasse maior interesse, nem que se seguissem tantos votos calorosos e tão alta recomendação, o meu tio expressou tudo isso voluntariamente depois da noite em que se conheceram.

— Então tudo isso foi *o senhor* quem fez?! — exclamou Fanny. — Meu Deus! Quanta bondade! É muita bondade! Então o senhor realmente... foi por desejo *seu*? Peço desculpas, mas estou desconcertada! O almirante Crawford interferiu? Como foi isso? Estou pasma!

Henry mostrou-se muito feliz em esclarecer, começando por um estágio anterior, explicando todos os pormenores do que fizera. A sua última viagem a Londres fora realizada com um único objetivo: apresentar o irmão de Fanny em Hill Street e pedir ao almirante que exercesse a influência possível para o progresso de William. Fora esse o seu propósito. Não comunicara a ninguém. Não deixara escapar sequer uma sílaba , nem mesmo para Mary; enquanto o resultado esteve incerto, ele não suportaria qualquer participação nos seus sentimentos, mas fora esse o seu propósito. E ele falava com tamanho brilho sobre a sua solicitude, e usava expressões tão fortes e redundantes, como *o mais profundo interesse*, *motivo em dobro*, *objetivos e desejos maiores do que poderiam ser expressados*, que Fanny não poderia ter ficado insensível a esse discurso se fosse capaz de prestar atenção. O seu coração, porém, estava tão pleno e os seus sentidos ainda tão surpresos que ela só conseguiu ouvir de modo imperfeito até mesmo o que ele lhe contou sobre William, e se limitou a repetir quando ele fez uma pausa:

— Quanta bondade! É muita bondade! Ah, sr. Crawford! Somos infinitamente gratos! Caríssimo, caríssimo William!

Deu um salto e saiu correndo em direção à porta, gritando:

— Vou procurar o meu tio! O meu tio precisa saber disso o mais depressa possível!

Mas isso Henry não poderia tolerar. A oportunidade era boa demais e os seus sentimentos, impacientes demais. Foi atrás dela imediatamente e disse que ela "não devia ir, que deveria lhe conceder mais cinco minutos"; e pegou-a pela mão, levou-a de volta ao lugar de onde saíra e já estava se explicando mais detalhadamente antes que ela pudesse compreender por que estava sendo detida. No entanto, quando ela realmente compreendeu e percebeu que ele esperava que ela acreditasse que provocara sensações que o coração dele jamais conhecera antes, que tudo o que ele fizera por William deveria ser creditado ao excessivo e inigualável afeto que ele lhe devotava, Fanny ficou tremendamente aflita e por alguns instantes incapaz de falar. Achou que aquilo tudo não passava de um absurdo, uma simples brincadeira, um galanteio, com a única pretensão de enganar momentaneamente. Ela só sentia que estava sendo tratada de modo impróprio e indigno, algo que ela não merecia; mas esse comportamento era típico de Henry Crawford, ela já o vira agir assim antes. Mas ela não se permitiria demonstrar metade do desprazer que sentia, porque ele obtivera um favor que nenhuma indelicadeza da parte dele a faria considerar uma ninharia. Enquanto o seu coração ainda transbordasse de alegria e gratidão por William, ela não se ressentiria severamente com algo que ferira apenas a sua pessoa; e depois de ter por duas vezes retirado a mão e por duas vezes tentado em vão se afastar dele, levantou-se e disse apenas, muito agitada:

— Não, sr. Crawford, por favor, não. Eu lhe imploro que não. É o tipo de conversa que me desagrada muito. Preciso me retirar. Não suporto isso.

Porém, ele continuou falando, descrevendo o seu afeto, solicitando reciprocidade, e afinal, em palavras tão claras que só poderiam ter um único significado, mesmo para ela, ofereceu-se por inteiro, a mão, a fortuna, tudo o que ela quisesse aceitar. Pronto. Ele dissera tudo. O assombro e a confusão de Fanny aumentaram; e, embora ainda sem conseguir acreditar que ele falasse a sério, quase não conseguia se manter de pé. Ele a pressionou por uma resposta.

— Não, não, não — exclamou ela, escondendo o rosto. — É total absurdo. Não me angustie. Não posso ouvir mais nada a esse respeito. A sua bondade para com William faz com que eu me sinta mais grata ao senhor do que as palavras podem expressar, mas eu não quero, não posso suportar, não devo ouvir tais... Não, não, não pense em mim. Mas o senhor *não* está pensando em mim. Sei que nada disso é verdade.

Fanny se afastou bruscamente e nesse instante ouviram a voz de sir Thomas falando com um criado a caminho da sala onde estavam. Não era hora para outras declarações e súplicas, mas era uma necessidade cruel separar-se dela no momento em que, na opinião otimista e confiante de Henry, a modéstia da jovem parecia atrapalhar a felicidade dele. Ela saiu pela porta oposta àquela por onde o tio se aproximava e ficou andando de um lado para outro na sala leste, com sentimentos contraditórios e extremamente confusos, enquanto sir Thomas concluía as saudações e as desculpas, e começava a receber a alegre notícia que o visitante viera trazer.

Ela sentia, pensava e tremia a respeito de tudo; agitada, feliz, infeliz, infinitamente grata, absolutamente irritada. Tudo aquilo ultrapassava a sua compreensão! Ele era indesculpável, incompreensível! Mas esses eram os seus hábitos, ele não conseguia fazer qualquer coisa sem um misto de maldade. Antes ele a fizera o ser humano mais feliz do mundo e agora a insultara, e ela não sabia o que dizer, como classificar ou enfrentar aquilo. Não o levaria sério; e ainda assim, como poderia desculpá-lo por ter usado aquelas palavras e propostas, se não passavam de uma brincadeira?

Mas William era tenente. E *esse* era um fato indubitável e indiscutível. Ela pensaria nisso para sempre e esqueceria todo o resto. O sr. Crawford certamente nunca mais tornaria a abordá-la; devia ter percebido o quanto o assunto era indesejável para ela. E nesse caso ela poderia ser grata e estimá-lo pela amizade para com William.

Ela não conseguiu se afastar da sala leste senão até o topo da grande escada, até ter a certeza de que o sr. Crawford deixara a casa. Ao se convencer de que ele partira, desceu ansiosa para estar com o tio e experimentar toda a felicidade da alegria dele e da sua própria, e todo o benefício das informações e conjecturas do tio sobre o destino de William. Sir Thomas estava tão alegre quanto ela desejaria, muito bondoso e comunicativo; e tiveram uma conversa tão satisfatória a respeito de William que ela parecia nem se lembrar do que tanto a aborrecera, até descobrir, no fim da conversa, que o sr. Crawford se comprometera a vir jantar naquele mesmo dia. A notícia foi muito desagradável pois, ainda que ela não pensasse mais no que se passara, seria muito desgastante revê-lo tão depressa.

Ela tentou tirar o melhor proveito da situação e esforçou-se muito, à medida que a hora do jantar se aproximava, para aparentar a naturalidade costumeira. Mas quando o visitante entrou na sala foi totalmente impossível não parecer mais tímida e desconfortável. Em hipótese alguma ela poderia supor que aquelas circunstâncias lhe causariam tantas sensações dolorosas no dia em que soube da promoção de William.

O sr. Crawford não estava sozinho na sala, mas logo se aproximou dela. Trazia um bilhete da irmã para lhe entregar. Fanny não conseguiu encará-lo, mas na voz dele não havia sinal da insensatez anterior. Ela abriu o bilhete imediatamente, satisfeita por ter algo para fazer, e começou a ler, feliz ao perceber que a movimentação da sua tia Norris, que também participaria do jantar, a protegia de ser observada.

> Minha querida Fanny, agora posso chamá-la assim, para infinito alívio de uma língua que vem tropeçando para chamá-la de *srta. Price*, pelo menos nas últimas seis semanas. Não posso deixar que o meu irmão saia sem lhe mandar estas poucas linhas de congratulações gerais e sem lhe dar o meu mais alegre consentimento e a minha aprovação. Vá em frente, minha querida Fanny, e não tenha medo; não vale a pena mencionar qualquer dificuldade. Prefiro supor que a garantia do meu consentimento servirá para alguma coisa. Portanto, esta tarde pode sorrir para ele com o mais doce dos seus sorrisos e mandá-lo de volta ainda mais feliz do que está indo. Afetuosamente, M. C.

Aquelas expressões não fizeram bem a Fanny, pois apesar de ter lido apressada e confusa demais para formar um julgamento mais claro sobre a intenção da srta. Crawford, era evidente que pretendia cumprimentá-la pelo compromisso com o irmão, *parecendo* acreditar que fosse sério. Fanny não sabia o que fazer nem o que pensar. A ideia de que fosse sério era infeliz. Em tudo havia perplexidade e agitação. Ela ficava aflita quando o sr. Crawford lhe dirigia a palavra, e ele o fez muitas vezes; e ela temia que algo na voz e nos modos com que ele se dirigia a ela fossem muito diferentes do que eram quando conversava com as outras pessoas. O bem-estar de Fanny naquele jantar foi praticamente destruído. Ela mal conseguiu comer; e quando sir Thomas, bem-humorado, observou que a alegria lhe tirara o apetite, ela ficou a ponto de morrer de vergonha, com medo da interpretação do sr. Crawford, pois, embora nada pudesse tentá-la a olhar para a direita, onde ele estava sentado, ela percebia que o olhar *dele* se dirigia diretamente a ela.

Fanny se mostrava mais silenciosa do que nunca. Mal participava da conversa, mesmo quando o assunto era William, pois a comissão dele vinha também daquele que estava ao lado direito, e essa conexão era dolorosa.

Ela julgou que lady Bertram nunca permanecera à mesa por tanto tempo e começou a ficar desesperada para se retirar. Por fim, foram todos para a sala de visitas e ela respirou aliviada enquanto as tias concluíam o assunto da nomeação de William cada qual ao seu estilo.

A sra. Norris parecia encantada com o que sir Thomas pouparia e com todo o resto. "*Agora* William poderia se manter, resultando uma grande diferença para o tio, pois não se sabia o quanto ele custara para o tio; e de fato faria diferença nos presentes *dela* também. Ela estava muito feliz com o que dera para William por ocasião da partida dele, muito contente mesmo por ter podido lhe dar naquela ocasião algo bastante considerável, sem prejuízos materiais; isto é, para *ela*, com os seus meios limitados, pois agora tudo seria útil para ajudá-lo a equipar a sua cabine. Ela sabia que ele teria algumas despesas, que precisaria comprar muitas coisas, embora certamente o pai e a mãe pudessem ajudá-lo a conseguir tudo muito barato; mas ela estava muito contente por ter contribuído com o seu óbolo".

— Fico feliz que você tenha lhe dado algo considerável — disse lady Bertram com uma calma isenta de qualquer malícia — porque *eu* lhe dei apenas dez.

— Foi mesmo?! — exclamou a sra. Norris, enrubescendo. — Palavra de honra, ele deve ter viajado com os bolsos bem recheados! E sem despesas na viagem para Londres, também.

— Sir Thomas me disse que dez seriam suficientes.

Sem disposição para continuar questionando se a quantia era suficiente ou não, a sra. Norris começou a mudar o rumo da conversa.

— É surpreendente — disse ela — o quanto os jovens custam aos amigos que os educam e os encaminham no mundo! Eles nem imaginam quanto tudo isso custa, nem o que os pais, tios e tias gastam com eles no decorrer de um ano. Veja os filhos da minha irmã Price; reúna-os todos, e eu ouso dizer que ninguém acreditaria na soma que custam a sir Thomas todos os anos, sem falar em tudo o que *eu* faço por eles.

— É verdade, minha irmã, é como você diz. Mas coitados! Eles não podem evitar; e você sabe que faz muito pouca diferença para sir Thomas. Fanny, William não pode esquecer o meu xale se ele for para as Índias Orientais. Eu também encomendarei a ele qualquer outra coisa que valha a pena. Eu gostaria que ele fosse para as Índias Orientais, para que eu possa ter o meu xale. Acho que vou querer dois xales, Fanny.

Enquanto isso, Fanny, que só falava algo quando não era possível evitar, se esforçava para entender as intenções do sr. e da srta. Crawford. Tudo no mundo conspirava *contra* a seriedade de ambos, exceto as palavras e as maneiras dele. Tudo o que era natural, provável e razoável conspirava contra: os hábitos e as maneiras de pensar de ambos e todos os seus próprios deméritos. De que modo *ela* poderia ter estimulado um afeto sério em um homem que já conhecera, fora admirado e flertara com tantas infinitamente superiores a ela? Um homem que parecia tão pouco aberto a impressões sérias, mesmo quando algumas haviam se esforçado dolorosamente para agradá-lo; que pensava de modo tão leviano, displicente e insensível em relação a todos esses pontos; um homem tão apreciado por todos, e que parecia não encontrar ninguém indispensável para ele? E, além do mais, como se poderia supor que a irmã dele, com todas as suas noções elevadas e mundanas sobre o matrimônio, àquela altura apoiaria algo de natureza mais séria? Nada poderia ser menos natural em ambos. Fanny se envergonhava das próprias dúvidas. Tudo poderia ser possível, menos um afeto sério ou uma aprovação séria desse afeto por *ela*. Fanny já estava convencida disso quando sir Thomas e o sr. Crawford se reuniram às damas. A dificuldade foi manter essa convicção absoluta depois que o sr. Crawford entrou na sala, porque uma ou duas vezes o olhar dele pareceu se fixar na sua direção, um olhar cujo significado ela não saberia classificar. Se viesse de qualquer outro homem, pelo menos, ela diria que significava algo muito intenso e penetrante. Mas ainda tentava acreditar que não seria mais do que ele tantas vezes expressara para as suas primas e para cinquenta outras mulheres.

Ela pensou que o sr. Crawford queria falar com ela sem ser ouvido pelos demais. Imaginou que ele tentara isso a noite inteira, a intervalos, sempre que sir Thomas se ausentava da sala ou se ocupava com a sra. Norris, e ela cuidadosamente lhe recusou todas as oportunidades.

Por fim (para o nervosismo de Fanny pareceu ser um por fim, embora ainda não fosse muito tarde), ele começou a falar em ir embora; mas o alívio que ela sentiu ao ouvir tais palavras foi prejudicado quando no momento seguinte ele virou-se para ela, dizendo:

— A senhorita não tem nada para enviar para Mary? Nenhuma resposta ao bilhete dela? Ela ficará decepcionada se não receber um bilhete seu. Por favor, escreva para ela, ainda que seja uma linha.

— Ah, sim, certamente — exclamou Fanny, levantando-se às pressas, afoita pelo embaraço e pela vontade de se afastar. — Escreverei imediatamente.

Foi até a mesa onde costumava escrever a pedido da tia e preparou o material sem saber o que dizer. Lera o bilhete da srta. Crawford apenas uma vez, portanto julgava aflitivo responder a algo que compreendera tão mal. Sem prática nesse tipo de escrita, se houvesse tempo para escrúpulos e temores quanto ao estilo, ela os sentiria em excesso. Porém, algo precisava ser escrito imediatamente; e, decidida a mostrar que não acreditava que aquilo fosse realmente pretendido, escreveu com grande tremor de espírito e de mão:

> Minha cara srta. Crawford, sinto-me muito agradecida pelas suas bondosas congratulações no que diz respeito ao meu caríssimo William. O resto do seu bilhete eu sei que não tem significado algum; mas desconheço tanto as coisas desse tipo, que espero que a senhorita me desculpe por lhe pedir para não insistir mais no assunto. Conheço bastante o sr. Crawford para compreender as maneiras dele; se ele também me compreendesse bem, ouso dizer que ele se comportaria de forma diferente. Não sei o que escrevo, mas seria um grande favor da sua parte jamais tornar a mencionar o assunto. Com os agradecimentos pela honra do seu bilhete, subscrevo, srta. Crawford, etc. etc.

A conclusão era quase ininteligível devido à crescente aflição, pois ela percebeu que o sr. Crawford, com o pretexto de receber o bilhete, encaminhava-se na sua direção.

— A senhorita não pense que eu pretendo apressá-la — disse ele em voz baixa, percebendo o estranho tremor com que ela escrevia o bilhete. — A senhorita não pense que eu tenho qualquer objetivo dessa natureza. Eu lhe rogo que não se apresse.

— Ah, obrigada. Já estou terminando, quase terminando; ficará pronto em um instante. Ficarei muito grata se o senhor fizer a gentileza de entregar *isto* à srta. Crawford.

Estendeu o bilhete que deveria ser levado; e, como instantaneamente ela desviasse o olhar e se encaminhasse para perto da lareira, onde os outros estavam, ele não teve o que fazer a não ser ir embora.

Fanny pensou que jamais vivera um dia de maior agitação, tanto de sofrimento quanto de prazer. Mas felizmente o prazer não era do tipo que morreria com o dia, pois todos os dias restaurariam a constatação do progresso de William; enquanto que o sofrimento, ela esperava, nunca mais retornaria. Não duvidava que o seu bilhete pareceria extremamente mal escrito, que a linguagem envergonharia até mesmo uma criança, pois a angústia não lhe permitira melhorar a redação; no entanto, pelo menos garantiria a ambos que as atenções do sr. Crawford não a iludiam nem gratificavam.

CAPÍTULO 32

Fanny de modo algum se esquecera do sr. Crawford quando acordou no dia seguinte. Mas, lembrando-se do teor do seu bilhete, não ficou menos confiante quanto ao seu efeito do que ficara na noite anterior. Quem dera que o sr. Crawford fosse embora! Era o que ela desejava mais ardentemente: que ele fosse e levasse a irmã, como deveria fazer, e como era seu propósito quando retornara a Mansfield. E ela não conseguia imaginar por que isso ainda não acontecera, porque a srta. Crawford certamente não queria novos adiamentos. Na véspera, durante a visita dele, Fanny esperara ouvir que ele anunciasse o dia; porém, ele só falara da viagem como algo ainda distante.

Satisfatoriamente convencida com a mensagem que o bilhete transmitiria, ficou totalmente surpresa quando por acaso viu o sr. Crawford chegando à casa novamente, e em hora tão matutina quanto a da véspera. A vinda dele talvez nada tivesse a ver com ela, porém ela deveria evitar encontrá-lo, se possível; e como se encaminhava para o andar superior, resolveu permanecer lá durante toda a visita, a menos que fosse expressamente chamada. A sra. Norris ainda estava na casa, então parecia haver pouco perigo de ela ser necessária.

Ficou sentada por algum tempo, agitada, ouvindo, tremendo e receando ser chamada a qualquer momento; mas como nenhum passo se aproximasse da sala leste, aos poucos foi se acalmando, conseguiu se sentar e foi capaz se ocupar, na esperança de que o sr. Crawford chegasse e saísse sem que ela fosse obrigada a saber o motivo.

Transcorrida quase meia hora, ela começou a ficar muito tranquila quando de repente ouviu o som de passos ritmados se aproximando;

passos pesados, incomuns naquela parte da casa: eram do seu tio. Passos que ela conhecia tanto quanto a voz; tinha tremido muitas vezes ao ouvi-los e começou a tremer de novo ante a ideia de que ele viesse falar com ela, qualquer que fosse o assunto. E, na verdade, foi sir Thomas quem abriu a porta e perguntou se ela estava lá e se ele podia entrar. O terror das antigas visitas ocasionais do tio àquele aposento pareceu se renovar, e ela teve a impressão de que ele vinha avaliá-la mais uma vez em francês e em inglês.

Entretanto, ela foi totalmente atenciosa, ofereceu-lhe uma cadeira e tentou se mostrar honrada; na agitação, esquecera-se das deficiências dos aposentos que ocupava, até que ele, parando de repente na entrada, indagou muito surpreso:

— Por que você não acendeu a lareira hoje?

Nevava, e ela estava sentada com um xale. Hesitou.

— Não estou com frio, senhor; nunca fico aqui por muito tempo nesta época do ano.

— Mas em geral você costuma acender a lareira?

— Não, senhor.

— Como é possível? Alguma coisa está errada. Eu entendi que você usava esta sala para ficar perfeitamente confortável. No seu quarto de dormir eu sei que você *não pode* ter uma lareira. Deve haver algum grande mal-entendido que precisa ser corrigido. É altamente inadequado você ficar sentada aqui, mesmo por meia hora, sem uma lareira acesa. Você não é forte. Vê-se que está tremendo de frio. A sua tia não pode estar ciente disso.

Fanny preferiria ficar em silêncio; mas, sendo obrigada a falar, não conseguiu evitar, para ser justa com a tia de quem gostava muito, de dizer algo em que as palavras "minha tia Norris" fossem perfeitamente perceptíveis.

— Compreendo, compreendo — exclamou o tio, recompondo-se e sem querer ouvir mais. — A sua tia Norris sempre advogou criteriosamente que os jovens fossem educados sem agrados desnecessários; mas é preciso haver moderação em tudo. Ela também é muito resistente e, é claro, isso influencia a sua opinião sobre as necessidades alheias. Por outro lado, eu a compreendo perfeitamente. Eu sempre soube quais foram os sentimentos dela. Em princípio eram bons, mas podem ter sido, e eu acredito que, no seu caso, *tenham sido* levados longe demais. Estou ciente de que algumas vezes, e em certos aspectos, tem acontecido uma distinção equivocada. Mas eu tenho grande consideração por você, Fanny, para sequer supor que isso será motivo para você abrigar qualquer ressentimento. A sua compreensão a impedirá de perceber as coisas apenas em parte ou de julgar parcialmente cada evento. Você verá o passado como um todo, avaliará ocasiões, pessoas e probabilidades e perceberá que não eram menos seus amigos *aqueles* que a educavam e preparavam para a mediocridade que *parecia* ser o seu destino. Apesar das precauções eventuais se mostrarem desnecessárias, eram bem-intencionadas; e disto você pode ter certeza: todas as vantagens da riqueza serão duplicadas pelas pequenas privações e restrições que talvez tenham sido impostas. Estou certo de que não desapontará a minha opinião sobre você, deixando de tratar a sua tia Norris, em qualquer ocasião, com o respeito e a atenção que lhe são devidos. Mas basta disso. Sente-se, minha cara, preciso falar com você por alguns minutos, mas não a prenderei por muito tempo.

Fanny obedeceu, baixou os olhos e enrubesceu. Depois de um momento de pausa, sir Thomas, tentando reprimir um sorriso, prosseguiu:

— Talvez não saiba que eu tive uma visita esta manhã. Eu acabara de entrar no meu quarto, depois do café, quando me anunciaram o sr. Crawford. Talvez você possa presumir a missão que o trouxe aqui.

O rubor de Fanny foi ficando cada vez mais acentuado, e o tio, percebendo que o embaraço da sobrinha era tamanho que a impedia de falar ou erguer a cabeça, desviou o olhar e sem mais delongas passou a relatar a visita do sr. Crawford.

A razão da visita do sr. Crawford fora a de declarar o seu amor por Fanny, fazer propostas decisivas por ela e rogar a sanção do tio, que parecia representar os pais. E fizera tudo isso tão bem, de modo tão franco, liberal e correto que sir Thomas, sentindo que as suas próprias respostas e observações tinham sido muito adequadas, ficou extremamente feliz em descrever os detalhes da conversa; ignorando o que se passava na mente da sobrinha, imaginou que aqueles detalhes seriam mais gratificantes para ela do que para si mesmo. Portanto, falou durante vários minutos sem que Fanny ousasse interrompê-lo. Ela sequer tentou fazer isso. Estava totalmente confusa. Mudou de posição e com os olhos fixos propositalmente em uma das janelas, ouvia o tio com alto grau de perturbação e abatimento. Sir Thomas se calou por um momento, mas isso ela nem notou. Então, ele se levantou e disse:

— E agora, Fanny, que cumpri parte da minha missão e lhe mostrei tudo de maneira segura e satisfatória, devo executar o restante pedindo-lhe que me acompanhe até o andar inferior onde, embora eu só possa presumir que eu tenha sido uma companhia inaceitável, devo submeter a sua decisão a alguém mais indicado a ouvir. Como talvez imagine, o sr. Crawford ainda está aqui em casa. Está no meu gabinete, ansioso por vê-la.

Quando Fanny ouviu isso, surpreendeu sir Thomas com um olhar, um sobressalto e uma exclamação. Mas a surpresa aumentou quando ele a ouviu exclamar:

— Ah, não, senhor, eu não posso. Decididamente, não vou descer para falar com ele. O sr. Crawford deve saber e precisa saber, ontem eu lhe disse o suficiente para convencê-lo. Ele falou comigo sobre esse assunto ontem e eu lhe disse sem qualquer disfarce que era muito desagradável para mim e totalmente fora do meu alcance retribuir a sua boa opinião.

— Não entendo o que você quer dizer — disse sir Thomas, sentando-se novamente. — "Fora do seu alcance retribuir a boa opinião dele"? O que significa isso? Sei que ele lhe falou ontem e, até onde eu entendo, recebeu tanto encorajamento para prosseguir quanto uma jovem ajuizada poderia se permitir dar. Fiquei muito satisfeito com o que deduzi sobre o seu comportamento na ocasião; você mostrou um recato altamente recomendável. Mas agora que ele apresentou as suas propostas de modo tão correto e honroso, quais são os seus escrúpulos *agora*?

— O senhor está equivocado — exclamou Fanny, forçada pela ansiedade do momento até mesmo para dizer ao tio que ele estava equivocado. — O senhor está bastante equivocado. Como o sr. Crawford poderia dizer uma coisa dessas? Eu não o encorajei ontem. Ao contrário, eu lhe disse, não posso me lembrar das palavras exatas, mas tenho certeza de que disse que não queria ouvi-lo, que aquilo me desagradava muito em todos os aspectos, e lhe implorei para jamais falar de novo comigo daquele modo. Tenho certeza de que disse tudo isso e muito mais; e teria dito mais ainda, se tivesse certeza de que as suas intenções eram sérias. Mas eu não gostaria, não suportaria atribuir mais do que era pretendido. Pensei que para *ele* aquilo não significasse coisa alguma.

Fanny não conseguiu dizer mais nada; seu fôlego praticamente se esgotara.

— Devo entender — disse sir Thomas depois de alguns minutos de silêncio — que você pretende *recusar* o sr. Crawford?

— Sim, senhor.

— Recusá-lo?

— Sim, senhor.

— Recusar o sr. Crawford?! Com que pretexto? Por que motivo?

— Eu... eu não gosto dele o suficiente para me casar.

— Isso é muito estranho! — disse sir Thomas com uma voz de tranquilo desprazer. — Isso é algo que a minha compreensão não alcança. Ele é um jovem que quer cortejá-la e tem tudo para recomendá-lo; não apenas posição social, fortuna e caráter, mas também uma cordialidade fora do comum, atitudes e conversas agradáveis a todos. E ele não é um conhecido de hoje. Você já o conhece há algum tempo. Além disso, a irmã é sua amiga íntima. E por tudo o que ele *fez* pelo seu irmão, eu deveria supor que teria sido uma recomendação suficiente para você, caso não houvesse outras. É muito incerto que as minhas interferências tivessem ajudado William. Mas ele já conseguiu.

— Sim — disse Fanny com voz sumida e baixando os olhos, novamente envergonhada. Sentia-se quase envergonhada de si mesma por não gostar do sr. Crawford, depois do quadro que o tio desenhara.

— Você já devia saber — continuou sir Thomas em seguida —, você já devia saber há algum tempo das atenções especiais do sr. Crawford em relação a você. Isso não pode tê-la tomado de surpresa. Você deve ter observado as atenções dele; e embora sempre as tenha recebido muito adequadamente (não a estou acusando neste aspecto), eu jamais percebi que elas a desagradassem. Fico inclinado a pensar, Fanny, que você não conhece bem os seus próprios sentimentos.

— Ah, sim, senhor! Conheço bem! As atenções dele foram sempre... aquilo de que eu não gostei.

Sir Thomas olhou-a com a mais profunda surpresa e disse:

— Isto vai além do meu entendimento. Requer uma explicação. Jovem como você é, e praticamente sem ter conhecido ninguém, é quase impossível que os seus afetos...

Fez uma pausa e olhou-a fixamente. Viu os lábios de Fanny formarem um *não*, apesar do som inarticulado, mas o rosto estava escarlate. Entretanto, em se tratando de uma jovem tão modesta, aquilo poderia ser bastante compatível com a inocência; e sir Thomas, optando pelo menos por parecer satisfeito, apressou-se em acrescentar:

— Não, não, eu sei que *isso* é totalmente fora de questão; totalmente impossível. Pois bem, então não há mais o que dizer.

E por alguns minutos sir Thomas ficou calado, imerso em pensamentos. A sobrinha, igualmente imersa em pensamentos, tentava enfrentar os interrogatórios e se preparar para outros. Preferia morrer a reconhecer a verdade; e, refletindo melhor, esperava se fortalecer sem se trair.

— Independentemente do interesse que a *escolha* do sr. Crawford parecesse justificar — recomeçou sir Thomas, muito sereno —, o desejo dele de se casar tão jovem é louvável na minha opinião. Defendo casamentos precoces quando há meios adequados e gostaria de ver todos os rapazes com renda suficiente se casarem logo depois dos 24 anos, sempre que possível. Essa é a minha opinião, e lamento pensar o quanto é improvável que o meu filho mais velho, o seu primo sr. Bertram, se case cedo; mas, no momento, até onde posso julgar, o matrimônio não faz parte dos planos nem dos pensamentos dele. Eu gostaria que ele se estabelecesse.

A essa altura sir Thomas lançou um olhar para Fanny e continuou:

— Considero que Edmund, com as suas disposições e os seus hábitos, seja mais propenso a se casar antes do irmão. Tenho pensado ultimamente que *ele*, de fato, já encontrou a mulher que poderá amar, e estou convencido de que o meu filho mais velho, não. Estou certo? Você concorda comigo, minha cara?

— Sim, senhor.

Isso foi dito com gentileza e calma, e sir Thomas se tranquilizou quanto aos primos de Fanny. Porém, a eliminação dos seus temores não ajudou a sobrinha; quando ficou claro que ela não daria outros esclarecimentos, o desprazer de sir Thomas aumentou. Levantou-se, caminhou pela sala de cenho franzido, o que Fanny conseguia imaginar apesar de não erguer os olhos, e logo depois, em tom autoritário, indagou:

— Minha filha, você tem alguma razão para pensar mal do temperamento do sr. Crawford?

— Não, senhor.

Ela gostaria de acrescentar: "mas dos princípios dele eu tenho"; no entanto, o seu coração sucumbiu ante a assustadora perspectiva de uma discussão, uma explicação que provavelmente não o convenceria. A sua má opinião sobre o sr. Crawford baseava-se principalmente em observações, as quais, pelo bem das primas, ela não ousaria mencionar para o pai delas. Maria e Julia, especialmente Maria, estavam implicadas tão de perto na má conduta do sr. Crawford, que Fanny não poderia descrever o caráter dele, como acreditava, sem traí-las. Esperava que para um homem como o tio, com tanto discernimento, tão honrado e tão bom, o simples reconhecimento de uma *antipatia* por parte dela fosse suficiente. Com infinita tristeza, descobriu que não era.

Sir Thomas foi até a mesa diante da qual ela estava sentada, tremendo e infeliz, e disse, austero e frio:

— Percebo que não adianta falar com você. É melhor encerrarmos esta conversa extremamente mortificante. O sr. Crawford não deve ficar esperando tanto tempo, e assim eu apenas acrescentarei, pensando ser meu dever declarar a minha opinião sobre a sua conduta, que você decepcionou todas as expectativas que eu criei e revelou um caráter exatamente oposto ao que eu supunha. Fanny, penso que o meu comportamento deve ter demonstrado que eu *tinha* formado uma opinião muito favorável a seu respeito desde o meu retorno à Inglaterra. Pensei que o seu temperamento estivesse peculiarmente livre da teimosia, da presunção e de todas as tendências à independência de espírito que tanto prevalecem na atualidade, até nas mulheres jovens, o que nelas é ofensivo e lamentável além de todas as ofensas comuns. Mas agora você me mostrou que pode ser voluntariosa e obstinada; que pode decidir e decidirá por si mesma sem qualquer consideração ou deferência por aqueles que, com certeza, têm o direito de guiá-la, sem sequer lhes pedir conselho. Você se mostrou muito, muito diferente do que eu imaginei. A vantagem ou a desvantagem da sua família, dos seus pais e dos seus irmãos e irmãs parece nunca ter merecido um momento da sua atenção nesta oportunidade. Para *você* nada significa o quanto *eles* poderiam ser beneficiados, o quanto *eles* se regozijariam com essa aliança. Você só pensa em si mesma e, como não sente pelo sr. Crawford exatamente o que uma jovem ardorosa e sonhadora imagina ser necessário para a felicidade, resolve recusá-lo de pronto, sem querer pelo menos um tempo para avaliar, um pouco mais de tempo para uma avaliação fria, e para realmente examinar as suas próprias inclinações; e, num violento ataque de loucura, desperdiça uma oportunidade de se estabelecer na vida de modo conveniente, honroso e nobre, algo que provavelmente jamais se repetirá. Aqui está um jovem de bom senso, bom caráter, boa índole, boas maneiras, boa fortuna, excessivamente interessado em você e pedindo a sua mão da maneira mais bela e desinteressada. Deixe-me lhe dizer, Fanny, você pode viver mais 18 anos sem ser pedida por um homem com metade dos bens ou a décima parte dos méritos do sr. Crawford. Eu teria dado a ele, de bom grado, qualquer uma das minhas filhas. Maria está bem casada, mas se o sr. Crawford pretendesse a mão de Julia, eu lhe teria dado com uma satisfação muito maior e mais sincera do que quando dei a de Maria para o sr. Rushworth.

Depois de uma pausa, continuou:

— Eu ficaria muito surpreso se uma das minhas filhas, ao receber uma proposta de casamento, em qualquer ocasião, que trouxesse junto a *metade* das benesses *desta*, fizesse uma recusa decisiva, imediata e peremptória sem ao menos me fazer a gentileza de uma consulta. Eu ficaria muito surpreso e muito magoado com esse procedimento. Consideraria uma grave violação do dever e do respeito. *Você* não será julgada pela mesma regra. Não me deve a obediência de filha. Mas, Fanny, se o seu coração consegue perdoar a sua *ingratidão*...

Sir Thomas se interrompeu. Naquele momento Fanny chorava tão amargamente que mesmo furioso como estava ele não mais a pressionou. O coração dela estava quase partido pela imagem que ele formara a seu respeito; por tantas acusações pesadas e múltiplas, que cresciam em terrível gradação! Voluntariosa, obstinada, egoísta e ingrata. Ele pensava tudo isso dela. Fanny frustrara as expectativas do tio. Perdera o bom conceito junto a ele. O que seria dela?

— Lamento, lamento muito, de fato — disse ela, tentando articular entre as lágrimas

— Lamenta!? Sim, espero que lamente; e provavelmente terá motivos para lamentar por muito tempo as decisões de hoje.

— Se eu pudesse agir diferente... — disse ela com outro grande esforço — mas estou perfeitamente convencida de que nunca o faria feliz e que eu me sentiria muito infeliz.

Nova explosão de lágrimas; mas, apesar dessa explosão, e apesar da palavra *infeliz* que causou tal manifestação, sir Thomas começou a pensar que um pouco de compaixão, uma pequena mudança de tom, talvez tivesse algo a ver com tudo aquilo; e começou a fazer prognósticos mais favoráveis às pretensões do cavalheiro. Ele sabia que Fanny era muito tímida e excessivamente nervosa; e julgou que, na confusão mental em que ela se encontrava, talvez surtisse efeito uma mistura equilibrada de um pouco de tempo, uma pequena pressão, um pouco de paciência e um pouco de impaciência por parte do pretendente. Se o cavalheiro se dispusesse a perseverar, se tivesse amor suficiente para perseverar, sir Thomas poderia começar a ter esperanças. E quando essas reflexões lhe ocorreram ele se alegrou e disse em um tom grave, porém menos raivoso:

— Bem... bem, minha filha, enxugue as lágrimas. Não há necessidade dessas lágrimas. Elas não podem lhe fazer bem. Agora desça comigo. O sr. Crawford já está esperando há muito tempo. Você deve lhe responder pessoalmente; não podemos esperar que ele se satisfaça com menos. E só você pode lhe explicar a base dessa concepção equivocada dos seus sentimentos, que a esta altura ele infelizmente já percebeu. Sou totalmente incapaz disso.

Mas Fanny demonstrou tamanha relutância, tamanha infelicidade ante a ideia de ir ao encontro do sr. Crawrford que, sir Thomas, depois de refletir um pouco, achou melhor ceder. Consequentemente, as suas esperanças em relação ao cavalheiro e à dama sofreram uma pequena depressão. Porém, quando olhou para a sobrinha e viu a fisionomia e a aparência alteradas pelo choro, concluiu que uma entrevista imediata poderia resultar em perdas e danos. Portanto, com poucas palavras de nenhum significado particular, ele saiu, deixando a pobre e desventurada sobrinha chorando e lamentando o que se passara.

A mente de Fanny estava em total desordem. O passado, o presente e o futuro, tudo era terrível. Mas a raiva do tio lhe causou a maior de todas as dores. Egoísta e ingrata! Ele a considerara assim! Ficaria infeliz para sempre. Não tinha quem a defendesse, a aconselhasse, ninguém para falar por ela. O seu único amigo estava ausente. Talvez ele tivesse abrandado o pai. Mas talvez todos a julgariam egoísta e ingrata. Ela teria que suportar a censura muitas e muitas vezes; poderia ouvi-la, vê-la ou saber que existia para sempre à sua volta. Não podia evitar algum ressentimento contra o sr. Crawford. No entanto, e se ele de fato a amasse e também estivesse infeliz? Aquilo tudo era uma desgraça!

Um quarto de hora depois o tio retornou; ela quase desmaiou ao vê-lo. Porém, ele falou com calma, sem austeridade e sem censura, e ela se reanimou um pouco. Sentiu-se aliviada com as palavras e as maneiras de sir Thomas, que começou dizendo:

— O sr. Crawford foi embora, acabou de se despedir. Não preciso repetir o que se passou. Não quero acrescentar nada ao que você está sentindo agora, relatando o que ele sentiu. Basta dizer que ele se comportou como um cavalheiro generoso e confirmou a minha impressão muito favorável sobre o seu discernimento, coração e temperamento. Quando eu expliquei que você estava sofrendo muito, ele de pronto e com a maior delicadeza parou de insistir em vê-la por enquanto.

Nesse ponto, Fanny, que estava olhando para cima, tornou a olhar para baixo.

— É claro — continuou o tio —, deve-se supor que ele queira falar com você a sós, nem que seja por cinco minutos; um pedido bastante natural, uma pretensão justa demais para ser negada. Mas a ocasião não foi fixada, talvez amanhã, ou quando o seu ânimo estiver mais refeito. Agora você só precisa se tranquilizar. Pare com essas lágrimas; elas só fazem exauri-la. Se, como prefiro supor, você pretende me mostrar obediência, não cederá a essas emoções, mas se esforçará para raciocinar com um estado de espírito mais fortalecido. Aconselho-a a sair. O ar livre lhe fará bem. Vá fazer uma caminhada de uma hora. Você terá a alameda de arbustos exclusivamente para si, e o exercício e o ar livre lhe farão bem. E, Fanny — disse, virando-se novamente —, eu não mencionarei lá embaixo o que se passou. Não direi nem mesmo para a sua tia Bertram. Não é ocasião para se espalhar a decepção. Não conte nada também.

A ordem seria alegremente obedecida. Fanny sentiu no coração esse ato de bondade. Ser poupada das intermináveis reprimendas da tia Norris! Quando ele saiu, os olhos da jovem brilhavam de gratidão. Tudo seria mais tolerável, menos aquelas reprimendas. Até mesmo ver o sr. Crawford seria menos opressivo.

Ela saiu imediatamente, como o tio recomendara, e seguiu o conselho até onde conseguiu. Controlou as lágrimas, tentou seriamente recompor os ânimos e fortalecer a mente. Queria se recuperar no conceito do tio e provar que desejava, de fato, que ele se sentisse bem; e ele lhe dera outro forte motivo para esse esforço, ao manter o assunto longe do conhecimento das tias. Agora tinha um objetivo a alcançar: não despertar suspeitas pela aparência ou pelas atitudes, e sentiu-se igualmente capaz de fazer qualquer coisa que a poupasse da sua tia Norris.

Para seu extremo espanto, a primeira coisa que viu ao voltar da caminhada e se dirigir novamente para a sala leste foi a lareira acesa. A lareira acesa! A concessão daquela tamanha regalia despertava-lhe até mesmo uma gratidão dolorosa. Ela se admirou que sir Thomas tivesse se dado ao trabalho de pensar de novo naquele detalhe. Entretanto, logo descobriu, a partir de uma informação voluntária da criada que viera verificar a lareira, que seria assim todos os dias. Sir Thomas dera ordens expressas.

— Eu devo ser mesmo muito grosseira, se for realmente ingrata! — Fanny disse para si mesma. — Que os céus me impeçam de ser ingrata!

Não viu mais o tio nem a tia Norris até se encontrarem à hora do jantar. O comportamento do tio para com ela era o mais próximo do que sempre fora antes; Fanny tinha certeza de que ele não pretendia demonstrar qualquer mudança e que apenas a sua própria consciência poderia imaginar alguma alteração. Mas a tia logo começou a brigar; e quando Fanny descobriu que o fato de ter saído sem o conhecimento da tia era visto com tamanho desagrado, com toda razão ficou grata à bondade do tio, que a poupara daquele mesmo espírito de censura em um assunto mais importante.

— Se eu soubesse que você iria sair, teria feito você ir até a minha casa levar as minhas ordens para Nanny — disse a sra. Norris — as quais eu mesma fui obrigada a levar, o que me causou um grande inconveniente. Eu bem poderia ter poupado o meu tempo e você teria me salvado desse incômodo, se tivesse tido a bondade de nos informar que ia sair. Não teria feito qualquer diferença para você, suponho eu, se em vez de ter caminhado pela alameda de arbustos tivesse ido até a minha casa.

— Eu recomendei a alameda para Fanny por ser o lugar mais seco — disse sir Thomas.

— Ah — disse a sra. Norris depois de se interromper por um segundo —, foi muita bondade sua, sir Thomas; mas o senhor não sabe como está seco o caminho até a minha casa. Garanto-lhe que Fanny teria feito uma boa caminhada até lá. E com a vantagem de ser útil e fazer uma gentileza para a tia. Ela é totalmente culpada. Se nos tivesse dito que ia sair... mas eu venho observando que Fanny gosta de agir ao seu modo; não gosta de receber ordens. Sempre que pode vai caminhar em total independência; sem dúvida, tem certa tendência ao segredo, à independência e às bobagens, que eu a aconselharia a melhorar.

Sir Thomas julgou absurda e injusta aquela crítica geral sobre Fanny, embora pouco antes ele próprio tivesse expressado os mesmos sentimentos. E então tentou desviar o rumo da conversa. Tentou repetidas vezes antes de conseguir, porque a sra. Norris não tinha discernimento suficiente para perceber, naquela ocasião ou em qualquer outra, que ele tinha a sobrinha em bom conceito, e que estava longe de apreciar que exaltassem os méritos dos seus filhos em detrimento dos de Fanny. Durante metade do jantar a sra. Norris ficou se dirigindo a Fanny e reclamando daquela caminhada.

No entanto, afinal o jantar acabou; e para Fanny a noite transcorreu mais tranquila e mais alegre do que ela esperaria depois daquela manhã tempestuosa. Mas confiava, em primeiro lugar, que agira corretamente, que o seu bom senso não a enganara. Podia responder pela pureza das suas intenções; e, em segundo lugar, esperava que o desgosto do tio esmaecesse, e diminuísse mais ainda quando ele avaliasse o assunto com mais imparcialidade e percebesse, como um bom homem perceberia, o quanto seria desprezível, imperdoável, desanimador e perverso um casamento sem afeto.

Quando se passasse o encontro que a ameaçava para a manhã seguinte, ela não deixaria de se regozijar com a conclusão do assunto, e logo que o sr. Crawford se afastasse de Mansfield, em breve seria como se tal questão nunca tivesse existido. Fanny não quis e não conseguiu acreditar que o afeto do sr. Crawford por ela o entristecesse por muito tempo; a mente dele não era desse tipo. Londres logo o curaria. Em Londres, ele logo se admiraria daquela paixão passageira e agradeceria por ela ter sido correta, poupando-o de más consequências.

Enquanto Fanny se envolvia com esse tipo de esperança, logo depois do chá o tio foi chamado, fato muito comum que não a surpreendeu e ao qual ela não deu importância alguma até o mordomo reaparecer, dez minutos depois, e avançar decidido na sua direção dizendo:

— Sir Thomas deseja falar com a senhorita no gabinete.

Então ocorreu-lhe o que poderia ser; uma suspeita atravessou-lhe a mente, fazendo-a empalidecer. Levantou-se instantaneamente, pronta para obedecer, e ouviu a sra. Norris dizer:

— Fique aí, fique aí, Fanny. O que está fazendo? Aonde vai? Não se apresse tanto. Espere, não é você que está sendo chamada. Espere, sou eu — e olhou para o mordomo. — Mas você está sempre ansiosa para assumir o lugar alheio. O que sir Thomas poderia querer com você? Sou eu, Baddeley que você quer dizer; irei agora mesmo. Você se refere a mim, Baddeley, tenho certeza. Sir Thomas quer a minha presença, e não a da srta. Price.

Entretanto, Baddeley insistiu, firme:

— Não, senhora, é a srta. Price, tenho certeza de que é a srta. Price.

E deu um meio sorriso que em palavras poderia significar: "Eu não acho que a *senhora* sirva para o propósito."

A sra. Norris, muito a contragosto, viu-se obrigada a se recompor e retomar o trabalho. Fanny saiu com a consciência agitada e, no minuto seguinte, como previra, se deparou a sós com o sr. Crawford.

CAPÍTULO 33

A conversa não foi curta nem conclusiva como a dama planejara. O cavalheiro não se satisfez facilmente. Demonstrou toda a disposição necessária para perseverar, como sir Thomas desejava. Ele era vaidoso, e isso o inclinava fortemente, em primeiro lugar, a pensar que ela o amava, embora ela ainda não soubesse; e, em segundo lugar, quando forçado a admitir que ela conhecia efetivamente os próprios sentimentos, convenceu-se de que seria capaz, no devido tempo, de transformar aqueles sentimentos no que ele desejava.

Ele estava apaixonado, muito apaixonado; e esse amor, atuando em seu temperamento ativo e confiante, mais ardoroso do que delicado, fazia o afeto da jovem parecer mais consequente por ser reprimido, e determinava que ele tivesse a glória e a felicidade de forçá-la a amá-lo.

Ele não se desesperaria; não desistiria. Tinha razões bem fundamentadas para um afeto sólido. Sabia que Fanny era dotada de todos os valores que justificariam as esperanças mais calorosas de felicidade duradoura. A conduta dela, naquele exato momento, falando com desinteresse e delicadeza de caráter (qualidades que ele julgava cada dia mais raras), aumentava todos os desejos dele e confirmava todas as suas resoluções. Ele não sabia que precisava desafiar um coração previamente comprometido. *Disso* ele sequer suspeitava. Considerava-a antes como uma jovem que jamais pensara no assunto o suficiente para se sentir em perigo; que fora protegida pela juventude, uma juventude tão encantadora na mente quanto na pessoa que era; cuja modéstia a impedira de compreender as atenções dele; como uma jovem ainda surpresa pela atitude repentina e totalmente inesperada da parte dele, pela novidade de uma situação que ela jamais fantasiara nem levara em conta.

Não seria natural ele ter êxito, quando fosse compreendido? Acreditava nisso plenamente. O seu amor, o amor de um homem como ele, com perseverança, não demoraria muito a garantir uma segura reciprocidade. E ele sentia tanto prazer ante a ideia de convencê-la a amá-lo em um período de tempo muito curto, que quase não lamentava o fato de não ser amado agora. Uma pequena dificuldade a superar não era um problema para Henry Crawford. Chegava a ser um incentivo. Sempre fora apto a conquistar corações com muita facilidade. A situação atual era nova e animadora.

Para Fanny, contudo, que conhecera muita oposição ao longo da vida, era totalmente impensável achar algum encanto nisso. Descobriu que ele de fato pretendia perseverar, mas não entendia como isso seria possível, depois da linguagem que fora obrigada a usar. Disse-lhe que não o amava, que não poderia amá-lo, e que tinha certeza de que jamais o amaria; que uma mudança era totalmente impossível, que o assunto era muito doloroso para ela, que portanto implorava que jamais voltasse a mencioná-lo, que permitisse que ela se retirasse imediatamente e considerasse tudo encerrado para sempre. E, quando foi pressionada novamente, acrescentou que, na sua opinião, os temperamentos de ambos eram totalmente diferentes, a ponto de incompatibilizar um afeto mútuo; que a natureza, a educação e os hábitos os tornavam inadequados um para o outro. Disse tudo isso com a mais fervorosa sinceridade; mas não bastou, pois ele negou imediatamente que houvesse algo tão destoante nas suas personalidades ou tão adverso nas suas situações, e declarou peremptoriamente que ainda a amaria e ainda teria esperanças!

Fanny conhecia as suas próprias intenções, mas não conseguia julgar as próprias maneiras. Não percebia que essas maneiras, incuravelmente gentis, encobriam o rigor dos propósitos. A timidez, a gratidão e a doçura quase transformavam todas as expressões de indiferença em um esforço de abnegação; pelo menos pareciam provocar igual sofrimento em ambos. O sr. Crawford não era mais o sr. Crawford que a repugnara enquanto admirador clandestino, insidioso e traiçoeiro de Maria Bertram, aquele que ela odiava ver, com quem não queria falar.

Não conseguia acreditar que ele fosse dotado de boas qualidades e se recusava a reconhecer nele o poder de agradar. Agora ele era o sr. Crawford que lhe oferecia um amor ardente e desinteressado, cujos sentimentos aparentemente haviam se transformado em tudo o que havia de honrado e íntegro, cuja visão de felicidade se baseava num casamento de afeto. Ele exagerava os méritos de Fanny, descrevendo e descrevendo novamente a sua afeição, comprovando até onde as palavras conseguiam comprovar, na linguagem, no tom e no espírito de um homem bastante talentoso, que ela o atraíra pela gentileza e pela bondade; e para completar, ele agora era o sr. Crawford que conseguira a promoção de William!

Era essa a mudança! E tais argumentos não poderiam deixar de ser levados em consideração. Em Sotherton ou no teatro de Mansfield Park, ela poderia tê-lo desdenhado com toda a dignidade da virtude ultrajada; mas agora ele a abordava com direitos que demandavam um tratamento diferente. Ela precisava ser cortês e compassiva. Precisava ter a sensação de estar sendo agraciada e, fosse pensando em si mesma ou no irmão, precisava demonstrar um forte sentimento de gratidão. Tudo isso lhe provocou atitudes de muita dor e agitação e as palavras mescladas de recusa expressavam tanta dívida e tanta preocupação que, para um temperamento vaidoso e confiante como o do sr. Crawford, a verdade, ou pelo menos a forte indiferença, parecia questionável. E ele encerrou a entrevista com perseverantes, assíduas e esperançosas declarações de afeto, mostrando que não era tão irracional como Fanny julgava.

Foi com relutância e sofrimento que ele a viu se afastar, mas não houve expressão de desespero nessa partida que distorcesse as palavras dele ou que desse esperanças a ela de que ele fosse menos exagerado do que se declarava.

Agora Fanny estava com raiva. Realmente, surgia um ressentimento diante daquela perseverança tão egoísta e mesquinha. Aparecia novamente a falta de delicadeza e de consideração pelos outros que antes tanto a chocara e desagradara. Aquele mesmo sr. Crawford, que ela tanto reprovara, ressurgia. Ficava evidente a sua grave falta de sentimento e de humanidade quando o seu próprio prazer estava em jogo. E, infelizmente, sempre se soube que inexistem princípios para tratar como um dever conseguir o que o coração não possui. Ainda que os sentimentos de Fanny não fossem comprometidos, como talvez não devessem ser, ele nunca os teria conquistado.

Assim pensava Fanny, com muita sinceridade e profunda tristeza, meditando diante do maravilhoso favor que recebera, o luxo de ter uma lareira acesa no andar superior. Refletia sobre o passado, o presente e o futuro, numa agitação nervosa que lhe turvava o raciocínio, deixando claras apenas duas coisas: a convicção de que, independentemente das circunstâncias, seria incapaz de amar o sr. Crawford, e a felicidade de ter uma lareira acesa, junto à qual podia se sentar e meditar.

Sir Thomas foi obrigado, ou obrigou a si mesmo, a esperar até o dia seguinte para saber o que se passara entre os dois jovens. Então recebeu o sr. Crawford e o seu relato. O primeiro sentimento foi de decepção. Esperara coisas melhores; julgara que uma hora de súplicas de um rapaz como Crawford não poderia ter provocado mudanças tão pequenas numa jovem de temperamento tão gentil como Fanny. Mas logo se consolou com as opiniões decididas e com o otimismo perseverante do apaixonado; e vendo-o tão confiante no sucesso da empreitada, o próprio sir Thomas passou a confiar também.

Ele não poupou cortesias, cumprimentos ou gentilezas que ajudassem o plano. A firmeza do sr. Crawford foi louvada, Fanny foi elogiada, e o vínculo continuava sendo o mais desejável do mundo. O sr. Crawford seria sempre bem-vindo em Mansfield Park. A frequência das visitas, presentes e futuras, dependeria apenas da sua avaliação e dos seus sentimentos. Em todos os familiares e amigos da sobrinha haveria uma única opinião e um único desejo sobre o assunto; a influência de todos os que a amavam tenderia numa única direção.

Todas as palavras foram de encorajamento, todo o encorajamento foi recebido com alegria gratificante e os dois cavalheiros se despediram como melhores amigos do que antes.

Satisfeito que a causa agora seguisse um rumo mais adequado e mais esperançoso, sir Thomas resolveu se abster de importunar mais a sobrinha e de demonstrar interferência direta. Acreditava que a gentileza talvez fosse a melhor maneira de agir com a disposição de ânimo de Fanny. A súplica deveria se originar apenas de um lado. Se ela respeitasse os desejos da família, sem dúvida a paciência talvez fosse o meio mais seguro de garantir o êxito da causa. Seguindo esse princípio, sir Thomas aproveitou a primeira oportunidade para lhe dizer com uma brandura que pretendia ser convincente:

— Bem, Fanny, eu me encontrei de novo com o sr. Crawford e soube por ele exatamente como está a situação entre vocês dois. Ele é um jovem extraordinário e, independentemente do desfecho, você precisa entender que despertou um afeto de caráter incomum. Apesar de jovem como você é, pouco acostumada com a natureza transitória, variável e inconstante do amor, como em geral acontece, talvez não seja atingida, como eu estou, por toda essa maravilhosa perseverança frente à rejeição. Para ele, trata-se exclusivamente de sentimento: ele não alega méritos; talvez não os tenha. Mas, depois de ter escolhido tão bem, essa constância tem a marca da respeitabilidade. Se a escolha dele tivesse sido menos irrepreensível, eu condenaria essa perseverança.

— De fato, senhor — disse Fanny —, sinto muito que o sr. Crawford continue achando que faz um elogio muito grande, que eu não mereço; mas eu já disse a ele que estou plenamente convencida de que jamais estará no meu alcance...

— Minha cara — interrompeu sir Thomas —, não é ocasião para isso. Conheço muito bem os seus sentimentos, assim como você conhece o que desejo e o que lamento. Não há nada mais a dizer nem a fazer. De agora em diante, o assunto jamais será revivido entre nós. Você não terá motivos para temer nem por que ficar agitada. Não deve supor que eu seja capaz de tentar persuadi-la a se casar contra a vontade. Tudo o que eu tenho em vista é a sua felicidade e o seu bem-estar e nada se exige de você a não ser tolerar os esforços do sr. Crawford para convencê-la de que não há incompatibilidade entre vocês dois. Ele assume os riscos. Você está em terreno seguro. Eu me comprometi que você o veria sempre que ele viesse aqui, como costumava ser antes disso tudo ter ocorrido. Você o receberá junto conosco, do mesmo modo e na medida do possível apagará a lembrança de tudo o que for desagradável. Em breve ele deixará Northamptonshire e, portanto, esse pequeno sacrifício não será exigido com tanta frequência. O futuro é muito incerto. E agora, minha cara Fanny, este assunto está encerrado entre nós.

A anunciada partida era tudo o que Fanny imaginava com grande satisfação. Contudo, as bondosas expressões e os modos indulgentes do tio foram percebidos com muita sensibilidade. E, quando ela avaliava até que ponto ele desconhecia a verdade, acreditava que não tinha o direito de se admirar com a linha de conduta que ele adotava. Não se poderia esperar da parte dele uma delicadeza romântica, uma vez que casara uma filha com o sr. Rushworth. Fanny devia fazer o seu dever e confiar que o tempo tornaria esse dever mais fácil do que era no momento.

Apesar de ter apenas 18 anos, não conseguia supor que o afeto do sr. Crawford fosse durar para sempre. Ela imaginava que a sua rejeição firme e incessante poria um fim a tudo aquilo no devido tempo. Outra preocupação da sua fantasia era saber por quanto tempo ela resistiria nessa rejeição. Não seria justo perguntar a uma jovem as estimativas exatas das suas virtudes.

Embora mantivesse um silêncio intencional, sir Thomas tornou a se sentir obrigado a abordar o assunto com a sobrinha, de modo a prepará-la para que em breve fosse comunicado às tias; algo que ele ainda teria evitado, se possível, mas que se tornou necessário devido às atitudes totalmente opostas do sr. Crawford em relação a qualquer segredo. Ele nem pensava em ocultar. Na residência paroquial todos sabiam, e lá ele adorava comentar com as suas duas irmãs sobre o futuro. Para ele seria muito gratificante ter testemunhas sabedoras do progresso do seu sucesso. Quando sir Thomas soube disso, percebeu a necessidade de dar conhecimento do assunto à esposa e à cunhada, sem demora. No entanto, pensando em Fanny, ele temia o efeito da comunicação à sra. Norris, quase tanto quanto a própria sobrinha. Sir Thomas deplorava o zelo equivocado, porém bem-intencionado da cunhada. Na verdade, àquela altura ele não estava longe de classificar a sra. Norris como uma dessas pessoas bem-intencionadas que estão sempre cometendo erros e fazendo coisas muito desagradáveis.

Contudo, a sra. Norris o aliviou. Ele pressionou, exigindo a mais estrita paciência e o mais completo silêncio em relação à sobrinha; e ela não apenas prometeu, como também cumpriu. Limitava-se a olhar para Fanny com crescente má vontade. Estava zangada, extremamente zangada; porém, mais zangada ainda por Fanny ter recebido aquela proposta do que por tê-la recusado. Era uma injúria e uma afronta para Julia, que deveria ter sido a escolhida pelo sr. Crawford. Independentemente disso, não gostava de Fanny porque esta a negligenciara. Além do mais, ela se ressentia daquela tamanha ascensão de alguém que sempre tentara depreciar.

Na ocasião, sir Thomas deu a ela mais crédito pela discrição do que ela merecia; e Fanny poderia ter abençoado a tia por permitir que ela apenas *visse* o seu descontentamento sem ter que *ouvi-lo*.

Lady Bertram encarou de modo diferente. Sempre fora uma beldade; uma beldade próspera a vida inteira. Beleza e riqueza eram tudo o que lhe despertava o respeito. Portanto, saber que Fanny fora pedida em casamento por um homem de fortuna elevou-a muito na sua opinião. Convencendo-se de que Fanny *era* muito bonita, algo que ela duvidara até então, e que se teria um casamento vantajoso, sentiu uma espécie de crédito por ter acolhido a sobrinha.

— Bem, Fanny — disse ela assim que se viram a sós novamente (e ela estivera um pouco impaciente para ficar sozinha com a sobrinha e enquanto falava a sua fisionomia mostrava uma animação extraordinária) —, bem, Fanny, eu recebi uma surpresa muito agradável esta manhã. Devo dizer *de uma vez*, eu disse a sir Thomas que diria *de uma vez* e então já fiz isso. Eu a felicito, minha querida sobrinha.

E olhando-a com complacência, acrescentou:

— Hum... nós certamente somos uma bela família!

Fanny enrubesceu e a princípio não soube o que dizer; e então, esperando atacá-la no seu ponto vulnerável, acabou respondendo:

— Minha querida tia, *a senhora* não poderia desejar que eu fizesse diferentemente do que fiz, tenho certeza. *A senhora* não poderia desejar que eu me casasse; porque sentiria a minha falta, não é? Sim, eu tenho certeza de que a senhora sentiria muito a minha falta para desejar isso.

— Não, minha querida, eu nem pensaria em sentir a sua falta quando uma proposta assim vem ao seu encontro. Eu poderia me sair muito bem sem você, se você se casasse com um homem de uma posição social tão boa quanto a do sr. Crawford. E você deve estar ciente, Fanny, de que é dever de toda jovem aceitar uma proposta tão excepcional como essa.

Foi praticamente a única regra de conduta, o conselho único que Fanny recebeu da tia durante oito anos e meio. Isso a silenciou. Percebeu que seria inútil discutir. Se os sentimentos da tia estavam contra ela, não adiantaria lhe atacar o entendimento. Lady Bertram estava muito falante.

— Devo lhe dizer, Fanny — disse ela —, tenho certeza de que ele se apaixonou por você no baile; tenho a certeza de que a perdição dele aconteceu naquela noite. A sua aparência era notável. Todos disseram isso. Sir Thomas disse isso. E você sabe que contou com Chapman para ajudá-la a se vestir. Fico muito feliz por ter mandado Chapman ajudá-la. Vou dizer a sir Thomas que tenho certeza de que tudo aconteceu naquela noite.

E ainda com os mesmos pensamentos alegres, logo depois acrescentou:

— E vou lhe dizer uma coisa, Fanny, que é muito mais do que fiz para Maria: da próxima vez que o Pug tiver uma ninhada, você vai ganhar um filhote.

CAPÍTULO 34

Edmund teve muitas novidades para ouvir no seu retorno. Muitas surpresas o aguardavam. A primeira que ocorreu não foi a menos interessante: o surgimento de Henry Crawford e da irmã caminhando pelo vilarejo quando ele chegou a cavalo. Edmund concluíra, e desejara, que eles já estivessem bem longe. Estendera propositalmente a sua ausência por mais de 15 dias, para evitar a srta. Crawford. Voltava para Mansfield com o espírito preparado para se alimentar de recordações melancólicas e ternas associações, quando ela própria surgiu diante dele de braço dado com o irmão, e ele se viu recebendo uma saudação inquestionavelmente amável da mulher que, minutos antes, ele imaginara estar a setenta milhas dali e longe, muito mais longe dele em interesse afetivo do que qualquer distância poderia expressar.

A recepção que ela lhe fez foi de um tipo que ele jamais esperaria, se é que esperara vê-la. Como ele estava voltando depois de cumprido o propósito que o afastara dali, agora esperava tudo menos um olhar de satisfação ou palavras de significado simples e agradável. Foi o suficiente para fazer o seu coração palpitar e fazê-lo chegar em casa muito propenso a sentir o pleno valor das outras surpresas auspiciosas que encontraria.

Logo ficou a par de todos os detalhes da promoção de William; e, como trouxesse escondida no peito toda uma provisão de conforto para lhe aumentar a alegria, viu nessa notícia uma fonte de fortes sensações gratificantes e de uma alegria incomensurável na hora do jantar.

Quando ele e o pai ficaram a sós depois do jantar, Edmund ouviu a história de Fanny. E então soube de todos os grandes eventos da última quinzena e da atual situação dos assuntos em Mansfield.

Fanny desconfiou do que estava acontecendo. Pai e filho se demoraram na sala de jantar por mais tempo do que de costume, e ela teve certeza de que deviam estar falando a seu respeito. Quando afinal o chá os afastou dali, e ela se viu frente a frente com Edmund novamente, sentiu-se extremamente culpada. Ele se aproximou, sentou-se ao seu lado, pegou-lhe a mão e a pressionou suavemente; e naquele momento, ela pensou que a emoção a trairia com algum excesso imperdoável, se não estivesse ocupada com os utensílios do chá.

No entanto, Edmund não pretendia que as suas atitudes transmitissem a Fanny a aprovação e o incentivo irrestritos que as esperanças dela inferiam. Ele só queria exprimir a sua participação em tudo o que interessava à prima e lhe dizer que acabara de ouvir algo que estimulara todos os seus sentimentos de afeto. De fato, ele concordava inteiramente com o pai a respeito do assunto. A sua surpresa não foi tão grande quanto à do pai, ao saber que ela recusara Crawford porque, longe de supor que ela tivesse alguma preferência pelo cavalheiro, ele sempre acreditava que fosse justamente o inverso, e podia imaginar que ela fora apanhada desprevenida, mas ele considerava o vínculo tão desejável quanto sir Thomas. Julgava-o muito recomendável e, embora elogiasse a reação de Fanny, e isso em termos mais fortes do que os de sir Thomas, ele estava muito esperançoso e otimista na convicção de que a aliança afinal aconteceria e que, unidos por um afeto mútuo, parecia que os seus temperamentos eram exatamente talhados para torná-los abençoados, como Edmund agora começava a crer.

Crawford fora muito precipitado. Não dera tempo para que Fanny se apegasse a ele. Começara pelo lado errado. Entretanto, com todas as qualidades de Crawford e com todas as disposições de Fanny, Edmund confiava que tudo levaria a um final feliz. Enquanto isso, ele percebeu o enorme constrangimento de Fanny e teve escrúpulos de provocá-lo uma segunda vez, fosse com palavras, com olhares ou gestos.

Crawford apareceu no dia seguinte a pretexto da chegada de Edmund, e sir Thomas se sentiu mais do que autorizado a convidá-lo para o jantar. Era realmente uma cortesia necessária. É claro que ele ficou, e Edmund teve ampla oportunidade de observar os progressos de Crawford em relação a Fanny, e ver até que ponto ela o encorajava com as suas atitudes; e viu tão pouco, tão pouco mesmo (todas as chances e possibilidades se apoiavam exclusivamente no constrangimento da prima, se não houvesse esperança na confusão dela não haveria esperança em nada mais), que ele se admirou com a perseverança do amigo. Fanny valia a pena; ele acreditava que ela valia todos os esforços de paciência, todo o empenho mental, mas ele mesmo não insistiria com mulher alguma neste mundo se não visse nos olhos dela algo mais encorajador. Fazia votos de que Crawford enxergasse com mais clareza. E, pelo que observou antes, durante e depois do jantar, essa seria a conclusão mais favorável para o amigo.

Naquela noite aconteceram algumas circunstâncias que Edmund considerou mais promissoras. Quando ele e Crawford entraram na sala de visitas, a sua mãe e Fanny estavam sentadas em silêncio, atentas ao trabalho como se nada mais as preocupasse. Edmund não conseguiu deixar de comentar aquela tranquilidade aparentemente profunda.

— Nós não ficamos tão caladas o tempo todo — retrucou a mãe. — Fanny estava lendo para mim e acabou de largar o livro quando ouviu vocês chegarem. — De fato havia um livro sobre a mesa com aparência de ter sido fechado recentemente, um volume de Shakespeare. — Ela costuma ler desses livros para mim; e quando ouvimos os passos ela estava no meio de uma fala muito importante daquele homem... como é o nome dele, Fanny?

Crawford pegou o volume:

— Conceda-me o prazer de terminar essa fala para Vossa Senhoria — disse ele. — Eu a encontrarei imediatamente.

E acompanhando com cuidado a inclinação das páginas encontrou-a, depois de uma ou duas páginas, bem próximo do que poderia satisfazer lady Bertram, a qual lhe garantiu, assim que ele mencionou o nome do cardeal Wolsey, que ele identificara a fala exata. Fanny não lhe concedeu um olhar nem ofereceu ajuda, nenhuma sílaba a favor ou contra. Concentrou-se totalmente no trabalho. Parecia determinada a não se interessar por qualquer outra coisa. Mas o seu gosto pela leitura era forte demais. Não conseguiu abstrair a mente por mais de cinco minutos; foi forçada a ouvir. Ele lia muito bem, e isso lhe causava extremo prazer. No entanto, ela estava acostumada à *boa* leitura. O tio lia bem, as primas também, Edmund, lia muito bem. Porém, na leitura do sr. Crawford havia uma variedade de excelência superior a tudo o que ela ouvira. O rei, a rainha, Buckingham, Wolsey, Cromwell, todos tiveram a sua vez, pois com a maior destreza e com o maior poder de saltar páginas e adivinhar, ele sempre conseguia encontrar a melhor cena e as melhores falas de cada personagem; dignidade ou orgulho, ternura ou remorso, ou o que quer que precisasse ser expresso, ele fazia tudo com igual beleza. Aquilo era verdadeiramente dramático. A sua atuação anterior ensinara a Fanny o prazer que uma peça teatral deve propiciar, e a sua leitura atual reproduzia toda aquela atuação. Talvez com maior deleite, pois acontecia inesperadamente e sem os incômodos que ela precisara suportar ao vê-lo no palco com a srta. Bertram.

Edmund observou o progresso da atenção de Fanny e ficou feliz e gratificado ao ver que ela aos poucos se descuidava do trabalho de agulha que a princípio parecera ocupá-la totalmente; viu o trabalho lhe cair das mãos e ela permanecer imóvel e por fim viu os olhos dela, que durante o dia inteiro pareciam se esforçar decididamente a evitar os de Crawford, agora se voltarem e se fixarem nele por alguns minutos, se fixarem nele até que a atração dele se voltou para ela, e o livro foi fechado e o encanto se desfez. Então ela se retraiu, corou e trabalhou com o afinco de sempre. Mas Edmund vira o suficiente para encorajar o amigo; e, quando lhe agradeceu a visita cordial, disse que esperava estar expressando também os sentimentos secretos de Fanny.

— Essa peça deve ser uma das suas favoritas — disse ele. — Você leu como se a conhecesse bem.

— Creio que de agora em diante será uma das minhas favoritas — retrucou Crawford. — Mas não me lembro de ter posto as mãos em um volume de Shakespeare desde os meus 15 anos. Certa vez vi uma encenação de *Henrique VIII*, ou ouvi falar por alguém que a assistiu, não sei bem. Mas todos nós nos familiarizamos com Shakespeare sem saber como. Faz parte da constituição dos ingleses. Os seus pensamentos e as suas belezas são tão difundidos que os encontramos por toda parte, todos nós ficamos íntimos dele por instinto. Nenhum homem com um mínimo de inteligência pode abrir um livro num bom trecho de uma das suas peças sem mergulhar imediatamente no fluxo do que ele deseja expressar.

— Sem dúvida, todos nós até certo ponto nos familiarizamos com Shakespeare desde os nossos primeiros anos — disse Edmund. — As passagens célebres são citadas por todos, aparecem em metade dos livros que abrimos e todos nós falamos como Shakespeare, usamos as suas similaridades e descrevemos com as suas descrições. Mas isso é totalmente diferente de transmitir o sentido, como você fez. Conhecer fragmentos de Shakespeare é bastante comum, conhecê-lo em profundidade talvez não seja raro; mas lê-lo bem e em voz alta não é um talento que se encontre todos os dias.

—Vossa Senhoria me honra! — foi a resposta de Crawford, fazendo uma reverência de brincadeira.

Os dois cavalheiros olharam de relance para Fanny, para verificar se conseguiam extrair alguma palavra elogiosa. Mas ambos sentiram que não seria possível. O elogio dela se limitara à atenção, e deveriam se contentar com *isso*.

Lady Bertram expressou a admiração com mais veemência, dizendo:

— Foi realmente como se estivéssemos num teatro. Eu gostaria que sir Thomas estivesse aqui.

Crawford ficou extremamente lisonjeado. Se lady Bertram, com toda a sua incompetência e todo o seu langor se sentia assim, ele inferiu que a avaliação da sobrinha, vivaz e esclarecida como era, seria animadora.

— O senhor tem grande talento para atuar, tenho certeza, sr. Crawford — disse sua senhoria logo depois. — E eu vou lhe dizer o que penso: acho que o senhor terá um teatro, mais cedo ou mais tarde, na sua casa em Norfolk. Quero dizer, quando o senhor se estabelecer lá. De fato, eu realmente acho que o senhor montará um teatro na sua casa em Norfolk.

—Vossa Senhoria acha? — exclamou Crawford de imediato. — Não, não, isso nunca acontecerá. Vossa Senhoria está bastante equivocada. Não haverá teatro em Everingham! Ah, não — disse olhando para Fanny com um sorriso expressivo que evidentemente significava "aquela dama ali jamais permitirá um teatro em Everingham".

Edmund viu tudo, e viu Fanny muito decidida a *não* ver, para deixar claro que a manifestação era suficiente para transmitir todo o significado da contestação; e ele deduziu que essa rápida consciência do elogio, essa pronta compreensão da insinuação, era mais favorável do que contrária.

O tema da leitura em voz alta continuou em discussão. Os dois jovens foram os únicos oradores, mas, de pé ao lado da lareira, comentavam que o sistema de ensino para rapazes costumava negligenciar e não dar atenção alguma a essa qualificação, e que a consequência natural (embora, em alguns casos, nada natural) era o grau de ignorância e rudeza dos homens, ainda que sensíveis e bem informados, ante a súbita necessidade de ler em voz alta, mesmo tendo aprendido antes, o que dava ensejo a bobagens e erros com suas causas secundárias, a falta de educação da voz, modulação e ênfase apropriadas, precaução e julgamento, tudo isso oriundo da causa básica: a falta de atenção e de hábito precoces; e Fanny ouvia novamente, muito entretida.

— Até mesmo na minha profissão, como a arte da leitura tem sido pouco estudada! — disse Edmund com um sorriso. — Como tem se dado pouca atenção à clareza e à boa dicção! Porém eu falo mais do passado do que do presente. Hoje em dia está ocorrendo uma intenção de melhorar. Mas entre aqueles que foram ordenados há vinte, trinta ou quarenta anos, a grande maioria, a julgar pelo desempenho, deve ter pensado que leitura era leitura e pregação era pregação. Agora é diferente. O assunto vem sendo considerado de forma mais adequada. Percebe-se que a precisão e a energia podem ter peso na recomendação das verdades mais sólidas. Além disso, de modo geral existe mais observação geral e gosto, e um conhecimento crítico mais difundido do que antes; em todas as congregações há um número maior de pessoas que conhecem um pouco do assunto e são capazes de julgar e criticar.

Edmund já exercera o serviço religioso uma vez depois de ordenado, e, quando Crawford soube disso, fez uma série de perguntas a respeito dos sentimentos e do sucesso do amigo; perguntas que Edmund teve verdadeiro prazer em responder, por terem sido feitas com vivacidade, interesse amigável e critério, sem qualquer vestígio de gracejo ou ar de leviandade que com certeza ofenderia muito a Fanny. E Edmund ficou cada vez mais satisfeito quando Crawford passou a lhe pedir a opinião e emitir as suas a respeito da maneira mais adequada de apresentar determinadas passagens do serviço, mostrando que já pensara antes no assunto, e pensara com bom senso. Esse seria o caminho certo para o coração de Fanny. Ela não seria conquistada por tudo o que a galanteria, a inteligência e a boa índole poderiam conseguir; ou pelo menos não seria conquistada assim tão depressa por essas qualidades, sem o auxílio do sentimento, da compaixão e da seriedade em assuntos sérios.

— A nossa liturgia — observou Crawford — tem belezas que nem mesmo um estilo de leitura descuidado e desleixado consegue destruir. Mas também tem redundâncias e repetições que exigem boa leitura para não serem percebidas. Da minha parte, pelo menos, devo confessar que nem sempre sou tão atento quanto deveria ser (e neste ponto lançou um olhar para Fanny), que em 19 de cada vinte vezes fico pensando como determinada oração deveria ser lida, e ansiando por lê-la eu mesmo. A senhorita disse algo?

Aproximou-se ansiosamente de Fanny suavizando a voz e quando ela respondeu "não", ele acrescentou:

— Tem certeza de que não falou? Vi os seus lábios se moverem. Imaginei que talvez quisesse me dizer que eu *deveria* ser mais atento e não *permitir* que os meus pensamentos vagueassem. Não vai me dizer isso?

— Não, na verdade, não. O senhor conhece muito bem o seu dever para que eu... embora supondo...

Ela se interrompeu, percebendo que se complicava, e por vários minutos não acrescentou sequer uma palavra, nem à força de súplicas e esperas. Crawford, então, voltou para o seu lugar e continuou como se aquela terna interrupção não tivesse ocorrido.

— Um sermão bem proferido é ainda mais raro do que preces bem lidas. Um bom sermão, em si mesmo, não é raro. É mais difícil falar bem do que compor bem; ou seja, as regras e os truques da composição são objeto de estudo mais frequente. Um bom sermão, um sermão proferido com perfeição, é uma recompensa incomparável. Não consigo ouvir um desses sem a maior admiração e o maior respeito, quase me decidindo a receber a ordenação e pregar eu mesmo. Há algo que merece o mais elevado grau de louvor e homenagem na eloquência do púlpito, quando é realmente eloquência. O pregador que consegue tocar e afetar a massa tão heterogênea de ouvintes em assuntos limitados e há muito desgastados por mãos comuns; que consegue dizer algo novo e surpreendente, algo que desperte a atenção sem ofender o bom gosto nem ferir os sentimentos dos ouvintes, é um homem que ninguém consegue (em sua capacidade pública) homenagear o suficiente. Eu gostaria de ser um homem assim.

Edmund riu.

— Eu gostaria, sim. Em toda a minha vida jamais ouvi um pregador notável sem sentir um pouco de inveja. Mas eu precisaria ter ouvintes em Londres. Eu só conseguiria pregar para pessoas instruídas, para gente capaz de apreciar a minha composição. E não sei se gostaria de pregar com frequência. Talvez de vez em quando, uma ou duas vezes na primavera, depois de ter sido ansiosamente esperado por meia dúzia de domingos seguidos. Mas não de modo constante; a constância não me serviria.

Nesse ponto Fanny, que não pudera deixar de ouvir, balançou a cabeça involuntariamente e Crawford no mesmo instante aproximou-se dela, suplicando para saber o que aquele gesto significava. E, quando ele puxou uma cadeira e sentou-se ao lado dela, Edmund percebeu que o ataque seria bastante profundo, que haveria olhares e insinuações há muito ensaiados, e então afastou-se o mais tranquilamente possível para um canto, virou-se de costas, pegou um jornal e desejou muito sinceramente que a querida Fanny se deixasse persuadir e explicasse aquele balançar de cabeça para satisfazer o seu ardente apaixonado; e tentou suplantar o som da conversa com os seus próprios murmúrios lendo vários anúncios: "agradável propriedade no sul de Gales", "aos pais e aos responsáveis" e "exímio e experiente caçador".

Enquanto isso, Fanny se irritou consigo mesma por não ter ficado tão imóvel quanto calada, e, com o coração pesado ao ver as manobras de Edmund, tentou, com tudo o que estava ao alcance da sua índole modesta e delicada, repelir o sr. Crawford, evitando o seu olhar e o seu questionamento. E ele persistia em ambos, ignorando a repulsa.

— O que significou o seu balançar de cabeça? — indagou Crawford. — O que a senhorita pretendeu expressar? Receio que fosse uma desaprovação. Mas por quê? O que eu disse que a desagradou? Achou que eu falei de modo impróprio? Levemente leviano e irreverente sobre o assunto? Diga-me apenas se foi isso. Diga-me apenas se eu estava errado. Eu quero corrigir o meu erro. Não, não, eu lhe imploro; interrompa o seu trabalho por um momento. O que significou aquele balançar de cabeça?

Em vão, Fanny repetiu "Por favor, senhor, não insista. Por favor, sr. Crawford", e também em vão tentou se afastar. Com a mesma voz baixa e ansiosa, com a mesma proximidade, ele continuou insistindo nas mesmas perguntas. Ela foi ficando cada vez mais agitada e descontente.

— Eu me admiro da sua insistência, senhor. O senhor me assusta. Eu gostaria de saber como o senhor consegue...

— Eu a assusto? — perguntou ele. — A senhorita se admira? Há algo na minha presente súplica que a senhorita não compreende? Eu explicarei imediatamente tudo o que me faz insistir assim, tudo o que me interessa no que a senhorita aparenta e faz e que excita a minha curiosidade. Não permitirei que se admire por muito tempo.

A contragosto, Fanny não conseguiu evitar um meio sorriso, mas continuou calada.

— A senhorita balançou a cabeça quando eu reconheci que não gostaria de assumir os deveres de clérigo de modo constante. Sim, foi a palavra constância. Não tenho medo dessa palavra. Eu a soletraria, leria e escreveria com qualquer pessoa. Não vejo nada de alarmante na palavra. Acha que eu deveria ver?

— Talvez, senhor. — Por fim a exaustão forçou Fanny a falar. — Talvez, senhor, eu tenha pensado que era pena o senhor nem sempre se conhecer tão bem como pareceu naquele momento...

Crawford, encantado por fazê-la falar qualquer coisa, decidiu insistir; e a pobre Fanny, que esperara silenciá-lo com aquela reprovação tão extrema, viu-se tristemente equivocada constatando que se tratava apenas da mudança de um objeto de curiosidade e de um conjunto de palavras para outro. Ele sempre tinha algo para explicar. A oportunidade era boa demais e nunca houve outra desde que ele a vira no gabinete do tio, e talvez nunca houvesse novamente até ele deixar Mansfield. A presença de lady Bertram do outro lado da mesa nada significava porque ela estava sempre sonolenta, e os anúncios de Edmund ainda eram de primeira utilidade.

— Bem — disse Crawford depois de uma série de perguntas rápidas e respostas relutantes —, estou mais feliz do que antes porque agora entendo com mais clareza a sua opinião a meu respeito. A senhorita me julga instável, facilmente influenciável pelo capricho do momento, facilmente tentado e facilmente descartado. Com essa opinião, isso não é de se admirar. Mas veremos. Não é com protestos que eu me esforçarei para convencê-la de que me entendeu mal; não é lhe dizendo que as minhas afeições são estáveis. A minha conduta falará por mim, a ausência, a distância e o tempo falarão por mim. Tudo isso provará que se alguém a merece, esse alguém sou eu. Sei que os seus méritos são infinitamente superiores aos meus. A senhorita possui qualidades que eu jamais supus existirem em tal grau em qualquer ser humano. São certos toques angelicais que vão além do que se vê, porque ninguém vê algo assim, mas que vão além do que se imagina que possa existir. Mas ainda assim, eu não tenho medo. Não é por igualdade de méritos que poderá ser conquistada. Isto está fora de questão. Aquele que vê e venera os seus méritos com maior intensidade, que a ama com maior devoção tem mais direito à reciprocidade. Nisso eu baseio a minha confiança. Por esse direito eu a mereço e a merecerei. E quando se convencer de que o meu afeto é o que eu declaro, conheço-a muito bem para não alimentar as mais ardorosas esperanças. Sim, minha querida e doce Fanny. Não... (vendo-a recuar com desagrado), me perdoe. Talvez eu ainda não tenha esse direito, mas por que outro nome eu poderia chamá-la? Por acaso supõe que esteja presente na minha imaginação sob qualquer outro nome? Não, é em "Fanny" que eu penso o dia inteiro e com quem sonho a noite inteira. Você deu a esse nome tamanha realidade de doçura que nada mais poderá descrevê-la tão bem.

Fanny mal conseguia continuar sentada por mais tempo, ou evitar pelo menos *tentar* fugir, a despeito de toda a oposição pública que previa se tomasse essa atitude, não fosse o som de um alívio próximo, exatamente o som que ela ansiava ouvir e que na sua avaliação se demorara estranhamente.

Baddely, encabeçando a solene procissão da bandeja de chá, com chaleira e pratos de bolo, livrou-a daquela torturante prisão de corpo e mente. O sr. Crawford foi obrigado a se afastar. Ela estava livre, estava ocupada, estava protegida.

Edmund não lamentou ser readmitido ao grupo, e poder ouvir e falar novamente. Mas, embora a conferência lhe parecesse longa demais, e embora ao olhar para Fanny percebesse que ela estava rubra de irritação, tentou ter esperanças de que o orador tivesse tirado algum proveito de tudo o que disse e ouviu.

CAPÍTULO 35

Edmund decidira que caberia inteiramente a Fanny resolver se a sua situação com Crawford deveria ser mencionada entre eles ou não. E, se ela não abrisse o caminho, ele jamais tocaria no assunto. Mas depois de um ou dois dias de reserva mútua, ele foi induzido pelo pai a mudar de ideia e experimentar a sua capacidade de influência em favor do amigo.

A partida de Crawford foi de fato fixada para um dia próximo, muito próximo e sir Thomas achou que seria bom fazer mais um esforço em prol do jovem antes que ele deixasse Mansfield, para que todas as suas deliberações e votos de afeto inabalável pudessem ter esperança suficiente para se manter.

Sir Thomas estava sinceramente preocupado quanto à perfeição do caráter do sr. Crawford nesse aspecto. Desejava que ele fosse um modelo de constância; e imaginava que o melhor meio de garanti-la seria não tentá-la por muito tempo.

Edmund não se recusou e se deixou persuadir a participar do plano. Queria conhecer os sentimentos de Fanny. Ela costumava consultá-lo em todas as dificuldades, e ele a amava tanto que não suportaria que agora ela lhe negasse uma confidência; esperava lhe ser útil; pensava que devia lhe ser útil; para quem mais ela poderia abrir o coração? Se ela não precisasse de conselhos, precisaria do conforto da comunicação. O fato de Fanny se mostrar arredia, silenciosa e reservada para com ele revelava um estado de coisas nada natural. Um estado que ele deveria desfazer e que facilmente pensaria que ela queria que ele desfizesse.

— Eu falarei com ela, senhor, aproveitarei a primeira oportunidade para falar a sós com ela — foi o resultado daqueles pensamentos.

Assim, ante a informação de sir Thomas de que naquele exato momento Fanny caminhava sozinha na alameda de arbustos, Edmund imediatamente foi ao seu encontro.

— Vim caminhar com você, Fanny — disse ele. — Posso? (e ofereceu-lhe o braço). — Faz muito tempo que nós não fazemos uma caminhada agradável juntos.

Ela concordou mais com o olhar do que com as palavras. Estava muito desanimada.

— Mas, Fanny — acrescentou ele —, para fazermos uma caminhada agradável é preciso algo mais do que meramente andar neste cascalho. Você precisa falar comigo. Sei que tem algo em mente. Sei em que está pensando. Você não pode supor que eu não esteja informado. Será que eu vou saber por todo mundo menos pela própria Fanny?

Ao mesmo tempo agitada e abatida, Fanny retrucou:

— Se você está sabendo por todo mundo, meu primo, não tenho o que lhe dizer.

— Talvez não sobre os fatos, mas sobre os sentimentos, Fanny. Ninguém poderá me falar sobre eles a não ser você. Mas não pretendo pressioná-la. Se não for o que você deseja, para mim acabou. Eu pensei que poderia ser um alívio.

— Receio que pensemos de modo diferente demais para que eu encontre algum alívio em falar sobre o que eu sinto.

— Você acha que pensamos de modo diferente? Não concordo. Ouso dizer que, se compararmos as nossas opiniões, elas serão muito semelhantes, como sempre foram. Mas vamos ao assunto: considero as propostas de Crawford muito vantajosas e desejáveis, se você pudesse lhe retribuir o afeto. Considero muito natural que toda a sua família deseje que você possa retribuir; mas, como não pode, fez exatamente o que devia ao recusá-lo. Pode haver algum desacordo entre nós neste aspecto?

— Ah, não, mas eu pensei que você estivesse me culpando. Pensei que estivesse contra mim. Isso é um grande conforto!

— Esse conforto poderia ter chegado antes, se você tivesse procurado, Fanny. Mas como chegou a supor que eu estivesse contra você? Como conseguiu imaginar que eu advogaria um casamento sem amor?

Ainda que eu fosse descuidado em relação a esses assuntos, como você pode achar que eu o seria quando a sua felicidade estivesse em jogo?

— O meu tio achou que eu estava errada e eu sei que ele tem conversado com você.

— Até este momento, Fanny, acho que a sua conduta foi perfeita. Talvez eu lamente; talvez esteja surpreso, embora não de fato surpreso, porque sei que você não teve tempo para se afeiçoar. Mas acho que a sua conduta foi perfeita. Pode-se questionar isso? A afirmativa seria vergonhosa para nós. Você não o amava; nada justificaria aceitá-lo.

Havia dias e dias que Fanny não se sentia tão reconfortada.

— Até agora a sua conduta tem sido impecável e quem pensar diferente estará muito equivocado. Mas o assunto não termina aqui. O afeto de Crawford não é comum. Ele persevera na esperança de criar um interesse que não fora criado antes. Sabemos que isso deve ser obra do tempo. Mas — disse com um sorriso afetuoso — permita que no final ele seja bem-sucedido, Fanny, permita que no final ele alcance seu objetivo. Você se revelou honesta e desinteressada, revelou um coração grato e terno; e assim será o modelo perfeito de mulher que eu sempre acreditei que você seria.

— Ah, nunca, nunca, nunca! Comigo ele nunca terá sucesso.

Ela falou com tamanho ardor que Edmund ficou atônito, o que a fez corar enquanto se recobrava, ao ver a expressão dele e o ouvir dizer:

— Nunca, Fanny?! Assim tão determinada e dogmática? Isso não se parece com você, com o seu procedimento racional.

Ela se corrigiu, pesarosa:

— Quero dizer, eu *acho* que jamais retribuirei, até onde o futuro pode ser previsto, acho que nunca retribuirei o interesse dele.

— Devo esperar coisas melhores. Estou ciente, mais do que Crawford, que o homem que pretender fazer com que você o ame, e você deve ter percebido as intenções dele, terá um trabalho exaustivo porque deverá enfrentar todos os seus afetos e hábitos anteriores. E, antes que ele consiga conquistar o seu coração, precisará desatar todas as amarras que o prendem a coisas animadas e inanimadas que tantos anos de crescimento confirmaram, e que estão consideravelmente presas, por enquanto, ante a ideia da separação. Sei que o medo de ser forçada a deixar Mansfield a armará contra ele durante algum tempo. Eu gostaria que ele não tivesse sido obrigado a lhe dizer o que pretendia. Gostaria que ele a conhecesse tão bem quanto eu, Fanny. Cá entre nós, acho que nós a teríamos conquistado. O meu conhecimento teórico e a prática dele reunidos não teriam falhado. Ele deveria ter trabalhado de acordo com os meus planos. No entanto, espero que o tempo o recompense, provando (como firmemente acredito) que ele a merece pela firmeza do afeto que lhe devota. Não consigo supor que você não *deseje* amá-lo... o desejo natural da gratidão. Você deveria ter algum sentimento desse tipo. Deveria lamentar a sua própria indiferença.

— Nós somos totalmente diferentes — disse Fanny, evitando uma resposta direta. — Somos muito, muito diferentes em todos os nossos interesses e condutas, de modo que eu considero praticamente impossível algum dia sermos razoavelmente felizes juntos, ainda que eu *conseguisse* amá-lo. Nunca existiram duas pessoas tão desiguais. Não temos um só gosto em comum. Seríamos infelizes.

— Você está errada, Fanny. A desigualdade não é tão forte assim. Vocês são bem parecidos. *Têm* gostos em comum. Têm gostos morais e literários em comum. Ambos têm corações ardorosos e sentimentos benevolentes. E, Fanny, depois daquela noite em que você o ouviu lendo Shakespeare, quem poderá achar que vocês não são talhados para serem companheiros? Admito que vocês têm temperamentos nitidamente diferentes. Ele é jovial e você é séria, mas tanto melhor; a animação dele sustentará a sua. Pelo seu temperamento, você se abate facilmente ou imagina as dificuldades maiores do que são. A alegria de Crawford servirá de contraponto. Ele não vê dificuldade em parte alguma; e por ser simpático e alegre, será um apoio constante para você. O fato de serem tão diferentes até agora, Fanny, não é um obstáculo, em absoluto, à probabilidade de serem felizes juntos, não suponha isso. Estou convencido de que é antes uma circunstância favorável. Estou plenamente convicto de que os temperamentos devem ser diferentes. Quero dizer, diferentes no fluxo dos ânimos, nas atitudes, na tendência a maior ou menor companhia, na propensão a falar ou calar, a ser sério ou alegre. Estou plenamente convencido de que, nesse aspecto, alguma oposição é favorável à felicidade matrimonial. É claro que eu excluo os extremos, e que uma semelhança muito acentuada em todos esses pontos poderia produzir extremos. Uma contraposição suave e contínua é a melhor salvaguarda de modos e condutas.

Fanny sabia muito bem onde os pensamentos de Edmund estavam agora: o poder da srta. Crawford retornava inteiramente. Desde a hora em que voltara para casa ele falara a respeito dela com grande alegria. A tentativa de evitá-la praticamente chegara ao fim. Na véspera ele jantara na residência paroquial.

Depois de deixá-lo com esses pensamentos mais felizes por alguns minutos, Fanny achou que era seu dever retomar o assunto do sr. Crawford e disse:

— Não é só no *temperamento* que eu o considero totalmente inadequado para mim. Apesar de que *nesse* aspecto eu pense que a diferença entre nós seja muito grande, infinitamente grande; a animação dele costuma me oprimir, mas há algo nele que eu censuro ainda mais. Devo lhe dizer, primo, que não consigo aprovar o caráter dele. A minha opinião sobre ele nunca foi favorável, desde a época da peça. Naquela ocasião eu o vi se comportar, segundo me pareceu, de modo muito impróprio e inadmissível... Posso falar nisso agora porque tudo terminou... ele foi muito impróprio em relação ao pobre sr. Rushworth, parecendo não se importar em expô-lo ou magoá-lo, dirigindo as suas atenções para a minha prima Maria que, em resumo, na época da peça eu tive uma impressão dele que jamais será desfeita.

— Minha querida Fanny — retrucou Edmund sem querer ouvi-la até o fim —, nenhum de nós deve ser julgado pelo que parecíamos naquela ocasião de loucura generalizada. A época da peça é uma época que eu odeio relembrar. Maria estava errada, Crawford estava errado, todos nós estávamos errados; mas nenhum tão errado quanto eu. Comparados comigo, todos os outros eram isentos de culpa. Eu fiz papel de tolo, de olhos abertos.

— Enquanto espectadora — disse Fanny — talvez eu tenha visto mais do que você, e acho que o sr. Rushworth às vezes ficou muito enciumado.

— É bem possível. Não me admiro. Nada mais impróprio do que toda aquela situação. Fico chocado sempre que penso que Maria tenha sido capaz daquilo. Mas se ela assumiu o papel, o resto não deveria nos surpreender.

— Antes da peça, ou eu muito me engano ou *Julia* achou que ele dirigia atenções a ela.

— Julia?! Ouvi alguém dizer que ele estava apaixonado por Julia, mas nunca percebi. E, Fanny, embora eu espere fazer justiça às boas qualidades das minhas irmãs, acho bem possível que elas desejassem, uma ou ambas, ser admiradas por Crawford e tenham demonstrado esse desejo de um modo mais descuidado do que seria prudente. Posso lembrar que elas evidentemente apreciavam muito a companhia dele, e com esse encorajamento, um homem como Crawford, jovial e talvez um pouco inconsequente, deve ter sido levado a... Não houve nada muito sério porque é claro que ele não tinha pretensões: o coração dele estava reservado para você. E devo dizer que essa reserva o elevou muito na minha opinião. Isso o torna um homem da mais alta honra; demonstra que ele avalia corretamente que a felicidade doméstica e um afeto verdadeiro são uma bênção. Prova que ele não foi estragado pelo tio. Em resumo, prova que ele é tudo o que eu costumava julgar, embora temendo que não fosse.

— Estou persuadida de que ele não pensa em assuntos sérios como deveria.

— Digamos que ele não tenha pensado em todos os assuntos sérios como eu acho que deveria. Como poderia ser diferente, com aquela educação e aquele conselheiro? De fato, com as desvantagens que ambos tiveram, não é maravilhoso eles serem como são? Devo reconhecer que até agora os *sentimentos* de Crawford têm sido os seus guias. Felizmente, em geral esses sentimentos têm sido bons. Você complementará o resto e ele é um felizardo por ter se afeiçoado a uma criatura tão... a uma mulher firme como rocha em seus próprios princípios, com uma delicadeza de caráter que tanto a recomenda. Na verdade, ele escolheu a parceira com rara felicidade. E a fará feliz, Fanny; eu sei que ele a fará feliz. Mas você fará dele um verdadeiro homem.

— Eu não me comprometeria com esse encargo — exclamou Fanny com voz trêmula —, com essa tarefa de alta responsabilidade.

— Você sempre se achando inferior em tudo! Imagina que tudo é demasiado para você! Bem, talvez eu não seja capaz de lhe incutir sentimentos diferentes, mas confio que serão incutidos. Confesso sinceramente que estou ansioso por isso. Tenho um interesse incomum pelo bem-estar de Crawford. Depois da sua felicidade, Fanny, a dele é prioritária para mim. Você sabe que o meu interesse por Crawford é incomum.

Fanny estava ciente demais para ter algo a acrescentar; caminharam juntos umas cinquenta jardas em silêncio e totalmente absortos. Edmund foi o primeiro a tornar a falar:

— Fiquei muito satisfeito com a maneira pela qual ela falou ontem, particularmente satisfeito porque eu não imaginava que ela visse tudo com tamanha clareza. Eu sabia que ela gostava muito de você; mas ainda receava que ela não a julgasse digna do irmão, como você de fato é, e que lamentasse por ele não ter se fixado em alguma mulher de alta posição social e fortuna. Temia a influência das máximas mundanas que ela se acostumou a ouvir. Mas foi muito diferente. Ela falou de você exatamente como deveria. Deseja essa aliança com tanto ardor quanto o seu tio ou eu. Tivemos uma longa conversa a respeito. Eu não teria mencionado o assunto, embora estivesse muito ansioso em conhecer os seus sentimentos. Mas, cinco minutos depois de estarmos na sala, ela trouxe o assunto à baila com toda a franqueza de coração, com os seus modos doces e peculiares, com o espírito e o talento que fazem parte da personalidade dela. A sra. Grant riu da fugacidade da irmã.

— Então a sra. Grant estava na sala?

— Sim, Fanny, quando cheguei lá encontrei as duas irmãs sozinhas; e assim que começamos a conversar, ainda não tínhamos acabado de falar a seu respeito quando Crawford e o dr. Grant entraram.

— Faz mais de uma semana que eu não vejo a srta. Crawford.

— Sim, e ela lamenta isso. Mas reconhece que deve ter sido melhor assim. No entanto, você a verá antes da viagem. Ela está muito zangada com você, Fanny; você precisa estar preparada para isso. Ela diz que está muito zangada, mas você pode compreender o motivo. É o lamento e a decepção de uma irmã que acha que o irmão tem direito imediato a tudo o que desejar. Está magoada como você ficaria por William; mas a ama e estima de todo o coração.

— Eu sabia que ela ficaria muito zangada comigo.

— Minha querida Fanny — exclamou Edmund, pressionando-lhe o braço contra o seu —, não se aflija com a raiva dela. É uma raiva mais falada do que sentida. Ela tem o coração feito para o amor e para a bondade, e não para o ressentimento. Eu gostaria que você tivesse ouvido os elogios que ela lhe fez; gostaria que você tivesse visto a sua fisionomia ao dizer que você *deveria* ser esposa de Henry. E observei que ela sempre falava de você como "Fanny", o que não fazia antes, e isso tinha o som de uma extrema cordialidade fraterna.

— E a sra. Grant disse... falou... esteve presente o tempo todo?

— Sim, e concordou totalmente com a irmã. A surpresa da sua recusa, Fanny, parece ter sido imensa. Parecem não conseguir entender como você recusou um homem como Henry Crawford. Falei o que pude por você, mas, para dizer a verdade, pela maneira com que elas expuseram o caso, você precisa provar que está em pleno domínio das faculdades mentais assim que possível, por meio de uma conduta diferente; nada mais as satisfará. Mas este assunto a incomoda. Vou encerrá-lo. Não se afaste de mim.

— Eu *pensaria* — disse Fanny depois de uma pausa, se esforçando para se recompor — que toda mulher deve sentir a possibilidade de um homem não ser aprovado, não ser amado por alguém do sexo feminino, ainda que ele seja agradável. Mesmo que ele tenha todas as perfeições do mundo, creio que não se deve dar como certo que esse homem necessariamente seja aceito por qualquer mulher de quem ele venha a gostar. Porém, mesmo supondo que seja assim, se admitirmos que o sr. Crawford tenha todas as qualidades que as irmãs pensam que ele tem, como eu poderia estar preparada para corresponder aos seus sentimentos? Ele me apanhou de surpresa. Eu não fazia ideia de que o seu comportamento anterior para comigo tivesse qualquer significado. E com certeza eu não me forçaria a gostar dele só porque ele parecia me devotar uma atenção displicente. Na minha situação, seria extrema vaidade julgar que eu despertava expectativas no sr. Crawford. Tenho certeza de que as irmãs dele, na avaliação que fazem do irmão, também pensavam assim, supondo que ele não pretendia coisa alguma. Então, como eu poderia estar... apaixonada por ele no momento em que ele me disse que estava apaixonado por mim? Como eu poderia ter um afeto à disposição dele, tão logo fosse solicitado? As irmãs deveriam me considerar tanto quanto o consideram. Quanto mais elevadas as virtudes dele, mais impróprio da minha parte seria eu ter pensado nele. E... se elas imaginam que uma mulher é capaz de retribuir um afeto assim quer dizer que pensamos de modo muito diferente sobre a natureza feminina.

— Minha querida, minha querida Fanny, agora captei a verdade. Sei que esta é a verdade e esses seus sentimentos são muito dignos. Eu os atribuíra a você antes. Achei que conseguiria entendê-la. Agora você me deu a explicação exata que me atrevi a dar em seu nome para a sua amiga e para a sra. Grant e ambas ficaram muito satisfeitas, embora a sua afetuosa amiga ainda estivesse um pouco esquiva devido ao entusiasmo e ao carinho que tem por Henry. Eu lhes disse que de todas as criaturas humanas você era aquela sobre a qual o hábito tem o maior poder e a novidade, o menor; e que a própria circunstância da novidade das declarações de Crawford agia contra ele. Por serem tão novas e recentes, eram-lhe desfavoráveis, pois você não conseguia tolerar coisa alguma a que não estivesse acostumada; disse-lhes muito mais com o mesmo objetivo, para que elas conhecessem o seu caráter. A srta. Crawford nos fez rir com os seus planos de incentivar o irmão. Pretendia insistir para que ele perseverasse na esperança ser amado com o passar do tempo, e de que as suas declarações viessem a ser recebidas com mais doçura depois de uns dez anos de feliz matrimônio.

Com dificuldade, Fanny deu o esperado sorriso. Todos os seus sentimentos estavam em tumulto. Ela temia estar agindo errado, falando demais, ultrapassando a cautela que julgara necessária, defendendo-se de um malefício e expondo-se a outro. E ter de ouvir repetidos elogios à vivacidade da srta. Crawford, naquele momento e sobre aquele assunto, foi um agravante muito amargo.

Edmund viu esgotamento e angústia no rosto de Fanny e imediatamente resolveu poupá-la de maiores discussões, só mencionando o nome de Crawford de novo quando pudesse estar relacionado a algo que a agradasse. Partindo desse princípio, logo observou:

— Eles viajam na próxima segunda-feira. Portanto, tenha certeza de que verá a sua amiga amanhã ou domingo. Eles realmente partem na segunda-feira; e eu quase fui persuadido a permanecer em Lessingby até esse mesmo dia! Eu quase prometi. Que diferença isso poderia ter feito! Eu poderia sentir por toda a vida o efeito desses cinco ou seis dias a mais em Lessingby.

—Você esteve inclinado a ficar lá?

— Sim, bastante. Fui amavelmente pressionado e quase consenti. Se eu tivesse recebido alguma carta de Mansfield me contando como vocês estavam passando, creio que certamente teria ficado. Mas durante 15 dias eu não soube do que acontecia aqui e achei que me ausentara por tempo suficiente.

—Você passou um tempo agradável, lá?

— Sim; isto é, se eu não passei foi por minha culpa. Foram todos muito agradáveis. Duvido que tenham me achado igualmente agradável. Levei comigo uma inquietação e não consegui me livrar dela até chegar a Mansfield novamente.

— As srtas. Owen... você gostou delas, não gostou?

— Sim, muito. São agradáveis, bem-humoradas, sem afetação. Mas eu estou mal-acostumado com a companhia feminina em geral, Fanny. Jovens bem-humoradas e sem afetação não bastam para um homem habituado a mulheres sensíveis. São duas maneiras de ser totalmente distintas. Você e a srta. Crawford me tornaram cordial demais.

Fanny, no entanto, ainda continuava oprimida e exausta; e Edmund notou isso na sua aparência, não quis continuar a conversa. Assim, sem outra tentativa, com a bondosa autoridade de guardião privilegiado, conduziu-a diretamente para o interior da casa.

CAPÍTULO 36

Agora Edmund se julgava plenamente a par de tudo o que Fanny poderia dizer, ou do que se pudesse conjecturar dos sentimentos dela, e ficou satisfeito. Como presumira antes, a iniciativa de Crawford fora muito apressada e seria preciso dar tempo para que ela primeiro se familiarizasse com a ideia e a achasse agradável. Ela precisava se acostumar a aceitar que ele estivesse apaixonado, e depois a retribuição do afeto talvez não estivesse tão longe.

Ele deu ao pai esta opinião como resultado da conversa e recomendou que não se dissesse mais nada para ela, nem se fizesse outras tentativas de influenciá-la ou persuadi-la; que tudo deveria ficar por conta da persistência de Crawford e do processo natural da mente de Fanny.

Sir Thomas prometeu que seria assim. Acreditava que o relato de Edmund sobre a disposição de Fanny fosse justo. Supôs que ela tinha todos aqueles sentimentos, mas considerou isso muito lamentável porque, menos propenso do que o filho a confiar no futuro, não conseguia evitar o receio de que o jovem desistiria se fosse preciso esperar um longo período de tempo para ela se habituar e se deixar persuadir a receber as declarações adequadamente. Entretanto, nada restava a fazer a não ser se submeter passivamente e esperar o melhor.

A prometida visita da "amiga", como Edmund chamara a srta. Crawford, era uma espantosa ameaça para Fanny, que vivia em constante pavor de encarar aquela irmã tão parcial, tão irritada e tão pouco escrupulosa com as palavras. Por outro lado, ela era tão triunfante e tão segura em todos os aspectos, que representava uma dolorosa fonte de alarme. Fanny temia enfrentar nesse encontro o descontentamento, a influência e a felicidade da srta. Crawford; e a sua única esperança era que houvesse outras pessoas presentes ao encontro. Fanny se afastou o mínimo possível de lady Bertram, manteve-se longe da sala leste e não fez caminhadas solitárias na alameda de arbustos, acautelando-se contra eventual ataque súbito.

E conseguiu. Estava em segurança com a tia na sala do café da manhã, quando a srta. Crawford efetivamente apareceu. Superado o mal-estar inicial, e como a srta. Crawford olhava e falava com muito menos particularidades de expressão do que ela previra, Fanny começou a achar que não teria de suportar algo pior do que meia hora de moderada agitação. Mas a esperança foi exagerada. A srta. Crawford não desperdiçaria a oportunidade. Decidida a ficar a sós com Fanny, assim que possível disse em voz baixa:

— Preciso falar com você por alguns minutos em algum lugar.

Essas palavras fizeram Fanny estremecer da cabeça aos pés. Negar era impossível. Pelo contrário, os seus hábitos de pronta submissão fizeram-na se levantar quase instantaneamente e se adiantar para sair da sala. Fez isso com profunda tristeza, mas era inevitável.

Assim que chegaram ao corredor, todas as restrições desapareceram do semblante da srta. Crawford. Ela imediatamente balançou a cabeça para Fanny com um ar de malícia e carinhosa censura. Tomou-lhe a mão e pareceu ansiosa por ir direto ao assunto. No entanto, só dizia:

— Pobre menina! Pobre menina! Não sei quando vou parar de repreendê-la.

E foi suficientemente discreta para reservar as outras palavras para quando estivessem a sós entre quatro paredes. Fanny naturalmente começou a subir a escada para levar a convidada ao aposento que agora estava sempre confortável para o seu uso; contudo, abriu a porta com o coração dolorido, sentindo que teria diante de si uma cena mais angustiante do que qualquer outra que aquele lugar já testemunhara. Mas o mal prestes a se abater sobre a sua cabeça foi pelo menos adiado graças à repentina mudança de ideias da srta. Crawford, abalada por se ver de novo na sala leste.

— Ah! — exclamou com animação instantânea — Será que eu estou aqui novamente? Na sala leste! Estive aqui apenas uma vez!

Parou para olhar em volta, parecendo rememorar tudo o que então se passara e acrescentou:

— Só uma vez! Você se lembra? Eu vim ensaiar. O seu primo também veio e nós ensaiamos. Você era o nosso público e o nosso ponto. Um ensaio delicioso! Jamais esquecerei! E ficamos aqui, exatamente nesta parte da sala; o seu primo aqui, eu aqui, aqui as cadeiras. Ah, por que essas coisas acabam?!

Felizmente para Fanny ela não queria resposta porque estava totalmente absorta num devaneio de doces recordações.

— A cena que estávamos ensaiando era muito importante! O assunto era muito... muito... o que eu devo dizer? Ele deveria estar descrevendo e recomendando matrimônio para mim. Parece que o estou vendo agora, tentando ser reservado e discreto como Anhalt, em duas longas falas. "Quando dois corações harmoniosos se encontram na condição matrimonial, o matrimônio pode ser chamado de uma vida feliz." Imagino que o tempo não conseguirá desgastar a impressão que eu guardo da aparência e da voz dele quando dizia essas palavras. Era curioso, muito curioso, que tivéssemos que representar essa cena! Se eu tivesse o poder de relembrar uma única semana da minha existência seria aquela, a semana da encenação. Diga o que quiser, Fanny, seria *aquela*. Jamais conheci felicidade tão deliciosa! Aquele homem de espírito firme se dobrando como se dobrou! Ah, foi uma doçura inexprimível! Mas infelizmente aquela mesma noite destruiu tudo. Aquela mesma noite trouxe de volta o seu tio, presença muito indesejável. Pobre sir Thomas! Alguém ficou feliz em vê-lo? No entanto, Fanny, não pense que hoje falaria de maneira desrespeitosa de sir Thomas, apesar de tê-lo odiado por muitas semanas. Hoje eu o justifico. Ele é exatamente o que um chefe de família deve ser. Mais ainda, com certa tristeza, hoje acredito que amo todos vocês.

E depois ter falado com um grau de ternura e sinceridade que Fanny jamais vira antes, e que agora considerava mais do que apropriado, afastou-se por um momento para se recuperar.

— Como você deve ter percebido, eu quase desmaiei quando entrei nesta sala — disse logo em seguida com um sorriso brincalhão —, mas agora já passou. Portanto, vamos nos sentar confortavelmente; quanto à repreensão que eu pretendia lhe fazer, Fanny, quando chega a hora eu não tenho coragem. — E abraçou-a muito afetuosamente. — Boa e gentil Fanny! Quando penso que esta é a última vez que eu vou vê-la... por não sei quanto tempo... acho totalmente impossível fazer qualquer coisa a não ser amá-la.

Fanny se emocionou. Não previra nada daquilo e os seus sentimentos raramente conseguiam resistir à melancólica influência da palavra "última". Chorou como se amasse a srta. Crawford mais do que seria capaz. E a srta. Crawford, ainda mais comovida ao ver aquela emoção, aproximou-se com carinho e disse:

— Odeio deixá-la. No lugar para onde vou não vejo ninguém tão amável. Quem sabe não seremos irmãs? Sei que seremos. Sinto que nascemos para ser amigas, e essas lágrimas me convencem de que você também sente isso, querida Fanny.

Fanny despertou e respondeu apenas em parte.

— Mas a senhorita só vai passar de um grupo de amigos para outro. Está indo ao encontro de uma amiga muito especial.

— Sim, é bem verdade. Há anos a sra. Fraser é minha amiga íntima. Mas não tenho a menor disposição de me aproximar dela. Só consigo pensar nos amigos que estou deixando. A minha querida irmã, você e os Bertram em geral. Vocês têm muito mais *coração* do que em geral se encontra neste mundo. Vocês me passam a sensação de serem capazes de crer e confiar uns nos outros, algo inexistente nos relacionamentos comuns. Eu gostaria de ter acertado com a sra. Fraser que só iria visitá-la depois da Páscoa, época muito melhor para a visita, mas agora não posso adiar. E, terminada essa visita, devo ir para a casa da irmã dela, lady Stornaway, que das duas era a minha amiga mais próxima. Mas nestes três últimos anos eu não dei a *ela* muita atenção.

Em seguida as duas jovens ficaram muitos minutos caladas, ambas pensativas: Fanny meditando sobre os diferentes tipos de amizade que existem no mundo. Mary, sobre algo de natureza menos filosófica. *Ela* foi a primeira a falar novamente:

— Ah, como eu me lembro perfeitamente de ter decidido ir procurá-la no andar de cima e de tentar descobrir o caminho até a sala leste, sem fazer ideia de onde ficava! Como eu me lembro bem do que pensava enquanto caminhava até aqui; de ter visto você aqui sentada à mesa, trabalhando; e depois a surpresa do seu primo quando abriu a porta e me viu aqui! E o seu tio ter retornado naquela mesma noite! Nunca houve algo nada parecido.

Seguiu-se outro breve período de abstração do qual ela se livrou e depois atacou a amiga:

— Fanny, você está absolutamente imersa em devaneio! Pensando, espero, em alguém que está sempre pensando em você. Ah, se eu pudesse transportá-la por um curto período até o nosso círculo na cidade, para você entender como o seu poder sobre Henry é considerado lá! Ah! As invejas e os rancores de dezenas e dezenas! O espanto e a incredulidade que todos sentirão quando souberem o que você fez! Pois em relação a segredo, Henry é quase como o herói de um velho romance se vangloriando em seus confrades. Você precisa ir a Londres para aprender a avaliar a sua conquista. Se visse como ele é cortejado, e como eu sou cortejada por causa dele! Agora eu sei que não receberei metade do acolhimento habitual por parte da sra. Fraser em consequência da situação dele com você. Quando ela souber da verdade, provavelmente desejará que eu volte para Northamptonshire; porque existe uma filha do primeiro casamento do sr. Fraser que ela quer muito casar, e casar com Henry. Ah, ela vem tentando tanto! E você aqui, inocente e tranquila, sem ter ideia da *sensação* que vai causar, da curiosidade que terão para vê-la, das infindáveis perguntas a que terei de responder! A pobre Margaret Fraser vai ficar sempre me rondando, perguntando a seu respeito, sobre os seus olhos e dentes, como arruma o cabelo, quem faz os seus sapatos. Eu gostaria que Margaret já estivesse casada, pelo bem da minha pobre amiga, porque na minha opinião os Fraser são quase tão infelizes quanto a maioria das pessoas casadas. No entanto, à época foi um casamento muito desejado para Janet. Todos ficamos encantados. Só lhe restava aceitá-lo, porque ele era rico e ela não tinha nada; mas ele acabou se revelando mal-humorado e exigente; queria uma jovem, uma bela jovem de 25 anos, que fosse tão estável quanto ele. E a minha amiga não sabe administrá-lo bem, não parece saber extrair o melhor proveito. Existe um espírito de irritação que revela certa falta de educação, para não dizer pior. Na casa deles eu me lembrarei com respeito do bom convívio conjugal da residência paroquial de Mansfield. Até o dr. Grant demonstra efetivamente uma profunda confiança na minha irmã, e uma certa consideração pelas suas opiniões, o que faz sentir que ali *existe* um afeto. Mas não verei nada disso entre os Fraser. Estarei o tempo todo pensando em Mansfield, Fanny. A minha própria irmã como esposa e sir Thomas Bertram como marido são os meus padrões de perfeição. A pobre Janet foi tristemente enganada. E, no entanto, não houve nada de impróprio da parte dela, não se casou sem pensar, não houve imprudência. Ela teve três dias para avaliar a proposta do pretendente, e durante esses três dias se aconselhou com todos os seus conhecidos cuja opinião valesse a pena ouvir; e se aconselhou em especial com a minha querida tia falecida, cujo conhecimento mundano tornava o seu julgamento muito merecidamente solicitado, em geral, por todos os jovens que ela conhecia. E ela decididamente foi a favor do sr. Fraser. Isso parece indicar que o conforto matrimonial não é garantido! Eu não tenho muito a dizer sobre a minha amiga Flora, que trocou um ótimo rapaz da Real Cavalaria Britânica pelo horrendo Lord Stornaway, que é quase tão pouco sensato quanto o sr. Rushworth, Fanny, mas com a aparência muito pior e com um caráter torpe. Na época eu *tive* as minhas dúvidas se ela estaria certa, pois ele não tinha sequer o ar de cavalheiro, e agora tenho a certeza de que ela estava errada. A propósito, Flora Ross se apaixonou por Henry no primeiro inverno depois de ter sido apresentada à sociedade. Mas se eu tentasse lhe contar a respeito de todas as mulheres que até onde eu sei estiveram apaixonadas por ele, jamais terminaria. Só você, insensível Fanny, consegue pensar nele com algo parecido com indiferença. Mas você é tão insensível quanto afirma? Não, não, estou vendo que não é.

De fato, naquele momento o rosto de Fanny, estava tão profundamente ruborizado, que justificaria a forte suspeita daquela mente predisposta.

— Excelente criatura! Não vou provocá-la! Tudo deverá seguir o seu curso. Mas, querida Fanny, você deve reconhecer que não estava totalmente despreparada para ouvir aquela proposta, como o seu primo imagina. Não é possível que você não tenha pensado no assunto, feito suposições do que poderia acontecer. Deve ter visto que Henry tentou agradá-la dedicando-lhe toda a atenção possível. Ele não se dedicou a você no baile? E antes do baile, o colar! Ah, você o recebeu exatamente como o que era pretendido. Estava tão consciente quanto o coração poderia desejar. Lembro-me perfeitamente.

— Então a senhorita quer dizer que o seu irmão sabia do colar antecipadamente? Ah, srta. Crawford, *isso* não foi correto.

— Se ele sabia? A ideia foi totalmente dele, dele mesmo! Envergonho-me de confessar que sequer passara pela minha cabeça. Mas fiquei encantada de concretizar a proposta dele, pelo bem de ambos.

— Eu não direi — retrucou Fanny — que na ocasião eu não receasse que fosse isso, pois a senhorita tinha uma expressão que me assustou, mas não no início; no início eu não suspeitei de nada, nada mesmo! Juro que é a pura verdade, tanto quanto eu estar aqui. E se eu tivesse desconfiado, nada me teria induzido a aceitar o colar. Quanto ao comportamento do seu irmão, certamente eu percebia alguns indícios, venho percebendo há pouco tempo, talvez há duas ou três semanas; mas julguei que não tivessem qualquer significado... e resolvi considerar que era o jeito dele, e nem de longe supus ou desejei que ele tivesse qualquer pensamento sério a meu respeito. Srta. Crawford, eu não fui uma observadora desatenta do que se passava entre ele e algumas pessoas desta família, no verão e no outono. Fiquei quieta, mas não era cega. Não deixei de ver que o sr. Crawford permitiu-se certas galanterias sem o menor significado.

— Ah, isso não posso negar. Lamentavelmente, de vez em quando ele flertava e se importava muito pouco com a devastação que poderia estar causando nos afetos das jovens. Muitas vezes eu o repreendi por isso, mas esse é o seu único defeito, e deve-se dizer que bem poucas jovens possuem afetos que valham alguma preocupação. E depois, Fanny, a glória é abater alguém que já foi caçado por tantas; é ser a vingadora das mulheres! Ah, tenho certeza de que não é da natureza feminina recusar esse triunfo.

Fanny sacudiu a cabeça negativamente e disse:

— Não posso pensar bem de um homem que brinca com os sentimentos femininos. E muitas mulheres talvez tenham sofrido mais do que uma espectadora pode avaliar.

— Eu não o defendo. Deixo-o inteiramente à sua mercê; e quando ele conseguir levá-la para Everingham, você pode repreendê-lo à vontade que eu não me importarei. Mas devo dizer que o defeito dele, o gosto de fazer jovens se apaixonarem um pouco por ele, não representa nem a metade do perigo para a felicidade de uma esposa quanto uma tendência de ele mesmo se apaixonar por alguma ou várias delas; esse vício, ele nunca teve. E acredito seriamente que ele se afeiçoou a você de um modo que jamais lhe ocorrera antes, que ele a ama de todo o coração e a amará para sempre, tanto quanto possível. E se algum homem já amou uma mulher para sempre, creio que Henry fará o mesmo por você.

Fanny não conseguiu evitar um leve sorriso, mas não teve o que acrescentar.

— Nunca vi Henry tão feliz como quando conseguiu a comissão para o seu irmão — continuou Mary logo em seguida.

A investida certeira atingiu em cheio os sentimentos de Fanny.

— Ah, sim, foi extrema bondade dele!

— Eu sei que ele deve ter se esforçado muito, porque sei as peças que precisou mover. O almirante odeia problemas e pedidos de favores; e há tantas solicitações de rapazes precisando de igual atendimento que facilmente seriam postas de lado, não fossem a amizade e a energia tão determinadas. William deve ser uma criatura muito feliz! Eu gostaria que pudéssemos vê-lo.

A mente da pobre Fanny foi lançada na maior de todas as angústias. Lembrar o que fora feito por William representava sempre a perturbação mais poderosa para todas as suas decisões contrárias ao sr. Crawford. E ela continuou pensando profundamente no assunto até que Mary, que de início a observara com complacência e depois refletira sobre outra coisa, de repente chamou-lhe a atenção ao dizer:

— Eu gostaria de ficar conversando aqui com você o dia inteiro, mas não podemos nos esquecer das senhoras que estão lá embaixo. Portanto, adeus, minha querida, minha amável, minha excelente Fanny, pois embora ainda tenhamos de nos despedir oficialmente na sala do café da manhã, quero me despedir de você aqui. E, antes de partir, anseio por um reencontro feliz, e confio que esse próximo reencontro se dará em circunstâncias tais que poderemos abrir os corações uma para a outra sem qualquer vestígio ou sombra de reserva.

Um abraço extremamente caloroso e alguma agitação acompanharam essas palavras.

— Em breve eu verei o seu primo na cidade; ele anuncia que estará lá muito em breve e ouso dizer que sir Thomas também, na primavera. E o seu primo mais velho, os Rushworth e Julia tenho a certeza de que encontrarei muitas vezes, todos menos você. Tenho dois favores para lhe pedir, Fanny. O primeiro é a correspondência. Você deve me escrever. E o outro é que vá sempre à casa da sra. Grant e assim compense a minha ausência.

Pelo menos o primeiro favor Fanny preferia que não lhe tivesse sido pedido, mas era-lhe impossível recusar a correspondência; era-lhe impossível até mesmo não aceder a isso mais rapidamente do que o seu próprio julgamento autorizava. Não havia como resistir a tanta afeição aparente. Por temperamento, ela era predisposta a valorizar um tratamento gentil, e como até então recebera tão pouco, o da srta. Crawford a conquistou. Além disso, era-lhe grata por ter tornado aquele *tête-à-tête* muito menos doloroso do que os seus temores haviam previsto.

O encontro acabara e ela escapara sem censuras nem revelações. O seu segredo ainda era seu, e enquanto fosse assim ela pensara que conseguiria se resignar praticamente a tudo.

À noite houve outra despedida. Henry Crawford chegou e permaneceu algum tempo com eles; e como o ânimo de Fanny não sofrera angústias mais fortes, o coração se suavizou um pouco em relação a ele porque ele, de fato, parecia triste. Muito diferente do habitual, ele quase não falou. Estava evidentemente aflito e Fanny lastimou por ele, embora esperasse nunca mais vê-lo até que ele fosse marido de outra mulher.

Chegado o momento da despedida, ele tomou-lhe a mão e isso ela não poderia negar. No entanto, ele não disse nada, ou pelo menos nada que ela ouvisse, e quando ele saiu da sala ela ficou mais contente com aquele sinal de amizade.

No dia seguinte os Crawford foram embora.

CAPÍTULO 37

O sr. Crawford partira, e o objetivo seguinte de sir Thomas foi fazer com que a sua falta fosse sentida; ele nutriu fortes esperanças de que a sobrinha sentisse um vazio com a perda das atenções que à época julgara ou imaginara malignas. Ela apreciaria a situação da maneira mais satisfatória; e ele, de fato, esperava que, quando Fanny se desse conta desta perda de importância, lamentasse profundamente. Ele a observava com isso em mente, mas sem grande sucesso. Mal sabia dizer se havia ou não alguma diferença no estado de espírito da sobrinha. Ela era sempre tão gentil e reservada que as suas emoções não podiam ser discernidas por sir Thomas. Ele não a entendia, percebia que não a entendia, e portanto recorreu a Edmund para este lhe dizer até que ponto ela fora afetada pela situação atual e se estava mais ou menos feliz do que antes.

Edmund não percebera sintoma algum de pesar e julgou o pai um pouco irracional ao supor que os primeiros três ou quatro dias produziriam algum efeito.

O que mais surpreendeu Edmund foi que Fanny não lamentasse mais visivelmente a ausência da irmã de Crawford, sua constante amiga e companheira. Admirava-se de que Fanny falasse tão raras vezes na srta. Crawford e tivesse tão pouco a dizer voluntariamente que revelasse preocupação com a separação.

Por infelicidade, era exatamente essa irmã, essa amiga e companheira, que agora constituía o principal obstáculo ao bem-estar de Fanny. Se ela pudesse acreditar que o destino futuro de Mary não estaria vinculado a Mansfield, como decidira em relação ao irmão de Mary, se pudesse esperar que o retorno dela estivesse tão distante quanto estava propensa a achar que o dele estava, sem dúvida teria ficado de coração leve; mas quanto mais relembrava e observava, mais profundamente tinha certeza de que agora tudo se encaminhava de modo mais favorável do que antes para que a srta. Crawford se casasse com Edmund. Da parte dele, a propensão havia ficado mais forte; da parte dela, menos incerta. As objeções dele, os escrúpulos da sua integridade, pareciam ter desaparecido, ninguém sabia como; e as dúvidas e hesitações provenientes da ambição dela também haviam desaparecido, também sem razão aparente. Isso só poderia ser atribuído ao afeto crescente. Os bons sentimentos dele e os maus dela sucumbiam ao amor, e esse amor deveria uni-los. Edmund iria à cidade tão logo fosse concluída uma negociação relativa a Thornton Lacey, talvez daí a quinze dias, e gostava de falar nessa viagem, fazia-o com frequência; e quando ele reencontrasse a srta. Crawford, Fanny não tinha dúvidas quanto ao resto. Seria tão certo ela aceitar quanto ele fazer o pedido; no entanto, ainda havia alguns sentimentos maus que tornavam a perspectiva bastante lamentável para a srta. Crawford, apesar de si mesma, ela acreditava.

Em sua última conversa, a srta. Crawford, apesar de algumas sensações amigáveis e muita bondade, ainda era a srta. Crawford; ainda revelava uma mente equivocada e confusa, sem suspeitar disso; mente escura, porém imaginando-se clara. Ela poderia sentir amor, mas nenhum outro sentimento a tornava digna de Edmund. Fanny não acreditava que tivessem um segundo sentimento em comum; e os antigos sábios a perdoariam por julgar quase inviável um futuro aprimoramento da srta. Crawford; por pensar que, se a influência de Edmund nessa fase do amor fizera tão pouco para clarear o juízo e corrigir as ideias da amada, ele desperdiçaria com ela as suas qualidades, pois não fariam efeito mesmo com anos de casamento.

A experiência poderia ter mais esperança para jovens em tais circunstâncias, e a imparcialidade não negaria à natureza da srta. Crawford a participação na natureza geral das mulheres que a faria adotar como suas as opiniões do homem a quem amava e respeitava. Porém, eram aquelas as convicções de Fanny, com as quais sofria muito, e não conseguia falar a respeito da srta. Crawford sem se angustiar.

Enquanto isso, sir Thomas continuava com as suas esperanças e observações, ainda se sentindo no direito, por todo o seu conhecimento da natureza humana, de torcer para que a perda de poder e de importância atuassem no espírito da sobrinha e que as atenções anteriores do pretendente produzissem um desejo de retorno; e logo depois foi capaz de explicar por que ainda não vira tudo isso de modo completo e indubitável: porque a casa receberia outro visitante, cuja aproximação, tinha certeza, bastava para animar o espírito que ele vinha observando. William obtivera uma licença de dez dias para ir a Northamptonshire e vinha — era o mais feliz dos tenentes, porque era o mais recente — a fim de compartilhar a sua felicidade e descrever o uniforme.

William chegou; e teria ficado encantado em mostrar o uniforme, não fosse o costume cruel de se proibir seu uso a não ser em serviço. Portanto, o uniforme ficou em Portsmouth e Edmund conjecturou que o frescor do uniforme e o frescor dos sentimentos daquele que o vestia já estariam desgastados antes que Fanny tivesse a chance de vê-lo. O uniforme já estaria marcado pelo emblema da desgraça, porque não há nada menos vistoso e mais inútil do que o uniforme de um tenente que já é tenente há um ou dois anos e constata que outros estão sendo nomeados comandantes antes dele. Assim raciocinava Edmund quando o pai lhe confidenciou um plano que daria a Fanny a chance de ver o segundo-tenente do *H.M.S. Thrush* em toda a sua glória.

O plano era que Fanny acompanhasse o irmão de volta a Portsmouth e passasse algum tempo com a família. Isso ocorrera a sir Thomas numa das suas solenes reflexões e lhe parecera uma decisão correta e desejável; mas antes de se deixar convencer por inteiro foi consultar o filho. Edmund avaliou o plano, não viu nada de errado e concordou com o pai. A ideia em si era boa e não poderia ser concretizada em melhor momento; e ele não tinha dúvida de que seria extremamente agradável para Fanny. Foi o suficiente para sir Thomas se decidir, e um convicto "então assim será" encerrou esta etapa da questão. Sir Thomas saiu dali com um sentimento de satisfação e com boas perspectivas que iam além do que comunicara ao filho, porque a sua principal motivação em mandar Fanny para longe tinha muito pouco a ver com a conveniência de que ela reencontrasse os pais, e nada com a ideia de fazê-la feliz. Ele certamente gostaria que ela fosse por vontade própria, mas sem dúvida também desejava que ela sentisse muita falta de Mansfield antes que a visita aos pais terminasse; e que uma curta abstinência das elegâncias e dos luxos de Mansfield Park lhe incentivasse a sensatez e a inclinasse a fazer uma estimativa mais justa do valor daquele outro lar, mais permanente e de igual conforto, que lhe fora oferecido.

Tratava-se de um projeto medicinal para a mente da sobrinha, que no momento ele julgava enferma. Morar oito ou nove anos em meio à riqueza e à abundância teria desnorteado a capacidade de Fanny de comparar e julgar. A casa paterna tinha grandes probabilidades de lhe ensinar o valor de uma boa renda; e sir Thomas confiava que essa estratégia que concebera a transformaria em uma mulher mais criteriosa e mais feliz pelo resto da vida.

Se Fanny fosse dada a arroubos, teria sofrido um forte ataque quando entendeu as pretensões que tinham para ela, assim que o tio lhe propôs ir visitar os pais, irmãos e irmãs de quem estivera afastada durante quase metade da vida; retornar por alguns meses aos cenários da infância, tendo William como protetor e companheiro de viagem e a certeza de que ele permaneceria ao seu lado até a última hora da sua estadia em terra firme. Se ela fosse dada a explosões de alegria, elas teriam ocorrido naquele momento, pois ficou contente, mas a sua felicidade era de natureza tranquila, profunda e ardente; e, embora nunca falasse muito, tendia ainda mais ao silêncio quando o sentimento era forte. No primeiro momento, ela se limitou a agradecer e aceitar. Depois, já familiarizada com as visões deleitosas que de repente surgiam tão abertamente, conseguiu falar melhor com William e Edmund sobre o que sentia; mesmo assim, certos sentimentos de ternura não podiam ser expressos em palavras. A lembrança dos primeiros prazeres e do tanto que sofrera ao ser arrancada deles voltou com força renovada, e parecia que a nova estadia em casa curaria todas as dores oriundas da separação. Estar no centro daquele círculo, amada por tantos, e ainda mais amada por todos do que antes, sentir afeto sem medo ou restrição, sentir-se em pé de igualdade com os que a cercavam, estar livre de qualquer menção aos Crawford e a salvo de olhares de censura por causa deles! Essa perspectiva deveria ser acalentada com um carinho que só podia ser admitido com parcimônia.

Edmund também... Ficar dois meses longe *dele* (e quem sabe obtivesse permissão para se ausentar por três meses) faria bem para Fanny. À distância, a salvo dos olhares e da bondade dele, livre da eterna irritação de conhecer o que se passava no coração de Edmund e batalhando para evitar as suas confidências, ela seria capaz de raciocinar e dominar suas emoções; seria capaz de pensar sem angústia na visita dele a Londres e em tudo o que seria acertado ali. O que teria sido difícil de suportar em Mansfield se tornaria um mal menor em Portsmouth.

O único obstáculo era não saber se lady Bertram se sentiria confortável na sua ausência. Ela era inútil para todos os demais; mas nesse ponto a sua falta poderia ser sentida em um grau que ela nem queria imaginar; e de fato essa parte do arranjo era a mais difícil para sir Thomas resolver, algo que apenas *ele* seria capaz de resolver.

Mas ele era o senhor de Mansfield Park. Quando de fato se decidia a tomar qualquer medida, sempre a concretizava; e agora, graças a longas conversas sobre o assunto, explicando e repisando que Fanny tinha o dever de ir visitar a família de vez em quando, persuadiu a esposa a deixá-la viajar; contudo, conseguiu isso mais por submissão do que por convicção da parte dela, porque lady Bertram não se convenceu muito, mas como sir Thomas achava que Fanny deveria ir, ela iria. Na tranquilidade do seu quarto de vestir, e no fluxo imparcial das suas meditações, sem a influência das declarações desconcertantes do marido, lady Bertram não conseguiu constatar a menor necessidade de Fanny, que lhe era tão útil, ir visitar os pais que tinham vivido sem ela durante tanto tempo. E, quanto a não sentir a falta de Fanny, algo que a sra. Norris tentava atestar, lady Bertram recusou-se firmemente a admitir.

Sir Thomas apelara para a racionalidade, a consciência e a dignidade da esposa. Alegara que esse sacrifício lhe exigiria bondade e autocontrole. Mas a sra. Norris quis persuadi-la de que Fanny poderia muito bem ser substituída (*ela* se prontificava a dedicar todo o seu tempo à irmã, sempre que requisitada) e, portanto, não faria falta.

— Talvez, minha irmã. — Foi a resposta de lady Bertram. — Ouso dizer que você esteja certa, mas tenho certeza de que sentirei muito a falta de Fanny.

O passo seguinte foi uma mensagem para Portsmouth. Fanny escreveu se oferecendo para visitá-los, e a resposta da mãe, embora curta, foi tão carinhosa — umas poucas linhas simples expressaram toda a alegria, tão natural e maternal, ante a perspectiva de rever a filha — que confirmou todas as previsões de felicidade de Fanny em estar com ela, convencendo-a de que agora encontraria uma amiga fervorosa e afetuosa na "mamãe" que antes por certo não demonstrara especial afeição por ela. Mas isso Fanny podia facilmente supor ter sido por culpa sua ou então mera impressão da sua parte. Provavelmente ela alienara o amor em função do desamparo e da irritabilidade de um temperamento medroso, ou fora injusta em querer para si uma parcela maior do que todos os demais mereciam. Agora, sabendo melhor como ser útil e paciente, e com a mãe livre das incessantes demandas de uma casa cheia de crianças pequenas, haveria lazer e conforto, e logo seriam o que mãe e filha devem ser uma para a outra.

William ficou quase tão feliz com o plano quanto a irmã. Seria o maior prazer ter a companhia de Fanny até o último momento antes de embarcar, e talvez a encontrasse o esperando ali quando voltasse do seu primeiro cruzeiro. Além disso, queria muito que ela visse o *Thrush* antes de zarpar (o *Thrush* era definitivamente a melhor chalupa em atividade) e também haviam sido feitos vários melhoramentos no estaleiro que ele ansiava por lhe mostrar.

E não hesitou em acrescentar que a temporada de Fanny na casa paterna seria muito vantajosa para todos.

— Não sei como — disse ele —, mas parece que nos falta um pouco das suas maneiras bem-educadas e da sua organização na casa do meu pai. Lá está sempre uma confusão. Tenho certeza de que você colocará as coisas em ordem. Dirá à minha mãe como tudo deveria ser, será muito útil para Susan, ensinará Betsey, e fará com que os meninos amem e respeitem você. Tudo ficará confortável e em ordem!

Quando a resposta da sra. Price chegou, restavam poucos dias até partirem de Mansfield; durante parte de um desses dias, os jovens viajantes ficaram bastante alarmados quanto à viagem, pois, quando o meio de transporte foi mencionado, a sra. Norris descobriu que toda a sua ansiedade em poupar o dinheiro do cunhado fora inútil e que, contra seu desejo e apesar de suas alusões a um meio de transporte menos caro para Fanny, os dois viajariam em uma carruagem particular. Quando ela viu sir Thomas efetivamente dando cédulas a William para isso, ocorreu-lhe que haveria espaço para uma terceira pessoa na carruagem e de repente mostrou uma forte disposição a acompanhá-los para ir visitar a sra. Price, sua pobre e querida irmã. Anunciou o que tinha em mente. Achou-se no dever de afirmar que tinha vontade de viajar com os sobrinhos; que isso lhe daria um imenso prazer; que não via sua pobre e querida irmã havia mais de vinte anos; que seria bom os jovens disporem de alguém mais experiente para orientá-los; que não conseguia deixar de pensar que sua pobre e querida irmã acharia muito indelicado da sua parte não aproveitar aquela oportunidade.

William e Fanny ficaram horrorizados com a ideia.

Todo o conforto da tranquila viagem seria destruído por completo. Os dois se entreolharam, visivelmente aflitos. O suspense durou uma ou duas horas. Ninguém se manifestou para encorajá-la ou dissuadi-la. Deixaram a sra. Norris decidir-se sozinha; e, para infinita alegria dos sobrinhos, ela acabou se lembrando de que não poderia de maneira alguma se afastar de Mansfield Park no momento; sua presença era extremamente necessária para sir Thomas e lady Bertram e não conseguiria deixá-los, ainda que por uma semana, portanto deveria sacrificar qualquer outro prazer em prol de lhes ser útil.

Na verdade, ocorrera-lhe que, embora a viagem de ida a Portsmouth não fosse lhe custar nada, inevitavelmente teria que pagar pelo seu transporte na volta. Assim sendo, a sra. Price, sua pobre e querida irmã, precisaria suportar a grande decepção da perda daquela oportunidade, que talvez desse início a outra ausência de vinte anos.

Os planos de Edmund foram afetados por essa viagem a Portsmouth, pela ausência de Fanny. Assim como a tia, ele também tinha um sacrifício a fazer por Mansfield Park. Ele planejara ir a Londres naquele período, mas não poderia deixar os pais quando todas as outras pessoas de grande importância para o bem-estar deles estavam ausentes; e, com um esforço sentido porém não alardeado, adiou por uma ou duas semanas a viagem que tanto ansiava e durante a qual ele esperava garantir para sempre a sua felicidade.

Ele contou tudo para Fanny. Ela já sabia de tanto que deveria saber de tudo. Foi mais um discurso confidencial a respeito da srta. Crawford, e Fanny ficou mais abalada ao sentir que pela última vez o nome da srta. Crawford seria mencionado entre eles com quaisquer resquícios de liberdade. Ele ainda aludiu a ela mais uma vez. Certa noite, lady Bertram estivera insistindo com a sobrinha para que lhe escrevesse sem demora e frequentemente, e prometera ser ela própria uma boa correspondente; e Edmund, num momento conveniente, acrescentou num sussurro:

— E *eu* lhe escreverei, Fanny, quando houver algo que valha a pena, algo que eu ache que você gostará de saber, e que tão cedo não saberá por outra pessoa.

Se ela ainda duvidasse do significado daquelas palavras enquanto as ouvia, o brilho que viu no rosto dele quando ergueu os olhos teria sido decisivo.

Ela precisaria se armar para essa carta. Uma carta de Edmund ser motivo de terror! Ela começou a sentir que ainda não passara por todas as mudanças de opinião e sentimento que o avanço do tempo e a variação das circunstâncias ocasionam neste mundo inconstante, e que ainda não esgotara as vicissitudes da mente humana.

Pobre Fanny! Embora estivesse viajando de boa vontade e com entusiasmo, a última noite em Mansfield Park ainda foi angustiante. O seu coração estava tomado de tristeza com a partida. Derramou lágrimas pensando em todos os aposentos da casa, e mais ainda pensando em todos os seus amados habitantes. Agarrou-se à tia, de quem sentiria muita falta. Beijou a mão do tio lutando contra os soluços, porque o desapontara; e quanto a Edmund, não conseguiu falar, nem ver, nem pensar quando chegou o último momento com *ele*; e só quando tudo terminou ela entendeu que ele se despedira com o afetuoso adeus de um irmão.

Tudo isso se passou à noite, pois a viagem começaria de manhã bem cedo; e quando o pequeno e reduzido grupo se encontrou no café da manhã, falaram de William e Fanny imaginando que já tivessem avançado o primeiro trecho do percurso.

CAPÍTULO 38

Quando Mansfield Park ficou para trás, a novidade da viagem e a felicidade de estar com William logo produziram seu efeito natural no ânimo de Fanny; e, terminado o primeiro trecho, eles tiveram que deixar a carruagem de sir Thomas e ela pôde se despedir do velho cocheiro e enviar por intermédio dele as mensagens adequadas com disposição.

A conversa agradável entre irmão e irmã não tinha fim. Tudo era motivo de diversão e alegria na mente de William, que intercalava brincadeiras e piadas com assuntos mais sérios, todos terminando, quando não começavam, em elogios ao *Thrush*, em conjecturas quanto ao emprego da embarcação, em esquemas para uma ação com alguma força superior, algo que (supondo-se que o primeiro-tenente saísse do caminho; William quase sempre se mostrava impiedoso para com ele) proporcionaria ao rapaz o próximo passo assim que possível, ou especulações sobre um prêmio em dinheiro que seria generosamente distribuído em casa, com apenas uma parte reservada, o suficiente para dar mais conforto ao pequeno chalé onde ele e Fanny passariam a meia-idade e a velhice.

As preocupações imediatas de Fanny em relação ao sr. Crawford não fizeram parte da conversa. William sabia o que acontecera e lamentava sinceramente que os sentimentos da irmã fossem tão frios para com um homem que ele considerava possuidor do melhor dos caráteres humanos; mas na sua idade ele era propenso demais ao amor, e portanto não podia culpá-la; e sabendo da vontade da irmã, não a aborreceria com a mais leve alusão ao assunto.

Fanny tinha motivos para supor que ainda não fora esquecida pelo sr. Crawford. Nas três semanas transcorridas desde que os Crawford tinham partido de Mansfield, ela recebera repetidas cartas da irmã dele, todas incluindo algumas linhas escritas por ele, calorosas e determinadas como os seus discursos. Essa correspondência se provou tão desagradável quanto Fanny temera. O estilo de escrita da srta. Crawford, vivaz e afetuoso, era um mal em si, independentemente das linhas escritas pelo irmão que ela era forçada a ler, pois Edmund não descansava enquanto ela não lesse a maior parte das cartas para ele; e depois ela ainda tinha de ouvir sobre a admiração dele pela linguagem e pelo calor dos sentimentos da autora. De fato, cada carta continha tantas mensagens, alusões e lembranças sobre Mansfield que Fanny não podia deixar de supor que se dirigiam a Edmund; e via-se a contragosto tendo que participar dessa dinâmica, compelida a manter uma correspondência que lhe trazia discursos de um homem que não amava e lhe forçava a administrar a paixão adversa do homem que ela amava. Tudo isso era cruel e mortificante. Também nesse aspecto a atual mudança de ares prometia ser benéfica. Quando não estivesse mais sob o mesmo teto que Edmund, ela acreditava que a srta. Crawford não teria motivos fortes o suficiente para se dar ao trabalho de lhe escrever e que portanto em Portsmouth a correspondência entre elas diminuiria até se extinguir.

Com pensamentos semelhantes, entre centenas de outros, Fanny prosseguiu a viagem com segurança e animação, e a tanta velocidade quanto seria de se esperar em meados do lamacento mês de fevereiro. Entraram em Oxford, mas ela teve apenas um rápido vislumbre da faculdade de Edmund quando passaram por perto; e não pararam em parte alguma até chegarem a Newbury, onde uma refeição agradável, unindo jantar e ceia, encerrou as alegrias e fadigas do dia.

Na manhã seguinte, bem cedo tornaram a partir; e sem incidentes nem atrasos, avançaram regularmente e chegaram aos arredores de Portsmouth ainda com luz solar suficiente para Fanny olhar em volta e se admirar com as novas construções. Atravessaram a ponte levadiça e entraram na cidade; a luz apenas começava a diminuir quando, guiada pela poderosa voz de William, a carruagem entrou ruidosamente em uma rua estreita que saía da High Street e parou diante da porta de uma pequena casa agora habitada pelo sr. Price.

Fanny era toda agitação e nervosismo, esperança e apreensão. No momento em que pararam, uma criada de aparência desleixada, que parecia esperá-los à porta, avançou e, mais decidida a contar as novidades do que a ajudá-los, começou imediatamente a dizer:

— O *Thrush* saiu do porto, senhor, e um dos oficiais esteve aqui para...

Foi interrompida por um menino alto e bonito de uns onze anos, que correu para fora da casa, empurrou a criada para o lado e disse em voz alta enquanto William abria a porta da carruagem:

— Você chegou bem na hora! Faz meia hora que o procuramos. O *Thrush* saiu do porto hoje de manhã. Eu vi. Foi um espetáculo! Eles acham que terão ordens para partir em um ou dois dias. E o sr. Campbell esteve aqui às quatro horas perguntando por você; ele está com um dos botes do *Thrush* e vai rumar para lá às seis, e esperava que você estivesse aqui a tempo de ir com ele.

Um ou dois olhares lançados para Fanny enquanto William a ajudava a descer da carruagem foram os únicos sinais de atenção que o irmão lhe concedeu; mas William não fez objeção a que ela o beijasse, embora ainda estivesse totalmente absorto em descobrir mais detalhes sobre a saída do *Thrush* do porto, nos quais tinha forte interesse porque começaria a carreira de marinheiro naquele navio, exatamente naquela ocasião.

Dali a um momento Fanny se viu no estreito vestíbulo da casa e nos braços da mãe, que a recebeu com olhares de verdadeira bondade e com feições que Fanny amou ainda mais porque lhe lembravam as da sua tia Bertram; e lá também estavam as duas irmãs: Susan, uma menina alta e bonita de 14 anos, e Betsey, a caçula da família, com cerca de cinco anos, ambas felizes em vê-la, cada qual do seu jeito, embora sem as maneiras adequadas para recebê-la. Mas Fanny não esperava isso. Se elas a amassem, já se daria por satisfeita.

Então foi levada até uma sala tão pequena que a princípio pensou se tratar apenas de um aposento de passagem para algo melhor, e por um momento esperou ser convidada a entrar; mas quando viu que não havia outra porta e que havia sinais de que o espaço era habitado, refreou os pensamentos, censurou-se e sofreu, receosa de que tivessem suspeitado de alguma coisa. No entanto, a mãe não ficou ali o tempo suficiente para ter qualquer suspeita. Foi novamente até a porta da rua para dar as boas-vindas a William.

— Ah, meu querido William, como estou contente em vê-lo! Mas você soube do *Thrush*? Já zarpou, três dias antes do que prevíamos. E não sei o que fazer com as coisas de Sam; não ficarão prontas a tempo; talvez a ordem de largada seja amanhã. Isso me apanhou desprevenida. E agora você precisa ir para Spithead também. Campbell esteve aqui, muito preocupado com você; e agora, o que faremos? Pensei que passaríamos uma noite muito agradável com você, e agora tudo isso me acontece de uma só vez!

O filho respondeu alegremente dizendo-lhe que tudo acontecia sempre como deveria acontecer; e minimizou o inconveniente de ser obrigado a partir tão depressa.

— Com toda certeza, eu preferia muito que o *Thrush* permanecesse um pouco mais no porto para poder passar algumas horas agradáveis com vocês; mas como há um bote zarpando, é melhor eu ir logo, não me resta alternativa. Onde o *Thrush* estará ancorado em Spithead? Perto do *Canopus*? Mas não importa, Fanny está lá na sala, portanto por que estamos aqui no corredor? Vamos, mamãe, a senhora ainda nem olhou direito para a sua querida Fanny.

Ambos entraram, e a sra. Price, depois de beijar de novo a filha carinhosamente, fez alguns comentários sobre como ela estava crescida e mostrou-se solícita e preocupada com o cansaço e as necessidades dos viajantes.

— Meus queridos! Como devem estar cansados! E agora, o que querem comer? Pensei que jamais chegariam! Há meia hora Betsey e eu estamos aguardando a sua chegada. Quando fizeram a última refeição? E o que gostariam de comer agora? Eu não sabia se vocês iam preferir carne ou chá depois da viagem, senão teria preparado alguma coisa. E agora receio que Campbell apareça antes de haver tempo para preparar um bife, e não temos açougue aqui por perto. É muito inconveniente não haver açougue nesta rua. Estávamos melhor situados na nossa casa anterior. Talvez vocês prefiram chá, assim que estiver pronto.

Ambos declararam que preferiam chá a qualquer outra coisa.

— Então, minha querida Betsey, corra até a cozinha e veja se Rebecca colocou a água para esquentar. E diga-lhe para trazer os utensílios do chá assim que puder. Eu gostaria de ter mandado consertar a sineta, mas Betsey é uma pequena mensageira muito útil.

Betsey partiu satisfeita, orgulhosa em exibir as habilidades para sua bela e nova irmã.

— Meu Deus! — continuou a mãe, ansiosa. — Que fogo fraco temos aqui! Ouso dizer que ambos estão morrendo de frio! Puxe a sua cadeira para mais perto, minha querida. Não imagino o que Rebecca andou fazendo. Tenho certeza de que eu lhe disse para trazer carvão há meia hora. Susan, *você* deveria ter se encarregado do fogo.

— Eu estava lá em cima movendo as minhas coisas de lugar, mamãe — disse Susan destemida, num tom defensivo que surpreendeu Fanny. — A senhora tinha acabado de dizer que a minha irmã Fanny e eu deveríamos ficar no outro quarto, e não consegui que Rebecca me ajudasse.

O prolongamento da discussão foi evitado por diversos atropelos: primeiro, o cocheiro veio receber o pagamento; depois, houve uma briga entre Sam e Rebecca sobre a maneira de carregar o baú da irmã para o andar superior, que ele gostaria de fazer ao seu jeito; e, finalmente, o sr. Price entrou, precedido pela sua voz alta; dizendo impropérios, chutou a mala de viagem do filho e a chapeleira da filha que estavam no corredor e gritou por uma vela; no entanto, ninguém lhe levou vela alguma e ele adentrou a sala.

Fanny se levantou hesitante para receber o pai, mas tornou a se sentar ao perceber que ele não a enxergava na penumbra e não estava lembrado da vinda dela. O pai apertou amigavelmente a mão do filho e com voz ansiosa começou a falar:

— Ah, bem-vindo de volta, meu rapaz! Estou contente em vê-lo. Já soube da novidade? O *Thrush* deixou o porto hoje de manhã. Sinal de alerta, como se diz. Por Deus! Você chegou bem na hora! O doutor esteve aqui perguntando por você; ele conseguiu um dos botes e vai partir para Spithead por volta das seis, portanto é melhor você ir com ele. Eu passei no Turner para ver o seu material. Está tudo quase pronto. Eu não me admiraria se vocês recebessem ordens para zarpar amanhã; mas não podem sair com este vento, se forem cruzar rumo a oeste; o capitão Walsh acha que vocês com certeza cruzarão para oeste com o *Elephant*. Por Deus! Eu bem que gostaria! Mas o velho Scholey estava me dizendo ainda agora mesmo que achava que primeiro vocês seriam enviados para Texel. Bem, bem, estamos todos prontos para o que der e vier. Mas, por Deus, você perdeu um belo espetáculo por não ter estado aqui hoje de manhã para ver o *Thrush* sair do porto. Eu não trocaria isso por mil libras. O velho Scholey apareceu correndo na hora do café da manhã para me dizer que o *Thrush* soltara as amarras. Dei um pulo e cheguei lá num piscar de olhos. Que incrível beleza flutuante é o *Thrush*! Lá está ele em Spithead, e qualquer um na Inglaterra o tomaria por um 28 canhões. Hoje à tarde fiquei duas horas na plataforma, admirando. Ele está perto do *Endymion*, entre este e o *Cleópatra*, a leste do casco de manutenção.

— Ah, é exatamente onde eu o colocaria! — exclamou William. — É o melhor ancoradouro de Spithead. Mas aqui está a minha irmã, senhor. Aqui está Fanny. — Virou-se, trazendo-a mais para perto. — Está tão escuro que o senhor não a viu.

Ao perceber que se esquecera da filha, o sr. Price recebeu-a; e depois de lhe dar um abraço cordial e observar que ela se transformara numa mulher, supôs que ela precisaria de um marido em breve e pareceu muito inclinado a esquecê-la novamente. Fanny encolheu-se na cadeira, triste, sofrendo com o linguajar e o cheiro de bebida do pai; e ele continuou conversando apenas com o filho, e apenas sobre o *Thrush*, embora William, apesar de extremamente interessado no assunto, tenha tentado mais de uma vez fazer o pai dar atenção à Fanny, à sua longa ausência e à sua longa viagem.

Continuaram ali por mais algum tempo e então surgiu uma vela; mas ainda não havia sinal do chá e, segundo os relatos que Betsey trazia da cozinha, não havia muita esperança de que aparecesse tão cedo; William resolveu ir trocar de roupa e fazer os preparativos necessários para embarcar o mais depressa possível e tomaria o chá com tranquilidade logo em seguida.

Quando saiu da sala, dois meninos de faces coradas, esfarrapados e sujos, de cerca de oito e nove anos, entraram correndo, recém-chegados da escola e ansiosos para ver a irmã e contar que o *Thrush* saíra do porto. Eram Tom e Charles. Charles nascera depois de Fanny ter se mudado, mas ela ajudara a cuidar de Tom quando ele ainda era bebê e agora sentia um especial prazer em revê-lo. Beijou ambos com muita ternura, mas quis manter Tom mais perto, tentando encontrar traços do bebê que ela amara e lhe contar que, mais novo, ele tivera uma preferência por ela. No entanto, Tom não se dispôs àquele tratamento; viera para casa não para ficar parado nem ouvir histórias, mas sim para correr e fazer barulho; e os dois meninos logo fugiram, batendo a porta da sala até as têmporas de Fanny doeram.

Agora ela vira todos os que estavam em casa; faltavam apenas dois irmãos entre ela e Susan: um era funcionário de uma repartição pública em Londres e o outro guarda-marinha a bordo de um navio mercante. Mas embora ela tivesse *visto* todos os membros da família, ainda não *ouvira* todo o barulho que eram capazes de fazer. No quarto de hora seguinte houve muito mais ruído. William começou a gritar no patamar do segundo piso, chamando a mãe e Rebecca. Estava irritado porque não conseguia encontrar algo que deixara lá. Uma chave desaparecera, Betsey foi acusada de ter dado sumiço ao chapéu novo dele, e uma ligeira porém essencial alteração no colete do uniforme, que lhe prometeram fazer, fora totalmente negligenciada.

A sra. Price, Rebecca e Betsey subiram para se defender, todas falando ao mesmo tempo, Rebecca mais alto que todas, e a tarefa precisava ser feita da melhor maneira possível e com grande pressa; William tentava em vão mandar Betsey descer ou pelo menos evitar que ela atrapalhasse. Tudo isso, com quase todas as portas da casa abertas, podia ser nitidamente ouvido na sala, exceto quando as vozes eram suplantadas, a intervalos, pelo alvoroço maior causado por Sam, Tom e Charles caçando uns aos outros escada acima e abaixo, tropeçando e gritando.

Fanny estava atônita. A exiguidade da casa e a finura das paredes traziam tudo para tão perto dela que, somado ao cansaço da viagem e ao seu estado de agitação recente, ela não sabia como iria suportar aquelas circunstâncias. *Dentro* da sala estava tudo razoavelmente tranquilo, pois Susan desaparecera com os outros e só permaneceram ela e o pai; e ele, sacando um jornal, habitualmente emprestado por um vizinho, dedicou-se a examiná-lo sem parecer se lembrar da existência da filha. A vela solitária fora colocada entre ele e o jornal, sem qualquer preocupação com a conveniência de Fanny; mas ela não tinha o que fazer e ficou contente que a luz estivesse longe da sua cabeça dolorida; e então continuou ali, confusa, abatida e em triste contemplação.

Estava em casa. Porém, infelizmente, aquilo não era um lar; ela não recebera as boas-vindas da mesma maneira que... e censurou-se por não estar sendo razoável. Que direito tinha de ser importante para a sua família? Nenhum. Há tanto tempo longe de todos! As preocupações com William deveriam ser as mais estimadas, sempre fora assim, e ele tinha todo o direito. No entanto, terem dito ou perguntado tão pouco a seu respeito, mal terem feito perguntas sobre Mansfield! Doía-lhe ver Mansfield esquecido; os amigos que tanto haviam feito... os queridos, queridos amigos! Mas agora um assunto suplantava todos os demais. Talvez devesse ser assim. O destino do *Thrush* deveria ser o principal interesse. Dali a um ou dois dias seria diferente. A culpa era toda desse navio. No entanto, ela pensava que não teria sido assim em Mansfield. Não, na casa do tio teriam falado sobre o tempo e as estações, vários assuntos, o procedimento seria adequado e seria dada atenção para todas as pessoas, algo que não havia ali.

A única interrupção que pensamentos como esses receberam ao longo de quase meia hora foi uma repentina explosão do pai, que não ajudou a tranquilizá-los. Após uma série de pancadas e gritos mais barulhentos no corredor do que o normal, ele exclamou:

— Que o diabo leve esses fedelhos daqui! Estão aos berros! Ah, a voz de Sam é a mais alta de todas! Esse menino é talhado para ser contramestre. Ei, vocês aí! Sam, pare com essa gritaria maldita, ou você vai ver!

A ameaça foi tão solenemente ignorada que, embora cinco minutos depois os três meninos tenham entrado na sala aos trambolhões e se sentado, Fanny concluiu que aquilo só mostrava que eles estavam profunda e momentaneamente exaustos, o que as faces vermelhas e as respirações ofegantes pareciam comprovar, ainda mais porque continuavam chutando as canelas uns dos outros, gritando e se sacudindo bem diante do pai.

A próxima abertura da porta trouxe algo mais bem-vindo: os apetrechos do chá, algo que Fanny começava a perder as esperanças de ver naquela noite. Todo o necessário para a refeição foi trazido por Susan e uma jovem serviçal, cuja aparência inferior revelou a Fanny, para sua grande surpresa, que a criada que ela vira antes era a principal. Enquanto Susan punha a chaleira no fogo, olhava para a irmã, parecendo dividida entre o agradável triunfo de se mostrar ativa e útil e o medo de que a julgassem rebaixada por essa tarefa. Informou que estivera na cozinha para apressar Sally e ajudar a fazer as torradas, espalhar manteiga no pão, caso contrário não sabia a que horas o chá seria servido, e tinha certeza de que a irmã iria querer algo depois da viagem.

Fanny mostrou-se muito agradecida. Não podia deixar de admitir que ficaria muito feliz em tomar um pouco de chá e Susan começou imediatamente a prepará-lo, como que satisfeita com esse encargo; e se saiu muito bem, apesar de certo alvoroço um tanto desnecessário, e algumas tentativas impulsivas de manter os irmãos em ordem. O ânimo de Fanny se recuperou tanto quanto o corpo; a cabeça e o coração logo se sentiram melhor com aquela oportuna gentileza. Susan tinha um semblante franco e sensato; era como William, e Fanny torceu para que a irmã manifestasse a mesma boa vontade para com ela que o irmão.

William, agora um pouco mais calmo, tornou a entrar nesse ambiente, seguido de perto pela mãe e por Betsey. E, trajando o uniforme completo de tenente, que o fazia parecer mais alto, mais firme e mais elegante no aspecto e nos movimentos, exibiu o mais feliz dos sorrisos e caminhou diretamente até Fanny. Ela se levantou, olhou-o por um momento em muda admiração e então envolveu com os braços o pescoço do irmão e soluçou extravasando as diversas emoções de dor e prazer.

Preocupada em não aparentar infelicidade, ela logo se recompôs, enxugou as lágrimas e conseguiu ver e admirar todos os detalhes vistosos do uniforme; ouviu com renovado ânimo as alegres esperanças do irmão de permanecer em terra durante algumas horas nos dias antes da partida, e até mesmo de levá-la a Spithead para ver o *Thrush*.

O alvoroço seguinte trouxe o sr. Campbell, o cirurgião de bordo, um jovem muito bem-comportado que veio buscar o amigo e para quem deram um jeito de arranjar uma cadeira e uma xícara e um pires, que a jovem que preparava o chá lavou às pressas. Depois de outro quarto de hora de conversa animada entre os cavalheiros, de barulho cada vez maior, de alvoroço após alvoroço, de homens e meninos se movimentando ao mesmo tempo, afinal chegou o momento da partida. Estava tudo pronto; William se despediu e todos eles foram embora; porque, apesar das súplicas da mãe, os três meninos decidiram seguir o irmão e o sr. Campbell até o porto, e o sr. Price saiu ao mesmo tempo para devolver o jornal do vizinho.

Agora seria possível ter esperanças de algo semelhante à tranquilidade; e, de fato, quando Rebecca foi convocada para retirar os apetrechos do chá e a sra. Price procurou pela sala durante algum tempo uma manga de camisa que afinal Betsey pescou de uma gaveta na cozinha, o pequeno grupo feminino atingiu certa compostura, e a mãe, tendo lamentando novamente a impossibilidade de arrumar Sam a tempo, conseguiu pensar na filha mais velha e nos amigos que ela deixara.

Começaram algumas perguntas, sendo que as primeiras — "Como a minha irmã Bertram administra os criados? Ela também tem muita dificuldade em conseguir criados toleráveis?" — logo levaram a sua mente para longe de Northamptonshire, fixando-a nos próprios problemas domésticos; e o caráter detestável de todas as criadas de Portsmouth, dentre as quais ela acreditava que as suas duas eram as piores, absorveu-a por completo. Os Bertram foram totalmente esquecidos enquanto ela detalhava os defeitos de Rebecca, contra quem Susan também tinha muito a depor e a pequena Betsey mais ainda. A criada parecia tão pouco recomendável que Fanny não conseguiu deixar de pensar modestamente que a mãe pretendia despedi-la quando completasse um ano na casa.

— Um ano?! — exclamou a sra. Price. — Espero me ver livre dela antes que complete um ano, o que não acontecerá antes de novembro. Aqui em Portsmouth os criados chegaram a tal ponto, minha querida, que é praticamente um milagre alguém conseguir mantê-los por mais de seis meses. Não tenho esperança de que tudo se resolva; e se eu despedisse Rebecca, só arranjaria algo pior. E, no entanto, não me considero uma patroa muito difícil de agradar; e tenho certeza de que o trabalho aqui em casa é bem fácil, pois há sempre uma auxiliar e eu mesma costumo fazer a metade do serviço.

Fanny continuou calada, mas não se convenceu de que não houvesse remédio para alguns daqueles males. Ali sentada olhando para Betsey, não conseguia deixar de pensar em outra irmã, Mary, uma menina muito bonita que tinha quase a mesma idade quando Fanny fora para Northamptonshire e que morrera alguns anos depois. Lembrava-se da fisionomia notavelmente querida daquela irmã. Naqueles anos anteriores, Fanny a preferia a Susan; e quando a notícia da sua morte afinal chegou a Mansfield, Fanny ficou muito abalada durante algum tempo. Os traços de Betsey lhe traziam de volta a imagem da pequena Mary, mas por nada neste mundo angustiaria a mãe aludindo à falecida. Enquanto Fanny a observava com tudo isso em mente, Betsey, a uma pequena distância, tinha em mãos um objeto para o qual tentava atrair o olhar da irmã e, ao mesmo tempo, escondê-lo de Susan.

— O que você tem aí, minha querida? — indagou Fanny. — Venha cá me mostrar.

Era uma faca de prata. Susan deu um pulo, reclamando que era sua e tentando tomá-la da irmã; mas a menina correu para a proteção da mãe e Susan conseguiu apenas censurá-la com veemência, evidentemente esperando o apoio de Fanny. "Era muito errado ela não poder ter a sua *própria* faca. Ela era sua; a irmãzinha Mary a deixara para ela no leito de morte, e ela deveria ter tido permissão de guardá-la consigo há muito tempo. Mas a mamãe lhe tomara a faca, e sempre deixava Betsey pegar; e afinal Betsey talvez a estragasse e a considerasse como sua, embora mamãe tivesse *prometido* a Susan que Betsey jamais a teria nas mãos."

Fanny ficou muito chocada. Todos os sentimentos de dever, honra e ternura foram feridos pelas palavras da irmã e pela resposta da mãe.

— Ora, Susan! — exclamou a sra. Price em tom de reclamação. — Ora, como você consegue ser tão rabugenta! Está sempre brigando por causa dessa faca. Eu gostaria que você não fosse tão briguenta. Pobre Betsey! Como Susan é má com você! Mas você não deveria ter pegado a faca quando eu lhe mandei ir até a gaveta, minha querida. Eu lhe disse para não tocar nessa faca porque Susan fica muito chateada com isso. Vou escondê-la outra vez, Betsey. A pobre Mary jamais imaginou que isso seria um pomo de discórdia quando me deu para guardar, duas horas antes de morrer. Pobre alminha! Ela quase não conseguia falar, sua voz estava muito fraca, mas disse de um jeito tão bonito: "Deixe que a Susan fique com a minha faca, mamãe, quando eu estiver morta e enterrada." Pobre filhinha! Ela gostava muito dessa faca, Fanny, a ponto de conservá-la ao seu lado na cama durante toda a doença. Foi um presente da sua boa madrinha, a velha esposa do almirante Maxwell, seis semanas antes de morrer. Pobre e doce criatura! Bem, ela foi resguardada de um futuro ruim. Minha Betsey — acariciou a menina —, *você* não tem a sorte de ter uma madrinha tão boa. A sua tia Norris vive longe demais para pensar em alguém tão pequenina quanto você.

De fato, Fanny não tinha o que transmitir da sua tia Norris, exceto um recado dizendo que esperava que a afilhada fosse uma boa menina e estudasse muito. Em determinado momento, houvera um leve murmúrio na sala de visitas de Mansfield Park sobre o envio de um livro de orações; mas não se ouvira outro som a respeito disso. A sra. Norris fora até a sua casa com aquela intenção e apanhara na estante dois velhos livros de orações do marido; mas, depois de examiná-los, o ardor da generosidade desapareceu. Constatou que um tinha as letras pequenas demais para a visão de uma criança e o outro era muito incômodo para a menina carregar.

Fanny, cada vez mais cansada, aceitou agradecida o primeiro convite para ir se deitar; e antes que Betsey tivesse acabado de chorar pedindo permissão para ficar acordada só mais uma hora em homenagem à irmã, Fanny se retirou, deixando a confusão e o barulho no andar de baixo; os meninos pedindo torradas com queijo, o pai exigindo aos gritos rum e água, e Rebecca nunca estando onde deveria estar.

O quarto pequeno, apertado e mal mobiliado que deveria compartilhar com Susan não ajudou em nada a animar Fanny. De fato, ficou perplexa com o tamanho minúsculo dos aposentos de ambos os andares, com a estreiteza do corredor e da escada. *Naquela* casa visivelmente pequena demais para o conforto de qualquer pessoa, logo aprendeu a dar o devido respeito ao seu pequeno sótão em Mansfield Park.

CAPÍTULO 39

Se sir Thomas tivesse como observar todos os sentimentos da sobrinha quando escreveu a primeira carta para a tia, não teria se desesperado; pois, com uma boa noite de sono, uma manhã agradável, a esperança de rever William em breve e a situação relativamente tranquila da casa (porque Tom e Charles tinham ido para a escola, Sam cuidava de um projeto seu e o pai estava na costumeira ociosidade), ela pôde escrever alegremente sobre a casa paterna, mas tinha total consciência de que haviam muitos aborrecimentos que suprimira. Se ele pudesse ter observado metade do que ela sentiu antes do fim da primeira semana, consideraria que o sr. Crawford a conquistara e ficaria encantado com a sua própria sagacidade.

Antes do fim da semana, a decepção foi total. Em primeiro lugar, William partira. O *Thrush* recebera ordens de zarpar, os ventos mudaram e William fora embora quatro dias depois de terem chegado a Portsmouth; e durante esse tempo ela só o vira duas vezes de modo rápido e apressado quando ele desembarcara a serviço. Não houve nenhuma conversa, nenhuma caminhada pelas muralhas, nenhuma visita aos estaleiros, nenhuma apresentação ao *Thrush*, nada do que haviam planejado e antecipado. Nesse aspecto tudo falhara para Fanny, menos o afeto de William. O seu último pensamento ao deixar a casa foi dirigido a ela. Voltou até a porta para dizer:

— Tome conta de Fanny, mamãe. Ela é meiga e não está acostumada a grosserias como todos nós. Cuide de Fanny, eu a encarrego disso.

William partira; e Fanny não conseguia ocultar de si mesma que o lar onde ele a deixara era o exato oposto do que ela desejaria em praticamente todos os aspectos. Era a morada do barulho, da desordem e do mau comportamento. Ninguém ocupava o lugar certo, nada era feito como deveria ser. Ela não conseguia respeitar os pais como pretendera. Já não esperava muito das atitudes do pai, mas ele era ainda mais negligente com a família, tinha hábitos piores e modos mais rudes do que ela antecipara. Não lhe faltavam talentos, porém não tinha curiosidade nem conhecimento além da própria profissão; lia apenas o jornal e a lista naval; só falava do estaleiro, do porto, de Spithead e de Motherbank; praguejava e bebia, era sujo e rude. Ela não conseguiu se lembrar de nada parecido com ternura no tratamento que ele lhe dedicara no passado. Restara apenas uma impressão geral de rudeza e estardalhaço; e agora ele mal notava a presença da filha, exceto para torná-la objeto de alguma piada grosseira.

A decepção com a mãe foi maior ainda, pois *dela* Fanny esperara muito e recebera quase nada. Todas as expectativas lisonjeiras de ser importante para a mãe logo caíram por terra. A sra. Price não era indelicada, mas em vez de ganhar o afeto e a confiança da filha e se tornar cada vez mais querida, não lhe dedicou maior delicadeza do que no dia da chegada. O instinto natural logo se satisfez, e a estima da sra. Price não tinha outra fonte; o seu coração e o seu tempo já estavam completamente tomados; ela não tinha atenção nem carinho para dedicar a Fanny. Nunca se importou muito com as filhas. Adorava os filhos, em especial William, mas das meninas Betsey era a única por quem tinha grande afeição. Era excessivamente indulgente com a caçula. William era o seu orgulho; Betsey, a predileta; e John, Richard, Sam, Tom e Charles ocupavam o resto da sua solicitude materna, alternando preocupações e alegrias. Estes filhos compartilhavam o coração da sra. Price, e ela dividia o tempo principalmente entre a casa e as criadas. Passava os dias numa espécie de alvoroço lento, sempre ocupada e sem avançar, sempre atrasada e se lamentando por isso, sem alterar seu modo de agir; desejando economizar sem estratégia ou regularidade; insatisfeita com as criadas, sem habilidade para melhorá-las, e, fosse ajudando-as, repreendendo-as ou tolerando-as, era incapaz de se fazer respeitar.

De suas duas irmãs, a sra. Price se parecia mais com lady Bertram do que com a sra. Norris. Administrava por necessidade, sem o talento e a disposição da sra. Norris. Por natureza era calma e indolente como lady Bertram; e uma situação semelhante de riqueza e ociosidade teria sido muito mais adequada à sua capacidade do que os sacrifícios e abnegações exigidos pelo casamento imprudente. Ela teria sido uma mulher de alta posição social tão boa quanto lady Bertram; e a sra. Norris teria sido uma mãe de nove filhos com rendimentos reduzidos mais respeitável.

Fanny não podia evitar constatar tudo isso. Talvez tivesse escrúpulos de usar estas palavras, mas precisava reconhecer, e efetivamente reconhecia, que a mãe era parcial, injusta, indolente e relapsa, que não ensinava nem reprimia os filhos, cuja casa era um cenário de má administração e desconforto do começo ao fim; que ela não tinha talento, nem assunto, nem afeto pela filha; nenhuma curiosidade em conhecê-la melhor, não desejava a sua amizade, não procurava a sua companhia, o que poderia lhe diminuir a percepção de tais sentimentos.

Muito ansiosa por ser útil e preocupada em não parecer superior, ou de forma alguma desqualificada ou desmotivada por ter sido educada por estranhos, Fanny quis contribuir para o conforto doméstico e portanto começou de imediato a trabalhar para Sam; e trabalhou desde cedo até tarde com tanta perseverança e rapidez que fez o suficiente para que o menino afinal embarcasse com mais da metade do enxoval pronto. Ela teve grande prazer em ser útil, mas não conseguia conceber como eles teriam se arranjado sem ela.

Embora Sam fosse barulhento e arrogante, Fanny lamentou muito quando ele foi embora, porque era esperto e inteligente e ficava contente quando o encarregavam de alguma tarefa na cidade; e embora ele rejeitasse a maneira inoportuna e ineficaz de Susan apresentar as suas queixas, ainda que fossem muito razoáveis em si, Sam começava a se deixar influenciar pelos serviços e pelas meigas persuasões de Fanny; e ela considerou que com ele partira o melhor dos três meninos; Tom e Charles, muitos anos mais novos, estavam longe da idade do sentimento e da razão em que se poderia sugerir a conveniência de fazer amigos e tentar ser menos desagradáveis. A irmã mais velha logo desistiu de influenciá-los; eram totalmente indomáveis às abordagens que ela tivera ânimo ou tempo para tentar. Todas as tardes os dois retomavam as brincadeiras desenfreadas pela casa toda; e logo ela aprendeu a ansiar pela chegada do habitual meio feriado de sábado.

Fanny também estava prestes a desistir de conseguir amar ou ajudar Betsey, uma criança mimada, treinada para pensar que o alfabeto era o seu maior inimigo, deixada a seu bel-prazer na companhia das criadas cujos erros era incentivada a delatar; e quanto ao temperamento de Susan, Fanny tinha muitas dúvidas. As contínuas desavenças dessa irmã com a mãe, as suas impetuosas discussões com Tom e Charles e a sua petulância com Betsey eram muito aflitivas para Fanny, que, embora admitindo que não aconteciam sem provocações, temia que o temperamento que tanto as intensificava fosse propenso a animosidade e estivesse longe de lhe proporcionar sossego.

Era esse o lar que deveria afastar Mansfield dos pensamentos de Fanny e ensiná-la a pensar com moderação no seu primo Edmund. Mas em vez disso ela só pensava em Mansfield, nos seus queridos habitantes e na sua habitual felicidade. Tudo no seu domicílio atual contrastava com o anterior. A elegância, o decoro, a ordem, a harmonia e, talvez acima de tudo, a paz e a tranquilidade de Mansfield eram-lhe trazidas de volta à lembrança todas as horas do dia por conta da prevalência do exato oposto *aqui*.

Para um temperamento delicado e nervoso como o de Fanny, viver em meio àquele barulho incessante era um mal que nenhum acréscimo de elegância ou harmonia atenuaria de todo. Era essa a maior infelicidade. Em Mansfield não havia sons de briga, vozes se elevando, explosões repentinas, ameaças de violência; tudo transcorria com o ritmo regular de alegria ordeira; cada pessoa tinha a sua importância; os sentimentos de todos eram consultados. Se por acaso faltasse ternura, o bom senso e a boa educação a substituíam; e quanto aos pequenos aborrecimentos, em geral provocados pela tia Norris, eram breves, uma ninharia, uma gota d'água no oceano quando comparados com o tumulto incessante da atual morada, onde todos eram barulhentos, falavam alto (exceto, talvez, a mãe, cuja voz suave e monótona lembrava a de lady Bertram, apesar de desgastada pelo mau humor). Sempre que pediam alguma coisa, faziam-no aos berros, e as criadas berravam da cozinha suas desculpas. As portas batiam em constante vaivém, as escadas não tinham trégua, nada era feito sem algazarra, ninguém se sentava quieto e ninguém recebia atenção quando falava.

Antes de se passar uma semana, Fanny comparou as duas casas e se sentiu tentada a aplicar a célebre máxima do dr. Samuel Johnson em relação ao casamento e ao celibato e dizer que, embora Mansfield Park pudesse ter as suas dores, Portsmouth não tinha nenhum prazer.

CAPÍTULO 40

Fanny estava certa ao não antecipar receber notícias da srta. Crawford agora com a mesma frequência inicial; a carta seguinte de Mary chegou depois de um intervalo decididamente mais longo, porém ela não estava certa ao supor que esse intervalo maior lhe traria grande alívio. Neste ponto aconteceu outra estranha revolução na sua mente! Ela ficou realmente feliz em receber a carta, quando esta chegou. No seu atual exílio da boa sociedade, distante de tudo o que a interessava, achou muito bem-vinda uma carta de alguém pertencente ao mundo onde vivia o seu coração, escrita com afeto e certo grau de elegância. Mary apresentou a usual justificativa de compromissos crescentes como desculpa para não ter escrito antes.

> "Agora que comecei", continuou, "a minha carta não valerá a leitura, pois não trará uma declaração de amor no final nem três ou quatro linhas apaixonadas do seu devotado H.C., porque Henry está em Norfolk. Há dez dias os negócios o levaram a Everingham, ou talvez ele tenha inventado isso para viajar ao mesmo tempo que você. Mas ele está lá e, a propósito, a ausência dele talvez justifique qualquer falha na correspondência da irmã, porque quando estava aqui ele sempre me estimulava, dizendo: 'Então, Mary, quando você vai escrever para Fanny? Não está na hora de escrever para Fanny?' Depois de várias tentativas, afinal me encontrei com as suas primas, 'a querida Julia e a queridíssima sra. Rushworth'; elas vieram à minha casa ontem e ficamos felizes em nos rever. *Parecíamos* muito felizes em nos rever e, de fato, acho que estávamos um pouco. Tínhamos muito

sobre o conversar. Será que devo lhe contar qual foi a expressão da sra. Rushworth quando o seu nome foi mencionado? Eu não costumava achar que lhe faltasse autocontrole, mas durante a conversa de ontem ela não teve o suficiente. Em geral, Julia pareceu mais à vontade, pelo menos quando você foi mencionada. Não reagiu quando eu pronunciei 'Fanny' e falou de você como de uma irmã. Mas o dia de glória da sra. Rushworth ainda virá: recebemos convites para o primeiro baile que ela dará no dia 28; quando, na certa, estará no auge da beleza, pois estará inaugurando uma das melhores casas da rua Wimpole. Eu estive nessa casa há dois anos, quando ainda pertencia a lady Lascelle; de todas as casas que eu conheço em Londres, essa é a minha preferida. Nessa ocasião ela certamente constatará (para usar uma expressão vulgar) que valeu cada centavo. Henry não poderia lhe proporcionar aquela casa. Espero que ela reconheça isso e fique satisfeita na medida do possível, pois estará se transformando na rainha de um palácio (embora o rei fique melhor em segundo plano); e como não desejo provocá-la, não a *forçarei* a ouvir seu nome de novo. Aos poucos ela se acalmará. Pelo que ouvi dizer e suponho, o Barão Wildenheim continua dedicando atenções a Julia, mas não sei se ele recebe qualquer encorajamento sério da parte dela. Ela merece coisa melhor. Um membro pobre da nobreza não é um bom partido, e nesse caso eu não vejo proveito algum porque, além de abobado, o pobre barão não tem nada. Que diferença faz uma letra! Seria melhor se em vez de abobado ele fosse abonado. O seu primo Edmund é muito vagaroso, talvez esteja preso a deveres paroquiais. Quem sabe haja alguma velha em Thornton Lacey que precise ser convertida? Não quero imaginar que eu esteja sendo negligenciada por conta de alguém *jovem*. *Adieu*, minha querida e doce Fanny, esta carta é longa para os padrões de Londres; me mande uma resposta linda para alegrar os olhos de Henry quando ele voltar, e me faça um relato de todos os jovens e garbosos capitães que você vem desdenhando por causa de Henry."

A carta trazia muito conteúdo para reflexão, principalmente para uma desagradável; e apesar de todas as apreensões que causava, ligava Fanny aos ausentes, falava-lhe de pessoas e coisas a respeito das quais ela nunca sentira tanta curiosidade como agora; e ela ficaria feliz se recebesse uma carta assim todas as semanas. A correspondência com a tia Bertram era a única coisa pela qual tinha maior interesse.

Na sociedade de Portsmouth, Fanny não encontrou ninguém que compensasse as deficiências domésticas; no círculo de conhecidos dos pais não viu ninguém capaz de lhe proporcionar a menor satisfação nem de estimulá-la a superar a própria timidez e reserva. Os homens lhe pareciam todos rudes; as mulheres, todas ousadas; e todos mal-educados. Quando era apresentada a velhos ou novos conhecidos, a sua alegria com eles era mínima, como também o era a deles com ela. As jovens que se aproximavam dela a princípio com certo respeito, considerando a sua procedência da família de um baronete, logo se ofendiam com o que chamavam de seus "ares"; porque, como Fanny não tocava pianoforte nem usava luxuosos agasalhos de pele, elas, após detida observação, não admitiram que ela tivesse qualquer direito de ser considerada superior.

O primeiro consolo real que Fanny recebeu para os males domésticos, o primeiro que julgou inteiramente eficaz, propiciando-lhe alguma promessa de durabilidade, foi uma melhor compreensão de Susan e a esperança de lhe ser útil. Susan sempre tivera um comportamento agradável para com Fanny, mas as suas atitudes em geral resolutas surpreendiam e alarmavam a irmã, que precisou de no mínimo quinze dias para começar a entender aquele temperamento tão diferente do seu. Susan via muita coisa errada em casa e queria corrigi-las. Não era de admirar que uma menina de 14 anos, agindo sem ajuda e pautada apenas na própria intuição, acabasse errando na escolha dos métodos de reforma; em pouco tempo Fanny mostrou-se mais disposta a admirar o brilho natural daquela mente que conseguia tão cedo distinguir o que era correto do que a censurar severamente as falhas de conduta daí decorrentes. Susan defendia as mesmas verdades e empregava o mesmo sistema que o seu, mas que o temperamento de Fanny, mais indolente e flexível, temeria defender. Susan tentava ser útil enquanto *ela* teria se retirado para chorar; Fanny conseguia perceber que Susan era útil; que as coisas, por ruins que fossem, seriam piores se não houvesse essa intervenção que refreava os excessos muito ofensivos de indulgência e vulgaridade por parte da mãe e de Betsey.

Em todas as discussões com a mãe, Susan tinha sempre a vantagem da razão e nenhuma ternura maternal era capaz de suborná-la. Jamais conhecera a afeição desmedida que causava tanto mal à sua volta. Não havia nenhuma gratidão por afetos passados ou presentes que a fizessem tolerar melhor os excessos de afeto em relação aos outros.

Aos poucos tudo isso foi ficando evidente e Susan foi se tornando aos olhos da irmã digna de um misto de compaixão e respeito. No entanto, Fanny não cessava de constatar que as maneiras de Susan eram erradas, às vezes muito erradas, que as suas atitudes eram frequentemente impulsivas e inoportunas, e que a sua aparência e a sua linguagem muitas vezes eram indefensáveis; mas ela começou a ter esperança de que pudessem ser corrigidas. Viu que Susan a admirava e buscava a sua aprovação; e por mais que o exercício da autoridade fosse algo novo para Fanny, por mais que fosse novidade para ela se imaginar capaz de ensinar ou orientar alguém, decidiu dar sugestões ocasionais a Susan e se esforçar por exercitar, para benefício de irmã, noções mais justas do que era devido a cada um e do que seria mais sábio para ela, noções estas que Fanny fixara a partir de uma educação melhor.

A influência de Fanny, ou pelo menos a consciência e o emprego dessa influência, teve origem em um ato de bondade para Susan que ela se dispôs a praticar depois de muita hesitação. Muito antes já lhe ocorrera que uma pequena quantia de dinheiro talvez restaurasse para sempre a paz sobre o doloroso assunto da faca de prata que constantemente vinha à tona; e o dinheiro que ela possuía, pois na partida o tio lhe dera dez libras, tornavam-na capaz de ser generosa como desejava. Mas levou algum tempo para decidir que não seria impróprio dar esse presente, pois era muito desacostumada a conceder favores, exceto aos muito pobres, muito inexperiente em eliminar infortúnios ou distribuir gentilezas entre seus iguais, muito temerosa de aparentar querer se mostrar uma grande dama em casa. Finalmente se decidiu: comprou uma faca de prata para Betsey, que a aceitou com grande prazer, e o fato de ser nova lhe conferia todas as vantagens sobre a anterior; Susan passou a ter a posse total da sua faca e Betsey declarou com grande prazer que agora que possuía uma faca muito mais bonita, jamais quereria de novo a *outra*; e não houve censura por parte da mãe, igualmente satisfeita, algo que Fanny receara quase impossível. O gesto teve ótimo resultado: eliminou por completo uma fonte de brigas domésticas e serviu para Susan abrir o seu coração para a irmã, proporcionando a esta algo mais para amar e se interessar. Susan mostrou-se dotada de delicadeza; contente em ser a dona de algo pelo qual lutava há pelo menos dois anos, ainda assim temia que a irmã a desaprovasse e a censurasse por ter resistido tanto tempo, a ponto de tornar aquela compra necessária para a tranquilidade doméstica.

O temperamento de Susan se abrira. Ela reconheceu os seus temores e culpou-se por ter brigado com tanto ardor; e dali em diante, Fanny, compreendendo o valor do caráter da irmã e percebendo que estava inclinada a conquistar a sua aprovação e a se espelhar no seu julgamento, começou a sentir novamente a bênção de um afeto e a nutrir a esperança de ser útil para aquela irmã tão necessitada e merecedora de ajuda. Fanny deu conselhos, conselhos bons demais para serem recusados por alguém inteligente, apresentando-os com ternura e ponderação para não irritar aquele temperamento indócil, e com certa frequência teve a felicidade de observar os bons resultados. Não era de se esperar mais de alguém que, ao mesmo tempo em que via a obrigação e a necessidade da submissão e da tolerância, via também, com intenso sentimento de solidariedade, tudo o que poderia irritar constantemente uma menina como Susan. O maior espanto de Fanny em relação a esse assunto não foi constatar que a sua superioridade de conhecimentos não provocara o desrespeito e a impaciência de Susan, mas sim que esta também possuía conhecimentos superiores e boas noções; embora criada em meio à negligência e aos desacertos, conseguira formar opiniões adequadas; e, afinal, Susan não tivera um primo Edmund para lhe orientar as ideias e lhe incutir bons princípios.

Assim começou uma benéfica intimidade entre as duas irmãs. Sentadas no andar superior, evitavam boa parte da perturbação doméstica. Fanny teve paz e Susan aprendeu que uma ocupação silenciosa não era um infortúnio. Ali não havia lareira acesa; mas essa privação era familiar até mesmo para Fanny, que sofria menos porque assim se lembrava da sala leste. Era a única semelhança. Em espaço, luz, mobiliário e panorama não havia nada de parecido entre os dois aposentos;

e ela muitas vezes suspirava se lembrando de todos os seus livros e caixas, e dos vários confortos de lá. Aos poucos as jovens começaram a passar a maior parte das manhãs no andar superior; a princípio apenas trabalhando e conversando, mas depois de alguns dias a lembrança dos ditos livros cresceu e a estimulou tanto que Fanny achou impossível não tentar obter livros novamente. Não havia nenhum na casa paterna; mas a riqueza é luxuosa e destemida, e parte da sua foi direcionada para uma biblioteca circulante. Ela tornou-se assinante; perplexa por ser algo *in propria persona*, perplexa com as suas próprias ações em todos os aspectos, por poder alugar e escolher livros! E a sua escolha ter por objetivo o progresso de alguém! Mas assim era. Susan não lera nada e Fanny ansiava por compartilhar com ela os seus próprios primeiros prazeres e por lhe inspirar o gosto pelas biografias e pela poesia que tanto a encantavam.

Além disso, com essa tarefa ela esperava sepultar algumas lembranças de Mansfield, propensas demais a lhe dominar a mente se apenas os dedos estivessem ocupados; e, especialmente naquela época, esperava poder evitar que os seus pensamentos perseguissem Edmund até Londres, para onde ele partira, como soubera pela última carta da tia. Não tinha dúvida do que aconteceria em seguida. A prometida notificação pairava sobre a sua cabeça. As batidas do carteiro nas portas dos vizinhos começavam a lhe trazer terrores diários e, se a leitura conseguisse banir a ideia por pelo menos meia hora, já era um lucro.

CAPÍTULO 41

Uma semana se passou desde que Edmund supostamente se encontrava em Londres sem que ele desse notícia alguma para Fanny. Havia três conclusões diferentes a serem tiradas do seu silêncio, entre as quais a mente de Fanny oscilava; e cada qual foi sendo considerada alternadamente a mais provável: ou a ida dele fora de novo postergada, ou ele ainda não tivera oportunidade de se encontrar a sós com a srta. Crawford, ou estava feliz demais para escrever cartas!

Certa manhã, por essa época, quando Fanny já se encontrava longe de Mansfield havia quase quatro semanas, algo em que nunca deixava de pensar e calcular todos os dias, ela e Susan se preparavam como sempre para ir para o andar superior quando foram interrompidas pela batida na porta de um visitante que, perceberam, não conseguiriam evitar, devido a pressa de Rebecca em atender à porta, obrigação que a interessava bem mais do que qualquer outra.

Era a voz de um cavalheiro; uma voz que fez Fanny empalidecer, e então o sr. Crawford entrou na sala.

Um bom senso como o de Fanny sempre entrará em ação quando for requisitado; e ela se viu apta a mencionar o nome dele para a mãe e fazê-la relembrar que se tratava do "amigo de William"; ainda que até pouco antes ela se julgasse incapaz de pronunciar uma sílaba em tal circunstância. A consciência de que ali o conheciam apenas como amigo de William proporcionou certo apoio. No entanto, depois de apresentá-lo e de todos se sentarem, os terrores que a assaltaram quanto aos possíveis resultados daquela visita foram superiores às suas forças e ela achou que ia desmaiar.

Enquanto tentava se manter viva, o visitante, que a princípio se aproximara dela com o semblante animado de sempre, teve a astúcia e a bondade de não encará-la, dando-lhe tempo para se recuperar, e se dedicou inteiramente à sra. Price, dirigindo-se a ela com o máximo de polidez e respeito, mostrando-se ao mesmo tempo afável ou pelo menos interessado; em suma, exibindo maneiras perfeitas.

As maneiras da sra. Price também estavam na sua melhor forma. Animada ao ver aquele amigo do filho, e orientada pelo desejo de causar-lhe boa impressão, esbanjou gratidão, uma sincera gratidão materna que não tinha como ser desagradável. O sr. Price estava ausente, algo que ela lamentava muito. Fanny se recuperara o suficiente para sentir que *ela* não era capaz de lamentar isso; porque às suas muitas fontes de constrangimento incorporou-se mais uma bastante severa: a vergonha da casa em que ele a encontrara. Ela poderia se repreender pela fraqueza, mas nenhuma repreensão eliminaria essa vergonha. Estava envergonhada, porém o pai a envergonharia ainda mais do que todo o resto.

Conversaram a respeito de William, assunto do qual a sra. Price não se cansava; e o sr. Crawford foi caloroso nos elogios, para alegria de seu coração de mãe. Ela achava que jamais vira um homem tão agradável em toda a sua vida; e ficou totalmente atônita quando descobriu que aquele homem tão importante e tão agradável não viera até Portsmouth para visitar o almirante do porto, nem o comissário, nem mesmo com a intenção de ir até a ilha ou conhecer o estaleiro. Não viera até Portsmouth por nenhum dos motivos que ela costumava classificar como prova de importância ou como uso da riqueza. Ele chegara bem tarde na noite anterior, permaneceria por poucos dias, estava hospedado no Crown, e por acaso encontrara um ou dois oficiais navais seus conhecidos, mas a sua vinda não se devia a nenhum propósito dessa natureza.

Depois de ter dado todas essas informações, ele supôs razoável poder olhar e falar com Fanny; e ela foi toleravelmente capaz de encará-lo e ouvi-lo dizer que passara meia hora com a irmã na noite anterior à saída de Londres, que ela lhe mandara as suas mais carinhosas lembranças, mas não tivera tempo para escrever; que ele próprio tivera sorte de conseguir passar cerca de meia hora com Mary, porque ficara apenas 24 horas em Londres entre o seu retorno de Norfolk e esta nova viagem; que o seu primo Edmund chegara a Londres alguns dias antes, segundo ele soubera; não o vira pessoalmente, mas soubera que estava bem, deixara todos bem em Mansfield e tinha jantado na véspera com os Fraser.

Fanny ouviu com tranquilidade até a última circunstância mencionada; afinal, para a sua mente exaurida, dispor de alguma certeza pareceu um alívio; e sem emoções evidentes, a não ser um leve rubor, passaram-lhe pela mente as palavras "então agora já está tudo resolvido".

Depois de terem estendido a conversa sobre Mansfield, assunto que a interessava visivelmente, Crawford começou a insinuar a conveniência de um passeio matinal. "A manhã estava adorável, e naquela estação uma bela manhã com frequência desaparecia, e para todos seria mais prudente não adiar o exercício"; e como tais insinuações não surtiram efeito, ele logo recomendou enfaticamente que a sra. Price e as filhas fizessem a sua caminhada sem perda de tempo. Agora haviam chegado a um entendimento. Parecia que a sra. Price pouco saía de casa, exceto aos domingos; dizia que, com aquela grande família, raramente tinha tempo para uma caminhada. "Será que ela não conseguiria persuadir as filhas a aproveitarem o bom tempo e a darem a ele o prazer de acompanhá-las?" A sra. Price concordou, muito agradecida. "As filhas ficavam muito confinadas. Portsmouth era um lugar triste, elas não saíam com frequência, e sabia que elas tinham compras a fazer na cidade, e ficariam contentes com a oportunidade." E a consequência foi que Fanny, por estranho que pareça (estranho, embaraçoso e constrangedor), dez minutos depois se viu caminhando rumo à High Street na companhia de Susan e do sr. Crawford.

Foi sofrimento após sofrimento, confusão após confusão, porque mal haviam chegado à High Street quando encontraram o pai, cuja aparência não estava melhor por ser sábado. Ele parou; e embora não tivesse a aparência de um cavalheiro, Fanny foi obrigada a apresentá-lo ao sr. Crawford. Ela não teve dúvidas quanto a impressão que aquilo deve ter causado no sr. Crawford. Deve ter sentido vergonha e repulsa. Em breve desistiria dela, deixaria de ter a mínima inclinação por aquele casamento; e apesar de tudo, embora ela quisesse muito vê-lo curado daquele afeto, esse tipo de cura era quase tão ruim quanto a doença; e eu creio que dificilmente uma jovem dama do Reino Unido não prefira tolerar a má sorte de ser desejada por um homem inteligente e agradável a vê-lo se afastar pela vulgaridade dos seus parentes mais próximos.

O sr. Crawford talvez não tenha visto no futuro sogro um modelo de elegância; mas (Fanny logo constatou, com grande alívio) o pai mostrou-se um homem muito diferente do que era com a família em casa; um sr. Price muito diferente no comportamento para com aquele estranho tão respeitável. As suas maneiras, embora não polidas, foram mais do que aceitáveis; mostrou-se grato, animado, vigoroso; expressou-se como pai cuidadoso e homem sensível; a sua voz forte soou bem ao ar livre, e não se ouviu uma única imprecação. Foi assim que ele retribuiu por instinto as boas maneiras do sr. Crawford; e, independentemente das consequências disso, naquele instante Fanny se sentiu infinitamente mais aliviada.

Quando os dois cavalheiros concluíram as suas cortesias, o sr. Price se ofereceu para levar o sr. Crawford até o estaleiro, o que este aceitou com grado, por entender que a intenção do sr. Price era fazer-lhe um favor, embora ele já tivesse visto o estaleiro inúmeras vezes; e na esperança de ficar mais tempo com Fanny dispôs-se a ir, muito agradecido, se as srtas. Price não receassem o cansaço; e, como se tivessem combinado, ou inferido, responderam que não receavam em absoluto e rumaram todos para o estaleiro; e, se não fosse o sr. Crawford, o sr. Price teria ido para lá imediatamente, sem a menor preocupação com as compras das filhas na High Street. Entretanto, ele cuidou para que elas pudessem ir às lojas, motivo expresso da ida à cidade; e isso não lhes tomou muito tempo, pois Fanny não gostava de provocar impaciência nem de se fazer esperar, de modo que os cavalheiros, parados à porta, mal tinham começado a conversar sobre os últimos regulamentos navais ou a definir o número de naus de três conveses recentemente comissionados quando viram as duas jovens se apresentarem para prosseguir.

Então partiram de imediato rumo ao estaleiro, e a caminhada teria sido conduzida (na opinião do sr. Crawford) de modo singular se o sr. Price estivesse no controle; Crawford constatou que as duas jovens seriam deixadas para trás para segui-los, fossem capazes de acompanhá-los ou não, enquanto os dois caminhariam à frente em ritmo mais apressado.

Conseguiu introduzir algumas melhorias ocasionais, sem no entanto chegar ao grau que desejava; não se afastava muito das jovens e em cada cruzamento ou aglomeração lhes dava total atenção, enquanto o sr. Price gritava: "Venham, meninas! Fan, Sue, venham, tomem cuidado, fiquem bem atentas!"

Nas proximidades do estaleiro, Crawford começou a ter a esperança de uma feliz conversa em particular com Fanny, pois um companheiro de ócio do sr. Price logo se juntou ao grupo. Como fazia diariamente, esse homem viera ver como iam as coisas e se revelaria uma companhia muito mais interessante que o sr. Crawford; assim, depois de algum tempo os dois oficiais pareciam muito satisfeitos em circular juntos e discutir assuntos de permanente interesse comum, enquanto os jovens se sentavam em algumas traves no pátio ou arranjavam lugar a bordo de um barco de carreira que todos queriam ver de perto. De modo muito conveniente, Fanny quis descansar. Crawford não poderia ter desejado que ela estivesse mais cansada ou mais disposta a se sentar, mas desejava que a irmã se afastasse, pois uma menina de aparência inteligente da idade de Susan, toda olhos e ouvidos, totalmente diferente de lady Bertram, era a pior intrusão do mundo; e diante dela ele não tinha como introduzir o assunto principal. Precisou se contentar em ser agradável de modo geral e deixar que Susan de vez em quando participasse da conversa, com a indulgência de um olhar ou uma insinuação para Fanny, que estava melhor informada e mais consciente. O principal assunto sobre o qual discorreu foi Norfolk; ficara lá algum tempo e a partir dos seus planos atuais tudo lá adquiria maior importância. Aquele homem jamais retornara de algum lugar ou de alguma sociedade sem trazer uma anedota para divertir; as suas viagens e os seus conhecidos foram muito úteis e Susan se entreteve de modo bastante inédito para ela. Para Fanny ele contou mais do que eventuais amenidades das festas a que comparecera. Apresentou, submetendo à sua aprovação, o motivo principal da sua viagem a Norfolk, inusitada àquela época do ano: fora negociar a renovação de um arrendamento que punha em jogo o bem-estar de uma família grande e (acreditava ele) laboriosa. Desconfiara que o seu agente estaria fazendo uma negociação desleal, que tentara colocá-lo contra pessoas merecedoras, e então decidira ir pessoalmente investigar a fundo os méritos da situação. Assim fizera; conseguira obter resultados ainda melhores do que previra, fora útil para mais pessoas do que pretendia a princípio, e agora podia se congratular com o feito, sentindo que ao cumprir um dever garantira agradáveis recordações para a sua própria mente. Apresentara-se para alguns inquilinos que nunca vira antes; visitara chalés cuja existência até então desconhecera, apesar de estarem nas suas propriedades. Essas informações eram dirigidas a Fanny, e acertaram o alvo. Ela achou agradável ouvi-lo falar de modo tão justo; desta vez ele agira como devia. Amigo dos pobres e oprimidos! Nada mais gratificante para Fanny, que estava prestes a lhe lançar um olhar de aprovação quando se deteve assustada ao ouvi-lo acrescentar algo de forma extremamente incisiva: ele tinha esperanças de em breve ter alguém para o assistir com amizade e o orientar em todos os seus projetos de utilidade e beneficência para Everingham, alguém que transformaria Everingham e as redondezas em um local ainda mais precioso do que jamais fora.

Fanny desviou o rosto e desejou que ele não dissesse tais coisas. Estava inclinada a reconhecer que talvez ele tivesse mais qualidades do que ela se dispusera a supor. Começava a sentir a possibilidade de que ele afinal se tornasse uma boa pessoa; mas eles eram e sempre seriam totalmente incompatíveis, e ele não deveria pensar nela.

Crawford percebeu que já falara bastante sobre Everingham e que seria melhor conversar sobre outra coisa, e então mudou o assunto para Mansfield. Não poderia ter escolhido melhor; esse tema traria de volta quase instantaneamente a atenção e os olhares de Fanny. Ouvir ou falar de Mansfield lhe propiciava um verdadeiro prazer. Há tanto tempo separada de todos os que conheciam aquele lugar, quando Crawford o mencionou, pareceu para ela a voz de um amigo, e isso abriu caminho para ela manifestar ternos louvores às belezas e ao conforto da casa e ainda, num honroso tributo aos habitantes, permitiu-se gratificar o próprio coração fazendo um elogio extremamente caloroso, falando do tio como homem inteligente e bondoso e da tia como possuidora do mais doce de todos os temperamentos doces.

Crawford declarou-se muito ligado a Mansfield e disse que tinha a esperança de, no futuro, passar grande parte do seu tempo lá ou nas vizinhanças. Ainda este ano pretendia desfrutar ali de um verão e um outono muito felizes; pressentia isso; confiava nisso; um verão e um outono infinitamente superiores ao último. Igualmente animados, igualmente divertidos, com o mesmo grau de sociabilidade, porém em circunstâncias de indescritível superioridade.

— Mansfield, Sotherton, Thornton Lacey — continuou ele —; que bela sociedade essas três casas formarão! E por ocasião das festas de São Miguel talvez seja possível acrescentar uma quarta, um pequeno pavilhão de caça nas proximidades de todos esses locais tão amados... porque quanto a qualquer parceria em Thornton Lacey, como Edmund Bertram certa vez propôs com bom humor, eu espero antever duas objeções, duas belas, excelentes e irresistíveis objeções a esse plano.

Nesse ponto Fanny intensificou o silêncio; embora, quando o momento passou, ela tenha lamentado por não ter feito um esforço para reconhecer que entendera parte das insinuações dele, incentivando-o a falar mais sobre a irmã e Edmund. Ela ainda teria que aprender a falar sobre esse assunto, do qual fugia movida por uma fraqueza que logo se tornaria imperdoável.

Quando o sr. Price e o amigo viram tudo o que queriam, ou o que tiveram tempo para ver, os outros estavam prontos para o regresso; e, na caminhada de volta, o sr. Crawford conseguiu um momento a sós com Fanny para lhe dizer que o seu único objetivo em Portsmouth fora vê-la; que viera ali por alguns dias exclusivamente por sua causa, e porque não conseguia suportar por mais tempo aquela separação total. Fanny lamentou, lamentou com sinceridade; e ainda assim, a despeito dessa e de duas ou três outras coisas que ela preferia que ele não tivesse dito, achou que de um modo geral ele melhorara desde a última vez em que o vira; estava muito mais gentil, amável e atencioso para com os sentimentos alheios do que fora em Mansfield; nunca o vira tão agradável, tão *próximo* de ser agradável; o seu comportamento para com o pai dela não fora ofensivo, e ainda se mostrara especialmente gentil e correto em relação à Susan. De fato, ele melhorara. Ela desejou que o dia seguinte não existisse, desejou que ele tivesse vindo por apenas um dia; mas a situação não era tão ruim quanto ela imaginara; o prazer de falar sobre Mansfield fora tão grande!

Antes de se separarem, ela foi obrigada a lhe agradecer por um outro prazer, e um prazer nada trivial. O pai pediu que ele lhes desse a honra de compartilhar uma carne de carneiro que serviriam no jantar, e Fanny só teve tempo para estremecer horrorizada antes que o sr. Crawford se declarasse impossibilitado em função de um compromisso anterior. Ele já se comprometera com jantares naquele dia e no seguinte; no Crown havia encontrado um conhecido que não aceitaria uma recusa; no entanto, esperava poder visitá-los mais uma vez no dia seguinte etc. etc., e afinal se despediram, Fanny em estado de verdadeira felicidade por ter escapado de um terrível constrangimento!

Teria sido uma catástrofe vê-lo participar de um jantar que exporia todas as deficiências da família! Ela ainda não se acostumara a tolerar uma refeição que incluía a culinária e o serviço de Rebecca, e Betsey comendo à mesa sem compostura e mexendo em tudo como bem quisesse. *Ela* só era fina e delicada por natureza, ao passo que *ele* fora criado em uma escola de luxo e epicurismo.

CAPÍTULO 42

Na manhã seguinte os Price iam saindo para a igreja quando o sr. Crawford reapareceu. Não pretendia ficar, mas sim se reunir a eles; perguntou se poderia acompanhá-los à capela Garrison, exatamente o que tencionava fazer, e todos seguiram juntos.

Na ocasião a família poderia ser considerada superior. A natureza lhes prodigalizara uma bela cota de beleza, e aos domingos todos estavam limpos e nos melhores trajes. Os domingos sempre proporcionavam esse alívio para Fanny, e naquele em especial ela sentiu isso mais do que nunca. Agora a sua pobre mãe não parecia tão indigna de ser irmã de lady Bertram como de costume. Para Fanny, muitas vezes era doloroso pensar no contraste entre as duas; pensar que, onde a natureza fizera tão pouca diferença, as circunstâncias fizeram tanta, e que a mãe, tão bonita quanto lady Bertram e alguns anos mais nova, exibia uma aparência tão mais desgastada e abatida, tão desconsolada, tão desmazelada, tão malvestida. Mas aos domingos a sra. Price aparecia, muito respeitável e toleravelmente alegre, com a sua bela e numerosa família, um tanto aliviada das preocupações da semana, e só perdia a compostura se visse os meninos correndo perigo ou Rebecca passando com uma flor no chapéu.

Na capela foram obrigados a se separar, mas o sr. Crawford teve o cuidado de ficar com o grupo feminino; e depois da capela continuou com elas, participando do passeio da família pelas muralhas.

A sra. Price fazia a sua caminhada semanal pelas muralhas todos os domingos de tempo bom ao longo do ano, sempre depois do serviço religioso, e ficando ali até a hora do jantar. Era o local público onde encontrava conhecidos, ouvia novidades, conversava sobre as deficiências da criadagem de Portsmouth e recarregava as energias para enfrentar os seis dias seguintes.

Agora todos se dirigiam para lá; o sr. Crawford ia muito feliz considerando as srtas. Price como seu encargo particular; e, antes que houvesse se passado muito tempo, de maneira inexplicável e inacreditável para Fanny, ele estava caminhando de braços dados com as duas irmãs, uma de cada lado, e ela não sabia como evitar ou acabar com aquilo. Por alguns minutos sentiu-se pouco à vontade, mas o dia e a paisagem ainda prometiam prazeres.

O dia estava excepcionalmente agradável. Era março, mas parecia abril, com o clima brando, um vento leve e fresco, um sol brilhante ocasionalmente encoberto por um minuto; e tudo parecia muito bonito sob a influência daquele céu, os efeitos das sombras das nuvens perseguindo umas às outras sobre os navios ancorados em Spithead e sobre a ilha mais distante, os tons do mar sempre variantes, agora em maré alta, dançando alegremente, batendo contra as muralhas com um belo som; tudo isso encantava Fanny a ponto de torná-la quase indiferente às circunstâncias. Ou melhor, se não estivesse apoiada naquele braço, ela logo perceberia que precisava dele para lhe dar forças para um passeio de duas horas dessa natureza depois de uma semana de inatividade. Ela começava a sentir os efeitos da privação dos seus exercícios regulares; sofrera um declínio da própria saúde desde que chegara a Portsmouth; e agora, não fosse o sr. Crawford e a beleza do dia, logo teria ficado exausta.

Tanto quanto Fanny, ele era sensível à beleza do dia e da paisagem. Paravam frequentemente, com os mesmos sentimentos e gostos, debruçando-se na muralha por alguns minutos para contemplar e admirar; e considerando que ele não era Edmund, Fanny teve de admitir que ele era suficientemente suscetível aos encantos da natureza e muito capaz de manifestar a sua admiração. De vez em quando ela se perdia em ternos devaneios que ele aproveitava para fitar o rosto dela sem ser percebido; e, apesar de encantador como sempre, o rosto de Fanny parecia menos exuberante do que deveria. Ela *dizia* que estava muito bem e não gostava que imaginassem o contrário; mas analisando tudo, ele se convenceu de que a sua atual residência não poderia ser confortável e portanto não poderia ser salutar, e começou a ficar ansioso para que ela voltasse para Mansfield, onde ela seria mais feliz e ele também, pois poderia vê-la.

— A senhorita está aqui há um mês, não é mesmo? — indagou ele.

— Não, ainda não fez um mês. Amanhã faz quatro semanas que eu saí de Mansfield.

— Os seus cálculos são muito precisos e corretos. Eu diria que faz um mês.

— Eu só cheguei aqui na terça-feira à noite.

— A visita será de dois meses, não é?

— Sim, o meu tio falou em dois meses. Suponho que não será menos.

— E como a senhorita será levada de volta? Quem virá buscá-la?

— Não sei, minha tia ainda não me escreveu sobre isso. Talvez eu fique mais tempo. Talvez não me seja conveniente ser buscada ao fim de dois meses exatos.

Depois de um momento de reflexão, o sr. Crawford retrucou:

— Eu conheço Mansfield, conheço o funcionamento da casa, conheço suas falhas em relação à *senhorita*. Conheço o perigo de já ter sido esquecida, a ponto de os seus confortos terem dado lugar a uma conveniência imaginária de algum membro da família. Estou ciente de que talvez a deixem aqui semana após semana, se sir Thomas não encontrar um modo de buscá-la pessoalmente, ou então mandar uma criada da sua tia, sem que isso envolva a menor alteração nos arranjos que ele possa ter estabelecido para o próximo trimestre. Não pode ser assim. Uma temporada de dois meses já é longa; eu diria que seis semanas seriam suficientes e estou pensando na saúde da sua irmã — disse isso dirigindo-se a Susan —, e creio que o confinamento em Portsmouth lhe seja desfavorável. Ela precisa de ar livre e exercício constante. Quando conhecê-la tão bem quanto eu, tenho certeza de que concordará que ela não deve se privar por tanto tempo do ar livre e da liberdade do campo. Assim — virou-se novamente para Fanny —, se a senhorita começar a não se sentir bem, e se houver qualquer dificuldade para o seu retorno a Mansfield antes do término dos dois meses, *isso* não deverá ser considerado um problema; se a senhorita se sentir menos saudável e menos confortável do que de costume, basta escrever para a minha irmã, dando-lhe o mais leve indício, e nós viremos imediatamente e a levaremos de volta a Mansfield. A senhorita sabe a facilidade e o prazer com que isso será feito. Sabe quais seriam os sentimentos envolvidos nessa ocasião.

Fanny agradeceu, mas tentou minimizar suas palavras.

— Estou falando sério, como a senhorita sabe perfeitamente — retrucou ele. — E espero que não esteja tendo a crueldade de esconder algum sinal de indisposição. De fato, *não* deve fazer isso; não será capaz disso; porque enquanto afirmar em todas as cartas para Mary "eu estou bem", e sei que a senhorita é incapaz de falar ou escrever uma falsidade, assim será considerada.

Fanny agradeceu mais uma vez, mas se sentia tão abalada e angustiada que não conseguiu dizer muito, nem ter certeza do que deveria falar. A caminhada estava terminando. Ele acompanhou-as até o fim e deixou-as à porta da casa, sabendo que elas iriam jantar e portanto fingiu ser esperado em outro lugar.

— Eu gostaria que a senhorita não estivesse tão cansada — disse ele, detendo Fanny depois que todos os demais entraram em casa. — Eu gostaria de me despedir de você sabendo que está saudável. Há algo que eu possa fazer para a senhorita em Londres? Estou planejando voltar para Norfolk em breve. Não estou satisfeito com Maddison. Tenho certeza de que ele ainda pretende me enganar, se puder, e colocar um primo dele num determinado moinho para o qual já pensei em outra pessoa. Preciso me acertar com ele. Preciso fazê-lo entender que não serei enganado na parte sul de Everingham assim como no norte; que serei o senhor da minha propriedade. Ainda não fui suficientemente explícito com ele. É inconcebível o mal que um homem desses causa numa propriedade, tanto para o crédito do empregador quando para o bem-estar dos pobres. Estou muito inclinado em voltar logo a Norfolk e deixar tudo em condições tais que não possam ser alteradas. Maddison é um sujeito esperto; não quero substituí-lo, desde que ele não tente *me* substituir; mas eu seria estúpido se me deixasse ludibriar por um homem que não tem direito de me ludibriar, e a pior estupidez seria deixá-lo fazer com que eu passe por um opressor de coração duro, em vez de me mostrar como homem honesto, perante um inquilino com quem eu já estava comprometido. Não seria uma grande estupidez? Devo ir? A senhorita me aconselha?

— Eu, aconselhar?! O senhor sabe muito bem o que é certo.

— Sim. Quando a senhorita me dá a sua opinião, eu sempre sei o que é certo. O seu julgamento é a minha regra de correção.

— Ah, não, não diga isso! Se prestarmos atenção, o nosso melhor conselheiro está em nós mesmos, e não nos outros. Adeus; desejo-lhe uma viagem agradável amanhã.

— Não há nada que eu possa fazer para a senhorita em Londres?

— Nada; eu lhe agradeço muito.

— Nenhuma mensagem para alguém?

— O meu carinho para a sua irmã, por favor; e quando se encontrar com o meu primo, o meu primo Edmund, tenha a gentileza de lhe dizer que espero ter notícias dele em breve.

— Com certeza; e se ele for preguiçoso ou negligente, eu mesmo lhe escreverei para comunicar suas desculpas.

Ele não conseguiu dizer mais, pois Fanny não se deixou deter por mais tempo. Ele apertou-lhe a mão, olhou-a e se retirou. *Ele* passou as três horas seguintes da melhor maneira possível, em companhia de outros conhecidos, aguardando para desfrutar do melhor jantar que uma ótima estalagem preparava para lhes proporcionar, e *ela* entrou em casa para o seu jantar mais simples.

As refeições dos Price eram de natureza bem diferente; se Crawford suspeitasse das muitas privações que Fanny enfrentava na casa paterna, além da falta de exercício, se admiraria dela não estar mais abatida do que ele percebera. Ela não tolerava os pudins e bolos de carne de Rebecca, sempre trazidos à mesa acompanhados de pratos e talheres meio sujos, e muitas vezes recusava a refeição mais substanciosa até à noite, quando podia mandar os irmãos irem buscar biscoitos e pães doces. Depois de ter sido criada em Mansfield, era tarde demais para se acostumar à penúria de Portsmouth; e se sir Thomas soubesse de tudo e visse a sobrinha com a mente e o corpo subnutridos, tudo isso para valorizar mais a boa companhia e a boa fortuna do sr. Crawford, provavelmente temeria levar adiante a sua experiência, receando vê-la morrer durante o tratamento.

Fanny passou o resto do dia abatida. Embora contasse com a razoável certeza de não ver o sr. Crawford de novo, não conseguiu evitar o desânimo. Perdia a companhia de alguém que se mostrava amigo; e embora sob determinada ótica estivesse contente por se ver livre dele, parecia-lhe que agora fora abandonada por todos; era uma espécie de nova separação de Mansfield; e ela não conseguia pensar na volta dele para Londres e para junto de Mary e Edmund sem sentimentos tão próximos à inveja que a faziam odiar a si mesma por tê-los.

A sua prostração não diminuiu com o que se passava à sua volta; um ou dois amigos do pai, como sempre acontecia quando ele não saía com eles, passavam grande parte da noite ali; e das seis às nove e meia o barulho e a bebedeira eram quase ininterruptos. Ela estava muito deprimida. O maravilhoso aprimoramento que ainda imaginava ter observado no sr. Crawford era o que mais chegava perto de lhe confortar o espírito. Sem considerar o caráter diferente do círculo em que o vira dessa vez, e muito menos o quanto do aprimoramento dele se devia a este contraste, Fanny estava bastante persuadida de que ele se mostrara surpreendentemente mais gentil e atencioso com os outros do que antes. E se era assim nas pequenas questões, não seria também nas importantes? Tão preocupado com a sua saúde e o seu conforto, tão sensível como agora se expressara e de fato parecera, não seria justo supor que ele não iria perseverar por muito mais tempo em um pleito que tanto a angustiava?

CAPÍTULO 43

No dia seguinte presumia-se que o sr. Crawford já estivesse viajando de volta a Londres, pois ele não foi mais visto na casa dos Price, e dois dias depois Fanny teve certeza desse fato porque recebeu a seguinte carta da irmã dele; que, por outro motivo, abriu e leu com ansiosa curiosidade:

"Minha muito querida Fanny, tenho a lhe informar que Henry foi a Portsmouth para vê-la; que ele fez uma prazerosa caminhada com você até o estaleiro no sábado passado e no dia seguinte outra ainda mais inesquecível até as muralhas, quando o ar balsâmico, o brilho do mar, a sua doce aparência e a sua gentil conversa constituíram a mais deliciosa harmonia e propiciaram sensações que despertam êxtase até mesmo em retrospecto. Pelo que entendi, este deve ser o conteúdo da minha informação para você. Ele me obriga a escrever, mas eu não sei o que mais deve ser comunicado, exceto a já mencionada visita a Portsmouth e as duas já referidas caminhadas, e a apresentação dele à sua família, em especial a uma bela irmã sua, uma bonita jovem de 15 anos que os acompanhou até as muralhas e recebeu, presumo, a sua primeira lição sobre o amor. Não tenho tempo para escrever muito, mas seria um despropósito se eu tivesse, porque esta carta deve ser uma mera carta protocolar e se limitar a transmitir as informações necessárias que não poderiam ser adiadas sem o risco de causar danos. Minha querida, querida Fanny, se você estivesse aqui como eu conversaria com você! Você me ouviria até cansar e me aconselharia até ficar mais cansada ainda; mas é impossível colocar no papel uma centésima parte de tudo o que me passa pela mente, portanto me abstenho totalmente e lhe deixo a tarefa de imaginar o que quiser. Não tenho novidades para lhe contar. Há a política, é claro; e seria muito ruim incomodá-la com nomes de pessoas e eventos que preenchem o meu tempo. Eu deveria ter lhe feito um relato da primeira festa da sua prima, mas tive preguiça e agora já faz muito tempo; basta dizer que tudo foi perfeito, num estilo que os parentes dela teriam ficado gratificados em testemunhar e que o vestido e as maneiras dela lhe renderam muitos elogios. A minha amiga, a sra. Fraser, é louca por aquela casa e *eu mesma* não me sentiria infeliz em tê-la. Depois da Páscoa irei para a casa de lady Stornaway; ela parece muito animada e muito feliz. Imagino que o Lord S. seja muito bem-humorado e agradável com a família e já não o acho tão feio quanto antes... não é difícil encontrar outros bem piores. Ele não se compara ao seu primo Edmund. Deste último herói, o que devo dizer? Se eu evitasse completamente o nome dele, pareceria suspeito. Portanto, vou lhe dizer que nos vimos duas ou três vezes, e que o meu círculo de amizades daqui está muito impressionado com a sua aparência cavalheiresca. A sra. Fraser (que não é má julgadora) declara que, dos homens que conhece aqui em Londres, apenas três se equivalem em aparência, altura e porte; e devo confessar que, quando ele jantou aqui outro dia, nenhum se comparava a ele, e éramos um grupo de 16. Felizmente, hoje em dia os trajes não nos enganam... mas... mas... Afetuosamente.

Eu ia esquecendo (culpa de Edmund, ele invade a minha mente mais do que me faz bem) de uma coisa muito importante que tinha para lhe dizer em nome de Henry e no meu... refiro-me à sua volta para Northamptonshire conosco. Minha querida criaturinha, não fique em Portsmouth até perder a sua bela aparência. Essas malditas brisas marinhas são a ruína da beleza e da saúde. A minha pobre tia se sentia mal sempre que estivesse a menos de dez milhas do mar, e o almirante nunca acreditava, naturalmente, mas eu sei que era verdade. Estou à sua disposição e à de Henry, e assim que receber o aviso estarei pronta para partir dentro de uma hora. Esse plano me agradaria, e nós faríamos um pequeno circuito, lhe mostraríamos

Everingham no caminho, e talvez você não se importasse em passar por Londres e conhecer o interior da igreja de Saint George, na praça Hanover. Apenas mantenha o seu primo Edmund longe de mim nessa ocasião: eu não gostaria de ser tentada. Que carta longa! Só mais uma palavra: parece que Henry está com a ideia de voltar a Norfolk de novo, para tratar de algum negócio que *você* aprova; mas isso não será possível antes de meados da próxima semana; ou seja, ele só estará livre depois do dia 14, pois *nós* teremos uma festa naquela noite. Você nem imagina o valor de um homem como Henry nessas ocasiões, mas acredite na minha palavra, é inestimável! Ele vai se encontrar com os Rushworth, algo que eu não lastimo... e que aguardo com certa curiosidade, e acho que ele também, embora se recuse a admitir."

Era uma carta para ser lida do princípio ao fim com avidez, para ser lida com deliberação, para fornecer assunto para muita reflexão e para provocar mais suspense do que nunca. A única certeza a ser extraída dali era de que nada de decisivo acontecera até então. Edmund ainda não falara. Fanny não sabia como a srta. Crawford realmente se sentia, como pretendia agir ou como de fato agiria, talvez ignorando ou contrariando as próprias intenções; se a importância de Edmund para ela era a mesma de antes da última separação; e, caso tivesse diminuído, se ainda diminuiria mais ou se recuperaria; tudo isso originou conjeturas intermináveis, reflexões que se estenderiam por todo aquele dia e por muitos outros seguintes sem produzir qualquer conclusão. A ideia que recorria com mais frequência era que a srta. Crawford, depois de se mostrar fria e indecisa com o retorno aos hábitos londrinos, ainda se mostraria, no final, demasiadamente afeiçoada a Edmund para desistir dele. Tentaria ser mais ambiciosa do que o seu coração permitia. Hesitaria, provocaria, estabeleceria condições, faria muitas exigências, mas afinal aceitaria.

Essa era a teoria mais recorrente de Fanny. Uma casa na cidade... isso seria impossível, pensava ela. No entanto, não se podia prever o que a srta. Crawford seria capaz de pedir. A perspectiva para o seu primo ficava cada vez pior. Uma mulher que ao falar dele era capaz de falar apenas da aparência! Que desperdício de afeto! Apoiar-se nas recomendações da sra. Fraser! *Ela*, que o conhecera intimamente por seis meses! Fanny tinha vergonha dela. Em compensação, os trechos da carta que tratavam apenas do sr. Crawford e dela própria tocaram-na muito de leve. Na verdade, o fato de o sr. Crawford ir para Norfolk antes ou depois do dia 14 em nada a afetava, embora, avaliando toda a situação, ela achasse que ele *iria sim* sem demora. Os esforços da srta. Crawford para acertar um encontro entre ele e a sra. Rushworth revelavam a sua pior linha de conduta, totalmente maldosa e desajuizada; mas Fanny esperava que *ele* não se influenciasse por essa curiosidade degradante. Ele não admitia qualquer persuasão e a irmã havia lhe atribuído sentimentos melhores do que os seus.

Depois dessa carta de Londres, Fanny ficou mais impaciente do que nunca para receber outra; e por alguns dias ficou tão insegura com a situação, com as notícias que chegaram e com as que poderiam chegar, que as suas costumeiras leituras e conversas com Susan sofreram uma grave interrupção. Ela não conseguia se concentrar como desejava. Se o sr. Crawford se lembrasse do recado que ela mandara para o primo, seria muito provável, muitíssimo provável que ele lhe escrevesse de qualquer maneira; isso seria mais de acordo com a sua habitual gentileza; até que ela se livrasse dessa ideia, até que essa ideia aos poucos se desfizesse, pois não chegou carta alguma no decorrer de três ou quatro dias, ela ficou mais inquieta e ansiosa.

Afinal o seu ânimo foi chegando a um estado semelhante à moderação. Ela precisava suportar o suspense sem permitir que ele a exaurisse e a tornasse inútil. O tempo contribuiu um pouco, os seus empenhos um pouco mais, e ela tornou a dedicar atenções a Susan, despertando na irmã novamente o mesmo interesse.

Susan tornava-se cada vez mais afeiçoada à irmã, e embora sem o encantamento precoce pelos livros que fora tão forte em Fanny, dotada de um temperamento menos inclinado a atividades sedentárias ou à busca por informações, Susan tinha um forte desejo de não *parecer* ignorante; o que, além de uma compreensão boa e clara, a tornava uma aluna bastante atenta, proveitosa e agradecida. Fanny era o seu oráculo. Suas explicações e comentários acrescentavam muito a todos os ensaios e a todos os capítulos de história. Tudo o que Fanny lhe contava sobre os tempos antigos fixava-se melhor na mente de Susan do que as páginas de Goldsmith; e ela elogiava a irmã ao dizer que preferia o seu estilo ao de qualquer outro autor impresso. O hábito precoce da leitura lhe fazia falta.

No entanto, nem sempre as duas conversavam sobre assuntos tão importantes quanto a história ou a moral. Outros tinham o seu momento; e, dos assuntos menos importantes, nenhum voltava com tanta frequência nem permanecia por tanto tempo quanto Mansfield Park; uma descrição das pessoas, dos costumes, das diversões e das peculiaridades de Mansfield Park. Susan, dotada de um gosto inato pelos ambientes distintos e bem decorados, ouvia com avidez, e Fanny se deliciava discorrendo sobre um tema tão querido. Esperava não estar agindo mal; apesar de depois de certo tempo a grande admiração de Susan por tudo o que se dizia ou fazia na casa do tio, e o seu fervoroso desejo de conhecer Northamptonshire, deixarem Fanny quase culpada por estimular na irmã sentimentos que não poderiam ser atendidos.

A pobre Susan era quase tão pouco talhada para a casa paterna quanto a irmã mais velha; e à medida que Fanny passou a compreender isso melhor, começou a sentir que, quando se libertasse de Portsmouth, a sua felicidade traria um considerável revés, pois Susan ficaria abandonada. Entristecia-a cada vez mais ver que aquela menina, tão capaz de ser transformada em tudo de bom, seria deixada naquelas mãos. Que bênção seria se *ela* tivesse um lar para o qual convidar a irmã! E se ela fosse capaz de retribuir os sentimentos do sr. Crawford, sabia que muito provavelmente ele não se oporia a tal medida, ideia que muito a confortava. De fato, ela o julgava dotado de um bom temperamento e conseguia imaginar que ele participaria de bom grado de um plano dessa natureza.

CAPÍTULO 44

Dos dois meses já haviam transcorrido quase sete semanas quando a carta, a tão esperada carta de Edmund chegou às mãos de Fanny. Ela abriu, viu que era longa, e se preparou para ler os minuciosos detalhes de sua felicidade e para uma profusão de amor e de elogios para a afortunada criatura que agora era senhora do destino dele. O conteúdo era o seguinte:

"Minha querida Fanny,

Desculpe-me por não ter escrito antes. Crawford me disse que você desejava notícias minhas, mas me foi impossível escrever de Londres e me convenci de que você compreenderia o meu silêncio. Se eu pudesse ter enviado umas poucas linhas felizes, com certeza não teriam faltado, mas coisas dessa natureza nunca estiveram ao meu alcance. Voltei a Mansfield mais inseguro do que quando saí. As minhas esperanças estão muito enfraquecidas. Talvez você já saiba disso. A srta. Crawford gosta tanto de você que é muito natural que ela lhe revele o suficiente sobre os seus sentimentos para que você tenha uma estimativa razoável a respeito dos meus. No entanto, nada me impede de fazer a minha própria comunicação. As confidências que fazemos a você não precisam entrar em choque. Eu não faço perguntas. Há algo de reconfortante na ideia de que temos a mesma amiga e de que, independentemente de eventuais e infelizes diferenças de opinião entre nós, o nosso amor por você nos une. Para mim será um conforto lhe contar como as coisas estão agora, quais são os meus planos atuais, se é que eu posso dizer que tenho algum. Estou aqui desde sábado. Fiquei três semanas em Londres e a vi com muita frequência (para os padrões de Londres). Recebi toda a atenção dos Fraser que seria razoável esperar. Ouso dizer que *não* fui razoável em acalentar esperanças de um relacionamento como o que tínhamos em Mansfield. Entretanto, foram as maneiras dela, mais do que a raridade dos encontros. Se ela tivesse sido diferente quando eu a vi, eu não teria queixas, mas desde o primeiro momento ela se mostrou mudada; a minha primeira recepção foi totalmente diversa do que eu esperava, tanto que eu quase decidi deixar Londres de imediato. Não preciso entrar em detalhes. Você conhece o lado fraco do caráter dela, e pode imaginar os sentimentos e as expressões que me torturavam. Ela estava muito animada, cercada por pessoas levianas que apoiavam os excessos da sua mente agitada. Eu não gosto da sra. Fraser. É uma mulher de coração frio, vaidosa, que só se casou por interesse e que, apesar de evidentemente infeliz no casamento, atribui a sua decepção não a falhas de julgamento, nem de temperamento, nem à desproporção de idade, mas ao fato de ser menos rica do que muitas das suas conhecidas, em especial a sua irmã, lady Stornaway, e é decidida defensora de tudo o que é mercenário e ambicioso, desde que seja mercenário e ambicioso o bastante. Vejo a intimidade de Mary com essas duas irmãs como a maior infelicidade da vida dela e da minha. Há anos elas a desviam do bom caminho. Se pelo menos ela pudesse ser afastada delas! Às vezes eu não perco as esperanças porque me parece que o afeto vem principalmente delas; ambas gostam muito de Mary, mas tenho certeza de que ela não as ama como ama você. E, na verdade, quando eu penso no grande carinho que ela lhe dedica, e na sua conduta sensata e correta como irmã, ela parece uma criatura muito diferente, capaz de tudo o que é nobre, e então me vejo prestes a me culpar por ter construído uma imagem tão dura do seu jeito brincalhão. Não posso desistir dela, Fanny. É a única mulher no mundo que sou capaz de imaginar como minha esposa. É claro que eu não diria isso se não acreditasse que ela tem alguma estima por mim, mas eu realmente acredito, e estou convencido de que tem uma incontestável preferência. Não tenho ciúme de nenhum indivíduo. É da influência desse mundo elegante como um todo que tenho ciúme. Temo os hábitos de riqueza. As ideias dela não são maiores do que a sua fortuna pode garantir, mas vão além do que as nossas rendas reunidas permitiriam. Entretanto, até mesmo nesse aspecto há um consolo. Eu suportaria melhor perdê-la por não ser rico o suficiente do que devido à minha profissão. Isso provaria apenas que o seu afeto não admite sacrifícios, algo que na verdade não seria justo eu pedir; e se eu for recusado, acho que será esse o motivo honesto. Confio que os preconceitos dela já não sejam tão fortes como antes. Estou lhe enviando as minhas ideias exatamente à medida em que surgem, minha querida Fanny; talvez às vezes elas sejam contraditórias, mas são a imagem fiel da minha mente. Uma vez que comecei, é com grande prazer que lhe conto tudo o que sinto. Não posso desistir dela. Ligados como já somos e, espero, seremos, desistir de Mary Crawford significaria desistir da companhia de algumas das pessoas mais caras para mim, significaria me excluir das casas e dos amigos junto aos quais eu buscaria consolo em caso de qualquer outro infortúnio. Devo levar em conta que perder Mary incluiria perder Crawford e Fanny. Se houver fato consumado, uma verdadeira recusa, espero saber suportá-la e me esforçarei para diminuir o poder que ela tem sobre o meu coração; e dentro de alguns anos... mas estou escrevendo bobagens. Se eu for recusado, terei que suportá-lo; mas enquanto não for, não deixarei de tentar. Essa é a verdade. A única pergunta é *como?* Quais seriam os métodos mais eficazes? Às vezes penso em voltar a Londres depois da Páscoa, e às vezes resolvo não fazer coisa alguma até ela voltar para Mansfield. Mesmo agora, ela fala com prazer em estar em Mansfield em junho; mas junho está muito distante, e acredito que escreverei para ela. Estou quase decidido a me explicar através de uma carta. É essencial obter uma certeza em breve. A minha situação atual é extremamente aflitiva. Considerando tudo, acho que uma carta será, sem dúvida, o melhor método de explicação. Serei capaz de escrever muito mais do que conseguiria dizer, e lhe darei tempo para refletir antes que me envie a resposta, e tenho menos receio do resultado da reflexão do que de um impulso imediato e apressado, acho. O meu maior perigo residiria em uma consulta à sra. Fraser, pois à distância eu seria incapaz de defender a minha causa. Uma carta me exporia a todos os males da consulta, e quando a mente carece de convicção, uma conselheira pode, num momento infeliz, levar a uma atitude que talvez mais tarde cause arrependimento. Preciso pensar mais um pouco no assunto. Esta longa carta, que trata exclusivamente das minhas preocupações, será suficiente para cansar até mesmo a amizade de uma Fanny. A última vez que encontrei Crawford foi na festa da sra. Fraser. Fico cada vez mais satisfeito com tudo o que vejo e ouço dele. Não há sinal de hesitação. Ele conhece a si mesmo profundamente e age de acordo com as suas resoluções, uma qualidade inestimável. Eu não poderia vê-lo e a minha irmã mais velha no mesmo ambiente sem me lembrar daquilo que você certa vez me contou, e reconheço que eles não se trataram como amigos. Houve uma visível frieza da parte dela. Mal se falaram. Eu o vi recuar, surpreso, e lamentei que a sra. Rushworth ainda se ressentisse de alguma rejeição supostamente sofrida quando ainda era a srta. Bertram. Você desejará saber a minha opinião sobre o grau de satisfação de Maria enquanto esposa. Não parece haver infelicidade, espero que eles estejam se dando muito bem. Jantei duas vezes na casa da rua Wimpole, e teria estado lá mais vezes se não fosse mortificante estar na companhia de Rushworth como irmão. Julia parece se divertir muito em Londres. Lá eu me diverti pouco, mas aqui me divirto ainda menos. Não somos um grupo animado. Todos nós sentimos imensamente a sua falta, e eu mais ainda do que consigo expressar. A minha mãe lhe envia as mais carinhosas lembranças e espera receber notícias suas em breve. Fala em você a todo momento e lamento pensar quantas semanas ela ainda ficará sem você. O meu pai pretende ir buscá-la pessoalmente, mas só depois da Páscoa, quando ele tem negócios na cidade. Espero que você esteja feliz em Portsmouth, mas essa visita não pode ser anual. Eu a quero aqui em casa, para ouvir a sua opinião a respeito de Thornton Lacey. Não me disponho a fazer grandes reformas na casa enquanto não souber se ela terá uma dona. Acho que com certeza escreverei. Está resolvido que os Grant irão para Bath; sairão de Mansfield na segunda-feira. Fico contente com isso. Não me sinto confortável o suficiente para substituir qualquer pessoa; mas a sua tia parece achar uma falta de sorte que este relatório sobre as novidades de Mansfield saia da minha pena, em vez da dela. Para sempre seu, minha queridíssima Fanny."

— Não, eu nunca mais, com certeza, nunca mais desejarei outra carta. — Foi a declaração de Fanny ao terminar a leitura. — O que elas me trazem a não ser decepção e tristeza? Só depois da Páscoa! Como vou aguentar? E a minha pobre tia, falando em mim a toda hora!

Fanny reprimiu o melhor que pôde a tendência a esses pensamentos, mas no minuto seguinte ocorreu-lhe a ideia de que sir Thomas estava sendo bastante cruel com a sua tia e com ela. O assunto principal da carta em nada lhe aliviava a irritação. Quase chegou a sentir raiva e ressentimento em relação a Edmund.

— Não há nada de bom nesse adiamento — disse. — Por que não está tudo resolvido? Ele está cego e nada lhe abrirá os olhos; nada conseguirá fazê-lo depois de ter tido todas as verdades diante de si por tanto tempo em vão. Ele se casará com ela e será pobre e infeliz. Queira Deus que a influência dela não o faça deixar de ser respeitável!

Releu a carta:

— "Gosta tanto de mim!" Mentira! Ela não ama ninguém, a não ser a si mesma e ao irmão. "As amigas desviando-a do bom caminho há anos!" O mais provável é que *ela* as tenha desviado. Ou talvez todas estejam corrompendo umas às outras; mas se essas amigas gostam mais dela do que ela das amigas, ela é a menos passível de ser influenciada pelo convívio, exceto no que diz respeito às bajulações das amigas. "A única mulher no mundo que ele é capaz de imaginar como sua esposa." Acredito firmemente nisso. Esse vínculo vai governar a vida dele inteira. Aceito ou recusado, o coração dele está preso ao dela para sempre. "Devo levar em conta que perder Mary incluiria perder Crawford e Fanny." Edmund, você não me conhece. As famílias nunca seriam vinculadas se você não as tivesse vinculado. Ah, escreva, escreva!

Acabe com isso de uma vez! Termine com esse suspense! Resolva-se, comprometa-se, condene-se!

No entanto, essas sensações eram demasiado semelhantes ao ressentimento para poderem guiar por muito tempo os solilóquios de Fanny. Ela logo ficou mais tranquila e mais triste. O caloroso interesse de Edmund, as suas bondosas expressões, o quanto confiava nela sensibilizaram-na fortemente. Mas ele era bom demais com todos. Em suma, era uma carta que por nada neste mundo ela gostaria de ter recebido, e que ao mesmo tempo lhe era extremamente preciosa. E ponto final.

Todas as pessoas viciadas em escrever cartas sem ter muito o que dizer, e isso inclui pelo menos grande parte do mundo feminino, concordarão com lady Bertram que foi uma falta de sorte uma notícia tão importante sobre Mansfield quanto a certeza de que os Grant iriam para Bath ter surgido num momento em que ela não poderia fazer uso dela, e admitirão que deve ter sido penoso para ela constatar que tal notícia coube ao filho ingrato, que a comunicou do modo mais conciso possível no fim de uma longa carta, em vez de tê-la concedido a maior parte de uma página própria. Pois embora lady Bertram brilhasse com as suas epístolas, tendo no início do casamento, à falta de outra ocupação e dada a circunstância de sir Thomas estar no Parlamento, desenvolvido o hábito de conseguir e manter correspondentes, criando um estilo muito respeitável, trivial e de longas digressões, de modo que lhe bastavam pequenos assuntos; não podia prescindir deles; precisava ter alguma coisa para comentar nas suas cartas, ainda que para a sobrinha; e como em breve perderia todos os benefícios dos sintomas de gota do dr. Grant e das visitas matinais da sra. Grant, era-lhe muito penoso se ver privada de um dos últimos usos epistolares dos quais poderia dispor.

No entanto, em breve lady Bertram teria muitas compensações. Chegou a sua hora de boa sorte. Poucos dias depois da chegada da carta de Edmund, Fanny recebeu uma da tia, que começava assim:

> "Minha querida Fanny, tomo a minha pena para lhe comunicar uma notícia muito alarmante, a qual, não tenho dúvida, lhe causará grande preocupação."

Isso era muito melhor do que se ela tomasse a pena para pô-la a par de todas as particularidades da viagem dos Grant, pois a presente comunicação era de uma natureza que prometia ocupação da pena por muitos dias vindouros, sendo nada menos do que a perigosa doença do filho mais velho, da qual eles haviam recebido notícia via correio expresso poucas horas antes.

Tom tinha ido de Londres com um grupo de rapazes até Newmarket, onde uma queda negligenciada e uma boa dose de bebida haviam provocado uma febre; e quando o grupo se desfez, estando incapaz de se mover, Tom foi deixado sozinho na casa de um dos rapazes aos braços da doença e da solidão, contando apenas com o auxílio de criados. Em vez de melhorar a tempo de acompanhar os amigos, como então esperara, a doença se agravou consideravelmente e pouco depois ele se sentiu tão mal a ponto de pedir ao médico que mandasse uma carta para Mansfield.

Depois de fazer o relato, lady Bertram prosseguiu:

> "Esta notícia angustiante, como você pode imaginar, vem nos agitando excessivamente, e não podemos evitar de ficar muito alarmados e apreensivos com o pobre enfermo, cujo estado sir Thomas teme que seja muito crítico; e Edmund bondosamente se propõe a ir cuidar do irmão de imediato, mas fico feliz em acrescentar que sir Thomas não me abandonará nesta ocasião tão aflitiva, pois seria demasiado penoso para mim. Sentiremos muito a ausência de Edmund no nosso pequeno círculo, mas confio e espero que ele encontrará o pobre enfermo num estado menos preocupante do que se poderia recear, e que ele possa trazê-lo para Mansfield em breve, o que sir Thomas propõe que seja feito e considera a melhor medida sob todos os aspectos, e eu espero que o pobre sofredor logo será capaz de suportar a remoção sem qualquer inconveniente ou agravamento. Como eu não duvido dos seus sentimentos por nós, minha querida Fanny, nestas circunstâncias aflitivas, eu lhe escreverei novamente muito em breve."

Na ocasião, os sentimentos de Fanny foram, de fato, consideravelmente mais calorosos e genuínos do que o estilo de escrita da tia. Ela lamentava de verdade por todos eles. Tom gravemente doente, Edmund ausente para cuidar dele, o triste e pequeno grupo que ficara em Mansfield; eram preocupações que eliminavam todas as outras, ou quase todas. Ela teve egoísmo suficiente para querer saber se Edmund *havia* escrito para a srta. Crawford antes da chegada do aviso, mas o único sentimento que perdurou por muito tempo dentro de si foi uma ansiedade pura, afetuosa e desinteressada. A tia não a negligenciou. Escreveu muitas e muitas vezes; os Bertram recebiam frequentes relatos de Edmund, e esses relatos eram regularmente transmitidos a Fanny no mesmo estilo difuso, na mesma mistura de confianças, esperanças e medos, tudo isso se sucedendo e se produzindo a esmo. Era uma espécie de encenação do medo. Os sofrimentos que lady Bertram não via tinham pouco poder sobre a sua imaginação; e ela escrevia muito confortavelmente sobre agitação, ansiedade e pobres enfermos, até que Tom foi de fato levado para Mansfield e ela constatou com os próprios olhos a aparência alterada do filho. Então a carta que vinha preparando previamente para Fanny terminou num estilo diferente, na linguagem dos sentimentos e alarmes reais; e assim ela escreveu com verdadeira emocão:

> "Ele acabou de chegar, minha querida Fanny, e foi levado para o andar superior; fiquei tão chocada ao vê-lo que não sei o que fazer. Tenho certeza de que ele está muito doente. Pobre Tom! Estou por demais angustiada com ele, com muito medo, e sir Thomas também; como eu ficaria contente se você estivesse aqui para me confortar! Mas sir Thomas espera que amanhã ele esteja melhor e diz que precisamos levar em conta a viagem."

A verdadeira solicitude agora despertada no seio materno não terminou logo. A extrema impaciência de Tom em ser removido para Mansfield, para vivenciar os confortos do lar e da família que ele tão pouco valorizara enquanto tivera uma saúde vigorosa, provavelmente induziu o seu deslocamento para lá cedo demais e a febre voltou, e durante uma semana ele ficou num estado mais alarmante do que nunca. Todos estavam seriamente apavorados. Lady Bertram escrevia os seus terrores diários para a sobrinha, que agora se poderia dizer vivia em função das cartas e passava o tempo todo sofrendo com o hoje e ansiando pelo amanhã. Embora Fanny não tivesse um afeto particular pelo primo mais velho, o seu coração terno a fazia sentir que não poderia perdê-lo, e à pureza dos seus princípios somou-se uma solicitude mais incisiva quando ela avaliou o quanto a vida dele fora (aparentemente) pouco útil e regrada.

Susan era a sua única companheira e ouvinte nesse assunto, bem como em muitos outros mais comuns. Susan estava sempre pronta a ouvir e se compadecer. Ninguém mais se interessaria por um infortúnio tão remoto quanto uma doença em uma família a mais de cem milhas de distância; nem mesmo a sra. Price, além de uma ou duas breves perguntas, quando via a filha com uma carta na mão, e de vez em quando uma tranquila observação: "A minha pobre irmã Bertram deve estar passando por uma grande dificuldade."

Por tanto tempo separadas, e com situações de vida tão diferentes, os vínculos de sangue eram pouco mais do que nada. Um afeto, a princípio tão tranquilo quanto os seus temperamentos, agora se tornara mera palavra. A sra. Price fazia quase tanto por lady Bertram quanto lady Bertram teria feito pela sra. Price. Três ou quatro Price poderiam ter sumido, qualquer um ou todos eles, exceto Fanny e William, sem que lady Bertram se incomodasse; ou talvez ela ouvisse dos lábios da sra. Norris a ladainha hipócrita de que era maravilhoso, uma grande bênção, a sra. Price, a pobre e querida irmã, vê-los tão bem assistidos.

CAPÍTULO 45

Mais ou menos no final da semana do seu retorno a Mansfield, o perigo imediato de Tom passou e foi declarado que ele não corria risco de vida, o que deixou sua mãe totalmente tranquila; agora acostumada a vê-lo sofrer naquele estado de desamparo, ouvindo apenas a parte boa e sem pensar além do que ouvia, sem tendência para se alarmar e sem aptidão para insinuações, lady Bertram se submetia com a maior felicidade do mundo às pequenas imposições médicas. A febre cedeu; ela fora a maior queixa de Tom; e, é claro, em breve ele estaria bem. Lady Bertram não conseguia imaginar nenhum outro desfecho possível, e Fanny compartilhava da certeza da tia quando recebeu algumas linhas de Edmund, escritas com o propósito de lhe dar uma ideia mais clara sobre a situação do irmão e inteirá-la das apreensões que o médico transmitiu a ele e ao pai a respeito de sintomas de uma grave tuberculose que parecia ter se instalado uma vez cessada a febre. Eles acharam melhor não atormentar lady Bertram com preocupações que, esperava-se, se revelariam infundadas; mas não havia motivo para que Fanny desconhecesse a verdade. Estavam preocupados com os pulmões de Tom.

As poucas linhas de Edmund lhe mostraram o paciente e o quarto do doente sob uma luz muito mais exata e nítida do que todas as folhas de papel de lady Bertram. Praticamente qualquer pessoa naquela casa poderia ter descrito a situação melhor do que ela a partir de uma observação pessoal; todos os outros eram mais úteis para o seu filho. Ela não fazia coisa alguma a não ser entrar na ponta dos pés e observá-lo; mas quando Tom se sentia capaz de falar ou de ouvir alguém ler, seu companheiro preferido era Edmund. A tia o importunava com os seus cuidados e sir Thomas não sabia ajustar o teor de sua conversa ou o tom de sua voz conforme o nível de irritabilidade e de fraqueza do ouvinte. Edmund era melhor em tudo isso. Fanny com certeza concordava com isso, e constatou que a sua estima por Edmund cresceu mais do que nunca quando ele se revelou capaz de atender, proteger e alegrar o irmão enfermo. Não havia apenas a debilidade da doença recente para socorrer; havia também, ela soube então, nervos muito afetados, ânimos muito deprimidos para acalmar e elevar; e na sua imaginação ela acrescentava que também havia ali uma mente que precisava ser orientada de modo adequado.

Não havia casos de tuberculose na família e Fanny se sentiu mais inclinada a ter esperanças do que a temer pelo primo, exceto quando pensava na srta. Crawford; mas esta lhe passava a ideia de ter boa sorte e, para o seu egoísmo e a sua vaidade, seria uma boa sorte se Edmund fosse filho único.

Nem no quarto do doente a afortunada Mary foi esquecida. A carta de Edmund tinha este *postscriptum*: "Quanto ao assunto da minha última correspondência, eu de fato havia começado uma carta quando tive toda a atenção tomada pela doença de Tom, mas agora mudei de ideia e temo confiar na influência das amizades. Quando Tom estiver melhor, eu irei até lá."

Essa era a situação em Mansfield, e continuou praticamente inalterada até a Páscoa. De vez em quando, Edmund acrescentava uma linha à carta da mãe, o suficiente para manter Fanny informada. A recuperação de Tom transcorria com alarmante lentidão.

Naquele ano a Páscoa chegaria particularmente tarde, como Fanny constatara com grande tristeza quando soube que não teria chance alguma de deixar Portsmouth antes dessa data. A Páscoa chegou e ela ainda não tivera notícia sobre a sua volta, nem mesmo sobre a ida a Londres que precederia esse retorno. A tia manifestava muitas vezes o desejo de contar com a sua presença, mas não chegava notícia nem mensagem do tio, de quem tudo dependia. Ela supunha que ele ainda não podia deixar o filho, mas a demora era cruel e terrível. Aproximava-se o fim de abril; logo teriam transcorrido quase três meses, em vez de dois, desde que ela se afastara de todos eles, e os seus dias se passavam num estado de penitência que ela não desejava que eles compreendessem de todo porque os amava muito; e quem saberia dizer quando estariam disponíveis para pensar nela ou vir buscá-la?

Ansiosa, impaciente, lamentando não estar com eles, tinha sempre em mente um ou dois versos do "Tirocínio" de Cowper. "Com que intenso desejo ela anseia pelo seu lar" eram palavras que trazia sempre na ponta da língua como a mais fiel descrição de um anseio que ela não poderia supor que qualquer estudante longe de casa sentisse de modo mais pungente no fundo do coração.

Quando Fanny veio para Portsmouth, adorou chamar o local de seu lar, ficou feliz em dizer que estava voltando para o lar; essa palavra fora-lhe muito cara, e ainda era, mas devia ser aplicada a Mansfield. *Aquele* era agora o seu lar. Portsmouth era Portsmouth; Mansfield era o lar. Era assim que ela organizara ambos nas suas reflexões íntimas, e nada era mais consolador do que constatar que a tia usava a mesma linguagem: "Devo dizer que lamento muito você estar longe de casa nestes tempos tão angustiantes, tão desafiadores para o meu espírito. Tenho fé, espero e desejo sinceramente que você nunca mais se ausente de casa por tanto tempo"; frases deliciosas para Fanny. No entanto, ainda era um deleite privado. A sua delicadeza para com os pais tornavam-na cuidadosa em não trair a preferência pela casa do tio. Dizia sempre "quando eu voltar para Northamptonshire" ou "quando eu voltar para Mansfield, farei isso e aquilo". Por um longo período foi assim; mas afinal a saudade aumentou muito, sobrepondo-se à cautela, e ela se viu falando do que faria "quando voltasse para casa" antes mesmo de ter consciência disso. Censurou-se, enrubesceu e olhou com medo para os pais. Não precisaria ter ficado inquieta. Não houve sinal de desagrado, nem mesmo de que a tivessem ouvido. Eram perfeitamente imunes a qualquer ciúme em relação a Mansfield. Era-lhes indiferente Fanny desejar estar lá ou de fato estar.

Fanny lamentava perder todos os prazeres da primavera. Antes ela não percebera quais prazeres *perderia* ao passar março e abril numa cidade. Antes não percebera o quanto a encantavam o desabrochar e o progresso da vegetação. Quanta animação de corpo e de mente extraíra da observação dos avanços da estação que, apesar de caprichosos, não deixavam de ser adoráveis, e de ver as crescentes belezas, as primeiras flores nos canteiros mais quentes do jardim da tia, o desenvolvimento das folhas nas plantações do tio, a exuberância dos bosques. Não presenciar tais alegrias não era insignificante; mas infinitamente pior era perdê-los por estar em meio a exiguidade, barulho, confinamento, ar ruim, mau cheiro, em substituição a liberdade, frescor, perfume e vegetação; mas até mesmo essas incitações ao lamento eram frágeis comparadas com as que surgiam da convicção de que os seus melhores amigos sentiam a sua falta, e do anseio de ser útil àqueles que queriam a sua presença!

Se ela estivesse em casa, poderia ser útil a todas as criaturas dali. Achava que teria ajudado a todos. A todos teria poupado esforços mentais ou manuais; a sua presença ali seria benéfica, nem que fosse para animar a tia Bertram, mantendo-a longe do mal da solidão, ou do mal ainda maior de uma companhia inquieta e oficiosa, capaz de aumentar um perigo para realçar a própria importância. Fanny adorava se imaginar lendo para a tia, conversando com ela e tentando ao mesmo tempo fazê-la sentir a bênção do que estava acontecendo e preparar-lhe a mente para o que poderia acontecer; e quantas subidas e descidas de escada ela poderia lhe ter poupado, e quantas mensagens poderia ter levado.

Fanny ficava abismada que as irmãs de Tom se contentassem em permanecer em Londres numa ocasião dessas, durante uma doença que, em diferentes graus de perigo, já durava várias semanas. *Elas* podiam voltar a Mansfield quando quisessem; viajar não era difícil para *elas*, e portanto Fanny não conseguia entender como ambas ainda podiam se manter afastadas. Se a sra. Rushworth tinha quaisquer obrigações que a impedissem de visitar, Julia com certeza estava apta a deixar Londres quando quisesse. Pareceu-lhe, a partir de uma das cartas da tia, que Julia se oferecera para voltar, se fosse necessária. Mas foi tudo. Era evidente que ela preferia permanecer onde estava.

Fanny estava inclinada a pensar que a influência de Londres era uma grande inimiga para todos os afetos respeitáveis. Via uma prova disso na srta. Crawford, bem como nas suas primas; a afeição *dela* por Edmund fora respeitável, a parte mais respeitável do seu caráter, e a amizade que ela dedicara a Fanny fora no mínimo irrepreensível. Onde andariam agora esses sentimentos? Fazia tanto tempo que ela não mandava uma carta para Fanny que esta teve motivos para duvidar daquela amizade tão festejada. Passaram-se semanas sem que ela recebesse qualquer notícia da srta. Crawford ou dos seus outros conhecidos de Londres, exceto através de Mansfield, e agora ela começava a supor que talvez jamais chegasse a saber se o sr. Crawford fora novamente para Norfolk a não ser que se encontrassem e que talvez não tivesse mais notícias da irmã dele naquela primavera, quando chegou a seguinte carta, reavivando velhas sensações e criando algumas novas:

> "Perdoe-me, minha querida Fanny, assim que puder, pelo meu longo silêncio, e comporte-se como se pudesse me perdoar imediatamente. Este é o meu mais modesto pedido e a minha expectativa, pois você é tão bondosa que acredito que serei tratada melhor do que mereço, e escrevo agora pedindo uma resposta imediata. Quero saber o estado de coisas em Mansfield Park e, sem dúvida, você é perfeitamente capaz de me relatar. Só alguém muito bruto não se compadeceria com a tristeza que eles estão vivendo; e, pelo que eu soube, o pobre sr. Bertram tem poucas chances de uma recuperação definitiva. A princípio eu não me preocupei muito com a doença dele. Sempre o achei o tipo de pessoa em torno de quem todos fazem um espalhafato desnecessário, e ele mesmo faz um escarcéu diante de qualquer problema trivial, e me preocupei principalmente com aqueles que tinham que cuidar dele; mas agora eu soube com segurança que ele de fato está piorando, que os sintomas são dos mais alarmantes e que pelo menos parte da família está consciente disso. Se for assim, tenho certeza de que você está incluída nessa parte, na parte que tem discernimento, e portanto lhe suplico que me diga até que ponto eu fui informada corretamente. Não preciso dizer o quanto me alegraria saber que houve algum erro, porém o boato é tão constante que confesso que não consigo deixar de tremer. É muito melancólico ver aquele belo jovem sendo ceifado na flor dos seus dias! O pobre sir Thomas sentirá isso terrivelmente. Eu, de fato, estou muito agitada com o assunto. Fanny, Fanny, estou vendo o seu sorriso, o seu olhar vivaz, mas, palavra de honra, nunca subornei um médico em toda a minha vida. Pobre rapaz! Se ele tiver de morrer,

haverá *dois* pobres coitados a menos no mundo; e com expressão destemida e voz ousada, eu diria a quem quisesse ouvir que a riqueza e a importância não poderiam recair em mãos mais merecedoras. Foi uma precipitação tola, no Natal passado, porém o mal daqueles poucos dias talvez possa ser apagado em parte. Os vernizes e os dourados escondem muitas manchas. Haveria apenas a perda do título de *Esquire* após o nome. Com um afeto verdadeiro como o meu, Fanny, muita coisa poderia ser relevada. Escreva-me depressa, avalie a minha ansiedade e não a menospreze. Transmita-me a pura verdade, como a recebe da fonte principal. E agora não se atormente se envergonhando dos meus sentimentos ou dos seus. Creia-me, eles não são apenas naturais, são filantrópicos e virtuosos. Deixo a seu critério avaliar se "sir Edmund" não faria melhor com todas as propriedades dos Bertram do que qualquer outro possível "sir". Se os Grant ainda estivessem lá eu não a incomodaria, mas agora você é a única pessoa a quem posso recorrer para obter a verdade, pois as irmãs dele não estão ao meu alcance. A sra. R. foi passar a Páscoa com os Aylmer em Twickenham (como com certeza você sabe) e ainda não retornou. E Julia está com os primos que moram perto da praça Bedford; mas eu esqueci os nomes e a rua. Ainda que eu pudesse me dirigir a elas, ainda preferiria você, pois me admira que nenhuma queira abrir mão dos próprios divertimentos, e ambas fechem os olhos para a verdade. Suponho que a viagem de Páscoa da sra. R. não durará muito mais; sem dúvida, são ótimas férias para ela. Os Aylmer são pessoas muito agradáveis; e com o marido ausente, ela não terá nada além de diversão. Eu dou a ela o crédito de ter tido o cuidado de incentivar a viagem do marido a Bath para buscar a mãe; mas não sei de que modo ela e a viúva se entenderão na mesma casa. Henry não está por aqui, e portanto não tenho o que dizer da parte dele. Você não acha que Edmund já teria vindo à cidade há muito tempo, se não fosse essa doença? Sempre sua, Mary."

"Eu estava começando a dobrar esta carta quando Henry entrou; mas ele não trouxe informação alguma que me impeça de enviá-la. A sra. R. sabe que se teme o pior; ele a viu esta manhã, ela volta hoje para a rua Wimpole, a velha dama chegou. Agora não fique desconfortável com qualquer boato estranho por ele ter passado uns dias em Richmond. Ele faz isso a cada primavera. Tenha certeza de que ele não se importa com ninguém exceto com você. Neste exato momento está louco para revê-la e apenas maquinando os meios para conseguir isso, e fazer com que o prazer dele contribua para o seu. Como prova, ele repete cada vez mais ansioso o que lhe disse em Portsmouth sobre a nossa disponibilidade para levá-la até a sua casa, e eu me junto a ele nessa ideia, com toda a minha alma. Querida Fanny, escreva logo e diga-nos para irmos. Fará um bem para todos. Ele e eu poderemos ficar na residência paroquial, sem causar incômodos para os nossos amigos de Mansfield Park. De fato, seria gratificante rever todos, e um pequeno acréscimo ao grupo lhes seria de infinita utilidade; quanto a você, você deve perceber que a sua presença é desejada lá e, conscienciosa como é, não pode conscientemente continuar afastada quando dispõe de meios para retornar. Não tenho tempo nem paciência para transmitir metade dos recados de Henry; contente-se em saber que o espírito de cada um e de todos esses recados é um afeto inalterável."

O desgosto de Fanny com a maior parte da carta, e a sua extrema relutância em proporcionar o reencontro da autora com o primo Edmund, a teriam tornado (pois assim se sentia) incapaz de julgar imparcialmente se deveria aceitar ou não a última oferta. Por ela só, a tentação era muito grande. Ver-se transportada para Mansfield, talvez em três dias, era uma imagem da maior felicidade, mas também seria muito desagradável dever essa felicidade a pessoas em cujos sentimentos e condutas naquele momento ela via tanto a condenar: os sentimentos da irmã, a conduta do irmão, a fria ambição *dela*, a imprudente vaidade *dele*. Saber que ele ainda mantinha contato e talvez flertasse com a sra. Rushworth! Fanny ficou mortificada. Pensara que ele fosse melhor. No entanto, felizmente não precisou pesar e decidir entre inclinações opostas e duvidosas noções de direito; não era ocasião para determinar se ela deveria manter Edmund e Mary separados ou não. Tinha uma regra a cumprir que resolvia tudo. O respeito pelo tio, o medo de tomar liberdades com ele, mostrava-lhe de imediato e com absoluta clareza o que deveria fazer. Precisava recusar a oferta em definitivo. Se o tio quisesse, mandaria buscá-la; e até mesmo se oferecer para um regresso antecipado era uma presunção que nada parecia justificar. Agradeceu à srta. Crawford, mas deu uma firme resposta negativa. "Ela compreendia que o tio tinha intenção de vir apanhá-la; e como a doença do primo se alongava havia muitas semanas sem que Fanny fosse considerada necessária, ela deveria supor que a sua volta não seria bem-vinda no momento e que seria vista como um estorvo."

O relato do estado do primo naquela ocasião estava perfeitamente de acordo com a sua convicção e, ela supunha, propiciaria à sua otimista correspondente a esperança de tudo o que ela desejava. Parecia que, sob certas condições de riqueza, Edmund seria perdoado por ser clérigo; e isso, suspeitava Fanny, era deixar de lado o preconceito do qual ele tanto se congratulava. A srta. Crawford aprendera a pensar que nada importava, a não ser o dinheiro.

CAPÍTULO 46

Fanny não duvidava de que a sua resposta causaria uma verdadeira decepção e, conhecendo o temperamento da srta. Crawford, ficou na expectativa de que ela insistisse; e embora durante uma semana não chegasse uma segunda carta, ela ainda tinha a mesma sensação quando, de fato, chegou.

Ao recebê-la, logo constatou que se tratava de uma carta curta, e se persuadiu de que fora escrita às pressas e com objetividade. O propósito só podia ser um; e dois instantes bastaram para que lhe ocorresse que o conteúdo era um mero aviso de que eles chegariam a Portsmouth naquele mesmo dia, o que a deixou totalmente agitada, em dúvida quanto ao que fazer. Contudo, se dois instantes podem nos encher de dúvidas, um terceiro pode dispersá-las; portanto, antes de abrir a carta tranquilizou-se, imaginando a possibilidade de que o sr. e a srta. Crawford tivessem se dirigido ao tio dela e obtido permissão para levá-la. Eis a carta:

> "Um boato extremamente escandaloso e malévolo acaba de chegar aos meus ouvidos e eu escrevo, querida Fanny, para adverti-la a não dar o menor crédito, caso venha a se espalhar pelo interior. Acredite, trata-se de um equívoco que será esclarecido em um ou dois dias; em todo caso, Henry é totalmente inocente e, apesar de uma *étourderie* momentânea, ele não pensa em ninguém exceto em você. Não comente nada, não ouça nada, não desconfie de nada, não murmure nada até eu lhe escrever de novo. Tenho certeza de que tudo será abafado e nada será provado, a não ser a loucura de

Rushworth. Se eles viajaram, eu aposto a minha vida de que foram apenas para Mansfield Park, e Julia foi junto. Mas por que você não nos deixa ir buscá-la? Espero que não se arrependa. Sua etc."

Fanny ficou chocada. Como nenhum boato escandaloso e malévolo chegara aos seus ouvidos, era-lhe impossível compreender boa parte daquela carta estranha. Percebeu apenas que se referia à rua Wimpole e ao sr. Crawford, e só conseguiu conjecturar que acontecera algo muito imprudente naquele local, algo que chamara a atenção geral e que quando Fanny soubesse ficaria enciumada, no entendimento da srta. Crawford. A srta. Crawford não precisava se alarmar por ela. Fanny apenas lamentava pelas partes envolvidas e por Mansfield, se o boato se alastrasse até lá; mas torcia para que isso não acontecesse. Se os Rushworth tivessem viajado para Mansfield, como se inferia pelo que a srta. Crawford dissera, era improvável que algo desagradável os tivesse precedido, ou pelo menos causado qualquer impressão.

Quanto ao sr. Crawford, Fanny esperava que o caso lhe propiciasse um conhecimento da própria disposição, o convencesse de que ele não era capaz de manter uma relação duradoura com qualquer mulher do mundo e o envergonhasse a ponto de deixar insistir tanto em cortejá-la.

Era muito estranho! Ela começara a pensar que ele de fato a amava, e a imaginar que o seu afeto por ela fosse algo mais do que comum; e a irmã dele ainda dizia que ele não se importava com mais ninguém. No entanto, devia ter havido alguma demonstração mais explícita de atenção para com a prima, devia ter ocorrido alguma grave indiscrição, pois a sua correspondente não costumava se preocupar com atitudes mais discretas.

Estava muito desconfortável, e continuaria assim até receber novo comunicado da srta. Crawford. Era impossível banir a carta dos seus pensamentos, e ela não conseguia se aliviar comentando seu conteúdo com qualquer outra pessoa. A srta. Crawford não precisaria ter insistido no sigilo com tanto ardor; deveria ter confiado no bom senso de Fanny quanto ao que era devido à prima.

O dia seguinte veio e não trouxe uma segunda carta. Fanny ficou desapontada. Não conseguiu pensar em outra coisa durante a manhã inteira; mas, quando o pai voltou à tarde com o jornal diário, como de costume, ela estava tão longe de esperar qualquer elucidação através daquele canal que por um momento a ideia não lhe passou pela cabeça.

Ela mergulhara fundo em outras reflexões. Veio-lhe à mente a lembrança da sua primeira noite naquela sala, o pai com o jornal. Agora nenhuma vela se fazia necessária. O sol ainda se manteria por uma hora e meia acima do horizonte. Ela percebeu que de fato ficara três meses ali; e os raios do sol incidindo fortemente no recinto, em vez de animá-la, deixavam-na ainda mais melancólica; porque a luz solar lhe parecia totalmente diferente na cidade e no interior. Aqui, o poder do sol era apenas um clarão, um clarão sufocante, doentio, servindo apenas para realçar manchas e sujeiras que, caso contrário, descansariam em paz. Não havia saúde nem alegria na luz do sol em uma cidade. Ali, em meio àquele calor incandescente e opressivo, numa nuvem de poeira que se movia, o seu olhar só podia vaguear entre as paredes manchadas pela cabeça do pai até a mesa cheia de cortes e entalhes feitos pelos irmãos, onde repousavam a bandeja de chá nunca limpa por completo, as xícaras e os pires com estrias deixadas pelo pano de enxugar louça, o leite, uma mistura de ciscos flutuando num camada fina e azulada, e o pão com manteiga a cada minuto mais gorduroso do que quando saíra das mãos de Rebecca. O pai lia o jornal e a mãe, como sempre, lamentava o tapete esfarrapado, desejando que Rebecca o remendasse, enquanto o chá era preparado. E Fanny foi despertada pelo chamado do pai, que resmungava e relia determinado parágrafo:

— Qual é o nome dos seus primos importantes que vivem na cidade, Fan?

Depois de refletir por um momento, ela conseguiu responder:

— Rushworth, senhor.

— E eles não moram na rua Wimpole?

— Sim, senhor.

— Então o diabo anda solto por lá! É isso mesmo! — disse, estendendo-lhe o jornal. — Veja o bem que esses belos parentes lhe fazem! Não sei o que sir Thomas acha desses assuntos; talvez ele seja demasiado aristocrata e um cavalheiro educado demais para perder apreço pela filha. Mas por Deus, se ela fosse *minha* filha, eu a faria sentir a ponta do chicote até me cansar. Uma pequena surra no homem e na mulher seria a melhor maneira de prevenir essas coisas.

Fanny leu: "Era com infinita preocupação que o jornal tinha de anunciar ao mundo um *fracas* matrimonial na família do sr. R., da rua Wimpole; a bela sra. R., cujo nome não constava há muito tempo das listas de Himeneu, e que prometia se tornar uma brilhante líder na alta sociedade, abandonara o teto do marido em companhia do famoso e cativante sr. C., amigo íntimo e sócio do sr. R., e o paradeiro de ambos era desconhecido até mesmo para o editor do jornal."

— É um equívoco, senhor — disse Fanny. — Deve ser um equívoco, não pode ser verdade. Deve se referir a outras pessoas.

Falou movida por um desejo instintivo de adiar a vergonha; falou com uma resolução que brotava do desespero, pois falou algo em que não acreditava, não podia acreditar. A leitura causara-lhe um choque de convicção. A verdade se precipitou sobre ela. E mais tarde se admirou de ter conseguido falar e até de respirar.

O sr. Price pouco se importava com a notícia e deu esta resposta:

— Pode ser tudo mentira — reconheceu —, mas hoje em dia tantas damas se arruínam desse jeito que não se pode por a mão no fogo por ninguém.

— De fato, eu espero que não seja verdade — disse a sra. Price, pesarosa. — Seria tão chocante! Se eu tivesse falado apenas uma vez com Rebecca sobre esse tapete, mas tenho certeza de que falei pelo menos uma dúzia de vezes, não foi, Betsey? E esse trabalho não levaria mais de dez minutos.

É difícil descrever o horror sentido por uma mente como a de Fanny ao ter a confirmação de tamanho desvio, e ao começar a perceber a infelicidade que aquilo causaria. A princípio foi uma espécie de estupefação; mas a cada momento a sua percepção daquele terrível mal foi se intensificando. Ela não poderia duvidar; não ousava ter esperança de que o parágrafo fosse falso. A carta da srta. Crawford, que ela relera tantas vezes a ponto de decorar todas as linhas, estava em apavorante conformidade com a notícia. A ardorosa defesa do irmão, a esperança de que tudo fosse *abafado*, a evidente agitação, tudo fazia parte de algo muito ruim; e se existisse no mundo uma mulher cujo caráter conseguisse considerar insignificante aquele pecado de primeira magnitude, que tentasse maquiá-lo e desejasse vê-lo impune, Fanny acreditava que essa mulher seria a srta. Crawford! Então Fanny pôde reconhecer o próprio erro quanto à identidade de quem havia partido ou dissera que havia partido. Não eram o sr. e a sra. Rushworth, mas sim a sra. Rushworth e o sr. Crawford.

Fanny teve a impressão de jamais ter ficado tão chocada. Não conseguia descansar. A tarde transcorreu numa infelicidade incessante e a noite foi totalmente insone. Ela apenas passava de sentimentos de repulsa para estremecimentos de horror; e de acessos de febre alta para sensações de frio. O acontecimento era tão chocante que em certos momentos o seu coração chegava a se revoltar, considerando impossível algo que ela sabia que não poderia ser. Uma mulher casada havia apenas seis meses, um homem que se declarava devotado e até mesmo *comprometido* com outra, essa outra sendo sua parente próxima; a família inteira, ambas as famílias, ligadas como eram por laços e mais laços, todos amigos, todos íntimos! Era uma confusão de culpas horrível demais, uma complicação malévola grosseira demais para a capacidade da natureza humana, a não ser em estado de extrema barbárie! E, no entanto, o seu discernimento lhe dizia que era verdade. As afeições instáveis *dele*, oscilando ao sabor da vaidade, o real afeto *de Maria*, e a carência de princípios de ambos contribuíam para tal possibilidade. E a carta da srta. Crawford confirmava o fato.

Quais seriam as consequências? Quem não sairia ferido? Que pontos de vista não seriam afetados? Quem não teria a paz ceifada para sempre? A srta. Crawford, a própria Fanny, e Edmund; mas talvez fosse perigoso enveredar por esse caminho. Fanny limitou-se, ou tentou se limitar, à infelicidade simples e indubitável da família, que envolveria todos se de fato se tratasse de culpa comprovada e exposição pública. Os sofrimentos da mãe, os do pai; fez uma pausa. Os de Julia, os de Tom, os de Edmund; fez outra pausa mais longa. Eram os dois sobre os quais tudo recairia do modo mais horrível. A solicitude paternal, o alto senso de honra e decoro de sir Thomas, os princípios corretos de Edmund, o seu temperamento isento de malícia e a sua genuína força emocional fizeram-na pensar que lhes seria praticamente impossível suportar a vida e a razão ante tal desgraça; e parecia-lhe, pelo menos no que dizia respeito a este mundo, que a maior bênção para todos os familiares da sra. Rushworth seria desaparecer da face da Terra.

Nada aconteceu no dia seguinte nem no subsequente para enfraquecer os terrores de Fanny. Dois correios chegaram sem trazer refutação alguma, pública ou privada. Não houve segunda carta para esclarecer a primeira da srta. Crawford; não houve notícias de Mansfield, apesar de já passar da hora de Fanny receber nova carta da tia. Era um mau presságio. Na verdade, ela não tinha a menor esperança para lhe aliviar a mente e ficara reduzida a uma condição tão triste, abatida e trêmula, que nenhuma mãe bondosa, exceto a sra. Price, poderia ter deixado de perceber, quando no terceiro dia ouviu-se um repugnante toque na porta e uma carta lhe chegou às mãos. Trazia o carimbo postal de Londres, e era de Edmund.

"Querida Fanny, você sabe da nossa atual desgraça. Que Deus a ajude a suportar a sua parte! Estamos aqui há dois dias, mas não há o que fazer. Não conseguimos localizá-los. Talvez você não saiba do último golpe: a fuga de Julia; ela foi para a Escócia com Yates. Saiu de Londres poucas horas antes da nossa chegada. Em qualquer outro momento, isso teria sido sentido com horror. Agora parece insignificante; no entanto, é um pesado agravante. O meu pai não se deixou esmorecer. Mais não se pode esperar. Ele ainda é capaz de pensar e agir; e eu escrevo, por um desejo dele, para lhe propor que você volte para casa. Ele está ansioso para que você vá para lá, pelo bem da minha mãe. Eu estarei em Portsmouth na manhã seguinte à entrega desta carta e espero encontrá-la pronta para partir para Mansfield. O meu pai quer que você convide Susan para ir também, por alguns meses. Decida como quiser. Diga o que é adequado. Tenho certeza de que você verá nisso um gesto de bondade dele num momento destes! Faça justiça às intenções dele, por mais que eu esteja sendo confuso. Você pode imaginar o meu estado atual. Não há fim para este mal que se abateu sobre nós. Chegarei aí cedo, na carruagem postal. Seu etc."

Fanny nunca desejara tanto uma bebida. Nunca recebera tamanho estímulo como o teor daquela carta. Amanhã! Deixar Portsmouth amanhã! Percebeu que corria o maior perigo de se mostrar excessivamente feliz enquanto tantos sofriam. Aquele mal lhe trouxera tanto bem! Temia parecer insensível à situação. Ir embora tão cedo, ser procurada com tanta gentileza, ser vista como um conforto, autorizada a levar Susan, tudo isso era uma tamanha combinação de bênçãos que o seu coração palpitava, parecendo por algum tempo distante de qualquer dor, e tornando-a incapaz de compartilhar adequadamente da desgraça, ainda que se tratasse da desgraça daqueles em quem tanto pensava. A fuga de Julia afetou-a bem pouco, comparativamente; ficou surpresa e chocada; mas esse caso não a preocupou nem se fixou na sua mente. Precisou se obrigar a pensar no assunto e a reconhecê-lo como terrível e doloroso; caso contrário, ele lhe escaparia em meio às agitações, pressões e alegrias que acompanhavam a convocação recebida.

Nada como uma tarefa, uma tarefa ativa e indispensável, para aliviar a tristeza. Qualquer tarefa, ainda que melancólica, pode dissipar a melancolia. E as ocupações de Fanny eram esperançosas. Tinha muitos afazeres, de modo que nem a terrível história da sra. Rushworth (agora confirmada por inteiro) conseguia afetá-la como antes. Não havia tempo para lamentações. Dentro de 24 horas já esperava ter ido embora; era preciso avisar os pais, preparar Susan e aprontar tudo. Um afazer atrás do outro; o dia não seria longo o suficiente. A felicidade que ela transmitia, também, uma felicidade muito pouco diminuída pela tenebrosa comunicação que a precedera, o alegre consentimento dos pais em relação à ida de Susan, a satisfação geral demonstrada com a ida das duas e o encantamento de Susan, tudo isso animava o espírito de Fanny.

A aflição dos Bertram foi muito pouco sentida entre os Price. A sra. Price falou sobre a pobre irmã durante alguns minutos, mas se preocupava muito mais em encontrar algo para acomodar as roupas de Susan porque Rebecca carregava e estragava todas as caixas; e quanto a Susan, agora inesperadamente tendo sido atendido o principal desejo do seu coração, e sem conhecer pessoalmente os pecadores nem os sofredores, conseguir dominar a alegria do começo ao fim era o máximo que se poderia esperar da virtude humana aos catorze anos.

Considerando-se que nada dependia da decisão da sra. Price ou dos bons ofícios de Rebecca, tudo foi racional e devidamente executado, e as jovens estavam prontas para o dia seguinte. A vantagem de um sono prolongado que as preparasse para a viagem foi impossível. O primo que viajava para buscá-las ocupava os seus espíritos agitados: um totalmente feliz e o outro, dominado por uma perturbação inconstante e indescritível.

Por volta das oito da manhã Edmund chegou. No andar superior, as jovens o ouviram entrar e Fanny desceu. A ideia de vê-lo logo, sabendo o quanto ele devia estar sofrendo, trouxe de volta todos os seus sentimentos anteriores. Ele tão perto dela, e infeliz. Ela estava prestes a desmaiar quando entrou na sala. Ele estava sozinho e no mesmo instante foi ao seu encontro; e ela se viu pressionada contra o coração dele e ouviu estas palavras:

— Minha Fanny, minha única irmã, agora você é meu único consolo!

Ela não conseguiu falar; e por alguns minutos ele também não.

Ele virou o rosto para se recompor e quando conseguiu falar, embora a voz ainda falhasse, os seus modos demonstraram o desejo de se controlar e a resolução de evitar qualquer outra alusão.

— Você já tomou o café da manhã? Quando ficará pronta? Susan também vai? — Foram perguntas que se sucederam rapidamente.

O principal objetivo de Edmund era partir o mais depressa possível. Em se tratando de Mansfield, o tempo era precioso; e só o movimento aliviava o seu estado mental. Decidiu-se que ele providenciaria para que a carruagem estivesse à porta em meia hora; Fanny respondeu que nesse tempo ambas teriam tomado café da manhã e estariam prontas. Ele já comera e se desculpou por não ficar para participar da refeição. Daria uma caminhada pelas muralhas e viria apanhá-las com a carruagem. E tornou a sair, contente por se afastar até mesmo de Fanny.

Ele parecia muito abatido, evidentemente sofrendo com as violentas emoções que decidira reprimir. Ela sabia que era isso, e essa constatação causava-lhe um mal terrível.

A carruagem chegou; e imediatamente ele entrou na casa, bem a tempo de passar alguns minutos com a família e testemunhar (embora sem prestar atenção) a tranquilidade com que os pais se despediam das filhas, e bem a tempo de impedi-las de se sentarem à mesa do café da manhã que, por conta do movimento incomum, ficou pronto apenas quando a carruagem se afastou. A última refeição de Fanny na casa paterna foi semelhante à primeira: ela foi dispensada de participar com a mesma hospitalidade com que fora recebida.

É fácil imaginar que, quando a carruagem deixou para trás os limites de Portsmouth, o coração de Fanny era só alegria e gratidão, e Susan estampava um largo sorriso. Entretanto, sentada à frente e encoberta pelo gorro, esse sorriso não foi visto.

A viagem tinha tudo para transcorrer em silêncio. Os profundos suspiros de Edmund frequentemente chegavam até Fanny. Se eles estivessem a sós, talvez ele abrisse o coração, apesar de todas as resoluções; mas a presença de Susan deixou-o um tanto introvertido, e as suas tentativas de conversar sobre temas neutros não se sustentavam por muito tempo.

Fanny o observava com infalível solicitude e, às vezes, captando-lhe o olhar, reavivava um sorriso afetuoso e confortador; mas o primeiro dia da viagem se passou sem que ela ouvisse uma palavra dele sobre os assuntos que o deprimiam. A manhã seguinte foi mais produtiva. Pouco antes de saírem de Oxford, enquanto Susan, diante de uma janela, observava atenta uma grande família que deixava a estalagem, os outros dois estavam de pé junto à lareira; e Edmund, particularmente impressionado com a alteração na aparência de Fanny e, por ignorar os males diários da casa do pai dela, tomando indevidamente como a principal e única causa de sua mudança, o acontecimento recente, tomou-lhe a mão e disse em tom de voz baixo porém muito expressivo:

— Não é de se admirar... você deve estar sentindo... estar sofrendo. Como um homem que um dia a amou foi capaz de abandoná-la?! Mas o *seu*... o seu afeto era novo, em comparação com... Fanny, pense em *mim*!

A primeira parte da viagem ocupou um longo dia e os levou quase exaustos até Oxford; mas a segunda terminou muito mais cedo. Chegaram aos arredores de Mansfield muito antes da costumeira hora do jantar, e enquanto se aproximavam daquele lugar tão querido, as duas irmãs sentiram um aperto no coração. Fanny começou a temer o encontro com as tias e com Tom, diante daquela humilhação tão terrível; e Susan sentiu com alguma ansiedade que todas as suas melhores maneiras e todos os seus conhecimentos adquiridos recentemente sobre as práticas de Mansfield precisariam entrar em ação. Surgiam à sua frente visões de boa e má educação, velhas vulgaridades e novos requintes; e ela meditava sobre garfos de prata, guardanapos e lavandas de vidro. Fanny estivera atenta às diferenças do campo desde fevereiro; mas quando entraram no parque, essa percepção e esse prazer foram muito mais intensos. Fazia três meses, três meses inteiros, desde que ela saíra dali e acontecera a passagem do inverno para o verão. Os seus olhares recaíam em gramados e plantações de um verde viçoso; e as árvores, embora não totalmente revestidas, encontravam-se naquele estágio encantador que anuncia a beleza vindoura e que, apesar do muito que oferece ao olhar, reserva muito mais para a imaginação. Entretanto, o prazer de Fanny foi exclusivamente seu. Edmund não conseguiu compartilhar dele. Ela o olhava, mas Edmund estava recostado, absorto no mais profundo abatimento, de olhos fechados, como se a visão da alegria o oprimisse e os adoráveis cenários domésticos precisassem ser evitados.

Isso deixou Fanny melancólica de novo; e o conhecimento de tudo o que estava sendo enfrentado ali conferiu um aspecto sombrio até mesmo àquela casa moderna, arejada e bem situada.

Uma das pessoas do grupo que sofria os aguardava com uma impaciência que jamais sentira antes. Ela acabara de passar pelos criados de semblantes solenes quando lady Bertram veio da sala de visitas ao seu encontro; veio sem o seu passo indolente; e, atirando-se ao seu pescoço, exclamou:

— Querida Fanny! Agora eu me sentirei reconfortada.

CAPÍTULO 47

O grupo estava melancólico, cada um dos três se julgando o mais infeliz. No entanto, quem mais sofria, na verdade, era a sra. Norris, a mais ligada a Maria. Ela era a sua favorita, a mais querida entre todos; ela própria arquitetara aquele casamento, orgulhava-se disso e gostava de dizê-lo, e quase sucumbiu com aquele desenlace.

Era uma criatura alterada, inerte, estupefata, indiferente a tudo o que se passava. O fato de ter ficado com a irmã, o sobrinho e toda a casa sob os seus cuidados fora uma vantagem inteiramente desperdiçada; fora incapaz de comandar, dar ordens, ou até mesmo se imaginar útil. Quando realmente tocada pela aflição, toda a sua energia ficou entorpecida; nem lady Bertram nem Tom receberam dela o menor apoio ou tentativa de apoio. Nada fizera por eles, assim como eles nada haviam feito um pelo outro. Todos tinham ficado igualmente solitários, indefesos e abandonados; e agora a chegada dos outros apenas estabeleceu a superioridade da sra. Norris no infortúnio. Os seus companheiros ficaram aliviados, mas para *ela* não houve nada de bom. Edmund foi recebido com quase tanto ardor pelo irmão quanto Fanny por lady Bertram; mas a sra. Norris, em vez de ser confortada pelos dois, ficou ainda mais irritada ao ver a pessoa que, na cegueira da sua raiva, teria acusado de ser o demônio da peça. Se Fanny tivesse aceitado o sr. Crawford, aquilo não teria acontecido.

Susan também era um problema. A sra. Norris não se animou a se aperceber dela, a não ser lançando-lhe olhares de repulsa, considerando-a uma espiã, uma intrusa, uma sobrinha indigente e tudo o que houvesse de mais odioso. A outra tia recebeu Susan com uma bondade silenciosa.

Lady Bertram não podia lhe dedicar muito tempo nem muitas palavras, mas achou que, como irmã de Fanny, Susan tinha direito a Mansfield, e se prontificou a beijá-la e a gostar dela; e Susan se julgou mais do que satisfeita, porque tinha vindo com a perfeita noção de que nada se poderia esperar da tia Norris além de mau humor; e estava tão munida de felicidade, tão fortalecida com aquelas bênçãos superiores, por ter escapado de muitos males, que seria capaz de resistir a uma indiferença bem maior do que a que recebeu dos outros.

Susan ficava muito tempo sozinha se familiarizando como podia com a casa e com as redondezas, e passava os seus dias fazendo isso, muito feliz, enquanto aqueles que em outras circunstâncias deveriam lhe dar atenção se isolavam ou então se ocupavam totalmente da pessoa que naquele momento dependia deles como fonte de consolo; Edmund tentando enterrar os próprios sentimentos, esforçando-se para aliviar os do irmão, e Fanny devotando-se à tia Bertram, retomando as tarefas anteriores com zelo ainda maior, e pensando que jamais poderia fazer o suficiente por alguém que parecia carecer tanto da sua ajuda.

Conversar com Fanny sobre aquele problema terrível, conversar e lamentar, era todo o consolo de lady Bertram. Tudo o que alguém poderia fazer por ela era escutá-la, apoiá-la e respondê-la com bondade e simpatia. Qualquer outro conforto estava fora de questão. O caso não admitia conforto. Lady Bertram não pensava com profundidade mas, orientada por sir Thomas, pensava corretamente em todos os pontos importantes; e, portanto, enxergou toda a enormidade do que acontecera, nem ousou menosprezar a culpa e a infâmia nem exigiu conselhos de Fanny para isso.

Os seus afetos não eram profundos e a sua mente não era sagaz. Depois de algum tempo, Fanny constatou que não era impossível direcionar os pensamentos de lady Bertram para outros assuntos e lhe reavivar algum interesse pelas ocupações habituais; mas sempre que lady Bertram se *fixava* no acontecimento, só conseguia vê-lo sob um enfoque único, como se tratando da perda de uma filha e de uma desgraça que jamais seria apagada.

Fanny soube através dela todos os detalhes que haviam transpirado até então. A tia não era uma narradora muito metódica, mas com a ajuda de algumas cartas de e para sir Thomas, e do que Fanny já sabia e conseguia inferir razoavelmente, logo foi capaz de compreender, quase tanto quanto desejava, as circunstâncias referentes à história.

A sra. Rushworth fora passar a Páscoa em Twickenham com uma família da qual acabara de se tornar íntima, uma família de modos animados e agradáveis e provavelmente de moral e decoro de igual nível, e o sr. Crawford tinha acesso constante à casa *deles* a qualquer hora. Fanny já sabia que ele estivera naquelas redondezas. Nessa ocasião, o sr. Rushworth fora a Bath passar alguns dias com a mãe para depois trazê-la para Londres, e Maria ficou com esses amigos sem qualquer limitação, inclusive sem Julia, que deixara a casa da rua Wimpole, duas ou três semanas antes, para ir visitar alguns parentes de sir Thomas; ausência essa que agora os seus pais tendiam a atribuir a alguma conveniência do sr. Yates. Pouco depois do retorno dos Rushworth à casa da rua Wimpole, sir Thomas recebera de Londres uma carta de um velho amigo muito especial que, tendo ouvido e testemunhado o suficiente para se alarmar, escrevia para recomendar que sir Thomas viesse pessoalmente a Londres e exercesse a sua influência sobre a filha, de forma a encerrar uma intimidade que já a expunha a comentários desagradáveis que evidentemente incomodavam o sr. Rushworth.

Sir Thomas estava se preparando para tomar providências em função dessa carta, sem comunicar o conteúdo a ninguém em Mansfield, quando recebeu outra, enviada pelo correio expresso pelo mesmo amigo, para pô-lo a par da situação quase desesperadora em que se encontrava o caso dos jovens. A sra. Rushworth deixara a casa do marido; o sr. Rushworth ficara furioso e revoltado contra *ele* (o sr. Harding) pelo conselho; o sr. Harding desconfiava que acontecera *pelo menos* uma indiscrição muito flagrante. A criada da mãe do sr. Rushworth ameaçava de modo alarmante. Ele estava fazendo o possível para abafar o caso, na esperança de que a sra. Rushworth retornasse, mas era combatido na casa da rua Wimpole pela influência da mãe do sr. Rushworth, e portanto eram de se temer consequências piores.

Essa terrível comunicação não poderia ser escondida do resto da família. Sir Thomas partiu; Edmund o acompanhou; e os demais ficaram num estado de total infelicidade, inferior apenas ao estado que se seguiu ao recebimento de novas cartas de Londres. Àquela altura tudo viera a público, eliminando todas as esperanças. A criada da mãe do sr. Rushworth tinha a revelação em seu poder e, apoiada pela patroa, não se calaria. As duas damas sempre discordaram, mesmo durante o curto tempo em que haviam convivido; e as queixas da mais velha em relação à nora talvez se originassem tanto do desrespeito pessoal com que fora tratada quanto da sua compaixão pelo filho.

Independentemente do motivo, ela estava incontrolável. Entretanto, se ela tivesse sido menos obstinada ou menos dura com o filho, que sempre se deixava guiar por quem quer que desse a última palavra, pela pessoa que conseguisse manejá-lo e fazê-lo calar, ainda assim o caso estaria perdido porque a sra. Rushworth não reapareceu, e havia todas as razões para se concluir que ela estivesse escondida em algum lugar com o sr. Crawford, que saíra da casa do tio para fazer uma viagem no mesmo dia em que ela desaparecera.

No entanto, sir Thomas prolongou um pouco a sua estada em Londres na esperança de descobrir o paradeiro da filha e levá-la para longe do vício, embora a sua reputação já estivesse perdida.

Fanny mal suportava pensar no estado atual do tio. Naquele momento apenas um dos filhos não era uma fonte de infelicidade para ele. Os padecimentos de Tom se agravaram muito com o choque causado pela conduta da irmã, e a sua recuperação retrocedera em função disso, que até mesmo lady Bertram ficou impressionada com a diferença e comunicava regularmente ao marido todos as suas preocupações; e Fanny sabia que a fuga de Julia, o golpe adicional que sir Thomas sofrera ao chegar a Londres, embora amortecido na ocasião, não podia deixar de ser sentido dolorosamente. Ela percebia isso. As cartas do tio expressavam o quanto ele deplorava a situação. Em quaisquer circunstâncias, aquela aliança teria sido indesejada; mas o fato de ter sido formada clandestinamente e de ocorrer naquele momento colocava os sentimentos de Julia sob uma luz muito desfavorável e agravava severamente o desatino da sua escolha, classificada por sir Thomas como muito ruim, feita da pior maneira e na pior hora; e embora Julia fosse mais perdoável do que Maria porque um desatino é mais perdoável do que um vício, ele não deixava de considerar o passo que ela dera como indutor das piores probabilidades de um desfecho igual ao da irmã. Era essa a opinião de sir Thomas sobre o destino dessa filha.

Fanny lamentava intensamente por ele, que contava apenas com Edmund para consolá-lo. Todos os outros filhos representavam um tormento para o seu coração. Fanny confiava que agora o desagrado de sir Thomas contra ela própria estaria desfeito, pois ele raciocinava diferente da sra. Norris. Fanny estaria absolvida. Ao recusar o sr. Crawford, a sua conduta estaria plenamente justificada; mas isso, embora fosse muito importante para ela, não servia de consolo para sir Thomas. O desgosto do tio lhe era terrível; mas o que poderiam representar para ele a sua justificação, a sua gratidão e o seu afeto? O único suporte do tio era Edmund.

Entretanto, ela se enganava ao supor que Edmund não causava sofrimento ao pai naquele momento, embora de natureza menos pungente do que o provocado pelos outros; mas sir Thomas considerava que a felicidade do filho estava profundamente envolvida com a ofensa da irmã e do amigo; separado por essa ofensa, como deveria ficar, da mulher que ele vinha cortejando com afeto indubitável e fortes probabilidades de êxito, e que teria sido uma aliança bastante aceitável, não fosse aquele desprezível irmão. Em Londres, sir Thomas ficou ciente de que Edmund devia estar sofrendo por si e pelos outros; ele percebera ou deduzira os sentimentos do filho e teve razões para pensar que ocorrera uma conversa particular com a srta. Crawford, da qual Edmund extraíra apenas uma infelicidade maior, e sir Thomas ficara tão ansioso com isso que decidiu afastá-lo da cidade, encarregando-o de levar Fanny para casa ao encontro da tia, visando aliviar e beneficiar o filho, a mulher e a sobrinha. Fanny não conhecia os sentimentos íntimos do tio, assim como sir Thomas não conhecia os segredos da personalidade da srta. Crawford. Se ele tivesse ficado a par da conversa dela com o seu filho, não desejaria que ela pertencesse a Edmund, nem que em vez de vinte mil libras ela possuísse quarenta.

Fanny não tinha dúvidas de que Edmund deveria se afastar para sempre da srta. Crawford; e no entanto, até saber que ele sentia o mesmo, a sua convicção era insuficiente. Ela achava que ele concordava, mas queria ter a certeza. Seria muito consolador se agora ele conversasse com ela com a franqueza de antes, que às vezes ela julgara excessiva; mas constatou que *isso* não aconteceria. Ela raramente o via, nunca a sós. Ele provavelmente evitava ficar sozinho com ela. O que se poderia deduzir? Que sua opinião fazia com que carregasse uma parcela de culpa no imenso, peculiar e amargo sofrimento da família, mas o assunto lhe era doloroso demais para ser mencionado. Devia ser esse o estado de espírito de Edmund. Ele se rendia, mas a sua angústia não admitia palavras. Passaria muito e muito tempo antes que o nome da srta. Crawford saísse novamente dos seus lábios e que Fanny voltasse a ser sua confidente.

Esse tempo *foi* longo. Eles chegaram a Mansfield na quinta-feira e só no domingo à noite Edmund começou a falar com ela sobre o assunto. Sentados na úmida noite de domingo, a melhor hora de todas para, se houver um amigo disponível, se abrir o coração e contar tudo, era impossível não falar, pois não havia ninguém mais na sala exceto a mãe dele, que chorara e adormecera depois de ouvir um sermão tocante; e assim, com os preâmbulos usuais, dos quais seria difícil lembrar a ordem, e com a declaração costumeira de que se ela o escutasse por alguns minutos ele seria breve e certamente jamais abusaria da sua bondade da mesma forma (ela não precisava temer uma repetição, pois o assunto seria totalmente proibido), ele passou a relatar com riqueza de detalhes circunstâncias e sensações do seu maior interesse, convencido de poder contar com a solidariedade da prima.

Pode-se imaginar toda a curiosidade, a preocupação, a dor e o prazer com que Fanny o escutou, observando a agitação da voz dele, e cuidando para fixar o olhar em qualquer outro alvo exceto em Edmund. As primeiras palavras foram alarmantes. Ele tinha se encontrado com a srta. Crawford. Fora convidado a ir vê-la. Recebera um bilhete de lady Stornaway pedindo que as visitasse; e considerando que essa conversa seria a última, a última entre os dois, atribuindo à srta. Crawford todos os sentimentos de vergonha e infelicidade que ela por certo teria experimentado como irmã de Crawford, fora procurá-la num estado de espírito tão suave e devotado de modo que por alguns momentos os temores de Fanny julgaram impossível que aquele encontro tivesse sido efetivamente o último. Mas quando ele prosseguiu com a sua história, esses temores cessaram. A srta. Crawford o recebera, disse ele, com um semblante sério e até mesmo agitado; mas antes que ele fosse capaz de falar uma frase inteligível ela introduzira o assunto de um modo que o chocara:

— "Ouvi dizer que o senhor estava na cidade", ela dissera, "e queria vê-lo. Vamos conversar sobre esse triste acontecimento. Existe loucura igual à dos nossos irmãos?" Eu não consegui responder, mas creio que a minha fisionomia falou por mim. Ela se sentiu censurada. Às vezes ela é tão rápida para reagir! Com maior seriedade no olhar e na voz, então acrescentou: "Não pretendo defender Henry às custas da sua irmã." E assim ela começou, mas a continuação, Fanny, não é adequada para seus ouvidos, não é adequado que eu a repita para você. Não consigo recordar de todas as palavras. E não me deteria nelas, se eu pudesse. A essência era uma grande raiva ante à *loucura* de ambos. Ela reprovava a loucura do irmão em se deixar atrair por uma mulher pela qual nunca teve afeição, e ter cometido algo que sem dúvida o faria perder a mulher que ele adorava; porém havia algo mais, a tolice da pobre Maria em sacrificar a sua excelente situação para mergulhar em dificuldades, com a ideia de ser amada de verdade por um homem que desde muito tempo deixara clara a sua indiferença. Adivinhe como eu me senti! Ouvir a mulher que... não dar outro nome ao acontecido a não ser loucura! Considerar o fato de modo tão voluntário, tão livre, tão frio! Sem relutância, sem horror, sem... como devo dizer... sem a menor repugnância feminina? É isso que o mundo faz. Porque, Fanny, onde mais acharíamos uma mulher tão bem dotada pela natureza, e tão estragada, tão estragada?!

Depois de breve reflexão, ele prosseguiu com uma espécie de tranquila desesperança:

— Eu vou lhe contar tudo e depois esse assunto estará encerrado para sempre. Ela encarou tudo como simples loucura, uma loucura que só se tornou grave por conta da exposição. A falta da mais simples discrição, de cautela; ele ter ido a Richmond e lá permanecido durante todo o período em que ela esteve em Twickenham; ela ter se colocado à mercê de uma criada; em suma, foi o flagrante... Ah, Fanny, ela censurava o flagrante, e não o delito. Foi a imprudência que levara as coisas ao extremo, obrigando o irmão a desistir de todos os seus planos mais ansiados para fugir com ela.

Ele se interrompeu. Fanny achou que deveria falar e indagou:

— E o que você conseguiu dizer?

— Nada, nada que se pudesse compreender. Eu fiquei atordoado. Ela continuou, e começou a falar sobre você; sim, então começou a falar sobre você, lamentando tanto quanto deveria a perda de tamanha... nesse ponto ela falou muito racionalmente. Ela sempre lhe fez justiça. "Ele desperdiçou", disse ela, "uma mulher que jamais encontrará igual. Ela o teria corrigido, e o teria feito feliz para sempre". Minha queridíssima Fanny, espero estar lhe propiciando mais prazer do que dor com este retrospecto do que poderia ter acontecido, mas que agora não poderá acontecer. Você não quer que eu me cale? Se quiser, basta me lançar um olhar, me dizer uma palavra, e eu encerrarei tudo.

Fanny não lançou olhar algum nem disse palavra.

— Graças a Deus! — disse ele. — Estávamos todos dispostos a nos surpreender, mas parece que uma concessão misericordiosa da Providência determinou que o coração isento de malícia não devesse sofrer. Ela falou sobre você com altos elogios e um caloroso afeto; mas até nisso houve algo maléfico, um toque de maldade; porque em meio aos elogios ela conseguiu exclamar: "Por que ela não aceitou Henry? Ela é a culpada de tudo! Quanta tolice! Eu jamais a perdoarei. Se ela o tivesse aceito como deveria, agora eles estariam prestes a casar e Henry estaria feliz e ocupado demais para ter outros interesses. Ele não teria se empenhado para reatar com a sra. Rushworth. Tudo terminaria como um flerte normal e passageiro, e se limitaria a encontros anuais em Sotherton e Everingham." Você acreditaria nisso? Mas o encanto se quebrou, os meus olhos se abriram.

— Cruel! — exclamou Fanny. — Muito cruel! Num momento como este, dar vez a brincadeiras e se dirigir a você com tanta leviandade! Crueldade absoluta!

— Crueldade? Você chama isso de crueldade? Nesse ponto nós divergimos. Não, a natureza dela não é cruel. Eu não creio que ela pretendesse ferir os meus sentimentos. O mal é ainda mais profundo: ela ignora totalmente e sequer suspeita que existam tais sentimentos, numa perversão da mente que lhe faz parecer natural tratar o assunto como tratou. Ela falava apenas como se acostumara a ouvir os outros falarem, como imaginava que todos falariam. Não se trata de defeito de temperamento. Voluntariamente ela não desejaria causar uma dor desnecessária a quem quer que seja, e embora eu talvez esteja me iludindo, não consigo deixar de pensar que para mim, para os meus sentimentos, ela... Os defeitos dela são defeitos de princípios, Fanny; trata-se de delicadeza embrutecida e mente corrompida e viciada. Talvez tenha sido melhor para mim, pois me resta pouco a lamentar. Contudo, não é assim. Eu me submeteria de bom grado a todas as dores intensas de perdê-la, em vez de ter que pensar nela como agora. E isso eu disse a ela.

— Você disse?

— Sim, quando ia saindo, eu lhe falei.

— Por quanto tempo vocês estiveram juntos?

— Por 25 minutos. Bem, ela continuou, dizendo que agora só restaria casá-los. Falou isso, Fanny, com a voz mais firme do que a minha.

Edmund foi obrigado a fazer nova pausa e depois prosseguiu:

— Ela falou assim: "Precisamos persuadir Henry a se casar com ela, e eu não perco a esperança de que isso aconteça, por uma questão de honra, e porque ele terá a certeza de que Fanny o deixou de lado definitivamente. Ele precisa desistir de Fanny. Não creio que nem mesmo *ele* agora possa esperar ter sucesso com alguém desse tipo, e portanto não creio que encontraremos qualquer dificuldade insuperável. A minha influência, que não é pequena, seguirá por esse caminho; e uma vez casada, e devidamente apoiada pela família, pessoas respeitáveis como são, ela poderá recuperar até certo ponto a sua posição na sociedade. Em alguns círculos, sabemos, jamais será admitida, mas com bons jantares e grandes festas sempre haverá quem fique contente em travar conhecimento com ela; e sem dúvida hoje em dia há mais liberalidade e condescendência nesses aspectos do que antigamente. Portanto, eu aconselho que o seu pai mantenha a calma. Não permita que ele prejudique a sua própria causa com interferências. Trate de convencê-lo a deixar as coisas seguirem o seu curso. Se, por alguma intromissão da parte dele, ela for induzida a deixar a proteção de Henry, haverá muito menos chances de eles se casarem do que se ela ficar com ele. Sei como ele pode ser influenciado. Faça com que sir Thomas confie na honra e na compaixão de Henry, e tudo poderá acabar bem; mas se ele levar a filha embora, estará destruindo o principal trunfo."

Depois desse relato, Edmund ficou tão abalado que Fanny o observou em silêncio com a mais terna preocupação, quase lamentando terem abordado o assunto. Demorou muito até ele conseguir falar novamente:

— Agora, Fanny, em breve darei o caso por encerrado. Eu lhe contei o essencial de tudo o que ela disse. Assim que eu consegui falar, retruquei que, no estado de espírito em que eu me encontrava ao chegar àquela casa, nunca imaginara a possibilidade de acontecer algo que me fizesse sofrer ainda mais, porém que quase todas as suas frases me feriam profundamente. Que muito embora, no decorrer do nossa convivência, eu muitas vezes percebesse diferenças nas nossas opiniões e decisões, eu nunca havia imaginado que essas diferenças fossem tão grandes quanto ela agora comprovava. Que a maneira pela qual ela tratava do terrível crime cometido pelo seu irmão e pela minha irmã (eu preferi não dizer a quem coube a maior parte da sedução), que a maneira pela qual ela falava do crime propriamente dito, atribuindo a ele todas as censuras menos as que seriam justas; considerando as más consequências desse crime apenas enquanto devessem ser encaradas ou reprimidas como um desafio à decência e uma imprudência no erro; e, ao fim e ao cabo, nos recomendando complacência, cumplicidade, aquiescência na continuação do pecado, ante à chance de um casamento que, com a opinião que agora tenho do irmão dela, creio que deveria antes ser impedido do que desejado; que tudo isso me convencia penosamente de que eu nunca a compreendera antes e que, no tocante à mente, a criatura em quem eu tanto pensara durante muitos meses era fruto da minha imaginação, e não a srta. Crawford. Que a situação talvez fosse melhor para mim; eu tinha menos a lamentar sacrificando amizades, sentimentos, esperanças que agora, de qualquer modo, teriam sido arrancados de mim. E que além do mais, eu precisava confessar e confessaria que se eu tivesse conseguido restaurar a imagem com que ela se mostrara para mim anteriormente, eu preferiria infinitamente trocar todos os acréscimos na dor da separação pelo benefício de carregar comigo o direito à sua ternura e à sua estima. Foi esse o teor do que eu disse, mas, como você pode imaginar, não falei de modo tão controlado e metódico quanto acabo de repetir para você. Ela ficou perplexa, totalmente perplexa, mais do que perplexa. Eu percebi a mudança na sua fisionomia. Ficou muito vermelha. Imaginei ver uma mistura de diversos sentimentos: uma luta intensa porém curta; de um lado, o desejo de se submeter às verdades; de outro, a sensação de vergonha; mas o hábito, o hábito eliminou tudo isso. Ela teria rido, se pudesse. Foi com uma espécie de riso que ela retrucou: "Bela lição, reconheço. Fez parte do seu último sermão? Nesse ritmo, muito em breve o senhor terá reformado todo mundo em Mansfield e em Thornton Lacey; e da próxima vez que eu ouvir falar do senhor, talvez seja como um pregador célebre em alguma grande sociedade metodista, ou como um missionário em terras estrangeiras." Ela tentou parecer despreocupada, mas não estava tão despreocupada quanto quis parecer. Em resposta, eu me limitei a dizer que desejava o seu bem, de todo o coração, e esperava sinceramente que ela aprendesse logo a pensar de modo mais justo, e não precisasse aprender com as lições da aflição o conhecimento mais valioso que qualquer um de nós pode adquirir, o conhecimento de nós mesmos e dos nossos deveres; e saí o mais rápido que pude da sala. Eu dera poucos passos, Fanny, quando ouvi a porta se abrindo atrás de mim: "Sr. Bertram", disse ela. Eu olhei para trás. "Sr. Bertram", ela repetiu com um sorriso; mas foi um sorriso incompatível com a conversa que se passara, um sorriso malicioso e brincalhão, parecendo convidativo para me dominar; pelo menos foi o que me pareceu. Eu resisti; o impulso do momento foi resistir, e continuei andando. Desde então, às vezes, por um momento, lamento não ter voltado, mas sei que agi certo, e foi esse o fim do nosso relacionamento. E que relacionamento! Como fui enganado! Enganado igualmente pelo irmão e pela irmã! Agradeço a sua paciência, Fanny. Para mim foi o maior alívio, e agora assunto encerrado.

E a confiança de Fanny nas palavras do primo era tamanha que durante cinco minutos ela julgou que o assunto estivesse encerrado. No entanto, em seguida tudo recomeçou, ou algo muito parecido, e só o despertar repentino de lady Bertram poderia de fato encerrar a conversa. Enquanto isso não acontecia, os dois continuaram falando apenas sobre a srta. Crawford, como ela o atraíra, como a natureza a fizera tão encantadora, como ela teria sido excelente se desde cedo tivesse caído em boas mãos. Fanny, agora com mais liberdade para falar, sentiu-se mais do que justificada em contribuir para o conhecimento de Edmund sobre o verdadeiro caráter da srta. Crawford, através de certas insinuações quanto à influência que o estado de saúde do irmão dele poderia exercer supostamente no desejo dela por uma reconciliação completa. Não era uma sugestão prazerosa. A natureza resistiu por algum tempo. Teria sido muito mais agradável se ela tivesse sido mais desinteressada no seu afeto; mas a vaidade de Edmund não era grande o suficiente para ir contra a razão por muito tempo. Submeteu-se à convicção de que a doença de Tom a influenciara, apenas reservando para si mesmo o pensamento consolador de que, considerando as muitas contraposições dos hábitos opostos, ela certamente se apegara *mais* a ele do que seria de se esperar e assim, por sua causa, ela estivera mais perto de agir corretamente. Fanny pensava exatamente o mesmo; e os dois também concordavam em suas opiniões sobre o efeito duradouro, sobre a impressão indelével que tamanha decepção causaria em Edmund. Sem dúvida, o tempo abrandaria um pouco o sofrimento, mas nem assim ele conseguiria superá-los totalmente. E se algum dia ele encontrasse outra mulher que pudesse... mas isso era impossível demais para ser mencionado, a não ser com indignação. A amizade de Fanny era tudo o que ele possuía para se agarrar.

CAPÍTULO 48

Outras penas que escrevam a respeito de culpa e infelicidade. Eu abandono o mais depressa possível esses assuntos odiosos, impaciente para restaurar a um grau tolerável de conforto todos os personagens, nenhum deles gravemente culpado, e concluir tudo.

A esta altura eu tenho a satisfação de saber que a minha Fanny deve ter estado feliz, apesar de tudo. Deve ter sido uma criatura feliz, apesar de tudo o que sentiu ou julgou sentir com as angústias dos que a rodeavam. Ela dispunha de fontes de alegria que acabariam eclodindo. Regressara para Mansfield Park, era útil, era amada; livrara-se do sr. Crawford; e quando sir Thomas voltou naquele estado de espírito melancólico, ela recebeu todas as provas que ele poderia dar de perfeita aprovação e respeito crescente; e embora todas essas circunstâncias a deixassem contente, Fanny também teria ficado feliz sem elas, pois Edmund não era mais o fantoche da srta. Crawford.

Na verdade, Edmund estava longe de se sentir feliz. Sofria de decepção e pesar, magoado com o que acontecera e desejando o que não poderia acontecer. Fanny percebia isso e se entristecia; mas era uma tristeza tão alicerçada em satisfação, tão tendente ao alívio, e em tamanha harmonia com todas as sensações mais acalentadas, que poucas pessoas não ficariam contentes em trocar a sua maior alegria por uma tristeza assim.

Sir Thomas, pobre sir Thomas, um pai consciente dos erros da sua própria conduta como pai, foi quem sofreu por mais tempo. Sentia que não deveria ter permitido aquele casamento; que conhecia suficientemente os sentimentos da filha, tornando-se assim culpado pela autorização; que ao agir assim sacrificara o direito ao expediente e se deixara governar pelo egoísmo e pelos critérios mundanos. Tais reflexões exigiam algum tempo para se suavizar; mas o tempo resolve quase tudo e, embora ele recebesse escasso conforto da parte da sra. Rushworth pela infelicidade que ocasionara, os outros filhos lhe dariam mais conforto do que ele supunha. O casamento de Julia tornou-se um caso menos desesperador do que ele julgara de início. Ela se mostrara humilde e queria ser perdoada; e o sr. Yates, realmente desejoso de ser recebido na família, dispunha-se a respeitar o sogro e se deixar guiar por ele; o sr. Yates não era muito firme, mas havia esperança de se tornar menos leviano, de pelo menos ser toleravelmente caseiro e quieto; e em todo caso, sir Thomas teve o conforto de constatar que o patrimônio do sr. Yates era bem maior e as dívidas, bem menores do que ele temera, e portanto valia a pena ser consultado e tratado como amigo. Tom também proporcionou certo alívio ao recuperar aos poucos a saúde sem recuperar a leviandade e o egoísmo dos seus hábitos anteriores. Depois da doença ele se tornou definitivamente melhor. Sofrera e aprendera a pensar, duas vantagens que não conhecera antes; e a autocensura que surgira daquele deplorável acontecimento na rua Wimpole, do qual Tom se sentia cúmplice em decorrência da perigosa intimidade daquele teatro injustificável, causou uma impressão que teve efeitos felizes e duradouros na sua mente de 26 anos, à qual não faltavam bom senso e bons companheiros. Tornou-se aquilo que deveria ser: útil para o pai, estável e tranquilo, e sem viver voltado apenas para si mesmo.

Nisso havia conforto, de fato! E tão logo sir Thomas passou a depender dessas fontes de alegria, Edmund contribuiu para a tranquilidade do pai melhorando o próprio estado de espírito, melhorando o único ponto em que antes o fizera sofrer. Depois de passear e se sentar sob as árvores com Fanny em todas as noites do verão, Edmund acabou se conformando, a ponto de recuperar muito razoavelmente a antiga jovialidade.

Aos poucos essas circunstâncias e esperanças foram trazendo alívio para sir Thomas, diminuindo-lhe a sensação de que tudo estava perdido, e em parte reconciliando-o consigo mesmo; entretanto, a angústia decorrente da convicção dos seus próprios erros na educação das filhas jamais se extinguiria totalmente.

Sir Thomas tomou conhecimento tarde demais que os tratamentos totalmente opostos que Maria e Julia sempre receberam em casa teriam sido desfavoráveis para o caráter de qualquer jovem; o excesso de indulgência e bajulação da tia contrastavam continuamente com a severidade do pai. Ele percebeu que julgara mal ao esperar se contrapor ao que havia de errado na sra. Norris agindo de modo contrário, e viu com clareza que apenas aumentara o prejuízo ensinando as filhas a se reprimir na presença do pai, de modo a ocultar dele as suas verdadeiras intenções, e entregando-as para serem mimadas por uma pessoa que fora capaz de atraí-las apenas por um afeto cego e por um excesso de elogios.

Neste caso, o desgoverno fora desastroso; mas, por pior que fosse, aos poucos sir Thomas começou a sentir que não fora aquele o pior erro no seu modo de educar. Havia alguma carência *interior*; caso contrário, o tempo teria eliminado boa parte dos efeitos nocivos. Ele temia que faltassem princípios, princípios ativos; que as duas jamais tivessem sido adequadamente ensinadas a controlar as inclinações e os temperamentos por meio de um senso de dever que por si só bastaria. Teoricamente haviam sido instruídas na religião, mas nunca lhes havia sido exigido incluí-la na prática diária. O fato de se distinguirem pela elegância e pelas habilidades, objetivos da juventude, não exercera influência útil nem efeito moral sobre as suas mentes. Sir Thomas pretendia que as filhas fossem boas, porém preocupara-se com os conhecimentos e as boas maneiras, e não com as atitudes; quanto à necessidade de renúncia e humildade, ele temia que elas jamais tivessem ouvido de qualquer lábio algo de proveitoso.

Sir Thomas deplorava amargamente uma deficiência que agora não conseguia compreender como ocorrera. Sentia-se infeliz ao constatar que apesar de todos os custos e cuidados com uma educação esmerada e dispendiosa, ele criara as filhas sem que elas aprendessem os deveres básicos e sem que ele conhecesse os seus caráteres e temperamentos.

O espírito animado e as fortes paixões da sra. Rushworth, em especial, só foram conhecidos por ele através daquele triste resultado.

Ninguém conseguiu convencê-la a deixar o sr. Crawford. Ela esperava se casar com ele e os dois continuaram juntos até ela se ver obrigada a se deixar convencer de que aquela esperança era vã, até que a decepção e a infelicidade decorrentes dessa constatação transformaram o seu temperamento em algo ainda pior, e os seus sentimentos por ele em algo bem próximo ao ódio, de modo que por algum tempo cada um se tornou o castigo do outro, para então induzir uma separação voluntária.

Ao viver com o sr. Crawford, Maria fora censurada como a ruína de toda a felicidade dele com Fanny, e ao deixá-lo não levou consigo consolo melhor do que o fato de tê-los separado. Que infelicidade poderia ser maior do que a dessa mente em tal situação?

O sr. Rushworth não teve dificuldade em obter o divórcio; e assim terminou um casamento contraído em circunstâncias tais que só poderia ter um fim melhor se contasse com a boa sorte. Ela o desprezara e amara outro; e ele tivera total conhecimento disso. As indignidades da estupidez e os desapontamentos da paixão egoísta despertam pouca piedade. A punição dele decorreu da sua conduta, assim como uma punição mais severa decorreu da culpa mais grave da esposa. *Ele* se libertou do compromisso mortificado e infeliz, até que outra jovem bonita conseguisse atraí-lo e ele pudesse partir para um segundo matrimônio, desta vez mais próspero, esperava-se; se fosse enganado, que o fosse pelo menos com bom humor e melhor sorte; enquanto *ela*, com sentimentos infinitamente mais fortes, se retiraria para um isolamento e uma desonra que não admitiriam um reflorescer de esperança ou de caráter.

O local onde ela poderia ser instalada tornou-se assunto de consultas extremamente melancólicas e graves. A sra. Norris, cujo afeto parecia ter aumentado com os deméritos da sobrinha, queria que ela fosse acolhida em casa e tolerada por todos. Sir Thomas não quis sequer ouvir falar nisso; e a raiva da sra. Norris contra Fanny aumentou mais ainda, porque ela considerava que o motivo era o fato de Fanny residir ali. Ela persistia em atribuir os escrúpulos de sir Thomas à presença de Fanny, embora ele lhe assegurasse com total solenidade que, ainda que não houvesse outra jovem em questão, que não houvesse outro jovem de qualquer sexo a ser prejudicado pela companhia ou ferido pelo caráter da sra. Rushworth, ele jamais causaria um insulto tão grande aos vizinhos com a perspectiva de um eventual encontro com ela. Como filha, uma filha penitente, esperava ele, Maria seria protegida e teria garantido total conforto, seria apoiada e encorajada a agir corretamente, como a condição da família permitia; mas além *disso* ele não conseguiria ir. Maria destruíra a sua própria reputação e ele não queria ajudar a introduzir na família de outro homem uma infelicidade tão grande como a que ele próprio sofrera, na vã tentativa de restaurar algo que nunca poderia ser restaurado, aprovando o vício, ou tentando diminuir a desgraça.

Tudo terminou quando a sra. Norris decidiu deixar Mansfield para se devotar à sua desventurada Maria e estabeleceu-se para elas uma residência em outra região distante e discreta onde, encerradas com poucas pessoas, por um lado sem afetos, por outro, sem sofrer censuras, talvez seja razoável supor que os seus temperamentos se tornaram a sua punição recíproca.

A mudança da sra. Norris para longe de Mansfield foi o grande conforto suplementar na vida de sir Thomas. A sua opinião a respeito da cunhada começara a decair desde o dia em que ele voltara de Antígua; em todas as transações que fizeram juntos daquele período em diante, no convívio diário, nos negócios ou nas conversas, ela vinha regularmente perdendo terreno na estima do cunhado e o convencendo de que ou o tempo lhe prestara um desserviço ou ele supervalorizara consideravelmente o bom senso dela, suportando de forma espantosa as suas maneiras no passado. Agora ele a via como um mal permanente, tanto pior porque não parecia haver chance de terminar, a não ser com a morte; ela parecia ser uma parte dele que deveria ser suportada para sempre. Portanto, livrar-se dela foi uma felicidade tão grande que, se ela não tivesse deixado lembranças tão amargas, ele correria o risco de quase aprovar o mal que produzia tamanho bem.

Em Mansfield ninguém lamentou a sua ausência. Ela jamais fora capaz de angariar o afeto, mesmo das pessoas que mais amava; e desde a fuga da sra. Rushworth, o seu temperamento ficara num estado de irritação tão grande que a tornava um tormento onde estivesse. Nem mesmo Fanny derramou lágrimas pela tia Norris, nem mesmo quando ela se foi para sempre.

O fato de Julia ter se saído melhor do que Maria se deveu, até certo ponto, a uma favorável diferença de disposição e circunstância, porém mais ainda por ela ter sido menos querida, menos elogiada e menos mimada pela tia. A sua beleza e as suas habilidades só haviam merecido segundo lugar. Ela se acostumara a se considerar um pouco inferior a Maria. O seu temperamento era naturalmente o mais fácil dos dois; os seus sentimentos, embora vivos, eram mais controláveis, e a educação não lhe propiciara um grau tão prejudicial de consciência da própria importância.

Julia aceitara melhor a decepção com Henry Crawford. Passada a primeira amargura da convicção de ter sido menosprezada, ela arranjara com tolerável rapidez um meio razoável de não pensar mais nele; e quando tornaram a se aproximar em Londres, e a casa do sr. Rushworth passou a ser o alvo de Crawford, ela tivera o mérito de se afastar dali, aproveitando a ocasião para ir visitar outros amigos, para ficar a salvo de se sentir novamente atraída. Esse fora o motivo da sua ida para a casa do primo. A conveniência do sr. Yates nada tivera a ver com isso. Havia algum tempo ela vinha permitindo as atenções dele, mas sem intenção de aceitá-lo; e, se a conduta da irmã não tivesse vindo à tona como veio, é provável que o sr. Yates nunca tivesse obtido sucesso, porque Julia, com o crescente medo do pai e da família diante do acontecido, calculou que para ela as consequências inevitáveis teriam maior severidade e maiores restrições, e sendo assim apressou-se em evitar esses horrores imediatos correndo todos os riscos. Ao fugir com ele o seu pior sentimento fora um alarme egoísta. Pareceu-lhe a única saída. A culpa de Maria induzira Julia ao desatino.

Henry Crawford, estragado pela independência precoce e pelo mau exemplo doméstico, entregou-se por um tempo longo demais aos caprichos de uma fria vaidade. Uma vez essa vaidade o conduzira rumo à felicidade por uma senda acidental e imerecida. Se ele tivesse se contentado com a conquista do afeto de uma mulher amável, se tivesse encontrado alegria suficiente em superar a relutância de Fanny Price e em obter aos poucos a sua estima e a sua ternura, é provável que o sucesso e a felicidade estivessem ao seu alcance. O seu afeto por ela já era prova de algo. A influência dela sobre ele já lhe permitira certa influência sobre ela. Se ele merecesse mais, sem dúvida teria obtido mais, especialmente quando aquele outro casamento se realizasse, dando-lhe o auxílio da consciência dela em subjugar a sua primeira inclinação e aproximando-os com grande frequência. Se ele tivesse perseverado honestamente, talvez Fanny fosse a sua recompensa, uma recompensa muito voluntariamente concedida, dentro de um período razoável após o casamento de Edmund com Mary.

Se Crawford tivesse agido como pretendia, e como deveria ter agido, indo para Everingham ao retornar de Portsmouth, teria garantido o seu destino feliz. Mas fora pressionado a ficar em Londres para comparecer à festa da sra. Fraser; a sua permanência foi apontada como lisonjeira e importante, e lá ele encontraria a sra. Rushworth. A curiosidade e a vaidade se juntaram, e a tentação de prazer imediato foi forte demais para uma mente não acostumada a fazer qualquer sacrifício em prol do correto; ele resolveu adiar a ida para Norfolk, resolveu que uma carta cumpriria o propósito, e que esse propósito não era importante, e ficou em Londres. Quando encontrou-se com a sra. Rushworth, foi recebido com uma frieza que deve ter sido repulsiva e que estabeleceu para sempre uma aparente indiferença entre eles; mas ele ficou mortificado, não suportou ser desprezado pela mulher cujos sorrisos já haviam estado tão completamente sob o seu comando; precisava se esforçar para amainar aquelas demonstrações de ressentimento; sentia raiva da situação com Fanny; precisava tirar o melhor proveito da situação e fazer com que a sra. Rushworth voltasse a tratá-lo como o fazia quando ainda era Maria Bertram.

Com esse espírito ele iniciou o ataque; e com animada perseverança, logo restabeleceu uma espécie de relacionamento familiar de galanteria, de flerte, que delimitava os seus objetivos; mas, triunfando sobre a discrição que, embora nascida da raiva, poderia ter salvo a ambos, ele se apoderou dos sentimentos dela, mais fortes do que ele supunha. Ela o amava; e ele não tinha como retirar atenções que ela declaradamente apreciava. Ele se emaranhou na própria vaidade, com a menor desculpa de amor possível, e sem a menor inconstância em relação a Fanny. Evitar que esta última e os Bertram ficassem a par do que se passava tornou-se o seu objetivo principal. O sigilo não poderia ser mais desejável para o crédito da sra. Rushworth do que para o dele próprio. Quando ele voltou de Richmond, teria preferido não ver mais a sra. Rushworth. Tudo o que se seguiu foi resultado da imprudência de Maria; e afinal fugiram juntos porque ele não conseguiu evitar, lamentando a perda de Fanny até mesmo naquele momento, porém sentindo infinitamente mais quando todo o escândalo da intriga cessou; e poucos meses o ensinaram, à força do contraste, a valorizar ainda mais a doçura do temperamento, a pureza da mente e a excelência dos princípios de Fanny.

Essa punição, a punição pública da desgraça, deveria em justa medida corresponder à participação *dele* no delito, mas, como sabemos, este não é um dos critérios do qual a sociedade se vale. Neste mundo a penalidade é menos equilibrada do que seria desejável; mas, sem presumir nem esperar uma situação mais justa no futuro, é razoável considerar que um homem de bom senso como Henry Crawford sentisse uma dose nada pequena de desgosto e arrependimento. Às vezes o desgosto chegaria à autocensura, e o arrependimento se transformaria em infortúnio por ter retribuído assim a hospitalidade recebida, por ter ferido tanto a paz de uma família, por ter sido privado dos amigos mais estimados e queridos, e assim perdido a mulher a quem amara verdadeira e apaixonadamente.

Depois de tudo o que se passara, ferindo e apartando as duas famílias, os Bertram e os Grant teriam ficado muito aflitos em manter aquela vizinhança tão próxima; mas a ausência dos últimos por alguns meses, propositalmente prolongada, terminou de um modo muito feliz com a necessidade, ou pelo menos com a praticabilidade, de uma remoção permanente. O dr. Grant, por meio de um influência na qual ele quase perdera as esperanças, conseguiu um posto em Westminster, altamente aceitável para os que partiam e para os que ficavam, ao lhe proporcionar uma chance de deixar Mansfield, servir de desculpa para morar em Londres e aumentar os rendimentos para dar conta das despesas com a mudança.

A sra. Grant, com um temperamento para amar e ser amada, deve ter partido com algum pesar em função do ambiente e das pessoas com que se acostumara; mas essa mesma predisposição para a felicidade lhe garantiria muitas vantagens para desfrutar em qualquer lugar e em qualquer sociedade; e ela dispunha novamente de uma casa para oferecer a Mary; e Mary já estava cansada dos amigos, cansada da vaidade, da ambição, do amor e da decepção que experimentara no último semestre, e precisava da verdadeira bondade do coração da irmã, da tranquilidade racional dos seus modos. Passaram a morar juntas; e quando o dr. Grant sofreu uma apoplexia mortal provocada por três grandes jantares institucionais em uma semana, as duas continuaram morando juntas; porque Mary, embora totalmente resolvida a jamais se apegar a um irmão mais novo, demorou muito para encontrar, entre os representantes arrojados ou os ociosos herdeiros, atraídos pela sua beleza e pelas suas vinte mil libras, algum que pudesse lhe satisfazer o gosto mais apurado adquirido em Mansfield, algum cujo caráter e cujas boas maneiras pudessem garantir uma esperança de felicidade doméstica que lá ela aprendera a estimar, alguém que conseguisse fazê-la esquecer Edmund Bertram.

Nesse aspecto Edmund teve uma grande vantagem. Não precisou esperar e desejar outra mulher digna de sucedê-la ocupando-lhe os afetos agora livres. Mal terminara de lamentar a perda de Mary Crawford e de comentar com Fanny que seria impossível encontrar outra mulher igual, quando começou a lhe ocorrer que talvez um tipo muito diferente de mulher lhe servisse bem, ou até mesmo melhor; que talvez a própria Fanny estivesse se tornando tão querida, tão importante para ele, com todos os seus sorrisos e todos os seus modos, quanto Mary Crawford jamais fora; e que talvez fosse possível e auspicioso convencê-la de que o caloroso e fraternal respeito que ela lhe dedicava seria base suficiente para o amor conjugal.

Neste ponto, propositalmente me abstenho de datas, para que todos tenham a liberdade de fixar as suas, cientes de que a cura de paixões inconquistáveis e a transferência de afetos imutáveis variam muito quanto ao tempo em diferentes pessoas. Eu apenas imploro a todos: acreditem que exatamente na época em que seria natural acontecer, e nem uma semana antes, Edmund deixou de se importar com a srta. Crawford e se tornou tão ansioso por se casar com Fanny quanto a própria Fanny poderia desejar.

De fato, com tamanha consideração por ela como a que ele lhe devotava havia tanto tempo, uma consideração baseada nas mais caras alegações da inocência e do desamparo, acrescida de todas as recomendações do valor crescente, haveria algo mais natural do que a mudança? Amando, guiando e protegendo-a como vinha fazendo desde que ela tinha dez anos de idade, a formação da mente de Fanny devia muito aos cuidados dele e o conforto dela dependeu da bondade dele, algo que ele acompanhava com interesse próximo e peculiar porque sabia que para Fanny ele era a pessoa mais importante em Mansfield. O que mais poderia se acrescentar a tudo isso agora, senão que ele devesse aprender a preferir olhos claros e suaves a olhos escuros e brilhantes? E estando sempre com ela, sempre conversando em confidências, com os sentimentos no estado favorável que uma decepção recente propicia, aqueles olhos claros e suaves não demorariam muito a obter a primazia.

Uma vez decidido, e sentindo que tomara o rumo da felicidade, no âmbito da prudência, Edmund não viu nada que pudesse detê-lo ou retardar-lhe os avanços; nenhuma dúvida quanto ao merecimento de Fanny, nenhum temor quanto à oposição de gostos, nenhuma necessidade de desistir de novas esperanças de felicidade por divergências de temperamentos. A mente, a disposição, as opiniões e os hábitos de Fanny não precisavam de disfarces, nenhuma ilusão no presente, nenhuma dependência de futuras melhorias. Mesmo durante a sua obsessão anterior, ele reconhecera a superioridade mental de Fanny. Portanto, qual deveria ser a sua percepção dessa superioridade agora? Naturalmente, ela era boa demais para ele; porém, como ninguém se incomoda de ter o que lhes é bom demais, ele se decidiu com fervor a ir buscar essa bênção, e não era possível que ela demorasse muito tempo para encorajá-lo. Tímida, ansiosa e indecisa, ainda assim era impossível que aquela ternura, às vezes, não abrigasse uma forte esperança de sucesso, embora ficasse para depois o momento de ele saber de toda a verdade deliciosa e surpreendente. A felicidade de Edmund quando soube que por tanto tempo era amado por aquele coração deve ter sido grande o bastante para justificar a força de linguagem com a qual ele a revestiu ao expressá-la para Fanny ou para si mesmo; deve ter sido uma felicidade espantosa. Mas um outro coração experimentou uma felicidade que nenhuma descrição conseguirá atingir. Ninguém deve ter a presunção de ser capaz de traduzir os sentimentos de uma jovem que recebe a confirmação de um afeto sobre o qual ela mal se permitia nutrir uma esperança.

Verificadas as inclinações dos dois, não houve dificuldade remanescente, nenhum empecilho de pobreza ou de família. Era um casamento que os desejos de sir Thomas haviam até mesmo antecipado. Farto de conexões ambiciosas e mercenárias, valorizando cada vez mais a legítima firmeza dos bons princípios e temperamentos, e principalmente ansioso para reter com total segurança tudo o que lhe restava da felicidade doméstica, ele refletira com genuína satisfação que seria quase certo os dois jovens primos e amigos encontrarem consolo natural um no outro para todas as decepções que ambos haviam sofrido; e o jubiloso consentimento que premiou o pedido de Edmund, com o elevado senso de ter realizado uma grande aquisição na promessa de Fanny como filha, representava um marcante contraste com a sua primeira opinião sobre o assunto, quando a vinda da pobre menina fora cogitada pela primeira vez, o tipo de contaste que o tempo é pródigo em produzir entre os planos e as decisões dos mortais, para instruí-los e entreter os que os rodeiam.

Fanny era, de fato, a filha que ele queria. A bondade caridosa de sir Thomas criara para ele um conforto primordial. A sua liberalidade teve uma rica recompensa, merecida pela magnanimidade geral das suas intenções para com Fanny. Ele poderia ter tornado mais feliz a infância da sobrinha; mas fora apenas um erro de julgamento que lhe dera a aparência de rispidez e o privara do amor precoce da menina; e agora, ao se conhecerem mutuamente, o afeto recíproco tornou-se muito forte. Depois de instalá-la em Thornton Lacey de maneira carinhosa e atenciosa, zelando pelo conforto dela, o seu objetivo quase diário era ir visitá-la ou levá-la para passear.

O amor egoísta de lady Bertram não permitiria de bom grado que Fanny se afastasse *dela*. Nem a felicidade do filho ou da sobrinha poderia fazê-la desejar o casamento. Mas a separação foi possível porque Susan ficou para ocupar o lugar da irmã. Susan tornou-se a sobrinha permanente, encantada com essa condição e igualmente bem adaptada, graças à sua presteza mental e à sua tendência a ser útil como Fanny fora, ao seu temperamento doce e aos seus fortes sentimentos de gratidão.

Susan nunca mais poderia ser dispensada. Primeiro como conforto para Fanny, depois como auxiliar, e finalmente como substituta, ela foi instalada em Mansfield com toda a aparência de uma permanência igual. A sua disposição mais destemida e a sua natureza mais vigorosa facilitavam-lhe tudo ali. Entendeu depressa o temperamento das pessoas com quem era obrigada a lidar, e sem a timidez natural para reprimir qualquer desejo consequente, Susan logo foi bem-vinda e útil para todos; e depois da saída de Fanny, sucedeu-a tão naturalmente na influência para o conforto permanente da tia, de modo que talvez tenha se tornado a mais amada das duas. Na utilidade de Susan, na excelência de Fanny, na contínua boa conduta e crescente fama de William, no bom procedimento geral e no sucesso dos outros membros da família, todos contribuindo para o avanço mútuo e justificando os favores e auxílios de sir Thomas, este viu repetidos, e repetidos para sempre, os motivos para se regozijar com o que fizera por todos, reconheceu as vantagens das dificuldades e da disciplina iniciais e se conscientizou de ter nascido para lutar e resistir.

Com tanto mérito verdadeiro e tanto amor verdadeiro, sem carência de fortuna e de amigos, a felicidade do casal de primos deve parecer tão segura quanto pode ser a felicidade terrena. Igualmente feitos para uma vida doméstica e apreciadores dos prazeres do campo, o lar do casal era o lar do carinho e do conforto; e para completar o quadro feliz, a aquisição do benefício eclesiástico de Mansfield, com a morte do dr. Grant, ocorreu pouco depois do casamento, tempo suficiente para começarem a desejar um aumento de renda e sentirem que a distância da casa paterna era inconveniente.

E assim o casal se mudou para Mansfield; e a residência paroquial, da qual Fanny nunca se aproximara sem uma dolorosa sensação de restrição ou alarme enquanto serviu de morada para os dois ocupantes anteriores, logo se tornou querida ao seu coração e perfeita aos seus olhos, assim como fora tudo o mais, desde muito tempo, nos limites da vista e do patronato de Mansfield Park.

Direção editorial
Daniele Cajueiro

Editora responsável
Ana Carla Sousa

Produção editorial
Adriana Torres
Carolina Rodrigues
Pedro Staite

Revisão de Tradução
Anna Beatriz Seilhe
Luisa Suassuna
Thais Entriel

Revisão
Nina Lopes
Roberto Jannarelli
Stella Lima

Capa
Rafael Nobre

Diagramação
Filigrana

Este livro foi impresso em 2019
para a Nova Fronteira.